18/세/기
조선시대의 예술론

내일을여는지식 어문 20

18/세/기
조선시대의
예술론

나종면 지음

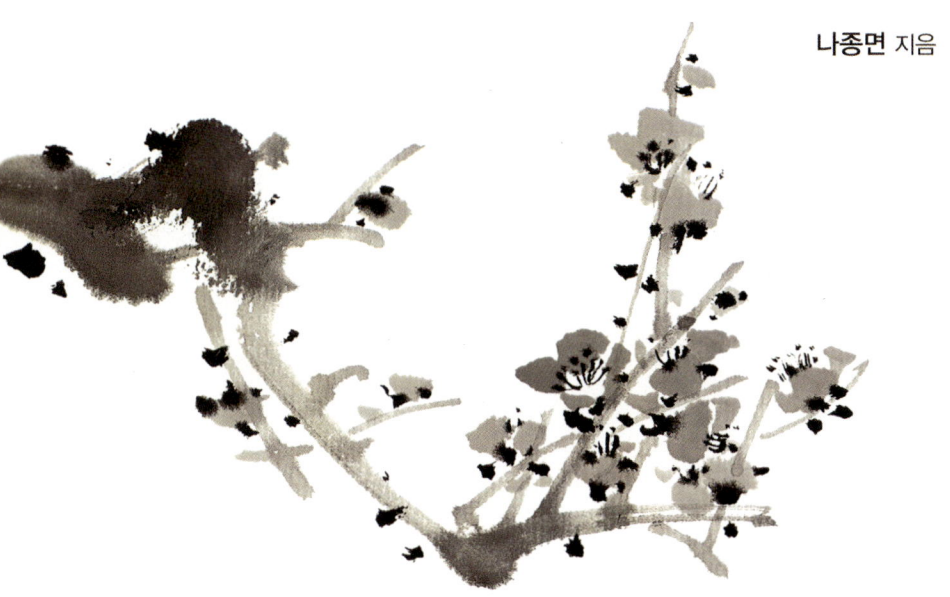

KSi 한국학술정보㈜

내가 18세기 문학과 예술에 대해 관심을 갖고 연구하게 된 것은 유도회 한문연수원에서 권우 홍찬유 선생님 밑에서 한문을 겨우 2년 정도 배우고 난 92년 어느 날, 선생님이 학생 몇몇을 모아 위창 오세창이 한국 서화의 자료를 모아 정리한 『근역서화징(槿域書畫徵)』을 번역하신다는 말을 듣고 무모하게 참여한 뒤부터일 것이다. 당시 나는 선생님의 바람과는 달리 한문구두를 거의 뗄 수조차 없었지만, 이번 기회에 서화 자료를 많이 읽어 두면 동양 인문학을 배우는 사람으로서의 멋과 품위를 약간 가질 것이라고, 이제와 생각하면 등에 식은땀이 흘러내리는 어리석은 생각으로 덤벼들었던 것이다.

이런 착각 아닌 착각은 곧바로 사라지게 됨은 당연한 일이었다. 사실 나의 『근역서화징(槿域書畫徵)』 번역은 글을 보고 제멋대로 상상하여 번역하는 일, 그야말로 '망문생역(望文生譯)'의 한바탕 파노라마였던 것이다. 선생님은 이런 나를 보고 크게 꾸짖지 않고, 고쳐 주시고 또 고쳐 주시기를 반복하여 조금씩 좋은 번역으로 이끌어 주셨다. 하지만 세월이 흘러도 나의 서화 번역이나 이해에는 괄목할만한 진척이 없었고, 자신이 맡은 번역 부분에 대한 성과도 많지 않았다. 다행히 당시 같이 번역에 참여한 동학인 김보경, 김상엽 선생의 헌신적 노력으로 98년에 번역 2권 원문 1권으로 출간함으로써 그 길고 긴 서화 번역 작업을 끝마치게 되었다. 이러한 공동 번역 작업의 참여 결과로 나는 조금씩 학위논문를 준비할 수 있었는데, 특히 권우 선생님의 격려와 질책은 더없는 용기를 주었음을 췌언하지 않는다. 그리고 98년 2월 학위논문을 제출함으로써 그 불안한 여정을 마무리할 수 있게 되고, 주위의 여러 사람들에게 미안하고 송구한 마음을 조금이나마 덜 수 있게 되었다.

　한편 나는 비슷한 시기에 실시학사 고전문학연구회에 참여하여 『이향견문록(里鄕見聞錄)』, 『이옥전집(李鈺全集)』 등을 공동으로 번역함으로써 18세기 문학과 예술 연구에서 조그마한 성과라도 거두게 됨을 언제나 가슴속에 담고 있다. 특히 선생님의 학은(學恩)과 선후배 동기들의 초지일관한 믿음 때문에, 자신의 불민함을 무릅쓰고 18세기 문학과 예술[서화]이 대상의 현상과 본질의 모습에서 서로 포섭 함유함으로써 구비하게 되는 측면, 즉 심미적 지향을 연구하여 밝히는 작업이 가능했다는 점을 알고 있다.

사실 이 학위논문은 당시조차 논문다운 논문이라기에는 무리가 있는 것이었지만, 18세기 문학과 예술의 상호 연관성을 한 번은 정리하고 가야 한다는 점, 또는 이 시기의 예술론에 관한 입문서나 교재로 필요할 것이라는 이유로 강행되었다. 그리고 18세기 문학과 예술에 관한 연구를 제대로 한다면 순차적으로 19세기 문학과 예술을 정립할 수 있을 것이라고 막연하게 생각하였다. 하지만 너무 게으르고 재능이 부족하여 이 학위논문조차 10여 년이 넘도록 던져두고 딴짓만 하여, 주위의 많은 분들에게 걱정과 근심만을 야기하였으니, 거듭 죄송하고 두려운 마음뿐이다.

　이제 다행히 이 논문이 세상에 간행되면 17세기이든, 19세기이든 나갈 길은 있으리라 여긴다. 세상의 일들이 종종 그렇듯이 주체인 나는 객관적 환경에 따라 변화하여 가기 때문이리라. 요즘은 모두 19세기로 내달리지 않던가?

　이 책은 한국학술정보(주) 기획팀의 김은선 선생의 호의로 시작하여 최종적으로 채종준 사장님의 배려로 출간하게 되었음을 감사한 마음으로 밝힌다. 늦게나마 논문이 책으로 나오게 되니 지도교수인 최박광 선생님과 심사위원으로 참여하신 김시업, 김학성,

유홍준, 조용진 선생님에게 한편으로는 죄송하고, 한편으로는 은혜를 잊지 않게 되어 그나마 다행이다.

　나의 게으름과 재주 없음을 탓하지 않고 언제나 격려해 마지않는 지기(知己)인 백범영 선생(용인대), 이경룡 선생(세종대), 그리고 벗이며 아내인 김경린과 아들 진수에게 고마움을 전한다. 그 이외에 주위에서 마음 써 주신 모든 분께 머리 숙여 충심의 마음을 올린다.

2009년 6월 초순
나종면 識

목차

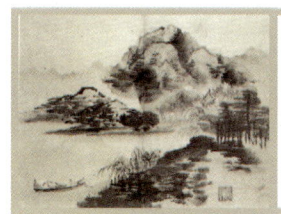

I. 서론

　본고는 시(詩)와 서화(書畵)의 상호 연관성을 주목하는 작업의 하나로, 18세기 시론(詩論)·서론(書論)·화론(畵論)의 미학적 지향(志向)을 밝히려는 데에 목적이 있다.[1] 이는 시와 서화가 대상의 현상과 본질의 모습을 심미적으로 파악하는 데 있어 많은 부분을 포섭 함유함으로써 필연적으로 가지게 되는 측면을 고려하려는 입장이다.[2] 그런데 기존의 연구는 시와 서화의 동질적(同質的) 관계를 주

---

1) 오늘의 근대학문은 서양의 방법론을 추종하여 문학과 서화를 분과학문으로 설정하고 고유의 영역만을 취급하여 온 것이 사실이다. 이는 전통시대의 학문이 문·사·철·예라는 통합적 사유구조에 바탕을 두고 그 변화·발전을 거듭하여 왔다는 역사적 사실을 무시하려는 태도에 기인한 것이다. 당연히 시는 시, 서는 서, 화는 화로 분리하여 연구하는 방법은 시서화의 지평을 축소하고 왜곡할 수밖에 없다. 문학과 서화의 통합적 연구의 문제점은 다음과 같다. 첫째, 분과학문의 개별성을 타파할 수 있는 통합적인 방법론이 확립되지 못했다. 둘째, 연구자의 타 학문에 대한 연구가 어렵다. 문학연구자는 서화작품을 실제로 감상하여 그 시대에 살았던 사람들의 생활감정을 시각적으로 읽을 수 있는 바탕이 없고, 서화연구자는 문헌자료를 읽어서 문예미를 체득하기 어렵다는 점이다. 셋째, 문학과 서화뿐만 아니라 통시적으로 전 영역을 포괄하는 인문적 교양이 절대적으로 부족하다. 최근에 시서화의 연구에 필수적인 오세창(吳世昌)의 『국역 근역서화징』(동양고전연구회 역, 1998, 시공사)이 자세한 주를 첨부하여 완역되어 전통시대의 시서화 관계의 문헌자료를 접근하는 데에 시간과 노력을 줄일 수 있게 되었다(다시 『국역 근역서화징』 수정 내역은 『동양고전연구』 12집, 1999, 327~356면에 상재함). 이에 대한 총체적인 정리와 연구를 통해 문학과 예술의 통합적인 방법론이 확립되어야 할 것이다.

2) 시와 서화의 심미성이 동일하다는 전제는 다음의 연구에서도 확인된다.
徐復觀, 『中國藝術精神』, 學生書局, 民國55(권덕주 역, 동문선, 1990).
肖馳, 『中國詩歌美學』, 北京大學出版社, 1986.

목하면서도 시는 시대로, 서화는 서화대로 분리하여 별개로 다루어 온 것이 사실이다. 물론 이 시기의 문인들이 시서화(詩書畵) 일치 (一致)를 추구하거나 창작했기 때문에 어떤 방식으로든 언급될 수 밖에 없는 실정이지만 본격적으로 시서화의 문제를 하나의 틀로 거론한 경우는 드물었다. 사실 문학의 경우에 있어서 서화에 대한 관심은 그 시대의 예술적 성격을 설명하기 위한 방편이었고, 서화의 경우에 있어서도 문인들의 서화비평이나 감상을 언급하는 정도였다.3)

李澤厚, 『華夏美學』, 三聯書店(香港), 1988(권호역, 동문선, 1990).
曾祖蔭, 『中國古代美學範疇』, 丹靑圖書, 民國76.
童慶炳, 『中國古代心理詩學與美學』, 中華書局, 1992.
정우봉, 「19세기 시론 연구」, 고대 박사논문, 1992.
정우봉, 「조선후기 문예이론에 있어 形과 神의 문제」, 『민족문학사연구』 4호, 1993.
정우봉, 「조선후기 문학이론에 있어 神의 범주」, 『韓國漢文學硏究』 19집, 1996.

3) 조선 후기의 시·서·화에 대한 독립적인 연구로 주목할 만한 것은 다음과 같다.
① 鄭雨峰, 「19세기 詩論 硏究」, 고대 박사논문, 1992.
　　安大會, 『朝鮮後期詩話史硏究』, 國學資料院, 1995.
　　閔丙秀, 『韓國漢詩史』, 태학사, 1996.
② 李完雨, 「원교 이광사의 서론」, 『간송문화』 38, 1990.
　　李完雨, 「원교 이광사의 서예」, 정신문화연구원 석사논문, 1991.
　　李完雨, 「원교의 생애와 예술」, 『원교 이광사전』, 예술의전당, 1994.
　　박병천,. 「추사의 원교서론비평에 대한 분석적 고찰」, 『서예관논문집』 1집, 1991.
③ 洪善杓, 「조선후기의 회화관」, 『山水畵·下 - 한국의 미·12』, 중앙일보사, 1982.
　　洪善杓, 「崔北의 生涯와 意識世界」, 『미술사연구』 5호, 1991.
　　洪善杓, 「朝鮮後期의 繪畵 愛好風潮와 鑑評活動」, 『美術史論壇』 5호, 1997.
　　金起弘, 「玄齋 沈師正의 南宗畵風」, 『澗松文華』 25호, 1983.
　　金起弘, 「18세기 朝鮮 文人畵의 新傾向」, 『간송문화』 42호, 1992.
　　俞弘濬, 「이인상 회화의 형성과 변천」, 『고고미술』 161, 1984.
　　俞弘濬, 「조선후기 문인들의 서화비평방식에 대한 고찰」, 『19세기 문인들의 서화』, 1988. 열화당.
　　俞弘濬, 「남태응 청죽화사의 해제 및 번역」, 『조선후기 그림과 글씨』, 1992. 학고재.
　　俞弘濬, 「이규상 일몽고의 화론사적 의의」, 『미술사학』 5집, 1993.
　　이선옥, 「담헌 이하곤의 회화관」, 서울대 석사논문, 1987.
　　변영섭, 『표암강세황회화연구』, 일지사, 1988.
　　姜寬植, 「觀我齋 趙榮祏 畵學考」 上·下, 『美術資料』 44·45, 1989·90.
　　吳柱錫, 「畵仙 金弘道, 그 人間과 藝術」, 『단원 김홍도·誕辰 250周年記念 特別展 論考集』, 삼성문화재단, 1995.

우리는 전통시대의 문예에 중요한 요소로 자리잡고 있는 시서화 일치라는 전제를 거부감 없이 말하고 있고 누구도 이를 부정하지 않지만 구체적인 인물이나 시대에 적용하여 변별해 오는 데에는 미흡했던 것이 아닌가 한다. 때문에 본고에서 다루는 18세기 시서화론(詩書畵論)의 상호 관련성에 대한 연구는 이 시기의 문예 양상을 파악하는 데 하나의 디딤돌이 될 뿐만 아니라 문학 및 서화 이해에도 도움이 될 것이다. 특히 조선시대의 예술과 문화의 양상을 설명함에도 18세기 시서화론의 상호 관련성에 대한 관점은 매우 중요한 틀로 작용할 것으로 보인다. 더욱이 이러한 연구는 조선시대의 문예에 나타나는 근대 지향적 성격을 조감할 때 일정한 역할을 담당할 수 있을 것으로 기대된다.

문학과 예술에 있어서 근대 지향적 요소는 17세기 말부터 이미 나타나고 있지만, 본격적인 경향은 18세기로 진입하면서이다. 18세기 이래 사회의 변화는 전 분야에 걸쳐 나타나고 있는데, 그 원인에 대한 연구가 충분한 것은 아니지만, 대개 당시의 상업이 전대보다 비약적으로 번성하고 도시 발달과 소비가 늘어난 것과 관련이 있다고 하겠다. 이러한 사회적 변화와 경향이 반영되는 문예 영역은 당연히 여러 방향으로 분기되고 굴절되어 복잡한 관계를 형성하고 있다.

첫째, 철학과 사상 분야에서는 이러한 경향이 성리학(性理學)에

이암, 「연암 박지원의 畵論과 문학진실관」, 『민족문학사연구』 7호, 1995.
이태호, 『조선후기 회화의 사실정신』, 학고재, 1996.
한국미술사학회 편, 『문화사와 미술사』, 일지사, 1996.
韓正熙, 「文人畵의 개념과 韓國의 文人畵」, 『美術史論壇』 4호, 1996.
朴銀順, 「金剛山圖연구」, 一志社, 1997.
윤용이·유홍준·이태호, 『한국미술사의 새로운 지평을 찾아서』, 학고재, 1997.

대해 회의하고 반발하면서 새로운 사상에 대한 모색으로 이어지고, 한편으로는 현실생활에 접목하는 실학을 주창하는 과정에서 반영되는데, 이것은 바로 인간의 감성적인 부분에 대한 긍정과 강조로 이어지고 있다. 둘째, 이러한 철학과 사상의 변화는 직간접적으로 관련 있는 당대 문인들에게 세계와 존재에 대해 새롭게 인식하도록 만들어, 각기 시문이나 서화 영역에서 개성 있는 자아를 주요한 특징으로 하는 문학과 예술이론을 주장하게 하였다. 물론 당대 문인들은 결코 자각적으로 성리학적 전통 – 유학적 전통에 벗어나거나 대안을 제시하려는 명확한 요구나 관념이 없었고, 여전히 유학적 전통의 문예를 따르고 있었다. 그러나 그들은 일정 부분에 있어 개성·자아·본능에 대한 긍정이라는 역할을 수행하였다. 이런 새로운 근대적 경향은 하나의 힘으로 작용하였는데, 비록 성숙한 문예이론으로 표현된 것은 아니나 오히려 구체적으로 전통적인 표준·규범에 대해 비판하고 회피하였다. 예컨대 그들은 전통적인 규범에 반하여 금(今)·속(俗)·진(眞)·신(新)·기(奇) 등을 주장하거나 강조하고 있다. 셋째, 앞의 두 경우는 전통 유학에 대한 비판이 아직 자각적 의식이 아니라면, 이 시기의 진보적인 문인들의 문학과 예술에 대한 형식과 기교는 매우 자각적이다. 이것은 근대를 향한 일종의 표현이고 문예에 대한 중시와 긍정이다. 예컨대 예(藝)나 문(文)은 단지 재도(載道)일 뿐만 아니라 그것들 스스로 독립적인 자신의 기교와 법칙을 가지고 있음을 의미한다.

이 시기의 문학과 예술이 독자적인 모습과 가치를 지닐 수 있었던 것은 인간 개체에 대한 긍정에서 비롯한다. 인간의 개성은 주체의식의 각성과 밀접한 관련을 가진다. 주체의식의 각성은 개인의 정감과 심령을 전통사회의 규범적 질서에서 해방시켜 자유롭게 심성을 표출할 수 있도록 만든다. 개개인이 스스로 자유롭게 심성을 표출할 수 있다면 자신의 마음속에 있는 진정(眞情)과 흥취(興趣)는 새로운 미의식을 자극하여 심미창조를 가능케 할 것이다.[4] 따라서 이러한 문학과 예술의 독자적인 모습과 가치가 18세기 시론·서론·화론에 어떻게 투영되어 있는가를 밝히고자 한다.

Ⅱ장에서는 서울의 도시발달과 문인들의 문예취향을 거론하고, 시서화 일치의 양상을 살피려 한다. 18세기의 문예적 현상은 서울의 도시발달과 긴밀한 관계에 있기 때문이다. 서울의 도시문화는 인간 주체의식의 각성과 미적 해방의 추구가 고려되어야만 그 문학과 예술의 자유로운 창조성을 간취할 수 있다. 이런 입장은 이 시기의 문인층이 명·청 시대의 문예적 성과를 수용 극복하는 부분 이외에 내부적인 발전의 계기를 찾을 수 있다는 점에서 소중하다. 그러므로 이 시기의 문인 중에는 기존의 문예 틀에 벗어나 개개인의 마음속의 진정(眞情)과 흥취(興趣)를 표출하는 경향이 나타나고 있다. 이는 미적 해방-새로운 미의식의 추구인 동시에 더

---

4) 예를 들면 호생관(毫生館) 최북(崔北, 1712~1786)이 규범체계에 얽매이지 않는 성격은 자신의 재능과 불우한 여항인으로서의 처지와의 불균형으로만 설명할 수 없다. 이는 지배층의 권위와 규범질서가 이완되는 시기와 상업도시의 시정적 세태를 살아가는 소시민적 삶을 일정하게 반영하는 것이다. 물론 오만 방달한 최북은 문화 담당자로서의 자존의식이 현실의 장벽에 부딪혔을 때 과도하게 반응하였다. 그러나 그의 예술취향은 기존 규범을 묵수하지 않는 예술인의 창조와 신의라 할 수 있다. 더 나아가 최북은 기존 규범을 거부하는 정신으로 자신만의 심미창조를 이루었던 것이다. 심미창조는 인간 주체의 발전이고 인간의 새로운 심미를 요구하는 발전인데, 일체의 기존의 미적 범주가 인간 심미의 발전에 따르는 것이라 할 수 있다. 이는 심미창조가 일정한 규범에 합치되어야 하며 그렇지 않을 경우에는 오히려 상투적인 미를 만들어 진정한 심미창조가 불가능함을 의미한다. 그런데 진정한 심미창조는 일정한 기간이 경과할 때 기존의 규범을 돌파하는 데서 가능하다. 심미창조는 기존 미적 규범이나 질서와는 다른 길을 추구하는 과정에서 나온다.

많은 사람들에게 문학과 예술을 향유할 수 있는 계기를 마련하는 것이다.

따라서 Ⅲ·Ⅳ·Ⅴ장은 18세기 시론·서론·화론을 장별로 분리하여 각각의 특성을 부각시키는 데 목적을 두었다. 우선 Ⅲ장은 이 시기의 시단(詩壇)에서 개성과 독창성을 성취한 개인이나 집단을 중심으로 선별하여 다루는 방식을 택하였다. 그래서 '진시운동(眞詩運動)'을 주도한 김창협(金昌協)·김창흡(金昌翕) 등이 주도한 문예적 그룹인 백악시단(白岳詩壇)5)의 시를, 이용휴(李用休)를 중심으로 한 문인집단 - 여항 제자들의 성과를, 18세기 후반의 시인집단으로 후기사가(後期四家) - 이덕무(李德懋)·유득공(柳得恭)·박제가(朴齊家)·이서구(李書九)의 시를 다루었다. 아울러 중요한 시론으로 격조론(格調論)·신운론(神韻論)·성령론(性靈論)의 문제를 거론하였다.

Ⅳ장에서는 전대의 조맹부체(趙孟頫體)나 안진경체(顔眞卿體)를 배격하고 왕희지체(王羲之體)로 매진했던 서가(書家)들의 업적을 중심으로 거론했는데, 이는 18세기 서체가 왕희지체를 표준으로 삼아 반복적으로 학습하고 반성하여 동국진체(東國眞體)를 완성했다는 점을 부각하기 위한 방식이었다. 특히 옥동(玉洞)·원교(員嶠)는 동국진체를 완성하면서 이를 논리화하여 『필결(筆訣)』을 남김으로써 이론과 실천의 양면을 공유하기도 하였다.

Ⅴ장에서는 이 시기의 화단은 다양한 장르의 회화를 구사한 만큼이나 화려하였는데, 그중에서도 문인화(文人畵)·진경산수화(眞景山水畵)·풍속화(風俗畵) 등은 이 시기를 대표하는 업적이라 할 수

---

5) 기존의 연구는 김창협·김창흡 등이 주도한 문예적 그룹을 '백악사단(白岳詞壇)'으로 지칭하고 있다(최완수). Ⅲ장은 시나 시론에 초점을 두고 있기 때문에 '백악시단(白岳詩壇)'으로 사용하고자 한다.

있다. 더욱 주목할 점은 사대부화가들이 회화의 전문성을 획득했다는 사실과 더불어 화원 출신의 화가들이 직업화가라는 자부심을 가지게 되었다는 것이다. 18세기 화론은 중국 화보나 회화 이론과 일정한 공통성을 유지하면서 우리 회화의 질을 고양시키는 방향으로 나아갔는데, 이를 위해 진경산수화론·풍속화론·문인화론을 문제로 삼아 해명하고자 하였다.

Ⅵ장에서는 18세기 시서화론의 가치개념을 고(古)에서 금(今)으로, 아(雅)에서 속(俗)으로, 법(法)에서 아(我)라는 변화과정으로 살펴보려 한다. 이는 이 시기의 문학과 예술에 나타난 문예적 자각의식을 염두에 둔 구도이다. 실제로 이러한 변화과정은 조선 후기 새로운 미적 규범을 추구하려는 일부 문인들의 주장에서 간취되는 시대정신과 방향으로 설명할 수 있다.

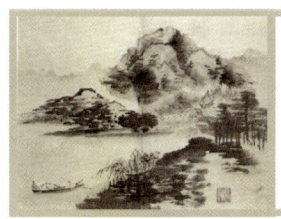

Ⅱ. 18세기 도시의 발달과 시서화의 양상

18세기 도시발달의 중심축은 수도 서울[漢城]이라 할 수 있다. 서울이란 도시는 조선시대의 모든 변화의 시작이며 궁극적 결절점으로 작용하기 때문일 것이다. 16세기 이후부터 서울은 전대의 정치도시로서의 특징이 지배적이었던 도시에서 상공업 중심의 도시로의 변화가 지속적으로 수행되었던 도시로 변모하고 있었다.[6) 18세기 서울은 '17세기 위기'를 자체적으로 극복하고 본격적인 도시발달의 양상을 보이기 시작하였다.[7)

서울이 상업도시로서의 양상을 수반하자 당대인(當代人)의 현실에 대한 적응력에서 커다란 변화가 나타났다는 점이다.[8) 우선 조

---

6) 이 같은 도시의 상업적 양상은 서울뿐만 아니라 수로를 중심으로 한 경기권 일대의 지방도시에도 지속적으로 나타나고 있었다. 또한 서울에서 멀리 떨어진 지방도시의 경우도 별반 차이가 없었다고 한다. 담헌 이하곤은 『남유록(南遊錄)』에서 호남의 전주를 기록하면서 그 인구의 숫자나 물자유통의 규모로 보아 서울 종로와 비견할 만큼 번화하다고 하였다. 李相周, 「澹軒 李夏坤 文學의 研究 -紀行文學을 중심으로-」, 성균관대 박사논문, 1994.

7) 이태진은 유럽의 17세기사 연구에서 거론되었던 '소빙기(Little age) 현상'을 수용하여 '17세기 위기'가 서울에 어떠한 영향을 미쳤으며 어떻게 극복됐는지를 설명하고 있다(李泰鎭, 「조선시대 서울의 都市발달 단계」, 『서울학연구』 창간호, 1994). 그는 16세기에서 18세기의 조선왕조에 나타난 '소빙기적 현상'을 『조선왕조실록(朝鮮王朝實錄)』의 기록을 점검하여 분석하고 있어 참고가 된다(李泰鎭, 「'小氷期'(1500~1750년)의 天體 現象的 원인 -『朝鮮王朝實錄』의 관련 기록 분석-」, 『國史館論叢』 72호, 1996).

8) 최근 서울학연구소에서는 서울의 근대적 도시발달 양상에 대한 주목할 만한 연구를 내놓고

선왕조를 이끌었던 사대부계층은 사회의 부(富)와 안정을 바탕으로 인간(人間)의 개성(個性)을 발견하고 존중하는 태도를 보이기 시작하고, 이러한 경향은 사회 전반에 영향을 끼치고 있었다. 이는 '경기(京畿)'에 거주하는 사대부계층이 명·청 시대의 학술과 문예에 접근할 수 있는 유리한 입지에 의해 다른 지역 사대부계층보다 민첩하게 대응하여 주체적인 학술과 문예적 성취를 이루었던 현실조건과 일정한 관련을 갖는다.[9] 다음은 점차로 자신의 사회적 처지를 자각하는 여항인이 수탈의 단순한 재분배에 의존하는 상태를 벗어나 독자적인 생활공간을 구축하는 과정이었던 것이다.[10]

이 시기의 여항인은 중세의 신분적 질서의 규정력을 약화시키면서 새로운 계층을 형성하게 되고, 이들은 도시를 중심으로 한 새로운 사회의식을 창출하게 된다. 따라서 서울에서는 신분이 갖는 사회적 규정력이 줄면서 경제력이 인간의 삶을 규정하는 측면이 강해진다는 점이다. 비록 19세기의 기록이지만 도시를 무대로 새

있는데, 이는 이우성(「18세기 서울의 都市的 樣相」, 『鄕土서울』 17, 1963) 이후의 산발적인 연구에서 집단적인 연구로 전환됨을 말한다. 다음은 『서울학연구』의 연구 성과이다.
최기수, 『서울의 景과 曲』, 서울학연구소, 1994.
李泰鎭, 「조선시대 서울의 都市발달 단계」, 『서울학연구』 창간호, 1994.
楊普景, 「서울의 공간확대와 시민의 삶」, 『서울학연구』 창간호, 1994.
최완수, 「서울의 옛그림」, 『서울학연구』 창간호, 1994.
이규목, 「서울의 도시경관과 그 이미지」, 『서울학연구』 창간호, 1994.
최강현, 「고전 작품에 나타난 서울에 관한 연구」, 『서울학연구』 3호, 1994.
이태진, 「18-19세기 서울의 근대적 都市발달 양상」, 『서울학연구』 4호, 1995.
이문규, 「조선 후기 서울의 市井人의 生活相과 새로운 志向 의식」, 『서울학연구』 5호, 1995.
이와 별도로 한국고전문학연구회 편, 『문학 작품에 나타난 서울의 형상』, 한샘출판사, 1994가 있다.
9) 이 시기에 명·청 시대의 학술이 소개되어 '경기학인(京畿學人)'의 경학 연구에 많은 영향과 도움이 있었다. 金文植, 『朝鮮後期經學思想研究 – 正祖와 京畿學人을 중심으로 – 』, 일조각, 1996.
10) 강명관, 『조선후기 여항문학 연구』, 창작과비평사, 1997.
강명관, 『조선시대 문학 예술의 생성 공간』, 소명, 1999.

롭게 등장한 사회세력에게는 서울은 시골과 달라서 돈만 있으면 안 되는 일이 없는 곳이다. 심지어 모든 일이 재물에 의해 결정되기 때문에 돈만 있으면 과거에 응시하여 벼슬하는 일도 어려운 일이 아닐 정도였다는 것이다.[11] 결국 도시에 거주하는 사람들은 신분적 조건에 비교적 자유로운데다가 자신들의 사회규정성을 마련하기 위해 새로운 규범을 갈구하였다.

이제 사람들은 자신 앞에 주어진 객관적 조건에 대해 느끼고 생각하고 표현하는 수많은 방식을 통해 서울의 도시문화를 형성하게 된다. 더욱이 도시적 문화는 인간 주체의 각성과 미적 탐구가 고려되어야만 그 문학과 예술의 자유로운 창조성을 간취할 수 있다.[12] 이런 입장은 이 시기의 문인층이 명·청 시대의 문예적 성과를 선택적으로 수용하는 요소뿐만 아니라 외부적인 자극 이외에 내부적인 발전의 계기를 찾을 수 있다는 점에서 소중하다. 왜냐하면 한 시기의 공통적이고 집단적인 정신자세는 '지금 이곳'의 조건에 대한 인간 주체의 심리적이고 정신적인 대응의 결과이기 때문이다.

그런데 이런 심리 정신적 대응은 매우 은폐적이고 심층적이며 복합적이라 할 수 있다. 당대인은 현실이 단단하게 디딜 수 있는

---

11) 서울은 시골과 달라서 돈만 있으면 안 되는 일이 없다(『右捕廳謄錄』第二册 壬寅(1842) 3月 29日, "京中異於鄕, 有錢則無事不成"). 매양 재물이 없다면 이루어지는 일이 없고, 돈만 있으면 과거에 응시하는 것도 어려운 일이 아니다(『右捕廳謄錄』第二册 壬寅 (1842) 2月 5日, "每事無物不成, 有錢則非難應科").

12) 이덕무는 『청장관전서(靑莊館全書)』「영처시고(嬰處詩稿)」에서 젊은 주인이 화악(花藥)과 도서(圖書)에 기이한 벽이 있다고 하면서 금강산 기행록과 당시를 뒤적이는 모습을 다음과 같이 읊고 있다. 이하 번역은 『국역 청장관전서』, 민족문화추진회 편, 1982년을 참조.
「주인이 금강산기와 당시를 봄(主人看金剛山記及唐詩)」
妙年英氣主人眉   주인의 눈썹 아직 소년의 영기라
花藥圖書性癖奇   화악(花藥)과 도서(圖書) 다 기이한 취미이네
案上離披楓岳錄   책상 위에 풍악의 기행록을 펴놓은 채
翛然時復閱唐詩   때로는 말끔히 또 당시를 뒤적이기도

발판이 아니라는 사실을 차츰 깨닫게 되었는데, 특히 서울이라는 도시는 그 끝을 알 수 없는 어둠처럼 전에는 듣지도 보지도 못한 인물과 사건들의 충돌이 일어나는 공간으로 변모했다는 점이다. 이는 인간 주체가 현실을 이해하는 방식의 변화와 불가분의 관계에 놓여 있다고 하겠다. 달리 말해 세계를 접촉하고 이해하여 개념화하는 방식이 주로 후각·청각·촉각에서 분석적이며 합리적일 수 있는 시각으로 변모한다는 점이다.[13]

이처럼 인간 주체(主體)가 세계를 접촉하고 이해하는 데 시각에 의존하는 방식을 사용하게 되자 현실조건에 대한 주체의식의 각성이 더욱 진전되었다고 할 수 있다. 주체의식의 각성은 개인의 정감(情感)과 심령(心靈)을 전통사회의 규범적 질서에서 해방시켜 자유롭게 심성(心性)을 표출할 수 있도록 만든다. 그러므로 이 시기의 문인(文人) 중에는 기존의 문예의 틀에 벗어나 개개인의 마음속의 진정(眞情)과 흥취(興趣)를 표출하는 경향이 나타나고 있다. 이는 미적 해방 – 새로운 미의식의 추구인 동시에 더 많은 사람들에게 문학과 예술을 향유할 수 있는 계기를 마련하는 것이다.

---

13) 제베데이 바르부, 『역사심리학』, 임철규 역, 창작과비평사, 1983. 바르부는 이 책에서 인간의 퍼스낼러티 또는 정신구조는 역사 과정에 의해 형성되고 있다는 점, 또 이 정신구조는 동시에 역사 과정의 기본적인 요인이 되고 있음을 주목하고, 특정 시대의 사회·문화적 조건들을 규정하고 있는 사람들의 감정·습관 등은 어떤 것이며, 또 이런 감정·태도·습관 등을 가능하게 만드는 사회·문화적 조건들은 어떤 것인가를 해명하고 있다. 특히 2장 역사와 지각에서는 중세에서 근대로 넘어가는 과정에서 사람들의 감정·습관 등이 주로 후각·청각·촉각에서 시각으로 변모함을 거론하고 있다. 인간이 자기 자신에 대한 감정이 강해지면 강해질수록, 분화되면 분화될수록, 그만큼 외부세계의 인상도 강해지고 분화된다. 따라서 환경의 '동일성'은 차츰 줄어들 수밖에 없다고 한다.

1. 18세기 도시발달과 문예적 취향

1) 서울의 도시발달과 새로운 인간군

17세기 이후 서울이 상공업 중심의 도시로 성장하는 데 우선 중요했던 것은 인구의 증가이다.[14] 기록에 의하면 1669년 서울인구의 증가는 놀랄 만한 수준에 달하는데 '17세기 위기' 속에 기민(饑民)이 서울에 모여든 결과라고 한다.[15] 17세기 위기 속에 조정은 민(民)의 부담을 줄이기 위해 단계적으로 대동법을 시행하였다. 이 제도는 서울로 반입되는 공물이 화폐성격을 띠는 미(米)·포(布)로 전환되는 결과를 낳고 서울의 상품유통량을 증가시키는 계기도 되었다.[16]

그렇다면 서울의 인구증가를 촉진한 유민들은 어떻게 도시적 삶

---

14) 조성윤, 「조선후기 서울 주민의 신분구조와 그 변화」, 연세대 박사논문, 1992. 조선조 서울의 인구구성을 다음과 같이 분류하였다. ① 왕실과 양반관료, ② 행정실무 집단, ③ 공사노비와 천역담당 양인, ④ 직업군인, ⑤ 상인·수공업자, ⑥ 농민. 여기서 인구의 증가는 주로 ②~⑤에서 일어났다. 강명관(1997)은 실제로 그 수가 증가하고 부와 지식을 소유한 사회세력으로 등장한 것은 ②와 ⑤의 상인이라 하고, 특히 경아전층·기술직 중인·상인층은 새로운 스타일의 '여항문화'를 형성하였다고 한다.

15) 李泰鎭, 「조선시대 서울의 都市발달 단계」, 『서울학연구』 창간호, 1994.
李泰鎭, 「18-19세기 서울의 근대적 都市發達 양상」, 『서울학연구』 4호, 1995.

16) 서울의 유통경제에 수반하는 각종 직업이 생겨, 수십만 명의 유수지배(遊手之輩)들도 각종 잡무에 종사하면서 생활할 수 있는 경제력을 갖추게 된다. "서울주민은 직임자(職任者)는 봉록을 먹고 살고, 서리는 초품(稍禀)으로 살고, 예군오자(隸軍伍者)는 군포를 받아 살고, 영세 소상인들은 조그만 이익에 의지해서 살고, 수공업자는 힘들여 만들어서 살고, 또한 한잡지류(閑雜之類)는 조모취산(朝暮聚散)하고 동서유축(東西留逐)하여 농사를 짓지 않고도 살아가고, 직포(織布)하지 않아도 입고 사는 자가 무려 수십만이나 된다. 공인(貢人)·시인(市人)은 양민 중에서 가장 근착한 자들이다. 이들은 대대로 그 업을 계승하여 열심히 봉공하여 집안에는 항산(恒産)이 있다. 때문에 법을 두려워한다." 『備邊司謄錄』 213册 純祖 25年 11月 21日. 고동환, 「朝鮮後期 서울의 商業 都市로의 成長」, 『東洋 都市史 속의 서울』, 서울시정개발연구원, 1994에서 재인용.

을 영위할 수 있었던가. 전국 농촌으로부터 유입된 인구가 도시 하층민으로 정착되면서 종래에 큰 중요성을 갖지 못했던 상인·수공업자 집단이 크게 늘어나는데, 이들이 분화함으로써 자본을 축적하는 부상(富商)과 수공업자들을 양산하는 한편 대부분은 당시 급가모립(給價募立)되고 있었던 각종 산릉역(山陵役), 축성역(築城役), 영건역(營建役) 등의 토목공사나 또는 방역(坊役)이 고립화(雇立化)됨에 따라 생겨난 각종 운수역(運輸役)이나 장빙역(藏氷役)에 고가(雇價)를 받아 일하면서 생계를 꾸려 가는 임노동자가 되거나 일자리 없이 떠도는 부랑자가 되어 새로운 계층을 형성하고 있었다.

이처럼 서울에 거주하는 인구 증가로 말미암아 서울 공간의 확대는 시급을 요하는 문제였다. 행정지역 확대의 결과로 서울 외곽이 한성부에 편입되고 금산(禁山)의 범위도 성 밖 10리까지 확대되기에 이른다.[17] 그런데 여기서 주목해야 할 점은 서울의 공간 확대는 상품화폐경제의 발달과 밀접한 관련이 있다는 것이다.

17세기 후반 경강(京江)의 중심지인 용산·서강·한강·두모포 등이 방(坊)으로 승격되어 한성부에 편제되는 것은 경강의 전국적 해운과 수운(水運) 중심지로의 성장을 의미한다. 18세기 북부지역에 상평방·연희방·연은방, 동부지역에 경모궁방 등이 편입되었다는 것은 서울과 의주를 잇는 도로, 서울과 함경도를 잇는 도로상에 위치한 지역이거나 망원·합정 등 경강 하류지역에 분포된 곳이다. 이제 서울은 전국적 상품유통의 중심지로 비약적으로 발전하고 있

---

17) 서울 공간의 확장문제는 1751년에 반포된 『어제수성윤음(御製守城綸音)』「도성삼군문분계지도(都城三軍門分界之圖)」에 보이고, 금산(禁山) 범위의 확대는 1765년에 제작된 『사산금표도(四山禁標圖)』에 명시되어 있다. 高東煥, 「18·19세기 서울 京江地域의 商業발달」, 서울대 박사논문, 1993.

음을 의미한다.[18]

서울은 상공업 발전의 중심지로 성장하고 상품화폐경제가 확대되는 가운데 사회적 지위보다는 경제적 관계, 재산의 유무가 중요해지는 사회로 변화하고 있었다. 이처럼 사회적 지위보다 경제적 힘을 우위로 둔다는 것은 이미 중세의 신분제가 제대로 작동하지 않는다는 것을 의미하고, 아울러 신분관계의 변화가 진행되고 있음을 의미한다. 그리고 양반사대부의 전유물이던 지식과 예술이 그동안 소외되었던 계층－특히 중인층에게 폭넓게 공유(共有)되어 새로운 문예사조를 형성하는 데까지 이르게 된다. 중인들은 기술직이나 행정직에서 축적한 전문지식과 합리적 에토스는 서울문화의 보이지 않는 기층을 형성하였고, 이것을 조선 후기로 갈수록 더욱 강력한 세력을 형성해 갔으며, 이들을 중심으로 서울문화가 새롭게 형성되고 있었다.[19]

한편, 상공업의 발전으로 성장한 시정인들은 도시 내부에 자신만의 공간을 형성하고 있었다. 이들 시정인의 공간에서는 기존의 도

---

18) 18세기 이후에는 서울의 정비와 함께 시장도 크게 변화 발전하였다. 서울의 전통적인 시장이었던 종로의 시전거리와 더불어 난전상인들의 상설시장인 이현(梨峴)과 칠패(七牌)가 서울의 3대 시장으로 성장하였다. 이현·칠패 시장은 어물판매에서는 내·외어물전보다 유통물량이 10배에 달할 정도로 성장하였다. 또한 과일을 판매하는 우전(隅纏, 모전이라 부름)도 송현(松峴), 정릉동(貞陵洞), 전동(典洞), 남문(南門) 안의 우전과 문외(門外)의 상하 우전 등 여섯 군데가 될 정도로 번성하였다고 한다(고동환, 『조선후기 서울상업발달사연구』, 지식산업사, 1998).
연암(燕巖)의 「예덕선생전(穢德先生傳)」에는 서울 근교농업의 실상이 자세히 기록되어 있다. "왕십리에서 무, 살꽂이다리[箭橋]에서 순무, 석교(石郊)에서 가지·오이·수박, 연희궁(延禧宮)에서 고추·마늘·부추·해채(蓶菜), 청파(靑坡)에서 미나리, 이태인(利泰仁)에서 토란 같은 것들이 나오는데 밭은 상상전(上上田)에 심고 모두 엄씨의 똥을 써서 잘 가꾸어내는 것이다. 그래서 엄행수는 매년 육천 전을 벌기에 이른다."(李佑成·林熒澤 譯編, 『李朝漢文短篇集』下, 일조각, 1982.) 19세기 초에 편찬된 『한경지략(漢京識略)』에도 왕십리나 청파에서 미나리를 재배하는 자가 많았다고 한다. "枉尋里, 在興仁門外十里……此地水田, 居民種芹以賣, 甚美." "靑坡, 在崇禮門外, 亦多種芹水田(『漢京識略』各洞."
19) 尹在敏, 「朝鮮後期 中人層 漢文學의 研究」, 고대 박사논문, 1990.

덕(道德)과 법률(法律)이 충분하게 위력을 발휘할 수 없었고, 오히려 시정인의 삶을 옥죄는 경우가 많았기 때문에 이를 대체할 만한 윤리질서가 요구되기에 이른다. 이들이 요구하는 윤리질서는 신의(信義)에 바탕을 둔 인간적 상호 결합이다. 인간적 상호 결합은 수직적 관계가 아닌 대등한 수평관계로 개인과 개인 사이의 새로운 결합이라 할 수 있다.[20]

서울의 도시문화가 독자적인 모습과 가치를 지닐 수 있었던 것은 개성적 인간의 등장이라 할 수 있다. 인간의 개성은 주체의식의 각성과 밀접한 관련을 가진다. 주체의식의 각성은 개인의 정감과 심령을 전통사회의 규범적 질서에서 해방시켜 자유롭게 심성을 표출할 수 있도록 만든다.[21] 개개인이 스스로 자유롭게 심성을 표출할 수 있다면 자신의 마음속에 있는 진정과 흥취는 새로운 미의식을 자극하여 심미창조를 가능케 할 것이다. 이는 심미창조가 일정한 규범에 합치되어야 하며 그렇지 않을 경우에는 오히려 상투적인 미를 만들어 진정한 심미창조가 불가능함을 의미한다.

공재(恭齋) 윤두서(尹斗緒)는 중국 화보(畵譜)를 학습할 때 화본 자체만을 묵수(墨守)하지 않고 자신의 입장에서 주위 대상물을 세밀하게 관찰하여 그림을 완성한다.[22] 이처럼 공재가 화보라는 기

---

20) 朴熙秉,「朝鮮後期 民間의 遊俠 崇尙과 遊俠傳의 성립」,『한국한문학연구』 9 · 10합집, 1987.

21) 사회의 사상과 문화를 묵수하는 지식인들을 '전통적인 지식인'이라 한다면 새롭게 사회구성원을 지도하고 각성시키는 '유기적 지식인'은 역사의 변동기에 태동하게 된다. 이들은 단지 기존의 이념이나 문화를 지키는 전통적인 지식인의 틀에서 벗어나 사회의 변모하는 힘의 실체인 '헤게모니'의 장악에 적극적으로 참여함으로써 인간자아를 실현하는 데 목적을 가진다. 이 점에 대해 안또니오 그람시의 글을 참조.

22) 李肯翊,『燃藜室記述』「別集」 卷14, "凡畵人物動植, 必終日注目, 得其眞形而後已. 洪得龜見其畵龍與馬, 驚曰, '恭愍以後無此作.' 由是著名焉. 斗緒偏工人物, 而山水非其所長. 行墨太深, 有欠疎淡 · 平遠之趣, 鋪勢未熟, 殊無濃潤 · 淋漓之態. 一生所作,

존의 규범을 돌파하여 새로운 회화의 경지를 개척한 것은 주체의
식의 각성 때문에 가능한 일이라 할 수 있다. 따라서 공재는 자신
의 재주에 대한 자부심과 안목을 중시하여 그림에 대한 흥이 일어
날 때만 그리는 당당한 태도를 견지하고 있다.[23] 주체의식의 각성
은 기존 규범과 질서에 대해 대단히 부정적일 경우가 많다.

> 승지 신광하(申光河)는 시를 잘 지었으나 성격이 우활(迂闊)하였다. 일
> 찍이 말을 타고 가는데 말 위에서 담뱃불을 붙이다 잘못하여 솜바지에
> 붙어 큰 화상을 입었다. 그 후에 또 말을 타고 청패(靑牌, 남대문 밖에
> 있음) 근처를 지나다 하인이 "나으리 옷에 불이 붙었습니다."라고 하자
> 신광하는 재빨리 말에서 내려 논 속의 개울로 뛰어 들어가 몸을 진흙 속
> 에 굴렀다. 길옆의 친구 집에 들어가 그 까닭을 친구에게 말하기를 "내가
> 제갈공명만큼이나 꾀가 많다네."라고 하였다. 친구가 놀라 말하기를 "불
> 이 붙은 곳이 어디냐?"라고 하자 신광하가 곧 옷을 위아래로 훑어보니
> 도포자락에 동전만 한 자국이 있는지라 주객(主客)이 서로 보며 크게 웃
> 었다.[24]

이처럼 『교거쇄편(郊居瑣編)』에는 진택(震澤) 신광하(申光河)가 중
세 규범질서에 매몰되지 않으면서 자신의 방식대로 세상에 대처하
는 모습을 보여주고 있다.[25] 자신의 방식대로 세상을 살았던 진택
의 모습을 우활한 인간의 모습으로 이해한다면 이 시기의 새로운

불出帖畵, 而屛簇則罕見, 挾藝自高, 非得意不肯出, 是以畵亦罕傳."

23) 南泰膺, 『聽竹畵史』, "恭齋負其絶藝, 矜持太深, 絶不應人. 而惟李師亮·李夏坤·閔
龍顯者能使石佛面頭, 有求輒副, 各藏三四帖, 障畵亦多. 夏坤則有「萬馬圖」一簇, 任甥亦
得賞玩, 三人皆西人也, 以此自中謗議朋興. 其友文官洪重休, 竦顔誚責, 斗緒大恨之."

24) 任相元, 『郊居瑣編』 卷4, "申承旨光河, 善爲詩而性迂濶. 嘗跨馬行, 被茶火誤燕[馬上
吸烟茶]絮袴, 灼爛大創. 其後又跨馬過靑牌[南大門外]. 奴言, '主衣燃火.' 申亟下馬,
入水田中滾, 轉渾身沾泥. 乃入路傍故人家告之故曰, '我賽諸葛[自言多智].' 故人驚曰,
'火及何許.' 申乃遍閱衣袴, 則道袍後裾, 有火跡如錢, 主客相視大噓."

25) 陳在敎, 「震澤 申光河의 北游錄과 白頭錄」, 『韓國漢文學硏究』 13집, 1990.

인간상을 배제하는 것이다. 왜냐하면 이런 인간의 모습을 진택만으로 한정할 수 없기 때문인데, 혜환(惠寰) 이용휴(李用休)의 「허연객생지명(許烟客生誌銘)」에 나타난 허필도 여전히 우활한 인간의 모습이다. 연객(烟客)은 재주가 뛰어난 사람으로 전서·예서 등을 잘 썼지만 계속 배우지 않은 이유가 단지 남의 심부름꾼이 되는 수고가 싫었기 때문이다. 그는 자신의 확고한 깨달음을 바탕으로 세상을 헤쳐 나갔는데 끼니를 잇지 못하여도 고기(古器)나 양검(良劍)을 사기 위해 옷을 벗어 주기도 하였다. 그리고 당당하게 세상 물정은 나만 모르면 되는 것이 아닌가라고 반문하고 있다.26) 이처럼 공재·진택·연객 등의 우활한 태도는 여항인의 경우에도 그대로 나타나고 있다.

특히 최북(崔北)27)이나 이언진(李彦瑱)의 경우는 그 우활함이 세상의 규범적인 질서를 정면으로 부정하고 있다는 점에서 주목을 요한다.28) 이처럼 최북이 기존의 규범체계에 얽매이지 않는 성격은 자신의 재능과 불우한 여항인으로서의 처지와의 불균형으로만 설명할 수 없다. 진택의 경우에서 분명하게 드러나듯이 지배층의 권위와 규범질서가 이완되는 시기와 상업도시의 시정적 세태를 살

26) 『槿域書畵徵』 許佖條, "烟客善吟詩, 此其異也. 又多藝善篆隸, 兼通史皇六法, 然不竟其學日, 是人役徒勞我耳. 家貧屢空, 有泰色, 或遇古器若良劍, 卽解衣易之, 人笑其迂. 曰'我不迂, 誰當迂者?' 庭有古楠, 階列佳菊, 逍遙其間, 不問世事."

27) 최북(崔北): 1712~1786. 본관은 전주, 초명은 식(埴), 자는 칠칠(七七), 호는 삼기재(三奇齋)·호생관(毫生館)이다. 화원으로 기이한 행동과 괴팍한 기질에 걸맞게 화훼·괴석·고목을 대담하고 파격적으로 그려내었다. 산수는 주로 심사정(沈師正)의 영향을 받은 남종화 계열의 작품을 남기고 있다.

28) 趙熙龍, 『壺山外記』 「崔北傳」, "崔北 (中略) 爲人激昂排兀, 不以小節自束. 嘗於某家, 逢達官, 達官指北向主人曰, '彼座者, 姓誰?' 北仰面向達官曰, '先問, 君姓誰何?' 其傲慢如是. 遊金剛, 至九龍淵, 忽大叫曰, '天下名士, 死於天下名山, 足矣.' 墜淵幾至不救. 一貴人要畵於北, 而不能致, 將魯之, 北怒曰, '人不負吾, 吾目負吾!' 乃刺一目而眇, 老挂饜饜一圈而已. 年四十九而卒, 人以爲七七之識."

아가는 소시민적 삶을 일정하게 반영하고 있다. 물론 오만방달(傲
慢放達)한 최북은 문화 담당자로서의 자존의식이 현실의 장벽에 부
딪혔을 때 과도하게 반응하였다. 그러나 그의 예술취향은 기존 규
범을 묵수하지 않는 예술인의 창조와 신의라 할 수 있다.[29]

　더 나아가 최북은 기존 규범을 거부하는 정신으로 자신만의 심
미창조를 이루었던 것이다. 심미창조는 인간 주체의 발전이고 인간
의 새로운 심미를 요구하는 발전인데, 일체의 기존의 미적 범주가
인간 심미의 발전에 따르는 것이라 할 수 있다. 그런데 진정한 심
미창조는 일정한 기간이 경과할 때 기존의 규범을 돌파하는 데서
가능하다. 물론 최북이 진정한 심미창조를 이루었다거나 완전하다
는 것은 아니다. 이는 그가 근대적 인물일 수 없었던 시대적 한계
도 고려되어야 한다. 그러나 그는 근대적 인물은 아니지만 그 단
초를 연 인물로 다루어지는 것이 온당하다는 점이다. 개성이 강한
신광하가 「최북가(崔北歌)」에서 얼어 죽은 최북에 대한 슬픔을 말
하면서 그 이름은 영원히 남으리라고 하였고 「제정대부걸화김홍도
(題丁大夫乞畵金弘道)」에서 김홍도와 함께 다루고 있는 것은 이 때
문일 것이다.[30]

---

29) 이단전은 한 말 들이 주머니를 차고 다녔는데, 다른 사람이 지은 좋은 시구를 얻으면 주머
　　니 속에 넣어 보관하였다. 이는 남의 시를 아끼면서도 자신의 시는 아끼지 않는 경우라 할
　　수 있다.
30) 申光河, 「崔北歌」(林熒澤 편역, 『李朝時代 敍事詩』 下, 창작과비평사, 1992.)
　　(中略)
　　索酒狂呼始放筆　　술을 찾아 미친 듯 부르짖다가 비로소 붓을 드는데
　　高堂白日生江湖　　대낮의 대청마루에 강호 풍광이 살아난다
　　賣畵一幅十日餓　　열흘이나 굶주리던 끝에 그림 한 폭을 팔아서
　　大醉夜歸城隅臥　　술을 사 마시고 돌아오다 대취하여 성 모퉁이에 쓰러졌다네
　　借問北邙塵土萬人骨　　물어보자, 북망산에 진토 된 만인의 뼈다귀
　　何如北也埋却三丈雪　　세길 눈 속에 파묻혀 죽은 최북 그와 견주어 보면 어떠하랴
　　嗚呼北也　　슬프다, 최북이여

이언진은 최북과 마찬가지로 자유방달한 인물로 죽음에 임하여 자신의 글을 불태운 일화로 유명한 여항시인이다. 그는 자신의 삶을 회고한 시를 남기고 있다. "오관(五官) 밖에 문안(文眼)을 갖추고, 온갖 병 중에 돈 벽(癖)만 없다. 시 읊고 글씨 쓰고 그림까지 잘 그렸으니, 사람들이 할 줄 아는 것은 다 가지고 있다.[31]" 이렇듯 오관 밖에 문안이 있고 시서화에 특장이 있더라도 세상에 쓰이지 못해 실제 생활은 초라할 수밖에 없었다. 실로 이 시기의 주체의식의 각성(覺醒)으로 자신만의 미감을 창조한 文人들의 생활은 곤궁함이 지나쳐서 죽어서도 그 참혹함을 말하기가 어려웠던 것으로 보인다. 그들의 처량한 신세는 호생관(毫生館)과 교분이 두터웠고 혜환에게 독창적인 시세계로 인정을 받았던 이단전(李亶佃)의 경우에도 예외는 아니다.[32]

결국 이 시기의 개성적 인간의 등장은 주체에 의한 자각의식과 관련이 있다. 앞에서 언급한 것처럼 문인들은 자신의 사회적 처지와 경제적 곤궁 속에서도 전통사회의 규범적 질서에 벗어나, 자신만의 개성을 발현하는 심미창조를 이루어낸다.

　　身雖凍死名不滅　　　그의 몸은 비록 얼어 죽었으되 그의 이름은 길이 지워지지 않으리.
31) 李彦瑱, 『松穆館集』, "五官外具文眼, 百病中無錢癖. 吟得寫得畵得, 人所應有皆足."
32) 『漁山詩集』 「悼李亶佃」.
　　半世無家住　　　반평생 집 한 칸 없었으니
　　殘篇有女開　　　남은 글들을 딸이 펴 보고 있다.
　　朝飡兼夕爨　　　아침밥은 저녁밥을 겸했고
　　春服只冬裁　　　봄옷은 겨울에 지은 것뿐이구나.
　　未必貧傷命　　　반드시 가난하다고 운명을 안타까워할 것은 없다.
　　還應鬼愛才　　　도리어 귀신도 재주 있는 이를 사랑하는 법이라네.
　　凄凉一抔地　　　처량도 하여라, 한 움큼 되는 흙에
　　香火不曾來　　　향화(香火)가 한 번도 온 적이 없구나.

2) 문인들의 서화고동취미

서울 도시문화의 주축은 시서화 일치를 취향으로 하는 문인층이라 할 수 있다. 서울의 도시문화가 고유한 색을 갖게 되는데도 시서화를 두루 감상하고 창작하는 문인층의 다양화가 커다란 힘이었다. 물론 이들이 상대적으로 경학(經學)을 소홀히 하였다고 해서 학업을 게을리한다거나 무시할 수 있는 것은 아니다. 오히려 학문의 축적을 바탕으로 시서화 일치를 추구하는 경향을 보여 왔다.

원래 동양에서 문학과 서화의 일치 경향은 별로 새로운 일이라 할 수 없다. 이 시기의 문예(文藝)는 상업도시의 성장과 밀접한 관련 속에서 이루어진 '소비적 문화'라는 점에서 다른 시기와의 변별성을 지닌다.[33] 소비적 문화는 사회를 추동(推動)할 만한 생산의 발달로 부가 축적되고, 이 부를 바탕으로 생활을 영위하는 유한계층(有閑階層)이 창출될 때 가능한 일이다.[34] 이들 유한계층은 문화를 생산하는 일보다 소비에 관여하는 집단으로, 도시의 소비문화를 실질적으로 가능케 하는 바탕이다. 이러한 소비적 도시문화의 국면(局面)은 이와 상응하는 새로운 문학과 예술을 형성하게 된다.[35]

그리고 서울의 도시문화는 서화의 상품화라는 단계도 포함하고 있다. 이 서화의 상품화는 서울문인층의 생활방식을 바꾸어 놓게 된

---

33) 李佑成, 「18세기 서울의 都市的 樣相」, 『韓國의 歷史像』, 창작과비평사, 1982.

34) 베블렌은 『유한계급론(有閑階級論)』에서 유한층의 부도덕한 측면을 날카롭게 비판하면서도 그들이 생산해내는 문화-소비적 문화의 추동력에 대해 엄밀한 접근을 보여주고 있다. 결국 문화는 어떠한 의미를 지니는가 중요한 것이 아니라 어떤 조건에 있는가가 더욱 중요할 수밖에 없다. 그러므로 18, 19세기 서울도시문화가 부를 동원할 수 있는 유한계층의 후원에 의해 그 역동성을 가지게 된다는 점이다. 좀바르트는 『사치와 자본주의』에서 일부 유한계층의 사치가 새로운 사회-자본주의-로 도약하는 계기를 마련하였다고 한다.

35) 林熒澤, 「18세기 예술사의 시각」, 『李朝後期 漢文學의 再照明』, 창작과비평사, 1983.

다. 도시의 발달은 우선적으로 직접 생산에 종사하지 않더라도 의식주의 문제를 해결할 수 있는 여유와 시간을 제공해 준다.[36] 비록 일부 계층이지만 생활의 여유는 필요에 따라 문화를 끌어내고 소유할 수 있게 만드는데, 이들의 문화적 욕구를 충당할 수 있는 도시문화가 등장하게 되는 것이다.[37]

이러한 점을 가장 잘 보여주는 경우가 문인들의 서화고동취미(書畵古董趣味)라 할 수 있다. 그것은 문인들의 서화고동취미가 기본적으로 우리나라뿐 아니라 중국 문물 등에 관한 신속하고도 정확한 정보와 많은 노력을 요구함은 물론이고, 이에 따른 경제력도 구비하고 있어야 가능한 일이기 때문이다.[38] 물론 대다수 문인의 경우는 서화고동은 고사하고 소장한 책조차 없을 지경이었다. 앞에서 언급한 이언진의 경우도 그러하다.[39] 이처럼 문인들의 형편이 열악하기 때문에 서화고동에 대해 천하지물(天下之物)이란 주장[40]을

---

36) 서화의 상품화가 서화의 창작자에게 반드시 물질적인 안정을 주는 것은 아니다. 최북의 생활을 전해 주는 석북(石北) 신광수(申光洙, 1712~1775)의 시에는 그의 궁핍한 생활이 여실하게 나타나고 있다.

崔北賣畵長安中　　최북이 서울에서 그림을 팔고 있으니
生涯草屋四壁空　　평생 오두막 한 칸에 사방 벽이 비었구나
閉門終日畵山水　　문 닫고 온종일 산수를 그리고 있으니
琉璃眼鏡木筆筒　　유리 안경 하나에 나무 필통 하나뿐이로구나
朝賣一幅得朝飯　　아침에 한 폭 팔아 아침밥 사 먹고
暮賣一幅得暮飯　　저녁에 한 폭 팔아 저녁밥 사 먹는다
天寒坐客破氈上　　이 추운 겨울에 손님을 다 헤진 담요 위에 앉혔는데
門前小橋雪三寸　　문 앞 조그만 다리엔 눈이 세 치나 쌓였구나
……

(『崇文聯芳集·石北集』「崔北雪江圖歌」)

37) 다음은 고람(古藍) 전기(田琦, 1825~1854)가 서화의 거래를 알선하는 편지글이다. 『杜堂尺素』, "承拜 慰荷, 八幀俱無足觀, 何必盡數購收? 從認好事之癖深, 伏呵. 價本來人先呼四十兩, 數次商酌, 爲二十四, 則更難開說, 而第當問之矣. 不備禮. 小弟 再拜."

38) 洪善杓, 「朝鮮後期의 繪畵 愛好風潮와 鑑評活動」, 『美術史論壇』 5호, 1997.

39) 趙熙龍, 전게서.

40) 朴趾源, 『燕巖集』「尺牘·與人」, "足下多蓄古書, 絶不借人, 何其謬也? 足下將欲以

펴기도 하고, 서화고동을 진정으로 알아주는 사람은 수장하는 자가 아니라 감상하여 즐기는 자라고 주장하기도 한다.[41]

여기서 문인들의 서화고동취미가 단순하게 새롭게 신기한 물건에 대한 호기심으로만 다룰 수 없는 이유가 명백해진다. 이들은 주체의식의 각성과 미적 해방이라는 맥락에서 서화고동의 취미를 구가한 것이다. 새로운 심미창조는 주위에 있는 물건들이 수집되고 축적하는 과정이 필요하며, 이를 반드시 수장할 필요는 없고 감상할 수만 있다면 가능한 일이다. 실제로 문인들의 문예취미는 지인(知人)을 통한 경우가 대부분이고 이때 함께 하는 감상우(鑑賞友)의 존재는 매우 중요하였다.[42]

한편 문인들이 자신들의 심미안(審美眼)을 서화고동에만 한정하는 것은 아니다. 심미안을 자극하고 고양할 수 있는 일체의 대상이 망라될 수 있다. 서책·서화·고동·기명에서부터 문인들의 필기도구인 문방품, 돌·나무·지팡이 등등까지 수집벽(蒐集癖)을 가진 사람들이 그 예이다. 이제 일체의 대상을 사랑하는 벽(癖)은 늘 만나는 대상을 실용성에서만 이해하는 것이 아니라 그 대상의 본질에 투과하여 아름다움을 찾으려는 심미감의 발로라 할 수 있다.[43]

世傳耶? 夫天下之物, 不能傳世也久矣. 堯舜之所不傳, 三代之所不能守, 而秦皇帝之所以爲愚也. 足下尙欲世守於數帙之書, 豈不謬哉? 書無常主, 樂善好學子, 有之耳. 若後世賢, 樂善好學, 壁間所藏, '家中所秘, 九譯同文, 將歸於南陽之世矣."

41) 朴趾源, 「筆洗說」(이익성 역, 한길사, 1992), "대저 고화서동(書畵古董)에 대해, 수장하는 사람과 감상하는 사람의 두 길이 있다. 감상할 줄은 모르면서 한갓 수장하는 자는 부유해서 얻어들은 제 귀만 믿는 자이다. 감상은 잘하면서 능히 수장하지 못하는 자는, 가난하기는 해도 그 안식(眼識)은 저버리지 않는 자이다."

42) 趙龜命, 『東谿集』「題柳汝範家藏尹孝彦扇譜帖」, "我國文藝雖盛, 岫强海外可耳. 進之中州, 則趙客之玳簪也. 文章自金農巖兄弟, 書畵自尹孝彦, 始探精奧而趨雅道, 然後彬彬, 質有其文, 可與中州人, 揖讓先後矣, 彼以耳食者, 輒言, '古今不相及, 何足道哉?' 孝彦澹蕩多藝, 又得竹塢柳公, 澹軒李子, 爲鑑賞友. 造次揮灑, 爲之品題評贊, 宛然晉宋間事, 此帖特其全鼎之一臠. 而後人之人覽之, 亦足以尙論其世云."

이렇게 문인들이 특정한 사물에 대한 벽이 새로운 심미의식의 발로와 관계가 있다면, 종전에 여기(餘技)로서의 서화에 대한 태도는 당연히 수정되고 개선될 수밖에 없다. 담헌(澹軒) 이하곤(李夏坤)은 「제일원난방초광첩(題一源爛芳焦光帖)」에서 이 점을 분명하게 진술하고 있다.

> 예로부터 고인(高人)·운사(韻士)는 산수를 성명(性命)으로 삼고 서화를 다반사(茶飯事)로 하였다. 이는 대개 청냉(淸冷)·수윤(秀潤)의 기(氣)에 자뢰(資賴)하여 자신의 소산(蕭散)·한원(閑遠)의 취(趣)에 기의하고자 한 것이다. 그러므로 맑은 창 깨끗한 책상에 향을 피우고 차를 달이면서 마음에 맞는 사람과 더불어 산수를 이야기하고 법서(法書)와 명화(名畵)를 품평한다. 이것이 인생의 제일지락(第一至樂)이다. 무릇 이런 일을 하는 사람은 반드시 고인·운사이니, 고인·운사가 아니면 또한 이런 낙을 알 수 없을 것이다.[44]

담헌은 서화의 가치를 중시했던 감상가라 할 수 있다. 그래서 예로부터 고인·운사가 산수를 성명으로 삼고 서화를 다반사로 한 사실을 거론하면서, 마음에 맞는 사람과 더불어 산수를 이야기하고 서화를 품평하는 일이야말로 인생의 제일지락이 아닌가라는 주장을 편다. 이토록 담헌이 서화의 품평을 인생의 제일지락이라 중시했기 때문에 색목(色目)이 다른 공재와 더불어 감상우로 사귈 수

---

43) 공재(恭齋)는 객관 사물의 본질을 그려내려는 노력이 대단했던 것으로 보인다.
『聽竹畵史』, "斗緖……畵馬, 則長年立廐前, 終日注目, 凡馬之狀貌意態, 了了心眼, 無有毫髮疑似, 然後發之於筆下, 比其本於眞形, 有一毫不準者, 輒扯去之, 必至於眞幻相亂, 而後止. 畵童子, 則立奚奴於前, 使之顧眄周旋, 得其眞態, 而始下筆, 亦如畵馬然. 畵樹, 則就其影於月下, 模畵於地, 而傳習之, 得其眞面, 移而爲法."

44) 李夏坤, 『頭陀草』「題一源爛芳焦光帖」, "自古高人·韻士, 以山水爲性命, 以書畵爲茶飯, 蓋欲資其淸冷·秀潤之氣, 以寄吾蕭散·閑遠之趣耳. 故明窓淨几焚香淪茗, 與意中人, 從談山水, 評品法書·名畵, 此爲人生第一至樂. 凡爲此者, 必心高人·韻士, 而非高人·韻士, 亦不能知此樂也."

있었고, 사천(槎川) 이병연(李秉淵)이 수장한 많은 서화에 대해서도 일일이 품평(品評)을 하였던 것으로 보인다.

담헌이 서화의 가치를 중시했던 만큼 진명(震溟) 권헌(權攎)도 그림의 효용을 높이 사고 있다. 진명은 고인이 유우(幽憂)의 질환(疾患)이 있을 때 분서질만(奮舒疾慢)할 수 있는 거문고를 배워 치료한 사실을 거론하고 자신의 질환은 고인처럼 음악보다는 그림으로 치료할 수 있다고 한다. 그림을 통해 천리(千里)를 담론해도 멀지 않고 한 줌을 쥐어도 남음이 있기 때문에 구경을 해도 다함이 없다 할 수 있다. 더군다나 그림 속에 본디 있는 취(趣)는 감상하는 사람들에게 시원한 기분을 주거나 혼몽한 정신을 상쾌하게 깨워 줄 것이 분명하다.[45]

이처럼 문인들이 서화를 품평하는 일을 긍정하고 심지어 그림을 통해 유우의 병을 치료할 수 있다는 주장을 통해서도 알 수 있듯이 서화고동취미는 매우 의미 있는 활동이라 할 수 있다.[46] 상고당(尙古堂) 김광수(金光遂)는 「생광명(生壙銘)」에서 서화·고동·기명에 대한 벽으로 자신의 일생을 회고하고 있다.[47] 상고당은 생전에 작성한 「생광명」에서 좋은 가문에서 태어났는데도 이것저것 구

---

45) 權攎, 『震溟集』「匡廬圖幅題詠序」, "古人有幽憂之疾, 學鼓琴以治之. 聲音之於人, 奮舒疾慢, 或關人之動作, 則自其感興, 而疏其滯塞者有矣. 今玆畫之功, 奚嘗琴之爲乎其邂逅也? 論千里而不遠, 玩一握而有餘, 覽之不窮, 雖若無待於我, 亦必素有其趣, 非爽氣之發, 則澄波之濯, 而魂夢之快醒也. 余之疾, 豈無已乎?"

46) 趙龜命, 『東谿集』「題李安山秉淵所藏畫帖」, "蓄畫者, 期於翫賞而已. 翫賞而恔心, 主與客一也. 而始無裒聚之艱, 而終無散失之憂, 則主之勞又不如客之逸也. 故嘗以爲畫之者, 爲蓄之者役, 蓄之者, 爲賞之者惜. 余賞之也者, 暑日涼軒, 披覽竟夕, 天下之逸, 果無過乎? 余此言初不敢泄, 爲人人欲爲余, 而余無自以賞也, 今旣飽賞之矣, 乃書."

47) 吳世昌, 『槿域書畫徵』「尙古子生壙銘」, 啓明俱樂部, 1928. "(中略) 生玆華閥厭粉燷, 脫略繩檢趍迂僻. 詭怪嗜好膏肓癖, 古器書畫筆硯墨. 弗倩悟門能透得, 辨別眞僞無毫錯. 貧或絶烟空四壁, 金石緗素作昕夕. 奇物到手輒傾橐, 朋儕背指親媿誚.(中略)"

애받지 않고 괴벽한 취미에 몰두하였다고 한다. 그는 서화고동을
알아볼 수 있는 감식안을 아무도 알려주지 않기 때문에 스스로 깨
달아야 했으며, 가난으로 끼니를 거르는 경우도 있었지만 좋은 물
건만 보면 당장 주머니를 털어 구입했다. 그가 평생을 고생하여
구입했던 서화고동은 단지 수장자의 만족을 위한 것이 아님은 감
상우인 원교(員嶠) 이광사(李匡師)의 『필결(筆訣)』에서도 충분히 확
인할 수 있다.

이런 서화의 수장은 남공철(南公轍)의 「서화발미(書畵跋尾)」에서
확인할 수 있듯이 감상가의 안목에 의해 체계적으로 정리가 되는
것이다. 남공철은 젊은 시절부터 서화의 벽(癖)이 있어, 명품을 만
나면 입고 있는 옷을 벗어서라도 그것을 구입하였고, 다른 사람이
소장한 선본(善本)을 찾아가 감상하였다. 그리고 논평이 없을 경우에
자신이 직접 발미(跋尾)를 지어 서화의 품평을 체계화하였다.[48]

이와 같은 문인들의 서화고동의 취미는 여기(餘技)로의 서화를
극복하는 계기를 마련했다는 데 그 의의가 있다. 그리고 서화고동
취미는 새로운 문예적 취향을 구가하는 문인들의 활력을 주었다고
할 수 있다. 이런 취미는 여항(閭巷) 문인층의 적극적인 참여로 더
욱 다양하고 복잡해진다.

이때 여항인들이 적극적으로 문화활동에 참여한 이유가 있다.
여항인은 현실에서 물질적 부를 소유하거나 정치를 경영할 만한
능력을 지녔더라도 정치·사회적으로 제약을 받는 계층이다. 그들

---

48) 南公轍, 『金陵集』 「洪氏寶藏齋畵軸」, "余自少癖於書畵, 見有賣名品者, 至脫衣裘而易
之, 聞人家有善本, 則輒往觀, 皆有品題, 其或出於古今記譜, 而未及見者, 亦著跋尾有
若干篇, 藏于家. 古人有未到名區·福地, 而先有題詠而慕想之者, 亦此意也. 此畵, 余
皆於幼時鑑賞者, 其格法·意趣多未記憶, 故只稱寶藏軸, 而不敢臆評."

은 정치나 철학[朱子學]에 몰두할 수 없고 그렇다고 직접 생산에 종사하지도 않는다. 그렇다면 어떤 삶을 영위하고 있었던가.

서울의 민간 생활 습속은 남부와 북부가 다르다. 종로(鐘路) 이남에서 목멱산(木覓山, 남산)에 이르는 곳이 남부인데, 상인과 부호들이 많아서 재리(財利)를 좋아하며 인색하고 안마(鞍馬)와 제택(第宅)의 호사를 서로 다툰다. 북악산(北岳山) 백련봉(白蓮峰) 서쪽으로부터 인왕산(仁王山) 필운대(弼雲臺)에 이르는 곳이 북부인데, 대개 가난한 집들로서 놀고먹는 부류들이 살았지만 왕왕 호협한 기개를 지닌 무리가 있어 의기로 교유하되 베풀어 주기를 좋아하고, 서로 약속한 것을 중히 여기며 재난에 빠진 사람을 건져 주고 우환이 있는 사람을 위로해 주었다. 시인과 문사들이 계절마다 서로 만나서 숲과 샘, 구름과 달을 찾아 노니는 즐거움을 추구하였다. 곧잘 시편의 다작(多作)을 자랑하고 여구(麗句)를 겨루었다. 이 또한 자연 풍토와 기상에 따라 그렇게 된 것인지 모르겠다.[49]

여항인은 양반 지배층과 달리 그들의 사회적 처지 때문에 건달이나 임협(任俠)의 무리를 자처하거나, 시문·서화·음악 또는 개인적 삶을 이룰 수 있는 일예(一藝)에 골몰하게 된다.[50] 그리고 후자의 경우는 자신의 독창적 예술세계에 대해 오만한 자부심과 긍지까지 지니고 있었다. 이들 여항인들이 시와 그림에 있어 개인의 자아를 발산할 수 있을 만큼 전문적 수준에 이르렀던 것이다. 더욱이 시서화악(詩書畵樂) 이외의 일예(一藝)로 자신을 실현시키는 인물군의 등장도 흥미로운 일이다.

이들은 "인생에서 어찌 일예도 이루지 못해서야 되겠는가? 시

---

49) 鄭來僑, 『浣巖集』, "京城民俗, 有南北之異. 鍾街以南, 至木覓下, 是南部也, 多商賈富人, 好利織嗇, 以鞍馬第宅, 侈靡相高. 從白蓮以西, 至弼雲, 是北部也, 類皆貧戶游食之民, 然往往有任俠之徒, 意氣交游, 好施予, 已然諾, 救菑恤患. 詩人文士, 時節相追逐, 窮林泉雲月之樂, 動有篇什詩多鬪麗, 豈亦有風氣, 使然者歟?"

50) 여항인의 역동적인 삶은 『추재기이(秋齋紀異)』, 『호산외기(壺山外記)』, 『이향견문록(異鄕見聞錄)』, 『희조일사(熙朝軼事)』, 『일사유사(逸士遺事)』 등에 자세하게 나타나고 있다.

짓는 것으로 이룰 수 없다면 전심전력하여 바둑을 두면 되니, 이른 바 소방(小方)·소리(小李) 등이 바로 그들이다. 또 시를 이룰 수 없다면 오로지 공차기나 악기를 연주하면 되니, 이른바 사팔십(査 八十)·곽도사(郭道士) 등이 바로 그들이다. 모든 기예가 최고로 정 교한 수준에까지 오른다면 모두가 그 나름대로의 이름을 얻을 수 있으니, 세간의 절실하지도 않는 시문을 지어내는 것보다 백배는 낫다.[51]"라는 의식이 관류하고 있다. 하나의 영역에서 자신만의 전 문인이 되는 길을 마다하지 않겠다는 태도이다. 결국 이러한 일예 에 대한 몰두는 여항인의 서화고동취미를 앞당기는 역할을 했다고 해도 과언이 아니다. 이 점이 사대부의 서화고동취미와 같은 점이 면서 다른 점이라 할 수 있다.[52]

3) 문인들의 문예취향과 생활

문인들은 개인으로나 집단으로 문예적(文藝的) 취향(趣向)을 완성 해 나갔다고 할 수 있다. 집단의 경우는 동질감이 요구되기 때문 에 주로 스승과 제자들로 이루어지는 경우가 일반적이고, 색목(色

---

51) 袁宏道,『袁中郎隨筆』「與龔散木」(作家出版社, 1995), "人生何可一藝無成也？作詩 不成, 旣當專精下棋, 如世所稱小方·小李是也. 又不成, 卽當一意蹴踘搊彈, 如世所稱 查八十·郭道士等是也. 凡藝到極精處, 皆可成名, 强如世間浮泛詩文百倍."

52) 예를 들면 후대의 조희룡(趙熙龍, 1797~1859)은 젊어서 서화고동의 벽이 있어, 심지어 는 잠자는 것도 먹는 것도 잊을 지경에까지 이르렀다고 한다. 그런데 나이가 들자 이런 취 미를 허망한 것으로 여기고 젊은 사람들은 이런 병에 빠지지 말고 독서에 매진하는 것이 좋다고 주장한다. 趙熙龍,『石友忘年錄』, "少癖於書畵古董, 甚至忘寢廢食, 今思之, 皆 妄也. 以此遍告於吾儕之年少者, 是病可以讀書消磨之, 向之珪璧, 漸成瓦礫, 此等上, 其不善爲善變, 早須瓦礫之於珪璧未成之前, 爲妙. 雖珪璧已成於心, 如農夫之去艸, 旋 去旋生, 而終愈於不去也."

目)에 따른 친분이나 모임, 사회적 처지로 이루어지는 모임 등이 있다.[53] 물론 문인들이 친목을 도모하고 풍류를 즐기는 문인계회 (文人契會)[54]는 이전 시기에도 있었고 별반 차이 없이 이 시기에도 지속되었기 때문에 혼란스러울 가능성도 없지 않다. 그런데 이 문인들의 모임이 새로운 문학과 예술을 지향하는 '동인적(同人的)' 성격이 점차 강해지고 있으며, 보다 포괄적인 형태의 '그룹화'가 이루어진다는 점이다. 더욱이 동인적 활동은 도시생활로 말미암아 색목이나 사회적 처지(處地)를 불문하고 상대편을 알아주는 지인(知人)이나 감상우(鑑賞友)를 중심으로 이루어지고 있다는 점이 주목된다.

새로운 문예를 추구하는 문인의 경우 자신을 알아주는 지인이나 감상우의 존재는 매우 소중할 수밖에 없다.[55] 이들은 주요한 정보를 제공하고 서슴없이 비판할 뿐만 아니라 동지적 결속으로 새로운 문예창작에 기여하고 있다. 당시 수집벽으로 이름난 상고당 김광수도 원교 이광사를 이해하고 후원해 준 일로 알려지고 있다. 상고당은 자신이 거처하는 곳을 내도재(來道齋)라고 이름을 지었는데, 내도(來道)는 도보(道甫, 이광사)를 오라는 뜻이다. 이는 왕세정(王世貞)[56]

---

53) 金時鄴, 「허생전에 나타난 18세기 서울의 형상」, 『문학 작품에 나타난 서울의 형상』, 한샘출판사, 1994. 당시 서울은 자연·지리적 조건과 어울려 여러 지역적·기능적 분화를 이루고 있었다. 여기서 서울 성내의 5부(五府)라는 행정적 구분보다는 정치·사회적 의식이 가미된 '남북촌(南北村)'을 살펴보면, 북촌은 모든 권력과 정보를 장악한 노론 집권 양반층이 사는 지역이고, 남촌은 정치적으로 몰락한 소론과 남인 등의 지역을 말한다. 그 중간 지역에 시정 상인과 중인들이 살고 있었다. 이와 같은 남북촌의 분화는 서울문화의 다양성과 복잡성을 보여주는 한 예이다.

54) 安輝濬, 「韓國의 文人契會와 契會圖」, 『韓國繪畵의 傳統』, 문예출판사, 1988.

55) 서화의 수집과 감식에 뛰어났던 남공철(南公轍)은 최북을 믿고 조맹부의 〈만마도(萬馬圖)〉라는 가짜본을 구득하고 「조자앙만마도횡축초본(趙子昂萬馬圖橫軸綃本)」이란 품평을 하고 있다.

56) 왕세정(王世貞): 1526~1590. 명대의 문학가. 그의 자는 원미(元美)이고, 호는 봉주(鳳洲)·엄주산인(弇州山人)이다. 1529년(가정 8)에 진사에 급제하고 남경형주주사(南京刑部

이 옥란당(玉蘭堂) 문징명(文徵明)[57]을 오라고 지은 내옥루(來玉樓)와 동기창(董其昌)[58]이 중순(仲醇) 진계유(陳繼儒)[59]를 오라고 지은 내중루(來仲樓)를 따른 것이다. 이처럼 상고당이 자신의 거처를 내도재(來道齋)라 할 정도로 원교에 대한 애정은 깊었는데, 이는 두 사람이 서로 지인으로의 격조를 구비했기 때문이다.

主事)가 되어 산동부사(山東副使)로 나갔다. 그는 당시 권력을 농단하고 있던 엄숭(嚴嵩)의 10대 죄목을 탄핵했다가 죽음을 당한 양계성(楊繼盛)을 위해 구명활동을 펼치고, 죽은 후에는 그의 가족을 돌보았는데, 이 일로 인해 엄숭의 미움을 받게 되었고, 그로 인해 그의 아버지는 죽음을 당하고 자신도 관직에서 파면되었다. 나중에 엄숭이 세력을 잃고 나서 그는 다시 기용되었으며 관직은 형부상서(刑部尙書)에까지 이르렀다. 그는 이반룡(李攀龍)과 함께 '전칠자(前七子)'의 뒤를 이어 다시 문학복고 운동을 유행시켜 '후칠자(後七子)'의 지도자의 역할을 하였다. 복고와 모방을 제창하며 문장은 반드시 진한(秦漢)을 따라야 하고 시는 반드시 성당(盛唐)을 따라야 한다고 주장하였으며, 그래서 그의 시문 중에는 모방과 의고(擬古)의 작품이 많다. 하지만 그는 복고를 주장한 점에 있어서는 칠자와 같았지만, 고문집의 풍부함에 있어서는 전·후칠자 그 누구보다 뛰어나다. 또한 만년에는 복고의 주장을 버려 시문의 풍격이 점차 평담(平淡)하고 유창(流暢)해졌다. 저서는 『엄주산인사부고(弇州山人四部稿)』, 『엄주산인사부속고(弇州山人四部續稿)』, 『엄산당별집(弇山堂別集)』, 『왕엄주집(王弇州集)』, 『엄주산인시집(弇州山人詩集)』 등이 있다.

57) 문징명(文徵明): 1470∼1559. 강소성 장주(長洲) 출신, 이름은 벽(璧), 자는 징명(徵明)·징중(徵仲), 호는 형산(衡山)이다. 시서화 삼절로 불렸다. 심주(沈周)·당인(唐寅)·구영(仇英)과 함께 명사대가이며, 오문화파의 영도자로 불린다. 과거에 몇 차례 응시하였으나 급제하지 못하였다. 그렇지만 학문과 인덕이 세상에 알려져 1523년에 한림원시조에 올랐다가 3년 후에 관직을 버리고 시문서화에 심취하였다. 심주에게 그림을 배우기도 하였으며 곽희·이당 등과 원말사대가를 사숙하여 그들의 화풍을 절충하기도 하였다. 담백하고 아취있는 청록산수화나 깊이 있고 고상한 수묵산수화를 그렸고 강남의 풍경과 문인의 정원을 주로 묘사하였다. 아들 가(嘉)와 조카 백인(伯仁) 등 가족도 문인화가로 유명하다.

58) 동기창(董其昌): 1555∼1636. 명말의 문인화가이자 서예가. 강소성 화정현(華亭縣) 출신. 자는 현재(玄宰), 호는 사백(思白)·향광(香光)·사옹(思翁)이다. 1589년 진사가 된 뒤 벼슬이 예부상서에 이르렀고 관리뿐만 아니라 문인화가로 명성이 높았다. 그는 상남폄북론(尙南貶北論)을 제창하고 남종화를 강조하여 문인화의 위치를 승격시켰으며 행서·초서에도 뛰어났다. 저서는 『화선실수필(畫禪室隨筆)』, 『용태집(容台集)』, 『화안(畫眼)』(변영섭 외 역, 시공사, 2003) 등이 있다.

59) 진계유(陳繼儒): 1558∼1639. 명의 문학가·서화가. 화정(華亭, 상해시 송강현) 사람, 자는 중순(仲醇), 호는 미공(眉公)·미공(麋公)이다. 제생(諸生)으로 소곤산(小昆山)에 은거하면서 두문불출하며 독서에 열중하였고, 여러 차례 조칙을 내렸으나 시험에 응하지 않았다. 글을 팔아서 생계를 꾸렸는데, 주위에서 그에게 시문을 요청하는 사람들이 끊일 날이 없었다. 공경·진신들과 두루 왕래하였기 때문에 당대의 사람들로부터 자주 비난을 받았고 가짜 은사로 지목되기도 하였다. 저서는 『진미공집(陳眉公集)』, 『보안당비급(寶顏堂秘笈)』 등이 있다.

성중(成仲, 김광수)은 내도재(來道齋)에 기서(奇書)·이문(異文)과 종정(鐘鼎)·고비(古碑)와 명향(名香)과 고저산(顧渚山)의 비 오기 전에 딴 차(茶)와 단계연(端溪硯)·흡주연(歙州硯)·호주(湖州)의 붓·휘주(徽州)의 먹을 수장하고 있었는데, 나를 위해 일찍이 좋은 술을 차려 놓고 흥이 일어나면 문득 생각하고 생각나면 말을 보내 맞이하므로 나도 흔연히 찾아갔다. 문을 들어서면 서로 마주 보고 손을 잡고 웃을 뿐 아무 다른 말이 없었다.

내가 책상 위의 책을 골라 두어 구절을 상쾌하게 읽고 나서 고지(古紙)를 펴고 주고(周鼓)·한갈(漢碣) 두셋을 어루만지고 있노라면 벌써 성중은 손수 향을 피우고 건(巾)은 젖혀 쓰고 팔뚝은 드러낸 채 차를 달이는 것이었다. 서로 마시고는 기꺼이 하루를 보내고도 오히려 해 질 녘에 되서야 집으로 돌아오곤 하였다. 혹은 며칠을 돌아가지 않기도 하고 돌아갔다가는 문득 다시 보고 싶으면 맞아가기도 하였다. 어쩌다 일이 있어 열흘이 지나도록 만나지 못하게 되면 마음이 언짢았다.[60]

이처럼 상고당은 내도재(來道齋)에 풍부한 서화고동(書畵古董) 등을 수장하여 원교로 하여금 고비탁본(古碑拓本)을 열람하고 학습할 수 있게 해 준 지인이다. 후일 원교가 『필결』을 저술할 수 있었던 것도 내도재에서 상고당과 함께 보낸 아취(雅趣)의 생활이라 할 수 있다. 그런데 상고당과 원교의 친교는 개인적 취향에 가까워서 동인적(同人的) 취향에 마땅하지 않을 수가 있다. 다만 이런 모임을 통해 그들이 문예적 취향을 함께하는 과정에서 감상우(鑑賞友)로 작용한다는 점이다. 서로 마음이 맞는 사람들이 자신이 수장하고 있는 시서화를 품평하거나 자신이 창작한 시서화를 서로에게 기증하고 이를 품평해 주는 것은 감상우이기 때문이다. 감상우는 혈연·

60) 李匡師, 『員嶠集選』 卷8 「來道齋記」, "齋, 余友成仲之居也. 名以來道者, 來道甫也. 盖取元美來玉樓, 思白來仲樓之義也. 成仲於是齋, 蓄奇書異文, 蓄鍾(種)鼎古碑, 蓄名香, 蓄顧渚雨前茶, 蓄端歙之石·湖之穎·徽之煤, 爲余嘗置好酒, 興發輒相思, 思輒以馬邀之, 余亦欣然而赴. 入門相向撫掌, 而笑相對, 無他言. 取案上書, 數句快讀, 展古紙, 撫周鼓·漢碣二三, 則成仲已手焚香, 折(析)巾露臂坐, 自烹茶, 相喫夷猶竟日, 迫嚥乃歸. 或累日不歸, 歸輒復相思而邀. 或有事, 經旬不相參, 相爲之不樂也."

인척이나 사제관계, 색목(色目)이나 사회적 처지와 상관없이 가능한 일이다. 때문에 공재가 비난을 무릅쓰고 색목이 다른 담헌(澹軒)·사천(槎川)·죽오(竹塢) 등과 친교를 맺은 것도 감상우의 중요성을 말하는 것이다.

결국 문인들은 서로의 문예에 동의할 경우에 소모임을 통해 창작활동과 감상을 함께했던 것으로 보인다. 우선 가장 큰 문인들의 집단활동은 스승과 제자들로 이루어진 경우이다. 17세기 말부터 18세기 초반까지 백악산(白岳山, 즉 北岳山) 아래 모여 시문·서화 감상 등의 밀접한 교류로 '백악시단(白嶽詩壇)'이라 칭하는 동인(同人)들의 활동이 있었는데, 김창협(金昌協)·김창흡(金昌翕) 형제의 주도 아래 이병연(李秉淵)·김시민(金時敏)·김시보(金時保)·이하곤(李夏坤)·정선(鄭敾)·조영석(趙榮祏)·홍세태(洪世泰) 등이 참여하였다고 한다.[61] 18세기 중반에는 백탑을 중심으로 '연암그룹'이 활동하였고, 담정 김려(薄庭 金鑢)를 중심으로 여러 계층의 문인들이 이산취합(離散聚合)했던 것으로 알려졌다.[62]

이 밖에 실제로 문인들은 지인들과 함께 산수를 유람하거나 새로운 서화고동 등을 구득하여 열람하고 나서 서로의 감회와 흥취를 시로 읊거나 기록하고 그림으로 그려서 자신들의 모임에 나타난 문예적 취향을 보여주고 있다. 따라서 서울문인층의 문학과 서화는 이런 소모임을 통해 이룬 창작활동을 주목할 필요가 있다. 이

---

61) 安輝濬, 「觀我齋稿解題」, 『觀我齋稿』, 정신문화연구원, 1984.
    崔完秀, 「謙齋眞景山水畵考」, 『간송문화』 29집, 한국민족미술연구소, 1981.
    고연희, 「17C말 18C초 白岳詞壇의 明淸文學 受容樣相」, 『동방학』 1집, 1996.
    閔丙秀, 『韓國漢詩史』, 태학사, 1996.
62) 朴晙遠, 「薄庭叢書研究」, 성균관대 박사논문, 1994.

들이 서로의 문학과 예술에 동의하는 소모임을 가지면서 시서화를 통해 자신들의 존재를 확인해 나갔던 것이다.

예컨대 임술년(1742)년 10월 보름날 밤에 임진강 적벽에서 후적벽부(後赤壁賦)를 재현한 선유(船遊)놀이는 경기감사 창애(蒼崖) 홍경보(洪景輔)와 연천군수 청천(靑泉) 신유한(申維翰)·양천현령 겸재(謙齋) 정선(鄭敾)이 참여한 모임이다. 이때의 임진강 적벽의 선유놀이는 소동파(蘇東坡)가 황강현(黃岡縣) 적벽강에서 주유(舟遊)하고 적벽부를 지었던 임술년의 동갑년을 기념하기 위한 것이었다. 이 모임은 『연강임술첩(漣江壬戌帖)』이란 시화첩(詩畵帖)으로 확인할 수가 있다.

> 이해 시월 보름에 연천군수 신주백(申周伯)과 함께 관찰사(觀察使) 홍공(洪公)을 배행(陪行)하여 우화정(羽化亭) 아래에서 유람하니 대개 설당고사(雪堂故事)를 따른 것이다. 주백은 관찰사 홍공의 명(命)으로 부(賦)를 지어 그 일을 기록하고, 나도 그려서 그 일을 이었다. 각각 한 본(本)씩 집에 보관하고 이를 『연강임술첩』이라 하였다. 양천 현령 정선은 쓴다.[63]

이때의 선유놀이에 대한 자세한 정황은 창애 홍경보의 「연강임술첩서」에 밝히고 있다. 그는 정선·신유한과 우화정에서 만나 배를 띄워 횡강(橫江)·문석(文石)을 지나 웅연(熊淵)에 이르는 사이에 선유놀이를 계획했는데, 이는 소동파의 황강(黃岡)놀이를 모방한 것이다. 이 행로는 물길 사십 리로 강의 좌우는 모두 깎아지른 절벽이고, 빈객(賓客)과 주효(酒肴)도 갖추어진 유람이었다. 그러므로

---

63) 『漣江壬戌帖』, "是歲十月之望, 同漣倅申周伯, 倍觀察洪公, 遊於羽化亭下, 盖用雪堂故事也. 周伯以觀察公命, 作賦記之, 余又畵以繼之, 各藏一本于家, 是爲漣江壬戌帖云. 陽川縣令鄭敾書."

소동파의 황강놀이와 비교해도 손색이 없었고, 더군다나 홍경보 자신은 동파의 선유놀이가 귀양살이의 슬픔을 지울 수 없는 것과 달리 임금의 은총을 받고 정선·신유한의 문장(文章)·묵묘(墨妙)를 더불어 유람할 수 있었다는 점을 무척 자랑스럽게 여겼다.64) 홍경보의 자랑은 허언이 아니다. 이 선유놀이는 겸재가 발선 장면인 「우화등선(羽化登船)」과 도착 장면인 「웅연계람(熊淵繫纜)」을 그리고 청천이 「의적벽부(擬赤壁賦)」를 지어 당시 정취와 격조를 알 수 있게 해 준다. 특히 청천의 「의적벽부」는 그 호탕한 기세와 빼어남으로 화의(畵意)를 불러일으키고 있다.65)

---

64) 『漣江壬戌帖』. "余於巡審之路, 抵右峽之漣朔間, 實壬戌十月之望也. 與陽川鄭使君元伯·漣川申使君周伯, 約會于羽化亭, 乘舟順流而下, 歷漣江·文石, 薄暮泊熊淵, 得月而罷, 盖倣蘇子, 黃岡之遊也. 是行也, 沿洄四十里, 左右皆峭壁, 又有賓朋酒肴之美, 其視黃岡之遊, 殆無不同, 而余與蘇子, 所遇不同者. 蘇子遠謫江湖之間, 再遊赤壁之下, 望美人兮一方, 謀諸婦以斗酒, 聞洞簫而不樂, 倚長嘯而興悲, 所與遊者, 亦不過村社間, 二客耳. 其徘徊感慨之意, 孤羇落拓之狀, 觀於二賦可知. 余則不然, 遭于明時, 謬膺藩寄, 而不出于畿甸之外, 又旗纛車馬之側, 得此江山之勝, 而鄭申二使君之文章·墨妙, 俱在屬縣, 得與之同遊, 此皆蘇子之所未能, 余乃有之, 玆非其幸也與? 遂擧酒自賀, 仍屬兩使君曰, '幸爲我賦其事, 而圖畫之.' 觀察使洪景輔識."

65) 申維翰, 『靑泉集』「擬赤壁賦」. "伊年壬戌十月之望, 畿輔觀察洪相公, 肅命句宣, 攬轡原隰, 驅車彭彭, 臝發寧峽, 陽漣兩尉, 薄言追隨, 翩其礀邁. 度亭坂之嶢亢, 木落山淸, 江鳴石出. 相公曰, 嘻! 今夕何夕? 緬坡翁之豪遊, 我誦其辭, 窈窕風流. 二客同, 歲月惟徙, 晥玆江壁, 曷異異州? 時不可以再得, 盍迨今而謀謀? 於是飭津吏整蘭舟, 威儀孔燕, 帳御咸修. 翼小舩於先後, 齎玉罇與華羞. 戒旌麾, 使遵路, 俵坡陀而委迤, 舟容裔而出浦, 指湍州以爲期. 山嶭崴而夾峙, 水泓減而迤長. 危礐戌削以穿雲, 古木杈芽被霜. 澹優塞而徘徊, 聊騁眺而相羊. 鵲瀬坌其品蕩, 聽石齒之雷硠, 歷橫山以左轉, 欹松側壁互出而低仰, 悄林洞之隴莫, 幽興紆而央央. 爇炭爐呼酒鎗, 膾江鱗飠山獐. 權謳齊發, 沙鳥群翔. 少焉柔飇翛忽, 薄雲舒卷, 氷輪耸於岫頂, 縠紋開於鏡面. 灘聲忽以多厲, 與鳴柁而奔電. 遂息櫓於熊淵, 乘月浪而膠葛. 叢巒集而攢髻, 古渡廣而容筏. 茆茨隱於薈蔚, 漁火雜於樵呫. 仰栖鶻之危巢, 俯潛蛟之幽窟, 剔神文於巖髓, 羲妙邈其靡質. 明沙鋪練, 斷霞成綺, 騎吹遶岸, 候火如市. 亮殊觀之已飫, 復焉往而求美? 船連蜷而不進, 命廚庖而陳饋. 傾霞酌而半酣, 間毫墨以言志. 古琴泠泠以寫興, 洞簫嫋嫋以揚聲. 淸彈水仙之操, 怨和明月之章. 繽江妃之闇歊, 悅河伯之顚狂. 夜厭厭而橫參, 霜露泚而侵裳. 相公驩焉, 擧酒屬客曰, '今日之遊, 視坡翁孰賢?' 客笑而應曰, '彼以逐臣而舒憂, 公以榮塗而信天, 舒憂者其躁放, 信天者其樂全. 吾知公百世而緬仰者, 獨以其文辭絶倫. 若擧游觀之跡, 又何輸嬴之可論? 且夫乾坤奔曠, 八荒寥廓, 江山風月本無分域, 是造化者化成之妙, 而坡翁與相公之所共得. 卽吾漢北江山, 奚遜於吳江赤壁?' 遂鼓舷而

앞에서 언급했듯이 문인들이 계회(契會)를 통해 친목을 도모하고 풍류를 누리는 일은 별로 새로운 일이 아니고 그 정황을 그림이나 기록으로 남기는 일도 다반사였다. 이런 그림은 대개 '아집도(雅集圖)'로 칭하는데 사실을 기록한다는 의미가 없지 않지만 그 속에는 당대 문인들의 문예적 취향을 엿볼 수 있으므로 가볍게 넘길 수는 없다. 능호관(凌壺觀) 이인상(李麟祥, 1710~1760)이 참여했던 북동(北洞)의 모임에 관한 글이 그런 경우이다.[66]

갑자년 11월에 이인상은 여러 지우들과 북동에서 『서경(書經)』을 읽는 모임을 가졌는데, 이 모임의 자세한 모습을 이인상이 그리고 김순택이 기록하였다. 그림에는 이인상(李麟祥)·오경부(吳敬父)·이윤영(李胤永)·김순택(金純澤)·이재순(李載純)·이재유(李載維)·이재륜(李載綸)·이인상의 아들 원대(遠大), 시중드는 하인 태휘(太輝)가 그려져 있다. 이 그림은 임자년 봄에 우연히 발견되어 갑자년에 가졌던 북동모임의 자세한 자취가 전해질 수 있었다.[67] 이처럼 당시 서울문인들이 모임을 통해 자신들을 연마하고 스스로의 연대의식을 가졌던 것으로 보인다. 뿐만 아니라 서울문인들은 연대의식

少歌曰, '赤壁之仙兮眇雲天, 赤壁之賦兮落塵土. 不如熊江今夜月婆娑, 脚踏船尾兮滄狼歌.' 歌竟, 相公引壺更酌, 陶然而喜. 蓋二客之不能飮, 飮半勺亦醉. 僉曰, '興闌, 樂不可窮.' 夜歸縣齋, 琴淸月籠."

66) 『槿域書畫徵』李麟祥條, "甲子十一月, 讀書于北山之下, 作小圖識之. 燭下憑几而坐者爲吳敬父, 對敬父而坐者爲李胤之, 坐而端拱者李元靈. 几上, 有古鼎, 像文王尊彝, 古螺桮劍筆筒, 各一. 胤之之左, 負手而立且顧者金孺文, 而小童侍元靈立, 其子遠大也, 二人左於梅下, 童子奉書向敬父立者, 敬父從子文卿·子正·麟男. 凡几三, 書數秩·畫軸三·硯一. 屛南, 芭蕉竹, 各一盆, 擁茶로在南檻下者, 小奴太輝也. 純澤書."

67) 『槿域書畫徵』李麟祥條, "壬子春, 兒輩得小畫一幅示余, 始見也, 茫然如夢中事, 久之, 不覺愴恨于懷, 尙記其時會中, 多當時勝流, 而皆讀『尙書』. 李凌壺元靈麟祥爲此畫, 金公孺文純澤識其右. 自會至今四十九年, 八人之中, 在世者, 惟載純一人耳……金公識中, 吳某, 我叔父淸修公也, 胤之, 丹陵李公胤永也, 子正, 吾弟持卿載維初字也, 麟男從弟允言, 載綸幼名也, 遠大, 亦其幼名, 早夭者也. 畫細字微, 磨滅幾不可辨於泯沒, 余有不忍於心者, 追爲之識, 幷記金公舊識于前, 庶幾覽者, 歷歷如見其畫, 而傳其蹟焉."

에 상응하는 예술적 정취를 누렸다.

문인들의 연대의식은 표암(豹菴) 강세황(姜世晃)이 35세 때에 그
린 <현정승집(玄亭勝集)>에도 나타나고 있다. 친구들과 더불어 시
도 읊고 거문고도 연주하며 풍류를 즐긴 모습이 전해진다. 이 모
임과 그림 내용은 유경종(柳慶種)이 쓴 「기(記)」가 있어 도움이 된
다.68) 알려진 대로 이 그림은 강세황이 함께 어울렸던 친구들과의
모임을 기록한 그림이다. 더욱이 복날에 모여 먹고 마시며 친목을
다지며 풍류를 즐긴 풍속화라 할 수 있다. 그림에는 청문당에 열
한 사람들이 개를 잡아먹고 술에 얼큰하여 느긋하게 앉아 있는 장
면이 잘 묘사되어 있다. 그리고 그림 속에 나타난 바둑판, 거문고,
벼루, 책장, 담뱃대 등이 세심하게 그려져 있어, 그때의 풍류를 엿
볼 수 있게 한다. 거문고 소리와 노랫소리, 시를 읊는 소리가 새삼
들려오며, 장맛비가 걷힌 산뜻한 날씨에 매미소리마저 새롭게 들린
다. 이런 그림을 통해 문인들이 풍류를 즐겼던 정황을 이해할 수
있게 된다.

이제까지 간략하게 검토한 문인들의 모임은 사대부(士大夫)계층
(階層)이 전통적인 아회(雅會)를 갖는 과정에서 이루어진 일이라 할
수 있다. 그런데 자신들의 독자적인 세계를 구축한 여항문인들이
자신들만의 만남이나 모임을 통해 시서화의 정취를 누리는 경우가
드물지 않게 되었다. 여항문인들은 이미 17세기부터 본격적으로

---

68) "伏日, 設家獐會飮, 俗也. 丁卯六月一日, 爲初伏, 是日有故, 其翌日追設玆會于玄谷之
淸聞堂. 酒闌, 屬光之爲圖, 以爲後觀. 會者凡十一人, 坐室中爲德祖, 戶外執書而對坐
者爲有受, 中坐者爲光之, 傍坐搖扇者爲公明, 奕于軒北者爲醇乎, 露頂而對局者朴君聖
望, 側坐者爲姜佑, 跣足者爲仲叔.……于時, 積雨初收新蟬流喝, 琴歌迭作, 觴詠忘疲,
致足樂也. 畵成, 德祖爲記, 諸人各爲詩, 系其下."

문예활동을 시작하여 조선 후기 전 기간을 통해 크고 작은 모임을 가졌고, 그들의 시단과 시회는 서울문화의 새로운 양상이라 할 수 있다.

4) 기행에 나타난 '遊'의 정신

문인들 사이에서 전대와 마찬가지로 명산대천(名山大川)를 유람하는 일은 다반사였다. 이들에게 산수 유람은 "지혜로운 사람은 물을 좋아하고, 어진 사람은 산을 좋아한다(知者樂水, 仁者樂山)."라는 명제처럼 산수를 관조하고 수양하는 과정이며 실천이다. 그런데 당시 극성했던 금강산 유람에서 알 수 있듯이 산수 유람은 구복신앙(求福信仰)의 차원에서 이루어지고,[69] 점점 세속화되는 상업도시로부터 벗어나서 사람들이 알지 못하는 곳을 유람함으로써 정신의 해방과 만족을 추구하는 경향에서 나타나기도 하였다.[70] 특히 후자의 경우는 주로 문인층이기 때문에 그들이 산수에 대해 새롭게 체득하고 정립한 미의식을 산수시(山水詩)·산수화(山水畵)·유기(遊記) 등으로 남기고 있어 주목할 만하다.[71]

---

69) 표암(豹菴)은 이런 구복적(求福的)이고 세속적(世俗的)인 금강산 유람을 혐오하여 의식적으로 회피하다가 76세에 처음으로 금강산을 유람하게 된다. 姜世晃, 『豹菴遺稿』「遊金剛山記」, "遊山, 是人間第一雅事. 而遊金剛, 爲第一俗惡事, 何也? 非謂金剛之不足遊也, 而金剛獨以海山仙區, 靈眞窟宅, 大擅一邦之名. 童兒婦女, 莫不自齪齪, 而慣於耳, 而騰於舌. 按崔瀣送僧序有曰, 有訹誘人云, '-都是山, 死不墮惡塗.' (中略) 只以死不墮惡塗一言, 誘其衷也."

70) 조선 후기 유행병처럼 일었던 금강산의 유람은 많은 기록과 그림을 남겼다. 이들 기록과 관련하여 금강산도를 연구한 업적은 朴銀順, 『金剛山圖 연구』, 일지사, 1997이다.

71) 호승희는 조선 전기부터 선행 유람기록을 통한 와유(臥遊)에서 직접 산수를 유람하는 일이 문인들 사이에 유행하기 시작하고, 그리고 특정한 산을 등람하고 이를 기록한 '유__산기'나

더욱이 유기(遊記)는 작가가 여행 행로에서 직접 견문(見聞)한 것을 기록하고 산천 경계를 묘사하는 산문작품으로 산수시(山水詩)·산수화(山水畵)보다 논리적 사유가 가장 잘 드러나고 있다.[72] 흔히 작품 중에는 유기처럼 산천 경계를 묘사하였지만 작가가 직접 여행하여 견문하지 않은 경우도 있는데, 이를 산수유기(山水遊記)라고 구분하기도 한다. 그러나 이 시기의 유기와 산수유기라는 제목의 글에는 이런 구분이 별로 중요하지 않게 된다.[73]

유기는 작가가 견문하는 모든 산천(山川)·민간풍습(民間風習)·인정(人情)·명승고적(名勝古蹟) 등을 산문으로 기록하는데, 아름다운 산천을 묘사하고 표현하며 이름난 명승고적지인 절이나 묘당 등의 건축물을 기록하는 경우도 많다.[74] 그런데 유기 중에는 산수

'유__산록'이라는 제명 아래 작품을 남기는 일이 세종 연간부터 나타나기 시작하였다고 한다. 그는 '유__산록'을 구체적 기체(記體)에서 파생된 '유기'체로 분류하나 녹체(錄體)의 산문체로 분류되지 않은 파행적인 문체라고 하고, 조선 전·중기에 나타난 문화적 양태로 파악하면서 고려 말부터 대두된 성리학적 산수유관의 심화와 더불어 나타났다고 한다. 호승희, 「조선전기 유산록 연구」, 『한국한문학연구』 18집, 1995.

72) 원행패(袁行霈)는 산수시의 발생이 인간의 자연미에 대한 인식이 깊어진 결과이며, 이는 자연이 인간의 생활환경이나 비흥(比興)의 매개물로부터 독립하여 미학적 가치를 지닌 대상이 되었음을 말하고 있다. 산수시는 인간에게 자연을 친숙하게 할 것을 깨우쳐 주고 대자연의 미를 발견하고 이해하게 하였다. 袁行霈, 『中國詩歌藝術硏究』 下, 朴鍾赫 외 역, 아세아문화사, 1994.

73) 유기(遊記)는 기(記)의 하위문체이다. 전통시대의 문체연구는 오눌(吳訥)의 『문장변체(文章辨體)』와 서사증(徐師曾)의 『문체명변(文體明辨)』(『文章辨體序說』·『文體明辨序說』, 長安出版社, 1978), 요내(姚鼐)의 『고문사유찬(古文辭類纂)』(『古文辭類纂評注』, 安徽敎育出版社, 1995) 등이 있고, 근래의 연구는 진필상(陳必祥), 『한문문체론』(심경호 엮음, 이회, 1995)과 저빈걸(褚斌杰), 『中國古代文體槪論』(北京大學出版部) 등이 있다.

74) 『서하객유기(徐霞客遊記)』에는 산수자연을 아름다운 문장으로 표현하면서도 작가의 정을 잘 드러내고 있다. 徐宏祖, 『徐霞客遊記』「遊雁宕山日記」(中州古籍出版社, 1992), "十一日, 二十里, 登盤山嶺, 望雁山諸峯. 芙蓉揷天, 片片撲人眉宇. 又二十里, 飯大荊驛. 南涉一溪, 見西峯上綴圓石, 奴輩指爲兩頭狗, 余疑卽老僧巖, 但不甚肖. 五里, 過章家樓, 始見老僧眞面目. 袈衣禿頂, 宛然兀立, 高可百尺. 側又一小童, 偏僂於後, 向爲老僧所掩耳. 自章樓二里, 山半得石梁洞, 洞門東向, 門口一梁, 自頂斜揷於地, 如飛虹下垂. 由梁側隙中層級而上, 高敞空豁. 坐頃之, 下山, 由右麓逾謝公嶺, 渡一澗, 循澗西行, 卽靈峯道也. 一轉山腋, 兩壁峭立亘天, 危峯亂疊, 如削, 如攢, 如駢笋, 如挺芝, 如

50

자연의 미(美)를 묘사하고 산수자연이 일으키는 감정과 정신활동·자유를 극도로 잘 표현함으로써 문예미학의 경지를 높여 주는 작품들이 있다.

따라서 산수자연의 미를 언급하고 있는 유기는 인간과 자연과의 관계를 반영하고 있다고 할 수 있다. 동서를 막론하고 인간과 자연과의 관계는 철학·미학·문학·예술 분야 등등에서 일찍부터 주목되어 왔는데, 그중에서 문학과 예술은 객관 사물인 자연의 법칙과 아름다움을 발견하여 드러내고 인간 주체의 심미적 감수성을 펼쳐내려 하였다. 따라서 우수한 유기는 인간 주체의 내재적 정신·능력과 객관 대상의 형상·본질과의 합일을 여실하게 보여줄 때 미적 만족을 주었는데, 정(情)과 경(景)이 만나 혼용되어 심미적 만족을 주기도 하고,[75] 정(情)과 사(事)가 혼용되어 심미적 만족을 주기도 하였다.[76]

이제 문인들이 유기를 통해 인간과 산수자연과의 심미관계를 표현하고 있고, 인간의 유람에 대한 욕구와 정신적 자유를 추구하고 있다는 점을 중심으로 살펴보자. 어떤 작가가 산수를 유람하여 유

筆之卓, 如幤之欹. 洞有口如捲幤者, 潭有碧如澄?者. 雙鸞五老, 接翼聯肩. 如此里許, 抵靈峯寺. 循寺側登靈峯洞. 峯中空, 特立寺後, 側有隙可入. 由隙歷磴數十級, 直至窩頂, 則貿然平臺圓敝, 中有羅漢諸像. 坐玩至瞑色, 返寺."

75) 「비래봉」은 봉석·나무·돌·굴의 종유석·불상을 그림처럼 묘사하여 생기가 넘칠 뿐 아니라 작자의 정을 아울러 표출하고 있다. 袁宏道, 『袁中郎隨筆』 「飛來峰」(作家出版社, 1995), "湖上諸峰, 當以飛來爲第一. 峰石逾數十丈, 而蒼翠玉立. 渴虎奔貌, 不足爲其怒也. 神呼鬼立, 不足爲其怪也. 秋水暮烟, 不足爲其色也. 顚書吳畫, 不足爲其變幻詰曲也. 石上多異木, 不假土壤, 根生石外, 前後大小洞四五, 窈窈通明, 溜乳作花, 若刻若鏤. 壁間佛像, 皆楊禿所爲, 如美人面上瘢痕. 奇醜可厭"

76) 袁宏道, 『袁中郎隨筆』 「初至天目雙淸莊記」(作家出版社, 1995), "數日陰雨, 苦甚. 至雙淸莊, 天稍霽, 莊在山脚, 諸僧留宿莊中. 僧房甚精. 溪流激石作響, 徹夜到枕上. 石簣夢中誤以爲雨, 愁極, 遂不能寢. 次早, 山僧供茗糜, 邀石簣起. 石簣嘆曰, '暴雨如此, 將安歸乎? 有臥遊耳!' 僧曰, '天已晴, 風日甚美, 響者乃溪聲, 非雨聲也.' 石簣大笑, 急披衣起, 啜茗數碗, 卽同行."

기를 남긴다는 것은 창작 주체와 객체와의 특정한 선택이며, 그 속에는 창작 주체의 정신적 자유와 심미감이 자연스럽게 침윤되어 있다.[77] 그러므로 사람들이 유기를 읽을 때 얻을 수 있는 것은 대략 세 가지이다. 첫째는 와유(臥遊)의 낙(樂)이고[78], 둘째는 지식의 획득이고, 셋째는 고국산천에 대한 관심이다. 그렇다면 독자가 유기를 읽었을 때 얻게 되는 것을 작가는 이미 획득하고 있어야 한다는 점이다.

우선 인간의 정신적 해방을 추구하는 과정이 '유(遊)'라는 점이다. 대부분의 문인들은 산수를 관조(觀照)하면서 수양(修養)의 바탕으로 삼는 일에 별반 거부감이 없었고, 실제로 산수를 유람하는 일도 즐겨 하였다. 그런데 이 시기의 문인 중에는 주체의식의 각성과 개성의 발현으로 자신이 즉면(卽面)하고 있는 공간(空間)에 대해 더욱 많은 관심을 기울이고 있었다. 그래서 자신들이 실제로 산수를 답사하여 체험하고 정리하는 일에 몰두하는 경향을 띠게 되었다. 이런 산수 유람이 체계화되고 실증화될 때는 사실에 근거한 지도 제작으로 연결되고, 유람에서 체득한 실제적 심미감은 이른바 '진시(眞詩)'나 '진경산수화(眞景山水畵)'로 표출되었다.[79]

---

77) 흔히 상품(上品)의 유기는 문자를 응축하고 단련하여 시원하고 상쾌한 기분을 준다. 마치 느릿느릿한 유수(流水), 번뜩이는 행운(行雲), 높고 낮은 온갖 연산(連山), 자태와 기세가 얽매이지 않는 야초(野草)처럼 읽었을 때 독자의 마음속에 일종의 '유(遊)'의 미감이 있어야 한다.

78) 인간의 여행에 대한 욕구는 무한하지만 실제 인간이 유람할 수 있는 곳은 유한하다. 그리고 아무리 유명한 산수라고 하더라도 일정한 경제적 여유와 시간이 소요되므로 유람은 더욱 힘들다고 할 수 있다. 이처럼 인간이 유람하고자 하는 욕구는 무한하지만 유람할 수 있는 활동은 유한하므로 사람들은 일종의 모순과 불만을 가진다. 이런 모순과 불만은 유기를 감상하고자 하는 심리적 기대를 불러온다. 이는 자신이 몸소 유람할 수는 없더라도 마음만은 유람하고자 하는 것이다. 사람들이 유기를 읽고 자신의 절실한 유람의 욕구를 해소할 수 있게 된다. 이런 만족을 '와유(臥遊)'라고 할 수 있다.

79) 성령(性靈)의 자유로운 표출이 진시(眞詩)를 만들 수 있다고 한다. 袁宏道, 『遠中郎隨筆』

이런 산수에 대한 유람은 사천 이병연의 시와 겸재 정선의 그림에 많은 영향을 주었던 것으로 보인다. 이 점은 자신도 산수와 서화의 벽(癖)이 있었던 관아재가 삼척으로 외직을 나아가는 사천에게 준 「송삼척부사이병연서(送三陟府使李秉淵序)」에 나타나고 있다.[80]

한편 표암은 산수를 가장 잘 표현하는 예술이 그림이라고 하였다. 산을 유람하는 사람은 대부분 시를 지어 여행일기처럼 한다. 그런데 그것들은 '만이천 봉'이니 '옥 같은 비단 병풍'이니 하는 상투적인 시구(詩句)이므로 그대로 읽어 주기가 어렵다. 그렇다면 기행문은 어떤가. 이들도 지나치게 과장해서 긴 문장을 만들고 그에 대한 전설, 속담 같은 것이 중첩하여 표현해서 사람으로 하여금 싫증이 나게 한다. 다만 그림만이 후일의 와유로 삼을 수 있을 뿐이다.[81]

이처럼 문인들은 산수 유람을 통해 자신들이 체득한 산수미를 표현하고자 하였다. 왜냐하면 인간 존재는 산수자연에 비해 유한하고 제한적인 성격을 지닌 존재이다. 인간은 결핍·불안·고통의

「小修詩叙」(作家出版社, 1995), "大都獨抒性靈, 不拘格套, 非從自己胸臆流出, 不肯下筆. 有時情與境會, 頃刻千言, 如水東注, 令人奪魂"

80) 趙榮祐, 『觀我齋稿』, 「送三陟府使李秉淵序」, "夫詩與畵, 雖痼癖如賈島之推敲, 王厓之複壁, 其害及於其身而止已. 山水之遊, 害于身, 而及於人者如此, 而儒者獨詩與畵, 或多攻之, 而遊山一事, 未見有慮後獎理戒之者, 何哉? 不俟好遊山水, 而恒恐一朝有人, 以是難之, 則顧無以發明, 儒者之意, 而以自解也. 吾里槎川翁, 以詩鳴於世, 而盡與山水, 痼癖久矣. 今出宰三陟府, 海山之勝, 甲於我東, 翁未至, 而請鄭元伯, 先作「大關嶺圖」, 揭之壁上, 且待下車之日, 大欲跌宕吟哦, 於竹西·凌波之間, 俯滄溟, 而想蓬壺矣. 將行, 責余以贐語, 遂書其所甞未喻于心者, 因以質焉. 幸翁之解其說, 而使不俟得有, 藉口, 則不俟亦當求一麾, 於嶺東, 得與周旋於泛海之舟藉草之席矣."

81) 姜世晃, 『豹菴遺稿』, 「遊金剛山記」, "遊山, 是人間第一雅事. (中略) 余謂 遊山者, 輒有詩, 或一峯·一壑·一寺·一菴, 拈以爲題, 各有一篇, 有若行程日錄. 萬二千峰·玉雪錦障之句, 萬口雷同, 不堪寓目. 試讀此等詩, 其能使未見此山者, 如身在此山中乎? 若論勞弸形容, 其惟遊記最勝. 然或者鋪張太過, 積成卷軸, 俚談俗說, 層見疊出, 尤令人厭看. 只有繪畵一事, 差可形容萬一, 爲後日臥遊, 而自有此山, 未有畵成者也."

상태에 놓이게 되면 항상 모순 속에 빠지게 되는데 예술은 이러한 압박과 위기로부터 인간의 생명력을 회복시켜 줄 뿐 아니라 주체적 자유의 갈망을 표출해 준다. 장자는 이런 인간의 정신적 해방의 추구를 '유(遊)'로써 상징화하고 '소요유(逍遙遊)'라고도 하였다.[82] 결국 문인들의 산수 유람은 단순히 좋은 경치를 만나 심신의 근심과 걱정을 풀기 위한 것이 아니라 인간 주체의 각성과 일정한 관계가 있다는 점이다.

문인들은 자신이 즉면하고 있는 공간에 대한 새로운 관심과 함께 주변 산천에 대해 관심을 갖고 이를 표출하고 있다. 동계(東谿)는 우리 산천의 아름다움을 알려면 유산수(遊山水)를 해야 한다고 「제정미중하언척흉록(題鄭美仲夏彦滌胸錄)」에서 피력하고 있다.[83]

'유(遊)'는 인간의 정신적 해방을 추구하는 과정이다. 그러므로 유(遊)는 필연적으로 사회의 속박을 벗어나고 도피하려는 소극적 방법이 될 수도 있다. 이런 소극적인 면은 독선으로 흐르기 쉽고 세상일에 등한시하게 만들 수도 있다.

하지만 유기(遊記)는 자신의 특수한 상황을 보편성으로 표출하는 하나의 실천이라 할 수 있는데, 객관 사물에 대한 시야를 넓힐 수 있고 감정을 옮길 수 있고 지식을 깊게 할 수 있고 심미능력을 고양시킬 수 있다.

---

82) 徐復觀, 『中國藝術精神』, 권덕주 역, 동문선, 1990.

83) 趙龜命, 『東谿集』 「題鄭美仲夏彦滌胸錄」, "昨遇敬大言, '其舅金尊甫稱'江陵山水之美, 謂居其地者, 幸無知峽氓耳.' 若有眼目者, 恐不能一二年享矣.' 余聞之爲拊掌. 余病不能遊山水, 幸而遊, 輒有憂厄以相當. 尊甫顧但知者, 未易享, 而未知一賞之, 亦未亦消受也. 嚮者美仲之往鶴城也, 謂'欲因之作海山遊', 余笑曰: '一年之中, 擢上第, 辦壯遊, 得無有過福之災乎?' 今索其遊記而讀之, 信乎遊之壯也. 記凡三十一篇, 而海東之名勝殆盡矣, 一年之中, 擢上第, 辦壯遊, 而其身固晏然而後災. 或曰, '其上第乃所以折殺淸福.' 或曰, '其記核而文, 山水之靈, 所宜私.' 余未知其孰是."

2. 시서화의 양상

후기사가(後期四家)의 한 사람인 이덕무(李德懋)는 「주인간금강산기급당시(主人看金剛山記及唐詩)」에서 우연히 유숙하던 집의 젊은 주인이 온갖 기이한 꽃[花]・약(藥)・도서(圖書)에 대한 벽(癖)이 있음에 놀라고, 더욱이 그 주인이 금강산의 기행록을 읽기 위해 펴 놓은 채 당시(唐詩)를 뒤적이는 모습에 감명을 받아 시로 남기고 있다. 이러한 이덕무의 시는 당대인의 생활과 문예적 취향을 일부나마 전해 주는 일이다.

그런데 이덕무가 언급한 젊은 주인의 취향과 격조는 특별한 개인에 국한되는 일이 아니라는 점이다. 바로 이덕무 자신의 경우가 그렇다. 그가 내제(內弟)인 치천(稚川) 박종산(朴宗山)에게 보낸 편지에서 자신이 벼슬살이하는 곳은 전혀 풍미(風味)가 없는 타향이지만 한죽당(寒竹堂)에 능호관(凌壺館) 이인상(李麟祥)[84]이 쓴 큰 전자(篆字)와 북쪽 창문 밖의 자죽(紫竹) 수백 주가 바람에 움직이며 소리를 내는 광경이 취미를 삼을 만하다고 하였다.[85] 이런 문예적 취미와 함께 진명(震溟) 권헌(權攇)이 유우(幽憂)의 질환을 치유하려고 그림을 감상하고 있다는 진술을 접하게 되면, 이 시기의 시서

---

84) 이인상(李麟祥): 1710~1760. 본관은 전주, 자는 원령(元靈), 호는 능호관(凌壺館)이다. 영의정을 지낸 이경여(李敬輿)의 서현손(庶玄孫)으로 1735년(영조 11)에 진사에 급제하고, 관직은 현감을 지냈다. 산수와 시문, 시를 즐겼으며 전서와 예서도 뛰어나 시서화 삼절로 불렸다. 탈속불기(脫俗不羈)한 일품화(逸品畵)를 주로 그렸다.

85) 이덕무, 『청장관전서』 아정유고 권165 「내제 박치천종산에게」, "타향에서의 벼슬살이는 전혀 풍미가 없고 다만 하나의 취미를 붙일 만한 곳이 있는데, 그것은 비록 한죽(寒竹)이라는 당 이름으로 이능호(李凌壺, 이인상)가 쓴 큰 전자(篆字)가 힘찼으며, 북쪽 창문 아래에 자죽(紫竹) 수백 주가 있어 바람이 솨 하고 불어올 때 동생의 어깨를 잡고 함께 그 풍경을 읊으면 참으로 즐거운 그것뿐일세."

화에 대한 운치뿐만 아니라 그 개성과 독창성을 피부로 느낄 수
있다. 따라서 18세기 시서화의 변화는 문인들의 문예적 취향과 생
활이 보편화되면서 확산되는 현실여건과 불가분의 관계가 있다.[86]
이제 시서화 일치라는 경향을 세분하여 정리할 필요가 있다.

1) 詩畵一致의 양상

  시와 회화는 다른 종류의 예술이다. 시는 언어예술이며 시간예
술이고, 그림은 조형예술이며 공간예술이라 할 수 있다.[87] 다시 말
해 시는 언어문자로 표현 수단으로 하고 의경(意境)을 미적 범주로
삼으며 그 의경이 사변적이고 이해적(理解的)인 예술인 데 반해,
그림은 선조(線條)와 색채(色彩)를 표현 수단으로 하고 형상(形象)을
미적 범주로 삼으며 그 형상이 시각적이고 직관적인 예술이다.[88]
그런데 동양에서의 시화(詩畵) 관계는 오랜 세월 동안 긴밀한 관계
를 유지해 오고 있다. 때문에 시화의 관계는 단순하지 않아 대략
세 부분으로 분류할 수 있다. 첫째, 시화를 함께 다루면서 대조하
는 경우이다.[89] 둘째, 시화를 동시에 비교하며 서로 통하고 교환되

---

86) 홍선표(1997).

87) 시가 시간예술이고 회화가 공간예술이란 점은 중국 시론이나 화론에서 일관되게 주장해 온
   것이다. 예를 들면 시는 배를 묘사하고 표현할 때 배의 형상을 화폭처럼 제공할 수는 없지
   만, 배의 항로를 계획하여 언제 닻을 올리고 어떻게 운행하고 언제 정박할 것인가라는 과정
   을 상세히 제시할 수 있다. 회화는 이런 동작 과정 가운데 하나의 생동적 순간을 선택하여
   묘사함으로써 보는 사람에게 한순간의 장면이 앞에서는 어떻게 움직였고 다음은 어떻게 움
   직일 것인가라는 상상을 줄 수 있다.

88) 王運生, 『論詩藝』, 雲南人民出版社, 1993.

89) 첫째의 입장을 정리하면 다음과 같다. 대개 시의 구상은 화면의 포국(布局)과 같다고 병렬
   한다. 한 수의 시는 한 폭의 그림이며, 한 폭 그림의 형상은 한 수의 시와 같다. 시는 소리

는 이치로 다루는 경우이다. 셋째, 시가 회화보다 낫다거나 회화가 시보다 낫다는 경우이다.

일반적으로 시화의 일치를 거론할 때는 주로 둘째 입장을 말한다. 일찍이 소식(蘇軾)은 "남계(藍溪)엔 흰 돌이 드러나 있고, 옥천(玉川)엔 붉은 단풍잎 드물구나. 산길은 애당초 비가 오지 않았건만, 산중의 남기(嵐氣)는 사람의 옷을 적시네."90)라는 왕유(王維)의 시를 언급하면서 왕유의 시에는 그림이 있고 그림에는 시가 있다고 하였다. 시는 청각(聽覺)에 호소하고 그림은 시각(視覺)에 호소한다고 할 수 있는데, 왕유의 시는 청각에서 시각으로 나가고 있고, 그 그림은 시각에서 청각으로 나아가고 있다. 이는 시화가 청각과 시각의 상호 융통성을 체현했기 때문이다. 단지 이 같은 상호 융통성이 시화가 지닌 한계나 각각의 특징을 간과하는 것은 아니다.

회화는 선조와 색채를 가지고 공간의 물체를 묘사하는 것이므로 사물의 운동과 변화·정절(情節)을 처리하는 데는 마땅하지 않으며, 시는 언어와 성음(聲音)으로 시간의 동작(動作)과 지속(遲速)을 서술하는 것이므로 정지한 물체를 핍진하게 묘사하는 데는 충분하지 못하다. 즉 시는 변화(變化)를 서술한다고 할 수 있고 회화는 정형(定形)을 그린다고 할 수 있다. 시는 정(靜)을 변화시켜 동(動)으로 만들 수 있고, 회화는 동(動)을 정(靜)으로 만들 수 있다.91)

있는 그림이고 그림은 소리 없는 시라고 청각으로 대조하거나, 시는 형태 없는 그림이고 그림은 형태 있는 시라고 시각으로 대조하여, 작품이 일으키는 감각으로 시화를 말한다.

90) 蘇軾, 『蘇軾文集』 5册 「書摩詰藍田烟雨圖」(중화서국, 1986.) "味摩詰之詩, 詩中有畵. 觀摩詰之畵, 畵中有詩. 詩曰, '藍溪白石出, 玉川紅葉稀. 山路元無雨. 空翠濕人衣.'"

91) 이를 부연하자면 다음과 같다. 우선 시는 언어예술로서 공간의 제약을 받지 않으며, 시각에 호소하는 것이 아니라 사유에 호소한다. 시는 암송과 상상을 통하여 사람들에게 미감을 주므로 가장 의경미(意境美)가 있다. 그러나 회화(서법을 포함)는 선을 사용하여 조형함으로써 시각에 호소하는 예술이다. 회화는 시처럼 낭송할 수는 없지만 시의 다른 특징을 취하여 스

이제 문인들이 시화의 관계를 어떻게 이해하고 실천하고 있는지를 살펴보도록 하겠다. 우선 그림에 제(題)하는 방식을 통해 시화의 직접적인 결합을 주목하고자 한다. 제화(題畵)는 화가가 자신의 그림에 스스로 하기도 하고 감상가가 제를 하기도 한다. 좋은 제화는 그림에 생색(生色)을 내고 좋지 못한 제화는 그림에 개칠(改漆)하는 꼴이다. 가장 일반적인 제화는 제화시(題畵詩)라 할 수 있다.92) 제화시는 시인이 그림에서 시적 감정을 끌어내면서 그림을 시적 제재(題材)와 대상(對象)으로 삼는 것이다. 관아재 조영석은 <선유도(船遊圖)>에 제화시를 스스로 써서 그 화의(畵意)를 전해 주고 있다.

收拾琴書載一舟   거문고 서책 꾸려서 배에 싣고
携將家室上原州   가족을 이끌고 원주로 가네

스로를 풍부하게 하였다. 회화는 주로 시의 심미원칙과 예술정신 및 미학범주 등을 참고하는데 시의 미학 가운데 양강(陽剛)의 미와 음유(陰柔)의 미 등의 개념이 그 예이다. 감상할 때는 늘 시의 의경으로 회화의 의경을 비교한다. 화가가 그림을 그릴 때 만약 사람들의 상상을 가장 잘 자아내는 순간을 묘사하고 그렸다면 사람들은 그 그림을 보는 순간 그 장면을 연상하게 된다. 제백석(齊白石)은 일찍이 "개구리 소리 십 리 밖 산속 샘에서 들려오네(蛙聲十里出山泉)."라는 시구를 그려낸 적이 있었다. 그는 산골짜기와 마른 물 이외에 올챙이 몇 마리가 개울을 따라 내려오는 것을 그려 사람들로 하여금 산골 물에서 들려오는 개구리 소리를 들을 수 있는 것만 같은 느낌을 갖게 했는데 이것으로부터 개구리 소리로 십 리 산천의 아름다운 의경을 상상해 낼 수 있게 하였던 것이다. 동병종. 『서법과 회화』. 김연주 옮김. 미술문화. 2005.

92) 제화시의 기원에 대해 왕사정과 심덕잠은 일치하고 있다. 심덕잠(沈德潛)은 이후의 제화시(題畵詩)는 두보가 개창한 제화시를 전범으로 계승한 것이라고 하였다. 沈德潛. 『淸詩畵』「說詩晬語」. "唐以前未見題畵詩, 開此體者老杜也. 其法全在不粘畵上發論. 如題畵馬畵鷹, 必說到眞馬眞鷹, 復從眞馬眞鷹開出議論, 後人可以爲式. 又如題畵山水, 有地名可按者, 必寫出登臨憑弔之意. 題畵人物, 有事實可拈者, 必發出知人論世之意. 本老杜法推廣之, 才是作手." 실제로 육조 시대에 시인들이 부채 그림이나 가리개 그림에 쓴 제화시가 보이는데 보편적이지는 않았다. 당대에는 두보의 제화시만 있는데 그림 위에 직접 쓰지 않았다. 송대 이후에야 제화시가 흥성하여 제화시의 발전을 가져왔다. 문동(文同)·소식(蘇軾)·미불(米芾)·미우인(米友仁) 등이 다량의 제화시를 지어 그림 앞에 제(題)하거나 그림 뒤에 발(跋)하는 일이 가능해졌다.

即今京洛無靑眠　　지금 漢陽 떠난 즐거움이 없지만
歸路江湖接素秋　　귀로에는 강호에서 가을 만나리
吾道可堪襄鳳欲　　내 여정은 봉황이 하늘에 오르는 듯
客行眞似憶鱸遊　　나그네길 흡사 송어의 노님을 생각나게 하네
從玆我亦他鄕去　　이제부터 나도 타향으로 떠나니
萍梗東西角逐流　　부평초처럼 이리저리 물길 따르네

　관아재는 이 <선유도>에 유선풍속(遊船風俗)을 담고 있다. 이 그림은 수초(水草)가 무성한 강안(江岸)에 버드나무 사이로 강상(江上)의 선유장면과 멀리 백로가 노니는 갈대숲을 그려 유람하는 사대부의 은일자적(隱逸自適)하는 모습을 표현한 것이다. 당시 관아재는 상서원(尙瑞院) 직장(直長)에 제수되었으나 벼슬에 나가지 않고 자유롭게 지내고 있었기 때문에 '거문고 서책 꾸려서 배에 싣고' 원주로 가고 있었다. 그런데 그 여정은 봉황이 하늘에 오르는 듯하여 송어의 노님을 생각나게 한다. 제화시에는 관아재의 개성과 시취가 묻어난다고 하겠다.

　그가 <송하처사도(松下處士圖)>와 <송하인물도(松下人物圖)>에 동일하게 쓴 제화시에는 이 점이 더욱 분명하게 간취된다. "맨머리에 다리 뻗고 장송 아래에 앉아(科頭箕踞長松下), 백안으로 세상 사람들을 보노라(白眼看他世上人)." 속세를 등진 고사(高士)는 해의반박(解衣槃礴)93)의 상태로 온갖 세상사의 시끄러움을 백안시(白眼視)하고 있다. 이는 관아재 자신이 그림에서 절박하게 요구하는 것은 없지만 그림의 시이고, 시에서 철저하게 드러내려고 하는 것은 없지만 시의 그림이 된 것이다. 이러한 그림의 시와 시의 그림은 공

---

93) 해의반박(解衣槃礴): 세속적인 틀에 얽매이지 않은 자유로운 경지를 말한다. 해의반박은 옷을 벗고 다리를 뻗고 편안히 앉아 벌거벗은 상태. 『장자』 「전자방(田子方)」.

재 윤두서의 <우여산수도(雨餘山水圖)>와 「제자사화(題自寫畵)」에도 나타나고 있다.

雨餘江水深　　비 온 후 강물 더욱 깊고
蒼壁淨如削　　푸른 벽 맑아 깎아 놓은 듯
一鳥過平橋　　새 한 마리 평교를 지나가니
遙空日欲落　　먼 하늘 해는 지려 하네[94]

　<우여산수도>에는 근경에 강변의 왼편으로 깎아지른 절벽과 그 아래 누각이 있고, 강물 위로 새 두 마리가 날아가는데 나지막한 다리도 한쪽을 차지하고 있으며, 원경의 산수는 아련한 모습을 띠고 있어, 공재가 추구했던 정신의 한 단면이 그려지고 있다. 그림은 공재가 정신을 고도로 집중하는 가운데 심수(心手)가 상응(相應)하여 필치마다 바로 마음의 정이 묻어나고 이상적인 정신세계가 담백하게 표출된 경우이다. 이런 세계는 '제화시'에도 여실하게 보인다.[95]

　이런 제화시를 읽게 되면 그림 밖의 그림이 있음을 알게 된다. 그림 밖의 그림은 진실로 예술구상과 예술수법을 보는 사람에게 암시하는 것이다. 좋은 제화시는 그림 밖에서 나오는 것이 아니라 그림 가운데서 나오는 것으로 화면의 형상을 암시하는 범위를 넘지 않는다. 그리고 그림에는 반드시 스스로 제(題)할 필요는 없는

---

94) 尹斗緖, 『恭齋遺稿』「題自寫畵」.
95) 尹斗緖, 『恭齋遺稿』「題畵」.
　　裊裊獨木橋　　흔들흔들 외나무다리
　　絶壑懸急水　　절벽 사이 쏟아지는 폭포수
　　山深月未高　　산은 깊고 달은 높지 않으니
　　珍重愼所履　　조심해서 신중하게 밟는다네

데, 좋은 그림은 스스로 이미 시의(詩意)를 지니고 있다.

다른 사람이 그림에 제(題)하는 경우는 대개 화평(畵評)이 따르게 된다. 감상가는 그림의 묘사뿐 아니라 화의(畵意)나 화가의 정신면모를 말하는 경우도 없지 않다. 감상가의 화평은 그림을 보는 사람들에게 설명과 이해를 북돋아 주고 계발시키며, 감상가의 그림이해를 알려준다고 할 수 있다.96) 특히 지인이나 감상우의 품평은 그림이해에 많은 도움을 준다고 할 수 있다. 다음은 석치(石癡) 정철조(鄭喆祚)의 사슴그림에 쓴 청성(靑城) 성대중(成大中, 1742~1812)의 제화시이다.

蒼然逸鹿可爲群　　제멋대로 뛰노는 사슴 어울려 놀 만한데
細雨靑莎漲夕曛　　가랑비 내리는 풀밭 한쪽에 저녁 햇살이 폭 씌었구나
我欲騎渠城外去　　나는 너를 타고 성 밖으로 가려 하는데
衆香寒翠島潭雲　　물신물씬 나는 풀향내 도담(島潭) 구름과 한데 어울렸네97)

그림은 사물 자체의 형상을 표현하고 시는 사물의 함축된 형상을 드러낸다. 그림은 대상을 표현할 때 사물 자체에 내재하고 있는 것으로 한정하고, 시는 대상을 암시하고 사물을 초월한다고 할 수 있다. 청성(靑城)은 사슴그림에 담겨 있는 정신을 설명하는데, '나는 너를 타고 성 밖으로 가려 하는데'라는 부분은 석치(石癡)와 청성이

---

96) 남공철(南公轍)은 「서화발미(書畵跋尾)」에서 자신이 보았거나 구득한 중국 회화에 대해 일일이 평을 달고 있어 후대에 많은 도움을 주고 있다. 다음은 남공철이 사의(寫意)를 중시하고 있는 화평이다. 南公轍, 『金陵集』「沈周湖山卷紵本」, "余少有棲遁之志, 每於畵卷中, 見前人得意溪山者, 賞翫不置, 今見啓南湖山卷, 始知此老胸中丘壑·江湖矣. 山石嵌空, 煙波森渺, 市橋田舍, 林亭溪庵, 漁樵之問答, 仙佛之徜徉, 盡在吾几案之間, 何必理短輿孤棹, 穿雲涉澗, 費盡目力·脚力, 而後得哉? 下有文嘉觀, 王世貞跋."

97) 成大中, 『靑城集』「題鄭石癡喆祚畵鹿」.

공유하고 있는 경계를 구체적으로 언급한다. 그런데 이 부분은 실상 「제석치화록후(題石癡畵鹿後)」와 함께 읽을 때 더욱 잘 알 수 있다.

昔醉石癡宅	옛날 석치 집에서 잔뜩 취했을 적에
黃子實前導	黃子 앞에서 길을 인도했었지
石癡初見我	석치는 나를 처음 보고서도
驩然似宿好	옛날 친구 만난 듯 반가워했지
中堂開筆硯	마루에다 붓과 벼루를 내놓고
凝塵始自掃	푹 쌓인 먼지를 손수 쓸어 내는구나
一觴徑跌宕	술 한 잔 마시자 흥이 나서
片語已傾倒	당장 친구로 지내자고 말을 놓았다
酒酣視余笑	술이 취하자 나를 보고 웃으면서
左手展霜縞	왼손으로 하얀 비단을 펼쳐 놓았지[98]
……	

「제석치화록후」는 「제정석치철조화록(題鄭石癡喆祚畵鹿)」보다 자세하게 그림에 대해 알려주고 있다. 성대중은 생면부지인 정철조를 찾아가서 이야기를 나누자 곧 옛 친구처럼 가까워져 '당장 친구로 지내자고 말을 놓았다.' 이렇게 두 사람이 의기투합하게 되고, 술에 얼큰해지자 정철조가 비단을 꺼내 사슴을 그리고 성대중이 제화시를 썼던 것이다. 화가와 시인은 공동의 감정과 사상경계로 '즉경서정(卽景抒情)'과 '인물견지(因物見志)'하여 시정(詩情)과 화의(畵意)가 서로 이해하고 통하는 경지를 이루어낸 것이다. 청성은 석치의 그림은 '붓 끝에서 사슴 한 마리 생겨나는데, 발이며 귀가 산사슴과 똑같게 되었다.'라고 하면서 '혼자 풀 언덕에서 꾸벅꾸벅 졸고 있으니, 가랑비가 그 털을 반드르르 적셔 준다.'라고 하였다.

---

98) 成大中,『靑城集』「題石癡畵鹿後」.

'그 재미있는 그림 내 생각과 꼭 맞아.'라고 감탄하게 되는 것이다. 그래서 사슴인 너를 타고 물가를 달리고 싶다는 감회가 일어나고 있다.

다음으로 시와 그림의 내면적 결합을 염두에 둘 수 있다. 그림의 구상·장법·형상·색채가 시화(詩化)되는 것을 말하고, 시의 구상·형상·언어가 화화(畵化)되는 것을 말한다. 예를 들면 왕유의 『강산설제도권(江山雪霽圖卷)』을 보고 있노라면 자연스럽게 "강은 천지 밖에 흐르고, 산빛은 있기도 하고 없기도 하네(江流天地外, 山色有無中)."라는 구절이 일어나게 만들고, 반대로 그의 시는 곳곳에 화경(畵境)이 있어, 상식을 넘는 형상화(形象化)가 읽는 사람에게 무궁한 맛을 불러오게 지극히 깊은 정을 느끼게 해 준다. 이는 소식(蘇軾)이 말한 "畵中有詩"라는 것이다. 앞에서 소식은 왕유의 그림과 시가 '화중유시(畵中有詩)'나 '시중유화(詩中有畵)'를 이루었다고 하여 이 둘은 본래 하나로 규율로 통섭(統攝)될 수 있음을 언급하였다. 시와 그림은 공통적으로 진실하고 구체적인 전형 형상을 통해 창작 주체의 강렬한 감정을 펼쳐서 독자에게 상상과 연상을 불러일으키는 예술이다.[99] 다음은 이덕무의 『청장관전서(靑莊館全書)』에 실려 있는 「전사잡영(田舍雜咏)」이다.

---

99) 이 시기의 문인들은 '화중유시(畵中有詩)'나 '시중유화(詩中有畵)'를 추구할 때 동파(東坡)의 사의를 중시하는 입장에 경사되어 있었다. 대부분의 문인들이 '화중유시'나 '시중유화'를 거론할 때 신사(神似)를 염두에 두고 있다. 이는 사대부들이 여기(餘技)로서의 회화라는 전형적인 회화관을 고수하였기 때문에 강조되었던 것이다. 실제 화경(畵境)이나 화중유시(畵中有詩)란 예술전형을 이루는 방식은 객관에서 출발하는 경우, 주관에서 출발하는 경우, 주객관의 통일에서 출발하는 경우가 있어 다양하고 복잡하다. 이는 "새달의 첫 누런빛 객을 맞으러 나오고(新月初黃迎客出), 난산(亂山)의 한 푸르름 배를 보내고 있네(亂山一碧送船歸)."라는 왕어양의 시의(詩意)와 흡사하다.

「田舍雜咏」
帶葉籬根臥牸黃　　　잎 달린 울 아래 누런 암소 누웠는데
天晴魄魄打禾㭗　　　하늘 맑으니 타작하는 소리 요란하네
酣霜雜果勻丹漆　　　서리에 취한 과일 붉고 검은데
哢旭寒禽迭角商　　　아침 해살에 지저귀는 새는 각성 상성을 번갈아 하
　　　　　　　　　　는데
聯絡田塍蛛布網　　　연결된 밭두렁은 거미줄 친 듯하고
附離隣落蠣粘房　　　이웃 마을들은 굴조개가 붙은 것 같네
覊愁試逐佃翁飮　　　나그네 시름 전옹을 따라 술 마시니
耳熟楓間我酒狂　　　단풍처럼 물든 귀를 주광이라 하겠네[100]

　이미 이덕무의 「전사잡영」은 김홍도의 「타작(打作)」과 그 주제가
같다는 점이 밝혀졌다.[101] 「전사잡영」은 이덕무가 29세에 천안전
장(天安田莊)에 세수(稅收)를 걷으러 갔을 때 쓴 시로, 가을 풍경과
농사꾼들의 타작하는 모습을 실감 있게 그린 작품이다. 이는 바로
김홍도가 「타작」에서 과감하게 주변의 배경을 생략하고 타작하는
장면과 이를 지켜보는 지주(地主), 그리고 그 앞에 놓인 술병과 술
잔에 초점을 두고 있는 것과 같은 것이다.

　이덕무의 「전사잡영」은 농민의 일상생활에 구도를 잡고, 생활에서
일어나는 순간순간의 일들을 눈앞에서 전개되듯이 그리고 있어 읽는
사람으로 하여금 스스로 시의 구상·형상·언어에서 화화(畵化, 즉
회화성)를 느낄 수 있도록 하였다. 마찬가지로 김홍도의 「타작」은 그
림의 구상·장법·형상·색채에서 시화(詩化, 즉 문학성)를 느낄 수
있다. 결국 시에서 회화성을, 회화에서 시성(詩性)을 표현하는 것은
시·화의 포괄성(包括性)과 총체성(總體性)을 지향하려는 것으로, 시·

---

100) 李德懋, 『青莊館全書』 「田舍雜咏」.
101) 崔博光, 「李德懋의 中國體驗과 學問觀」, 『大東文化硏究』 27, 1992.

화의 지평을 확산하기 위한 통합적(統合的) 사고의 결과이다.

2) 書畵一致의 양상

동양의 글씨와 그림은 서양과 달리 창작 재료인 종이·붓·먹이 완전하게 같고, 용필하는 방법도 기본적으로 같다. 서법(書法)의 용필방법을 그림에 직접적으로 사용하므로, 서법과 화법(畵法)이 추구하는 예술방법과 풍격인 조세강유(粗細强柔)·웅혼호방(雄渾豪放)·수일우미(秀逸優美)·평정기험(平正奇險) 등등이 서로 통한다. 이른바 서화용필동법(書畵用筆同法)이다. 서법으로 깊은 경지에 나아가려는 사람은 그림을 이해해야 하고 그림으로 이루려는 사람은 반드시 글씨를 배워야 한다.

서법과 화법의 필묵(筆墨)이 서로 통한다는 것은, 황정견이 글씨를 쓰는 것이 마치 대를 그리는 것과 같고 소식이 대를 그릴 때는 마치 글씨를 쓰는 것과 같다고 청대 정섭(鄭燮, 1693~1765)이 이야기한 데서도 살펴볼 수 있다.102) 이는 서법과 화법의 내재적 관계를 이미 깨닫고 있었다는 것을 의미한다. 정섭이 창조한 '육분반서(六分半書)'도 난초와 대를 그리는 그의 화법과 서법을 융합시킨 것으로 그 관계가 매우 밀접하다.

---

102) 정섭(鄭燮): 청대 문인이자 서화가. 강소성 흥화(興化) 사람. 자는 극유(克柔), 호는 판교(板橋)이다. 시서화에 모두 특장이 있으며 양주팔괴 중 한 사람. 양주에서 그림을 팔면서 생활하였다. 화훼와 목석을 잘 그렸으며 자유로운 필치와 풍부한 먹색 및 그의 독특한 서체(육분반서)와 제발이 결합된 참신한 구성을 이룬 화풍으로 유명하다. 육분반서는 정섭이 예서필법의 모양을 행서와 해서에 섞고 난과 대를 그리는 필법을 첨가해서 자신만의 특징을 이룬 것이다. 해서와 예서 사이의 형태를 갖추었지만 예서에 더 치우치는데, 예서는 팔분(八分)으로 불리기 때문에 정섭은 이를 장난삼아 자칭 '육분반서'라고 불렀다.

이 점은 청대 화가 황신(黃愼)의 고사를 통해 보면 더욱 분명해진다. 『청우헌필기(聽雨軒筆記)』에 의하면, 어느 날 황신은 그의 스승의 작품을 보고 "내가 배운 뛰어난 기예도 스승과 명성을 다투기는 어렵다. 나는 다른 방법을 생각하여 이름을 날려야 한다."라고 하였다. 그는 이런 생각에 빠져 거의 침식을 잊을 정도에까지 이르렀다. 그러던 어느 날 우연히 회소(懷素)의 초서를 보고 오랫동안 사색하고 탐구하였다. 그는 길을 걸으면서도 생각했는데 갑자기 깨달은 것이 있어 급히 길옆의 가게에서 먹과 붓을 빌렸다. 그는 그림을 그리고 나서 책상을 치며 웃더니 "나는 이미 얻었노라."고 하였다. 주위 사람들이 그를 모두 이상하게 생각하였다. 그의 그림을 보면 몇 번의 붓질로 그림을 그렸는데 멀리서 다시 보면 그림의 정신과 골력이 모두 드러난다. 황신이 서법을 깨달은 예이다.[103]

한편 그림에는 제시(題詩)·제자(題字)·제관(題款)이 필수적인데, '그림 삼분(三分)에 제(題) 칠분(七分)'이란 주장은 지나친 경우이나 서화의 관계를 잘 대변해 주고 있다. 이러한 주장은 그림 한 폭의 격조가 제자(題字)의 잘잘못에 의해 결정되기 때문에 나온 말이다. 좋은 제는 화룡점정(畵龍點睛)의 묘함이 드러나고 좋지 못한 제는 불두(佛頭)에 똥이 쌓인 것과 같은 꼴이 된다고 한다.

이처럼 글씨와 그림이 여러 면에서 공통적인 관계를 가지고 있지만, 서법은 일종의 추상적(抽象的)인 선조미(線條美)를 추구하고 화법은 선조미 이외에 구체적(具體的) 조형미(造形美)를 추구하고 있다. 서법은 고인을 법으로 하고 화법은 선사(先師)의 조화(造化)를 법으로 한다. 더욱이 서법은 일반적으로 농묵(濃墨)을 주로 하

103) 동병종, 서법과 회화, 김연주 옮김, 미술문화, 2005.

고 화법은 묵을 오채(五彩)로 나누고 묵 이외에 착색도 필요하다. 역대 서가 중에 화가로, 화가 중에 서가로 이름을 떨치기도 하지만 그렇지 않은 경우도 많다.104)

조선 후기 문인들은 시서화의 일치라는 대전제를 수용하고 있었다. 따라서 옥동(玉洞)이 서화는 하나가 둘이 되고, 그 둘이 하나로 귀일(歸一)되는 것으로 이해하는 것은 당연하다.105) 애초부터 글씨와 그림은 구별이 없다는 점이다. 다시 말해 서화는 발생부터 동일하다는 생각이다.106) 이를 더욱 부연하여 설명하기보다는 혜환 이용휴의 간략한 설명이 참조가 될 것이다. "세계가 나뉘어서 둘로 분획(分割)되니, 낮[晝]은 양(陽)으로 다스리면 사(事)가 되고, 밤[夜]은 음(陰)으로 다스리면 몽(夢)이 된다.107)" 태초에 혼돈(混沌, 복희씨 八卦 중의 空白)으로 된 하나의 세계가 음양(陰陽)으로 갈라져 각각의 역할을 갖게 되었다.108) 그런데 이 혼돈이 천천히 움직이다가 뚜렷이 음양으로 갈리면서 음은 밤이 되고 양은 낮이 되었다. 이

---

104) 대부분 시화(詩畵)와 서화(書畵)의 밀접한 관계 때문에 뛰어난 시인이면 글씨도 그림도 잘한다고 추정하는 경우가 많다. 명·청 시대 화학(畵學)의 오류가 어디에서 비롯되는가를 밝힌 글은 다음과 같다. 阮璞, 「明淸代 '畵學' 저술의 오류와 문제」, 『미술사논단』 4호, 시공사, 1996.

105) 서화가 태극(太極)에서 발생하여, 태극이 분화되자 하나의 획이 자신의 모습을 갖게 되어 서화가 이루어졌다는 것이다. 따라서 하나의 획 가운데 모든 이치가 함축되어 있다.

106) 서화동원론(書畵同源論)은 그림과 문자는 같은 근원에서 비롯되었다는 것으로 처음에는 그림과 문자는 구별이 없다는 주장이다.

107) 李用休, 『惠寰雜著』 「夢蘇軒記」, "分世界爲二, 晝則陽爲政而有事, 宵則陰爲政而有夢."

108) 석도(石濤, 1642?~1705?)는 『화보(畵譜)』에서 태초의 원리와 규칙으로 화론을 설명하고 있다. "太古無法, 太朴不散, 太朴一散, 而法自立矣. 法于何立? 立于一劃. 一劃者, 衆有之本, 萬象之根, 見用于神, 藏用于人, 而世人不知. 所以一劃之法, 乃自我立. 立一劃之法者, 蓋以無法生有法, 以有法貫衆法也. 夫劃者, 法之表也. 山川人物之秀錯, 鳥獸草木之性情, 池榭樓臺之矩度, 未能深入其理, 曲盡其態, 終未得一劃之洪規也. 行遠登高, 悉起膚寸. 此一劃收盡鴻濛之外, 卽億萬萬筆墨, 未有不始于此而終于此. 惟聽人之取法耳. 人能以一劃具體而微."

제 낮은 사(事)가 되고, 밤은 몽(夢)이라 할 수 있다. 사(事)와 몽(夢)은 표현되어 다를 뿐 근본적으로 하나이다. 실제로 서화도 이와 마찬가지이다.

> 말의 털 가르마를 하도(河圖)라 했고, 거북의 껍질 터진 것 낙서(洛書)라 했네. 이것 기다려 천지 비밀 새어 나와서, 인문(人文)이 비롯되는 처음이었네. 그러나 또한 기우(奇耦)의 밖으로 넘어서 상수 안에 떨어지지 않는 것 있으니, 시험 삼아 무극옹(無極翁)께 물어야 하리.[109]

도(圖)와 서(書)는 하도낙서(河圖洛書)이고, 천지의 비밀이 새어 나와서 인문의 시초를 열어놓게 되었다고 한다. 그것은 도와 서가 천기(天機)와 인문을 표현하는 수단임을 말한다.[110] 아울러 도와 서가 대등하다는 전제를 담고 있다.

이런 도와 서를 확대하여 보면, 서(書)와 화(畵)로 나아갈 여지가 생긴다. 예컨대 이 점은 김홍도(金弘道)가 자신이 사는 곳의 편액을 '대우암(對右菴)'이라 하게 된 사정을 밝힌 「대우암기(對右菴記)」에서도 확인할 수가 있다. 김홍도가 '좌도우서(左圖右書)'의 뜻에 따라 '우서(右書)'와 '좌도(左圖)'가 대등함을 알고 '대우암'이라 짓게 되었다는 것이다.[111] 이처럼 서화가 발생부터 동일하다는 점은 서화의 대등성과 함께, 시화의 대등성을 가능케 했던 바탕이다. 그리고 시서화의 연결점으로 작용할 수 있는 전제가 된다.

---

109) 李用休, 『惠寰雜著』 「對右菴銘」, "馬之毛旋謂之圖, 龜之甲坼謂之書. 此爲對待而泄天地之秘, 肇人文之初也. 然亦有超乎奇耦之外, 而不墜象數之中者, 試問于無極翁."

110) 이와 같은 생각이 오세창(吳世昌)의 『근역서화징(槿域書畵徵)』의 인(引)에도 피력되고 있다. "得天機之全, 發神光之秘, 著色人文, 幷驅不朽, 則書畵於兩處, 洵爲不可少者.「槿域書畵徵引」"

111) 사람으로 비유한다면 서(書)는 성명(姓名)이고, 도(圖)는 얼굴이다. 때문에 사람을 표현할 적에도 서와 도는 함께 짝을 이루어야만 한다.

이처럼 서화의 대등성이나 일치는 새로운 예술의 경지를 지향하는 의지의 산물이다. 특히 서화 일치의 정체성은 이인상에 얽힌 일화에서 확인할 수 있다. 다음은 박지원(朴趾源)의 「불이당기(不移堂記)」에 진술된 이야기다.

전에 학사 이공보(學士 李功甫)가 한가롭게 있으면서 매화시(梅花詩)를 짓고, 심훈현(沈薰玄, 심사정)에게 묵매(墨梅)를 구해서 화축(花軸)에 적은 다음, 웃으면서 나에게 이르기를,
"심하다. 沈의 그림은 물(物)과 같게 했을 뿐이다."라고 하였다. 내가 의혹하여,
"그림을 그리면서 같게 한 것은 잘한 사람인데, 학사는 어찌해서 웃는가."라고 하니, "웃을 만한 일이 있다. 내가 처음에 이원령(李元靈, 이인상)과 교유하였다. 일찍이 생초(生綃) 한 벌을 보내서, 공명(孔明)의 사당에 서 있는 잣나무 그림을 그려 주도록 청하였다. 원령이 오랜 후에, 옛 전자체(篆字體)로 설부(雪賦)를 써서 돌려왔다. 나는 전서(篆書)를 받아 기뻐하면서 그림을 더욱 재촉하였다. 원령이 웃으면서 '전일에 벌써 보냈는데, 자네가 모르는가.' 내가 놀라면서, '전일에 보내온 것은 설부를 전서한 것이었네. 자네가 잊었는가.' 하니 원령이 웃으면서 '잣나무 그림도 그 속에 있네. 대저 풍상(風霜)이 사나우면 능히 변하지 않는 것이 있겠는가. 자네가 잣나무를 보고 싶으면 눈 속에서 구하게.' 나는 웃으면서 답하기를 '그림을 요구했는데 전서가 되더니, 눈을 보고 변하지 않는 것을 생각하라니 잣나무하고는 동떨어지는구만. 자네가 하는 방법은 거리가 너무 있지 않는가.' 하였다."[112]

여기서 이인상의 예술세계는 하나의 신기원을 보여주고 있다.[113]

---

112) 朴趾源, 『燕巖集』 「不移堂記」, "曩李學士功甫閒居, 爲梅花詩, 得沈董玄「墨梅」而并軸, 因笑謂余曰, 甚矣! 沈之爲畵也, 能肯物而已矣. 余惑之曰, 爲畵而肯, 良工也, 學士何笑爲? 曰, 有之矣. 吾初與李元靈游, 嘗遣綃一本, 請畵孔明廟栢. 元靈良久, 以古篆書雪賦以還, 吾得篆且喜, 益促其畵. 元靈笑曰, 子未喻耶? 昔已往矣. 余驚曰, 昔者來, 乃篆書雪賦耳. 子豈忘之耶? 元靈笑曰, 栢在其中矣. 夫風霜刻厲, 而其有能不變者耶? 子欲見栢, 則求之於雪矣. 余乃笑應曰, 求畵而爲篆, 見雪而思不變, 則於栢遠矣. 子之爲道也, 不已離乎?"

113) 이인상의 회화세계에 대한 연구는 다음을 참조하였다.

바로 그가 전서 쓰는 법과 그림 그리는 법을 예로 들어 글씨와 그림의 동질성을 설명하고 있다는 점이다. 이는 황경원(黃景源)이 쓴 「이원령묘지명(李元靈墓誌銘)」에서도 짐작할 수 있는 일이다. "군은 어려서부터 예(藝)를 좋아하여 전서(篆書)와 대전(大篆)을 잘 썼고 산수 그리기를 좋아하였다."

심재(沈鋅)는 『송천필담(松泉筆談)』에서 이인상의 그림과 글씨의 관계가 어떠한지 말하고 있다. "이인상의 호(號)는 보산자(寶山子)다. 예서(隸書) 만드는 필획(筆劃)을 전용(轉用)하여서 그림을 그렸다.[114] 언덕과 계곡 하나하나가 뛰어나고 나무와 돌 하나하나가 기이하며 붓자취가 간결하고 뜻이 담박하다." 이를 후대의 추사(秋史)는 이인상의 예서 쓰는 법과 그림 그리는 법을 모두 문자기(文字氣)에서 비롯한다고 평가하고 있다. 이처럼 서화의 일치나 대등성을 추구하는 태도는 남공철의 중국 그림의 해석에서도 확인할 수 있다.

> 백호(伯虎, 당인)가 일찍이 스스로 말하기를 "공화(工畵)는 해서(楷書)와 같고 사의(寫意) 그림은 초성(草聖)과 같아, 붓을 잡고 붓을 돌리는 영묘함에 불과하다. 세상에 글씨를 잘 쓰는 사람으로 그림을 잘 그리는 사람이 많은 것은 그 팔을 돌리는 용필법이 막히지 않음에 말미암은 것이다."라고 하였다. 백호의 그림은 대개 사의에 묘한 것이다.[115]

俞弘濬, 「이인상 회화의 형성과 변천」, 『考古美術』 161, 1984.
俞弘濬, 「능호관 이인상」, 『역사비평』 12호, 1991.
金血祚, 「燕巖 朴趾源의 思惟樣式과 散文文學」, 성균관대 박사논문, 1992.
金起弘, 「18세기 조선 문인화의 신경향」, 『간송문화』 42호, 1992.

114) 필획(筆 '畵')는 필획(筆 '劃')으로 표기한다. 이는 서예에서 '획(劃)'의 의미를 명확히 하려는 것으로, 이하 모든 원문과 번역이 동일하다.

115) 南公轍, 『金陵集』 「唐寅寫意雲煙竹樹障子紙本」, "伯虎嘗自言. 工畵如楷書. 寫意如草聖. 不過執筆轉腕. 靈炒耳. 世之善書者多善畵. 由其轉腕用筆之不滯也. 伯虎之畵. 蓋炒於寫意者也."

남공철은 당인(唐寅)의 그림을 글씨로 설명하고 있다. 공교(工巧)한 그림은 해서와 같고 사의적인 그림은 잘 쓴 초서와 같다는 것이다. 이는 서화용필동법(書畵用筆同法)의 다른 표현이다. 세상에 선서자(善書者)로서 선화자(善畵者)가 많은 것은 그 팔을 돌리는 용필법이 같은 법에서 나옴을 터득했기 때문이다. 이와 같은 서화용필동법은 서화의 일치를 추구하고, 앞에서 언급했던 것처럼 시화의 사의 중시와 마찬가지로 서화의 사의 중시로 연결된다.[116] 결국 서화의 일치나 대등성은 시서의 일치로 연결된다. 서유구(徐有榘)는『임원경제지(林園經濟志)』「유예지(遊藝志)」논임서귀신회(論臨書貴神會)에서 다음과 같이 언급하였다.

> 고인(古人)의 글씨를 임모하는 사람은 모름지기 먼저 그 대의를 얻어야 하니, 처음부터 끝까지 종용(從容)히 완미(玩味)하여 그 용필법(用筆法)이 어디에서 짜임을 하고 무엇으로 감등의 체세(體勢)와 법도를 얽는지를 살펴서 하나하나 그 지경에 처해, 그 닮기를 보는 것과 같아야 하니 이것이 오래된 뒤라야 바야흐로 붓을 들 수가 있다. 붓을 들 때에 또한 모름지기 혹사(酷似)를 구하지 말고 우선 느슨하게 허여(許與)하여 합치기도 하고 떨어지기도 하며 신회(神會)가 이루어져야 하니, 오래도록 익혀서 그 대개(大槪)를 얻고 윤색을 더하면 곧 이것이 전신(傳神)이다.[117]

글씨를 배우는 사람이 신회(神會)를 얻으려면 고인의 글씨를 임모

---

116) 이인상은 서화가 송에서 멀어질수록 섬교(纖巧)·연미(妍美)하여 심후한 의사(意思)를 주지 못한다고 하였다. 南公轍,『金陵集』「宋名公二十帖墨刻」, "(前略) 三代以後, 人物莫盛於宋, 文章·書畵亦於斯爲盛, 此可知也. 凌壺居士李麟祥嘗言, 元明才子, 不但文章不及宋. 書畵亦不逮宋遠甚, 雖或有纖巧·妍美, 悅人眼目, 而終少深厚意思, 令人易厭, 誠知言哉!"

117) 徐有榘,『林園經濟志』「遊藝志」論臨書貴神會, "臨古人書者, 須先得其大意, 自首至尾, 從容玩味, 看其用筆之法, 從何起構, 作何結殺, 體勢法度, 一一身處其地, 而仿彿如見之, 如此旣久, 方可下筆. 下筆之時, 亦須勿求酷似, 且須汎瀾容與, 且合且離, 神游意會, 久而習之, 得其大槩, 而加以潤色, 卽是傳神矣(增補山林經濟)."

할 때 먼저 그 대의를 얻어야 한다. 처음부터 끝까지 종용히 완미하여 그 용필법을 익숙하게 익히면 자연히 교묘함을 터득할 수 있다는 것이다. 서예가가 익숙하게 용필법을 안다는 것은 고인의 글씨와 혹사하게 되는 것을 말하는 것이 아니다. 고인의 글씨와 합치되기도 하고 떨어지기도 하여 신회를 이룰 때 신(神)을 전할 수 있다.

왕사정(王士禎)은 이런 신회의 경지를 시의 품평에 사용하곤 하였다. 그는 『어양시화(漁洋詩話)』에서 "왕유의 '꽃을 보고 눈물 가득 흘리나, 초왕(楚王)과는 말하지 않네.'라는 시구는 판단하는 말은 하나도 쓰지 않았지만, 이것이 성당(盛唐)의 뛰어난 점이다.118)"라고 하였다. 왕유의 시에서 화(花)·누(淚)·초왕(楚王)·언(言) 등의 구체적인 시어를 사용하면서도 무엇을 뜻하는 판단의 말은 하나도 쓰지 않았지만 읽는 사람들이 시의 영롱함과 서정성을 느낄 수 있다. 즉 작가의 의도가 드러나지 않은 시가 흥취를 일으켜 시의 경계로 들어갈 수 있게 해 준다는 점이다. 이른바 신운시의 "한 글자도 덧붙이지 않았지만 풍류를 다한다(不着一字, 盡得風流)."이며, "영양이 뿔을 걸고 있더라도 흔적은 찾을 수 없다(羚羊掛角, 無跡可求)."는 경지이다.

---

118) 王士禎, 『漁洋詩話』. "王摩詰 '看花滿眼淚, 不共楚王言', 更不作判斷一語, 此盛唐所以爲高."

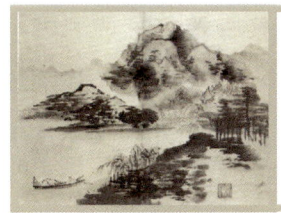

Ⅲ. 18세기 시와 시론

1. 시단의 경향

18세기 시단은 시작부터 전대의 황량하고 적막해 보이는 분위기를 일신하고 새로운 방향으로 힘차게 나가고 있다는 점이 주목된다.[119] 이는 숙종(肅宗, 1675~1720) 이후에 본격화되는 지배집단의 당론과정(黨論過程)에서 자의반 타의반 거리를 두게 되는 일군의 사대부문인들이 학식과 재능을 바탕으로 문예에 침잠하는 데에 기인하며,[120] 이와 달리 '권력과 그 권력으로부터 유래하는 사회적 명예로부터의 소외'를 강하게 느끼고 있는 여항(閭巷) 문인들이 자신의 울울한 심사를 문예방면으로 표출하고자 했기 때문이다.[121] 더욱이 명·청시대의 학술과 문예의 성과를 수용하여 반성적으로 사유하는 과정에 '자기화', '주체화', '조선화'를 이루고, 이를 바탕

---

119) 閔丙秀, 『韓國漢詩史』, 태학사, 1996. 소위 '목릉성세(穆陵盛世)' 이후부터 숙종 대에 이르는 70여 년간의 시단은 '그대로 황량과 적막만이 있을 뿐'이다.

120) 鄭玉子, 『朝鮮後期文學思想史』, 서울대출판부, 1990.

121) 강명관, 『조선후기 여항문학 연구』, 창작과비평사, 1997.

으로 기존의 규범체계를 비판 극복하려는 문예적 실천의 결과이기도 하였다.[122]

따라서 18세기 시단의 경향은 이러한 사대부문인이나 여항문인이 개별적으로 혹은 집단적으로 자신들만의 시세계를 어떻게 성취했는가에 따라 다양하게 전개 발전되었던 것이다. 우선 독자적인 시세계를 보여준 개인이나 집단을 대별하여 살펴보면 다음과 같다.

17세기 후반부터 18세기 초반까지 인왕산과 북악산[白岳山] 사이의 일정한 지역[壯洞]을 중심으로 김창협(金昌協)·김창흡(金昌翕) 등이 하나의 문예적 그룹인 백악시단(白岳詩壇)을 만들어 시단에 새로운 기풍을 고취하였다. 이들 형제는 고답적인 시를 청산하고 자신의 성정을 드러낼 수 있는 '새로운 시를 써야 한다.'라는 기치를 세우고 이른바 '진시운동(眞詩運動)'을 전개하는데, 그 문하에서 이병연(李秉淵), 이하곤(李夏坤), 이의현(李宜顯), 김시민(金時敏), 유척기(兪拓基), 홍세태(洪世泰) 등이 참여하고, 화가인 정선(鄭敾), 조영석(趙榮祏)도 밀접한 교류를 하였던 것이다.

한편, '시는 중국 것을 힘써 추구하고 압록강 이동(以東)의 언어로 시를 짓는 것을 부끄럽게 여겼던' 이용휴(李用休)를 중심으로 한 문인집단이 일정한 영역을 차지하고 있다.[123] 특히 자신만의 개성을 강렬하게 보여주었던 여항 제자들 - 이언진(李彦瑱)·이단전(李亶佃)·김숙(金潚)·이성중(李聖中)·이인대(李仁大) 등의 성과는 여러 모로 흥미로운 일이다.[124]

---

122) 고연희, 「17C말 18C초 白岳詞壇의 明淸文學 受容樣相」, 『東方學』 1집, 1996.
     이경수, 『漢詩四家의 淸代 詩 受容 硏究』, 태학사, 1995.
     유봉학, 『燕巖一派 北學思想 硏究』, 一志社, 1995.
123) 이는 이덕무가 이용휴의 시풍에 대해 평가한 글이다. 『靑莊館全書』 「淸脾錄」 惠寰條.

다음으로 18세기 후반에서 19세기 초반을 장식했던 시인 집단은 두 부류이다. 김려(金鑢)를 중심으로 하여 교류하였던 '담정(藫庭)그룹'은 '시 창작에서 인간에게 내재한 정을 중시하였고, 진실한 정이 독자에게 감동을 줄 수 있는 사실'을 염두에 둔 이옥(李鈺)·이안중(李安中) 등이 있고,125) 청대의 신운론(神韻論)·성령론(性靈論) 등을 자신의 시세계에 자유롭게 적용했던 후기사가(後期四家) - 이덕무(李德懋)·유득공(柳得恭)·박제가(朴齊家)·이서구(李書九)가 그들이다.126)

이러한 시단의 경향은 사대부문인을 중심에 두고 설명하는 것이다. 그런데 이 시기의 시단의 다른 축은 권력에서 소외된 여항 문인들이 자신의 울울한 심사를 표출하는 수단으로 한시(漢詩)를 선택하고 나서 시 창작을 위한 동인적(同人的) 결사체인 시사(詩社)를 중심으로 활발하게 움직였다는 사실이다. 17세기 말부터 18세기 초까지 낙사(洛社)그룹의 후배들인 정내교(鄭來僑)·김만최(金萬最) 등이 활동하지만 김시모(金時模)·황택후(黃宅厚)·박창원(朴昌元) 등이 정력적으로 활동한다. 18세기 후반에는 금란사(金蘭社)·구로회(九老會) 등이 있는데, 금란사에는 김광익(金光翼)·한욱(韓旭) 등이 있고, 구로회에는 마성린(馬聖麟)·백경현(白景炫)·엄계응(嚴啓膺) 등의 9인이 있다. 이후 시사(詩社)는 옥계시사(玉溪詩社, 즉 松石園詩社) 등

---

124) 이용휴(李用休)·이가환(李家煥) 부자를 중심으로 한 여주이씨 일문은 당색을 넘어 지역을 중심으로 학문적 예술적 공감대를 형성하면서 집단화되었다. 이들은 안산에 거주하던 강세황(姜世晃)과 홍양호(洪良浩)·신경준(申景濬) 등의 문인들과 학문과 예술을 교류하였다. 이들은 공통적으로 개인의 개성을 추구하는 경향을 보인다. 본고는 이런 최근의 문학연구의 성과를 반영하지 못하였다.

125) 朴晙遠, 「藫庭叢書 硏究」, 성균관대 박사논문, 1994.

126) 이경수, 『漢詩四家의 淸代 詩 受容 硏究』, 태학사, 1995.

으로 계승되어 19세기 말까지도 그 명맥을 이어간다.[127]

1) 白岳詩壇과 眞詩

  17세기 후반부터 18세기 초반까지 김창협·김창흡 등은 하나의
문예적 그룹을 형성하여 새로운 시를 써야 한다는 기치를 내걸고 전
대와 다른 시세계를 모색하였다. 이들이 새로운 시를 모색하는 과정
은 시단의 두 방향과 긴밀하게 연결되어 전개된다고 할 수 있다. 그
것은 한·위·성당을 시의 규범으로 삼으면서 시에서 격조(格調)와
기력(氣力)을 중시하는 복고주의적 시론이 점차 문제점이 노정되어
많은 시인들이 외면하고 있고, 이와 대비하여 성정(性情)과 천기(天機)
를 강조하는 시론이 설득력을 갖게 되었다는 현실 때문이다.[128]
  이 시기의 시단의 변모는 작시(作詩)에 대한 새로운 관념과 시풍
의 변화에 기인한다.[129] 시단의 변화와 명·청 문예의 성과를 예민
하게 감지하고 있었던 김창협·김창흡 등은 시란 자신의 주변에 있
는 자연, 인물, 풍속 등의 객관적 사물을 있는 그대로 표현해야 된
다는 이른바 '진시운동(眞詩運動)'을 주창하고 선도하였다. 문하의

---

127) 강명관, 『조선후기 여항문학 연구』, 창작과비평사, 1997.

128) 17세기 말과 18세기 초반의 시단의 경향은 복고적 시론의 퇴조와 성정과 천기를 강조한
    시론의 발흥이라는 중요한 변화 속에서 파악되어야 한다. 이 시기의 많은 시는 의고주의
    의 배격과 성정의 부각이라는 두 가지 문제에 관심을 집중하였다. 따라서 18세기 전기 시
    단의 특징은 시의 본질에 대한 탐구와 작시의 원리와 창작방향을 제시하려는 이론적 성격
    에서 자유로울 수 없다.

129) 安大會, 『朝鮮後期詩話史研究』, 國學資料院, 1995. 이러한 시의 새로운 기풍은 시화
    (詩話)에도 반영되어 작품을 감상하고 품평하는 품격비평이 사라지고 시의 본질에 대한
    탐구에 기초하여 작시의 원리와 창작방향을 제시하게 된다고 한다.

제자들뿐만 아니라 그들과 직간접으로 교류하던 문인들도 '대상 그 자체가 중요할 뿐, 계획된 의도나 꾸밈과 같은 것은 반대'하는 '진시(眞詩)·성정의 시·천기의 시'를 이상적인 경지로 여기고 시 창작에 매진하였던 것이다.130)

그래서 이들은 전대의 복고적 시론을 비판하면서 기존의 시는 그 본질로부터 멀어져 있으므로 그 근본으로 회귀하여야 한다고 주장하였다. 그 근본으로의 회귀는 자신의 성정을 그대로 드러내야 한다는 데에 초점이 있다. 이 시기에 새롭게 제기된 성정론(性情論) 은 성정의 발로에 따라 시를 써야 한다는 전통적인 유가의 상식과 달리 성정의 정적인 측면을 강조하는 시론이다.131) 이처럼 시에서 의고주의(擬古主義)를 배격하고 성정을 부각하는 데 김창협의 시론 은 매우 중요한 역할을 한다. 그는 시를 읽었을 때 천기가 활발하 게 움직이는 오묘함과 우리들 성정의 참된 면을 느끼게 하는 기능 을 가져야 한다고 주장하는데, 이는 당송시(唐宋詩)의 규범으로부터 해방되어 개성을 드러내는 것을 시인의 덕목으로 여기게 하는 것 이다.

이제 백악시단의 시를 살펴보도록 하자. 농암(農巖) 김창협(金昌

---

130) 眞詩·性情의 詩·天機에 관한 연구는 다음을 참조한다.
　　　 장원철, 「조선후기 천기론의 전개」, 정신문화연구원 석사논문, 1982.
　　　 이종호, 「삼연 김창흡의 시론에 관한 연구」, 성균관대 박사논문, 1991.
　　　 안대회, 『조선후기시화사연구』, 국학자료원, 1995.
　　　 민병수, 『한국한시사』, 태학사, 1996.
131) 安大會, 『朝鮮後期詩話史硏究』, 國學資料院, 1995. 박세당은 작가 감정의 진솔한 표 현을 시의 근본으로 요구하였는데, 박세당을 포함한 김창협(金昌協)·김창흡(金昌翕) 형 제 등의 문인들은 전대의 '성정지정(性情之正)'과 대비하여 '성정지진(性情之眞)'을 강조 하였다. 그것은 진솔한 성정을 표현하고, 자연의 객관 사물을 그대로 묘사하며, 독창적 시 어를 쓸 것을 강조한 주장에서 더욱 드러난다. 이런 주장은 이후 시와 시론의 전개에 중 요한 기준으로 작용한다.

協, 1651~1708)의 「강행(江行)」이다.

「강행(江行)」
兼葭片片露華盈   갈대잎 마디마디 이슬꽃 맺혔는데
蓬屋秋風一夜生   초옥(草屋)에 가을바람 온밤 내내 분다
臥遡淸江三千里   누운 채 맑은 강 삼천리를 거슬러 오르노라니
月明柔櫓夢中聲   달 아래 은은한 노 젓는 소리 꿈결에 들린다

　　가을밤에 배를 타고 강을 오르는 정경을 눈앞에 펼쳐놓고 있다.
아직은 한기를 느낄 만한 가을은 아니지만 밤은 깊어 갈대 잎마다
이슬이 맺히고 바람도 온밤 내내 불어오고 있음을 말한다. 자신이
직접 체험하는 강행(江行)에 흥취(興趣)를 직접 진술하지 않고 자신
과 강의 정경을 제삼자의 입장에서 노래하고자 한다. 다음은 그의
아우인 삼연(三淵) 김창흡(金昌翕, 1653~1722)의 「방속리산(訪俗離
山)」이다.

「방속리산(訪俗離山)」
江南遊子不知還   강남 간 나그네 돌아올 줄 모르는데
古寺秋風杖屨閑   가을바람 부는 옛 절엔 찾는 사람 한가롭다
笑別鷄龍餘興在   웃으며 계룡산을 떠날 때 그 흥 아직 남아 있는데
馬前猶有俗離山   말 앞에는 오히려 속리산이 버티고 있네

　　「방속리산」은 삼연이 문보다는 시에 뛰어나다는 평가를 유감없
이 보여주는 산수시이다. 이러한 산수시는 중년 이후의 명산대천의
유람에서 얻어진 것으로 보인다. 이 시는 계룡산을 나서자 바로
속리산이 펼쳐진다는 착각이 들도록 공간을 처리한 수법이 빼어나
다. 그리고 계룡산의 흥이 속리산에서 다시 일어남을 '가을바람 부

는 옛 절엔 찾는 사람 한가롭다'에서 미리 언급함으로써 더욱 신
묘한 분위기를 자아낸다.

사천 이병연(1671~1751)은 그의 아우인 이병성(李秉成, 1676~
1748)과 함께 백악시단의 이름난 시인이다.[132] 그의 시는 『사천시
초(槎川詩抄)』에 500여 수가 실려 있고, 겸재 정선의 그림에 쓴 제
화시가 몇 편 전해지고 있다. 다음은 이병연의 「원통(圓通)」이다.

> 「원통(圓通)」
> 圓通洞裏踏明沙　원통골 속으로 고운 모래 밟고 가는데
> 雨歇鳩鳴山路斜　비 그치자 비둘기 울고 산길은 빗기었네
> 知是曉來溪力健　새벽녘에사 시냇물 세찬 것을 알겠으니
> 紛紛搖落木蓮花　어지러히 목련화 떨어진 것을 보네

사천은 비온 뒤의 원통골을 그리고 있다. 시인은 고운 모래를
밟으며 원통골에 들어가는 길에 산비둘기 울고 목련화 떨어져 흐
르는 걸 보고 담담하게 정취를 보여주고 있다. 이는 무심히 객관
사물에 부딪혀 일어나는 시인의 영묘한 감수성에 의해 이루어진
형상이다. 이런 영묘한 감수성은 겸재 정선과의 교류에서 더욱 고
양되었을 것이다.[133] 두 사람은 '시화상간(詩畵相看)'을 약속하는데,
사천은 약속대로 겸재의 『경교명승첩(京郊名勝帖)』에 제화시를 남
겼다. 다음은 그 하나인 「목멱조돈(木覓朝暾)」이다.

---

132) 李秉淵의 「槎川家蟾翁國賓來宿, 邀余回雨不赴, 明日始克往會次座上三淵集韻」라는
　　시에는 백악시단의 풍류를 잘 전해 주고 있다. "嶽下開文酒, 諸公各鬄霜. 朝輝追繫馬,
　　夜雨失連床. 細草全侵逕, 晴山半出墻. 古今歸講討, 談辯聽汪洋."
133) 사천과 겸재는 삼연의 문하에서 동문수학하면서 자신들의 시와 회화를 발전시켜 나아갔던
　　것으로 보인다. 李秉淵, 『槎川詩抄』「太古亭與元伯公美拈杜律韻」, "楓亭今日事, 數子
　　只相知. 落落驢磨樹, 巾斜客俯知. 石床凉可臥, 蒲席醉須移. 太守來扶病, 猶令小酒隨."

「목멱조돈(木覓朝暾)」
曙色浮江漢　　새벽빛 강한에 뜨니
舳艫隱釣參　　큰 집들 낚싯배 가려준다
朝朝轉危坐　　아침마다 나와 똑바로 앉으면
初日上終南　　처음 햇살 종남산에 내린다

    <목멱조돈도>는 양천현아(陽川縣衙)에서 남산의 해 뜨는 광경을 바라보고 그린 그림이다. 이미 새벽빛이 한강(漢江)에 흐르고 노 저어 가는 낚싯배는 바쁜 모습으로 지나는데 그 사이로 강 건너편의 집들이 하나 둘씩 나타난다. 밤새 잠들었던 일상의 세계가 활갯짓을 치듯 수선스럽게 움직이고 있는 모습이지만 그래도 게으름이 묻어나서 큰집은 다 깨우지는 못한다. 이렇듯 아침은 매일 어김없이 시작되자 바라보던 종남산에도 햇살은 내리고 있음을 간명하게 묘사하고 있다. 이는 겸재의 그림이고 사천의 시라야 제 맛을 줄 것이다.

    이처럼 백악시단의 시를 실제로 살펴보면 그들이 주장한 성정론의 영향으로 복고적 시풍의 폐단은 사라져서 새로운 시가 창작되었음을 알 수 있다. 17세기 말부터 18세기 초반의 백악시단에서 제시한 성정론은 작가의 창작의욕을 북돋아 준 것이며, 나아가 시인의 주체의식의 각성 및 사실주의적 창작태도를 고취한 것으로 파악된다. 그리하여 이러한 시론은 중국 시문의 구속으로부터 우리가 벗어나서 스스로 개성적 세계를 형성할 수 있는 이론적 근거를 마련할 수 있게 하였다.

    결국 김창협의 시론은 개성을 중시하는 새로운 주장이다. 그리하여 후배시인 최성대(崔成大, 1691~?)는 이 시기의 시단에서 일어난 이 같은 시작의 변모를 다음과 같이 집약하였다. "나는 시에 대해 규구(規矩)를 중시하지 않고, 격률(格律)을 중시하지 않고, 성용색택(聲容色澤)을 중시하지 않는다. 내가 중시하는 것은 천기이다." 그가 말한 규구·격률·성용색택은 격조를 중시하는 시에서 자주 쓰였던 술어로 시의 형식적인 면을 일컫는다. 최성대는 이같이 지난날 중시되던 기준의 대안으로 천기를 말하였다. 이러한 변화가 김창협 등의 성정론 시가 일으킨 변모라 할 수 있다.[134] 이러한 시론은 구체적 작시의 문제에 들어가서는, 전고나 출처를 중시하지 않고 대상 사물과 주관 감정을 있는 그대로 그리자는 이론으로 제기되어 고인의 시문이라는 창작상의 속박을 과감히 떨쳐 버리고 자연과 직접 대면할 수 있는 길을 터놓았으며, 이러한 시론 주장은 실학파의 시론으로 발전하였다.

2) 李用休와 중인제자

이덕무(李德懋)는 혜환(惠寰) 이용휴(李用休, 1708~1782)의 시풍(詩風)을 '박극분전 자구유근(博極憤典 字句有根)'이라 평가하였다. 이런 평가는 혜환의 개성적 시문이 어디에 연유하는지를 암시하는 것이다.[135] 영조 이후 아들 금대(錦帶) 이가환(李家煥, 1742~1801)

---

134) 이 시기의 성정론과 천기론이 당연히 민간문학의 가치를 강조하는 데로 귀결되는 사실에 주목해야 한다. 인간의 심성에서 나온 그대로를 시로 표현하자는 생각은 문인지식층의 시문에서보다 일반 서민의 사상감정을 표출한 민간문학에서 더 잘 표현될 수 있다는 주장으로 이어졌다. 그리하여 민간의 문학과 국문문학의 가치를 제대로 인식할 수 있는 계기를 만들어 주었다. 이후 민간문학의 가치를 높이 평가하는 시론이 조선 후기 시론의 한 맥을 형성하게 되었던 것이다.

135) 鄭雨峰,「李用休의 문학론의 일고찰 - 그의 陽明學的 사고와 관련하여」,『한국한문학연

과 함께 시풍을 일변(一變)했던 혜환은 주체적인 창작정신에 입각하여 개성을 강조하였다.[136] 그는 「이화국유초서(李華國遺草序)」에서 당시(唐詩)의 형식적 측면만을 답습하는 시 창작에 대해 "때까치가 종일 짹짹거려도 자기의 소리가 없는 것과 같다."라고 가혹하게 비판하면서 시인 자신의 성정을 진솔하게 표현할 것을 강조하였다.[137] 다음은 혜환의 「덕순(德順)이 유선(幼選, 목만중)과 시를 말한다는 말을 들으니, 노인(혜환)이 관렵지희(觀獵之戲)가 움직여서 근체시를 지어 덕순에게 보내고 유선에게도 보이다(聞德順與幼選談詩 老人動觀獵之戲, 作近體詩 寄德順, 兼示幼選).」의 1수이다.

唐不爲高漢不深	당이라 높지도 않고 한이라 깊지도 않으니
自家性情自家吟	자신의 성정(性情)을 자신이 읊조릴 뿐이네
迷時步武皆成梗	혼미할 젠 발걸음이 모두 경색되지만
悟後泥沙盡足金	깨친 후엔 진흙·모래 모조리 다 금이라네
漸漸入佳從蔗尾	점입가경(漸入佳境) 하려면 고구마 끝부터 먹어야 하고
層層解剝倒蕉心	층층한 껍질을 벗기면 파초의 중심(中心)에 이르게 되네
猛然思洗油釘耳	맹렬하게 기름으로 못 박힌 귀 씻기를 생각하면
黃鳥林間送好音	황조(黃鳥)가 숲 사이서 좋은 소리 보내리[138]

구』. 9·10합집. 1987.

朴用萬, 「李用休의 文學論과 漢詩硏究」, 한국정신문화연구원 석사논문. 1991.

朴用萬, 「李用休論 - 작품에 나타난 現實認識을 중심으로」, 『朝鮮後期漢文學作家論』, 집문당. 1994.

136) 창강(蒼江) 김택영(金澤榮)은 영조 이후 시풍이 혜환(惠寰)·금대(錦帶) 부자와 '한시사가(漢詩四家)'에 의해 일변(一變)하였는데, 그들은 기궤(奇詭)를 주로 하고 혹은 첨신(尖新)을 주로 하였다고 한다. 金澤榮, 『韶護堂文集定本』「申耆霞詩集序」, "自英廟以下則風氣一變, 李惠寰·錦帶父子, 李炯庵·柳泠齋·朴楚亭·李疆山, 諸家或主奇詭, 或主尖新, 其一代昇降之跡, 方之古則猶盛唐·晚唐焉."

137) 李用休, 『惠寰雜著』 卷6 「李華國遺草序」, "詩無不詩唐詩者, 近日之弊也. 效其體, 學其語, 幾乎一管之吹, 猶百舌終日嚶嚶, 無自己聲. 余甚厭之."

138) 李用休, 『惠寰詩鈔』「聞德順與幼選談詩, 老人動觀獵之戲, 作近體詩, 寄德順, 兼示

혜환은 명대의 전후칠자(前後七子)가 주장하는 문학론인 "문장을 지을 때에는 선진과 양한 때의 문풍을 본받고, 시를 지을 때에는 성당의 시풍을 스승으로 삼으라(詩必盛唐, 文必秦漢)."를 정면으로 부정하고 시문 창작의 제일은 자연 그대로의 성정을 솔직하게 표현하는 것이라고 하였다. 그래서 시인 자신의 성정이 드러났다면 당시나 송시나 아무런 차이가 없기 때문에 일부의 존당시(尊唐詩)의 경향은 단순히 전인(前人)을 모방 답습하는 행위라고 비판하였다.[139] 이 점을 그의 제자인 송목관(松穆館) 이언진(李彦瑱, 1740~1766)은 "음식은 하룻밤만 지나도 상하고, 옷은 일 년이 지나면 헌 옷이 된다네. 문인들은 구기(口氣)가 진부(陳腐)하니, 한당풍(漢唐風)의 글 어찌 썩지 않으리.[140]"라고 노래하였던 것이다.

이처럼 혜환이 모의적(模擬的) 시문창작을 배척하고 개성적 시문 창작을 주창하자 그 문하에 참여한 중인제자들은 시 창작의 제일 과제를 독창성에 두었다. 혜환은 송목관 이언진의 시에 나타난 독창성을 대단히 높이 평가하였다.

혜환은 이언진의 시를 읽어 보면 그가 자신의 눈을 갖고 고집과 편견이 섞이지 않은 '진견(眞見)'과 '진재(眞才)'로써 시를 창작했음을 말하고자 하였다. 이언진의 개성적인 시는 평생토록 오만하였던 김소(金蕭)의 발문에서도 확인할 수 있다. "시문은 전인을 답습하지 않고 오로지 자기에게서 나왔다(詩文之不蹈襲前人, 而尊出於己者)."

幼選」. 이용휴, 『혜환 이용휴 시선집』, 조남권·박동욱 역, 소명, 2002.

139) 李用休, 『惠寰雜著』 卷6 「題宋元詩鈔」, "唐宋詩, 譬如一星, 朝見曰啓明, 夕見曰長庚. 若元詩則星之流灼者. 世人不知, 妄生分別, 加伸抑焉, 可笑."

140) 李彦瑱, 『松穆館集』 「衕衕居室·22」, "食經夜便嫌敗, 衣經歲便嫌古. 文士家爛口氣, 漢唐来那不腐."

시인의 독창성과 개성은 사물을 인식하는 자신만의 관점과 입장이라 할 수 있다.[141] 다음은 이언진의 「오신(吾身)」이다.

「오신(吾身)」
天人眼目寄吾身　　천인의 안목 나의 몸에 붙였으니
秘冊靈文辨贋眞　　비책과 영문의 진부 가리네
起一函三眞快事　　하나로 셋 포함하니 참으로 상쾌한 일
自開門戶作家新　　문호를 열어 놓고 새로운 일가 만드네[142]

이언진은 「오신」에서 자신의 시문에 대한 자부심을 강렬하게 피력하고 있다.[143] 앞에서 언급한 혜환의 칭찬에서 알 수 있듯이 이언진은 자신의 진견(眞見)·진재(眞才)를 가지고 여러 사람들의 칭찬을 받는 시를 지었는데, 그의 시는 참으로 모방 답습을 배제한 개성이 넘치는 것이라 할 수 있다. 이는 이언진이 끊임없이 추구하고 달성한 이상과 새로운 시세계를 획득했을 때 찾아오는 기쁨의 노래이다. 다음은 이언진의 『송목관집(松穆館集)』 「동호거실(衕衚居室)·8」이다.

車馬丁丁當當　　마차는 덜그럭거리며 가고
婦女叨叨絮絮　　아낙네들은 수다 끝이 없네
我則如面墙僧　　나는 면벽하고 수도하는 중같이

---

141) 李用休, 『惠寰雜著』 卷7 「贈鄭在中」, "眼有二, 曰外眼, 曰内眼. 外眼以觀物, 内眼以觀理, 而無物無理, 且外眼之所眩者, 必正於内眼. 然則, 其用全在内矣. 且蔽交中遷外, 反爲内害. 故古人願以初瞽還我者, 以此也. 在中今年四十矣. 四十年中, 所見不爲不多, 雖從此至大耋, 不過如前後之在中, 猶夫今之在中, 可知也. 幸在中外障妨視物, 得專内視, 見理益明. 後之在中, 必不爲今之在中. 如是, 則勿論點睛退醫之方, 雖金篦刮膜, 亦不願矣."
142) 李彦瑱, 「吾身」, 『松穆館集』.
143) 이언진의 시와 자부심에 관한 일화는 李德懋, 『靑莊館全書』 「이목구심서」에 잘 나타나고 있다. 이후 여항인의 기록에는 좀 더 자신들의 처지에 부합된 방향으로 설명되고 있다. 조희룡의 『호산외기』와 유재건의 『이향견문록』이 그렇다.

一生煉神鬪處   일생 시끄러운 곳에서 정신수련하네

　그는 마차 소리나 아낙네 소리가 그치지 않는 곳에서 삶을 영위
할지라도 이를 긍정하고 받아들이려 한다. 오히려 자신의 수양처라
고 여긴다. 그렇다고 이런 태도가 현실을 긍정하고 삶을 자족(自足)
하려는 것으로 볼 수만은 없다. 언제나 자신의 사회적 처지는 자
신을 구속하고 있지만 자신은 좀 더 현실의 밖을 지향하여 비상하
고 있다. 이렇게 획득한 자신의 시세계는 남이 쉽게 알지 못할 것
으로 여기고 잘 보여주지 않았던 것은 시사하는 바가 크다.

　평와(萍窩) 김소(金漅)는 이언진이 전인을 답습하지 않은 점을 높
게 평가였던 같은 처지의 시인이다. 그에 대한 기록은 너무나 영
락(零落)하여 단지 그의 호는 평옹(萍翁)이며 자가 사징(士澄)인데
"자기의 의기(意氣)를 믿고 오만하였는데, 이를 늙도록 후회하는
일이 없었다(負氣傲兀, 窮老弗悔)."라는 『풍요속선』의 단평(短評)과
몇 편의 시뿐이다. 그가 개성적인 시세계를 구축했다는 점은 「평
와집서(平窩集序)」에 보인다.

　　그의 시는 범상치 않은 것을 품고 있으며 속때를 씻고자 힘썼다. 그래서
　세상과 합치함이 적었고, 현묘한 생각과 기이한 말에는 왕왕 다른 사람이
　말하지 아니한 것이 있었다. (중략) 지금 내가 사징(士澄)에게 서문을 써 주
　는 것은 사징 한 사람만을 펴려는 것이 아니라, 장차 사징과 같은 사람들
　을 아울러 펴고자 하는 것이다. 이것은 또한 사징의 뜻이기도 하다.[144]

---

144) 李用休, 『惠寰雜著』 卷7 「萍窩集序」, "天下有大寃, 而兩造之枉不與焉, 有才而天不
　　成者, 旣成而湮, 無聞者是已. 天不成者天, 湮無聞者地, 天者命也, 無論, 地則隨其所
　　處, 而扶抑之, 崇顯者裁斛呻佔, 率有集行, 寒微者雖藝窮風騷, 時遇文明, 獨屈而不
　　伸, 甚矣. 地之爲政不公也, 雖然, 苟欲伸之, 不須勢位, 直文章家一筆力耳, 當吾之世,
　　可伸者亦多, 而萍窩金君士澄其最也. 君奮於委巷之中, 以古高士韻人自題, 雖貧無以
　　爲生, 權貴之門, 不能一得其足跡, 平生惟讀書治詩. 其詩襟步不凡, 務湔俗瀋, 故與世

김소는 속때를 벗은 범상치 않은 시를 지었던 시인이었다. 그런데 그도 이언진의 경우처럼 사회적 처지 때문에 자신의 현묘한 생각과 기이한 말을 알아주는 사람이 없었다. 그렇다고 자신의 의기를 억제하면서 남에게 아유하기에는 너무나 오만하였다. 다음은 김소의 「요화경로(要和景魯)」이다.

「요화경로(要和景魯)」
高樹無風隨病梨   높은 나무 바람도 없지만 병든 배[梨] 떨어지고
荳花欹側雨垂垂   콩꽃은 비스듬히 기울어지고 비는 우수수
山從墻北參差出   산세는 담 북쪽을 따라 들쭉날쭉
帶得流雲亦一奇   유운(流雲)은 띠를 이루니 또한 하나의 기이한
                  모양

이처럼 「요화경로」는 김소의 시가 추구하는 개성적인 시세계를 보여준다고 할 수 있다.[145] 그는 평생 글을 읽고 시를 창작했지만 한미한 자신의 처지 때문에 뜻을 펴지 못하였다. 이 점은 독자적이고 개성적인 시세계를 구축한 중인시인들의 공통적인 고민거리였다. 장와(壯窩) 이성중(李聖中)의 경우도 예외는 아니다.

남의 시문에 서를 쓸 적에 먼저 그 관위(官位)를 물어, 세벌화현(世閥華顯)이면 양한삼당(兩漢三唐)을 받들어 올리고 그렇지 않으면 매미소리나 벌레울음같이 여기니, 이것이 요즘 문집의 서문 중에 좋은 것이 매우 드문 까닭이다. 나는 이와 달라 다만 그 이룬 바에 따라 총평하기를 마치

寡合, 而玄思奇語, 往往有不經人道者, 或孤斗長吟, 以舒其胸中之鬱憤, 如哀玉之鳴, 寒泉之瀉, 令人魄動神悽. 士澄之不遇在此, 而其可傳亦在此矣. 今余之序, 士澄者非惟伸士澄一人, 將以幷伸諸如士澄者, 此亦士澄之志也. 豊城之氣, 可不復見矣. 士澄文亦簡而有法, 可配其詩, 六十年眼光心血, 可謂不虛用矣."

145) 다른 김려(金鑢)의 시를 소개하면 다음과 같다. 『風謠續選』「夜登表訓寺凌波樓」, "露沾山菊澹生香, 行酒飛樓夜未央. 疊嶂高高明月小, 寒林寂寂細泉長. 白雲此地從萍老, 靑鶴何洲逐逃郞. 直待禪房晨磬歇, 先尋萬瀑濯衣裳."

시험장을 굳게 닫고 과거 치르는 것 같아서 비록 안력이 미치지 못하더라도 먼저 마음에서 내가 보려는 것을 현혹하는 것을 없애고자 한다. 지금 이 책을 열람해 보니 대개 자운(自運)·자귀(自貴)하려 하지 고금 대가에 모방하거나 의지하려 하지 않아, 진성(眞聲)·진색(眞色)·진미(眞味)가 있으니 비유컨대 마치 좋은 차에는 용뇌(龍腦)·사향(麝香)을 넣지 않더라도 절로 진향(眞香)이 되는 것 같다.[146]

혜환은 「장와집서(壯窩集序)」에서 세벌현족이 아니라는 이유로 몰락한 사(士)나 여항인(閭巷人)의 시문에 서문을 써 주지 않는 세태를 비판하고 있는데, 장와 이성중의 시는 진성·진색·진미·진향이 있어도 알아보는 사람이 없다고 한다.[147] 이렇듯 이성중의 시가 성·색·미·향(聲色味香)에서 모두 진(眞)을 담을 수 있었던 것은 자운·자귀하려 하지 고금 대가에 모방하거나 의지하려 하지 않았기 때문이다. 다음은 이성중의 「출곽(出郭)」이다.

---

146) 李用休, 『惠寰雜著』 卷9 「壯窩集序」, "將序人詩文, 而先問其官位世閥華顯, 則奉兩漢三唐以獻之, 否則等之于蟬鳴蚯吟, 此近世集序之絶少佳者也. 余則異於是, 只就其作, 而定評如鎖院考試, 雖或眼力有所未及, 而無先在方寸中, 以眩我之鑑者. 今閱此稿, 盖欲自運·自貴者. 不摸疑依附于古昔大家, 而有眞聲·眞色·眞味, 譬如好茶不雜龍麝, 自有眞香也. 噫! 造物之處, 此人盖費心思矣. 十上春官而不第, 一登天陛而蒙褒, 班中無坐, 而據詞壇一席, 命中無祿, 而享林泉淸福, 其得失輕重, 當有辨之者矣. 第其爲人, 孤來獨往, 不求知於世, 故世亦不能盡知其所有, 他時若有性氣同者, 與遇於紙上, 相感相引, 起靈絲而合神契, 則其秘奧必露矣."

147) 장와(壯窩) 이성중(李聖中)에 관한 기록은 극히 소략하다. "장와 이성중은 자가 사집이고, 애초의 호는 죽와였다. 무릇 열 차례나 초시에 합격했다. 노년에 이르러 임금 앞에서 책을 읽음에 목소리가 크고 유창해서 임금께서 장하게 여겼으므로, 이로 인해 '장와'로 호를 바꾸었다. 그는 시를 잘하였으며, 『장와집(壯窩集)』이 있다. 그의 「고란사(皐蘭寺)」 시는 다음과 같다. 고란사 아래 강물은 아득히 흘러가고, 암벽의 꽃은 다 떨어지니 세월은 길고 길어. 즐겁던 일 바뀌어 천고의 한이 되고, 충성의 말 보람 없이 하루아침에 망했다네. 가을 연기 거친 후원에 금탑을 묻었고, 저녁노을 쓸쓸한 언덕에 석양만이 누웠도다. 조룡대 근처로 가려고 하는데, 노승은 지금도 의자왕을 이야기하네(李壯窩聖中, 字士執, 初號竹窩. 凡十發解. 及老年應講天陛, 音吐洪暢, 上壯之, 因改號壯窩. 善詩律, 有『壯窩集』. 「皐蘭寺」詩曰, '皐蘭寺下水茫茫, 落盡岩花歲月長. 樂事?成千古恨, 忠言無報一朝亡. 秋烟廢苑埋金塔, 夕照荒原臥石羊. 欲向釣龍臺畔去, 老僧猶說義慈王')." 『이향견문록(里鄕見聞錄)』(실시학사 고전문학연구회 역, 글항아리, 2008) 권5 「과거에 열 번 합격(장와 이성중)」. 현재 『장와집(壯窩集)』은 전하지 않고 그의 시가 『풍요속선(風謠續選)』에 몇 수 전해질 뿐이다.

「출곽(出郭)」
淸朝白雲起   맑은 아침 흰 구름 일고
人與雲出門   사람과 구름 성곽을 나서네
微雨幽花落   가는 비 가을꽃에 떨어지고
臨溪又一村   냇물에 다다르니 마을이 보이네[148]

　맑은 아침을 맞이하여 사람과 구름은 성 밖을 나서고 있다. 성
안에서 보이던 깨끗한 그 구름은 사람이 나서자 함께 따라 나섰던
것이다. 지난밤에 내린 비는 가을을 재촉하는 듯 꽃잎을 시들게
하고 물이 불어난 냇물을 건너려고 머뭇거릴 적에 건너편에 마을
이 바로 눈에 들어오는 정경을 담담하게 묘사하고 있다.
　이처럼 담박하고 깔끔한 시와 달리 필한(疋漢) 이단전(李亶佃)은
금빛과 현란한 색조를 띠고 생각 밖의 깜작 놀랄 만한 시를 지었
다고 한다.[149] 자신의 호를 종하종인(從下從人)의 글자를 합자(合字)
하였는데, 스스로 하인(下人)이라 호칭하고 다녔던 시인이다. 그는
좋은 시를 만나면 한 말 들이 도포 소매에 집어넣어 두곤 하였다.
다음은 「혜환선생만·병소인(惠寰先生輓·幷小引)」이다.

「혜환선생만(惠寰先生輓)」
飄然孤鶴矗淸宵   표연히 외로운 학 맑은 하늘로 날아가고
園裏碧桃春寂廖   정원의 벽도(碧桃)는 봄에도 쓸쓸하다
縱有年年橋上月   멋대로 해마다 다리 위에 달은 떠서
餘生那忍作元宵   살아남은 이 몸 어찌 1월을 노래할꼬

---

148) 李聖中, 「出郭」, 『風謠續選』.
149) 李用休, 『惠寰雜著』 卷9 「題霞思稿」, "老人無事, 使坐客說平生奇觀異聞而聽之. 一
客云, 某年冬暖如春, 忽風作雪下, 入夜雪止, 虹飲于井, 村人驚起喋焉. 一客云, 曩有
行脚僧言, 嘗入深峽遇一獸, 虎軀綠毛, 角而肉翅, 聲如嬰兒. 余謂是近誑說不可信. 翌
朝, 有一少年子來謁, 以詩爲贄, 問其姓名曰李亶佃. 已訝其異乎人之命名, 及開卷, 光
怪陸離難狀, 有出思慮之外者, 始信二客之說, 非誑也."

88

이단전이 노스승인 혜환을 만나고 나서 얼마 되지 않은 다음 해 1월에 스승이 서거하자 쓴 만시다. 이 시에는 소인(小引)이 병서(幷書)되어 있다. 이단전은 노스승이 신분과 나이의 차이를 떠나 만나자마자 따뜻하게 대해 주면서 마침 뜰에 피어 있던 벽도(碧桃) 가지 하나를 손수 꺾어 선물로 준 일을 언급하고 있다.[150] 그는 자신들의 현실적 처지를 공감해 주었던 노스승이 서거하자 봄에도 벽도는 생기를 찾을 수 없을 것이라고 단언하였다.

혜환은 언제나 인위적인 가식이나 편견을 배제하고 모든 사물의 그 본래의 모습, 상태를 추구하여 시에 담고자 하였다. 그래서 여항 제자들이 성취했던 본래의 그 모습을 인정해 주고 북돋아 주었다. 그러나 현실은 이와 달랐다. 한번 종이에 붓을 대면 후세에 남을 만한 글을 지었던 송목관 이언진도 인정을 받지 못했다. 그래서 송목관은 자신의 글을 누가 읽을 것인가 하고 문고(文稿)를 불태워 버렸던 것이다.[151] 이처럼 여항인은 자신의 처지 때문에 현실적으로 수용되지 못할수록 더욱 문예를 통한 자아의 발산을 시도했다고 볼 수 있다. 그들의 자아 발산은 상당한 자부감을 주기도 했지만 아직 현실의 벽을 넘기에는 역부족인 듯하였다.[152]

---

150) 『風謠續選』「惠寰先生輓 · 幷小引」, "嘗佃嘗袖詩, 謁惠寰先生, 先生手折碧桃花一枝, 以贈示眷愛也. 明年上元先生卒, 良宵明月, 愴然興懷, 聊賦一詩."

151) 당시 이언진(李彦瑱)의 일화(逸話)는 유명하여 조희룡(趙熙龍)의 『호산외기(壺山外記)』「이상조전(李湘藻傳)」뿐만 아니라 김조순(金祖淳)의 『풍고집(楓皐集)』에도 실려 있다. 『풍고집』의 내용을 소개하면 다음과 같다. "彦瑱, 字虞裳, 京師人也. 家世業象胥, 彦瑱以譯科官本院. 聰穎絶人, 讀書過目不遺, 文辭贍給, 能擊鉢賦文, 又善書而疾. 嘗冬日, 晏起盥櫛, 端坐抄書, 未朝食而得三十餘貢, 字劃皆端楷如印本, 亦無脫遺處, 其精敏類此. (中略) 彦瑱雖負才名, 然坐微賤, 竟邑邑不得志而死, 年纔二十七. 未死時, 嘗出其著, 悉火之日, '存亦無益, 世誰知李彦瑱者?' 其妻奔救之不及, 只收燼餘若干首藏之. 彦瑱死, 始行於世."

152) 혜환(惠寰)은 정성중(鄭成仲, 사현)의 경우도 그렇다고 하였다. 李用休, 『惠寰雜著』卷7「雨庭稿序」, "詩之爲言, 自四而五而六而七. 然今世所行者, 率五若七, 四則風雅後銘

이처럼 18세기 후기 시단은 전기에 강조되었던 시인의 주체적이고 자각적인 성향이 더욱 강조되었다고 할 수 있는데, 혜환과 그의 중인제자들이 이룬 업적은 주목을 요한다. 특히 중인제자들은 주체적이고 자각적인 성향과 이를 실현할 수 없는 자신의 '사회적 처지'에 대해 감연히 대결하고자 하였다. 이 때문에 지나칠 정도로 자신의 개성을 강조하기도 한다.

3) 後期四家의 淸代詩의 受容

한편 18세기 중반을 넘어서자 청대의 문예적 성과를 적극적으로 수용하려는 움직임이 나타나고 있었다. 특히 '후기사가(後期四家)'의 경우 청대의 학술과 문예적 성과를 직접 접촉하고 나서 이를 바탕으로 하여 한 시와 시론을 모색하기 시작하였다. 이 시기의 시론은 이러한 시단의 경향과 현실의 변화에 영향을 받아 종래 시의 성과를 흡수하거나 부족한 면을 보충하면서 새로운 세계를 개척하였다. 그리하여 '후기사가'의 시와 시론은 청대 신운론(神韻論)과 성령론(性靈論)의 수용과 적용이란 측면에서 시단의 경향에 지대한 영향을 끼쳤다고 할 수 있다.[153]

頌外罕見, 六則絶稀, 雖鉅匠大集, 或止數篇而已, 盖五與七者, 天下所共趍同好, 且其途易熟而聲易曄, 惟六間於五七, 其勢逼, 其局狹, 非才溢於格, 而不受法縛者, 固難工, 工亦亦遇賞甚難, 譬猶竛支之禪, 獨自覺於聚衆演敎之外也. 鄭君成仲之於詩, 有逸才玄趣, 所嗜不在五七而在六, 故名其集曰雨庭, 盖寓意也. 夫庭之不欲雨者, 衆之所同也, 欲雨者一人之獨也. 雖然, 雨過開庭, 氛埃洗空, 孤花如沐, 幽草滋綠, 反有勝於不雨時, 此但可冥會, 不必向世人索解也."

153) 정양완, 『조선후기 한시연구 - 특히 四家詩를 중심으로』, 성신여대출판부, 1983.
송준호, 『유득공의 시문학연구』, 태학사, 1985.
윤기홍, 「박지원과 후기사가의 문학사상 연구」, 연대 박사논문, 1988.

박제가(朴齊家)의 시에 있어서 신운(神韻)은 자연의 오묘(奧妙)한 '진물태(眞物態)'를 포착하여 전신(傳神)의 경지를 추구하는 것이었다.[154] 이는 이른바 왕유(王維)의 '시에 그림이 있고, 그림에 시가 있다(詩中有畫, 畫中有詩).'와 상통하는 경지의 신운인 것이다. 그래서 그는 「세검정상류석파김룡행초화여결부처(洗劍亭上流石坡金龍行草畵余結趺處)」라는 시에서 자연의 진물태를 그려내야 좋은 그림이고, 그러한 진물태를 그려낸다는 점에서 시나 그림은 상통한다는 입장을 말하고 있다. 다음은 박제가의 「세검정상류석파김룡행초화여결부처」이다.

「세검정상류석파김룡행초화여결부처(洗劍亭上流石坡金龍行草畵余結趺處)」

出郭二三里	성곽 나서 이삼 리 가니
胸中略有物	가슴속에 시가 담겨지네
可憐眞物態	곱도다 참된 물체의 모양이여
不襲古妍媸	예전의 미추를 답습하지 않았네

이경수, 『한시사가의 청대 시 수용 연구』, 태학사, 1995.

154) 전신(傳神): 전신은 중국 초상화에 관한 개념으로, 동진(東晉)의 인물화가 고개지(顧愷之)로부터 비롯되었다. 유의경(劉義慶)의 『세설신어(世說新語)』「교예(巧藝)」에 "고개지가 인물을 그렸는데, 어떤 경우 몇 년 동안 눈동자를 그려 넣지 않았다. 사람들이 그 까닭을 묻자, 고개지는 '사지의 아름다움이나 추함은 본래 그림의 묘처와는 무관하며, 전신사조의 성패는 바로 눈동자에 달려 있다.'고 했다."는 구절이 있다. 이후 인물을 그릴 때 대상의 신정(神情)과 의태(意態)를 표현하여 전달할 것이 요구되었는데, 이것을 전신이라 하였다. 송대 소식의 전신 개념은 이런 고개지의 관점을 계승·보충하였다. 그는 전신이란 그 특징을 이루는 개성과 인물의 자연스러운 표정을 표현하여 신기(神氣)가 잘 드러내야 한다고 강조하였다. 한졸(韓拙)은 이 전신을 산수화 이론에 적용하여 속되지 않고 운치 있는 그림이 바로 신기가 생동하는 그림이라고 하였다. 명대에는 왕불(王紱, 1362~1415) 등이 천취(天趣) 또는 생취(生趣)와 같은 용어를 사용하며 속되지 않고 운치 있는 자연의 전신을 구현하였다. 이런 전신의 개념은 동기창(董其昌, 1555~1636)이 『화안(畫眼)』에서 "만 권의 책을 읽고 만 리의 길을 걸으면, 가슴속에서 온갖 더러운 것이 제거되어 절로 구학(邱壑)이 마음속에서 생기고, 산수의 경계가 만들어져 손 가는 대로 그려내니 이 모두가 산수의 전신이다."라는 주장에서 더욱 발전되었다(동기창, 『화안(畫眼)』, 변영섭 외 역, 시공사, 2003). 조선시대에 이 같은 전신의 개념은 문학과 서화에 공통으로 적용되고 있다.

小硯泉聲歷	작은 연적에 샘물소리 지나가고
空鞋菊影窺	빈 신발에 국화그림자 새어드네
後人應見異	후인들 응당 다르게 보겠지만
此刻定如斯	이 순간엔 바로 이와 같구나

그가 말한 진물태는 자연의 모습을 기존의 방식처럼 상투적으로 모방하거나 답습하는 것이 아닌 화가가 지금 이 순간을 포착해 낸 자연의 참모습이다. 자연의 오묘한 이치를 전신하는 그림이 바로 신운의 그림이고 신운의 시다. 이처럼 시에 신운을 중시된 예는 유득공(柳得恭)의 「장우(將雨)」라는 시에도 여실하게 보인다.

「장우(將雨)」

樹樹薰風碧葉齊	나무마다 더운 바람 잎들은 추레하고
正濃雲意數峰西	산봉우리 저 편에는 비 띤 구름 뭉게뭉게
小蛙一種靑於艾	어디서 나왔는지 청개구리 한 마리가
跳上梅梢效鵲啼	매화 가지에 뛰어 올라 까치소릴 내며 운다[155]

유득공의 「장우」는 무심히 객관 사물에 부딪혀 일어나는 시인의 영묘한 감수성에 의해 이루어진 형상이라 할 수 있다. 여름날 막 쏟아지려는 순간의 상황이 '우(雨)' 자를 하나도 쓰지 않고 표현하고 있다. 이 시는 형상을 기탁하면서도 동시에 형상을 초월하는 경지(象外之象 言外之味)를 보여준다. 더욱이 왕사정의 신운시(神韻詩)가 전체적으로 풍기는 언외지미(言外之味)만이 아닌 묘체미언(妙諦微言)과 흡사하다. 그는 시에서 순수한 감각 – 시인의 주관이 완전히 배제된 '무아지경(無我之境)'의 경계(境界)를 표현하고 있다.

---

155) 宋寯鎬, 「유득공론 – 시세계를 중심으로 – 」, 『朝鮮後期漢文學作家論』, 집문당, 1994에서 재인용. 다만 4行의 '매초(梅梢)'는 '매화가지'로 하였다.

이 경계는 언외지미가 표현하는 모종의 정신이다. 신운시는 언어, 의상(意象)에 있는 것도 아니고 정감(情感)의 외형에 있는 것도 아니다. 독자로 하여금 흥취를 불러일으킬 뿐 작가의 감정표출을 따라가게 하지 않는다. 그래서 신운시는 평담한 맛인데, 추상적 감각이며 깨달아 느낄 수 있을 뿐이지만, 다른 사람을 감동시키거나 강렬한 자극을 줄 수 있다.

이덕무는 왕사정(王士禎)의 신운설을 가장 잘 수용하여 비평에 적용하고 있다. 『청비록』에 나타나고 있는 시 비평은 신운설의 관점이 대부분이다. 심지어 그는 왕사정이 『당현삼매집(唐賢三昧集)』 서문에 인용했던 엄우의 "영양괘각, 무적가구……언유진이의무궁(羚羊掛角, 無跡可求……言有盡而意無窮)."이란 구절을 『소단천금결(騷壇千金訣)』이란 책의 앞부분에 수록하고 있을 정도로 몰입하고 있다. 실제로 이덕무는 「가을날에 대경당집을 읽음」이란 시에서 왕사정의 『대경당집』에 지나치게 몰입하고 있음을 자랑할 정도이다.

「가을날에 대경당집을 읽음(秋日讀帶經堂集)」

沈寥秋令樹先知	높고 맑은 가을 기운 나뭇잎이 먼저 아는데
任忘暄涼做白痴	따뜻하고 서늘함을 모두 잊고 백치가 되었네
壁靜萬蟲勤自語	벽 고요하니 모든 벌레 부지런히 울고
簾虛一鳥慣相窺	발 비었으니 한 마리의 새 서로 엿보는 것 익숙하네
抛他錢癖如將浼	저 전벽 버리기를 더럽힐 것같이 여기고
呼我書淫故不辭	나를 서음이라 불러도 사양하지 않으리
好事中州空艶羨	중국의 호사를 공연히 부러워하니
堯峯文筆玩亭詩	요봉의 문필과 완정의 시일세[156]

---

156) 李德懋, 『青莊館全書』雅亭遺稿.

신운풍의 영향은 '사가'의 초기 시에서 주로 나타나는데, 왕사정 신운시의 선적(禪的) 취향(趣向)을 수용하여 시에서 자연의 묘리를 구현하고자 하였다. 그러면서도 신운풍의 공소(空疎)의 병폐를 극복하기 위해 신기(新奇)를 추구하고 조구(造句)의 공교함을 더한 시를 지었다고 볼 수 있다.

한편 '후기사가'들은 신운설을 수용하면서도 이미 그에 따른 병폐를 극복하기 위해 신기를 추구했는데, 이는 자연히 청대 성령설에 대한 관심으로 나타나고 있다. 성령파 시인들의 공통된 시관(詩觀)은 시에 있어서 성정을 위주로 하고 격조에 얽매이지 않는 것이다. 이는 시란 성정을 표현하기만 하면 되는 것이지 심덕잠의 주장처럼 시가 임금과 나라를 부흥시키거나 인륜을 바로잡기 위해 짓는 것이 아니라는 생각이다. 그래서 그들은 모든 내용의 시를 인정하고 개인의 성정을 표현한 것이면 모든 시를 인정하였기 때문에 진언(陳言)과 신의(新意)를 내세워 모의(模擬)를 반대하고 전고의 사용은 흔적 없이 사용한다는 조건으로 인정하였다.

이러한 성령론의 영향은 유득공의 회고시(懷古詩)와 박제가의 회인시(懷人詩)에서 나타나고 있다. 실제로 유득공은 초기의 詩인 「서경잡절(西京雜絶)」, 「송경잡절(松京雜絶)」 등에 왕사정의 신운풍이 담긴 회고시의 영향을 보이고 있으나 민족의 역사에 대한 진지한 자각을 담은 「이십일도회고시(二十一都懷古詩)」는 원매(袁枚)의 시풍을 담고 있다. 박제가도 장사전의 회인시를 의도적으로 모방하여 왕사정의 시풍에서 벗어나고 있는데, 「회인시방장심여(懷人詩倣蔣心餘)」 50수와 「속회인시(續懷人詩)」 18수는 대표적인 예이다. 다음은 박제가의 「회인시방장심여」이다.

「회인시방잠싱여(懷人詩倣蔣心餘)·강추사덕량(江秋史德量)」 21수

昔與江秋史	지난날 강덕량과 더불어
數晤覃谿室	자주 옹방강 집에서 이야기 나누었지
奇文與僻事	기이한 글 구석진 일도
十徵木失一	열 가지 징험해도 하나도 틀리지 않네
最愛元祐人	송(宋) 원우(元祐) 시절 사람을 가장 사랑해
眞蹟多於鯽	진적이 붕어 떼보다 많다네

　　박제가는 「회인시방장심여」에서 우리나라에는 별로 흔하지 않은 6구체 5언 고시라는 형식을 취하고 있다. 그가 왕사정 회인시의 7언을 의식적으로 변화시켜 5언 고시로 택해 본 것처럼 「회인시방장심여」는 장사전의 회인시를 빌려서 6구체 5언시를 시도한 작품이다.157) 더욱이 박제가 자신이 연행(燕行)하면서 교유했던 모든 인물에 관한 지식을 총망라하였던 것이다. 여기에 인용된 시는 강덕량(江德量)에 관한 서술이다. 박제가는 그를 옹방강(翁方綱)과 교유하던 자리에서 만났는데, 문헌에 대한 엄밀한 고증과 원우(元祐) 연간의 고서화(古書畵) 진적을 수장한 감식가(鑑識家)였다고 한다.

2. 시론의 새로운 양상

1) 격조론(格調論)

　　우리 시단에 시가 창작에서 격조(格調)를 강조하는 전·후칠자(前

---

157) 이경수, 『漢詩四家의 淸代 詩 受容 硏究』, 태학사, 1995.

後七子)의 문학론이 본격적으로 수용되어 정착되는 시기는 대략 16
세기 말부터 17세기 초까지의 시기라고 할 수 있다.[158]

　16세기 중국 문학계를 풍미했던 전후칠자의 "문장을 지을 때에
는 선진과 양한 때의 문풍을 본받고, 시를 지을 때에는 성당의 시
풍을 스승으로 삼으라(文必秦漢, 詩必盛唐)."는 주장은 명나라 대각
체(臺閣體)[159]의 위축되고 허약한 시풍을 거부하면서 내세운 대안
으로, 선진양한(先秦兩漢)의 산문(散文)과 성당(盛唐)의 시가 이룬
문학적 성취를 당대에 재현하려는 새로운 시도인데,[160] 후일 그 내

---

158) 姜明官,「16세기 말 17세기 초 擬古文派의 수용과 秦漢古文派의 성립」,『韓國漢文學
　　　研究』 18집, 1995.

159) 대각체(臺閣體): 명대 영락(永樂, 1403~1424)부터 성화(成化, 1465~1487) 연간에
　　　활동한 문학유파이다. 대표적인 인물은 삼양(三楊)으로 불리는 양사기(楊士奇, 1365~
　　　1444), 양영(楊榮, 1371~1440), 양부(楊溥, 1372~1446)다. 이들 세 사람은 성조와
　　　인종·선종·영종 4대에 걸쳐 관리로 있으면서 대각(臺閣)의 중신으로 재직했기 때문에
　　　그들의 시문은 대각체로 일컬어졌다. 대각체는 풍격이 옹용전아(雍容典雅)하고 평정순실
　　　(平正醇實)하지만, 사실상 현실생활과 괴리되고 심각하고 간절한 심정이 담긴 내용은 결
　　　여되어 있었다. 게다가 시상을 자유롭게 구사하는 기품도 적었고 다만 공교롭고 아름다운
　　　형식만을 갖추었을 뿐이었다. 이런 문풍은 지배층들의 관심을 끌어 당시 벼슬아치로 있던
　　　문인들이 다투어 모방해서 하나의 유파를 형성했는데, 이로 말미암아 문단의 풍조는 저속
　　　한 경향을 띠게 되었고 작품 또한 아무 특징 없는 타작(馱作)만 양산하였다. 대각체의 위
　　　약하고 쓸모없는 문풍은 성화 이후 점차 시대적 역할이 끝나면서 그 폐단이 점차 드러나
　　　게 되었다. 이후 다릉시파(茶陵詩派)가 형성되었고, 뒤이어 이몽양과 하경명이 주축이 된
　　　전칠자들이 복고를 주창하였으며, 이런 복고의 분위기 속에서 대각체의 명성과 지위는 상
　　　실되어 갔다.

160) 전칠자(前七子)는 명대 홍치(弘治, 1488~1505)와 정덕(正德, 1506~1521) 연간에
　　　이몽양(李夢陽, 1472~1529)과 하경명(何景明, 1483~1521)이 당시 허식이 심하고
　　　위약한 문풍을 쇄신하고 복고를 제창했는데, 그들은 전한(前漢) 이후의 산문과 중당(中唐)
　　　이후의 시가는 비루하다고 여겨 수용하지 않았다. 이런 주장은 당시 많은 문인들에게 영
　　　향을 끼쳐 한때 문학사조상 복고운동이 광범위하게 형성되도록 만들었다. 두 사람 이외에
　　　서정경(徐禎卿, 1479~1511), 강해(康海, 1475~1540), 왕구사(王九思, 1468~1551),
　　　변공(邊貢, 1476~1532), 왕정상(王廷相, 1474~1544) 등이 있어 모두 7인으로 묶인
　　　다. 후칠자(後七子)는 명대 가정(嘉靖, 1522~1566)과 융경(隆慶, 1567~1572) 연간
　　　에 이반룡(李攀龍, 1514~1570)과 왕세정(王世貞, 1526~1590), 사진(謝榛, 1495~
　　　1575), 종신(宗臣, 1525~1560), 양유예(梁有譽, ?~?), 오국륜(吳國倫, 1524~1593),
　　　서중행(徐中行) 등으로 구성되었다. 그들은 이몽양과 하경명 등으로 구성된 전칠자의 뒤
　　　를 이어 문학상의 복고운동을 계승하여 이를 고취하였다. 서로 주장하는 이론이 유사하고
　　　세력 또한 상당한 규모였기 때문에 후칠자라고 부른다.

용의 의고주의적 색채 때문에 성령론(性靈論)을 주장하는 공안파(公安派)161) · 경릉파(竟陵派)162) 등의 혹독한 비판을 받아 왔던 이론이라 할 수 있다.163)

---

161) 공안파(公安派): 명나라 때의 문학 유파. 대표적인 인물은 원종도(袁宗道, 1560~1600), 원굉도(袁宏道, 1568~1610), 원중도(袁中道, 1570~1623) 삼 형제가 있는데, 그들의 적관 공안(公安, 호북성)이기에 붙은 이름이다. 그 밖의 중요한 구성원은 강영과(江盈科)와 도망령(陶望齡), 황휘(黃輝), 뇌사패(雷思霈) 등이 있다. 공안파는 주로 만력 연간에 활동하였다. 공안파의 문학적 주장은 원종도에 의해 시작되어 원굉도가 견고하게 다져서 사실상의 지도적인 인물이 되었고, 원중도는 진일보하여 그 영향을 확대시켰다. 공안파의 주장을 요약하면 다음과 같다. 첫째, 남의 글을 표절하는 태도를 반대하고 통변(通變)을 주장하였다. 통변은 문학사의 변화에 통달하는 것을 말한다. 둘째, 오로지 성령을 펼치고 격식이나 구투에 얽매이지 않는다. 셋째, 민요와 소설의 가치를 옹호하면서 통속문학을 제창하였다. 공안파는 격식에 얽매여 있던 문체를 해방하는 데 상당한 공헌을 하여 유기(遊記)나 척독(尺牘), 소품문(小品文)들도 뛰어나 일가를 이루었다. 그러나 그들의 실제 생활은 소극적이고 도피적인 경향으로 인해 사회문제에 심도 있는 논의를 펴지 못하고, 창작에 쓰인 제재가 날이 갈수록 협소해지는 상황을 연출하였다. 후대 사람들은 공안파가 문학이론에서 거둔 성과가 실제 창작보다 더욱 좋다고 하였다.

162) 경릉파(竟陵派): 명나라 후기의 문학 유파. 이 유파의 대표적인 인물은 종성(鍾惺, 1574~1624)과 담원춘(譚元春, 1586~1637?)이 모두 경릉(호북성 천문) 사람이기에 붙은 이름이다. 그들의 문학주장은 공안파의 그것과 기본적으로 일치하며, 전 · 후칠자의 복고적인 경향은 반대하였다. 그들이 추구한 일(逸) · 정(淨) · 유(幽) · 광(曠)의 시경을 추구하는 유심주의 창작관은 현실을 냉랭한 시선으로 보게 만들어 사회 현실에서 완전히 일탈하게 만들기도 하였다. 언어 표현상에 있어서 그들은 평이하고 비속한 경향으로의 추구는 반대하였다. 그래서 때로 괴이한 어구를 만들고 기이한 글자를 사용하며, 험운(險韻)을 압운하는 것을 능사로 삼았다. 때문에 그들의 의도는 언어의 자연스러운 아름다움을 파괴하여 고기벽괴(孤奇僻怪) 경지를 추구하는 데 있었다. 이처럼 한 극단으로 흐르기도 했지만 경릉파가 중국 문단에 끼친 영향은 30여 년 정도 지속되었다.

163) 명대 전 · 후칠자의 복고문학운동도 성령파의 문학운동과 마찬가지로 명대 중엽 이후 상공업의 발달과 도시문화 발달이 원인이 되어 형성된 문학운동의 일환이다. 전후칠자의 문학운동은 고전지향의 복고적문화운동이 아니라 명대 중엽 이후의 상공업의 발달과 이로 인한 중세도시문화 발달이 원인이 되어 야기된 자연적 · 통속적 자아표현을 지향하고 있는 근대적 시민문학운동으로 볼 수 있는 측면이 있고, 반면에 성령파의 문학운동은 격률과 격투에 구애받지 않는 자유로운 작법으로 인해서 생긴 문체적 통속성이 없지 않지만 시정신 자체는 문학엘리트 취향을 지향한 문학운동이라는 측면이 있다. 그러나 명대 후기 공안파 삼원(三袁)과 경릉파(竟陵派) 종성(鍾惺) · 담원춘(譚元春) 이래 현재까지 전후칠자의 복고주의(의고주의)는 줄곧 독창성을 말살하는 형식론이고, 시문학의 근대화에 역행하는 퇴형적인 복고주의문학이론이라는 부정적 평가를 받아 왔다. 삼원과 종 · 담이 제기한 표면적인 논거는 전후칠자파가 선도한 의고작법은 표절과 모의에 불과하며, 참감정의 자연스러운 표현을 방해하는 형식주의에 불과하다는 것이었다. 현대 중국 문학이론가인 호적이나 진독수도 이런 관점을 받아들여 전 · 후칠자파의 복고문학운동은 전통적 유교문화나 동성파(桐城派)의 고문과 함께 타도되어야 할 진부하고 알기 어려운 귀족문학으로 인

중국과 달리 우리의 경우는 전후칠자의 문학론을 17세기 후반까지도 시 창작이나 비평의 전범으로 삼아 그 기세가 꺾일 줄 몰랐다. 이 시기의 시 비평은 한위성당시(漢魏盛唐詩)를 학습의 모범으로 여기고 그 기력(氣力)과 격조를 성취한 작품을 최고로 숭앙하였다. 이러한 당시풍의 지나친 몰입과 그로 인한 시 창작의 불균형에 비판을 가하면서 시인의 자연스런 성정을 강조하는 김창협·김창흡 등이 등장하게 된다.164) 이후 18세기의 전 기간을 걸쳐 집단적으로나 개인적으로 성령론과 신운론을 추구하는 문인들에 의해 문학적 성과를 남기게 되고 시가 창작에서 격조를 중시하는 이론은 그 위력을 상실하게 된다. 다만 격조론의 여맥(餘脈)은 추사(秋史) 김정희(金正喜, 1786~1856)에서 그 마지막을 장식한다고 할 수 있다.

따라서 18세기 시론에서 격조론(格調論)은 그 위력을 상실한 만큼 이를 자신의 시론으로 수용하여 체계화한 경우는 실로 찾기 어

식하였던 것이다. 최근의 중국문학연구에서 전·후칠자문학이 육조시와 중당 이후의 시를 배격하고, 한위성당시와 진한고문이라는 구호를 외치며 전개한 복고문학운동으로, 비분강개한 사회적 울분을 담아내고 있으므로 주정주의적인 문학운동이었다고 파악하였다. 이런 맥락을 확대하면 주정주의적 복고문학운동이 언어·음률 차원의 형식적 답습 그 자체를 가장 중요한 목표로 삼지는 않았을 것이다. 그들은 한·당시에 사회적 북방형 의식이 담겨 있고 주정주의적 시가 지니는 청각적 심미 요소를 지닌 언어 음률이 조성되어 있기 때문이었다. 다시 말해 의경(意境)이나 이취(理趣) 등 회화적 심미 요소를 중시하는 남방형 심미적 작법을 벗어나 좀 더 투박하고 상대적으로 소박하며 서민적이고 탈문인적인 시를 쓰기 위한 장치였던 것이다. 그러나 칠자파의 의고 작품 중에는 표절이나 다름없는 작품이 많았다. 따라서 원굉도가 전·후칠자의 숭한존당적(崇漢尊唐的) 법고(法古) 원칙을 사상과 정감 표현을 구속하는 틀(격투)로 비난하면서 전후칠자의 문학적 주장을 형식주의로 인식하는 관행이 보편화되었다. 이런 입장을 수용한 18세기 시단은 전후칠자를 복고주의·형식주의적 문학자로 치부하였고, 최근까지 문학연구에서는 이를 따르는 경향이 대세였으나 점차 전후칠자의 문학이론을 객관적으로 연구하는 경향이 대두되고 있다. 필자는 이 글에서 새로운 연구경향을 수용하고 있지 않음을 밝힌다. 원종례는 전후칠자의 문학에 대한 객관적인 연구로 많은 성과를 이루고 있어 향후 전후칠자 연구에 새로운 이정표를 제시하고 있어 도움이 된다.

164) 李勝洙, 「17세기말 天機論의 형성과 인식의 기반」, 『韓國漢文學研究』 18집, 1995.

렵고 이를 비판하는 주장이 압도적이다.[165] 특히 전후칠자의 문학
론을 직접적으로 비판하는 경우가 많기 때문에 그들의 주장을 알
아야만 비판자의 의도를 쉽게 알 수 있다. 그리고 명대의 전후칠
자의 격조론은 청대의 심덕잠에 의해 좀 더 세련화되고 체계화된
다는 사실은 주지하는 바이다.[166]

중국 시가 창작에서 격조를 강조했던 이론을 일반적으로 격조론
이라 한다. 그 대종은 명나라 때의 전후칠자와 청나라의 심덕잠(沈
德潛, 1613~1769)이다.[167] 격조(格調)는 체격(體格)과 성조(聲調)를
말한다. 이러한 격조는 시론이 형성될 때부터 있었지만 격조를 가
지고 시를 논하는 하나의 핵심적인 부분으로 다룬 사람들은 전ㆍ
후칠자이다. 전칠자(前七子)의 대표인 이몽양(李夢陽, 1472~1529)

---

165) 그런데 남극관(南克寬)은 『사시자(謝施子)』에서 우리에게 전ㆍ후칠자의 문학론은 파천황
(破天荒)의 공이 있다고 역설한다. 南克寬, 『謝施子』, "余嘗謂王李之禍中國大矣, 而在
我國則有破荒之功. 宜尸而祝之也."

166) 앞으로 설명하려는 중국의 격조론(格調論)ㆍ신운론(神韻論)ㆍ성령론(性靈論)은 다음의
저서를 참고하였다. 이하의 글에서는 별도의 설명 없이 인용하기로 한다.
趙則城 외 主編, 『中國古代文學理論辭典』, 吉林文史出版社, 1985.
車柱環, 『中國詩論』, 서울대출판부, 1989.
周勳初 외, 『중국문학비평사』, 중국학연구회 고대문학분과, 이론과실천, 1992.
袁行霈 외, 『中國詩學通論』, 安徽敎育出版社, 1994.
연대중국문학사전편역실 편역, 『중국문학사전』 Ⅰㆍ Ⅱ ㆍ Ⅲ. 다민, 1992ㆍ94ㆍ96.
柳晟俊, 『中國詩歌硏究』, 新雅社, 1997.
임종욱 엮음, 『동양문학비평용어사전』, 범우사, 1997.

167) 심덕잠(沈德潛): 1613~1769. 청나라 시인. 자는 확사(確士), 호는 귀우(歸愚)이다. 제
생(諸生) 자리를 보충한 후 여러 차례 시험을 보았으나 실패하였다. 1739년(건륭 4) 처음
진사가 되었는데, 나이 이미 70세이었다. 고종(高宗)이 그를 '강남의 늙은 명사(名士)'라
고 하며, 불러들여 정견을 들었는데, 심덕잠은 이 자리에서 역대 시간의 변천을 찬찬히 논
술하여 고종의 칭찬을 얻어 상서방(上書房)이 되었으며, 벼슬이 내각학사(內閣學士) 겸
예부시랑(禮部侍郎)에 이르렀으나 나이가 많아 사직하고 고향으로 돌아갔다. 사후에 청나
라에 반대하는 내용이 들어 있는 서술기(徐述夔)의 『일주루집(一柱樓集)』에 대해, 심덕잠
이 "그의 품행과 문장은 모두 본받을 만하다."라고 하여 관이 쪼개지고 시호가 깎이는 욕
을 당하였다. 저서는 『귀우시초(歸愚詩鈔)』ㆍ『설시수어(說詩晬語)』 등이 있고, 『고시원
(古詩源)』ㆍ『당시별재(唐詩別裁)』ㆍ『명시별재(明時別裁)』ㆍ『청시별재(淸詩別裁)』 등을
선집하였다.

은 「답주자서(答周子書)」에서 글에는 반드시 법식이 있다고 강조하
였다.168)

　　　글에는 반드시 법식이 있게 마련이다. 그런 후에야 음운(音韻)의 절도
　　가 맞아서 규구(規矩)로 방원(方圓)을 그려내는 것같이 된다. 고인(古人)
　　이 그것을 사용했으나 자기가 그것을 만든 것이 아니고 사실은 하늘이
　　그것을 낸 것이다. 지금 사람이 고인을 법식으로 삼는 것은 고인을 법식
　　으로 삼는 것이 아니고 사실은 사물 자체의 법칙인 것이다.169)

　　고인을 법 삼는 것은 사물 자체의 법칙을 지키는 일이다. 그렇
다면 시의 경우는 어떤 시대를 법 삼아야 하는가. 「부음서(缶音序)」
에서 송시는 이론을 주로 하기 때문에 바람과 구름과 달과 이슬을
박대하여 모두 깎아 없애 버리는 폐단이 있다고 비판하면서 당시
(唐詩)를 배울 것을 말한다.

　　　송대(宋代) 시인은 이론을 주로 하여 이론적인 말을 지어냈다. 그래서
　　바람과 구름과 달과 이슬을 박대하여 모두 깎아 없애 버리고 다루지 않
　　았고 또 시화(詩話)를 지어서 사람들을 가르쳐서 사람들은 다시는 시를
　　알지 못하게 하였다. 시에 이론이 없었기야 했겠나마는 만약에 전문적으
　　로 이론적인 말을 짓기로 한다면 왜 문장을 짓지 않고 시를 짓는가.170)

---

168) 이몽양(李夢陽): 1473～1529. 명대의 문학가. 경양(慶陽, 지금의 감숙성 경양부) 사람이
　　지만, 나중에 하남성 개봉(開封)으로 옮겼다. 자는 천석(天賜)·헌길(獻吉), 호는 공동자
　　(空同子)이다. 1493년(홍치 6)에 진사가 되어, 호부낭중(戶部郎中)에 제수되었다. 1508
　　년 당시 전권을 행사하던 환관 유근(劉瑾)에 반대하다가 하옥되었으나, 유근이 실각하자
　　옥에서 풀려나와 1511년 강서제학부사(江西提學副使)로 복직되었다. 1514년 관직에서
　　물러나 시문 창작에 전념하다가, 1529년에 개봉에서 사망하였다. 1621년 경문(景文)이라
　　는 시호를 받았다. 저서는 『공동자(空同子)』와 『공동자집(空同子集)』 등이 있다.

169) 李夢陽, 「答周子書」, 『明代文論選』, 人民文學出版社, 1993. "文必有法式, 然後中諧
　　音度, 如方員之於規矩, 古人用之, 非自作之, 實天生之也. 今人法式古人, 非法式古人
　　也, 實物之自則也."

170) 李夢陽, 「缶音序」, 『明代文論選』, 人民文學出版社, 1993. "宋人主理, 作理語, 於是
　　薄風雲月露, 一切剗去不爲, 又作詩話敎人, 人不復知詩矣. 詩何嘗無理, 若專作理語,

이몽양이 당시를 높이고 송시를 낮추는 것처럼 후칠자(後七子)의 대표인 왕세정(王世貞, 1526~1590)도 『예원치언(藝苑巵言)』에서 동파의 시문을 힐난한다. 그는 "소동파의 문을 읽으면 그의 재주를 알게 된다. 그러나 책을 읽지 않은 사람 같다. 소동파의 詩를 읽으면 그의 학문을 알게 된다. 그러나 전연 재주가 없는 사람 같다.[171]"라고 하고, 위진 시대의 시문을 법 삼을 만하다고 역설하였다.

> 내가 처음 사령운(謝靈運)의 시를 읽었을 때 매우 이해하기 어려웠으나, 한번 이해하게 되니 점차 좋아하게 되었고 손을 놓을 수 없게 되었다. 그 체(體)가 비록 대국에 가깝기는 했으나 그 경우도 꼭 들어맞았다. 그런데다 지극히 농염하면서도 평담한 것 같았고, 극도로 수식을 하였으면서도 더욱 자연스럽게 보이니, 우리들은 그 경지에 미칠 수가 없겠다.
> 포조(鮑照)와 안연지(顏延之)를 평가하면서 "사령운은 갓 피어난 연꽃 같으니 그 자연스러움이 사랑스럽고, 그대의 시는 비단을 펼치고 수를 놓은 듯, 다듬고 수놓은 무늬가 눈에 가득하다."라고 하였다.[172]

전·후칠자의 격조설은 명나라 대각체의 위축되고 허약한 시풍을 거부하면서 내세운 대안으로, 그 내용에 있어서는 의고주의 색채를 띠고 있었다. 이들이 "문장을 지을 때에는 선진과 양한 때의 문풍을 본받고, 시를 지을 때에는 성당의 시풍을 스승으로 삼으라(文必秦漢, 詩必盛唐)."고 제시하면서 의고주의에 몰입하자 이지(李贄)·원씨(袁氏) 삼 형제는 성령론을 주장하면서 맹렬히 공격하였

何不作文, 而詩爲耶."

171) 王世貞, 『藝苑巵言』. "讀子瞻文, 見才矣. 然似不讀書者. 讀子瞻詩, 見學矣. 然似絶無才者."

172) 王世貞, 「書謝靈運集後」, 『明代文論選』, 人民文學出版社, 1993. "余始讀謝靈運詩, 初甚不能入, 旣入而漸之以至於不能釋手, 其體雖或近俳, 而其有似合掌者, 然至穠麗之極, 而反若平談, 琢磨之極, 而更似天然, 則非餘子所可及也. 鮑照對顏延之之請驚, 而謂謝如初發芙蓉, 自然可愛, 君若鋪錦列繡, 亦復雕繢滿眼也."

다. 이후 청나라 전기에 진입하자 왕부지(王夫之)·섭섭(葉燮) 등이 전후칠자의 격조설을 체계적으로 비판하였다. 그런데 섭섭의 제자였던 심덕잠(沈德潛)은 스승과 반대로 전후칠자의 격조론을 새롭게 제창하였다. 그는 왕세정과 이반룡(李攀龍)[173]을 비난하던 원굉도(袁宏道) 형제·종성(鍾惺)과 담원춘(譚元春)·진계유(陳繼儒)와 정가수(程嘉燧) 등이 시를 변질시켰다고 주장한다.

> 왕세정과 이반룡이 일어나자 그들을 도운 자들은 폐단이 답습뢰동(踏襲雷同)하는 데 있었고 그들을 공격한 자들은 또 폐단이 새것으로 바꾸고 괴상하게 구는 데 있었다. 한 번 변해서 원중랑(袁中郎) 형제의 우스개가 되었고, 두 번 변해서 종성과 담원춘의 편벽(偏僻) 난삽(難澁)한 것으로 되었고, 세 번 변해서 진계유와 정가수의 섬약(纖弱) 경조(輕躁)한 것으로 변하였다.[174]

심덕잠은 시를 쓸 때는 옛것을 본받고 법식을 논해야 한다고 강조하고, 이를 근거로 하여 시가의 체(體)·격(格)·성(聲)·조(調) 등 많은 규칙을 제안하였다.[175] 전·후칠자와 마찬가지로 격조설을 주장하였지만 심덕잠은 충효(忠孝)와 온유돈후(溫柔敦厚)의 격조가

---

173) 이반룡(李攀龍): 1514~1570. 역성(歷城, 산동) 사람으로, 자는 우린(于鱗), 호는 창명(滄冥)이다. 1544년(가정 23) 진사가 되고 형주부사, 순덕지부(順德知府)에 제수되고, 관직이 하남안찰사(河南按察使)에 이르렀다. 이선방(李先芳)·사진(謝榛)·오악(吳岳) 등과 시사를 조직하고 복고를 내걸었다. 이후에 왕세정(王世貞)·종신(宗臣)·양유예(梁有譽) 등이 참여하여 그들과 함께 '후칠자'가 되었다. 그는 유독 이몽양을 받들어 모방과 복고의 문학을 제창하였다. 저서는 『창명집(滄冥集)』 등이 있다.

174) 沈德潛, 『說詩晬語』, "王李旣興, 輔翼之者, 病在沿襲雷同, 攻擊之者, 又病在飜新吊詭. 一變爲袁中郎兄弟詼諧, 再變爲鍾伯敬·譚友夏之僻澁, 三變爲陳仲醇·程孟陽之纖佻."

175) 沈德潛, 『說詩晬語』, "詩貴性情, 亦須論法, 亂雜而無章, 非詩也. 然所謂法者, 行所不得不行, 止所不得不止, 而起伏照應, 承接轉換, 自神明變化於其中. 若尼定此處應如何, 彼處應如何, 不以意運法, 轉以意從法, 則死法矣. 試看天地間水流雲在, 月到風來, 何處著得死法."

최종적인 근거가 된다고 하여 격조뿐만 아니라 윤리도덕의 중요성
도 강조하였다.

> 시는 본래 육경(六經) 가운데의 하나로 왕자(王者)는 그것으로 민간의
> 풍속을 살펴 그 득실(得失)을 고찰하였고 염정(艶情)을 위해서 말한 것은
> 아니었다. 비록 삼백 편 이후에 『이소(離騷)』에서 미인의 시가 일어났고
> 장형(張衡)은 「정정부(定情賦)」가 있었다고는 하나 말은 남녀에 부쳐져
> 있어도 뜻은 사실 군신(君臣)과 붕우(朋友)에 관한 것들이다. 자야독곡(子
> 夜讀曲)부터 오로지 염정을 노래하였고 당송의 향렴시(香奩詩)는 또 그
> 보다 더 심해 시경시인에서 멀어져 버렸다. 이 『별재집』에 실은 것에는
> 간혹 부부와 남녀의 말에 언급되어 있으나 결국은 호색불음(好色不淫)의
> 취지를 체득한 것들이고 음란하고 외설한 것은 다 생략하였다.176)

이처럼 심덕잠(沈德潛)은 시가의 내용에 충효와 온유돈후를 부합
시키려 하였기 때문에 그의 격조론은 어느 정도는 아정(雅正)한 이
론이 되었던 것이다. 이후 심덕잠의 격조론은 성령론을 주장하는
원매(袁枚)의 공격으로 점차 그 이론적 효용성을 상실해 간다.

이상과 같이 격조론은 전범(典範) 자체의 설정에 나타난 오류 때
문이 아니라 그 실천방법이 낮은 형식주의적 경향으로 비난되었던
것이다. 18세기 전반에 김창협·김창흡과 그 문인들은 본격적으로
시인의 자아와 개성을 강조하고, 우리 주변의 경물을 있는 그대로
묘사하여야 한다는 시풍을 진작하고 개진하였다. 아울러 이들은 전
후칠자의 의고주의를 반대하고 비판하는 작업을 수행하고 있다.

농암 김창협은 체격(體格)과 성조(聲調)를 중시하고 한위성당시(漢

---

176) 沈德潛, 『說詩晬語』, "詩本六籍之一, 王者以之觀民風, 考得失, 非爲艶情發也. 雖三
百以後, 離騷興美人之思, 平子有定情之詠, 然詞則託之男女, 義實關乎君臣友朋. 自
子夜讀曲, 專詠艶情, 而唐末香奩體, 抑又甚焉, 去風人遠矣. 集中所載, 間及夫婦男女
之詞, 要得好色不淫之旨, 而淫哇私褻, 槩從闕如."

魏盛唐詩)를 지상의 모범으로 삼아 학습하고 맹종하는 의고주의를
비판하기 위해 전·후칠자를 직접 거론하였다.

  이몽양이 사람들에게 당 이후의 글을 읽지도 말라고 권한 것은 참으로
  편협하고 비루하기는 하나, 그래도 사법(師法)으로서 말한 것으로 이해할
  수는 있다. 그런데 이반룡 무리에 이르러서는 작시(作詩)할 때 고사(故事)
  를 사용함에 있어서도 당(唐) 이후의 말은 쓰지 못하도록 하니, 이는 너
  무도 가소로운 일이다. 무릇 시를 짓는 것은 성정을 그려내고 사물을 다
  루는 것이니 부딪혀 느껴지는 바를 따르는 데 있어 안 될 것이 없다. 일
  의 정조(精粗)나 말의 아속(雅俗)도 가릴 것이 없는데, 하물며 고금의 구
  별이 필요한 일인가? 이반룡 무리는 옛것을 배우되, 처음부터 신해묘오
  (神解妙悟)도 없이 한갓 언어를 가지고 모의하기만 한다. 그러기에 唐의
  詩를 배우려면 시어만 써야 하고 한의 문을 배우려면 한인(漢人)의 자구
  (字句)만 써야 한다고 하는 것인데, 당 이후의 일을 용사(用事)하다 보면
  그 시어가 당과 같지 않게 되리라는 점 때문에 서로 경계하고 금지하는
  것이 이와 같은 것이다. 이것이 어찌 참된 문장이 되겠는가?[177]

  이처럼 농암은 이몽양이 당 이후의 글을 읽지도 말라 하고, 이
반룡이 옛것을 배우라고 하면서 한갓 언어만을 모의(模擬)하는 것
을 철저하게 비난하였다. 아무도 학습의 차원에서 한위성당시(漢魏
盛唐詩)를 배우는 것은 비난할 수 없지만 이렇게 제한적으로 특정
한 시대의 시를 모범으로 삼게 되면 필연적으로 고인의 체격(體格)
과 성조(聲調)만을 모방할 수밖에 없다. 실로 우리가 시를 읽을 때
감동을 받고 고양되는 것은 작가의 진솔한 감정이 제대로 표현된

---

177) 金昌協, 「雜識外篇」, 『韓國古典批評論資料集』, 啓明文化社, 1988. "獻吉勸人不讀
  唐以後書, 固甚狹陋, 然此猶以師法言可也. 至李于鱗輩, 作詩使事, 禁不用唐以後語,
  則此大可笑. 夫詩之作, 貴在抒寫性情, 牢籠事物, 隨所感觸, 無乎不可, 事之精粗, 言
  之雅俗, 猶不當揀擇, 況於古今之別乎? 于鱗輩, 學古初無神解妙悟, 而徒以言語摸擬,
  故欲學唐詩, 須用唐人語, 欲學漢文, 須用漢人字, 若用唐以後事, 則疑其語之不似唐,
  故相與戒禁如此. 此豈復有眞文章哉?"

시이기 때문이다. 따라서 어떤 시가 고인의 체격과 성조에 얼마나 부합되었는가는 그리 중요하지 않다는 것이다.[178]

그는 전후칠자의 의고주의를 비판하고 개성주의를 자신의 문학 론으로 삼았다. 때문에 그의 문인인 도곡(陶谷) 이의현(李宜顯, 1669 ~1745)도 『운양만록(雲陽漫錄)』에서 전후칠자의 모의주의를 더욱 강도 높게 비판하고 있다.

> 명(明)의 왕세정·이반룡 등이 모름지기 선진제자(先秦諸子)를 배워 한유(韓愈)나 구양수(歐陽修)를 뛰어넘어 좌구명(左丘明)과 사마천(司馬 遷)과 더불어 달려 볼 의욕이었으나 그 글이 육경(六經)에 근본을 두지 않았기 때문에 말이 부드럽지 못하고 문리(文理)가 부끄러울 지경이어서 증공(曾鞏)과 왕안석(王安石)에 비교해도 오히려 미치지 못하니 하물며 좌구명이나 사마천에 어떻게 견주겠는가? 명인(明人)이 입을 열 때마다 문득 선진(先秦)을 말하는 것을 일찍이 이상하게 여겼더니 육경이 홀로 선 진이 아닌가? 주례(酒醴)에 비교하면 육경은 진한 술이고 선진제자는 묽은 술이다. 무릇 이미 선진에 전력(專力)한다면 어찌 그 진한 술을 버리고 묽 은 술을 홀짝거리겠는가? 잘못된 공부이다.[179]

> 명이 흥기(興起)하자 송렴(宋濂)·방효유(方孝孺) 제공(諸公)이 경술로 써 문장을 지어, 그 글이 비록 각각 장단점이 있으나 오히려 선진의 전형 을 볼 수 있고, 특히 방효유는 더욱 호박하고 순정하였다. 이몽양에 이르 러 비로소 선진제자를 준칙(準則)으로 삼아 뜻을 새겨 摹倣하여 그 재주 와 힘이 실로 雄鷙하였지만 취하는 바가 자못 아순(雅馴)함을 어겼다. 왕

---

178) 농암(農巖)이 시 창작에서 작가의 진솔한 감정을 표현하는 일을 중시했다고 원굉도의 '성 령론'을 긍정한 것은 아닌 듯하다. 金昌協, 「雜識外篇」, 『韓國古典批評論資料集』, 啓 明文化社, 1988. "明末文士, 開口弄筆, 動談禪理, 其實皆浮浪無根, 於禪亦何嘗有得. 今讀『中郎集』, 一邊說禪談佛, 一邊眈酒戀色, 此如屠沽兒誦經, 直是可笑. 然釋氏本 認欲作理, 故世之樂放縱而惡拘檢者, 皆託此以爲巢窟, 亦其勢然耳. 明詩學者, 自餘 姚而流爲旴江一派, 其說益猖狂, 無復忌憚, 所謂儒學者, 蓋已如此, 文士固不足道也."

179) 李宜顯, 『雲陽漫錄』. "皇明王李諸人, 專學先秦諸子, 意欲跨韓歐, 而上之與左馬竝歐, 而其文不本於經, 故語不馴, 而理則媿, 比之曾王, 猶不及, 況左馬乎? 嘗怪明人開口 便說先秦, 六徑獨非先秦乎? 譬如酒醴, 六經醇也, 先秦諸子醨也. 夫旣專力於先秦, 則又何以捨其醇, 而啜其醨也? 可謂枉費工夫矣."

세정·이반룡·왕도곤(汪道昆) 등의 무리가 융만(隆萬) 간에 일어나 한 결같이 학고(學古)를 사명으로 삼는다고 스스로 자처하였다. 그러나 이반 룡은 너무 사아험굴(槎牙險岫)을 주로 하여 읽어도 전혀 의미가 없고 왕도곤 역시 그러하다. 왕세정의 소견은 비록 재주가 함께 하고 실제가 갖추어져 제자(諸子)와 비교하면 제일 낫기 때문에 그 文 역시 한두 군데 좋은 곳이 있다고 일컬을 만하지만 한유·구양수의 정파(正派)가 아니고 별류(別流)이다.[180]

도곡이 전후칠자를 비판하는 근거는 육경을 무시한 선진제자로의 복고는 무의미하다는 데에 있다.[181] 실제로 왕세정·이반룡의 무리들은 선진제자로 복고한다고 주장하였지만 사아험굴한 문장만을 짓는 것은 육경을 포함하는 선진제자의 간오(簡奧)하고 평창(平暢)함을 따르지 않았기 때문이다.[182] 그래서 전후칠자가 그렇게 별류라고 여겼던 당송파(唐宋派)[183]보다 더욱 한계를 드러낼 수밖에

---

180) 李宜顯, 『雲陽漫錄』, "明興宋潛溪·方遜志諸公, 以經術爲文章, 其文雖各有長短, 猶可見先進典刑, 遜志尤浩博純正. 至李空同, 始以先秦諸子爲準, 則刻意摹倣其才力固雄鷔, 而所就頗乖雅馴. 夫王弇州·李滄溟·汪太函輩, 起於隆萬間, 一以學古自命. 滄溟尤以槎牙險岫爲主, 讀之絶無意味, 太函亦然. 弇州所見, 雖同其才具實, 大比諸子爲最, 故其文 亦爾, 頗有一二喜處, 然非韓·歐正派, 自是別流耶."

181) 鄭玉子, 「陶谷 李宜顯의 文學思想」, 『朝鮮後期知性史』, 一志社, 1991.

182) 李宜顯, 『雲陽漫錄』, "古文法度, 甚簡嚴絶, 無浮字贅句, 下至唐宋韓歐蘇曾諸公, 無不皆然. 且韓柳以下八家, 雖一意法古, 只竊取意致法度而已, 文字則絶不襲用, 非其才不能也, 薄而不爲也. 至皇明李王諸公, 自謂高出韓歐, 直與左馬並驅, 而造語多冗長, 浮贅字句, 不勝指摘. 且雜取諸子, 左馬文字, 複複相仍拾掇, 韓歐諸公已棄之餘, 而高自稱許, 可謂陋矣. 至詩亦然, 錢牧齋固已議之矣."

183) 당송파(唐宋派): 명나라 때의 문학 유파. 대표적인 인물은 가정 연간에 활동한 왕신중(王愼中, 1509~1559)과 당순지(唐順之, 1507~1560), 모곤(茅坤, 1512~1601)·귀유광(歸有光, 1506~1571) 등이다. 전칠자가 복고주의를 표방한 이후 산문은 옛사람을 모방하는 것이 위주가 되어 사상은 결핍되고 문장은 난삽하여 읽기가 어렵게 되는 폐단이 나타났다. 가정 초기에 왕신중과 당순지 등의 팔재자(八才子)가 이런 전칠자의 폐단을 바로잡으려는 의도로 구양수(歐陽脩)와 증공(曾鞏)의 문장을 배울 것을 주장하였다. 그들의 문학활동은 이몽양과 하경명이 죽은 후 후칠자가 나타나기 전의 간헐기에 이루어져 일시적으로 영향이 매우 컸다. 왕신중과 당순지보다 늦게 등장한 모곤과 귀유광은 후칠자가 문단을 좌우하던 시기에 주로 활동하였다. 전·후칠자가 진한 시대의 문학을 숭상하면서 옛사람을 모방했다면, 당송파는 삼대와 양한 시대의 문장이 지닌 전통적 지위를 높이 평가한데다 당송문이 이를 계승·발전시킨 것을 인정하였다. 당송파는 스스로의 약점 때문

없었다.[184]

18세기 초반 김창협과 그의 문인들이 전후칠자의 의고주의를 공격하고 새로운 시론을 수립하려는 노력과 반대로 남극관(南克寬, 1689~1715) 『사시자(謝施子)』에서 명의 왕세정과 이반룡을 긍정적으로 언급하고 있다.[185]

　　나는 일찍이 왕세정·이반룡이 중국 문단에 끼친 해는 크지만 우리나라에는 파천황(破天荒)의 공을 세웠으므로 마땅히 시동(尸童)처럼 받들어야 한다고 생각하였다.[186]

그런데 이 시기에 남극관처럼 전후칠자를 긍정하거나 의고주의를 표방한 주목되는 시론은 별로 없었던 듯하다. 여암(旅菴) 신경준(申景濬, 1712~1781)의 『시칙(詩則)』은 시 창작의 기초에 관한 체계적인 정리서이다. 그는 『시칙』에서 시를 배우는 초학자들에게 시학(詩學)의 초보적인 규칙을 도식적이고 간략하게 설명하고 있는데, 작시법에서 고인의 명작과 상호 교융(交融)을 통해 충분히 익

에 비록 복고파의 폐단을 지적하였지만 문단의 병폐를 근본적으로 개혁하는 국면으로 나가지는 못하였다. 다만 그들의 산문 창작은 비교적 후세에 영향을 끼쳐 청나라 때의 동성파(桐城派)가 그들의 전통을 직접 계승한 유파이다.

184) 이의현(李宜顯)은 이 전·후칠자를 비판하지만, 당송파(唐宋派)인 모곤(茅坤)·당순지(唐順之)·왕신중(王愼中)·귀유광(歸有光) 등은 매우 호감을 갖고 있었다. 특히 목재(牧齋) 전겸익(錢兼益)의 글이 태탕(駄蕩)하고 자사(恣肆)하여 하필(下筆)이 도도하여 할 말은 다 하였다고 극찬하였다. 李宜顯, 『雲陽漫錄』, "如茅鹿門·唐荊川·王遵巖·歸震川諸人, 專歸宿於歐·曾諸大家, 故不甚有此病, 頗似爾雅, 荊川尤佳. 王陽明學術雖誤, 其文俊爽慧利, 非務爲拚搭, 割剝之比, 皆出於胸中自得也. 明末錢牧齋之文, 駄蕩恣肆, 下筆滔滔, 極其所欲言而止. 雖格力不高, 要非王·李餘波, 尋逐影響者之類, 亦自不易."

185) 안대회, 『조선후기시화사연구』, 국학자료원, 1995. 남극관은 시가 성정을 자연스럽게 표출해야 한다는 김창협 등의 시론에는 원칙으로 수긍하고 있으나 구체적인 작가의 평가에서 이견이 있다고 하였다.

186) 南克寬, 『謝施子』, "余嘗謂王李之禍中國大矣, 而在我國則有破荒之功, 宜尸而祝之也."

히라고 하면서도 "시의 법칙이 매우 번잡하기는 하지만 그렇다고
해서 몰라서는 안 된다. 그러나 시란 제멋대로 지어서는 안 되고
법에만 매달려서도 안 되며 반드시 마음으로 터득함이 중요하다.
만약 이리저리 계교하고 엮어서 구절마다 법도에 합치되기를 구한
다면, 앞뒤에서 막히고 좌우에서 견제를 당하여 결국 시를 이룰
수 없다.[187]"라고 하였다. 이러한 지적에서 알 수 있듯이 18세기의
시론은 대부분 모의를 반대하고 있었다.

　18세기 후반의 시풍을 일변했던 '후기사가'는 모방과 답습으로
점철되는 전후칠자의 의고주의를 신랄(辛辣)하게 비판하고 있다.
이들은 이미 청대의 성령론과 신운론을 수용하여 자신들의 시세계
를 구축하고 있기 때문에 더욱 그러하다.

> 고인의 문자를 베껴 쓰는 사람을 인면창(人面瘡)이라 한다. 패모(貝母)
> 대신 무엇을 사용하여 그런 사람의 입을 당장 막아야 할지 모르겠다.[188]

　이덕무는 의고주의를 인면창(人面瘡)이라 비난하고 인면창을 고
치는 약인 패모로도 고칠 수 없으니 무엇으로 그런 사람들의 입을
막겠는가라고 한탄하고 있다. 이처럼 18세기의 시에 있어 모방과
답습을 배격하는 이론의 바탕은 명청대의 신운론이나 성령론의 영
향도 결코 간과할 수 없다. 다음은 의고주의를 비판하는 성령론과
신운론을 차례대로 살펴보겠다.

---

187) 申景濬,『詩則』, "凡詩之式楷甚繁, 皆不可不知者. 然而詩者, 不可以有意, 不可以有必,
　　必以冥會爲貴焉. 若以計較經營, 節節求合, 則前遮後攔, 左牽右製, 卒無以有成矣."
188) 李德懋,『靑莊館全書』「耳目口心書」.

2) 성령론(性靈論)

명대의 전후칠자가 주창하는 모의주의를 격렬히 반대하며 시 창작에서 성령을 강조했던 이론을 일반적으로 성령론(性靈論)이라 한다. 성령론은 원씨(袁氏) 삼 형제[公安派]가 문학이란 "자신의 성령(性靈)을 펼쳐내고 격투(格套)에 얽매이지 않는다(獨抒性靈, 不拘格套)."라는 시 이론을 계승하여 청대의 원매(袁枚, 1716~1797)가 발전시킨 것이다.[189] 원굉도(袁宏道)는 시란 시인의 개성을 자유롭게 표현해야 하고, 자신의 욕망과 감정을 숨김없이 진실하게 표출해야 한다고 지적하였다.[190]

나의 발자취가 도달한 곳은 거의 천하의 반을 차지한다. 그리고 시문 또한 그 때문으로 해서 날로 진보하였다. 대체로 다 독자적으로 성령을 펴내고 격투(格套)에 구애되지 않았으며 자기 가슴에서 흘러나온 것이 아니면 쓰려 들지 않았다. 어떤 때는 정감이 외경과 합치되어 잠간 사이에 천 마디토록 나와 마치 물이 동쪽으로 내려가는 것 같아 사람의 얼을 빠

---

189) 원매(袁枚): 1716~1797. 청대의 시인. 절강 사람으로, 자는 자재(子才), 호는 간재(簡齋)·수원노인(隨園老人)이다. 어려서 남다른 재주가 있어 12세의 나이에 현학생(縣學生)이 되었고 약관의 나이에 『동고부(銅鼓賦)』를 지었고 붓을 잡으면 단숨에 글을 지었다. 1739년(건륭 4)에 진사에 급제하여 한림원산관(한림원산관)에 들어갔고 만문고시(滿文考試)가 훌륭하지 않아 현령으로 나가 강녕과 율수 등지의 지현이 되었다. 40세에 관직을 그만두고 돌아와 강녕에 거주하면서 소창산(小倉山)에 원림(園林)을 지어 수원(隨園)이라 하고 시서를 지으면서 즐겼다. 문장으로 수십 년 동안 이름을 날려 세사에서는 그를 수원선생이라고 불렀다. 저서는 『소창산방집(小倉山房集)』, 『수원수필(隨園隨筆)』 등이 있다.

190) 원굉도(袁宏道): 1568~1610. 명나라 공안(公安) 사람으로 1592년(만력 20)에 진사에 급제하고 오현(吳縣) 현령으로 선발되었으나 곧 관직을 그만두고 고향으로 돌아갔다. 후에 다시 기용되어 계훈낭중(稽勳郞中)에 이르렀다. 원굉도는 형 종도(宗道), 동생 중도(中道)와 함께 문학으로 이름이 높아서 '삼원(三袁)'이라 일컬어졌다. 왕세정(王世貞)·이반룡(李攀龍) 등 전후칠자의 복고주의를 비판하고, 자신의 성령(性靈)을 펼쳐내고 격투(格套)에 얽매이지 않을 것을 주장하였다. 저서는 『원중랑집(袁中郞集)』, 『상정(觴政)』 등이 있다. 최근에 그의 『원중랑집(袁中郞集)』이 심경호 외 역(2004)으로 소명에서 출판되었다.

지게 만드는데 그중에는 좋은 데도 있고 또 흠이 있는 곳도 있음은 말할 것도 없지만 흠이 있는 곳이라 할지라도 역시 독자적으로 도달한 본색인 말이 많다. 그러나 나는 그 흠이 있는 곳을 극히 좋아한다. 그러나 좋게 여겨지는 것들은 아직 분식(粉飾)과 답습을 한스럽게 여기지 않을 수 없으니 그것은 근대 문인의 기풍에서 완전히 벗어나지 못했다고 생각하기 때문에서이다.[191]

여기서 원굉도의 강조점은 시를 창작할 때 시인의 마음속 영혼을 직접적으로 표출해서 진실한 감정과 사실적인 느낌을 표현하는 데 있다. 이처럼 시 창작에 시인의 진실한 감정과 사실적인 느낌을 표현하려는 경향은 시가(詩歌)의 발생에서부터 연원하는 것이라 할 수 있기 때문에 성령론의 연원은 긴 역사를 가지고 있다. 성령론은 전후칠자를 비롯한 많은 문인들이 모의와 모방의 조류에 반대하는 과정에서 발전한 시론이라 할 수 있다.[192] 명대의 공안파는 시인 자신의 감정을 솔직하고 진실하게 표현해서 시를 읽을 때 독자가 자연스럽고 신선하면서 평이(平易)하고 유창(流暢)한 아름다움을 느낄 수 있어야 한다고 강조했고, 아울러 수식이나 전고를 추구하면서 학문적 바탕을 가지고 시 창작을 하는 태도는 거부하였다. 후자는 원굉도가 전·후칠자를 맹공하였던 이유이다.

---

191) 袁宏道,「敍小修詩」, "足跡所至, 幾半天下, 而詩文亦因之以日進. 大都獨抒性靈, 不拘格套, 非從自己胸中流出, 不肯下筆. 有時情與境會, 頃刻千言, 如水東注, 令人奪魄. 其間有佳處, 亦有疵處, 自不必言, 卽疵處亦多本色獨造語. 然予則極喜其疵處, 而所佳者, 尙不能不以紛飾蹈襲爲恨, 以爲未能盡脫近代文人氣習故也."

192) 성령론에 큰 영향을 준 이지(李贄)의 동심설(童心說)은 당시 이학(理學) 논쟁의 흐름 속에서 새로운 문예를 열 수 있는 이론적 바탕을 제공하였다. 李贄,「雜說」,『明代文論選』, 人民文學出版社, 1993. "且夫世之眞能文者, 比其初皆非有意於爲文也. 其胸中有如許無狀可怪之事, 其喉間有如許欲吐而不敢吐之物, 其口頭又時時有如許多欲語而莫可所以告語之處, 蓄極積久, 勢不能遏, 一旦見景生情, 觸目興嘆, 奪他人之酒杯, 澆自己之壘塊, 訴心中之不平, 感數奇於千載."

대개 시와 문장은 근대에 이르러서 극도로 저속하여졌다. 문장은 반드시 진·한대(秦漢代)를 준거로 삼으려 하며, 시는 반드시 성당(盛唐)을 준거로 삼으려 하여, 베껴 쓰고 모방하여 그림자와 메아리처럼 그대로 따라 하며, 다른 사람들이 한 마디라도 서로 모방하지 않는 것을 보면 '야호외도(野狐外道)'라고 함께 손가락질한다. 문장은 진·한대를 준거로 삼는다면서, 진·한대의 사람들이 어찌 일찍이 글자 하나하나를 육경(六經)에서 배웠으며, 시는 성당을 준거로 삼는다지만, 성당인들이 어찌 일찍이 글자 하나하나를 한·위대(漢魏代)의 시에서 배웠는지를 모르는가? 진·한대의 문장이 육경의 문장을 배웠다면 어찌 또 진·한대의 문장이 있을 수 있으며, 성당의 시가 한·위대의 시를 배웠다면 성당의 시가 어찌 또 있을 수 있겠는가?[193]

이처럼 원굉도는 전후칠자가 '문필진한, 시필성당(文必秦漢, 詩必盛唐)'이란 규범을 정해 묵수하는 태도에 반발하고 회의하였다.[194] 이는 그의 아우인 원중도(袁中道)가 「중랑선생전집서(中郎先生全集序)」에서 언급했듯이 전후칠자가 주장하는 '문필진한, 시필성당(文必秦漢, 詩必盛唐)'이란 규범은 결과적으로 표절과 모방으로 이어지기 때문이다.

송·원 이래로 시문은 거칠어지고 문드러져서 비리(鄙俚)하고 잡답(雜沓)해졌다. 명대에 들어와 여러 군자들이 이를 바로잡아서 문장은 진한을 준칙으로 삼고, 시는 성당을 법칙으로 삼으니, 사람들이 비로소 고법(古法)이 있음을 알았다. 그러나 후세에는 표절하고 뇌동(雷同)하여서 정(鼎)과 고(觚)의 모조품같이 단지 형태의 비슷함만을 취하였을 뿐 신골(神骨)

---

193) 袁宏道, 『袁中郎隨筆』「小修詩敍」, 作家出版社, 1995. "蓋詩文至近代而卑極矣, 文則必欲準于秦·漢, 詩則必欲準于盛唐, 剿襲摸擬, 影響步趨, 見人有一語不相肖者, 則共指以爲野狐外道. 曾不知文準秦·漢矣. 秦·漢人曷嘗字字學六經歟? 詩準盛唐矣. 盛唐人曷嘗字字學漢·魏歟? 秦·漢而學六經, 豈復有秦·漢之文? 盛唐而學漢·魏, 豈復有盛唐之詩?"

194) 원굉도는 모방과 답습으로 이어지는 의고나 복고를 비난하고 있다. 袁宏道, 『袁中郎隨筆』「雪濤閣集序」, 作家出版社, 1995. "近代文人, 始爲復古之說以勝之. 夫復古而已, 然至以剿襲爲復古, 句比字擬, 務爲牽合, 棄目前之景, 摭腐濫之辭. 有才者詘于法, 而不敢自伸其才, 無之者, 拾一二浮泛之語, 幇湊成詩. 智者牽於習, 而愚者樂其易."

과는 무관해졌다.[195]

그래서 원굉도는 어떤 시문을 규범으로 삼아야 하는가에 대해 설명하고 있다. 그는 참된 감정과 실감이 드러난 시라면 특정한 시대는 중요한 일이 아니라고 주장하였다. 다른 글에서 원굉도는 만약에 당시가 아니라 해서 송시를 흠잡는다고 하면, 그렇다면 문선시(文選詩)가 아니라 해서 당시를 흠잡고 한위시(漢魏詩)가 아니라 해서 문선시를 흠잡고, 삼백 편의 시를 흠잡고 하는 일을 하지 않는 이유는 무엇 때문인가를 묻고 있다.[196] 더 나아가 어떤 시대의 시문을 규범으로 삼아 다른 시대의 시문을 없애려고 하여도 없어진 적이 있었는가를 묻고 있다.

> 시에 있어서 제가 애오라지 장난삼아 붓을 휘두를 따름이니, 생각나는 대로 말이 나오는 대로 말하겠다. 세상 사람들은 당을 좋아하나 나는 당에는 시가 없다고 말하고, 세상 사람들은 진한을 애호하나 나는 진한에는 문이 없었다고 말하며, 세상 사람들은 宋을 천하게 여기고 元은 물리쳐 버리지만, 나는 시문은 송원의 여러 대가에 있다고 하겠다. 옛날에 노자(老子)는 성인(聖人)을 없애 버리자고 하였고, 장자(莊子)는 공자(孔子)를 헐뜯으며 비난하였는데, 그러나 지금까지도 그 책이 없어지지 않았으며, 순자(荀子)는 성악설(性惡說)을 말하였지만 그래도 맹자와 함께 전해질 수 있었다. 무엇 때문인가? 견해가 자신의 내부로부터 나왔고 일찍이 고인을 조금도 의지하지 않았기 때문이니, 그리하여 그것이 하늘을 이고 우뚝 설 수 있게 되었고 요즘 사람들이 비록 비난하여 헐뜯을 수는 있어도 도리어 그것을 없앨 수는 없는 것이다. 그렇지 않은 것은 더러운 오물 속

---

195) 袁中道, 『珂雪齋集』「中郎先生全集序」, 上海古籍出版社, 1989. "自宋·元以來, 詩文蕪爛, 鄙俚雜沓. 本朝諸君子, 出而矯之, 文準秦漢, 詩則盛唐, 人始知有古法. 及其後也, 剽竊雷同, 如贗鼎僞觚, 徒取形似, 無關神骨."

196) 袁宏道, 「與丘長孺尺牘」, "今之君子, 乃欲槪天下而病之, 又且以不唐病宋. 夫旣以不唐病宋矣, 何不以不選病唐, 不漢魏病選, 不三百篇病漢, 不結繩鳥跡病三百篇也. 果爾, 反不如一張白紙."

에서 찌꺼기나 씹으며 남이 하는 대로 따라서 하기만 하고 그 세력에 의지하여 올바른 것을 속이니, 이는 지금 소주(蘇洲)에서 다른 사람에게 몸을 의탁하는 사람과 같다. 난숙한 고사 몇 개를 기억하고는 박식하다고 하며, 기존의 문구 몇 개를 사용하고는 문인이라고 한다. 두보(杜甫)를 속이려고 생각하며, 이몽양을 모아 매어 놓고 있으니, 한 개에 팔촌삼분(八寸三分)짜리 모자를 사람마다 쓰고 있는 것을 시라고 말한다면 시 아닌 것이 어디 있겠는가?[197]

실제로 진한의 문과 성당의 시를 규범으로 삼아 다른 시대의 시문을 없애려는 일은 공연한 짓임이 분명하다. 장자가 공자를 비난했지만 그 책이 없어지지 않았고, 순자가 성악설을 주장했지만 맹자와 함께 전해지고 있다는 점을 보더라도 명백하다. 특히 공자의 책이나 순자의 성악설은 자신의 내부로부터 나왔지 어떤 시기를 규범으로 하여 배태된 것이 아니기 때문에 인위적으로 없앨 수 없는 것이다. 마찬가지로 시도 고인의 것을 답습하고 모방하는 시는 자신의 내부에서 자연스럽게 표출되는 진실한 감정이 담긴 시와는 그 가치가 현격하게 차이가 날 뿐이다. "옛날에는 옛날의 때가 있었고 지금에는 지금의 때가 있는데 옛사람의 언어의 자취를 답습하고서 마구 옛것이라고 여긴다면 그것은 엄동(嚴冬)에 여름의 갈포(葛布) 옷을 걸치는 것이다.[198]"

청대의 원매는 공안파와 마찬가지로 성령을 강조하면서 선배들

---

197) 袁宏道, 『袁中郎隨筆』 「張幼于」, 作家出版社, 1995. "至于詩, 則不肯聊戲筆耳. 信心而出, 信口而談. 世人喜唐, 僕則曰唐無詩, 世人喜秦·漢, 僕則曰秦·漢無文, 世人卑宋黜元, 僕則曰詩文在宋·元諸大家. 昔老子欲死聖人, 莊子譏毁孔子, 然至今其書不廢, 苟卿言性惡, 亦得與孟子同傳. 何者? 見從己出, 不曾依傍半個古人, 所以他頂天立地, 今人雖譏訕得, 却是廢他不得. 不然, 糞裏嚼查, 順口接屁, 倚勢欺良, 如今蘇州投靠家人一般. 記得幾個爛熟故事, 便曰博識. 用得幾個見成字眼, 亦曰騷人. 計騙杜工部, 囤紮李空同, 一個八寸三分帽子, 人人戴得. 以是言詩, 安在而不詩哉?"

198) 袁宏道, 「雪濤閣集序」, "夫古有古之時, 今有今之時, 襲古人語言之迹而冒以爲古, 是處嚴冬而襲夏之葛者也."

이 이학을 반대했던 전통을 일정 부분 계승하였다. 그는 온유돈후 (溫柔敦厚)의 논시 방법을 비판하면서 시를 쓸 때 온유돈후에 얽매이면 진실한 성령을 표현하는 데에 방해가 된다고 하였다. 그는 이런 주장을 더 밀고 나가서 남녀의 애정 문제를 다룬 시를 긍정하기도 하였다. 원매가 공안파보다 가치가 있는 미덕은 이론을 맹신하거나 절대화하지 않았으며, 고인의 창작도 학습할 필요가 있다고 주장하였는데, 다만 고인의 시에 집착해서는 안 되고 자신의 성령을 기본적인 출발점으로 삼아야 한다고 하였다.

그런데 성령론의 단점도 간단하지 않다고 할 수 있다. 문학은 감정의 표현이라는 사실을 부각시키면서 유가의 예교에 의한 속박을 반대했고, 이들은 항상 지나친 극단을 추구하면서 감정만 진실하면 좋은 작품이라는 경색된 주장으로 일관하기도 하였다.

이러한 중국의 성령론은 그 문제점으로 인하여 전적으로 수용되지는 않았던 것으로 보인다. 예컨대 백악시단의 김창협·김창흡 등은 '시는 성정만을 논해야 한다.'라는 주장을 하였다.[199] 그들은 시에서 진솔한 감정의 표현을 중시하면서 개성주의의 기치를 표방하였지만 공안파의 성령론을 경계의 눈길로 대했던 것이다. 시에서 개성을 강조했던 농암은 의고주의에 대한 비판에서는 공안파와 차이가 없지만 공안파의 지나친 감정 위주의 경향을 비판하였다.[200]

---

199) 李勝洙, 「17세기말 天機論의 형성과 인식의 기반」, 『韓國漢文學研究』 18집, 1995.

200) 원교(員嶠) 이광사는 전·후칠자의 의고주의를 비판하면서 '자득(自得)'을 강조하지만 공안파의 성령론을 언급하지는 않는 점이 비슷한 경우일 것이다. 李匡師, 『斗南集』 「讀滄溟鳳洲文」, "文章之盛, 莫盛於六經, 皆古人所以躬行心得, 而發以爲言者. 無意於工, 而自極精緻, 不用心於藻華, 而自然絢纈燁如, 盖質先於藝, 而繪後於素也. 由其自得, 而不藉於外. 故六經皆一義, 無一言一句之相蒙. 降而爲先秦西漢, 則有醇厖雅駁之殊者, 要其自成一家, 不相沿掇則一也. 今觀滄溟鳳洲文, 果有一字一辭之出於己, 而不偸竊者乎? 古人已道者, 便芻狗筌蹄也, 語愈奇愈麗, 而愈臭腐矣."

그는 공안파의 항상 지나친 극단을 추구하면서 감정만 진실하면 좋은 작품이라는 주장을 감정의 절제가 부족한 것으로 비판하고 있다.

> 명나라 말기에는 문사들은 입을 열고 붓 놀릴 때마다 걸핏하면 선리(禪理)를 담론하였으나, 그 실제는 모두 허무맹랑하여 근거가 없었으니, 선(禪)에 있어서 어찌 터득한 것이 있었겠느냐? 지금 원굉도의 『중랑집(中郎集)』을 읽어 보니, 그 내용이 한편으로는 선불(禪佛)을 담론했으면서도, 한편으로는 주색(酒色)에 탐닉한 것이었다. 이는 마치 고기나 술 파는 아이가 경(經)을 읊조리는 꼴이니 우스울 뿐이다. 그러나 석가(釋迦)는 인욕을 인정하는 것으로 교리를 세웠다. 그러므로 세상에 방종을 즐기고 검속하는 것을 꺼리는 자는 모두 이를 여기에 의탁하여 도피처로 삼았으니 또한 그 형세가 그러했던 것이다. 명나라 때 학자들로 여요(餘姚)에서 우강(旴江)에 이르는 일파는 그 논의가 더욱 해괴망측하여 다시 꺼리는 것이 없었다. 유학자라고 하는 자들도 이미 이와 같았으니 문사들은 진실로 말할 것도 없다.[201]

이처럼 농암이 공안파의 혁신적 문학론에 반발을 보이고 있지만, 신정하(申靖夏)·이하곤(李夏坤)의 경우는 원굉도를 긍정하고 있다는 점에서 흥미롭다. 처음에 신정하는 원굉도의 글을 조심스럽게 접근하다가 점차로 소매에 넣고 다니면서 애독하는 처지로 발전하였다. 이하곤은 농암과 달리 원굉도 형제를 적극 긍정한다.

> 원굉도의 문장과 언론(言論)은 동파 소식에게서 나왔고, 원중도도 소철(蘇轍)과 함께 하여 유사함이 있으니 실로 기이한 일이다. 아! 동파·

---

201) 金昌協, 「雜識外篇」, 『韓國古典批評論資料集』, 啓明文化社, 1988. "明末文士, 開口弄筆, 動談禪理, 其實皆浮浪無根, 於禪亦何嘗有得. 今讀『中郎集』, 一邊說禪談佛, 一邊眈酒戀色, 此如屠沽兒誦經, 直是可笑. 然釋氏本認欲作理, 故世之樂放縱而惡拘檢者, 皆託此以爲巢窟, 亦其勢然耳. 明詩學者, 自餘姚而流爲旴江一派, 其說益猖狂, 無復忌憚, 所謂儒學者, 盖已如此, 文士固不足道也."

원굉도 형제가 스스로 지기(知己)가 되어 문채(文彩)와 풍류(風流)가 서로를 비추어 주니 고금의 인생이 소동파와 원굉도 두 공(公)과 같다면 또한 즐거운 일이다.202)

일찍부터 혜환은 명·청 문예의 성과를 수용하여 반의고주의(反擬古主義) 문학론을 전개하였다. 그는 전후칠자가 시필성당(詩必盛唐)의 규범을 만들어 이를 따르는 무리가 때까치가 하루 종일 울지만 자기의 소리가 없는 것처럼 당시의 형식적 측면만을 모방 답습하는 시단을 비판하였다.203) 그리고 당시뿐만 아니라 송시·원시도 자신의 소리를 내고 있다는 점을 상기시키고 있다.

당시와 송시는 비유하자면 한 개의 별과 같으니, 아침에 보이는 것을 계명(啓明)이라 하고 저녁에 보이는 것을 장경(長庚)이라고 하는 것과 같다. 그리고 元詩의 경우는 별똥과 같다. 세상 사람들은 이것을 모르고 망령되게 분별하여 펴거나 누르니 가소롭다.204)

여기서 혜환은 당시나 송시·원시를 각 시대의 독자적인 가치를 지닌 문학으로 인식하면서 참된 시란 본래부터 타고난 성정을 자연스럽게 표출한 것으로 파악하였다. 그렇다고 그는 모든 시에 있어 정감만 자연스럽게 표현되었다고 긍정하지는 않았다. 시를 평가할 때 너무 지나쳤던 서위(徐渭)나 너무 관대했던 이어(李漁)를 선택하지 않고 그 중간을 택했던 것도 성령론이라 하여 모두 찬성한 것은

---

202) 李夏坤, 『頭陀草』 「珂雪齋文抄跋」, "中郎文章言論, 出自坡翁, 少修亦與子由, 有相類者, 眞大奇事. 噫! 若軾翁中郎者, 兄弟自爲知己, 文彩風流照映, 今古人生, 如蘇袁兩公, 卽亦快活事也."

203) 李用休, 『惠寰雜著』 「李華國遺草序」, "詩無不詩唐詩者, 近日之弊也. 效其體, 學其語, 幾乎一管之吹, 猶百舌終日嚶嚶, 無自己聲."

204) 李用休, 『惠寰雜著』 卷6 「題宋元詩鈔」, "唐宋詩, 譬如一星, 朝見曰啓明, 夕見曰長庚. 若元詩則星之流灼者. 世人不知, 妄生分別, 加伸抑焉, 可笑."

아님을 의미한다.205) 그는 "당이라 해서 높은 것도 아니며 한이라 해서 깊은 것도 아니니, 자신의 성정을 자신이 읊조린다네(唐不爲高 漢不深, 自家性情自家吟)."라고 하였다. 이처럼 자신의 성정을 그대로 드러내는 시문의 가치를 중요시했던 혜환은 남의 의견에 기대지 않고 자신의 주체성을 확보하려는 여항 제자들에게 많은 관심과 애정을 베풀었다. 아울러 진실한 정감을 발산하는 민요를 긍정한 것도 자연스러운 일이라 할 수 있다.206) 공안파가 자신의 성정을 드러낸 민간의 시가에 대해 주목을 했던 것과 차이는 없다.207)

결국 18세기에 진입하면서 주창되었던 성령론은, 시에서 체격과 성조를 중시하며 한위성당시(漢魏盛唐詩)를 지상의 과제로 삼는 모의주의적 시풍을 일신하고 온유돈후의 미학적 표준으로 하였던 종래의 진부하고 상투적인 창작태도에서 벗어나고자 했던 개성적인 시풍에 대한 모색의 결과였다. 이러한 개성적인 시풍은 19세기 중반의 추사(秋史)와 중인제자들에 의해 성령설(性靈說)로 정착되기도 하였다.

3) 신운론(神韻論)

중국의 시가 창작에서 신운(神韻)을 강조했던 이론을 일반적으로 신운론(神韻論)이라 한다. 그 대종(大宗)은 청나라의 왕사정(王士禎)

---

205) 李用休, 『惠寰雜著』 卷9 「題賞春詩軸」, "徐文長之評詩太刻, 李笠翁之評詩太寬, 老夫則斯二者折衷之."
206) 李用休, 『惠寰詩鈔』 「聞德順與幼選談詩, 老人動觀獵之, 戲作近體詩, 寄德順兼示幼選」.
207) 李用休, 『惠寰雜著』 卷9 「題賞春詩軸」, "徐文長之評詩太刻, 李笠翁之評詩太寬, 老夫則斯二者折衷之."

이다.208) 물론 그 이전에도 중국의 시학과 예술 일반에서 신운을 거론하였음은 주지의 사실이다. 신운은 그 개념이 모호함에도 불구하고 중국에서는 시학뿐만 아니라 예술 전반에 걸쳐 사용하였다. 왕사정 이전에 신운이라는 용어는 이미 천여 년의 역사를 갖고 인물을 논할 때나 혹은 그림을 논할 때 주로 사용하여 왔다. 최초로 문헌상에 실린 신운은 남조(南朝) 시기에 주로 인물 품평하는 의미로 쓰여 『남사(南史)』나 『송서(宋書)』 등에 보이고 있다. 이들 책을 보면 남조시대에는 신운이란 말이 보편적으로 사용되었다는 것과 그 쓰임새가 인물에 대한 품평 용어였다는 점이다. 이 시기에 신운과 유사한 뜻으로 풍운(風韻)을 쓰기도 했는데, 위진 시대에는 인물을 품평할 때 '운(韻)' 자만을 단독으로 즐겨 사용해 오다가 여기에 '풍(風)' 자를 첨가하여 그 의미를 더욱 확대하여 쓰기 시작하였다. 신운이 그림을 논한 용어로 쓰인 것은 남제(南齊) 사혁(謝赫)의 『고화품록(古畵品錄)』이 처음이라 할 것이다. 사혁은 고준지(高駿之)의 그림에 대해 평하면서 신운기력(神韻氣力)과 정치근세(精緻謹細)를 대립하여 논하였다. 신운기력은 전신(傳神)을 말하고, 정치근세는 형모(形貌)를 가리키는 것으로, 신운의 의미가 외형에 있는 것이 아니고 내면의 기품에 있다고 본 것이다. 그러나 여기서는 신운과 기력을 함께 열거해 아직 신운만의 독자적인 의미를

---

208) 왕사정(王士禎): 1634~1711. 청나라 시인. 자는 이상(貽上)·자진(子眞), 호는 완정(阮亭)·어양산인(漁洋山人)·시정일로(詩亭逸老)이다. 초명은 사진(士禛)인데, 사후에 세종(世宗, 옹정제)의 휘(諱)를 피하여 사정(士正)으로 고쳤다가 고조(高祖, 건륭제)가 사정(士禎)이라는 이름을 하사하였다. 시호는 문간(文簡)이다. 1657년(순치 16) 전시(殿試)에 급제한 후 65세에 정계에서 물러날 때까지 40여 년의 평탄하고 안정된 관직생활을 보냈고, 1711년(강희 50) 78세로 생을 마감하였다. 저서는 『어양산인정화록(漁洋山人精華錄)』, 『대경당전집(帶經堂全集)』 및 시가선편집으로 『당시신운집(唐詩神韻集)』, 『당현삼매집(唐賢三昧集)』 등이 있다.

밝히지는 못하였다. 당대 장언원(張彦遠)도 신운을 거론하였지만 사혁의 견해를 넘어서지는 못하였는데, 이미 화단에서는 신운을 전신의 표현 수법으로 널리 사용하고 있었다. 당대(唐代)의 '운(韻)'이란 대개 '시운(詩韻)'을 가리키는데, 사공도(司空圖)는 『시품(詩品)』에서 운에 대해 구체적인 언급을 하였다. 화론으로부터 의미를 빌려 시학 용어로 쓰게 된 것은 명대부터이다. 명대에는 많은 시론가들이 신운과 시의 관계를 밀접하게 연결시켜 시의 본질을 논할 때나 비평의 방법에 신운이란 말을 등장시켰다. 호응린(胡應麟)은 오언시를 말한 대목에서 성당시의 우수성을 신운과 기개에서 찾고 있다. 그는 오언율시를 말한 대목에서 격조와 신운의 의미를 확실히 드러내고 있다. 게다가 그는 왕사정이 시를 논할 때 쓰는 '삼매(三昧)'의 용어로 시를 평하였다. 명말 육시옹(陸時雍)은 그의 『시경총론(詩經總論)』 여러 곳에서 신운과 연결 짓는 시의 설법을 내포하고 있다. 그는 시의 문학적 가치를 심미적 예술 특징에 두고 있으며, 시의 본질적 요소에 운(韻)이 존재해야 함을 주장하였다. 또한 그는 '생운(生韻)', '생기(生氣)' 등의 용어를 신운과 같은 맥락에서 사용하여 신운에 대한 분석과 관념이 이미 왕사정과 상당히 접근하고 있다. 왕부지(王夫之)도 여러 차례에 걸쳐 신운을 논하였다. 이상을 살펴보면, 왕사정 이전에 나온 신운이란 개념은 시가 창작의 근본적인 문제에 대한 것이 아니라, 다만 형사(形似)와 대비되는 신사(神似)와 기운·풍신의 내용 정도로만 사용하고 있다는 점이다.[209]

왕사정은 신운이란 무엇이라고 정의를 내리지는 않고 『신운집(神

---

209) 금지아, 『신운의 전통과 변용』, 태학사, 2008.

韻集)』과 『당현삼매집(唐賢三昧集)』에서 신운을 구현한 작품을 뽑아 구체적인 사례들로 대신하여 제시하였다.210) 왕사정의 신운의 의미를 추적할 단서는 그가 신운을 간접적으로 지시하면서 언급한 흥취(興趣)·미외지미(味外之味)·언부진의(言不盡意), 그리고 왕유·맹호연·위응물의 특징으로 언급한 청(淸)·원(遠) 정도라고 한다.

이들에 대한 해석은 다양하지만 최근 왕몽구(王夢鷗)와 진우도(陳雨島)의 해석이 주목을 끌고 있다. 왕몽구(王夢鷗)는 신운이 엄우의 흥취설과 사공도의 미외지지(味外之旨)를 계승한 것으로 성령과 다른 것이며, 여기서 운(韻)은 여음(餘音)의 의미로서 의상(意象)에 연결된 별도의 가치라고 한다. 즉 신운은 언어가 가리키는 의상이 감상자에게 유발시킨 감정과 지각의 혼합물이라는 것이다. 진우도(陳雨島)도 왕몽구와 유사하게 신운이란 형사를 초월하여 자연에 내재한 정신이라고 보고, 언어로서는 전달될 수 없고 언어적 의상으로 구성된 시 전체에서 느껴지는 언외지미라고 하였다.

이로 보건대 신운은 다음과 같이 종합할 수가 있다. 첫째, 언어화로 가능한 지적 규정 너머에 있다(言外之意). 신운은 언어로 개념화할 수 없다. 둘째, 작가가 구상한 의상과 같이 감각적이지 않다(味外之味). 이 두 의미는 인식의 너머에 있다는 신(神)의 속성과 유사하다. 셋째, 신운의 운은 기상 혹은 골력과 같이 분명함 혹은 강함과 대비되어, 본래 음악적 율동성을 의미한다. 신운이 규칙의 유연한 흐름이라는 의미를 갖는다. 요약하면 신운은 맑음과 혹은 아득함과 같이, 시 안에 존재하지 않지만 시를 통해 촉발되어 감

---

210) 왕사정의 문집 속에 신운을 언급한 곳이 몇 군데 있지만, 이것은 그의 신운론을 정립하기 위해 쓴 것이 아니고, 구체성을 띤 용어로 전화된 것은 후인들에 의해서라는 지적이 지배적이다.

상자가 경험하는 여운의 미를 지시한다. 왕사정의 언급처럼 신운은 위진 시기 언부진의의 계보를 이어 언어로 정의되지 않는 미의 계보에 속한다.[211]

대부분 왕사정은 시를 비평하는 과정에서 신묘한 운치를 설명하고 있다. 그가 공감하는 시는 표현에 있어서 일종의 공적초일(空寂超逸)하며 경화수월(鏡花水月)하고 형태의 자취가 남지 않은 경지를 추구하였던 것이다.[212]

> 율구(律句)에는 신운이 자연스럽게 살려져, 모아서 만들어 낼 수 없는 것이 있다. 이를테면 고계(高啓)의 "흰 눈 아래 산들이 있어 다 성곽을 둘러싸고 있는데, 청명이 되어 집 생각 않는 나그네 없다(白下有山皆繞郭, 清明無客不思家)."와 조학전(曹學佺)의 "봄 경치 흰 눈 아래 많지 않는 날, 밤 달 비치는 황하의 몇 째의 물구비일까(春光白下無多日, 夜月黃河第幾灣)."와 이태허(李太虛)의 "철은 백로가 지났는데도 여전히 더위가 남아 있더니, 가을에 황주(黃州)에 와서 비로소 서늘함을 알게 되었다(節過白露猶餘熱, 秋到黃州始解涼)."와 맹가수(孟嘉燧)의 "과보강에 사람 없는데 희미하게 나무 있고, 말릉의 하늘 먼데 가을 아니 어울린다(瓜步江空微有樹, 秣陵天遠不宜秋)."가 그것이다.[213]

앞에서 언급했듯이 명대의 전후칠자의 복고주의 운동은 한위 시대나 성당 시대만을 시문의 최고의 범주로 삼았기 때문에 시풍이 천박하고 공소(空疎)하며 모방과 답습만을 일삼는 폐단을 노정하자

211) 정혜린, 『추사 김정희의 예술론』, 신구문화사, 2008.

212) 이경수, 『漢詩四家의 淸代 詩 受容 硏究』, 태학사, 1995. 그는 신운(神韻)을 신묘(神妙)한 운치(韻致)라는 의미로 사용하였다. 다시 말해 신묘한 운치는 엄우가 『창랑시화(滄浪詩話)』에서 투철한 깨달음, 입신(入神)의 경지, 흥취(興趣)의 세계로부터 그 개념을 끌어내어 선가(禪家)의 '오경(悟境)'에 시인의 '화경(化境)'을 비유하여 시선일치(詩禪一致)를 말한 것과 같다.

213) 王士禎, 『漁洋詩話』, "律句有神韻天然, 不可湊泊者, 如高季迪'白下有山皆繞郭, 清明無客不思家', 曹能始'春光白下無多日, 夜月黃河第幾灣', 李太虛'節過白露猶餘熱, 秋到黃州始解涼', 程孟陽'瓜步江空微有樹, 秣陵天遠不宜秋', 是也."

공안파의 비판을 받아 어느 정도 실책을 바로잡을 수 있었다. 그
런데 공안파의 시론도 문제점은 있었다. 그들의 시가 부박하고 비
천한 경향을 띤다는 것이다. 왕사정은 이 두 이론의 문제점을 교
정하고자 신운설을 주장하였던 것이다. 그는 시가 청원(淸遠)하고
충담(沖淡)하며 초일(超逸)한 방향을 나아갈 것을 주창하고, 표현상
에도 함축(含蓄)과 온자한 기풍을 담고, 흥회신도(興會神到)하거나
신회초묘(神會超妙)한 경지에서 나온 것을 요구하였다.214) 특히 그
는 사공도의 시론을 이상적으로 여겨 자주 언급하였다. "사공도는
시를 논함에 24가지 품격을 두었는데 나는 그중에서 '한 글자를
더하지 않고서 풍취를 다 얻는다(不着一字, 盡得風流).'란 여덟 글자
를 가장 좋아한다.215)"라고 하였다.216)

결국 왕사정이 말한 신운의 시는 '청원(淸遠)', '돈오(頓悟)', '묘
오(妙悟)', '미외미(味外味)', '준영초예(雋永超詣)', '천연불가주박(天
然不可湊泊)', '불저일자 진득풍류(不著一字 盡得風流)'와 '영양괘각
무적가구(羚羊掛角 無跡可求)', '일품(逸品)', '시선일치(詩禪一致)', '시
중유화(詩中有畵)' 등의 표현에 합치되는 시라 할 수 있다.217) 그리

---

214) 王士禎,『師友詩傳錄』. "詩有正味焉. 太羹元酒. 陶匏繭栗. 詩三百是也. 加籩折俎. 九
獻終筵. 漢魏是也. 庖丁鼓刀. 易牙烹飪. 禪薪揭芳. 朶頤盡美. 六朝諸人是也. 再進而
看蒸鹽虎. 前者橫吹. 後有侑幣. 賓主道廢. 大禮以成. 初盛唐人是也. 更進則施舌瑤
柱. 龍鮓牛魚. 熊掌豹胎. 猩脣駝峯. 雜然竝進. 膠牙蟄吻. 毒口螫腸. 如中晩玉川. 昌
谷玉溪諸君是也. 又進而正獻旣徹. 雜肴錯進. 芭糝藜羹. 薇蕨蓬藟. 矜鮮鬪異. 則宋元
是也. 又其終而社酒野筵. 妄擬堂庖. 粗糲大肉. 自名禁臠. 則明人是也. 凡此皆非正味
也. 總之, 欲知詩味. 當觀世運. 夫亦於此辨之而已矣."

215) 王士禎,『香祖筆記』권8. "表聖論詩. 有'二十四品'. 予最喜不着一字, 盡得風流八字."

216) 이런 경향 때문에 옹방강은 왕사정의 신운론이 다만 공적(空寂)만으로 신운이라 하고 스
스로 자신을 덮어 버렸다고 비판한다.

217) 일본학자 영목호웅(鈴木虎雄)은 신운시의 유형을 다음과 같이 정리하였다. 첫째, 심리상태
는 평정을 추구하는 것으로 바로 '충담(沖淡)'의 상태이다. 둘째, 시의 외계적 범위는 넓
고 아득함을 추구한다. 셋째, 물상의 인상(印象)은 분명하기를 바라면서도 망묘(茫渺)한

122

고 이런 의미에 부합되는 시를 써 온 대표적 시인은 맹호연(孟浩然)·위응물(韋應物)·왕유(王維)·배적(裴迪) 등이다.[218] 그래서 옹방강(翁方綱)은 「칠언시삼매거우(七言詩三昧擧隅)」에서 왕사정의 신운풍(神韻風)의 시를 다음과 같이 언급하였다.

　　왕사정(王士禎)이 『당현삼매집(唐賢三昧集)』을 편선하면서 李·杜를 기록하지 않은 것은 스스로 왕안석(王安石)의 『백가시선(百家詩選)』의 예(例)를 따른 것이라 말하나 그렇지 않다. 선생은 보통 때 왕안석의 『백가시선』을 좋아하지 아니하였거니와 좋아함과 싫어함이 사람의 성품을 거스른다고 생각하였으니 어찌 그 예를 모방할 리 있겠는가? 내 생각으로는 대개 선생의 뜻에는 사람들에게 말하기 어려운 것이 있었던 것 같다. 부득이 이렇게 말한 것일 뿐이다. 선생은 당대 현인들 가운데 유독 왕유(王維)와 왕창령(王昌齡) 이하의 여러 시인들만이 삼매(三昧)의 뜻을 얻었다고 칭송했다. 대개 충화담원(沖和淡遠)을 위주로 하고 웅지오박(雄鷙奧博)을 종지로 삼으려 하지 않았다. 만약 이백과 두보를 선정하더라도 그의 웅지오박한 풍격의 작품을 취하지 않으면 될 것이 아닌가? 선생의 의도를 살펴보건대, 선생은 이백과 두보를 시가의 전범으로 삼지 않을 수 없었지만, 심사숙고한 끝에 추구한 것은 오직 충화담원한 일파였다. 따라서 왕유의 먼 후예일 뿐 이백과 두보를 계승한 것은 아니다.[219]

이러한 왕사정의 신운론은 17세기 말 18세기 초의 김창협·김

것을 장려한다. 넷째, 계절과 시간은 봄보다는 가을, 낮보다는 밤, 아침보다는 저녁을 선호한다. 다섯째, 정도가 높지 않은 일체의 것을 귀하게 여긴다. 여섯째, '청원(淸遠)'한 시풍을 위주로 한다. 일곱째, 불즉불리(不卽不離) 곧 물상이나 심의(心意)에 얽매이거나 집착하지 않는 것을 강조하였다. 금지아, 『신운의 전통과 변용』, 태학사, 2008.

218) 이경수, 『漢詩四家의 淸代 詩 受容 硏究』, 태학사, 1995.

219) 翁方綱, 「七言詩三昧擧隅」, 『淸詩話』, "漁洋選『唐賢三昧集』, 不錄李杜, 自云倣王介甫『百家詩選』之例, 此言非也. 先生平日極不喜介甫『百家詩選』, 以爲好惡拂人之性, 焉有倣其例之理, 以愚竊窺之, 蓋先生之意, 有難以語人者, 故不得已爲此託詞云爾. 先生于唐賢, 獨推右丞·少伯以下諸家得三昧之旨. 蓋專以沖和淡遠爲主, 不欲以雄鷙奧博爲宗. 若選李杜而不取其雄鷙奧博之作, 可乎? 吾窺先生之意 固不得不以李杜爲詩家正軌也, 而其沈思獨往者, 則獨在沖和淡遠一波, 此固右丞之支裔, 而非李杜之嗣音矣"

창흡 형제의 시론에도 약간의 영향을 주었던 것으로 보인다. 농암은 「잡지외편(雜識外篇)」에서 전후칠자의 의고주의를 부정하면서 '신해묘오(神解妙悟)'를 언급하고 있다.[220] 농암은 시를 시인의 성정(性情)[情感]을 그려내고 사물을 다루는 것으로 설명하고 있다. 여기에서 농암의 신운론에 대한 이해나 수용은 쉽게 발견할 수 없음에도 불구하고 '자득(自得)'이나 '신해묘오'라는 용어의 사용을 단지 작가의 자아와 개성의 강조로만 설명하기에는 설명을 더 필요로 한다. 실제로 농암의 주장에서 신운론을 명확히 찾기는 쉬운 일이 아니지만 삼연(三淵)은 다르다. 그는 왕사정이 편집한 『고시선(古詩選)』을 정독하고 익혔다고 진술한다.[221] 그리고 삼연은 「만록(漫錄)」에서 시의 표현에 있어서 일종의 공적초일(空寂超逸)하며 경화수월(鏡花水月)하고 형태의 자취가 남지 않은 경지를 추구했던 왕사정의 신운을 그대로 언급하고 있다는 점이다.

> 송나라 때 정주(程朱)의 의리학(義理學)과 구소(歐蘇)의 문장학(文章學)이 모두 미묘하여 지극한 경지에 들어갈 수 있었기에 거의 유감이 없다. 다만 시학(詩學)만이 수백 년간 쓸쓸하여 사람들의 폐와 간에 들어간 것은 모두 시마(詩魔)일 뿐이다. 이른바 '경화수월'과 같이 영롱투철한 묘를 다시 간직한 자가 없었다.[222]

삼연이 시의 표현에 있어 경화수월을 강조하는 것은 신운을 자신의 시론에 중요한 요소로 삼고 있음을 의미한다. 당연히 그는

---

220) 金昌協, 「雜識外篇」, 『韓國古典批評論資料集』, 啓明文化社, 1988.

221) 金昌翕, 『三淵集』 「答朴泰觀」.

222) 金昌翕, 『三淵集』 「漫錄」, "宋時, 程朱之義理, 歐蘇之文章, 皆能入微造極, 始無餘憾. 而獨其詩學寥寥, 數百間, 入人肺脾者, 皆下劣詩魔. 所謂水月鏡花, 玲瓏透徹之妙, 無復存者."

맹호연·위응물의 산수시를 긍정하고 자신도 정감의 취미를 주로 하는 산수시를 개척하였던 것이다. 그 제자인 이병연(李秉淵)의 산수시가 전대의 진부함을 탈피했다는 평가처럼 왕사정의 영향을 발견할 수 있다고 한다.[223]

농암·삼연 이후로 신운을 자신의 시론과 시에 주창한 집단은 후기사가가 대표적인 경우이다.[224] 왕사정이 조선 후기에 본격적으로 소개된 것은 이덕무의 『청비록(淸脾錄)』일 것이다. 여기에 의하면 조선에 왕사정의 이름이 알려진 것은 『도곡집(陶谷集)』을 통해서인데, 왕사정은 『잠미집(蠶尾集)』의 저자라고 기록하고 있다. 또한 『청비록』에는 『대경당전집(帶經堂全集)』이 전파된 경위와 후기사가가 왕사정의 문학을 수용한 과정이 소개되어 있다.

> 『대경당전집(帶經堂全集)』이 우리나라에 들어온 것은 겨우 20여 년이되는데 수장하고 있는 집이 두세 집밖에 되지 않아 그것이 누구 것인지도 몰랐다. 내가 일찍이 남에게서 빌려 보았는데 그 넓고 커다란 것에 눈이 둥그레지고 입이 벌어져 늦게 보게 된 것을 한탄하였다. 이에 시를 지어서 '중국의 훌륭한 일 공연히 흠모하네. 왕완(汪琬)의 문필과 왕사정의시'라 하면서 유득공, 이서구, 박제가에게 자랑하고 과시하여 모두 눈과귀에 배도록 깊이 음미하여 널리 퍼지게 되어 천지간에 왕사정이 있는줄을 알고 점점 더 그를 추앙하게 되었다.[225]

---

223) 고연희, 「17C말 18C초 백악사단의 明淸文學 受容樣相」, 『동방학』 1집, 1996.

224) 혜환이 심사정(沈師正)의 그림을 보고 허만(許晩)의 『동유록(東遊錄)』을 설명하는 방식이 신묘한 운치를 설명하는 방식과 흡사하다. 李用休, 『惠寰雜著』 卷7「題許成甫東遊錄」, "余嘗夏日, 坐軒上, 忽奇峰萬疊湧現空際, 適雲遊僧至曰, 世間, 惟金剛山與之勞弊. 後得沈玄齋楓嶽圖, 乃信其言. 今覽許成甫『東遊錄』, 尤詳且明可喜. 譬之於人, 始則遇其貌類者, 中則見其寫照焉, 此卷, 乃并其家譜行錄者也. 然猶未覿面對晤, 是則留待他日耳."

225) 李德懋, 『청정관전서』 청비록 권3.

이덕무는 왕사정의 『대경당집』을 읽고 감회를 적은 「추일독대경당집(秋日讀帶經堂集)」이란 시를 남기고 있다. 그는 자신이 시에 탐닉하고 있음을 오히려 자부하면서 '서음(書淫)'이라 불러도 상관없다고 호언하면서 왕사정의 시를 부러워하고 있다. 이는 이덕무가 왕사정의 신운론을 이론적으로 가장 충실히 수용하여 비평하였다는 평가와도 무관하지 않을 것이다. 실제로 그는 왕사정의 신운설이 도입된 경위를 비교적 자세하게 알고 있었는데, 아울러 그의 시에 드러난 미적 특성을 '청수한아, 담정유려(淸秀閒雅 澹靜流麗)'라고 언급하고 있다.

> 나는 왕사정의 시를 매우 좋아하였다. 일찍이 생각하기를, "대명(大明) 삼백 년 동안 이러한 바른 소리가 없을 뿐만 아니라 송·원으로 올라가 찾아보더라도 그 짝이 매우 드물다. 비록 그 위 당시가 극성하던 때로 올라가 보아도 반드시 잠삼·저광희·위응물·맹호연 아래에 놓이지 않는다."라고 하였다. 시를 제대로 아는 자들이 나의 생각을 지나치다 하지 않을 것이다.[226]

일찍부터 사가들은 왕사정 신운시의 선적취향(禪的趣向)을 수용하여 시에서 자연의 묘리(妙理)를 구현하려고 하였다. 물론 이들이 신운풍의 시가 빠져드는 공소함을 극복하고자 신기(新奇)를 추구하고 조구(造句)의 공교함을 추구하였던 것이 사실이지만 신운론의 영향은 대단했다. 이서구(李書九)의 다음과 같은 진술은 그가 얼마나 왕사정의 시와 시론에 몰입하고 있는지를 단적으로 보여주는 것이다.

---

226) 李德懋, 『청정관전서』 청비록 권3.

이서구는 말한다. "우리나라 사람은 마음이 거칠고 안목이 좁아서 대개 시를 제대로 알지 못한다. 청나라 사람에 이르러서는 시인의 어짊과 시의 높낮이를 묻지 않고 그냥 '호인(胡人)' 두 글자로 말살하고 만다. 만약 이렇게 한다면 당모(棠模)와 조맹부(趙孟頫)·오사도(吳師道)·양재(楊載) 같은 이도 중국 시단의 종주가 되지 못하고 끝내 몽고와 여진의 출신임을 면치 못할 것이다. 따라서 두 나라의 거리가 지극히 가까운데도 이제까지 왕사정이 어떤 사람인 줄도 알지 못한다. 가령 왕사정이 만주 출신이라 팔기(八旗)에 소속되어 있다 할지라도 시를 잘하면 그의 시를 아끼면 될 뿐이다. 이를 오랑캐라고 배척하여 시까지도 그렇게 할 필요가 있겠는가?"227)

여기서 '동국(東國)의 왕사정(王士禎)'이라 불린 이서구는 왕사정의 시가 오랑캐인 청에서 나왔다고 하더라도 반청의 명분 때문에 그의 시까지 거부할 필요가 없다고 하였다. 이와 같은 이서구의 생각은 청조의 문물을 수용하자는 북학론(北學論)과 동궤(同軌)의 논리라 할 수 있다. 당시 후기사가는 의고주의적 시풍을 일소하려는 개성주의적 시풍에 동조하여, 성령론뿐만 아니라 신운론을 수용하고자 하였던 것으로 보인다.

후기사가의 비평자료 중 신운론과 관련이 있는 부분들을 보면 신운의 내용이 독자적인 이론체계를 구비한 것이 아니라 단편적으로 언급된 것들이고, 다기한 수용과 해석의 양상을 띠고 있음을 부인할 수는 없다. 다만 중국 신운론의 성과를 수용하여 시문창작의 새로운 방향을 추구하려던 노력의 일환임을 확인할 수 있다는 점이다.

조선에서 왕사정 문집이 들어오기 전부터 신운은 하나의 인물품평 용어로 사용되었다. 즉 작가의 독특한 정신적 풍모, 기풍을 뜻

227) 李德懋, 『청정관전서』 청비록 권3.

한다. 신운은 인간의 외면으로 풍기는 정신적 기품이니, 사람을 그
릴 때 대상의 내면적 정신까지도 표현할 것을 요구했던 전신과도
통한다. 이것이 시를 포함한 서화 일반의 심미적 특징을 해명하는
비평용어로 축소·변이되어 작품의 생기(生氣), 그리고 함축적 여
운이 복합된 개념으로 쓰였다.

후기사가가 왕사정 문집과 그 시학을 수용한 이후, 시론상의 특
정한 함의로서 인식되어 왔다. 준영초예(雋永超詣), 청수한아(淸秀閒
雅), 담정유려(澹靜流麗), 신운수일(神韻秀逸) 등 신운을 예술적 풍격
으로 이해한 것이다.

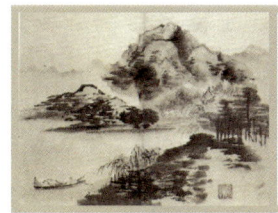

Ⅳ. 18세기 서와 서론

1. 서체의 경향

18세기 서단은 임란 이후의 쇠퇴한 서법을 일신하고 여러 독창적인 서가(書家)의 활약으로 놀랄만한 수준의 서체를 확립하였다.[228] 이른바 동국진체라 불리는 이서의 옥동체나 이광사의 원교체뿐만 아니라 윤순(尹淳)의 시체(時體), 김상숙(金相肅)의 직하체(稷下體), 이인상(李麟祥)의 원령체(元靈體) 등이 세상을 풍미하였던 것이다.

또한 자신의 서체로는 알려지지 않았지만 명인(名人)의 서체에 방불하였던 서가들도 있다. 서얼 출신의 이태(李泰)는 종요(鍾繇)・왕희지(王羲之)・안진경(顏眞卿)・유공권(柳公權)・소식(蘇軾)・조맹부(趙孟頫)・문징명(文徵明)・동기창(董其昌) 등의 서체를 쓰면 꼭 닮았으며, 과장(科場)에서 사람들이 한체(韓體)를 원하면 한체로 쓰고, 시체(時體)를 원하면 시체로 써 주었다고 한다.[229]

---

228) 임란 이후부터 영정조까지 서법이 쇠퇴한 시기로 설정하고 있다.
　　任昌淳,「韓國의 書藝」,『韓國美術全集・書藝』11, 동화출판공사, 1975.
　　任昌淳,「韓國書藝槪觀」,『書藝』, 중앙일보사, 1981.

이처럼 여러 서가들이 자신의 서체를 이루거나 명인의 서체를 흡사하게 쓴 사실은 시대의 흐름과 무관하지 않을 것이다. 우선 17세기 중·후반부터 증대된 생산력과 상품화폐경제의 진전으로, 특히 서울의 도시적 번영으로 문인층의 탈속·심미적 취향이 확산되고, 이런 문인취향을 즐길 수 있는 처지가 된 기술직 중인이나 경아전(京衙前)·부민(富民) 등이 더욱 많은 서예의 수요층을 형성했기 때문이다. 다음으로 명·청의 탈속적 문인문화가 빈번하게 알려졌다는 점이다. 즉 중국의 문인들은 도시와 근교에 있는 자신의 서재나 정원 또는 정자에서 향을 피우고 차를 마시며 시문·서화를 즐기고, 기물·고동을 수집하고 완상하는 취미를 일상생활로 향유하면서 정신적 쾌락과 낭만적 해탈을 추구하였던 것이다.

따라서 이 시기의 서가들의 서체에서 탈속·심미적 취향을 발견하는 일은 흔한 일이다. 서체의 탈속·심미적 취향은 외견상으로 왕희지의 법첩(法帖)을 직접 표준으로 삼아 학습하는 경우와 시대마다 왕희지체를 재창조한 안진경·유공권·소식·조맹부·문징명·동기창 등의 서체를 선택하여 학습한 경우로 대별된다. 전자는 옥동(玉洞)·백하(白下)·원교(員嶠) 등으로 이어지는 동국진체이고, 후자는 엄한붕(嚴漢朋)·이태(李泰)·강세황(姜世晃)·조윤형(曹允亨)·김상숙(金相肅)·이인상·황운조(黃運祚) 등이다.

우선 왕희지의 법첩을 직접 학습한 옥동·백하·원교의 동국진체가 있다. 이들은 올바른 서체를 얻으려면 이미 유행하고 있던 촉체(蜀體)·한체(韓體)로써는 어렵기 때문에 직접 왕희지의 법첩을

229) 李奎象, 『18세기 조선 인물지·幷世才彦錄』「書家錄」, 민족문학사연구소한문분과 옮김, 창작과비평사, 1997.

통한 학습을 강조하였던 것이다. 이를 위해 가능한 왕희지의 진적에 가까운 법첩을 구득하고자 하였고, 자신들이 가장 최선의 법첩이라 믿었던 것을 기준으로 왕희지체를 구현하고자 하였다. 결국 옥동과 원교는 천부적인 능력과 각고의 노력으로 동국진체를 완성하게 되고, 이들의 서체가 당대의 서단을 장식하였던 것이다.

옥동(玉洞) 이서(李漵)는 해서와 초서에 특장(特長)이 있는데, 그 글씨는 기력이 크다는 평가를 받았다.230) 그는 역학원리(易學原理)를 바탕으로 『필결(筆訣)』을 남긴 서가이다. 기본적으로 그는 왕희지의 법첩을 절대적으로 확신하고 있었던 듯하다.231) 오직 왕희지의 글씨에 매료되었던 옥동은 모든 규범을 왕희지로부터 시작한다. 「논고서(論古書)」나 「논맹부(論孟頫)」에서 오직 왕희지만이 득중(得中)을 얻었다고 강조하고, 『논어(論語)』의 "행할 만하면 행하고 그칠 만하면 그친다."라는 구절로 거듭 왕희지를 칭송하고 있다.232)

이처럼 옥동이 왕희지의 법첩을 규범으로 삼는 일은 새로운 서

---

230) 이서(李漵): 1662~1732. 본관은 여주, 자는 징지(澄之), 호는 옥동(玉洞)·옥금산인(玉琴散人), 사시(私諡)는 홍도선생(弘道先生)이다. 그의 나이 21세 되던 해(1682) 생부 이하진(李夏鎭, 1629~1682)이 적소(謫所)인 평안도 운산(雲山)에서 타계하자 관계로의 진출을 포기한 채 학문에 전념하였다. 30세가 넘어 학문과 덕망으로 명성이 높아지자 당시의 상신 최석정(崔錫鼎, 1646~1715)과 유신 박세채(朴世采, 1631~1695) 등이 조정에 천거하여 기린찰방(麒麟察訪)에 임명되었으나 출사하지 않았다. 그가 62세로 별세하자 수백 명의 제자들이 사시(私諡)할 것을 의논하여 식산 이만부(李萬敷, 1664~1732)의 제의에 따라 '홍도(弘道)'라고 하였다. 저서는 『홍도선생유고(弘道先生遺稿)』가 있다.

231) 『弘道先生遺稿』「筆訣·辨正法與異端」, "正字始於程邈, 盛於鍾繇·衛夫人, 至於王羲之而大成, 自後衰矣. 行書盛於鍾繇, 至羲之而亦大成, 又有王洽·獻之, 又有唐太宗·虞世南·褚遂良·米芾之流. 草書始於張芝, 亦至於羲之而大成, 自後亦衰矣. 一自狂僧, 亂眞草法尤衰矣."

232) 『弘道先生遺稿』「筆訣·辨正法與異端」, "正字始於程邈, 盛於鍾繇·衛夫人, 至於王羲之而大成, 自後衰矣. 行書盛於鍾繇, 至羲之而亦大成, 又有王洽·獻之, 又有唐太宗·虞世南·褚遂良·米芾之流. 草書始於張芝, 亦至於羲之而大成, 自後亦衰矣. 一自狂僧, 亂眞草法尤衰矣."

체를 개발하기 위한 탐색의 결과이다. 그는 당시 일반적으로 글씨를 학습하는 사람들이 중시하였던 송·원대의 서체를 탈피하여, 그 시대를 소급하여 위진의 서체를 연구하는 길만이 현실의 고답적인 서체를 돌파할 수 있는 방법임을 알았던 것이다. 이렇게 현실의 문제를 개조하기 위한 방법으로 시대를 거슬러 올라가 좀 더 근본적인 규범을 찾으려는 경향은 오히려 한국적인 특성이 강한 동국진체를 완성할 수 있는 계기를 마련해 주기도 하였다.

이러한 옥동의 동국진체는 백하(白下) 윤순(尹淳)의 서체에서 구현되고 있다.233) 당대 백하의 글씨는 일세의 변화를 일으켰는데, 이 때문에 그가 익혔던 왕희지의 「황정경(黃庭經)」·「유교경(遺教經)」·「조아비(曹娥碑)」·「삼장성교서(三藏聖教序)」 등은 거의 집집마다 수장하여 연경의 서사에서 그 값이 천정부지로 치솟았다고 한다.234) 백하의 글씨는 이규상(李奎象)의 『병세재언록(幷世才彦錄)』「서가록(書家錄)」에도 자세하다.

> 그의 글씨는 천부적인 재질로 획과 결구[짜임새]가 매우 아름다워 마치 봉황이 춤추고 구슬이 찬란하게 빛나는 듯하니, 우리나라 100여 년간의 글씨 가운데 으뜸이다. (중략) 윤순은 비로소 순전히 왕희지의 서첩인 『유교경』·『황정경』을 본받았는데, 그가 임모해 낸 것은 어느 것이 왕희지의 글씨이고 어느 것이 백하의 글씨인지 분별할 수 없을 정도였다. 그의 서법은 방법(方法)이 적고 원법(圓法)이 많아서 사람을 감동시키는 것이 전적으로 그 자태에 있다. (중략) 세상에 전하는 이야기에 의하면, 백

---

233) 윤순(尹淳): 1680~1741. 본관은 해평, 자는 중화(仲和), 호는 백하(白下)이다. 1713년 (숙종 39) 문과에 급제하여 벼슬은 이조판서에 이르렀다. 글씨에 뛰어나 원대 미불의 서체를 토대로 명대 문징명을 수용하여 동국진체를 열었다는 평을 받는다.

234) 趙龜命, 『東谿集』, "嘗見朴士安誌, 載士安筆法魯公. 當時學書者, 多慕效之, 燕肆魯公帖, 爲之價貴. 然未必如今之尹尙書之驅變一世也. 黃庭·遺教·曹娥·三臟, 殆家藏之. 未知燕肆諸帖之價, 翔貴如何爾."

하는 "처음으로 글자 쓰기를 배우는 아이가 처음 글씨를 쓰는데 하늘 천
자의 모양을 다 이루면 명필이 될 것이요, 반쯤 이루면 과장(科場)의 명
지(名紙)는 충분히 써낼 수 있을 것이요, 전혀 이루어 내지 못하는 아이
는 까마귀나 그릴 붓[塗鴉筆]에 그칠 것이다."라고 하였다고 한다. (중략)
백하의 글씨가 세상에 유행된 이후로 사대부·여항·시골 사람들이 모두
휩쓸려 추종하지 않는 자가 없었다. 그래서 시체(時體)라 이름하였는데,
과거장의 글씨는 이 서체가 아니고는 내놓을 수 없었다. 이광사체가 나온
이후에 비록 그 습속이 조금 분산되었으나, 그러나 한 시대를 휩쓸었던
여파로 말미암아 그 영향력이 아직 우리나라 전 지역을 감싸고 있다. 이
광사체는 굴강하여 비록 소동파와 미불의 글씨를 익혔어도 그 근본은『난
정첩』과『성교서』에서 나온 것으로 윤순과 대동소이하다. (중략) 고려조 이
후로는 안평대군·한석봉·윤백하·이원구가 앞사람이 갔던 길을 이었다
고 할 수 있다.235)

이처럼 백하의 서체가 사대부·여항·시골 사람들이 추종하지 않
는 자가 없을 정도로 유행하여 심지어 그의 서체를 '시체(時體)'라
고 부르기도 하였다. 일반적으로 옥동의 동국진체는 백하 윤순에게
전해져서 원교 이광사에게 전해졌다고 한다. 그런데 동국진체가 백
하에 이르러 변화의 과정을 겪는데, 옥동이 표방한 동국진체의 고
유색이 명조풍(明朝風)의 중국색으로 변질되는 것은 백하가 그 원
인이고, 이를 원교에게 전해 주었다는 것이다.236) 이런 주장과 달
리 이규상은『병세재언록』「서가록」에서 백하의 글씨가 이왕(二王)
을 꼭 닮았고 이광사는 왕희지의 법첩을 학습하면서 소식·미불의
글씨를 배합하였다고 한다.

대개 그의 글씨를 놓고 윤백하와 서로 우열을 다투는데, 어떤 사람은

---

235) 李奎象,『18세기 조선 인물지·幷世才彦錄』「書家錄」, 민족문학사연구소한문분과 옮
김, 창작과비평사, 1997.
236) 최완수,「한국서예개관」,『간송문화』33호, 1987.

이광사가 낫다고 하고, 어떤 사람은 윤백하가 낫다고 한다. 그는 글씨를 윤백하에게서 배웠는데 서법은 약간 다르다. 윤백하는 전적으로 구결을 위주로 하고 이광사는 전적으로 획을 위주로 하였다. 윤백하는 방법보다 원법을 즐겨 구사하고, 이광사는 원법보다 방법이 많다. 윤백하의 글씨는 자태가 좋고 이광사의 글씨는 기세가 좋다. 윤백하는 이왕을 꼭 닮았으며, 이광사는 『난정첩』과 『성교서』를 근본으로 하면서 소동파와 미남궁을 배합했다.[237]

　당대 사람들은 백하가 왕희지의 법첩을 철저하게 따르고, 원교는 왕희지의 법첩만이 아니라 다른 법첩을 배합했다고 언급하는 것은 두 사람의 글씨에 명백한 차이점이 있기 때문이다.[238] 이는 후일에 원교가 한위(漢魏)의 중비(衆碑) 학습에도 열중하는 자세에서 알 수 있듯이 올바른 서체를 찾기 위한 피나는 노력의 결과인데, 그는 백하를 딛고 옥동의 동국진체를 계승하고 있다.[239]

　원교(員嶠) 이광사(李匡師)는 『필결』에서 왕희지의 법첩에 대해 치밀한 분석을 가하여 자신의 서법을 세웠지만, 한편으로는 자신이 근본으로 삼은 왕희지의 법첩이 진본일 수 없음을 깨닫고 한위의 중비를 학습하여 새로운 글씨를 완성하였다.[240] 다음의 글은 원교

---

237) 李奎象, 『18세기 조선 인물지·并世才彦錄』「書家錄」, 민족문학사연구소한문분과 옮김, 창작과비평사, 1997.

238) 당대의 사람 중에서는 원교의 글씨가 기(氣)를 숭상하는 것으로 파악하였다. "또 어떤 사람이 전하는 말로는 '도보(道甫)가 글씨를 쓸 때에 노래하는 사람을 세워 두고, 노랫가락이 우조(羽調)일 경우에는 글씨도 우조의 분위기로 썼으며, 노랫가락이 평조(平調)일 경우에는 글씨에도 평조의 분위기가 서려 있었다.'고 한다. 그러한즉 그의 글씨는 기를 숭상한 것이 아닌가 한다."

239) 趙龜命, 『東谿集』「題文徵明書帖」, "弇州稱, '文太史, 不爲人作書畫者三, 諸王·中貴人及外夷也', 今其遺墨, 流布於海外者甚多, 得無乖於平生之守歟! 余謂率公之義, 今天下盖無片土, 可以安公之書畫者, 不左衽而誦大明, 惟我東其庶焉. 公而有知, 當驅六丁, 收遍天下所珍藏而歸之, 而後已也."

240) 이광사(李匡師): 1705~1777. 본관은 전주, 자는 도보(道甫), 호는 원교(員嶠)·수북(壽北)이다. 그가 23세 되던 해(1727) 유배지에서 돌아온 부친이 병사하고 26세 되던 해(1730)에는 이인좌의 난에 연루된 백부가 옥사하자 그는 관계로의 진출을 포기하고 학문

가 백하의 문하에서 왕희지의 법첩을 익혔던 초년의 글씨에 대한
평가다.

> 원교 이광사의 글씨는 처음에는 백하 윤순으로부터 배웠으나, 이윽고
> 스스로 문호(門戶)를 개척하여 한 시대에 명성을 떨쳤다. 윤순은 일찍이
> 그가 초년에 쓴 글씨를 평하기를 "우리나라 수천 년 역사에 일찍이 없었
> 던, 바로 중국에 가져다 놓으면 마땅히 왕희지가 활동하던 위진 시대에
> 해당시켜야 할 정도로서 당송 이후로는 이와 견줄 만한 것이 없다."라고
> 하였다. 비록 지나친 칭찬에 속한다 하더라도 재능과 학습이 매우 뛰어났
> 음을 알 수 있다(『금화경독기(金華耕讀記)』).[241]

이처럼 초년부터 원교의 글씨는 스승인 백하의 글씨와 우열을
다툴 정도가 되었다. 원교가 글씨로 스스로 문호를 열자 많은 사
람들이 그의 글씨를 받는 것을 영광으로 생각하여 구하고자 하였
고, 글씨를 받기 위해 모여드는 사람으로 집 앞에는 서장(書場)이
생길 정도였다고 한다. 이와 같이 원교의 글씨가 명성을 얻자 말
년에 신지도에서 귀양살이 할 적에도 섬의 진장(鎭將)들이 글씨를
사가 생활이 유족할 정도였다.

> 그가 신지도에서 귀양살이할 때는 섬의 진장이 글씨를 얻어서 서울에
> 올라가 후한 값을 얻었다. 어떤 사람이 귀양살이하는 그의 벽장 속에 좋
> 은 벼루와 기이한 술잔 등이 가득한 것을 보고 괴이하게 여겨 그 까닭을
> 물으니, 그는 대답하기를 "진장이 항상 이런 것으로 내 글씨를 사간다."

과 서화에 침잠한다. 51세 되던 해(1755)에 소론에 속한 윤지(尹志, 1688~1755) 등이
노론을 제거하려는 목적으로 나주괘서사건을 일으켰고, 평소 윤지와 서찰을 주고받았던 그
는 이 서신으로 말미암아 함경도 부령으로 유배되었다. 그가 친국을 받을 때 원교의 부인
유씨(柳氏)는 남편이 참형을 받을 것이라는 소문을 듣고 목매어 자살하였다. 함경도에서
유배하다가 1762년(영조 38) 전라도 신지도로 이배되어 23년간의 유배생활 끝에 유배지
에서 생을 마쳤다.

241) 徐有榘, 『林園經濟志』「怡雲志」.

라고 하였다.[242]

다음으로 동국진체와 달리 자신의 서체로 알려진 엄한붕·이태·강세황·조윤형·김상숙·이인상·황운조 등이다. 이들은 시대마다 왕희지체를 재창조한 안진경·유공권·소식·조맹부·문징명·동기창 등의 서체를 선택하여 학습한 경우이지만, 일정한 정도로 왕희지의 법첩을 학습하기도 하였던 것도 사실이다.

동계(東谿, 조구명)는 뛰어난 감상가로 「제종씨가장유교경첩(題從氏家藏遺敎經帖)」(1730)에서 이런 입장을 이론적으로 잘 대변하고 있다.[243] 우리의 서체가 대략 세 차례나 변화를 겪었는데, 국초(國初)에는 촉체(蜀體, 조맹부체)를, 선·인조 이후로는 석봉체(石峯體)를, 지금은 진체(晉體, 왕희지체)를 배운다고 하였다.

> 우리나라 서법은 대략 세 차례 변하였다. 국초에는 촉체(蜀體)[송설체, 조맹부]를, 선조·인조 이후에는 한체(韓體)[석봉체, 한호]를, 근래에는 진체(晉體, 왕희지체)를 배워, 짜임새와 법도가 점점 나아졌으나 골기(骨氣)는 쇠약해졌다. 요즘 쓰는 진체는 변화를 모색하여 얼른 보기에는 중국과 핍진하지 않음이 없는 듯하지만, 그 실제 모습은 눈썹과 머리털만 흉내 낸 것이다.[244]

이미 서단의 대세는 진체임이 틀림이 없다. 그런데 흥미롭게도 동계는 진체를 따라 직접 학습한 사실이 그렇게 좋은 결과만은 아

---

242) 李奎象, 『18세기 조선 인물지·并世才彦錄』「書家錄」, 민족문학사연구소한문분과 옮김, 창작과비평사, 1997.

243) 감상가는 서예에 대한 독창적인 표준을 세운 서가(書家)와는 다르지만 자신만의 표준으로 서예를 이해하고 감상하여 자신의 견해를 진술했던 부류를 말한다.

244) 趙龜命, 『東谿集』「題從氏家藏遺敎經帖」五則, "我朝書法, 大約三變. 國初學蜀, 宣仁以後學韓, 近來學晉, 規模漸勝, 而骨氣耗矣. 今之晉體, 究極變態, 驟見之, 未有不以爲逼肖中華, 而其實摸擬眉髮."

니라고 한다. 실제로 그가 왕희지의 법첩을 학습하는 일에 철저하게 의문을 제기하지는 않았지만 후대의 조맹부·문징명 등을 혹애(酷愛)한 점이 어떤 상관이 있는지는 좀 더 고찰이 필요한 부분이다. 다만 여기서는 그가 시간이 흐를수록 서체의 규화(規矱)은 점점 나아졌지만 골기(骨氣)는 약해졌다고 말한 것과 지금의 진체는 외견상으로는 중국의 글씨와 비슷하나 미발(眉髮)을 모사한 것에 불과하다고 지적한 부분이 조맹부의 서체를 규범으로 하고 있다는 점이다. 동계는 「제황고산묵적(題黃孤山墨蹟)」에서도 조맹부의 '용필은 천년토록 쉽지 않다(用筆千古不易).'를 반게어(半偈語)라고 칭찬하면서 고인의 글씨를 학습할 때는 응신묵회(凝神黙會)가 필요하며, 왕희지체의 규범을 숭상하는 것이 더욱 중요하다는 입장이다.[245]

그러므로 동계는 왕희지의 법첩을 맹신하는 세태에 대해 수긍할 수가 없었다. 세상에 유통되는 이른바 「유교경(遺教經)」은 낮은 수준의 법첩인데도 사람들은 우군(右軍, 왕희지)의 글씨라는 이유로 주목하는 일이 비일비재하다는 것이다.[246] 이는 문학과 서화에 탁월한 안목을 지녔던 동계가 당시 유행하던 왕희지의 법첩보다는 후대의 서가로부터 더 많은 것을 배울 수 있음을 체득하고 있었기 때문이다.

다음은 백하 윤순의 글씨를 평가하면서 서체(書體)와 풍기(風氣)를 관련하여 언급하고 있는 글이다.

---

245) 趙龜命, 『東谿集』 「題黃孤山墨蹟」, "欲學古人書, 但凝神黙會其用筆法, 用筆之法, 一致而百慮悟, 於此便可奪胎換骨, 不須臨帖也. 松雪謂'用筆千古不易', 乃半偈語爾. 雨中對薔薇花, 展載五所藏孤山墨蹟, 題."

246) 趙龜命, 『東谿集』 「題從氏家藏遺教經帖」, "今之晋體, 究極變態, 驟見之, 未有不以爲逼肖中華, 而其實摸擬眉髮. 每覽羅麗間書, 運筆結搆, 精爽遒緊, 殆不知風氣之隔於海外, 然後覺末世沾沾訾前者, 類皆妄見耳. 治道文體之變, 何以異此?"

백하의 서첩을 열람하면 직방(織坊)에 들어간 것 같아서 비단이 색색마다 신교(新巧)함을 보게 된다. 우리나라 명필은 마땅히 세 사람을 들 수 있으니, 안평대군은 정신이 뛰어나고 석봉은 기력이 웅혼(雄渾)하고 백하는 법과 변태로써 필적한다. 시에는 읍취헌(挹翠軒, 朴誾)과 소재(蘇齋, 盧守愼) 삼연(三淵, 金昌歙)이 있고, 문에는 간이(簡易, 崔岦)와 계곡(谿谷, 張維)과 농암(農巖, 金昌協)이 있어, 삼예(三藝)가 모두 정족(鼎足)이 되니 거의 동방의 목삼수(木三數)에 부합됨이 있다. 백하는 법에 깊었으나 오로지 송·명에서 취재(取裁)하였다. 그 문은 한(漢)을, 시는 당(唐)을 본받고자 하였으니, 다만 그 스스로 헤아리지 못함을 알 수 있다. 매양 중국의 글씨는 가늘면서 길고 오른쪽이 실(實)하여 백가(百家)가 한 법인데, 윤순의 글씨는 짧으면서 활달하고 왼쪽이 넘침이 있으니, 이것이 그 합당하지 않은 점이다. 중국 사람의 선적(善蹟)은 짜임새가 긴밀하고 필세가 활발하여 마치 연기가 올라가고 구름이 끌리는 것 같은데, 백하의 글씨는 비록 좋으나 함께 열람하면 오히려 세속에 떨어진 것 같으니, 이는 마땅히 풍기(風氣)[환경]의 한계이다.[247]

　　중국의 글씨는 섬장(纖長)하고 우실(右實)하여 백가(百家)가 일률(一律)인데, 윤순의 글씨는 단활(短闊)하고 좌영(左贏)하여 합하지 않는 점이 있다. 더욱이 중국의 선적(善蹟)은 결구(結構)가 긴밀하고 필세(筆勢)가 활발하여 마치 연기가 끼고 구름이 끌리는 것 같고, 백하의 글씨는 비록 뛰어나지만 함께 살펴보면 격진(隔塵)하는 것 같으니 풍기의 한계라는 것이다. 이 점은 「제황고산묵적(題黃孤山墨蹟)」에서도 확인된다. 신라·고려의 글씨에 있어서 운필(運筆)과 결구가 정상주긴(精爽遒緊)함을 간취하고 우리의 풍기[환경]가 중국과 다름을 알지 못하는 사람이 전대를 경박하게 헐뜯는 것을

247) 趙龜命,『東谿集』「題白下書帖」六則, "覽白下帖, 如入織坊, 閱文錦色色新巧. 我朝名筆, 當推三大家. 安平精神超詣, 石峰氣力雄渾, 白下故當以法與變態敵爾. 詩有挹翠·蘇齋·三淵, 文有簡易·谿谷·農巖. 三藝俱成鼎足, 殆亦有符於東方木三數歟. 白下深於法矣, 而專取裁於宋明, 彼文欲漢, 而詩欲唐者, 多見其不自量也. 每見華人筆, 纖長而右實, 百家一律, 尹筆短闊而左贏, 此其不合處爾. 華人善蹟結搆緊, 而筆勢便活, 如煙霏雲曳, 白下書雖佳, 竝覽之, 猶似隔塵, 當是風氣之限耳."

망견(妄見)임을 지적하고 중국이나 우리의 글씨가 세월이 흐를수록 쇠락해짐을 말하고 있다.[248]

　이처럼 동계가 서체와 풍기를 관련짓는 것은 '심획론(心劃論)'에 견인되고 있기 때문이다. 일찍이 양웅(揚雄)이 글씨에는 표의서정(表意抒情)의 성질이 다 갖추어져 있다는 심획론을 주장하였다. 이후 악가(岳珂, 1183~1234)는 서법이 비록 일예(一藝)이지만 사람의 품격정신을 근본으로 하기 때문에 인품이 높을수록 서법의 격이 높아진다고 하였다. 이는 서가의 품행과 절의(節義)가 서법을 이끄는 작용이 되는 것으로, 서법에는 서가의 학문과 정치적 식견이 재현될 수밖에 없다는 입장이다. 그가 글씨를 논할 적에 사람을 근본으로 하고 스스로 자신의 흉억(胸臆)에서 나올 것을 요구하기 때문에 '천진(天眞)'의 문제가 제기된 것이다. 천진이 함의하는 바는 순수하게 자연에 맡겨 어떠한 규칙이나 제약에서 벗어나며 억지로 조작하는 서풍(書風)을 반대하고, 글씨를 쓸 때에 신운천연(神韻天然)의 미를 구현하는 것이다. 그러나 신운천연은 정신해칙(精神楷則)으로 귀결되어야 한다. 그가 말한 정신해칙은 서가의 심지수양(心志修養)과 학문공력(學問功力)을 포함하는 것이다. 글씨의 신운(神韻)은 심(心)에서 얻어지지만 글씨의 법도(法度)는 학문을 바탕으로 한다는 언급에서 자명해진다.

　결국 이러한 심획론을 수용한 동계는 글씨에서 사람의 품격정신을 요구하고, 더 나아가 환경의 문제를 관련지어 거론하고 있다. 그가 우리의 환경이 왜 글씨의 대가를 배출하기에는 어려운지를

---

248) 趙龜命, 『東谿集』「題從氏家藏遺敎經帖」 五則, "每覽羅麗間書, 運筆結搆, 精爽遒緊, 殆不知風氣之隔於海外, 然後覺末世沾沾訾前者, 類皆妄見耳. 治道文體之變, 何以異此?"

자세히 언급하고 있지 않기 때문에 확인할 길이 없다. 다만 중국 사람들이 서화를 평가할 적에 종종 합당하지만 서호(徐浩)가 석봉의 글씨를 갈기(渴驥)와 같다고 평가한 것이 잘못이라는 언급에서 알 수 있듯이 전체적으로 우리나라 서가의 심지수양과 학문공력이 부족하다는 사실 때문인 듯하다.[249]

앞에서도 이 시기에 동국진체 이외에도 개성적인 서체로 이름난 서가들을 언급하였다. 그들은 엄한붕·이태·강세황·조윤형·김상숙·이인상·황운조 등으로 주목을 요한다. 엄한붕은 초서와 예서로 뛰어났으며 쌍구확전(雙鉤廓塡)을 잘하여 손수 고금의 서법을 임모하여 『집고첩(集古帖)』이란 법첩을 남겼다. 그의 글씨는 안진경·유공권의 글씨를 꼭 닮았는데, 뼈대가 굳세고 힘차며 신은 침중하고 강하다. 서얼 출신의 이태는 종요·왕희지·안진경·유공권·소식·조맹부·문징명·동기창 등의 서체를 쓰면 꼭 닮았다고 알려진 서가이다. 그가 명인의 서체를 얼마나 방불하게 썼는지를 알려주는 과장(科場)의 일화는 잘 알려진 사실이다. 그의 글씨에 나타나는 방법(方法)과 원법(圓法), 골육과 풍신은 인간이 미칠 바가 아니라고 한다.

그림과 그림 평으로 이름난 표암 강세황은 해서와 초서와 팔분서(八分書)[250]를 잘 썼던 것으로 알려졌다. 해서와 초서는 시원하고 그윽하여 바라보면 마치 미인의 아름다운 모습 같고, 팔분서(八分

---

249) 趙龜命, 『東谿集』「題從氏家藏遺敎經帖」, "中州人評書畫, 有隻眼, 種種當理, 獨於石峰, 移屬徐浩渴驥之評者, 殆不可曉."

250) 팔분서(八分書): 청대 유희재(劉熙載)와 포세신(包世臣)이 팔분서를 '한나라의 예서'라고 하였다. 위진 시대에서 당나라까지 해서 또는 예서라고 불렸는데, 필획중에 파책(波磔)이 있는 글자체를 팔분서라고 불렀다. 한나라 채옹(蔡邕)이 팔분서를 가장 잘 썼다고 한다.

書)는 자연스럽고 유려하고 질탕하며, 초서는 경향에 두루 퍼져 귀천을 막론하고 벽에 걸 정도였다고 한다.[251]

조윤형은 해서·팔분에 특장이 있는데, 획법은 굳세고 예스러우며 자태는 빼어나서 이양빙(李陽氷)의 유라 할 수 있다. 해서는 시체(詩體)를 본받고, 초서는 원교를 본받았다. 해서는 원교에게 배웠으나 정묘함은 있으나 풍운(風韻)이 모자란 편이다.

서벽(書癖)이 심했던 김상숙(金相肅)은 풍류가 진인(晉人)과 견줄만하였다.[252] 그의 글씨를 쓰는 풍류는 비를 쓸 때에 여실하게 나타난다. 어떤 때는 종요·왕희지체로, 어떤 때는 안진경·유공권체로, 어떤 때는 김생·한석봉체로 쓰기도 하였다. 그가 쓴 종요체는 서찰·시전·소해(小楷)에 적합하여서 사람들이 경쟁적으로 본받았는데, 이를 가리켜 직하체(稷下體)라고 하였다.

황운조는 해서를 잘 썼는데 획이 매섭고 법이 정연하였다. 이왕(二

---

251) 이처럼 강세황이 자신만의 글씨를 쓸 수 있었던 것은 첩학사(帖學史)에 대한 통사적 관점을 갖추어서 가능한 일이었다. 그러나 그는 「태산각석(泰山刻石)」과 「역산비(繹山碑)」와 같은 이사(李斯)의 전서(篆書) 석각의 진적 여부를 고증했을 뿐, 동시대의 이광사처럼 금석학 분야에 주목하지는 않았다. 그리고 첩학사에 대한 비학의 역할을 의식한 흔적도 없다. 물론 그도 왕희지의 전적이 없다는 사실을 알고는 있었지만, 끝내 첩학에 의지하면서 이왕(二王)을 학습의 최고 모범으로 삼았다. 또한 그는 이왕을 기준으로 미불과 조맹부를 존숭하기도 하는데, 이에 더 나아가 당·송·원·명의 글씨를 두루 공부해야 하며 시대를 거슬러 올라가 공부해야 한다고 하였다. 실제 그는 소식과 미불 이후 원대 조맹부, 명대 축윤명·문징명·동기창의 서첩을 학습한 경우도 있고 자신이 이들의 글씨를 잘 계승하고 있다는 자부심으로 각각의 글씨에 대한 방작(倣作)을 남기고 있다는 점이 주목된다.

252) 배와(坏窩) 김상숙(金相肅, 1717~1792)은 『필결(筆訣)』 19장이 전해지고 있다. 그 내용을 요약하면 다음과 같다. 우선 글씨는 서사자(書寫者)의 내면세계가 붓을 통해 표현되는 것으로, 손으로 붓을 다루지 않고 마음으로 운필하여야 한다. 결구(結構)와 장법(章法)에 있어서는 작위적인 계산에 의한 조형을 배격하고 마음에 얻은 것이 있어서 마음과 손이 하나가 되어 성취한 자연스러움을 높이 평가하였다. 이러한 배와의 서론은 왕희지와 조맹부 서풍의 외피적인 측면을 모방하기에 급급하던 당대 혹은 전대 조선 서예가의 병폐를 정확히 진단하고 서예의 본질적인 측면에 대한 환기를 통해 개성적인 조형세계를 추구하고 있다는 점에서 서예사적 의의가 있다. 김남형, 「해제 배와 김상숙의 필결」, 『서예비평』, 한국서예협회, 2002.

王)을 모사하는 데 뛰어나서. 「조아비(曹娥碑)」를 임모하면 또 하나
의 「조아비」이고, 「성교서(聖敎序)」를 임모하면 또 하나의 「성교서」
를 이루었다고 한다. 신경향(新傾向)의 문인화풍(文人畵風)을 잘 그
렸던 능호관 이인상은 글씨에도 특장이 있어 '원령체(元靈體)'로 알
려지기도 하였다. 특히 그는 전서의 경지를 그림에 도입하여 서화
의 합류적(合流的) 경지를 개척하기도 한 화가이다.

> 그의 전서·팔분과 회화는 비록 옛날의 명수라 하더라도 그와 대적할
> 만한 이가 많지 않으며, 도장은 힘을 들인 것이 가지런하여 천기(天機)가
> 저절로 흐른다. 전서와 팔분, 회화와 도장이 모두 신품(神品)의 경지에 있
> 다. (중략) 편지 글씨는 성글고 비스듬하여 아취는 넉넉하나 법도는 크게
> 부족하다. 그러나 그의 편지 글씨의 서법은 당시 명류(名流)들 사이에서
> 크게 일컬어져 한편에서 그 체를 다투어 배워, 원령체(元靈體)라 하였다.
> 그 가운데 제대로 본받지 못한 것은 자획이 모호하고 어지러워 무슨 글자
> 인지 거의 분별하지 못할 정도이다.[253]

이처럼 서가들의 개성적인 서체는 왕희지의 법첩을 직접 학습하
는 데 역점을 두지는 않았으나 그 귀결점은 언제나 왕희지체였다
는 점이다. 실제로 왕희지의 법첩을 얼마나 숭앙하였는지를 남공철
의 「서화발미(書畵跋尾)」로도 확인할 수 있다. 그는 어려서부터 서
화의 벽(癖)이 있어 온갖 중국의 서화를 수집하고 나서 일일이 제
발을 써서 「서화발미」를 남겼던 사람이다.

그는 당시 유통되던 「필진도첩(筆陣圖帖)」에 대해 의심하지 않고
있으며 단지 이를 배우는 자가 완둔하여 조화가 없다고 판단하고
이를 이덕무에게 자문하였다. 이덕무는 소학이 입덕지문(入德之門)

---

253) 李奎象, 『18세기 조선 인물지·并世才彦錄』「書家錄」, 민족문학사연구소한문분과 옮
김, 창작과비평사, 1997.

이란 점을 비유로 들고 그 근본을 얻으면 일에 따라 발하는 것이 다르다는 것을 알아야 하며, 서성(書聖)인 왕희지의 글씨를 배울 때 그 법에 구애되어 뜻을 얻지 못하면 하루 종일 임첩(臨帖)하더라도 비슷할 수는 있으나 조화를 얻을 수 없다고 조언해 주었다.[254]

일찍이 남공철은 『순화각첩(淳化閣帖)』·『대관첩(大觀帖)』을 열람한 적이 있고 명·청대의 서예에 관한 서적을 소유하여 자주 읽었던 것과 달리 왕희지의 묵첩(墨帖)을 믿고 있었던 듯하다.[255] 그는 우리나라에 전해진 「조아비(曹娥碑)」의 묵각(墨刻)이 이지러져서 완선(完善)한 것이 하나도 없음을 말하면서도 『패문재서화보(佩文齋書畫譜)』의 글을 인용하면서 중국에는 아직도 왕희지의 진적(眞蹟)이 있음을 알겠다고 한다.[256] 또한 「왕희지우청첩묵본(王羲之雨晴帖墨本)」에서는 "왕희지와 자질(子姪)·친우(親友)의 글씨는 비록 대

---

254) 南公轍, 『金陵集』「筆陣圖帖墨刻」, "學筆陣圖者, 頑鈍無造化. 余嘗怪之, 以此語懋官, 懋官謂'臂之如小學是入道之門. 得其本, 則發之事者, 在乎時措. 夫羲之於書, 聖也, 其流傳人間者多矣. 蘭亭脩禊序·黃庭經各體俱妙, 不出一手, 此所謂難矣.' 今拘拘於其法, 而不得其意, 則雖終日臨帖, 以求其似, 無以至也, 此學者之過也. 嗟! 夫書小技也, 方之兵甲戰陣之事, 其意豈非以坐作進退, 在乎其法, 而遇敵行權, 在乎其術耶?"

255) 남공철(南公轍)은 「순화각첩(淳化閣帖)」이나 「대관첩(大觀帖)」뿐 아니라 명·청대의 서예에 관한 많은 정보를 알고 있었다. 물론 이러한 정보가 일부분의 부정확성으로 오해와 혼란을 노정하고 있으나 이 시기의 서예자료가 소략한 점을 고려하면 매우 값진 일이다. 다음은 「순화각첩」에 대한 그의 견해이다. 南公轍, 『金陵集』「淳化閣帖墨刻」, "世之操觚者, 輒曰, '淳化帖爲大方家.' 盖上自上古, 中及周秦漢魏, 下逮隋唐, 蒼頡·神禹·孔子·李斯·鍾·王·歐·柳, 篆·擒·楷·草外, 此朝廷·閭巷·名士大夫, 神奇·怪異之迹, 無不俱備, 以是稱之. 譬之如史歷代事實, 考覽無遺, 所取者遠, 而傳之愈久, 所擇者博, 而學之甚易, 諸家之帖多矣, 然而集大成其在斯乎? 余家所蓄墨本, 頗刓滅字, 或不可尋見, 然以其世傳之寶, 不欲以易他也. 萬曆本稱爲第一, 此尤爲貴中也. 聖上六年, 書."

256) 南公轍, 『金陵集』「王右軍曹娥碑墨刻」, "曹娥碑相傳爲, 王右軍得意書. 而今世所傳, 皆墨刻刓缺, 余所見三四本, 皆未得其完善. 『佩文齋書畫譜』, '康熙御製跋曹娥碑云, 今觀眞蹟, 筆勢淸圓秀勁, 衆美兼備. 至今千餘年, 神采生動, 透出絹素之外.' 始知中國, 尙有眞蹟之流傳者也. 甲寅秋日, 元平題."

강 쓴 두어 줄이라도 모두 기세와 변화가 있어, 마치 용이 천문을 뛰어오르고 호랑이가 봉각을 밟는 것 같아 함부로 우습게 볼 수 없다. 이후로 비록 방효(倣效)하는 자가 있더라도 이것을 얻고 저것을 잃어 끝내 집대성을 이룰 수는 없다."고 하면서 왕희지의 묵첩을 확신하고 있다.257)

이처럼 왕희지의 묵첩을 소중하게 여겼던 남공철은 「필진도(筆陣圖)」·「황정경(黃庭經)」·「유교경(遺敎經)」·「난정기(蘭亭記)」·「성교서(聖敎序)」를 구해 일첩(一帖)으로 만들기도 하였다. 「필진도」는 방정규구(方正規矩)하여 법으로 뛰어나고, 「황정경」은 미려정아(美麗整雅)하여 의(意)로 뛰어나며, 「유교경」은 첨삭세밀(尖削細密)하여 정신으로 뛰어나고, 「난정기」는 임리동탕(淋漓動盪)하여 취(趣)로 뛰어나며, 「성교서(聖敎序)」는 주경웅건(遒勁雄健)하여 기로 뛰어난 점이 있기 때문이다. 그리고 왕희지의 글씨는 그 모든 체격을 갖추었기 때문에 자획이나 태색(態色)에 얽매이면 함께 이야기할 수 없다고 하였다.258)

물론 그가 왕희지의 묵적이 의심받고 있다는 사실조차 부정하는 것은 아니다. 예컨대 구양수의 『집고록(集古錄)』에는 「황정경」이 왕희지의 글씨가 아니라는 것과 「유교경」이 당나라 사경수(寫經手)의 글씨라는 점을 거론하고 나서 무엇을 근거로 그런 판단을 내렸

---

257) 南公轍, 「王羲之雨晴帖墨本」, "王羲之與子姪·親友書, 雖草草數行, 皆有氣勢變化, 如龍跳天門, 虎步鳳閣, 不能狎視. 後雖有倣效者, 得此失彼, 終無集大成如此者也."

258) 南公轍, 『金陵集』「王右軍帖墨刻」, "余嘗集錄王右軍筆蹟, 得「筆陣圖」·「黃庭經」·「遺敎經」·「蘭亭記」·「聖敎序」, 合爲一帖. 夫「筆陣圖」方正規矩, 以法勝「黃庭經」美麗整雅, 以意勝, 「遺敎經」尖削細密, 以精神勝, 「蘭亭記」淋漓動盪, 以趣勝, 「聖敎序」遒勁雄健, 以氣勝. 所貴乎羲之之書者, 以其各具體格爾, 若拘拘於字劃態色之間者, 不足與語此也."

는지를 궁금해 하고 있다.259) 더욱이 『몽계필담』에 「악의론(樂毅論)」만은 왕희지가 돌에 쓴 친서이고 그 나머지는 모두 종이에 쓴 사실을 거론하고 있는데, 여러 사람들의 주장을 소개하고 나서 「악의론」을 쓴 돌이 발견될 때까지 진위를 미루고 있다.

이처럼 남공철은 왕희지의 법첩에 대한 이해에서 당대의 문인들과 별반 차이가 없다. 특히 남공철은 당시 권력과 정보를 독점한 노론층의 사대부로서 유리한 입장에도 불구하고 별다른 견해를 갖지 못한 형편이었다. 때문에 18세기 서가의 글씨에서 왕희지의 법첩이 갖고 있는 근본적인 오류를 불식하기는 어려웠을 것이다. 이는 명대의 첩학을 비판하면서 흥기한 청대의 비학에 어두웠던 시대적 한계에 기인하지만, 오히려 우리의 서체를 확립하는 계기도 되었음을 무시할 수 없다. 이를 옥동·원교는 『필결』에서 구현하고자 하였다.

2. 서론의 양상: 동국진체론

18세기 서와 서론을 규정짓는 요소는 왕희지의 법첩이라 할 수 있다. 특히 옥동 이서와 원교 이광사는 왕희지의 법첩을 규범으로 여겨, 그 정수를 체득하는 일에 매진하여 동국진체를 완성하였다. 그리고 자신들이 이룩한 서체를 이론화하여 『필결(筆訣)』을 저술했

---

259) 南公轍, 『金陵集』「王右軍帖墨刻」, "「黃庭」·「遺敎」二經世皆傳, 王羲之書, 歐陽公 『集古錄』, 以爲「黃庭經」筆法, 非羲之所爲, 「遺敎經」盖唐世寫經手書, 未知歐公何所 據也."

다는 점이다. 따라서 두 서가의 『필결』을 분석하는 작업은 새로운 서론 또는 동국진체론을 이해하는 지름길이 될 것이다.[260]

1) 玉洞의 書論

① 易에 의한 劃의 이해

옥동은 당시 일반적으로 글씨를 학습하는 사람들이 중시하였던 송·원대의 서체를 탈피하고자 직접 왕희지의 법첩을 연구하여 동국진체를 완성하였다. 또한 그는 독창적인 서론을 『필결』로 남긴 최초의 서가이다. 그는 서론의 기본 원리인 획에 있어, 역학(易學)으로 설명하는 방식을 취하고 있다. 이미 『주역』의 팔괘에는 조자(造字)의 구상이 있어 후대에 글씨를 주역원리로 설명하는 일은 흔하지만 옥동처럼 전적으로 적용한 경우는 없었다. 때문에 옥동의 『필결』에 구현되어 있는 서론은 이전 시기의 서론과는 다른 점이 많다.[261] 이 점이 옥동의 동국진체가 확보하고 있는 독창성이며 한계이다.

『필결』은 서두에서부터 획이 만들어지는 과정을 주역의 원리로 도해(圖解)하고 있다. 먼저 <혼원분판생획도(混圓分判生劃圖)>에는 무극에서 변화 발전한 태극이 음양으로 나뉘면서 글씨[획]를 만들

---

260) 최근에 옥동과 원교의 『필결』, 배와(坏窩) 김상숙(金相肅)의 필결, 그리고 창암(蒼巖) 이삼만(李三晚)의 서결을 묶어 『서예비평』(김남형역, 한국서예협회, 2002)으로 간행되었다.

261) 『필결』의 목차를 순서대로 제시하면 다음과 같다.
「混圓分判生劃圖」「與人規矩」上·中·下篇「操筆之法」「運筆之法」「磨墨之法」「劃法」「變化劃法」「論作字法」「論行法」「論經權」「總論」「辨正法與異端」「泛論書法」「評論書家」正字行書法, 草法, 論前朝, 論我朝筆家, 論安平, 論聽松, 論孤山, 論蓬萊, 論石峯, 追論, 論古書, 論孟頫「筆訣論要」「雜論」「總斷」「要旨」上下

어 낸다는 대전제가 다섯 부분의 그림으로 제시되고 있다. 이는 옥동이 『주역』「하도낙서(河圖洛書)」를 참조하여 독자적으로 그린 도표이다. 첫째·둘째 부분은 태극이 하나의 기운이나 덩어리로 보이지만 생동하여 음양으로 갈라지는데, 가벼운 것은 하늘로 올라가고 무거운 것은 아래로 내려가면서 천지사방이 확정되는 그림이다. 나머지 부분은 '팔궁의차(八宮依此)'라는 기록처럼 하나의 기운 [오행으로 형상될 때는 중앙의 흙]이 둘·셋으로 나뉘면서 좌우 네 획을 만들어 내니 붓을 이 방법으로 운용하라는 그림이다.

옥동은 <혼원분판생획도>를 통해서 획에 담겨 있는 허실(虛實)·영휴(盈虧)·강유(剛柔) 등의 관념을 보여주려는 것이다. 이런 생각은 청대 유희재(劉熙載)의 글과 상통한다. "성인이 『주역』을 만든 이유는 상(象)으로 의(意)를 다 표현하고자 한 것이다. 의(意)는 선천으로 글씨의 근본이다. 상(象)은 후천으로 글씨의 작용이다.[262]" 상은 괘상(卦象)·효상(爻象)인데, 상(象)으로 근본법칙을 드러내는 것이다. 이것이 서론이 지향하는 정신인 것이다.

따라서 『필결』은 처음부터 획을 음양원리로 설명하고 있다. 옥동이 획을 음양의 관념으로 이해하는 방식은 그와 금란지교(金蘭之交)를 나누었던 공재(恭齋) 윤두서(尹斗緒)가 필법과 묵법을 설명할 때 음양의 원리로 설명하는 방식과 같은 것이다.[263] 일찍부터 괘와 문자의 관계를 거론할 때는 형식뿐만 아니라 정신도 포함하였다. 괘의 선은 표의(表意)인데, 그 핵심관념은 음양이다. 이를 삼라만상

---

262) 劉熙載, 「藝槪·書槪」, 『劉熙載集』, 華東師範大學出版社, 1993. "聖人作『易』, 立象
以盡意. 意, 先天, 書之本也. 象, 後天, 書之用也."
263) 朴銀順, 「恭齋 尹斗緖의 繪畵: 尙古와 革新」, 『海南尹氏家傳畵帖』, 1995.

에 적용시켜 하나의 관념계열을 산생하여 왔다. 즉 양효는 강(剛)·
실(實)·웅강(雄强)·방직(方直)·강건(强勁)·조동(躁動) 등이고 음효
는 유(柔)·허(虛)·자유(雌柔)·원곡(圓曲)·유완(柔婉)·정지(靜止) 등
으로 양극화하였던 것이다. 이 음양은 대립보다는 상호 보완을 통
한 중화를 내포하였기 때문에 그 현묘한 작용은 무궁무진하였다.
이러한 음양은 「여인규구(與人規矩)·상」에서 획을 인식하는 데 유
효한 틀로 동원되고 있다.

> 글자[획]는 『주역』에서 근본하는데, 주역에는 음양이 있고 삼정(三停,
> 세 번 멈춤)이 있으며, 사정(四正, 네 군데의 바름)이 있고, 사우(四隅, 네
> 군데의 모퉁이)가 있다.
> 어떤 것을 음양이라 하는가? 양 획이 상대하여 있는 것이 음[천(川) 모
> 양]이고, 삼 획이 서로 이어 있는 것이 양[三(삼) 모양]이다.[264]

옥동은 획[글자]이 근본적으로 주역에서 나왔다고 언명한다. 당
연히 주역에서 사용되는 음양·삼정·사정·사우가 글자에도 그
대로 있다는 것이다. 글자의 음양을 설명하는 방식은 간단하다. 세
로로 긋는 획은 음이고 가로로 긋는 획은 양이다. 즉 천자(川字)와
삼자(三字)의 형태이다. 또한 모든 획은 점(點)·늑(勒)·노(努) 등이
교승(交乘)하여 이루어진다고 한다. 점은 종(縱)·횡(橫)·탁(啄)으
로, 늑(勒)은 책(策)·부(俯)·앙(仰)으로, 노(努)는 직(直)·사(斜)·만
(彎)으로 변화하는 예가 그것이다.
글자의 사정·사우도 간단하게 설명된다. 노(努) 자가 글씨의 줄
기[徑]가 되어 가운데를 중심으로 좌우가 있고, 늑(勒) 자가 글씨의

---

264) 『弘道先生遺稿』「筆訣·與人規矩上篇」, "書本於『易』. 『易』有陰陽, 有三亭,
有四正, 有四隅. 陰陽如何? 兩劃相對爲陰, 三劃相連爲陽."

씨[緯]가 되어 가운데를 중심으로 남북[상하]이 있다는 것을 말한다. 책(磔)·별(撇)·책(策)·적(趯) 자 등은 사우(四隅)를 나누어 맡는다. 그리고 오직 측(側) 자가 오행의 토의 역할을 맡아 동·서·남·북·중·사우에 차지하지 않는 곳이 없다. 획이 팔방에 있기에 비어 있기도 하고 차기도 하여 사정은 항상 차서 비어 있지 않는다고 하였다.

영자팔법(永字八法)은 사상(四象)의 원리에 대입하고 있다. 사상은 『주역』에서 우주의 생성과정을 설명하기 위해 사용되는 차례이다. 그 차례는 태극 → 음양 → 사상 → 팔괘 → 육십사괘 → 삼백팔십사괘이다. 이런 『주역』의 사상과 영자팔법은 상호 대응하고 있다. 늑자는 왼편에서 그어 나가니 노양(老陽)이고, 노자는 위에서 아래로 그어 내려가니 노음(老陰)이며, 같은 이치로 책(策)·적(趯) 자 등은 소양(少陽)이고, 별(撇)·탁(啄)·책(磔) 자 등은 소음(少陰)이라고 분류하였다.

이처럼 옥동은 『필결』에서 획에 대해 충분한 설명을 생략한 채 단편적으로 언급하고 있고, 더욱이 주역의 이치에 편의적으로 대응하여 쉽게 납득하기에는 어려움이 따른다.

더욱이 「여인규구(與人規矩)·하」에서는 획을 인륜도덕의 관념에 기탁하고 있다는 점은 『주역』의 현허·신비한 사유방식만큼이나 이해에 어려움을 줄 뿐이다. 그는 획법이 반드시 천지자연을 체[법]로 하지는 않지만 인도를 따라감이 있다고 한다. 부자의 강(綱)·군신의 강·부부의 강이 있는데, 선후를 이어 감은 부자이고, 상하를 주종으로 함은 군신이고, 대대를 마주함은 부부이고, 대소를 차례함은 장유이고, 교접을 서로 돕는 것은 붕우가 된다는 것이다.

결국 옥동이 시도한 역에 의한 획의 이해는 많은 어려움에도 불구하고 『주역』에 구현된 보편적 사유방식으로 서법을 정리하려는 진지한 시도였다는 점이다. 특히 서법에 있어 사물변화나 인륜관계의 원리를 기탁하려는 노력은 도덕과 서체의 발전에 큰 영향을 주었다고 할 수 있다.

② 書法論

실제로 서예를 익히는 데 필요한 방법은 「조필지법(操筆之法)」・「운필지법(運筆之法)」・「마묵지법(磨墨之法)」 등에 언급되고 있다. 이런 조필・운필・마묵의 법도 획법을 모른다면 소용없는 일이다. 옥동은 「획법」에서 자신만의 획법을 제시하고 있다.

> 획은 살려는 지경이 있고, 그 죽지 않으려는 지경이 있는데, 획마다 유신(留神)이 있어 함부로 쓰지 말라. 유신은 무엇인가? 반드시 세 번 붓을 꺾어 지나니 은봉(隱鋒)으로 그렇게 한다. 어떻게 하면 은봉할 수 있는가? 그 골(骨)이 너무 드러나는 것을 싫어하면 된다. 은봉이란 무엇인가? 그 부드럽고 간곡하게 하여 정신이 있는 것이다. 무엇으로 정신을 가지게 하는가? 획마다 미리 생각하고 성찰하며 자세히 밝히고 살피는 것이다.[265]

우리가 성심껏 획을 긋는다고 제대로 된 글씨가 나오는 것은 아니다. 더군다나 획을 함부로 한다면 살려는 지경에는 이를 수가 없고 죽는 지경에 이르게 될 것은 자명하다. 그 이유는 획마다 신이 있기 때문이다. 이 신은 한 획을 삼절(三折)하면 되는데, 이는

---

265) 『弘道先生遺稿』 「筆訣・劃法」, "劃欲其生而不欲其死. 劃劃留神, 毋得放過. 留神如之何? 必三過折筆, 隱鋒而爲之也. 如之何隱其鋒? 惡其骨之太露也. 隱鋒者, 何也? 要其委曲而有精神也. 何以能有精神也? 劃劃預想省察而照管也."

은봉으로 할 수 있다. 결국 은봉(隱鋒)[266]은 획의 정신을 드러나게 하는 것이다. 그렇다면 어떻게 해야 획에 정신을 표현할 수 있는가. 획을 쓰기 전에 마음에 먼저 정한 바가 있어 조금도 구속됨이 없다면 획마다 정신이 담겨질 것이다.

여기서 신을 머물게 했던 '삼과절필(三過折筆)'은 무엇을 말하는가.[267] 이에 대해 「획법」에 보충 설명이 있다. 삼과절필은 붓을 세 번 멈춤을 말한다. 멈추는 곳에는 반드시 응융(凝融)이 있고 지나는 곳에는 반드시 긴건(緊健)이 있으니, 건장하면 평온할 수 있고 무르녹으면 정긴(精緊)할 수 있다.[268] 결국 삼과절필은 붓의 작용에서 생기는 획의 이치를 설명한 것이다.

> 정(停)은 행의(行意)를 머금고 행(行)은 정의(停意)를 가져야 하니, 이것이 "멈추되 행하는 것이요, 행하되 멈추는 것."이라는 말이다. 멈추되 행한다는 것은 정(貞)이 원(元)을 머금고, 행하되 멈춘다는 것은 원(元)이 정(貞)을 가진다는 것이다.[269]

> 획이 왼편으로 향하고자 함에 반드시 오른편으로 가려는 뜻이 있어야 하고, 획이 오른편으로 향하고자 함에 반드시 왼편으로 가려는 뜻이 있어야 한다.[270]

두 가지 예는 옥동의 획법이 삼과절필을 기본으로 하고 글씨 획

---

266) 은봉(隱鋒): 장봉(藏鋒). 붓을 댈 때와 거둘 때에 필봉을 점획 속에 감추어 필봉의 흔적이 드러나지 않게 하는 용필법이다.

267) 삼과절필(三過折筆): 삼절(三折) 혹은 삼과(三過). 용필법의 일종으로 하나의 획을 그을 때마다 붓을 세 번 멈추어 필봉(筆鋒)을 세워 방향을 전환하는 것을 말한다.

268) 『弘道先生遺稿』「筆訣·劃法」, "又曰, 所謂'三過折筆'云者, 何也? 三停筆之謂也. 停處必須凝融, 過處必須緊健, 健使能平穩, 融使能精緊."

269) 『弘道先生遺稿』「筆訣·劃法」, "停含行意, 行帶停意, 是曰 '停而行, 行而停.' 停而行, 貞中含元也, 行而停, 元中帶貞也."

270) 『弘道先生遺稿』「筆訣·劃法」, "劃欲向左, 必有含右底意. 欲向右, 必有含左底意."

의 대소·장단·원방·후첨·경중·정과·강유·긴완·대부대(大
不大)·소불소(小不小)·장부장(長不長)·원불원(圓不圓)·후불후(厚
不厚)·경불경(輕不輕)·정부정(停不停)·과불과(過不過)·강불강(强
不强)·긴불긴(緊不緊)·민건정중(敏健靜重)과 같이 서로 상반된 속
성 속에서 신을 나타낼 수 있는 길을 보여준 것이다.[271]

이와 같은 획법의 논리는 작자법(作字法)에서 상반된 속성의 조
화로 나타난다. 우선 글씨 만드는 법은 반드시 중정에 있지 과불
급(過不及)해서는 안 된다. 지나친 것은 눌러야 하고 미치지 못한
것은 더 가기를 바라는 변통이 있어야 한다.

> 긴 획이 많으면 짧게 하고 짧은 획이 많으면 길게 하고 큰 획이 많으
> 면 작게 하고 작은 획이 많으면 크게 하고 넓은 것은 좁게 좁은 것은 넓
> 게 한다.
> 빽빽한 것은 성글게 하고 성근 것은 빽빽하게 하고 둔한 것은 민첩하
> 게 하고 강한 것은 약하게 하고 약한 것은 건장하게 하고 가벼운 것은
> 무겁게 하고 흩어진 것은 거두게 하고 흐르는 머물게 한다.
> 빽빽한 것을 능히 성글게 하며 성근 것을 능히 빽빽하게 하며 느린 것
> 을 능히 빠르게 하며 맑은 것을 능히 어둡게 하며 긴 것을 능히 짧게 하
> 며 짧은 것을 능히 길게 하며 넓은 것을 능히 좁게 하며 좁은 것을 능히
> 넓게 하며 큰 것을 능히 작게 하며 작은 것을 능히 크게 한다.[272]

작자법의 핵심은 글자의 조화에 있다. 긴 획이 많으면 짧게 하
고 빽빽한 것은 성글게 하고 짧은 것은 길게 하여야 한다. 획수가

---

271) 『弘道先生遺稿』「筆訣·劃法」, "一大一小, 一長一短 一圓一方, 一厚一尖, 一輕一
重, 一停一過, 一强一柔, 一緊一緩, 一敏健能一靜重. 大而不大, 小而不小, 長而不長,
圓而不圓, 厚而不厚, 輕而不輕, 停不停, 過不過, 强不强, 緊不緊, 敏健而能靜重."
272) 『弘道先生遺稿』「筆訣·論作字法」, "長多求短, 短多求長, 大多求小, 小多求大, 廣
求狹, 狹求廣. 密者疎之, 疎者密之, 鈍者敏之, 强者弱之, 弱者健之, 輕者重之, 散者
斂之, 流者收之. 密而能疎, 疎而能密, 重而能敏, 清而能重, 長而能短, 短而能長, 廣
而能狹, 狹而能廣, 大而能小, 小而能大."

많은 '경(慶)' 자는 획수가 적은 '구(口)' 자와 작자법이 다를 수밖에 없다. 또한 각 글자는 고정되어 있는 것이 아니라 앞뒤 글자와의 조화도 고려되어야 한다. 이는 살아 있는 글자가 되려면 자신의 공간뿐 아니라 앞 글자에서 이어져 온 연속성[기]을 뒤의 글자에 넘겨주어야 한다. 다음의 진술은 이 점을 분명하게 한다.

> 반드시 그 심법(心法)을 연구하고 절대로 모양에 의지해 글씨를 쓰지 말아야 한다. 그러면 아마도 산자(算字)·사획(死劃)·서노(書奴)가 될까 걱정이다.
> 고어에 "태상(太上)은 전신(傳神)하였고 다음은 전의(傳意)하였고 그 다음은 전형(傳形)했다."라고 하였다. 전형(傳形)은 모양에 의지한 것이 아닌가?273)

만일 글자의 심법은 익히지 않고 단지 명인의 글씨를 본받아 기교로 하면 써 놓은 글자는 단순한 산가지의 나열처럼 아무런 생동감이 없을 것이다. 이는 사획(死劃)이며 서노(書奴)이다.274) 이 점을 염두에 두고 고어에는 전신이 최고의 경지이며 전의가 그 다음이고 전형이 다음이라 하였다. 그렇다고 마음대로 글씨를 쓸 수 있는 것은 아니다. 사람들이 명인의 글씨모양을 벗어난다는 명목으로 제멋대로 쓴다면 오히려 해는 커질 것은 뻔한 이치이다.

이와 같이 획법이나 작자법을 설명하고 나서 미진한 점은 「필결논요(筆訣論要)」에서 거론하고 있다. 옥동은 서를 다음과 같이 설명한다. 서는 대략 획·자·행·장·편으로 세분된다. 첫째, 획은

---

273) 『弘道先生遺稿』 「筆訣·論作字法」, "必須繹其心法, 切勿依樣字劃, 恐爲算字, 恐爲 死劃, 恐爲書奴. 古語曰, '太上傳神, 其次傳意, 其次傳形.' 傳形非依樣乎?"
274) 서노(書奴): 글씨를 익히는 사람이 법에 얽매여 변통할 줄 모르는 것을 말한다.

강유·완급·장단·대소가 있으며, 획의 운용의 묘는 획에 내재된 정신과 회통하여 때에 따른 변화를 볼 줄 아는 데 있다. 둘째, 자는 중획이 모여 일체를 이룸이니 모든 물건이 제 형체를 가지고 있다. 셋째, 行은 처음에는 꼿꼿이 가다가 중간에는 우연히 굽어지다가 끝에서는 바른 곳으로 돌아오니 천지만물의 운행과 같다. 중행(衆行)이 서로 모이고 엉켜 일장(一章)을 이루는데 이는 같은 것끼리 모이고 무리로 나뉘는 형상이다. 行은 처음에는 서로 빽빽하나 우연히 서로 성글어서 끝내 빽빽한 곳으로 돌아가기도 하고, 처음에는 서로 성글다가 반대로 빽빽하여 끝내 엉성한 곳으로 돌아가는 경우도 있다. 다시 부연하면 다음과 같다.

> 서란 음양을 형상한 것으로, 중획이 합하여 자가 되고 중자가 합하여 행이 되고 중행이 합하여 장이 되고 중장이 합하여 편이 된다.[275]

다음으로 옥동은 일반론적이고 잡다한 사실을 「잡론」에서 다루고 있다. 일자 중의 획들은 주획(主劃)을, 일행 중의 자들은 주자(主字)를, 중행 중의 행들은 주행(主行)을, 중장 중의 장들은 주장을 중심으로 나열되어 있음은 글씨 속에 온갖 세상의 묘한 이치를 담고 있다고 한다.[276]

결국 옥동은 서법에서 서예를 익힐 때 기본적인 문제로 부각되

---

275) 『弘道先生遺稿』「筆訣·筆訣論要」, "書者, 象陰陽而已, 合衆劃而爲字, 合衆字而爲行, 合衆行而爲章, 合衆章而爲編."

276) 『弘道先生遺稿』「筆訣·雜論」, "一字之中, 衆劃森森, 顧戀主劃, 一行之中, 字字朝乎主字, 衆行朝主行, 衆章朝主章, 如衆星之拱北辰, 衆山之拱崑崙, 衆流之朝宗于海, 日月之統于歲, 衆律之統于黃鐘, 如衆民之統于君, 如水之戀山, 如藤蘿之戀于木, 其脈絡之連續, 精神之流通, 如水之波瀾焉, 淵淵乎洋洋乎浩浩焉, 不可得以狀, 非繫局於形氣者之所可測也."

는 조필·운필·마묵의 법을 제시하면서 획법에 대한 철저한 이해를 요구하고 있다. 그는 획법에 응신묵회(凝神默會)의 정신을 요구하고 있는데, 단지 산가지처럼 나열한 획법은 사획이며 서노에 불과하다는 입장이다. 이런 획법의 정신이 작자법에도 자연히 적용됨으로써 서예에서도 전신은 최고로 경지라 할 수 있다.

③ 書家에 대한 평가 - 正法과 異端

옥동은 다른 서가의 글씨를 평가하면서 정법과 이단을 들고 나왔다. 그는 왕희지체를 정법으로 여기고 있는데, 그로부터 멀어진 경우는 이단이라는 점을 강조하였다. 「논전조(論前朝)」에서 김생(金生)·영업(靈業)·탄연(坦然)·선탄(禪坦)·문공유(文公裕) 중에서 네 사람은 왕희지를 배웠고 문공유만이 진체와 촉체를 함께 배웠다고 설명하고 나서 김생이 제일이라 하였다.277) 이런 평가 다음으로 「논아조필가(論我朝筆家)」에서 안평(安平)·청송(聽松)·고산(孤山)·봉래(蓬萊)·석봉(石峯)·청선(聽蟬) 중에서 몇 사람은 뛰어난 재주로도 정법에 이르지 못한 것은 습속에 젖어들어 고질이 되었고, 몇 사람은 이를 벗어나고자 노력을 했으나 이단을 추종하였다고 논평하였다.278) 전대의 서가 중에서 옥동이 가장 가혹하게 비판한 글씨는 석봉이다.

---

277) 『弘道先生遺稿』「筆訣·論前朝」, "金生·靈業·坦然·禪坦·文公裕, 金生·靈業·坦然·禪坦學右軍, 文公裕雜晋蜀, 金生爲第一."

278) 『弘道先生遺稿』「筆訣·論我朝筆家」, "安平文而浮, 聽松文而滯, 孤山巧而俗, 蓬萊淸而放, 石峯野而鈍頑, 聽蟬險而刻促. 此數三公皆有超群絶俗之才, 多年積功, 宜乎深造精微, 而終不聞正法者, 何哉? 不幸當道喪之日, 染於俗習痼矣. 間有一二欲免於俗習者, 異端又從而誘之, 誰能卓然超出而復正哉!"

자질이 야둔(野鈍)했지만 부지런히 노력하여 비로소 조금이나마 운획과 조자의 법을 알게 되었다. 그렇지만 오히려 정법의 묘에 깊게 통할 수 없었기 때문에 글자는 야속·완둔하고 옹색(壅塞)·비루하여 합변하는 법을 알 수 없었다. 운획이 완둔하고 비속하며 민(敏)·긴(緊)·정(精)·절(切)의 뜻이 없었으니, 그 적공(積工)의 익힘에 의지하여 어쩌다 속임과 세파에 용납되었다. 이는 세상 사람들이 고루한 견문에 미혹되어 깨닫지 못하는 것이다. 슬프도다! 이 같은 필은 마땅히 양묵과 향원 같은 것으로 멀리 물리치는 것이 좋겠다.279)

옥동은 왕희지체 이후에 자신의 독자적인 서체를 이룬 중국의 서가들에게도 비난의 화살을 멈추지 않았다. 조맹부의 법에 대해 "심술이 바르지 못하여 정법에 어긋나기 때문에 획법이 간사하고 사특하고 자법이 간교하니, 이것이 여우처럼 세상을 홀리는 까닭이다. 마땅히 간사한 사람을 끊듯이 하고 음란한 소리와 여색을 멀리하듯 하여야 한다.280)"라고 하고, "조맹부의 법은 참을 어지럽힘이 지극하다. 용렬하고 비루하기 때문에 고명자(高明者)는 취해 배우지 않는다.281)" 이런 태도는 종요(鍾繇)·안진경(顔眞卿)·미불(米芾) 등의 글씨에도 그대로 적용되고 있다.

정자(正字, 해서)는 정막(程邈)에서 시작하여 종요(鍾繇)·위부인(衛夫人)에서 성하고 왕희지에 이르러 크게 이루어지니 이후로는 쇠하였다.
행서는 종요(鍾繇)에서 성하고 왕희지에 이르러 또한 크게 이루어진다. 또 왕흡(王洽)·왕헌지(王獻之)가 있고, 당태종·우세남(虞世南)·저수량

279) 『弘道先生遺稿』「筆訣·論石峯」, "資質野鈍, 謹而始得, 稍知運劃·作字之法, 而猶未能深通正法之妙. 故作字野俗而頑鈍, 壅塞而庸陋, 有不知合變處, 運劃亦頑鈍而庸俗, 無敏緊精切之意, 賴其積功之習, 容以惑陷溺之世波. 世人膠於聞見, 迷不能悟, 惜哉! 如此之筆, 當如楊墨·鄕愿, 闢之遠之可也."

280) 『弘道先生遺稿』「筆訣」, "心術不正, 悖於正法. 故劃法回邪, 字法奸巧, 所以狐媚於世, 當如俊人而絕之, 當如淫聲·亂色而遠之."

281) 『弘道先生遺稿』「筆訣」, "孟頫之法, 亂眞極矣, 庸俗, 故高明者, 有所不取."

(褚遂良)·미불(米芾)의 유가 있다.

　초서는 장지(張芝)에서 시작하여 또한 왕희지에 이르러 크게 이루어지
니 이후로 쇠퇴한다. 한 번 광승(狂僧) 회소(懷素)로부터 해서·초서의
법이 어지러워지고 더욱 쇠한다.[282]

여기서는 진나라[왕희지] 이전 시대는 제외하고 해서·행서·초
서의 정통 정법을 밝히는데, 각 체마다 왕희지가 대성했음을 말하
고 있다. 그리고 유교 전통의 역사 이해 방식대로 집대성자 이후로
는 서예가 쇠퇴하는 것으로 평가하였다. 이단은 고서(古書)의 법 -
왕희지체에서 멀어진 것이다.

　이단의 싹은 왕헌지(王獻之)로부터 시작하며 장욱(張旭)·안진경(顏眞
卿)·구양수(歐陽修)·유공권(柳公權)·최치원(崔致遠)·미불(米芾)·안
평대군(安平大君) 등에서 성하니 더욱 심한 경우는 회소(懷素)·소식(蘇
軾)·조맹부(趙孟頫)·장필(張弼)·황기로(黃耆老)·한호(韓濩) 등이다.[283]

왕희지 이후의 서가들은 세월의 흐름에 따라 원래의 정법에서
멀어져 이단으로 기울 수밖에 없다는 인식을 보여준다. 이단의 싹
이 왕희지의 아들에서 시작한다는 말은 더욱 그러한 사실을 증명
하는 것이다. 그런데 정법과 이단이란 이분법은 왕희지로부터 얼마
나 떨어졌는가를 기준으로 하기 때문에 주자(朱子)의 경우는 곤란
한 문제였다. 주자는 대현(大賢)이므로 이단을 따를 리가 없는데

---

282) 『弘道先生遺稿』「筆訣·辨正法與異端」, “正字始於程邈, 盛於鍾繇·衛夫人, 至於王
　　羲之而大成, 自後衰矣. 行書盛於鍾繇, 至羲之而亦大成, 又有王洽·獻之, 又有唐太
　　宗·虞世南·褚遂良·米芾之流. 草書始於張芝, 亦至於羲之而大成, 自後亦衰矣. 一
　　自狂僧, 亂眞草法尤衰矣.”
283) 『弘道先生遺稿』「筆訣·辨正法與異端」, “異端之萌, 始於獻之, 熾於張長史·顏魯
　　公·歐陽詢·柳公權·崔孤雲·米元章·梅竹軒,甚者懷素·蘇東坡·趙子昂·張東
　　海·黃孤山·韓石峰.”

글씨의 체에 의심스러운 구석이 있다는 것이다. 옥동은 주자가 모든 일을 잘할 수 없다고 하면서도 혼란스러운지 주자의 글씨체에 대한 사실판단을 유보하고 있다. 대현의 은미한 뜻을 후생이 잘 모를 수도 있다는 것이다.[284] 이와 달리 정법과 이단을 확연히 분리하여 평가했더라도 다시 적용의 기준을 바꾸는 경우도 없지 않다. 석봉 한호의 경우가 그렇다. 「추론(追論)」에서 석봉은 형태에 의지하여 득견(得見)하였고 말년에는 글씨에 구습이 사라져 정법에 가깝게 되었다고 보충한다.[285]

이처럼 앞에서 언급한 옥동의 서론은 획에 대한 이해부터 역학을 적용하는 이상주의적 색채 때문에 다른 서가의 적극적인 호응이 드물었다. 다만 옥동의 조카인 혜환 이용휴의 글에서 서법의 정도가 형을 본뜨는 것이 아니라 신을 표현하는 데 있다는 정신으로 전해지고 있다.

이 첩은 보는 사람이 임서(臨書)로 여기지 않을 뿐만 아니라, 비록 회소(懷素) 선생을 살아나게 하여 보이더라도 반드시 그 당시에 술에 취하여 또 한 본(本)을 쓴 것이라 의심할 것이다.
해서에 초서가 있는 것은 마치 선(禪)에 산성(散聖)이 있는 것 같다. 회소가 장욱(張旭)에 있어서는 또한 선재동자가 쉰세 번이나 덕운비구(德雲比丘)에 참여한 것 같다.
회소의 자서(自敍)는 고인이 스스로 그 진의(眞意)를 쓴 것이다. 돈암(遯菴)이 회소의 체법으로써 회소의 서(敍)를 쓴 것은 또한 고인이 남의 문집에 서문을 쓸 적에 그 사람의 문법을 사용한 것이니 기이하도다!
사람들이 회소의 초서가 광(狂)·괴(怪)·노(怒)·장(長)한 것만을 알고 자서의 끝에 "한갓 부끄러움만 더할 뿐이다."라고 한 겸사가 있는 것

284) 『弘道先生遺稿』 「筆訣·辨正法與異端」, "朱夫子, 大賢也. 必不好異端, 而似有疑似者, 文公豈偏也哉? 此必後生之所見, 有所未到而然也歟!"
285) 『弘道先生遺稿』 「筆訣·追論」, "石峯大抵依樣得見, 末年書罷舊習, 多近正法."

은 알지 못하고 있으니, 이른바 "교묘함은 질박함에 숨고 움직임은 고요
함에 숨는다."는 것이 이것이다.

　　옛날에 "노자의 주는 누구의 것이 최고인가?"라고 물은 일이 있었다.
대답하는 사람이 말하기를 "노자가 있어야 바야흐로 노자에 주낸 것을
허락할 수 있을 것이다."라 했으니 나는 "돈암만이 돈암의 글씨를 평할
수 있을 것이다."라고 하였다.

　　말하기를 "가는 구름은 정해진 형세가 없고 초서는 정해진 서체(書體)
가 없다."라고 한다. 그러나 여름 구름은 여름 구름과 같고 겨울 구름은
겨울 구름과 같으며, 한나라 초서는 한나라 초서와 같고 진나라 초서는
진나라 초서와 같다. 이것은 국(局)이 없고 체(體)가 없는 가운데 국(局)이
있고 체(體)가 있는 것이다. 지금 돈암이 회소선생과 같은 것은 오랫동안
연습이 쌓여서 영이 통하고 깨달음이 생겨서 묵묵히 갔다 적막히 와서
묘함이 현부(玄符)에 들어맞는 것이다. 도화(桃花)·백수(栢樹)의 신해(神
解)는 그루터기나 지키거[守株], 뱃전에 새긴 위치에서 칼을 찾는[索劍]
사람이 참여할 수가 있는 것이 아니다.[286]

　　혜환은 좋은 글씨를 쓰고자 할 때 작가의 정신을 담아내는 것이
중요하다고 지적하였다. 그는 하나의 글씨에서 진의가 나타나지 않
는다면 임모(臨摹)·독첩(讀帖)·독서(讀書)의 잘못에 있다고 하였
다. 요점은 글씨는 작가의 뜻이 중요하다는 점이다.[287] 왕승건(王僧
虔)은 서예의 높은 경지는 정신과 풍채이고, 다음은 형태와 본질이

286) 「南遯菴臨懷素自敍帖跋」, "此帖, 非徒觀者不以爲臨. 雖起素師示之, 必自疑其當時乘
醉又寫一本也. 楷之有草書, 猶禪之有散聖, 而素之於旭, 亦猶善財五十三參之德雲比
丘也. 懷素之自敍, 卽古人自寫其眞之意. 遯菴之以懷素體書懷素敍者, 亦古人敍人文
集, 仍用其人文法者, 奇哉! 人但見素草之狂怪怒張, 而不知敍未有徒增愧畏之謙辭,
所謂巧藏於朴, 動出於靜者, 是已. 昔有問老子註, 誰爲最? 答者曰, 有老子方許註老
子. 余以爲有遯菴翁方許評遯菴書. 語曰, 行雲無定品. 草書無定體. 然夏雲與夏雲同,
冬雲與冬雲同, 漢草與漢草同, 晋草與晋草同. 此則無局無體之中, 有局有體也. 今遯
翁之同素師者, 積習之久, 靈通悟生, 黙生寂來, 妙契玄符也. 桃花栢樹之神解, 非守株
索劍者所能與也." 이용휴, 『혜환 이용휴 산문전집』 상, 조남권 외 역, 소명, 2007.
287) 혜환은 글씨뿐만 아니라 그림에 대해서 작가의 뜻을 중시하였다. 『惠寰雜著』 「題鄭石凝
散花」, "天地間, 此山此水之必有必無, 未可懸斷, 如其無也, 不害爲補缺手. 因夢而見
者, 夢覺則空, 遇時而發者, 時過則歇, 此景常在而常新, 可寶也. 略略數筆對之, 生遠
思而解幽憂, 始知畫有益耳."

라고 하였다.288) 하나의 글씨가 살아 있다는 것은 정신과 풍채가 생동감 있게 나타나는 필세에서 확인이 된다. 따라서 처음 배우는 사람이나 일정한 경지에 든 사람이 항상 주의하여야 할 점은 글씨에 담기는 정신과 풍채이다. 결국 혜환은 글씨에 어떻게 작가의 정신을 담는가라는 문제로 관심이 모아지고 있다.

다음에 논의되는 원교의 『필결』에는 글씨에 어떻게 작가의 정신을 담는가라는 옥동의 서법보다는 법첩의 임모를 통한 법획이 주요한 문젯거리로 등장한다. 원교의 이 같은 태도는 옥동의 서법에 대한 무관심이 아니라 글씨에 필수적으로 요구되는 형과 신의 문제에서 형으로 견인되었던 태도에 기인한다. 이것이 원교가 옥동의 서법을 보완하면서 동국진체를 이루었던 바탕이며, 원교의 서법이 『필결』로 살아남을 수 있었던 이유이다.289)

옥동에 대한 사후의 평가는 긍정적이었다. 그의 행장에는 "필법이 깊은 경지에 나아갔으니 「악의론(樂毅論)」에서 힘을 얻은 것이다. 우리나라의 진체는 옥동으로부터 시작되었으니 공재 윤두서·백하 윤순·원교 이광사가 모두 그 체에서 나왔다.290)"라고 하였다. 다른 평자는 "그 초서법은 진체(晉體)를 답습하지 않고 스스로 융통성 있게 하여 쉽고도 예쁘고 시원하게 되었으니 다만 기백이 조금 모자라다. 그러나 청선(聽蟬) 이지정(李志定)과 겨룰 만하다."라

---

288) 『歷代書法論文選』 「筆意贊」, "書之妙道, 神采爲上, 形質次之, 兼之者方可紹於古人. 以斯言之, 豈易多得? 必使心忘於筆, 手忘於書, 心手達情, 書不妄想, 是謂求之不得, 考之卽彰."

289) 藍鐵·鄭朝, 『中國的書法藝術與技巧』, 中國靑年出版社, 1993. 서예 이론은 서가의 부단한 실천·창조·발전에서 산생되며, 미에 대한 탐구에 의해 자신만의 독립적인 완정된 체계를 이룰 수 있다.

290) 『槿域書畵徵』 李澂條, "筆法亦深造, 得力於 「樂毅論」. 東國眞體, 自玉洞始, 而尹恭齋·白下·員嶠皆其餘體也."

고 하였다.291)

2) 員嶠의 書論

　옥동을 이어 동국진체를 정립한 사람은 원교 이광사(1705∼1777)
라 할 수 있다. 원교가 자신의 서예이론을 확립하게 되는 데는 전
대 제가의 서체와 이론에 대한 비판과 이를 극복하기 위한 부단한
실천이 있어야만 가능했던 일이다. 아울러 옥동보다는 중국 서예에
대한 보다 많은 정보와 여건으로 '전체적인' 틀에서 서예를 조망하
는 안목도 갖고 있었다는 점이다.292) 특히 그가 신지도(薪智島)에
유배되었던 시기는 서예에 대한 깊은 자기성찰과 실천을 가능하게
하였던 것으로 보인다.293)

---

291) 『槿域書畵徵』, "其草法不蹈晋轍, 而自爲伸縮, 容易婉暢, 但氣魄少遜. 然可與聽蟬幷驅."
292) 원교의 서예에 관한 연구는 다음과 같다.
　　李完雨, 「원교 이광사의 서론」, 『간송문화』 38, 1990.
　　李完雨, 「원교 이광사의 서예」, 정신문화연구원 석사논문, 1991.
　　李完雨, 「원교의 생애와 예술」, 『원교 이광사전』, 예술의전당, 1994.
　　박병천, 「추사의 원교서론비평에 대한 분석적 고찰」, 『서예관논문집』 1집, 1991.
　　송하경, 「원교 이광사의 미학사상」, 『양명학』 13, 2005. 송하경은 원교 미학사상의 근저
　　에는 주체정신·법고창신정신·비평정신이 일관되고 있다. 그리고 원교의 이들 세 가지
　　일관정신이 지향하는 최고 경계는 이기동선(理氣同善)의 성인경계, 실사(實事)·실언(實
　　言)·실정(實情)의 심미경계, 도예일치(道藝一致)의 형신일체경계이다. 이들 최고경계는
　　자득기발(自得機發)의 전신미학·조화무정(造化無定)의 창신미학·학귀심득(學貴心得)의
　　비평미학으로 전개된다. 이러한 원교의 미학사상은 하나의 유기체적 소통체계를 이룬다고
　　하였다.
293) 서유구, 『임원경제지』 「이운지(怡雲志)」, "원교 이광사는 붓글씨를 익히는 틈을 이용하여
　　호랑나비 그리기를 좋아하였다. 나는 일찍이 그의 「만접도」를 본 적이 있는데, 이금(泥金)
　　과 석록(石綠) 등 색깔마다 모두 갖추어져 있으며, 날기를 멈추고 한데 어우러진 모습 등
　　온갖 모습이 생동하고 있다."(『금화경독기(金華耕讀記)』)

원교의 글씨는 같은 시대의 사람인 이규상(李奎象, 1727~1799)
이 스승인 백하(白下, 윤순)와 비교 평가를 하고 있어 도움이 된다.
그의 글씨는 획 하나 글자 하나를 배열함에도 사납고 호방하여 용
이 날고 호랑이가 뛰는 듯한 기상이 있고, 백하와 원교를 비교하
면 백하의 득의작은 다른 사람과 섞여 있을 경우 구분하기 어려운
데 원교는 득의작이 아니라도 다른 사람과 섞여도 찾아낼 수 있다
고 하였다. 이처럼 원교의 글씨가 호평을 받는 것은 그의 글씨를
받침해 주는 식견과 학문 때문이다.

> 세상에서는 원교의 글씨가 이 세대에는 다시없는 줄 알지만, 원교공의
> 식견·학문이 아니라면 이런 글씨가 나올 수 없는 것이다. 공이 젊어서는
> 단가설(丹家說)을 좋아하고 아울러 불경도 연구했는데, 뒤에 이가(二家,
> 도가와 불가)를 몹시 배척하고서는 경의(經意)에만 침잠(沈潛)하였고, 사
> 서·잡서·패설에 이르기까지도 구애받지 않고 펼쳐 보았다. (중략) 처음
> 에는 글들을 자주 쓰지 않았는데 자구며 시문이 다 그 기상이 중후하고
> 힘이 장대하며 어구가 기이하면서도 점잖아서 깊은 멋이 나타난다. 식자
> 들은 원교가 그 글만으로도 뒤에 이름을 넉넉히 남길 만하다고 한다.[294]

원교의 『필결』은 깊은 통찰과 부단한 실천으로 옥동의 『필결』
과는 다른 경지를 이루었다. 물론 그가 이룩한 서예의 독보적인
경지는 그의 스승인 백하 윤순의 가르침에 힘입은 바가 지대하다.

---

294) 李匡呂, 『李參奉集』 「員嶠先生墓誌」, "世皆知員嶠書絕代, 然非有員嶠公知見問學, 無
以發此翰墨也. 員嶠公少好丹家說, 兼究釋典, 後乃酷排二氏, 沈潛經義, 至史書雜稗
亦不苟披閱. (中略) 初不數數於篇章, 字句詩文皆氣厚而力大, 句奇語重, 深見菁華,
識者謂員嶠但以其文, 亦足傳後世云."

① 感情의 중시

부령 유배시절에 원교는 아들 이영익(李令翊)에게 준 편지에서 인내는 결코 위학지요(爲學之要)가 아니며 초학자들이 공연히 감정과 욕구를 억제하는 일은 잘못이라고 하였다. "원망함이 절실하면 할수록 어버이를 더욱더 친히 여김이 바로 인"이라는 주장에서 간취할 수 있듯이 희로애락의 감정에 솔직히 드러냄을 반대하지 않고, 오히려 인간적 감정을 표출하는 것이 중요하다는 것이다. 이처럼 그가 인간의 감정을 구속 없이 활발하게 펼 것을 주장하는 이면에는 개성적인 삶의 방식을 요구하는 것이라 할 수 있다.

네가 네 벽면과 책상에 쓴 '경신어(警身語)'는 아주 절실하다. 근일 공부하여 힘쓰는 바가 방도가 있는 것을 알 것 같아 아주 기쁘다. 다만 그 가운데 '인(忍)' 자는 좋지가 않구나. 내 생각에 '인'은 미덕이 아닌 듯싶다. 장공예(張公藝)가 인 글자를 백번 쓴 일이 있지만 그 인이 종족을 돈독히 한 도리는 아니었다. 인이란 물길을 막는 것 같아 종당에는 반드시 터지기 마련이며, 터지게 되면 그 형세는 반드시 더욱 위태하다. 장공예 이전 세대에는 화서(和恕)하여 일족이 동거한 일이 있었으나 장공예의 후세에는 그렇게 동거하였다는 말을 듣지 못하였으니, 필시 인 때문에 결국 보전할 수 없었던 것이다. 이는 내가 평상시 하던 말이라 너도 들었을 것이다. 그런데 지금 네가 말하길 "장공예가 능히 인하였던 것만 못하다. 고심을 견뎌내어 훼손하지 않고, 번뇌와 외유를 인내하면 도에 가깝다." 라고 하였는데, 이 말은 좋은 것 같지가 않다. 심(心)이란 고통스럽게 하여서도 안 된다. 진서산(眞西山, 진덕수)의 '각고공부(刻苦工夫)'라는 말을 뒷날 유학자들이 기롱하였는데, 그 기롱이 옳다. 인내한다는 것은 불가의 이른바 참아서 법인에 머문다(忍波羅蜜, 忍名爲戒, 住於法忍)는 설과 같으니 대단히 옳지 않다. 오직 욕만은 막을 수 있지 흩어 없앨 수가 없다. 慾은 불과 같아서 흩어 없애려고 하면 더욱 타오르기 때문에 막아야 한다. 慾을 막기를 불을 박멸하듯 다시는 일어나지 않도록 하는 것은 인하여 장축함과 다르다. 네가 만일 한때 횡역촉격(橫逆觸激)하여 용인한다면 옳다. 무왕의 명(銘)에 "잠시를 참지 못하면 종신토록 부끄럽게 된다."라고 한 것이 이것이다. 네가 만일 이제 전패곤액(顚沛困厄)하여 인에 힘을 집중한다면 옳다. 맹자의 이른바 '동심인성(動心忍性)'이 이것이다. 그런데 위학지요(爲學之要)를 일반적으로 논하면서 인을 말한다는 것은 내 생각에는 종시 온당치 못한 듯하다. 네 생각에는 어떠하냐? 다시 깊이 헤아려 답장을 하여라.295)

원교는 횡역촉격(橫逆觸激)할 때 용인하거나 전패곤액(顚沛困厄) 속에 인성(忍性)하는 것은 옳지만 평소에 마음을 고통스럽게 하는 일은 옳지 않다고 하였다. 특히 장공예가 인이란 한 글자로 구세(九世)가 동거하였던 일이 결과적으로 집안의 영락을 가져왔다는 사실을 들어 인내의 무용함을 말하고 있다. 이런 비유는 적절하지 않지만 그의 인내에 대한 새로운 견해는 인간의 솔직한 감정을 중시하는 것으로 주목된다.

이러한 감정의 중시는 서론을 직접적으로 설명해 주는 근거를 마련하는 데 어려움을 준다. 다만 원교의 글씨가 획 하나 글자 하나를 배열함에도 사납고 호방하여 용이 날고 호랑이가 뛰는 듯한 기상이 있다는 지적이 그의 개성에 연유하는 바가 있고, 신지도의 유배되었던 시기에도 원망의의 감정을 선한 방향으로 유도하여 동국진체를 완성했을 것으로 짐작해 볼 수 있다. 인간 감정의 중시는 그의 시에도 중요한 한 측면이다. 원교의 시에는 사랑과 그리움, 슬픔과 괴로움이라는 인간정서를 감추거나 억제하지 않고 그때그때 진솔하게 읊고 있다.

---

295) 李匡師, 「寄示令兒二則」. 심경호, 「원교의 학술사상」, 『강화학파의 문학과 사상』 3, 한국정신문화연구원, 1995에서 재인용.

② 왕희지체의 이해

원교의 『필결』은 전·후편으로 구성되어 있다. 전편은 소위 위부인(衛夫人)의 「필진도(筆陣圖)」[296]와 왕희지의 「제위부인필진도후(題衛夫人筆陣圖後)」[297]라는 고결(古訣)을 대문으로 하여 사항별로 나누어 싣고 제가의 이론을 선별하여 원교 자신이 설명하고 있다. 후편은 상하로 되어 있는데, 상에는 전편에서 부족한 부분을 보충하고 하에는 역대 서예를 논평한 것이다.[298] 후편에 첨부된 행장에 "『필결』 5·6천 언을 지어서 왕희지·위부인의 뜻을 밝혔고, 또한 후편을 지어서 더 넓혔으니, 이 후편은 영익(令翊)이 대신 써서 완성한 것인데, 公이 수정을 더한 것으로 만여 언이 되었다.[299]"라는 언급처럼 둘째 아들 영익이 대신 쓰고 원교가 수정하였다.[300]

---

296) 『필결』에서 분석되고 있는 위부인(衛夫人)의 「필진도(筆陣圖)」는 이본마다 약간의 출입이 있다.

297) 『필결』에서 분석되고 있는 왕희지(王羲之)의 「제위부인필진도후(題衛夫人筆陣圖後)」는 이본마다 약간의 출입이 있다.

298) 필결의 내용구성과 인용문헌의 출처를 시대별로 기재하면 다음과 같다. 이완우, 전게논문 (재인용).
前編: 訣當爲性(필자)·紙墨筆硯·基本點劃七條·執筆九種·六種用筆·結搆·三過折·各體書法·學古碑·論蘇黃書(論不學古人書-필자)
後編: 上/筆·執筆·墨法·用筆·行劃四訣·永字古訣·論筆勢論·論姸質·論臨摹
下/五體一法·論篆(嶧山碑·李陽冰書)·論二王小楷·論唐宋人書·各體書法(草·飛白·大字書)·論法書(二王法帖·刻字法)·論東國筆法
晋/衛夫人筆陣圖·王右軍題衛夫人筆陣圖後·王羲之論書·右軍筆勢論·衛恒四體書勢
唐/虞永興筆수·李陽冰永字八法·顔魯公傳張旭十二筆意法·孫過庭「書譜」·張懷瓘「書斷」
宋/黃庭堅「山谷題跋」·米芾「書史」·海岳「名言」·姜夔「續書譜」·蘇軾「東坡題跋」·高宗「翰墨志」
元/雪庵「春種法名」·鄭杓「衍極」
明/王世貞「弇州山人四部稿」·「藝苑評」·董其昌「容臺別集」·「畵禪室隨筆」

299) 李匡呂, 『李參奉集』「員嶠先生墓誌」, "述『書訣』五六千言, 發明王·衛意旨, 又有後編以廣之. 後編者令翊代述, 旣成而公加修訂又萬餘言."

300) 『筆訣』 後編, "余旣爲『書訣』一篇, 其有未盡詳者, 欲復取古訣論以廣之, 顧力不暇焉,

따라서 그의 왕희지체에 대한 이해는 소위 위부인의 「필진도」와 왕희지의 「제위부인필진도후」(「필세론(筆勢論)」 포함)라는 대문의 설명에서 우선적으로 나타나고 있다. 그는 「필진도」는 7조로, 「제위부인필진도후」는 8조로 나뉘어 분석하고 있다. 그런데 「필진도」나 「제위부인필진도후」는 저자조차 확실하지 않고, 그 글은 계통도 없고, 독립적으로 완전하지도 않다. 다만 이것이 세상에 전해진 이후로 그 이론이 의심 없이 믿어져서 많은 영향력을 끼쳤다는 점이 중요하다. 더욱이 원교의 『필결』은 「필진도」와 「제위부인필진도후」를 반성으로 사유하고 실천하는 과정에서 완성되었기 때문에 더욱 의미가 있다.

위부인(衛鑠, 272~349)의 「필진도(筆陣圖)」는 첫째, 문자의 공용과 서사의 오묘함을 제시하고 있다. 둘째, 글씨의 오묘함의 두 조건인 통영감물(通靈感物)이다. 통영(通靈)은 주체 심령의 깨달음이고 감물(感物)은 객관 만물로부터 획득하는 받아들이는 것이다. 셋째, 정력전일(精力專一)이다. 글을 쓸 때 온몸의 힘을 다하여 써 나가는 것이다[盡一身之力而送之]. 넷째, 근서(筋書)와 묵저(墨猪)이다. 이는 점과 획의 심미적 효능으로 역감(力感)이 강한 다골미육(多骨微肉)은 근서(筋書)이고 다육미골(多肉微骨)은 묵저라는 것이다. 다섯째, 일곱 종류의 정서필법이다. 그 설명 방식은 형상적 비유로 일관하는데, '일여천리진운(一如千里陣雲)'같은 경우이다. 이는 필과 획을 구별하는 것은 아니지만 붓을 쓸 때 요구되는 힘과 필세에 초점을 두려는 것이다. 여섯째, 서도의 완결이다. 서가가 새로운 서법을 창조하기 전에 "매양 한 글자마다 그 형을 본뜨는[每爲一字, 各象

使令翊代草, 文成而委曲該實, 盡發蘊奧. 不異余自爲. 遂略修訂而錄爲『書訣』後編."

其形)" 태도가 요구된다. 이를 다하면 묘함을 이룰 것이고 서도는 완결되는 것이다.

이러한 위부인의 「필진도」는 초학자에게 주로 서사기법을 알려 주려는 것이다. 그런데 원교는 셋째·넷째·다섯째 부분에 역점을 두고 있으며 여섯째 부분은 취급조차 하지 않았다. 이를 정리하면 다음과 같다. 우선 필법에 정력전일(精力專一)을 요구한다. 붓을 바르고 단단하게 잡아야 하는데, 비록 획이 굴곡처에 있어서도 조금도 기울어져서는 안 된다. 이는 붓을 들어 중심을 잡고 그어 나갈 때 이도(利刀)로 횡삭(橫削)하는 것 같아야 한다. 이때 붓이 앞서고 손이 뒤따른다(筆先手後)는 생각으로 써 나가 손이 붓 뒤를 따르게 하여야 한다(手從筆後). 마음을 오로지 하여 붓을 밀고 나가 획이 균일하게 나아가게 한다. 이것이 '만호제력(萬毫齊力)'이다.[301] 다음으로 근골의 서를 강조한다. 필법은 용필이 주가 되고, 용필은 근골이 근본이다. 그런데 당대의 글씨들은 근골(筋骨)을 경시하여 송인의 묵저(墨猪, 먹돼지)와 다를 바가 없는데, 이는 사람들이 침중(沉重)하게 운획(運劃)도 하지 않고, 착력치공(著力致工)도 즐겨하지 않았기 때문이다. 또한 서사공구인 지필묵연이 맞지 않는다면 상재(上才)가 있더라도 자신의 재주를 다 발할 수 없다고 한다. 그 다음으로 형상적 비유로 일관한 일곱 종류의 정서(正書)에 대한 설명이다. 원교도 위부인과 마찬가지로 필획에 대한 구별을 별도로 언급하고 있지 않다. 어떻게 붓을 쓰는 것이 힘과 필세를 나타낼 수 있는지를 여러 가지로 제시하고 있다.

결국 이 「필진도」와 원교의 설명은 초학자에게 서사기법을 알려

---

301) 만호제력(萬毫齊力): 모든 붓털이 일제히 힘을 쓰는 것을 말함.

주려는 것으로 한정되어 있다 하겠다. 왕희지(王羲之)의 「제위부인
필진도후」에는 위진전후의 사람들이 주장하지 않았던 서법의 형식
미가 있다는 점이다. 첫째, 글씨에는 점과 획이 있다. 둘째, 글씨는
정서(正書, 당시 정서는 예서이다)로 쓴다. 셋째, 초서를 쓸 적에는
다방면으로 섭취하여 풍부한 필법을 구사한다. 넷째, 글씨를 쓸 때
는 필침묵실(筆沉墨實)해야 한다.

　「제위부인필진도후(題衛夫人筆陣圖後)」에는　형식미뿐만　아니라
‘의(意)’나 ‘심(心)’을 중시하는 경향이 있다는 점이다. 이는 「필진
도」가 ‘의’에 대해 상대적으로 별다른 이해가 없다는 점과 비교가
된다.[302] 실제로 왕희지 서법의 핵심은 ‘의’이다. 왕희지는 ‘의’란
언어로써 다 표현해 낼 수 없다고 강조하였다. 이는 당시 철학사
상의 대표적인 언술인 ‘의이상진(意以象盡)’과 ‘언부진의(言不盡意)’를
서법사상에 표현한 것이다. 그리고 왕희지는 ‘의’라는 개념을 두
가지로 사용하고 있다. 하나는 의가 작서자의 정감과 심태를 가리
킨다. 그의 강조점은 서가의 의서(意緖)와 정조(情操)로서, 서법이
사람의 내심을 표현할 수 있다는 것이다. 이는 서법창작에서 주객
합일의 문제를 고려하려는 측면이다. 다른 하나는 의는 서법의 의
취(意趣)로, 후대의 평자들이 말한 ‘진인상운(晋人尙韻)’의 운(韻) 자
를 가리킨다. 글씨는 단순히 점획의 공(工)만을 추구하는 것이 아
니라 필묵 밖의 정취를 요구하는 것으로, 이것은 왕희지가 말한

---

302) 위부인과 왕희지는 서예에서 의(意)를 모두 언급하고 있다. 위부인의 「필진도(筆陣圖)」에
　　　“뜻이 앞에 있고 붓은 뒤에 있다(義前筆後).”라는 구절과 왕희지의 「제위부인필진도후(題
　　　衛夫人筆陣圖後)에 “뜻이 붓 앞에 있다(意在筆前).”라는 구절이 함께 보이며, 이는 전
　　　통적으로 글씨 쓰는 태도를 말한다. 서가의 의(意, 구상)가 글을 쓰기 전에 먼저 이루어져
　　　야 함을 중시하는 태도이다.

'유의(有意)'이다. 예컨대 화론에서 '기운생동(氣韻生動)'을 요구하는 것과 유사한 태도이다.303) 이처럼 왕희지는 서법에서 상의중운(尚意重韻)을 주장하였다. 비록 그 구체적인 문자는 반드시 그의 손에서 나오지는 않았지만, 다만 오랜 역사의 단계에서 왕희지의 이론으로 인식되어 왔고 그 영향력은 심대한 것이었다.

이러한 왕희지의 서론을 원교도 의심 없이 수용하면서 자신의 이론을 구축하였다. 그리고 그가 왕희지의 서론에 대한 이해에서 남달리 뛰어난 점은 후대 서가의 견해를 더욱 많이 취합하려는 진지함이다. 우선 필획에 대한 이해이다. 왕희지가 획의 동태성을 염두에 둔 '삼과절(三過折)'을 파법(波法)에만 한정하고 있다. 모든 획에 삼과절(三過折)하는 일은 문의를 제대로 살피지 못한 탓이다. 다만 다른 획에는 굴곡완전(屈曲宛轉)의 뜻이 있어야 하고 절필(折筆)의 세는 불가하다. 이는 근본적으로 자획 자체에서 '유의(有意)'를 찾으려는 태도이다. 다음은 각체의 필의를 융합하려는 관점이다. 세상에는 올바른 전예의 법이 없어지고 행초해서의 법이 별도의 체로 이해되고 있지만, 전적으로 古人의 法을 알지 못하기 때문이다. 어떤 것이 古人의 법인가는 자명하다. 원교는 왕희지체의 소해(小楷)를 중심으로 연습하였다. 이는 그가 「악의론」과 「동방삭화상찬」을 평생 적습(積習)하였다는 진술과 그의 스승인 백하가 「황정경」을 즐겨 썼다는 사실에서 유추할 수 있는 것이다.304) 그가 초당삼대가

---

303) 기운생동(氣韻生動)은 사혁(謝赫)이 『고화품록(古畵品錄)』에서 처음으로 제기한 육법 중 가장 중요한 제1기준으로, 육법을 관통하는 원칙이며 나머지 다섯 가지 방법의 근거가 된다. 기운생동은 예술가의 생명력과 창조력을 개괄할 뿐만 아니라 예술작품의 생명을 개괄했기 때문에, 예술의 본질, 특히 회화의 본질에 대한 가장 총괄적인 최고의 준칙(準則)이 되어 중국 회화 미학의 핵심을 이룬다. 육법의 나머지는 골법용필(骨法用筆), 응물상형(應物象形), 수류부채(隨類賦彩), 경영위치(經營位置), 전이모사(轉移摸寫)이다.

인 우세남·구양순·저수량의 글씨보다 안진경의 해서를 비판한 사실은 왕희지체의 소해에 얼마나 가까운가로 판단했음을 말한다. 다음은 행초에 대한 언급이다.

우군이 몹시 취하여 휘둘러 쓴 「난정서(蘭亭叙)」가 극히 정온(精穩)하니 옛사람의 필의를 알 수 있다. 단지 이왕의 첩은 글자가 예스러우나 획이 완만하다. 홍복비(弘福碑)와 홍복비(興福碑)는 획이 경건하지만 자형이 속스러워 깨달을 수 없다. 마땅히 옛 전예와 이왕의 해서로 행초를 구하면 정법을 얻을 수 있을 것이다.[305]

여기서는 「난정서」에서 옛사람의 필의를 느낄 수 있다고 칭찬하면서, 이와 반대로 『순화각첩』에 실린 「성교서」나 「홍복사비」에 대해서는 획은 경건하지만 자형이 속되다고 하였다. 그런데 그 중심은 해서이다. 다음과 같은 오체일법(五體一法)의 주장이 그 대표적인 예이다.

행서도 전엄(典嚴)함을 법으로 갖춰 갑작스레 하지 말며, 해서에서 심하게 減하지 않는다. 이 때문에 전예로 말미암아 해서·행서·초서로 변하는 것이니 모두 한 가지의 도이다. 후대의 해서에는 전예의 법이 없고 행초도 해서와 판이한 이체가 되어 하나의 획도 비슷함이 없으며, 단지 요솔(潦率)하게 취급(驟急)하고 번려찬현(繁麗燦絢)함만을 자랑하니 고도를 잃은 것이다.[306]

---

304) 李完雨, 「員嶠 李匡師의 書論」, 『간송문화』 38, 1990.

305) 『員嶠集』 「筆訣」. "右軍劇醉, 放書「蘭亭」, 極其精穩, 古人筆意, 可知也. 但二王帖字, 古而劃緩. 弘福·興福碑劃, 勁而字俗, 不可曉也. 當以古篆隷及二王眞書, 求行草, 可得正法."

306) 『員嶠集』 「筆訣」. "行書亦具法典嚴, 毋得率爾, 不甚減於眞書. 是由以篆隷變爲眞, 以眞變爲行爲草, 皆一道故也. 後世眞旣無篆隷法, 行草又與眞判爲異體, 無一劃相類, 只潦率驟急, 繁麗燦絢, 專失古道也."

오체(五體)인 전서·예서·해서·행서·초서는 모두 하나의 道
이다. 따라서 작서자(作書者)는 각체의 특징을 학습하고 나서 연합
관통(聯合貫通)해야 비로소 필묵적 의취를 증가시킬 수가 있다. 견
실한 기초 위에서 나온 글씨야말로 새로움을 이룰 수가 있다.

③ 衆碑學習

원교는 옥동과 마찬가지로 왕희지의 법첩을 규범으로 삼아 학습
하였는데, 이는 스승인 백하 윤순의 영향이었다. 이계(耳溪) 홍양호
(洪良浩)는 백하의 글씨를 매우 칭찬하였다.

> 오직 백하 윤공이 천년 뒤에 태어나서 대단히 뛰어나고 빼어나서 우리
> 나라의 글씨의 누추함을 깨끗이 씻어 버렸고, 김생 이하 제가의 글씨를
> 모두 취하여 그 좋은 점만을 골라 오고 당·송·원·명의 글씨에서 좋은
> 점을 뽑다가 영화(永和) 때 글씨에 절충했으니, 점과 획에 있어서는 신
> 기(神氣)와 골육(骨肉)이 모두 넉넉하고 짜임새에 있어서는 법상(法象)과
> 의태(意態)가 모두 구비되었다. 그리하여 묘하게 깨닫고 신통하게 알아서
> 제가들의 좋은 점을 집대성하여 일가를 이루었으니, 그 아름답고 예쁘기
> 는 마치 구름을 희롱하여 노는 용과 같고 무르녹고 빛나기는 마치 이름
> 난 꽃과 여자 같아서 사람으로 하여금 눈을 어지럽히고 마음을 취하게
> 하니, 인간의 뛰어난 재주이며 천하의 신기한 재주라고 할 만하다.[307]

백하는 김생 이하의 글씨에서 장점을 취하고 중국의 글씨에서
장점을 뽑다가 절충하여 신기와 골육이 있는 체를 완성했는데,
이것이 백하의 글씨체이다. 이에 대한 평가는 백하의 글씨가 제가

---

307) 『耳溪集』「題白下淳玉軸書」, "惟白下尹公, 生於千載之後, 穎脫超邁, 一洗偏方之陋,
盡取金生以下諸家, 而割其榮焉. 咀嚼乎唐宋元明, 而折衷於永和, 點劃則神氣骨肉俱
足, 締構則法象意態咸備. 妙悟神解, 集成一家, 夭嬌如行雲游龍, 穠燁如名花好女, 令
人目眩而心醉, 可謂人間之絕藝, 天下之奇才也."

의 누추함을 깨끗이 씻어 버렸다는 것이다. 그의 글씨가 빼어나고 대단할 수 있었던 것은 끊임없이 서예를 학습하여 자기 글씨체를 추구한 결과이다. 인간의 뛰어난 재주와 천하의 신기한 재주를 지닌 백하는 상당한 수준의 서론을 이해하고 있었다.

> 대저 획이란 것은 높고 멀어서 행하기 어려운 것이 아니고, 치우치지도 않고 의지하지도 않아서 중심으로 행하는 것을 획이라 한다. 대개 붓 끝의 중심으로써 가운데에 행하여 양 쪽의 뾰족한 털이 아울러 따라 행하면 그 획의 체가 자연히 원만하게 된다. 이것이 이른바 '온갖 털이 힘을 가지런히 한다[萬毫齊力].'는 것이고, 또한 '심획(心劃)'이란 것이다. 그리고 그 획을 행할 적에 반드시 어깨와 팔을 따라 그 힘이 붓 끝으로 내려가게 해서 날로써 달을 세고 달로써 해를 세어서 마음과 힘을 다 기울인 뒤에야 성취할 수 있다.308)

이처럼 윤순이 '만호제력(萬毫齊力)'이나 '심획(心劃)'을 주장할 수 있었던 것은 왕희지의 법첩뿐만 아니라 후대의 서가들이 이룩한 서체를 학습했기 때문이다.309) 그는 우리나라의 서맥(書脈)을 바탕으로 하여 미불(米芾, 1051~1107)과 형산(衡山) 문징명(文徵明, 1470~1559)의 서체를 수용하여 고유색 짙은 글씨체를 이루었다. 특히 중국의 서체를 연구하기 위해 북경으로부터 왕희지 진적을 모방한 『황정경』·『유교경(遺教經)』·『조아비(曹娥碑)』·『삼장성교서(三藏聖教序)』 등을 구입하였다.310) 이에 대해 추사 김정희(1786~1865)

---

308) 「白下書帖」, "大抵劃也者, 非高遠難行者也, 不偏不倚, 中心行之, 謂之劃. 盖以筆尖之中心, 行於中而兩邊尖毫, 竝隨而行, 則其劃體自圓, 是所謂 '萬毫齊力' 者也, 亦所謂 '心劃' 者也. 且其行劃也, 必以肩與肱, 任之而行, 任之而行, 日以計月, 月以計年, 積費心力, 然後乃可成就."

309) 『耳溪集』 「題白下淳玉軸書」, "於是乎書家之萬法, 畢露, 古人之陳跡盡廢, 世之操管者, 靡然宗之."

310) 趙龜命, 『東谿集』 「題從氏家藏遺教經帖」, "嘗見朴士安誌載, 士安筆法魯公, 當時學

는 "백하의 글씨는 문징명에게서 나왔는데 세상은 모두 이를 알지 못하고 백하 자신도 스스로 그것을 말하지 않았다.[311]"라고 비판한 적이 있다.

독자적인 서와 서론을 확립한 백하는 자신이 터득한 것을 원교에게 전해줌으로써 동국진체를 새롭게 발전시켰다. 이 점은 원교의 진술에서도 확인된다. "나는 서른 이후에 전적으로 옛사람의 법을 배우게 되었지만 내가 처음으로 붓 잡는 뜻을 알게 된 것은 백하공 덕분이다."라고 하였다. 그는 평생을 "우리나라 글씨는 붓을 잡는 데 단점이 있어서 종이가 붓 끝을 받아들이지 않으니, 흘낏 보기만 하여도 먹의 밝고 어두움을 당장 알아볼 수 있게 되었다."라는 인식을 가지고 이를 극복하려고 옛사람의 법을 배우게 되는데, 이 법은 당송을 거슬러 올라가 위진의 체를 배우고 따르는 것이었다.

> 세상 사람들이 이르기를, "원교공의 전서와 예서는 해서와 초서보다 훨씬 낫다."라고 하니, 이는 공이 전서와 예서로 쓴 여러 비석들에 마음을 두고 학습한 것이 사십 이후로 대개 서도가 더욱 진보하고 학문도 더욱 옛것에 가까웠기 때문이다.

행장은 원교가 옛사람의 법을 배우는데 전서와 예서로 쓴 비석들에 마음을 두고 학습하여 서도가 진보함이 있다고 적고 있다. 젊어서 원교는 왕희지의 법첩을 백하를 따라 익히게 되었는데, 왕희지체 소해(小楷)로 쓴 「악의론(樂毅論)」 「동방삭화상찬(東方朔畫像贊)」과 왕희지체 행초로 쓴 「순화각첩(淳化閣帖)」 등이었다. 그런데

書者, 多慕效之, 燕肆魯公帖, 爲之價貴. 然未必如今之尹尙書驅變一世也. 黃庭·遺教·曹娥·三藏, 殆家藏之, 未知燕肆諸帖之價, 翔躍如何耳."

311) 『阮堂先生全集』 「雜識」, "白下書, 出於文衡山, 世皆不知, 且白下, 亦不自言文書."

이 법첩이 여러 차례의 모각을 거침에 따라 왕희지체의 진면모를 보여줄 수 없다는 점을 원교는 간파하고 왕희지 이전의 전예의 중비(衆碑)를 학습하고자 노력하였다. 때문에 원교의 『필결』이 옥동의 『필결』보다 매우 독창적이고 체계적으로 구성될 수 있었던 것이다.312)

> 가본(佳本)인 고첩(古帖)은 우리나라에 거의 들어오지 않았다. 그런데 내가 오래전에 찰방 이서(李漵) 댁에서 본 「악의론(樂毅論)」과 근래 상서 민성휘(閔聖徽) 댁에서 얻은 상찬(像贊)은 모두 고묘하다. 내 평생의 필력을 얻은 것도 오로지 이 이첩에서이다. 무릇 고첩은 모두 여러 번의 번각을 거쳐 왕우군의 본색을 알 수가 없다. 그런데 한위제비는 오히려 원각(原刻)을 전하고 있어 그 심획을 볼 수 있으니, 우군의 자획은 한위비보다는 여전하지 않다고 본다. 나는 매양 이첩(二帖)과 중비(衆碑)를 비교하여 보고 익혔다. 그 획력의 경묘(勁妙)함은 자못 상하가 없고 결구의 신기함은 인의(人意)에서 나왔으면서도 그것을 넘어서려 한다.313)

원교가 첩학보다는 비학을 중시하고 있지만 기본적으로 왕희지의 법첩을 따르지 않고 자신의 뜻대로 글씨를 학습하는 사람들에 대해서는 비판적이었다. 그가 소식·황정견을 비판하는 이유가 스스로 고인의 법은 필요 없으며 나의 신의(新意)만 있으면 된다고 주장을 했기 때문이다.

---

312) 『員嶠集』「筆訣」, "凡書須意興與紙筆相須. 然若紙筆稱意, 雖初無興, 有更挑思合作者, 紙筆不稱, 雖始有意下一二字, 便索然潦率, 則紙筆之功居多. 古人云, '筆欲勁圓, 引之則曲舍勁直, 如初一引而曲不復挺, 無以如意.' 中國筆精皆然, 近漸不如前, 大筆尤多柔弱, 雖有佳者, 罕傳於東, 亦由文董以來, 書道日趨柔媚, 可慨也. (中略) 右軍曰, '書虛紙強筆, 強紙弱筆.' 此爲可疑. 虛紙尚貴強筆, 況紙強筆弱, 豈能勝任?"

313) 『員嶠集·筆訣』, "古帖佳者, 絶無東來. 而余舊見李察訪漵家「樂毅論」, 近得閟尚書聖徽家像贊, 皆極高妙. 余平生得力, 專在此二帖. 夫古帖皆屢經飜摹, 右軍之本色今難定. 然漢魏諸碑, 尚傳原刻, 可見心劃, 右軍字劃想不尚於漢魏碑. 余每以此二帖與衆碑, 較結看習, 其劃力之勁妙, 殊無上下, 而結構之神奇, 出人意, 殆欲過之."

황노직의 「증구경화담필시(贈丘敬和談筆詩)」에, "남을 따라 꾀하면 끝내 남의 뒤가 되니, 스스로 일가를 이루어 비로소 핍진하네."라고 하였다. 조미숙(晁美叔)이 그 우군의 파과점획이 일필도 쓸모가 없다고 기롱한 것은 미숙이 우군과 더불어 부합되는 것으로 우맹(優孟)의 손뼉을 치고 우스갯소리가 바로 손숙오(孫叔敖)이란 말인가? 소자첨(蘇子瞻)도 "내 글씨는 스스로 신의에서 나왔고, 고인을 따라 하지 않은 것이 일쾌(一快)이다."라고 하였는데, 이는 매우 잘못이다. 소·황의 글씨는 모두 부솔경천(膚率輕淺)하여 왕희지의 경지를 살피지 못했으니, 이들은 반드시 항상 이런 견해를 가졌기 때문에 학고(學古)를 꺼리고 문득 스스로 성인에 도달한 것으로 우선한 것이다.[314]

이러한 소·황의 주장은 원교로서는 받아들일 수가 없었다. 더욱이 후대에 글씨를 배우는 자들이 이 말을 금과옥조처럼 따른다면 그 폐단이 심해져서 끝내 바로잡을 수 없는 지경에 이를 것으로 판단하였다.

우군이 중비(衆碑)를 학습하여 자신의 글씨를 이룬 것이 오십이 년(五十二年)이 되니, 이 오십이 년은 중비를 학습하여 남을 따라 꾀한 것이니 고인을 따르는 자는 문득 일가를 이루고 신의에서 나왔다고 자처할 수 없는 것이다. 소(蘇)·황(黃)이 이 말을 할 때에 과연 우군의 오십이 년보다 나음이 있어서인가? 종왕의 글씨가 비록 변화무궁하여 만나는 것마다 이체가 되지만, 이는 모두 결구·형태일 뿐이다. 파과점획(波戈點劃)의 용필하는 묘함은 천성(千聖)이 일률(一律)이니, 이는 고인이 칠법·팔법을 중하게 하여 반드시 이 수수(授受)로 배우는 자를 위하는 까닭이다. 산곡이 우군의 파과점획에 대해 일필도 쓸 만한 것이 없다는 것은 종왕(鍾王)의 만남을 따라 만변하고 불변하는 것을 산곡이 홀로 변화시켰으니, 이는 종왕보다 어짐이 있어서 그런 것인가?[315]

---

314) 『員嶠集·筆訣』, "黃魯直『贈丘敬和談筆詩』云, '隨人作計終後人, 自成一家始逼眞.' 晁美叔譏其右軍'波戈點劃'一筆無也, 則曰, 美叔與右軍合者, 優孟抵掌談笑, 신是孫叔敖耶? 蘇子瞻曰, '吾書自出新意, 不踐古人, 是一快也.' 此甚有弊, 蘇黃書皆膚率輕淺, 未窺畦蹊, 是必常作此見, 故憚於學古, 遽先自聖之致."

315) 『員嶠集·筆訣』, "右軍之學習衆碑成書, 在五十二, 五十二之前, 即是學習衆碑, 隨人作計, 踐古人者, 未必遽自處以成一家出新意也. 蘇黃作此語時, 果勝於右軍五十二前

따라서 소황(蘇黃)처럼 왕희지의 파과점획(波戈點劃)을 배우지도 않고 일가를 이루었다고 주장한다는 것은 바로 법을 버리고 방(方) 과 원(圓)을 구하는 것이다. 원교는 반드시 법이 있어야 형을 나타 낼 수 있고 형이 있어야 핍진할 수 있는 것이지 법을 무시한 채 제멋대로 써서 핍진에 도달할 수는 없다고 하였다. 이런 소황(蘇黃) 의 잘못된 말을 금인이 맹종하여 글씨를 배울 때 조심조의(粗心粗 意)하여 고인의 조박(糟粕)의 자취를 볼 수 없게 되었다.

그런데 원교는 자신만의 서법을 전개하다가 커다란 문제에 봉착 하게 되었다. 자신이 근거로 삼은 왕희지의 법첩이 전해오는 과정에 마모되고 잘못되어 진적과는 너무 거리가 멀게 되었다는 사실이다. 그는 이 문제를 해결하기 위해 우군이 법 삼았던 한위(漢魏)의 중 비(衆碑)에 대해 주목을 하고 중비학습(衆碑學習)을 제창하였다.

원교는 일생 동안 글씨 공부를 소홀히 하지 않았던 대단한 노력 가였다. "지금 육십이 되었는데도 오히려 임서하기를 좋아한다."라 는 평가는 허언이 아니었다. 이렇듯 그가 고인의 법을 오랜 기간 에 걸쳐 학습한 결과로, 왕희지의 법첩이 왕희지 본래의 글씨와는 다른 안작(贋作)이거나 번각본임을 깨닫게 되었다. 다시 왕희지가 오십이 년 동안 학습했던 방식대로 전예중비(篆隷衆碑)의 학습을 시도하였다.

배우는 사람은 모름지기 우군이 지나간 자취를 따라 배워, 중비를 먼 저 학습해야 한다. 중비를 배우려면 우선 그 우열을 알아야 용공(用功)이

者乎? 鍾王之書, 雖變化無窮, 隨遇異體, 此皆結搆・形態而已, 波戈點劃用筆之妙, 千聖一律, 此古人所以重七法・八法, 必以此授受爲學者也. 山谷於右軍, 波戈點劃無 一筆, 則鍾王之隨遇萬變而所不變者, 山谷獨變之, 是賢於鍾王而然乎?"

그릇되지 않는다. 내가 젊어서 타가에서 구루비(岣嶁碑)를 보았으나 한 번도 임서할 수 없었으며, 석고문 진본을 얻어 필력을 얻게 된 것도 오로지 여기에 있었다. 역산비는 비록 위작이나 방엄경건하여 당 이전에 나온 듯하지만 자못 이양빙의 글씨에 힘입은 것이다. 다만 삼분비(三墳碑)는 위궤초솔(委脆草率)하여 늑골이 거의 없다. 시황 때에 문서가 번잡하여 전자로 쓰기가 어려워서 예자가 나왔다. 그런데 삼분비는 그 지속이 예자보다 빠름은 정법이 아님을 알 수 있으니 이양빙에게서 나온 것은 아님을 알 수 있다.316)

우리나라에 일찍이 예서가 전해오지 않고, 단지 현종의 효경과 태산비(泰山碑)가 있으나 둔속하여 볼만하지 않다. 30년간 김광수는 고창(古創)함에 벽이 있어 한위제비(漢魏諸碑)를 사들였다. 「예기(禮器)」와 「수선(受禪)」이 최고이며 「권진(勸進)」은 수선과 동일인의 글씨이나 좀 둔하여 떨어지니 후인의 가감이 있기 때문이다. 공선(孔羨)은 협경하여 수선을 닮았고, 사신(史晨)은 위완하며 예쁘며, 합양(郃陽)은 교묘하나 근속하고, 공표(孔彪)는 매우 좋으나 남은 글자가 적다. 공화(孔和)는 중국인들이 예기와 병추하는데 획에 위결함이 있으니 역시 근속하며 예기에는 크게 못 미치나 그래도 가자라 할 것이다. 孔宙는 획에 창경함이 모자라나 공화와 비길 만하다. 대략 예기와 수선 등은 힐곡(佶曲)이 가장 심하기 때문에 획에 있어 경건함이 뛰어나다. 공화·공주는 획이 좀 평완하므로 결국 골력이 적고 창고함이 부족하다. 따라서 힐곡이 상승(上乘)됨을 알 수 있으니 하군형방이비는 절가하여 수선의 다음에 놓을 만하다. 내 단 한 번 보았으며 아직 임모하지 못하였다. 곽태비(郭泰碑)는 획이 모두 산만하고 짜임새도 해이하니 한갓 근세의 가작(假作)에서 나왔으며 모양도 본뜨지 못하였다.317)

---

316) 『員嶠集·筆訣』, "學者須依右軍已行之轍, 先於衆碑學習, 欲習衆碑, 先知其優劣, 乃不誤用功. 余少時, 見「岣嶁碑」於人家, 不獲一臨, 得「石鼓文」眞本, 所得力專在此, 嶧山雖僞, 方嚴勁健, 似出唐以前, 亦頗有賴李陽氷書. 只見三墳碑, 柔脆草率, 全無筋骨, 始皇時, 文書甚繁, 篆書難. 故隷字出, 而三墳書之遲速, 速於隷字可知, 非正法可知, 非出陽氷, 下至徐鉉所書『說文』, 幞劣無可論."

317) 『員嶠集·筆訣』, "東國曾無隷書之來, 只有玄宗「孝經」·「泰山碑」, 鈍俗不足觀. 三十來金光遂成仲, 癖於古創, 購得漢魏諸碑, 「禮器」·「受禪」爲最, 「勸進」與「受禪」同出一手, 稍鈍而遜似, 由後人以意曾鑱, 孔羨勁險似「受禪」, 史晨秀婉可愛, 郃陽巧妙而近俗, 孔彪甚佳殘缺, 存者少, 孔龢華人, 與「禮器」並推而行, 劃中脆結亦近俗, 遠不及「禮器」, 亦足稱佳, 孔宙劃欠蒼勁, 當與孔龢相上下, 大率「禮器」「受禪」等, 佶曲最甚. 故劃以勁健出類, 孔龢·孔宙劃稍平緩. 故遂少骨力欠蒼古, 此可以知佶曲之爲上乘也. 「夏君」「衡方」二碑絕佳, 當爲「受禪」之亞. 余只一見, 未及臨摹, 「郭泰碑」劃皆散漫, 結亦弛縱, 出近世假作, 而依樣且不能者也."

후대에 원교의 동국진체를 가장 신랄하게 비판한 사람은 추사(秋史) 김정희(金正喜)이다. 그는 「잡지(雜識)」에서 "일찍이 원교가 황산곡(黃山谷, 황정견)의 글씨를 여지없이 논척한 것을 보았는데, 이는 조미숙(晁美叔)의 말을 주워 모은 것에 불과하다. (중략) 우리나라 사람들은 망령되이 스스로 존대하게 여겼다. 예를 들면 원교가 곧바로 당·송·육조를 뛰어넘어 산음(山陰)의 비궤(棐几)를 넘어가려는 것은 바로 지붕 위에 푸른 하늘이 있다는 것을 모르는 격이다. 원교는 열 번 나아가도 석봉·안평에 미치고 못하고, 다시 열번 나아가도 동기창에 미치고 못하고, 동기창은 열 번 나가더라도 동파·산곡에 미치니 못할 터인데, 무엇 때문에 산곡을 함부로 논평하는가? 원교의 글씨가 어찌 일찍이 산곡의 파임과 꺾임의 법을 알 수 있으리오? 만약 원교가 파임과 꺾임을 모른다고 한다면 사람들이 크게 놀랄 것이지만 실상은 그는 파임과 꺾임의 오정(五停)의 고법을 모른다는 것이다.[318]" 뿐만 아니라 「서원교필결후(書員嶠筆訣後)」에서는 원교가 청대고증학의 성과를 알고 있으면서도 한위 고비(古碑) 임서의 중요성을 인정하지 않았으며, 현완법(懸腕法)도 모르면서 언필(偃筆)을 꾸짖었다고 지적한다.

심지어 붓은 먼저 가고 손은 뒤로 간다는 것은 더욱 뒷사람에게 보여줄 것이 못 된다. 서가가 먼저 할 것은 현완과 현비에 있어 마침내는 온 몸의 힘을 다 쓰는 데까지 이르렀는데 지금 '붓은 먼저요 손은 뒤라.' 하고 또 '온 몸의 힘을 다해 보낸다.'라고 했으니 붓이 먼저 갔는데 어떻게

318) 『阮堂先生文集』 「雜識」, "嘗見李員嶠, 論斥山谷書, 不有餘, 卽不過摭拾晁美叔之言. (中略) 東人無處不妄自尊大, 如員嶠, 直欲超越唐宋六朝, 徑闖山陰棐几, 是不知屋外有靑天耳. 員嶠, 十駕不及石峰·安平, 石峰·安平, 又十駕不及董玄宰, 玄宰又當十駕, 不及於東坡·山谷, 顧以妄論山谷也? 員嶠書, 何嘗有山谷一波折之法耶? 若云, 員嶠不知波折, 人必大駭, 而實不知波折之五停古法耳."

손과 몸에 의뢰할 수 있는가. 선후가 모순되어 스스로 그 예를 어지럽히
며 조리가 닿지 않으니 어찌 한탄스럽지 않으리오. (중략)

그가 한예(漢隷)를 품제(品第)하면서 예기비(禮器碑)를 들어 제일이라
했고 곽비(郭碑)를 들어 후세에 나왔다 했으니 이는 구안이라 일컬을 만
한데 갑자기 수선(受禪)을 예기와 아울러 들었고 심지어는 공화(孔龢)·
공주(孔宙)·형방(衡方) 제비(諸碑)가 다 수선에 미치지 못한다 하였으니
무엇을 근거 삼아 한 말인지 모르겠다.

한예는 비록 환(桓)·영(靈) 시대 미조(末造)라도 위예(魏隷)와는 너무나
같지 아니하여 한계를 그어 놓은 것과 같은데 수선은 바로 위예로서 순전
히 반정(方整)을 취하여 이미 당예(唐隷)의 조짐을 열어 놓았으니 어찌 예
기와 더불어 병칭할 수 있으며 도리어 공화·공주의 위에 놓을 수 있단
말인가. 아는 것도 같고 모르는 것도 같아서 자못 측량을 못하겠다.[319]

④ 書家에 대한 평가

원교는 옥동처럼 우리 서예의 제일로 김생(金生)을 거론하고 있
다. 전해오는 김생의 진적은 없지만 그가 왕희지체를 소화하여 독
창적인 세계를 이루었음을 탁본의 기위(奇偉)함으로 알 수 있다.
그리고 신라의 영업(靈業)과 고려의 탄연(坦然)이 왕희지의 법첩을
익혀 서체의 일가를 이루었다고 한다.[320] 그렇다면 원교는 자신의
시대에 어떤 서가를 중시하고 있었던가. 석봉(石峰) 한호(韓濩)이다.

319) 『阮堂先生全集』「書員嶠筆訣後」, "至於筆先手後者, 尤不可以示後者也. 書家所先,
在於懸腕·懸臂, 乃至於一身盡力, 今云'筆先手後', 又云'盡一身而送之', 筆旣先矣,
何庸更藉於手與身也? 先後矛盾, 自亂其例, 轉沒巴鼻, 寧不可歎也! (中略) 其品第漢
隷, 以「禮器碑」爲最, 以「郭碑」爲出後世, 可稱具眼, 忽以「受禪」, 並舉於「禮器」, 至於
孔龢·孔宙·衡方諸碑, 皆不及「受禪」, 不知其何據也? 漢隷雖桓·靈末造, 與魏隷
大不同, 有若界限, 「受禪」, 卽魏隷也. 純取方整, 己開唐隷之漸, 豈可與「禮器」並稱,
反居孔龢·孔宙之上也? 若知若不知, 殊不可測度耳."

320) 『員嶠集』「筆訣」, "東國筆法, 以新羅金生爲宗, 今絶無眞蹟之傳, 榻本亦奇偉有法, 非
高麗以後人可及. 本傳云, '鮮于·伯幾諸公見其書, 驚歎以爲此必右軍眞蹟.' 未知果
然, 而其書之入妙槩可見. 羅僧靈業亦瘦勁可取, 麗僧坦然專象「聖教」, 而實啓東人團
捘之劃."

본조(本朝, 조선)에 이르러 안평·자암·봉래·석봉을 사대가라고 한다. 백하공에게 그들의 우열을 여쭈어 보니 "봉래가 단지 초서를 잘했지만 시로 뛰어나다."라고 하였다. 내가 후일에 이들을 논정하여 석봉을 국조제일이라 하였다. 청지(淸之)는 수미하여 재기가 가장 뛰어나 자앙과 상하를 다룰 만하다. 그런데 청지가 귀공자로서 필법을 수창하여 일세를 풍미하니 이로 인해 열조어성(列朝御聖)이 모두 이 법을 쓰게 되어 결국 나라풍속이 되었다. 근래 이래로 온 세상에 퍼져 '우군·자앙'이라 말하고, 또 "청지가 우군의 획으로 자앙체를 썼다고." 함에 이르렀으니 더욱 우스운 일이다. 동사백(董思白, 동기창)이 천자일동(千字一同)으로 자앙을 배격한 것은 당연하다. (중략)

봉래의 초서는 호걸스럽고 시원하여 언뜻 보면 마치 장·왕(張王)을 초매(超邁)한 듯하나 유재무학(有才無學)으로 득영유골(得影遺骨)하여 성가(成家)하지 못하였다. 경홍(景洪)은 재학이 높지는 않으나 적습공도(積習功到)하였으며, 비록 옛사람의 획법은 몰랐으나 자연상합(自然相合)함이 있었다.[321]

이처럼 원교는 석봉이 제일이라고 칭찬하였다. 그런데 제일인 석봉조차 글씨는 공교로우나 서예의 학습 – 고인의 법을 배우지 못했기 때문에 후학들이 올바른 법을 익히지 못할까 근심을 하게 되어 『필결』을 짓게 되었다고 강조한다. 그는 자신이 체득한 고인의 법에 강한 자부심을 피력하면서도 한편으로는 전해지지 않을까라는 의구심을 갖고 있었다.[322] 다음은 그의 이러한 걱정이 어느 정도인

321) 『員嶠集·筆訣』, "羅僧靈業亦瘦勁可取, 麗僧坦然專象「聖敎」, 而實啓東人團按之劃. 逮我朝, 以安平·自庵·蓬萊·石峯爲四大家. 余嘗問其優劣於白下, 白下曰, '蓬萊只長於草, 亦固當勝.' 余後來論定, 以石峯爲國朝第一. 淸之秀媚可愛, 才氣最優, 當與子昂, 相上下, 而專用子昂法, 未免入俗, 且淸之以貴公子, 首倡此法, 眩耀一世, 由是列朝御聖, 皆用此法, 遂成國俗, 近年以來, 擧世靡然, 至謂'右軍·子昂', 又謂之淸之, 以右軍劃, 用子昂體, 殊爲可笑. 董思白以千字一同, 斥子昂當也. (中略) 蓬萊豪宕灑脫, 驟看若欲超張遙王, 而有才無學, 得影遺骨, 殊未成家, 若景洪則才學未高, 而積習功到, 殊不知古人畫法, 亦有自然相合."

322) 李匡呂, 『李參奉集』「員嶠先生墓誌」, "公雖有斯文, 世無精心求之者, 則斯道之湮廢猶夫前矣. 天下事其苦心者自知之而已矣. (中略) 方員嶠公處京師有盛名時, 或置異同者, 亦不可無也. 然不至如遷謫以後, 欲出言疵瑕益紛然也."

지를 알려주는 일화가 전해온다.

그가 바다의 섬 신지도(薪智島)에서 유배생활을 할 때에 매양 행초와
해서 소첩(小帖)을 만들어 호로병에 담아 물에 띄우며 말하기를, "바다
밖 다른 지방에서 모두 나의 글씨를 얻을 수 있게 하고자 함이다."라고
하였다.[323)]

이는 다산이 자신의 글이 사후에 세상에 알려지지 않을까 두려
워했던 이유와 흡사하다. 당시 원교가 권력에 소외된 낙척한 소론
이었고, 오랜 귀양살이로 자신도 돌보기 힘든 형편이었던 사실로
미루어 보면 짐작이 되는 일이다. 이토록 후대에 전해지지 않을까
노심초사하는 마음에는 자신의 서법에 대해 강한 열정과 자부심이
있었다.

중년에 사람을 가르칠 적에 반드시 그 말에 상세하여, 내가 수십 년
동안 깨달은 바를 말해주니, 민첩한 자는 수일이면 알고 둔한 자는 수개
월이면 알았으나 한 사람도 끝내 공교로움을 이루지 못하였다. 내가 "그
앎의 정예는 맛이 담담하고 괴벽이 아니다."라고 하여 드디어 단지 붓으
로 보여주고 말로 가르치는 것은 드물게 하여 스스로 알게 하였다. 지금
이 책에서 용필과 운필하는 방법이 상세하게 된 것이 아침이슬처럼 사라질
까 걱정하니, 끝내 전해지지 않을까 하여 그만둘 수 없는 것이다. 이런 글
을 영익에게 주니, '너는 마땅히 정학(精學)하여 내가 고심하여 얻은 것을
끝내 발명되지 않음이 없게 하라.'[324)]

앞에서 언급한 것처럼 이서와 이광사는 이전 시기와 달리 획을

---

323) 徐有榘, 『林園經濟志』 「怡雲志」.

324) 『員嶠集 · 筆訣』, "中年敎人, 必詳其言, 語吾數十年所覺者, 而敏者數日, 鈍者數朔而
知, 亦無一人竟造工, 余謂'其知之銳, 未淺而不癖.' 遂只筆授, 罕以言敎, 使自得之,
今於此書, 致詳用筆 · 運筆之方者, 恐朝露遂乃, 竟未有傳, 不得已也. 書以授令翊,
汝宜精學, 無使我苦心所得, 終無發明也."

새롭게 인식하고 이를 바탕으로 자신의 서체를 실천·창작하여 동국진체를 완성한다. 이들이 획을 주체화할 수 있었던 것은 자신의 눈으로 사물을 관찰하고자 했던 경향과 밀접한 관련이 있다. 그래서 그들은 보고 – 주로 중국 글씨 – 익힌 서첩이나 비첩의 많은 글씨들을 우리화하여 동국진체를 이루어 낸다.[325] 이 동국진체의 흐름은 18세기를 관류하지만, 곧이어 복고적·중국적 서체인 추사체에 의해 잠재화된다. 추사체는 외견상의 명성에도 불구하고 우리화라는 측면에서는 부정적 영향을 끼쳤다.[326] 더욱이 추사체는 아무리 인위적으로 중국의 서체를 추구하더라도 중국의 서체처럼 될 수 없다는 점에서 좋은 교훈이다.

---

325) 풍석(楓石) 서유구(徐有榘)는 『임원경제지(林園經濟志)』 「유예지(遊藝志)·서벌(書筏)」에 중국과 우리나라의 서예이론을 집록하고 있어, 그의 서예에 대한 안목과 인식을 알 수가 있다. 특히 그는 우리 서예에 있어 중국을 중심으로 재단하던 흐름 속에서 '지금 이곳'의 서예를 보여주는 원교 이광사의 『필결』을 상당 부분을 전재하고 있다. 이는 추사처럼 중국 서예의 특정한 성과에 집착하지는 않는다는 사실을 말한다. 참고로 『임원경제지』 「유예지·서벌」에 나타난 서예이론의 목차를 제시하면 다음과 같다.

「遊藝志」 卷第三 「書筏」
總論: 各體緣起, 論眞藝八分同異, 論學書貴專勤, 論學書宜博採諸帖, 論各體相入, 論五 體相通, 四體要訣
大小篆: 論鋒在劃中, 論筆墨燥潤
楷草: 永字八勢, 歐陽書訣, 董氏書訣, 七條筆陣出入斬斫圖, 執筆法, 點劃法, 論肥瘦, 用筆法, 論書不可無法, 論結字, 論大小字, 論骨格, 論書要活動, 論布置, 論先學正書, 論正草不可不兼, 論眞草體製, 草書諸法, 論作字宜略效篆文, 論性功
師法: 論臨摹硬黃響搨, 論臨名書, 論師古去俗韻, 論學書須眞蹟, 論臨書貴神會, 論臨字如人結胎, 論筆似弓刀, 論草書筆, 論古人用墨, 論用筆墨, 論研製, 論大字用墨法, 論紙筆, 翰林九生法, 逡巡碑法, 取錯字法

326) 송하경, 「추사의 원교 서결 비평에 대한 비평」, 『서예비평』 2, 한국서예비평학회, 2008. 송하경은 추사를 비롯한 이 시대가 비록 18세기 문예사조의 연장선상에 있었지만, 실학(實學)·박학(樸學)·학고적(學古的) 경향이 강했던 청대 고증학 중심의 경향으로 기울면서 18세기에 비해 존고의식(存古意識)이 강화되고, 이로 말미암아 주자학적 세계관·역사관에서 벗어나지 못하고 민족적 주체의식의 약화와 모화적 사대주의 의식이 부활하는 경향을 보였다고 한다.

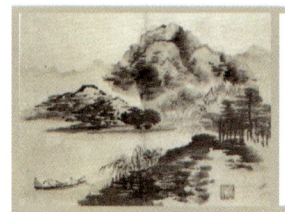

V. 18세기 화와 화론

1. 화단(畵壇)의 경향

18세기 회화의 가장 주목할 만한 특징은 '조선풍과 개성적 독창성'을 추구하고 완성하려고 노력했다는 점이다.[327] 이러한 회화의 민족적 형식은 중국 회화에 대한 영향에서 벗어나 화가가 우리의 땅과 삶을 그리는 양식을 확립했기 때문이다. 그렇다면 어째서 이 시기의 회화가 '조선풍과 개성적 독창성'을 이룰 수 있었는가를 물어야 한다.

실제로 우리의 회화는 17세기 이후부터 명·청의 예술적 성과를 수용하고 극복하면서 비약적인 발전의 틀을 이룰 수 있었던 것이다. 이 시기의 회화가 '조선풍과 개성적 독창성'을 이룩하게 되는 것은 자신을 주체적으로 반성하는 가운데 자연스럽게 확립된 것이

---

327) 이태호는 조선 후기 회화의 '조선풍과 개성적 독창성'을 가능케 한 정신을 사실주의로 파악하고 있다. 윤두서(尹斗緖)는 대상의 관찰을 통한 '실득(實得)'을, 조영석(趙榮祏)은 살아 있는 그림을 위해 현장 사생을 시도한 '즉물사진(卽物寫眞)'을, 김홍도(金弘道)는 형상 묘사를 완벽하게 구현한 '곡진물태(曲盡物態)'를 이루었다고 한다. 이태호, 『조선후기 회화의 사실정신』, 학고재, 1996.

다. 이 점은 서화에 뛰어난 감식안을 지닌 동계(東谿) 조구명(趙龜命)이 당대의 서화(書畵)가 중국에 비해 부족하다고 우려하는 글을 통해서도 알 수가 있다.

> 근래 중국의 문장은 천마(天魔)의 설법 같고 우리나라의 문장은 속승(俗僧)이 계율을 지키는 것 같아 각각 장단점이 있으나 대체로 그다지 서로 떨어지지 않으나, 서화에 있어서는 천지 차이이다. 이는 우리 서화가 마치 소가 진흙길을 걸어 철저하게 들러붙어 막힌 것 같고, 저들 서화는 바로 새가 공중에 떠서 자유롭게 비상하는 것 같다.[328]

여기서 동계는 이 시기의 문학이 중국과 비교할 만한 수준임에 반하여 아직도 서화는 천지의 차이라는 점을 지적하고 있다. 이런 지적은 역설적으로 창조적인 화가들에게 새로운 도전과 가능성을 마련해 주는 계기로 작용하였다. 특히 중국에서 화본과 진적이 다량으로 소개되자 회화의 변화는 매우 다양한 화목(畵目)에서 진행되고 있었다. 다음은 북경 사행(使行)길에 구매되는 중국의 그림의 수준과 이를 감상한 동계의 평가이다.

> 이번 북경 사행길에 그림을 구매한 것이 최고로 많으나 대부분 가짜이므로 일컬을 것이 없다. 그런데 이 첩(帖)은 비록 극품은 아니고 어떤 사람의 작품인지 모르지만 도리어 붓을 놀림이 살아 있어 기쁘고 의격(意格)이 숙연하여 단연코 흉내 내어 남을 속인 것은 아니다. 산은 반드시 광려산(匡廬山, 여산)[329]은 아닐지라도 경지가 좋고 그림이 반드시 고개

---

328) 趙龜命, 『東谿集』「題寶鼎齋帖」己亥, "近來中州之文, 如天魔說法, 我東之文, 如俗僧守律, 各有短長, 大抵不甚相絕, 而至於筆, 則殆世出世之間爾, 此如牛行泥上, 到底黏滯, 彼乃鳥投空中, 回翔自由."

329) 광려산(匡廬山): 여산(廬山). 여산은 중당 시인 백거이(白居易)가 구강(九江)의 사마(司馬)로 좌천된 이후 초당을 짓고 살면서 유명해졌다. 백낙천은 이곳에서 독서와 사색을 통해 사회의 부조리와 인생의 무상함을 문학으로 승화하였고, 그러한 백낙천의 모습은 이후 탈속한 은자의 모범이 되어 인구에 회자하였다. 이후 북송의 육유(陸游)가 「백낙천여산초당

지(顧愷之)[330]·육탐미(陸探微)[331]가 아닐지라도 의회(意會)가 묘하니 마땅히 더운 날에 들춰 보면 영사목(穎士木)의 그늘보다 시원할 것이기에 애오라지 다시 한 폭에 평한다.[332]

우리의 회화가 폐쇄적인 틀에서 벗어나 보편적인 회화의 세계에 적극적으로 진입하자, 오히려 빠른 시간 내에 '조선풍과 개성적 독창성'을 특징으로 하는 회화를 확립하고 전개해 나간다. 이제 앞에서 질문했던 것을 다시 거론하기로 하자. 이 시기에 '조선풍의 고전적 전형'을 완성했던 것은 보편적 회화의 세계에 진입했던 회화가 우리라는 특수성을 발견하고 독자화하면서 보편성을 소홀히 하지 않았기 때문이다.[333]

기(白樂天廬山草堂記)」를 짓자, 백낙천의 고사는 더욱 유명해져 은거하며 독서하는 선비의 전형이 되었고, 이 고사는 그림으로 많이 그려졌다.

330) 고개지(顧愷之): 345~406. 강소성(江蘇省) 진릉(晉陵) 무석(武錫) 사람. 호는 장강(長康), 소자(小字)는 호두(虎頭)이다. 박학하고 재기가 있었으며 해학을 좋아하고 그림을 잘 그려 재절(才絶)·화절(畵絶)·치절(癡絶)의 삼절(三絶)이라 일컬어졌다. 그림은 진(晉) 초의 위협(衛協)의 풍(風)이 있으며 특히 인물화에 뛰어났다. 특히 그는 묘한 필치와 예리한 관찰로 형체의 특징을 매우 정확하게 묘사하여 심기(心氣)와 신기(神氣)가 넘친다는 평을 들었다. 작품은 〈여사잠도권(女史箴圖卷)〉·〈낙신부권도(洛神賦圖卷)〉이 현존하는데, 이는 당송(唐宋)의 모본으로 간주된다.

331) 육탐미(陸探微): 5세기 중후반 활동. 남조(南朝) 송(宋)의 오(吳)사람. 명제(明帝) 때의 시종으로, 인물화와 고사도(故事圖)에 특히 뛰어나 흔히 고개지, 장승요(張僧繇)와 함께 육조 시대의 3대 화가로 불린다. 사혁(謝赫)은 『고화품록(古畵品錄)』에서 그를 육법(六法)을 겸비한 제1품의 화가라고 하고 사물의 본성을 파악해 낸 최고의 화가로 극찬하였다.

332) 趙龜命, 『東谿集』「題唐畵帖」十則, "今番燕行, 購畵最盛, 大抵多贋本, 無足稱也. 此帖雖非極品, 且未知何人所作, 而猶喜其弄毫便活, 意格蕭然, 斷非摸擬欺人者耳. 山不必匡廬, 而境適則佳, 畵不必顧陸, 而意會則妙, 當暑披覽, 賢於穎士木陰, 聊復逐幅評之."

333) 예컨대 우리 풍속화의 거장인 단원 김홍도조차 서양의 사면척량화법(四面尺量畵法)을 새로이 본받아 자신의 그림공부를 익혔다고 한다. 이는 우리 회화가 특수성과 보편성을 함께 획득했을 때 '조선풍과 개성적 독창성'을 이룰 수 있음을 말한다. "당시 화원의 그림은 서양의 사면척량화법을 새로이 본받고 있었는데, 그림을 완성하고 나서 한쪽 눈을 감고 보면 기물들이 반듯하고 입체감이 있어 보였으니 세속에서는 이를 가리켜 책가화(冊架畵)라고 한다. 반드시 채색을 칠했으며, 당시 상류층의 집 벽에 이 그림으로 장식하지 않은 사람이 없었다. 김홍도는 이러한 재주에 뛰어났다." 李奎象, 『18세기 조선 인물지·并世才彦錄』「書家錄」, 민족문학사연구소한문분과 옮김, 창작과비평사, 1997.

오늘날 이 시기 회화의 백미는 우리 주변의 산천과 생활풍습을 직접 대상으로 한 진경산수화나 풍속화, 아울러 사실묘사를 중시한 초상화와 동물화, 남종산수화와 도석(道釋), 고사인물화(高士人物畵), 민화 그리고 불화(佛畵)라고 할 수 있는데, 이들 회화를 공통항으로 묶어 주는 것은 조선적 형식이다. 이러한 민족형식은 '조선풍의 독창성'을 말하는데, 일방적인 중국 회화의 영향에서 벗어나서 우리 회화의 양식을 독자적으로 추구한 결과이었다.[334]

따라서 18세기 화단의 '조선풍의 독창성'은 산수화(山水畵)와 풍속화(風俗畵)라는 두 축에서 확연하게 나타난다고 할 수 있다. 물론 전대(前代)부터 우리 회화의 저변은 문인화(文人畵)[335]이며, 이 시기의 문인화도 조선풍의 남종문인화(南宗文人畵)로 변화 발전하였던 것이 사실이다. 다만 여기서는 화단의 양상을 산수화와 풍속화에 초점을 두고 있고, 2장에서 문인화론을 언급할 때 함께 다룰 수 있기 때문에 언급하지 않는다. 아울러 여타의 회화도 가능한

---

334) 안휘준, 『한국회화의 전통』, 문예출판사, 1988.
　　 최순우, 『무량수전 배흘림기둥에 기대서서』, 학고재, 1994.
　　 이태호, 『조선후기 회화의 사실정신』, 학고재, 1996.
　　 이동주, 『우리 옛그림의 아름다움』, 시공사, 1996.

335) 문인화(文人畵): 사대부(士大夫)라고도 한다. 중국의 문인이나 사대부가 그린 여기(餘技)적인 회화를 지칭하는 것으로, 직업화가 또는 화원화가의 회화와 구별된다. 이는 특정한 양식의 차이라기보다는 화가의 신분에 의한 구별이다. 문인화의 전통은 북송의 문인사대부였던 소식·황정견·이공린·미불을 중심으로 형성되었다. 소식은 '사인화(士人畵)'라는 명칭을 제시했으며 동기창은 '문인지화(文人之畵)'라고 부르며 당의 왕유를 문인화의 창시자로 추대하였다. 문인화가는 산수, 화조, 고목죽석(古木竹石) 등을 제재로 개인의 성정이나 감정, 사상을 표현하였다. 문인화가는 인격적인 수양을 통해 작품에 드러나는 사기(士氣) 또는 서권기(書卷氣)를 중시하고 필묵의 정취를 추구하면서 형사에 구애되지 않았다. 따라서 회화 중 의경의 표현을 중요시했으며 수묵법의 발전에 큰 영향을 끼쳤다. 다만 문인화의 말류는 종종 내용이 공허하고 단조롭고 반복적인 묘사를 하며 필묵을 함부로 다루는 완농필묵(玩弄筆墨)에 그치는 경우도 있었다. 조선 후기의 문인화는 이른바 동기창이 주장이라는 남북분종론(南北分宗論)에 따라 남종화와 동의어로 사용하기도 하고, 때로는 이 두 용어를 합쳐 남종문인화라고 하였다. 이러한 입장은 문인화가가 직업화가의 화풍을 깎아 내리고 자신의 화풍을 숭상하여 높이려는 의식에 나왔다고 할 수 있다.

생략하려고 한다.

우선 산수화를 살펴보면 다음과 같다. 겸재(謙齋) 정선(鄭敾, 1676 ~1759)의 산수화가 중요한 흐름으로 등장하였음을 주목하게 된다. 왜냐하면 겸재의 산수화는 전대와 달리 '실경(實景)'이나 '진경(眞 景)'이란 접두어가 붙을 만큼 그의 산수화는 우리 산천을 대상으로 한 새로운 회화의 양식을 개척하였기 때문이다.[336] 이런 그의 진경 산수화에 대한 당대인의 간략한 보고는 그래서 의미심장하다.

> 그림으로 세상에서 '정겸재(鄭謙齋)'라고 일컫거나 혹은 '정양천(鄭陽 川) 그림'이라고 일컬었으니, 그림의 거장이었기 때문이다. 그의 그림은 생동하여 원기(元氣)가 있었다. 붓놀림은 거친 기운을 띤 듯했으나, 화폭 가득 찬 그림이라 할지라도 한 점의 붓 흔적이나 먹 자국도 없었다. 일국 의 그림의 요구에 응해서 종이나 비단에 그린 것이 얼마나 되는지 알지 못할 정도다. 당시에 시로는 이사천(李槎川, 이병연), 그림으로는 정겸재 가 아니면 치지도 않았다. 겸재는 그림이 당시에 으뜸이었으니, 원기뿐만 아니라 그 원숙함도 당할 수 없었다.[337]

이처럼 겸재의 그림은 생동하여 원기가 있었기 때문에 비록 붓 놀림은 거친 기운이 있지만 그림 자체에는 한 점의 붓 흔적이나 먹 자국도 없었다. 이로 보건대 겸재의 그림은 원기뿐만 아니라 원숙함도 겸비했음을 알 수 있다.[338] 이 점은 오랜 세월 정선의 집

---

336) 기존의 연구는 진경산수화의 기본성격을 18세기 전반경 경기 지역에 살았던 노·소론계 학자들의 문예관에 의해 형성된 것으로 파악하고 있다. 이들은 경기 지역을 근거로 삼 으면서 새로운 문물을 쉽게 접하면서 비교적 진취적인 성향을 가지고 있었다. 이들은 기 행과 사경(寫景), 시서화 합벽의 선호, 서화고동의 취향, 풍류 생활이 이루어지는 가운데 진경산수화가 그려졌던 것이다. 이에 반해 정치적으로 소외된 남인계 학자들은 좀 더 실 용적인 인물지리지와 지도 제작에 관심을 두었다고 한다. 겸재(謙齋)의 진경산수화에 대한 글은 崔完秀, 『澗松文華』 21·29·35·45·50, 한국민족미술연구소, 1981·85· 88·93·95가 있다.

337) 李奎象, 『18세기 조선 인물지·幷世才彦錄』 「書家錄」, 민족문학사연구소한문분과 옮김, 창작과비평사, 1997.

근처에 살면서 교유했던 같은 동문수학한 이병연(李秉淵)의 「겸재
화첩(謙齋畵帖)」의 발문에 그 감상평을 남기고 있어 확인할 수 있
다.339) 더군다나 정겸재의 그림과 함께 사천의 시는 두 영역에서
유명했기 때문에 객관적인 발언이라 할 수 있다.

> 원백(元伯, 정선)이 일찍이 박연폭포·삼부연폭포·금강산 열두 폭포
> 를 그렸었다. 지금 여기에서 김공폭의 삼부연폭포를 보매 필력이 가장 웅
> 장하게 되었으니, 종이 위에 흩날리는 물방울이 이리저리 뿜어 대서 사람
> 으로 하여금 겁이 나서 물러서게 하니, 이는 대개 그때 마침 큰 비에 큰
> 바람이 불어서 그림에 흥취를 도운 것이다. 산수화가 이따금 신기하게 된
> 것도 있다. 조영석이 발문에, "창연하고 윤택하여 재미가 있으니 이것은
> 원백 그림의 정수다."라고 하였다.340)

이병연은 정선이 그린 박연폭포·삼부연폭포·금강산 열두 폭포
를 그린 산수화를 보고 진경이 살아 있음을 말하였다. 폭포는 종
이 위에 물방울을 튀기면서 쏟아져 내리는데 그 굉장한 기세에 사
람의 간담을 서늘하게 하여 뒤로 물러나게 한다. 더욱이 이 그림
을 그릴 때 비바람이 몰아쳤던 상황까지 고스란히 전해 주기 때문
에 사람의 마음을 감동시킬 수 있었다.

무엇이 겸재의 산수화에서 그러한 감동을 가져올 수 있었던가.

---

338) 이처럼 겸재의 그림이 원기뿐만 아니라 원숙함을 겸비할 수 있었던 이유는 80여 세에도
자신을 단련하는 장인 정신에서 연유한다. 徐有榘, 『林園經濟志』「怡雲志」, "근래 산수
화 방면에서 가장 명성을 떨치고 있는 사람으로는 겸재와 현재(심사정)를 들 수 있는데,
겸재는 정선(鄭敾)의 호이다. 나이 80여 세에 이르러서도 눈에 몇 겹으로 안경을 걸치고
등불 아래에서 세밀하게 그림을 그려 터럭 하나만큼도 틀림이 없었다고 한다."(『금화경독
기(金華耕讀記)』)

339) 사천(槎川)이 겸재·관아재 등과 시서화를 교유하면서 살았던 내용은 다음을 참조하였다.
鄭玉子, 「槎川 李秉淵의 詩世界」, 『朝鮮後期知性史』, 일지사, 1992에 자세하다.

340) 『槿域書畵徵』鄭敾條, "元伯, 曾作朴淵瀑·三釜淵瀑·金剛十二瀑. 觀此金公瀑, 筆
力最雄, 紙上飛沫, 噴薄飄灑, 有令人凜然却立者, 蓋適大雨大風, 爲之助也. 山水之
作, 亦有時而奇. 趙榮祐題跋曰, 蒼潤可喜, 此元伯本色."

이는 겸재 산수화의 특징을 살펴보면 알 수가 있다. 경물을 화면에 가득 채우면서 근경을 위주로 한 빽빽하고 평면적인 구도, 골세를 숨김없이 드러내는 필법, 짙고 윤택한 묵법이다. 주로 피마준(皮麻皴)[341]과 미점(米點)[342]은 토산을, 난시준(亂柴皴)[343]은 골산이나 암질의 바위를 표현할 때 쓰고, 남종화법의 절대준(折帶皴)[344]과 대소(大小) 부벽준(斧劈皴)[345]을 혼용하고, 정자형(丁字形)의 소나무 표현이 많다. 우리나라 산의 특징인 화강암질의 바위를 표현할 때는 물기 적은 먹을 여러 번 겹쳐 발라 그 외면적인 형태가 아니라 그 내면적인 질과 세를 표현하고 있다. 따라서 그의 그림을 대하는 사람들이 시원함보다는 딱딱하고 꽉 찬 느낌을 갖게 되는데, 이는 그가 객관 사물의 형상에 내재하는 질(質)과 세(勢)에 대한 깊은 통찰과 예민한 감수성의 결과라 할 수 있다.

이 점을 동계의 표현으로 말한다면, 그림을 그림으로 보면 그림일 뿐이고 이치로 보면 이치 일반인 것이다.[346] 더 나아가 천하 이

341) 피마준(皮麻皴): 부드럽고 긴 필선을 주로 평행으로 연이어 그린 준(皴). 그 모양이 가느다란 삼실을 폈을 때와 같은 주름이라는 뜻으로 마피준(麻皮皴)이라고도 한다. 동원(董源)에게서 시작되었다고 전하며 토산을 묘사할 때 많이 쓰이는데, 필법이 서정적이고 내면적이며 평담하고 천진한 맛이 있으므로 예로부터 문인산수화에서 주로 사용하였다.

342) 미점(米點): 우점준(雨點皴)의 하나. 우점준은 작은 타원형을 밀집시켜 바위나 산을 묘사한 것으로 비 오는 모습과 닮은 것이라는 의미이다. 당의 왕유에서 시작되었으며 동원·거연 등이 상요한 뒤 북송의 미불(米芾)이 완성하였다. 미불의 준법은 특히 미점(米點)으로 불린다.

343) 난시준(亂柴皴): 땔감나무의 어지러운 가지와 같은 형태의 준(皴). 필선이 서로 얽힌 것이 난마준(亂麻皴)과 흡사하지만, 난시준은 선의 시작점에 힘을 주어 마디와 같은 느낌이 나고, 선의 끝도 붓을 갑자기 정지하여 끊어진 듯하며, 붓이 뻗쳐 흘러 버릴 수도 있다.

344) 절대준(折帶皴): 가로로, 즉 옆으로 평평하게 긋다가 수직으로 눌러 내려 각대(角帶)가 꺾인 것같이 그린 준(皴).

345) 부벽준(斧劈皴): 도끼로 찍어 쪼개진 면과 같은 형태의 준(皴). 면적인 성격이 강하며 북종화(北宗畵)에 많이 사용되었다. 대부벽준과 소부벽준으로 나누는데 대부벽준은 이사훈(李思訓), 소부벽준은 이당(李唐)에게서 시작하였다고 한다.

346) 趙龜命, 『東谿集』 「題畵扇」 爲遇命作, "爾知是畵以手·以心, 若以心畵, 我觀畵時,

치의 감흥이며 음양의 감흥이다.347) 『근역서화징(槿域書畵徵)』에 실린 정선의 그림에 대한 글에서도 그가 지향하는 바를 일목요연하게 지적하고 있다.

> 겸재 노인이 산수를 잘 그렸으니 나이 80여 세에도 필력이 더욱 신기로웠다. 내가 그림을 그려 달라고 간청하여 소폭(小幅) 하나를 얻었는데, 봉우리가 겹겹이 쌓여 있고 구름과 연기가 자욱하게 둘렸으니 두어 자밖에 안 되는 종이에 그 형세가 웅건하고 넓고 넓어서 신기롭고도 그윽하며 얕고 깊고 멀고 가까움이 각각 그 묘한 지경에 이르지 않은 것이 없어서 그 변화를 예측할 수 없었으니, 마치 발은 층층한 절벽에 오르는 것 같고 눈은 깊은 바다를 꿰뚫어 보는 것 같다.348)

소폭의 산수화에는 겹겹이 쌓인 봉우리가 구름과 연기로 자욱하게 둘려 있어서 그 형세의 웅건함과 신비로움을 전해 주고 있다. 그 기묘하고 예측할 수 없는 변화는 실제로 층층의 절벽을 오르는 것 같고 깊은 바다를 쳐다보는 느낌을 준다. 그는 우리 산천을 여행하면서 고유한 색과 정감을 포착하여 그렸다.

濃者近勢, 淡者遠勢, 點之爲樹, 抹之爲山, 我心了然, 而知如此, 逮將下筆, 手不相應, 則是畵者不在於心, 而在於手, 若復手爲使, 彼畵師當槃礴時, 目數飛鴻, 耳節鳴鼓, 雜用其心. 而以手畵一葉二花, 猶不可成, 況復人物山水排置, 則是畵者不在於手, 而在於心. 當知是畵非心‧非手, 卽心卽手, 心使手行, 和合生畵. 有心無手, 人而瘖啞, 有手無心, 猩猩而語, 猩不離獸, 啞亦非人. 贊曰, 以畵觀畵畵而已, 以理觀畵理一般. 心精‧手熟, 難闕一, 觀者應作如是觀."

347) 趙龜命, 『東谿集』「題鄭元伯浙江觀潮圖」. "天下之理, 無所不有, 而凡受氣於陰陽者, 皆當有感應之妙. 世知錢鏐之射潮, 而不信魯戈之揮日, 秦鞭之驅石, 此殆半羊隅見也. 浙江怒濤, 秦皇帝之所畏而避, 而鏐也乃能射退之, 想潮神亦老懾爾. 天地間事, 有不宜一時竝說者. 胥神化濤, 錢王射潮, 是也. 所謂離之則雙美, 合之則兩傷. 枚乘觀濤之發, 不能已楚太子之病, 不如此畵一幅, 使余幽憂之疾, 乍展而已霍然. 未知所謂白波吹紛壁, 一洗殘署者, 與此何如耳."

348) 『槿域書畵徵』 鄭歎條. "謙齋老人, 善畵山水, 年八十餘, 筆盆神. 余乞畵得一小幅, 峰巒稠疊, 雲烟杳漠, 紙不盈數尺, 而其勢之雄健浩闊, 瑰奇幽貪, 淺深遠近, 靡有不極臻其妙奧, 莫測其變化, 如脚踏層壁, 眼窮重溟者也."

일찍이 객관 사물의 형사(形似)를 강조했던 곽희(郭熙)[349]는 산수화에 투영되어 있는 사대부의 세계관에 대해 흥미로운 견해를 제시한 적이 있었다. 군자가 산수를 사랑하는 까닭은 인간의 기본적인 소양을 키우는 구원에서 거처하고 싶기 때문인데, 산수화가 사대부들의 관직생활과 산림에 대한 정조라는 모순을 보충할 수 있다는 것이다. 이러한 배경을 반영하는 산수화는 사대부의 정신함양과 밀접한 관련이 있다. 따라서 사대부들이 정신 수양으로서 관조가 산수화에 투영되어 나타나게 되는 것은 당연하다. 이처럼 산수화 속에 사대부들의 정신 수양으로서의 관조가 투영되어 있다는 것은 정선의 진경산수가 산수자연물이 매개된 사대부의 관념이나 철학을 의미하기도 한다는 것이다.[350] 그래서 동계가 그림에서 정선만의 그림을 찾을 때에도 마찬가지이다.

> 바다에 하나의 금강이 있고 그림 속에 또 금강산이 있으며, 그림 속 사람 가슴속에도 각각 하나씩의 금강산이 있고, 그림을 보는 사람 백천만 인의 눈 속에도 각각 하나의 금강산이 있음을 알아야 한다. 이른바 겨자씨 속에도 수미산이 있고 터럭 끝에도 보찰(寶刹)이 있다는 것이 거짓말이 아니다.[351]

---

349) 곽희(郭熙): 11세기 초~11세기 말. 자는 순부(淳夫), 하양 온현 사람. 자세한 경력은 미상이나 희녕(熙寧) 7년(1074)에는 예서원 예학(藝學)이었고, 사후에 정의대부(正議大夫)를 추증받았던 것으로 보인다. 이성의 화법을 배워서 화북 산수양식에 강남 산수양식까지 수용하고, 3원법과 권운준(捲雲皴), 한림해조묘법을 잘 조화시켜 극도로 사실적이면서도 시정(詩情)까지 느낄 수 있는 산수화를 그렸다. 곽희의 경험담에 기초하여 아들 곽사(郭思)가 지은 『임천고치(林泉高致)』가 전하는데, 이것은 중국산수화론의 종합적인 고전으로 평가된다.

350) 郭熙, 「林泉高致」, 『中國畵論類編』, 俞崑編, 華正書局, 1984.

351) 『東溪集』 「題十二兄廸名所藏海嶽圖屛」, "須知海上有一金剛, 畵中又有金剛, 畵中人胸中, 又各有一金剛, 觀畵者白千萬人眼中, ——各有一金剛, 所謂芥子須彌, 毛端寶刹, 非誑語也."

겸재가 그린 금강산은 작가의 마음뿐 아니라 바다·그림·그림
속의 사람·금강산도를 감상하는 사람들에게도 각각 있다. 그의
정신은 객관 사물인 금강과 융회되어 금강산도에 담겨 있으므로
감상하는 자가 아주 작은 겨자씨 속에도 수미산을 보고 터럭에도
보찰이 있음을 알 때 더욱 높은 경지로 나아갈 수 있을 것이다.352)

이후 겸재의 산수화는 현재(玄齋, 심사정)의 산수화에서 일변(一
變)하였다. 현재는 산수화에 사의(寫意) 중심의 산수화 - 조선남종화
경향을 선도하게 되었다.353) 남종화는 묵법(墨法)과 선(線)의 비수(肥
瘦)가 잘 드러나지 않기 때문에 회화를 시각적인 데에서 관념적인
단계 - 사상과 철학을 회화와 결합하는 단계로 올려놓았다고 평가할
수 있는데, 조선남종화는 우리 정취를 표현하고 중국에 없는 새로
운 필묵(筆墨)을 쓰며 세부처리를 간략하게 처리하였던 것이다.354)

---

352) 趙龜命,『東谿集』「題畵」六則,"古石·修竹相對, 忘言足矣, 於是而爲文墨役, 不亦
勞乎? 或曰, '如此, 則置陶令·白傅於何地?'俯聽幽泉, 仰見明月, 挾鳴琴而枕酒壺,
是翁太專淸福, 不爲後計矣. 目得乎瀑, 則手失乎琴, 手得乎琴, 則目失乎瀑. 所以抱琴
而瞪然, 彼殊不知琴瀑非二, 手目是一. 溪聲送步, 柳風薰人. 駐筇橋上, 顧語琴僕, 似
欲於此, 一撫之. 笠簀足以備雨, 筐中魚足以供夕炊, 何拋此滿江風景, 而芒芒歸也?
空江淸夜, 倚船而彈琵琶, 潛龍爲我度曲, 明月爲我賞音. 知畵工作此, 十指皆舞矣."

353) 표암 강세황은 겸재와 현재의 금강산 그림을 혹평한 적이 있다. "다만 그림 한 가지 일이
겨우 만분의 일이라도 형용할 수 있어서 후일 와유의 근거가 된다. 그런데 이 산이 있은
이래로 그림으로 그려 완성해 낸 이가 없었다. 근래 겸재 정선과 현재 심사정은 평소 그
림 솜씨로 이름이 나서 각자 그린 것이 있지만, 정은 그 평생 익힌 연습한 필법으로 멋대
로 휘둘러서 바위의 기세든 봉우리의 형태든 한결같이 열마준법으로 어지럽게 그렸으니
진(眞)을 그림에 있어서는 더불어 논할 수 없고, 심은 정보다는 조금 낫지만 또한 높고 맑
은 식견이 없다. 나는 비록 그리고자 해도 붓이 생경하고 손이 서툴러 붓을 댈 수가 없
다." 姜世晃,『豹菴遺稿』, "只有繪畵一事, 差可形容萬 - 後日臥遊, 而自此山未有畵
成者也. 近世鄭謙齋·沈玄齋, 素以工畵名, 各有所畵, 鄭則以其平生所熟習之筆法,
恣意揮灑, 毋論石勢峯形, 一例以裂麻皴法亂寫, 其於寫眞, 恐不足與論也. 沈則差勝
於鄭, 而亦無高朗之識, 恢廓之見. 余雖欲寫, 筆生手澁, 不能下筆."

354) 金起弘,「玄齋 沈師正의 南宗畵風」,『澗松文華』25, 1983.
姜寬植,「朝鮮後期 南宗畵風의 흐름」,『澗松文華』39, 1990.
俞弘濬,「玄齋 沈師正」,『역사비평』17, 1991.

심씨는 (중략) 나이 두어 살에 스스로 물상(物象)을 그릴 줄 알아서 모나고 둥근 형상을 그렸고, 어렸을 적에 정원백(鄭元伯, 정선)을 스승으로 모시고서 수묵산수를 그렸다. 이미 옛사람의 화결(畫訣, 회화론)을 많이 연구한 뒤에 눈으로 보기만 하면 마음으로 그 이치를 깨달아서 비로소 그가 해 오던 그림을 크게 변화시켰고 (중략) 오직 그는 어려서부터 늙어 50세가 되기까지 우환이 있건 즐겁건 간에 하루도 붓을 잡지 않은 적이 없어 자기 몸을 돌보지 않고 그림에만 힘을 기울여서 거의 굶고 헐벗는 괴로움과 오욕의 부끄러움까지도 다 잊어버렸다. 그러므로 그림이 신명에 깊이 통하여 그 이름이 먼 나라에까지 퍼져서 아는 사람 모르는 사람할 것 없이 사모하고 기뻐하지 않는 사람이 없었다. 거사는 그림에 대해 종신토록 힘을 써서 대성한 자라고 이를 만하다.[355]

현재(玄齋) 심사정(沈師正)은 조선 고유색을 표방하는 진경산수화는 달리 명대의 남종문인화를 본격적으로 수용하여 자신의 화풍을 성립하였다.[356] 그는 사대부화풍을 이루기 위해 젊은 날부터 50대까지 모든 환난을 물리치고 자기 몸조차 돌보지 않으면서 그림만을 그렸는데, 그림을 그릴 때는 거의 굶고 헐벗는 괴로움과 오욕의 부끄러움을 잊어버리고 정진하여 사대부화풍의 경지를 얻어 중국에까지 알려지게 되었다.[357] 이처럼 현재가 이룬 회화의 세계는

---

355) 『槿域書畫徵』 沈師正條. "沈氏 (中略) 居士生數歲, 輒自知象物畫, 作方圓狀, 少時, 師鄭元伯, 爲水墨山水. 旣究觀古人畫訣, 目到心解, 始乃一變其所爲 (中略) 惟其自少至老五十年間, 憂患佚樂, 無日不操筆, 遺落形骸. 咀吮丹靑, 殆不省窮賤之爲可苦, 汚辱之爲可恥. 故能幽通神明, 遠播殊俗, 知與不知無不慕悅者. 居士之於畫, 可謂終身用力, 能大有成者矣."

356) 심사정(沈師正): 1707~1769. 본관은 청송, 자는 이숙(頤叔), 호는 현재(玄齋)이다. 젊었을 적에 겸재 정선에게 그림을 배웠으나, 겸재와는 달리 명의 심주(沈周)·문징명(文徵明) 등 오파(吳派)로부터 시작하여 동원(董源)에까지 거슬러 올라가 남종화의 본원을 궁구하여 남종화의 조선화(朝鮮化)에 성공하였다는 평가를 받는다. 산수 이외에도 화훼·조충·영모 등에도 두루 능하였다.

357) 한송재(寒松齋) 심사주(沈師周, 1691~1757)는 재종형이지만 현재의 화풍에 거부감을 가지고 있었던 듯하다. 이것은 현재가 다만 중국 화보에 천착하여 임모 번안에 만족하고 있다고 여겼기 때문이다. 현재는 조선시대 화가 중에서 가장 많은 방작(倣作)을 남긴 화가이다. 예를 들면 그의 '산거열락(山巨悅樂)'은 '의동북원(擬董北苑)'이란 관서(款書)에 알 수 있듯이 동원(董源, 907~962)의 산수화를 방작한 것이다. 남종문인화의 현창을

이덕무(李德懋)의 지적처럼 자신의 의지가 탁연했기 때문에 가능하였다.

> 그는 자가 이숙(頤叔)으로 그림에 특성을 가졌으니, 당대의 철장(哲匠)이다. 조관아재(조영석)·정겸재(정선)와 더불어 그 명성이 같았는데, 어떤 사람은 그의 초충(草蟲)·묵룡(墨龍)의 그림 솜씨는 아무도 견줄 수 없다고 한다. 조·정 두 사람은 다 늙어서 죽어 버렸으니 지금의 대가를 논하면 이 한 사람뿐이다.
> 그도 수발(鬚髮)이 이미 희끗하였다. 그러나 언론이 몹시 오활하기에 내가 "우리나라의 이름난 山水를 널리 구경하지 않았는가?"라고 물었더니 "다만 금강산과 대흥산성(大興山城)을 구경했을 뿐이다."라고 답하였다. 다시 "왜 그처럼 넓지 못하였는가?"라고 물었더니 "가까이 있는 북한산도 미처 구경하지 못했다."라고 대답하는 것이었다. 그는 고벽(古僻)에만 치우쳐 돌아설 줄 모르는 사람이다. 그러나 때 묻고 조잡한 자에 비하면 그 취지의 탁연함이 하늘과 못의 격차와 같을 것이다.358)

이처럼 고벽이 강한 현재의 회화는 사의를 중시하는 남종문인화가 제격이었는데, 회화에 관심을 가졌던 사대부·여항인들은 이 점을 지지하였던 것이다. 다음은 혜환(惠寰) 이용휴(李用休)가 현재의 <풍악도(楓嶽圖)>를 보고 평한 글이다.

> 내가 일찍이 여름날에 마루에 앉아 있었는데, 갑자기 공중에 기봉만학(奇峰萬壑)이 나타났다. 마침 행각승이 이르러 말하기를, "세상에 금강산만이 이와 방불할 것입니다."라고 하였다. 후일에 심현재(沈玄齋, 심사정)

자임하고 나선 현재가 동원의 산수화를 임모하고 방작하는 것은 필수적인 과정이고, 자신의 지향처를 표방하는 일이다. 석농(石農) 김광석(金光國, 1727~1797)은 이 그림을 보고 발문을 붙여 상찬하고 있다. "동원의 화품은 당시의 논하는 사람이 왕유(王維, 699~759)와 이사훈(李思訓, 651~716)의 사이에 두었다. 그의 고절함은 좋아서 알 만하지만, 세대가 이미 멀어지고, 진전이 전하지 않아 항상 볼 수 없음을 한스러워하였다. 이제 현재가 방작한 작품을 보니, 요즘 사람들은 원빈(元賓, 김광국)을 보지 못하여도, 원빈과 같은 것을 보는 기쁨이 있을 것이다."(『간송문화』 73, 한국민족미술연구소, 2007.)

358) 李德懋, 『靑莊館全書』 嬰處雜稿.

194

의 <풍악도>를 얻었는데 그 말을 믿게 되었다. 지금 허성보(許成甫, 許晚)의 『동유록(東遊錄)』을 보니 더욱 자세하고 밝아서 기뻐할 만하다. 사람에 비유한다면 처음에는 그 모습 따위를 만나고 중간에는 그 사조(寫照)를 만나는 것 같다.[359]

혜환은 현재의 <풍악도>가 처음에 풍악의 형상을 보여주고 그 궁극은 풍악의 본질을 보여줌으로써 실제 형상을 뛰어넘은 회화의 경지를 보여주고 있다고 한다. 달리 말해 현재의 솜씨는 풍악(楓岳, 금강산)의 형상을 회화의 형상으로 재구성한 신의와 창조라는 것이다. 혜환은 다른 글에서 풍악산도를 보고 풍악을 이해하는 것은 실제 풍악을 보는 것만 못하다고 했는데, 성인을 이해하려면 그 제자들의 전체 기록을 보고 나서 종합해야 알 수 있듯이 풍악을 알려면 풍악 전체를 보고나서 알 수 있다는 것이다.[360] 이는 앞의 진술과 모순되는 발언인 듯하나 실상은 그렇지 않다. 그가 「제반풍록(題半楓錄)」에서 언급했듯이 꿈에 미인을 본 사람이 그 얼굴 반만 보고 그 나머지 얼굴을 보려는 생각에 고심하는 것을 보고 그 반을 보면 나머지 반도 알 수 있다[361]고 하였다.

일반적으로 사대부의 회화관은 객관 사물의 형상의 전체를 보고

---

359) 李用休, 『惠寰雜著』「題許成甫東遊錄」, "余嘗夏日坐軒上, 忽奇峰萬疊湧現空際, 適雲遊僧至曰, '世間惟金剛山與之勞甍,' 後得沈玄齋「楓嶽圖」, 乃信其言. 今覽許成甫『東遊錄』, 尤詳且明可喜. 譬之於人, 始則遇其貌類者, 中則見其寫照焉, 此卷乃并其家譜行錄者也. 然猶未覿面對晤, 是則留待他日耳."

360) 李用休, 『惠寰雜著』卷9「題觀楓錄(一名無貳錄)」, "觀名山, 譬如觀聖人, 必合諸子所記, 然後始得其全. 余於諸君之錄, 得楓嶽之全, 而此錄又是曾氏門人之所記也. 觀楓嶽, 而後乃知化工之巧, 觀楓嶽(圖?), 而後又知化工之巧, 亦有所限. 信無貳也, 何爲有錄? 已遊不二門中, 無言文殊一篇."

361) 李用休, 『惠寰雜著』「題半楓錄」, "昔有人夢見一姝艷甚, 而只露半面, 以未見其全, 念結爲病, 人曉之曰, 未見之半, 如已見之半, 其人卽念解. 凡看山水, 皆如此. 且楓嶽山以毘盧爲冠, 水以萬瀑爲最, 而今皆觀焉, 則未可謂之半也. 㫆觀樂者招箭而止, 不觀他樂也."

전체를 표현하는 것이 아니라 그 반쯤을 보고 반쯤을 표현해도 전체의 형상이 드러나게 하는 것이다. 이럴 때 화가의 신의와 창작이 의미가 있게 되고, 그 그림은 사상과 철학과 결합할 수 있는 것이다. 따라서 사대부들이 사의 중심의 남종문인화에 몰입하는 일은 당연한 결과였다. 남종문인화는 시각적인 회화에서 관념적인 회화로 변화했던 사의(寫意) 중시의 화화이기 때문에 회화를 단지 사물의 외양에 집착하지 않고 사물의 본질에 접근하려고 하였다.[362]

현재보다 더욱 사물의 본질을 추구했던 능호관(凌壺館) 이인상(李麟祥)의 경우는 글씨 속에 회화의 경지를 추구하기도 하였다.[363] 앞에서 언급한 「불이당기(不移堂記)」에는, 이인상이 잣나무 그림 대신에 전자체(篆字體)로 설부(雪賦)를 써서 주고는 그림을 요구하는 이공보(李功甫)에게 "잣나무 그림도 그 속에 있네. 대저 풍상(風霜)이 사나우면 변하지 않는 것이 있겠는가. 자네가 잣나무를 보고 싶으면 눈 속에서 구하게."라고 하였다. 이런 태도는 일견 기이한 사람의 일탈된 행동으로 보일 수 있으나, 이는 능호관이 평생 동안 그림이란 대상의 본질을 표현해야 한다는 신념에서 나온 행동이다. 그는 회화란 시각적인 것이 아니라 이념적인 것을 추구하는

---

362) 예컨대 관아재 조영석은 사대부의 그림은 사의에 있기 때문에 그림쟁이의 생업으로의 그림과 다르다는 인식이 강해 임금의 어진 작업에 한사코 참여하지 않는다. 俞拓基,『知守齋集』「敦寧府都正趙公墓誌銘·幷序」, "在宜寧時, 該曹以重摹光廟御容. 而公之善畵承上命, 發關召之, 乃曰, '卽如此, 與畵師何異? 匪其招不往, 古之義也.' 堅坐不赴. 其被逮, 將重究, 有爲之地者, 欲遲待胡赦, 恥之力求速勘, 竟削職. 戊辰, 摹肅廟御容, 上令入參監董. 公曰, '只監董其事, 堂郎一也, 何嫌焉?' 及入侍, 筵臣有言執筆無不可, 上問'汝能執筆爲之乎?' 辭敎委曲. 而力辭曰, '執技事上, 著之禮經, 不與士齒, 臣雖賤, 豈可自同衆史, 汚辱衣冠乎?' 上爲之色變, 屢可呵責, 然亦未之强也."

363) 능호관은 시에서도 회화의 경지를 구가하였던 것 같다. 이덕무,『청장관전서』청비록, "능호관 이인상의 「금강산」시에, '모든 물결 달빛 받아 흐르고, 여러 봉우리 구름 따라 나르려 하네(萬瀨爭涵明月瀉, 千峯欲和霽雲飛).'라고 하였는데, 금회(襟懷)가 상쾌하였다."

사대부들의 사의 중심의 남종문인화에 새로운 영역을 확장하였던 것이다.[364] 이 점은 그림에서 형사를 중시하면서도 형상의 본질을 관철하는 미를 찾았던 연암(燕巖, 박지원)의 다른 글에서도 설명되고 있다.

옛날에 원민손(袁愍孫, 袁粲)이 부상시(傅常侍, 傅堯兪)의 청덕(淸德)을 외우고 다녔다고 합니다. 지게문을 지날 적에 고요하기가 사람이 없는 듯하더니 휘장을 열어젖히니 그 사람이 여기에 있었습니다. 내가 매양 눈 속을 걸어가서 방문을 열고 매화를 찾는 순간 바로 부상시의 청덕을 깨달았습니다. 시서(詩書)에서 매화를 언급할 때, 열매를 논하지는 않습니다. 지금 우리들은 매화시를 지으면 향기를 품평하고 색깔을 견주며, 꽃부리를 씹고 꽃을 맛보기에 부족하여 또한 좇아서 전신사영(傳神寫影)합니다. 꽃은 또한 꽃이로되 참된 모습에서 더욱 멀어집니다. 일찍이 이르기를 '태산은 예의 근본을 물은 임방(林放)만 못하단 말인가.'라고 하였다?[365]

매화시를 지을 때 향기를 품평하고 꽃부리를 씹고 꽃의 맛을 보고나서, 그것도 부족하여 매화와 꼭 닮으려 하는 것은 매화의 실체에서 더욱 멀어지는 것이다. 지게문을 지날 때 고요하여 사람이 없는 듯했지만 휘장을 걷으면 바로 그 사람이 있는 것을 알 수 있다. 이렇게 하나의 형상에 내재하는 정신을 표현하는 것이 아름다움이다.

---

364) 능호관의 「은선대(隱僊臺)」와 「옥류동(玉流洞)」은 그의 조형세계를 여실히 보여주는 걸작의 진경산수화이다. 능호관은 남종문인화의 사의적 조형세계를 열심히 추구하였다. 그래서 그의 그림은 언제나 모나고 각지며 간결하게 추상화된 형태, 비수(肥瘦)와 전절(轉折)의 변화가 예리하고 날카롭게 반복되는 삼엄한 중봉(中峰)의 골선, 흐리고 여린 담묵의 서정적인 선염과 고아하고 고삽한 파묵과 발묵, 탈속하고 소쇄하면서도 완고하고 지조 넘치는 개성적인 풍격이 흘러넘친다. 『간송문화』 73, 한국민족미술연구소, 2007.

365) 朴趾源, 『燕巖集』 「尺牘·與石痴」, "昔, 袁愍孫誦傅常侍淸德云, 經其戶, 闃若無人, 披其帷, 其人斯在. 吾每雪中步往, 開閤尋梅, 便覺常侍淸德. 詩書言'梅', 論實不論華. 吾輩今作梅花詩, 評香比色咀英啜華之不足, 又從而傳神寫影, 華之又華, 去眞逾遠. 曾謂'泰山不如林放乎?'"

이런 경지는 청대 석도(石濤)366)의 글에 간명하게 언급하고 있어 도움이 된다. "우리가 산수 그리는 일을 맡을 때, 그 일은 광대함에 있는 것이 아니라 제어하는 데 있고, 번다함에 있는 것이 아니라 간이함에 있다. 간이하지 않으면 번다함을 맡을 수 없으며 제어하지 않으면 광대함을 맡을 수 없다. 그래서 그 일이 필(筆)에 있지 않으면 전할 수 있고 묵(墨)에 있지 않으면 남길 수 있으며, 산(山)에 있지 않으면 정(靜)할 수 있고 손에 있지 않으면 움직일 수 있으며, 고(古)에 있지 않으면 황량함이 없고 금(今)에 있지 않으면 장애가 없다.367)"

다음으로 18세기 화단의 흐름은 풍속화라고 할 수 있다. 회화에서 풍속화적 요소는 궁중행사나 사대부층의 시회(詩會)를 그려 온 기록화에도 찾아볼 수 있는데, 후기 풍속화의 발전은 17~18세기 기록화의 양식 변화를 통해서도 알 수 있다. 엄격한 궁중이나 사대부층의 행사의 기록화에 행사와 무관한 구경꾼이나 민중의 생활상이 등장하는 것이 그것이다. 이는 신분질서의 이완 속에서 성장하고 있는 민(民)이 다루어진 것이다. 이 같은 18세기 후반의 풍속화가 하나의 회화 장르로 정착되는 것은 18세기 전반의 윤두서와 조영석 등의 사대부 지식인들의 시도가 있었기 때문이다.

---

366) 석도(石濤): 1642~약 1718. 청초의 화승(畫僧). 본명은 주약극(朱若極). 법명은 원제(原濟)·원제(元濟)·도제(道濟). 그의 자는 석도, 호는 대척자(大滌子)·고과화상(苦瓜和尙)·청상진인(淸湘陳人)이다. 명의 종실로 5세에 아버지가 살해된 후에 출가하였다. 꽃·과일·난과 대나무·인물 등을 잘 그렸으며 특히 산수화에 뛰어났는데, 전인들의 화법에 구애받지 않는 자유롭고 주관적인 문인화를 그렸다. 구도는 새롭고 필묵은 웅건하며 자유롭고 시원하게 트여 원대의 의취를 잘 표현하였다. 팔대산인·석계·홍인 등과 더불어 4대 명승으로 불리며, 후에 양주화파와 근대 화가들에게 영향을 끼쳤다.

367) 石濤 『畫譜』, "吾人之任山水也, 任不在廣, 則任其可制, 任不在多, 則任其可易. 非易不能任多, 非制不能任廣. 任不在筆, 則任其可傳, 任不在墨, 則任其可受, 任不在山, 則任其可靜, 任不在手, 則任其可動, 任不在古, 則任其可荒, 任不在今, 則任其無障."

공재(恭齋) 윤두서(尹斗緒)는 전대의 화가들이 규범으로 요구했던 회화관을 극복하고 자신만의 독창적인 세계를 이룩하였다. 그에 대한 평가는 전대의 절파계화풍(浙派系畵風)을 강하게 가지면서도 새로운 것을 조심스럽게 추구했던 화가라고 한다.[368] 남태응(南泰膺)의 『청죽화사』에는 윤두서(尹斗緒)를 전대의 화가와 비교하면서 그의 독특한 위치를 설명하고 있다.

> 대저 물건은 반드시 상대가 있어야 하니 화가 역시 그러하다. 대대로 종장(宗匠)이 있어서 한 시대의 예술을 독차지하면 또 상대할 자가 나와서 그로 하여금 이름을 독차지하지 못하게 하였다. 강희안(姜希顔)이 나오자 안견(安堅)·최경(崔涇)이 대적하였고, 신세림(申世霖)·석경(石敬)·이흥효(李興孝)·이불해(李不害)·이상좌(李上佐)가 서로 맞수가 되었다. 김시가 나오자 이정·학림정(鶴林正, 이경윤)이 대적하였고, 어몽룡(魚夢龍)이 나오자 석양정(石陽正, 이정)이 대적하였고, 김명국이 나오자 이징이 대적하였다. 그 두 사람이 죽은 지 백 년이 다 되어 가는데 처음으로 윤두서 한 사람이 나왔다. 그런데 윤두서는 오직 명성을 다툴 자가 없어서 그 명성을 나누어 가질 수 없었다. 이것이 바로 윤두서의 명성이 예전 사람들보다 더욱 성대한 까닭이다.[369]

윤두서의 그림이 새롭다는 것은 화원풍이 강한 당대 화단과 달리 직접 『고씨화보(顧氏畵譜)』·『당시화보(唐詩畵譜)』 등을 철저하게 학습하고, 이를 바탕으로 인물이나 동식물을 실제 대상으로 하여 관찰한 뒤에 그려냈기 때문이다. 이는 그가 객관 사물의 이치

---

368) 安輝濬, 『韓國繪畵의 傳統』, 文藝出版社, 1988.
    朴銀順, 『恭齋 尹斗緒의 繪畵: 尙古와 革新』, 해남윤씨가전고화첩 해제본, 1995.
369) 『聽竹畵史』, "凡物, 必待對而畵家亦然. 代必有宗匠, 以擅一代之藝, 而又必生相對者, 使不得傳名, 觀於國朝可知也. 仁齋出, 而安堅·崔涇對之, 申世霖·石敬·李興孝·李不害·李上佐, 互相爲對, 醉眠出, 而懶翁·鶴林正對之, 魚夢龍出, 而石陽正對之, 蓮潭出, 而虛舟對之. 二人之死, 近百年, 而後始得一恭齋. 恭齋獨無對無或, 有分其名者, 此恭齋之得名, 尤盛於前人者也."

를 연구하여 자신의 그림을 이루려는 실득(實得)의 정신에서 비롯한 것이다. 공재는 자신의 그림에 무척 자부심이 강해 남의 요구에 쉽게 응하지 않았다.[370] 단지 그림을 볼 줄 아는 사람들을 위해 그려 주었는데, 색목(色目)이 다른 이하곤(李夏坤)에게 <만마도(萬馬圖)>를 그려 주어 비난을 받은 적도 있었다. 이처럼 공재가 자부심을 가졌던 그의 그림은 현재 『가전보회(家傳寶繪)』나 『윤씨가보(尹氏家寶)』라는 화첩으로 전해지고 있다.[371]

공재의 풍속화는 아직 화본풍을 탈피하지 못해 관아재보다는 핍진함이 덜하였다고 한다. 두 사람이 그린 <돌 깨는 석공>에 대한 석농(石農) 김광국(金光國, 1685~?)의 평이 있어 확인이 된다.

> 오른쪽의 석공이 돌 깨는 모습을 그린 그림은 바로 공재 윤두서의 솜씨로, 세속의 모습을 담았기에 '속화'라 불린다. 그런데 사실 묘사의 형사를 터득함에서는 관아재 조영석에게 한 수 사양해야 할 것이다.[372]

370) "윤두서는 자신의 예술에 대한 긍지가 너무 지나칠 정도로 높았다. 그림을 구하는 자가 문간에 가득할 정도였는데 모두 손을 저으면서 거절하였으며 간혹 부응한다 하더라도 신회(神會)가 일어난 뒤에야 그렸다. 마치 열을 걸려 물을 그리고 닷새 걸려 돌을 그리는 식이었다. 만약 조금이라도 마음에 맞지 않거나 한 획이라도 화법에 부합하지 않으면 즉시 폐기해 버리면서 그동안 공들인 것을 조금도 아까워하지 않았다. 반드시 충분히 득의(得意)하고 충분히 조화롭고 공교로워야 내놓으려 하였다. 그래서 윤두서의 그림은 시중에 전하는 것이 드물다." 『聽竹畵史』, "恭齋挾藝自高, 矜持太過, 求者盈門, 一切揮之, 間或副應, 而神會興到而後作. 如十日畵水, 五日畵石, 之爲或有一毫不稱意, 一劃不應法, 輒棄前功, 而不自惜. 必也十分得意, 十分造功, 乃肯出也. 是以恭齋之畵, 罕傳于世."

371) 『윤씨가보(尹氏家寶)』 중에는 공재가 추구했던 세계의 한 단면을 전해 주는 <우여산수도(雨餘山水圖)>와 그림의 내용을 전해 주는 「제자사화(題自寫畵)」라는 시가 있다. 이미 II장 2절에서 언급한 대로 <우여산수도>는 근경에 강변의 왼편으로 깎아지른 절벽과 그 아래 누각이 있고, 강물 위로 새 두 마리가 날아가는데 나지막한 다리도 한편을 차지하고 있으며, 원경의 산수는 물기 많은 필치로 처리하고 있다. 이 그림은 시정을 한껏 담고 있고, 그 소재나 수법이 문인화의 취향이다. 형태에 보이는 생략과 깔끔한 필치는 문인의 이상적인 정신세계를 담백하게 표출하고 있다. 공재 화첩에 대한 소개는 朴銀順, 『恭齋 尹斗緖의 繪畵: 尙古와 革新』, 해남윤씨가전고화첩 해제본, 1995가 있다.

372) 이태호, 「조선 후기 풍속화의 발생과 문인화가의 속화」, 『조선후기 회화의 사실정신』, 학고재, 1996에서 재인용.

현재까지 공재의 풍속화로 전해지는 작품은 <돌 깨는 석공>, <목기 깎기>, <나물 캐는 두 여인>이다. 이들 작품은 중국 화보의 방작에 가깝다고 평가되고 있어, 공재의 풍속화는 조선풍과 예술성을 충분히 갖추지는 못하였다. 이 점을 남태응의 『청죽화사』에는 적절히 설명하고 있다. "그림이 그 재주를 다했고 그 기술을 끝까지 다하였기에 묘하기는 하나 난숙함은 조금 모자랐다."

이후 공재의 풍속화는 새로운 화가들에게 계승되었다. 관아재는 인물과 풍속화에 전문적인 실력을 갖춘 선비화가로, 윤두서의 그림에 남아 있는 화본풍을 탈피하여 새로운 풍속화의 세계를 개척한다. 이 점은 관아재의 풍속화를 직접 감상하고 소장하기도 했던 이규상(李奎象)의 감상평이 적절할 것이다.

> 그는 그림의 솜씨가 빼어나고 절륜하여 필획이 하나같이 정밀하고 아름다웠으며 구도는 범속함을 일소하였다. 필획과 구도 이외에도 신운의 정채 또한 찬란하고 빛났다. (중략) 조영석의 그림은 원법(院法)을 가져다 유화(儒畵)의 정채를 펼쳐내었으며, 포서(鋪敍) 또한 식의(識意)를 갖추고 있어 물체 하나 형상 하나까지도 모두 조화를 그대로 뽑아냈다. (중략) 조영석은 또한 지금 시속의 물상을 묘사하는데 꼭 닮게 그렸다. 일찍이 그가 그린 소폭의 그림을 본 적이 있는데. 오동나무 아래에서 젊은 한 아낙이 다듬이질하는 모습을 그린 것이요, 또 하나는 경강(京江)에 용산 길에서 벙거지를 쓴 사람이 땔나무 실은 말을 몰고 가는 것이었다. 또 우리 집에 소폭의 그림이 있는데, 나귀 타고 가는 시체(時體) 사람 모양의 복식을 그린 것으로 신운이 조금도 어긋남이 없으니 참으로 신품이다. 그는 사람됨이 세속에 초연해서 그림을 내놓는 것이 드물어 세상에 전하는 것이 많지 않다.[373]

그는 선비화가로서 전문적인 실력을 갖추어 시정의 일상을 꼭

---

373) 李奎象, 『18세기 조선 인물지·幷世才彦錄』「書家錄」, 민족문학사연구소한문분과 옮김, 창작과비평사, 1997.

닮게 그리면서도 신운을 잃지 않았다고 한다. 관아재는 세속에 초연했지만 그 그림 속에는 온갖 일상의 핍진함이 배어 나왔음을 알수 있다.

공재와 관아재 이후의 풍속화는 단원(檀園) 김홍도(金弘道)라는 거장에 의해 그 난만한 꽃을 피웠다. 그는 진경산수화·풍속화와 남종화는 물론이고, 인물·제석·영모화조·사군자·초상화·기록화 등 각 부문에 걸쳐 다양한 화풍과 장르를 시도한 화가이다.[374]

> 우리 집에는 오래전부터 김홍도의 <음산대렵도>가 소장되어 있는데, 견본(絹本) 8폭으로 하나의 병풍으로 이어져 있다. 황량하여 띠풀만 자라는 텅 빈 들판에서 활시위를 울리며 말을 몰아 사냥감을 뒤쫓는 형상이 혁혁하게 빛나며 두드러져 생동감이 넘친다. 김홍도는 스스로 말하기를 "내 평생의 득의작이다. 다른 사람이 설령 모방하여 그려낸다 하더라도 물고기의 눈알과 야광주를 한데 놓은 격으로 단번에 가려낼 수 있을 것이다."(『금화경독기(金華耕讀記)』)[375]

일반적으로 단원회화의 중요성을 고도의 예술성, 작가적 독창성과 한국적 미감의 발현으로 파악한다. 특히 우리 조상들의 삶을 있는 그대로 과장 없이 그려내면서도 그 멋과 흥취, 해학을 이끌어낸 풍속화는 상업도시인 서울의 성장과 일정한 영향관계를 갖는다.

단원은 직업화가로서 최대 진가를 발휘하여 벼슬에 오르기도 한다. 그림은 강세황에게 배웠고, 평생 서로를 이해해 주는 사이였다

---

374) 김홍도(金弘道): 1745~1806?. 본관은 김해, 자는 사능(士能), 호는 단원(檀園)이다. 화원으로서 벼슬은 현감에 올랐다. 신선·인물·불화·화훼·영모·진경·풍속 등에 두루 능하였다. 풍속화로 관아재 조영석을 계승하고, 산수화에서는 겸재와 현재를 계승 발전시켜, 독자적인 경지를 이룩함으로써 정조대 최고의 화가로 평가된다.

375) 徐有榘, 『林園經濟志』 「怡雲志」, "余家舊有金弘道「陰山大獵圖」, 絹本八幅,連作一屏. 荒茅曠野, 鳴弦馳逐之狀, 奕奕如生. 弘道自云, '生平得筆, 他人縱有彷, 放魚目夜光, 一見可辨.'"

고 한다.[376] 그래서 김홍도의 화풍에 스승의 영향이 남아 있지만, 그는 자신만의 화풍을 산생하였다.[377] 또한 단원은 젊은 시절에 혜환의 문하에 출입하였던 것으로 보이지만, 지금까지 단원과 혜환의 관계를 입증할 만한 확실한 자료가 나타나지 않기 때문에 더 이상의 언급은 어렵다.

다만 이 두 사람의 관계는 혜환이 단원의 젊은 시절에 그의 대우암(對右菴)에 기(記)를 써 준 사실에서 간략하게 드러나고 있을 뿐이다.

하늘이 만물을 낳을 적에 이치(理致)를 형상(形象)으로 표현하되 그중에서 가장 신성(神聖)한 것으로 대신 말하게 하여 교화를 베풀었으니, 경(經, 경전)이 그것이다. 그러나 말은 반드시 글에 의해서 행해지기에 창힐(蒼頡)로 하여금 글씨를 만들게 하였다. 문자는 상형문자(象形文字)를 처음 사용하였는데 그 쓰임도 한계가 있었다. 그러므로 사황(史皇)으로 하여금 그림을 그리게 하여서, 그림[圖]과 문자[書]가 짝을 이룬 뒤에야 비로소 다 할 수 있게 되었다. 그러나 우주에서 일월이 경과하게 되자 문자가 붙어 있었으나, 오직 그림만은 혹은 나타나기도 하고 혹은 감추어지기도 하여 빈풍도(豳風圖)와 왕회도(王繪圖) 이후에는 그다지 나타나지 않았다.

그 중간에 재기(才氣)가 뛰어난 사람이 있어서, 넘치는 재주로 꽃·대나무·새와 짐승을 그렸다. 그 빼어난 솜씨가 또한 조물주를 닮아서 사람의 마음과 눈을 즐겁게 해 주고 있으니, 이 화도(畵圖)는 과소평가할 수 없는 것이다. 김사능(金士能, 김홍도) 군이 선생 없이 터득한 지혜로 신의(新意)를 창출하였는데 붓이 가는 곳에 따라 신묘함이 함께하였다. 그 발취(髮翠)·호금(毫金)·사단(絲丹)·누소(縷素)에 정교(精巧)하고 아름다워 '고인이 나를 보지 못한 한'이 있을 정도였다. 그러므로 자못 스

376) 표암 그림에 대한 연구는 邊英燮, 『豹菴姜世晃繪畵硏究』, 일지사, 1988이 충실하다. 표암 그림을 동양화론과의 관련 속에서 개략적으로 언급한 것은 金埰希, 姜世晃의 藝術哲學과 東洋畵論, 현암, 1994이다.

377) 유홍준, 「단원 김홍도」, 『역사비평』 22, 1993. 그리고 김홍도의 그림에 관한 자세한 도록과 내용은 국립중앙도서관 편, 『단원 김홍도』, 1992와 삼성문화재단 외 편, 단원 김홍도 - 탄신 250주년 기념 특별전, 1995가 있다. 이후 김홍도 그림에 관한 총결적인 연구는 진준현 등이 있다.

스로 긍지를 가지고 자중하여 경솔하게 그림 그리지[선염] 않았으니, 대개 그 인품이 매우 높아 고아하고 운치 있는 사람의 풍모가 있어서 자신의 고심과 솜씨로 그린 그림을 교제하는 선물거리로 전달되어 염주(厭廚)의 노리개로 만들고 싶지 않았던 것이다.

대저 글씨는 비유하면 사람의 성명이고 그림은 얼굴이다. 그 성명은 알지만 얼굴을 모른다면 비록 온종일 한자리에 앉아 있더라도 서로 알지 못할 것이니, 그래서야 되겠는가? 아! 그림과 글씨는 시작된 원인이 같고 의탁한 형체가 균일하다. 그런데 세상의 많은 사람들이 글씨는 중시하면서도 그림은 깔봐서 화공(畵工)이니 화사(畵史)니 하는 말로 욕보이기까지 하는 것은 무엇 때문인가?

김군(金君)이 사는 곳에 편액(扁額)을 달기를 '대우암(對右菴)'이라 한 것은 옛사람의 '좌도우사(左圖右史)'란 뜻에서 취한 것이다. 도서(圖書)가 분리되어 외롭게 행해짐이 얼마였던가! 지금 다시 합해졌으니 양가(兩家, 화가와 서예가)는 서로 축하할 만하다.[378]

그런데 단원의 그림은 때때로 사대부들의 식견에 부합되어 해석되기도 하였다. 단원의 부채 그림에 간략하게 제화를 부친 홍량호(洪良浩)의 글에도 드러난다.

여름에 제철에 접어드니 마치 화로 속에 앉은 것 같구나. 옛날 두보의 시에, "점잖은 선비가 미친 듯 큰 소리를 지르려고 한다."고 한 것이 바로 이때의 광경이다. 그런데 갑자기 대나무 그림 부채가 생겼으니, 그 대나무의 긴 줄기와 엉성한 잎사귀가 사각사각 맑은 바람을 불어서 내 가슴과 소매 가득히 들어와서 나도 모르는 사이에 온 몸과 정신이 시원하

---

378) 李用休, 『惠寰雜著』卷7「對右菴記」, "天之生物也, 以理寓於形, 使其最神聖者代言而宣化, 經是也. 然言必倚書而行, 故使蒼頡造書. 書首象形, 而其用亦有所窮. 故使史皇作圖, 圖與書配而後, 始盡之矣. 雖然, 經日月于宇宙, 而書附焉, 惟圖或顯或晦, 關風王會以後, 不甚著焉. 間有才氣之過者溢, 而爲花竹翎毛, 其工亦能以肖造化, 而娛心目, 此道不可小也. 金君士能, 以無師之智, 創出新意, 筆之所至, 神與俱焉. 其髮翠毫金絲丹縷素, 精巧妙麗, 有古人不見我之恨. 故頗自矜重, 不輕渲染, 盖其人品甚高, 有雅士韻人之風, 故不欲以我之心力手指, 供交際之贄幣, 作厭廚之玩具也. 夫書譬, 則人之姓名, 圖乃其面貌也. 識其姓名, 而不識其面貌. 雖終日竝席而坐, 不能相認, 其可乎哉? 噫! 圖與書起因同, 而托體均. 世多申書, 而詘圖, 至辱以工, 若史者, 何也? 金君扁其所居曰, 對右者, 取古人左圖右書之意也. 圖書離而孤行者, 幾年! 今復合焉, 兩家可以交相賀也." 이용휴, 『혜환 이용휴 산문전집』상, 조남권 외 역, 소명, 2007.

게 되었으니, 여기에서 이 대나무가 다만 서리만을 우습게 여길 뿐만 아니고 역시 더위를 피하는 데에도 알맞다는 것을 알게 되었다. 그러나 이 붓 끝에 神이 붙지 않았다면 또 어찌 진짜 대나무의 성질을 이 환영(幻境, 부채를 말함)에다가 옮겨 놓을 수 있었겠는가.[379]

이 부채 그림은 대를 그린 것이다. 대는 긴 줄기와 엉성한 잎사귀뿐이지만 맑은 바람을 불어내어 저절로 화로 속 같은 더위에도 온 몸과 정신을 시원하게 할 수 있다. 그래서 홍양호는 부채에 진짜 대나무를 옮겨 놓았다고 생각한다. 비록 이 그림에서 풍속화의 모습을 알 수는 없더라도 부채에 그려진 대나무가 실제의 대나무를 옮겨 놓은 듯 더운 여름날에 사각사각 바람 소리를 내고 있는 순간의 묘사도 심상하게 넘길 수는 없다. 여기서 주의할 점은 이계(耳溪)의 회화관이 결코 대의 사실 묘사에 초점이 있는 것이 아니다. 그는 객관 사물인 대를 부채에 옮긴 작가 김홍도의 신(神)을 강조하고 있다는 점이다. 작품에 담겨 있는 신(神)이란 결국 사대부들이 추구하는 문인풍의 그림일 수밖에 없다.[380]

---

379) 『耳溪集』 「題檀園金弘道扇畵」, "朱明用事, 如坐洪爐. 杜子詩, 束帶發狂欲大叫, 眞是此時光景. 忽得便面墨竹, 秀幹疎葉, 颯颯有淸삼, 滿我懷袖, 不覺神骨爽然, 今乃知此君, 不惟傲霜, 亦能避暑也. 然苟非筆端幻神, 又安能發眞性於幻境乎?"

380) 申光河, 「題丁大夫乞畵金弘道」(林熒澤 편역, 『李朝時代 敍事詩』 下, 창작과비평사, 1992).
(中略)

吾觀其人貌甚靜	내 그의 사람됨을 살펴보니 자태는 고요하기 그지없고
每畵一物心若悟	매양 어떤 사람을 그림에 마음에 깨침을 얻은 듯
豈如崔北衆中恣醉罵	최북 그 사람 취하여 제멋대로 떠들고
目見曹耦稱獨步	그림 그리는 동료들 만나선 자칭 독보라 뽐내더니
北也窮死畵亦賤	최북 이 사람 궁해서 죽자 그림값도 따라서 떨어졌다지
休道物情隨時變	때를 따라 변하는 세상 물정 차라리 말하지 말자
內閣供奉三十人	내각이라 공봉으로 삼십인 뽑힌 가운데
於今弘道名獨擅	김홍도라 그 이름 오늘에 가장 떨치는구나
大夫文章震一國	정대부의 문장 수완 지금 국중에 울리나니
片言落地如黃金白璧	글씨 하나 땅에 떨어져도 사람들 금이야 옥이야

이계의 평가와는 달리 단원의 회화는 풍속화에 볼 수 있듯이 자신의 주변에서 진행되고 있는 실제 삶의 역동성을 화폭에 사실대로 담아내는 것이다. 때문에 부녀자들이나 아이들조차 그의 화권을 펼칠 때 턱이 빠지는 줄도 모르고 웃으며 그림과 자신이 일치됨을 알 수 있게 된다.

김홍도는 여항(閭巷) 이속(俚俗)의 일을 그렸는데, 대저 저잣거리·화류가와 여관 앞 나그네·땔나무와 오이 파는 모습·중과 여승·불자들과 봇짐꾼·비렁뱅이 등등을 형용색색 각기 그 묘를 다하여 그렸다. 부녀자와 아이들이 화권(畵卷)을 펼쳐 보면 턱이 빠지는 줄도 모르고 웃었다. 고금의 화가 중에 없던 일이다.[381]

고금의 화가가 각기 한 가지 재능을 떨쳤지 두루 솜씨를 겸할 수는 없었는데, 김사능 군은 근래 우리나라에 나서 어려서부터 그림 그리기를 배워 못 하는 것이 없으니 인물·산수·신선 및 불교 그림, 화과·금충·어해 등의 그림이 모두 묘품에 드는 데 이르렀다. 옛사람에 비한다 해도 거의 더불어 상대할 이가 없을 것이다. 더욱 신선과 화조화에 장기가 있어 이미 한세상을 울리고 후세에 전하기가 족하다. 더더욱 우리나라의 인물풍속을 옮겨 그리기를 잘하니 선비가 열심히 공부하는 모습이나, 장사치가 시장 가는 모습, 나그네며 규방의 정경, 농사짓는 사내며 누에 치는 아낙, 큰 집과 겹문, 거친 산과 들판 물 같은 것에 이르기까지 사물의 생김새를 구석까지 다 그려냈는데 그 모양과 생김이 딱 들어맞으니 이것은 예전에 없던 일이다.[382]

放筆爲歌歌磊落	붓을 들어 노래를 지으니 그 노래 어떻던가
弘乎弘乎	김홍도여 김홍도여
得此畵亦足	그런 노래 얻었으니 그림 한 폭 그려도 좋으리라
願君勿畵蟲魚與花葉	그대는 그림을 그리되, 풀벌레 물고기 꽃과 잎새 이런 따위 그리지 말고
畵作大夫放杖行欹側	저 대부 지팡이 짚고 소요하는 모습을 그리게나
早歸去早歸去	어서 돌아가세 어서 돌아가
掛之鶴灘上之草屋	학탄의 여울가 초옥에 그 그림 걸어두고 보리라

381) 徐有榘, 『林園經濟志』「怡雲志」, "金弘道畵閭巷俚俗之事. 凡市井狹斜, 逆旅行裝, 販薪賣瓜, 僧尼優婆, 擔篸行乞, 形形色色, 各盡其妙. 婦孺童孩一展卷, 無不解頤. 近古畵藝家, 所未有也."

실제 어떤 부분 때문에 단원의 풍속화가 보는 사람의 실감에 맞아 떨어졌는가. 예컨대 <행려풍속도>는 일상사의 세계를 따듯하고 정감 있게 그리고 있는 작품으로 각 화면에는 표암의 화평이 실려 있어 이해에 도움을 준다. 이 중에 몇을 소개하면 다음과 같다.

> 논에서 해오라기 날고 높은 버드나무에 시원한 바람이 불고 대장간에서 쇠를 두드리고 나그네는 밥을 사 먹는데 시골주막의 쓸쓸한 광경이나 오히려 한가로운 맛이 드네.
>
> 밤게·새우·소금으로 광주리와 항아리에 그득 채워 포구에서 새벽에 출발한다. 해오라기 놀라서 날고 한 번 펼쳐 보니 비린내가 코를 찌르는 듯하다.
>
> 다리 아래 물새는 당나귀 발굽소리에 놀라고 당나귀는 나는 물새에 놀라네, 사람은 당나귀가 놀라는 것을 보고 놀라는 모양을 나타낸 것이 입신의 경지에 들어갔다.
>
> 벼 타작 소리 들리는데 탁주는 항아리에 그득, 수확을 지켜보는 이 또한 재미있어 보이네.

이처럼 표암도 단원의 풍속화가 표출하고 있는 정감어린 실제의 생활모습에 칭찬을 아끼지 않았던 것이다. 이 화첩은 수동적이며 규범적인 틀을 넘어 움직이는 현장을 담고 있어 당대인의 정감에 호소력을 발휘하고 있다. <행려풍속도>와 마찬가지로 『풍속화첩』은 각 계층의 생업장면과 놀이 등의 생활을 더욱 잘 드러내고 있

---

382) 姜世晃, 『豹菴遺稿』「檀園記」, "古今畵家, 各擅一能, 未能兼工. 金君士能, 生於東方近時, 自幼治繪事, 無所不能, 至於人物·山水·仙佛·花果·禽蟲·魚蟹, 皆入妙品. 比之於古人, 殆無可與爲抗者, 尤長於神仙·花鳥, 已足鳴一世而傳後代. 尤善於摸寫我東人物·風俗, 至若儒士之攻業, 商賈之趨市, 行旅閨闈, 農夫·蠶女, 重房·複戶, 荒山·野水, 曲盡物態, 形容不爽, 此則古未嘗有也."

는 화첩이다. 대개 배경을 생략하고 등장인물의 동작을 화면에 배치하고 있다. 이제 화면은 배경을 담기에는 순간의 움직임을 포착하는 것이 중요해졌다. 이 화첩은 서당·논갈이·활쏘기·씨름·행상·무동·기와이기·대장간·노상과안·점괘·나룻배·주막·고누놀이·빨래터·우물가·담배썰기·자리짜기·벼타작·그림감상·길쌈·편자박기·고기잡이·산행·점심·장터길 등의 순서로 되어 있다. 이처럼 일상의 사물을 그리고 있는 것과 달리 <송석원시사야연도>는 자신의 처지와 같은 여항인의 시회 모임을 직접 그린 것도 있다.

단원이 성취한 회화의 세계는 같은 처지의 여항문인들에 의해 이해되고 칭송되었다. 여항문인들은 단원의 회화가 이룬 성취를 현실성에 두고 있다. 그들은 아무리 사대부의 세계관에 젖어 있더라도 자신들이 몸담고 있는 현실이 중요하며 후대의 조희룡(趙熙龍)처럼 뚜렷하게 소시민적 의식까지 이르지는 않았지만, 점차로 현실 변화의 흐름에 민감하게 반응하고 있었다.

2. 화론의 새로운 양상

1) 진경산수화론

이른바 진경산수화(眞景山水畵)는 우리 주변에 실재하는 산수를 독특한 화법으로 그린 조선 후기의 산수화이다. 다른 표현으로 사경산수화(寫景山水畵)나 실경산수화(實景山水畵)라고 하는데, 이 또한 실재의 경치를 그린 산수화라는 의미를 담고 있다. 진경(眞境)은 자의상(字意上) 선경(仙景)의 의미로 18세기 이전까지 사용되다가 이익(李瀷)이 실재하는 경물이란 뜻으로 사용하면서 새로운 성격이 부여되었다고 한다. 이 용어는 강세황(姜世晃)에 의해 적극 수용되었으며, 그러한 과정을 거쳐 진경산수화의 새로운 양식이 마련되었다. 19세기 이후에는 진경(眞景)이나 진경(眞境)이 서로 상통하는 의미로 사용되었고, 경자(景字)와 경자(境字)는 구분 없이 통용되었다. 이를 정리하면 선경의 의미인 진경(眞境)이 18세기 초반에 실재하는 경치로서의 진경(眞境)으로 부연되고, 다시 좀 더 객관적인 실재를 의미하는 진경(眞景)이란 용어로 대치되어 사용되었다는 것이다.[383]

겸재(謙齋) 정선(鄭敾)의 진경산수화는 18세기 회화의 일대 업적이며 우리 회화의 최고의 변혁 중에 하나다.[384] 정선과 이웃하여 교우하였던 관아재(觀我齋) 조영석(趙榮祏, 1686~1761)은 「구학첩발(丘壑帖跋)」에서 겸재의 산수화를 다음과 같이 설명하였다.

원백 정선의 이 그림은 먹을 운용함에 있어 자취를 남기지 않고 선염(渲染, 바림)에도 법도를 갖추고 있어, 그윽하고 침착하며 기운이 솟구치고 윤택하고 무르익어 빼어난 아름다움을 드러내니 거의 남궁(南宮, 미불)과 화정(華亭, 동기창)의 울타리에 들어섰다고 할 것이다. 조선왕조

383) 朴銀順, 『금강산도 연구』, 일지사, 1997.
384) 정선(鄭敾): 1676~1759. 본관은 광주, 자는 원백(元伯), 호는 겸재(謙齋)이다. 관직은 동지중추부사에 이르렀다. 산수·인물·화훼·조충에 두루 능통하였다. 이른바 '진경산수화'를 창안한 조선 후기 제일의 대가로서 토산과 석산이 어우러진 우리 산천의 아름다움을 북방화법의 특장인 필묘(筆描)와 남방화법의 특장인 묵법(墨法)을 조화롭게 구사하여 형상화하였다.

300년을 돌아보더라도 아직 이와 같은 화가는 볼 수 없다고 하겠다. 내가 살펴건대, 우리나라의 산수를 그리는 화가 가운데 윤곽이나 구도의 위치, 16가지의 준법, 여러 가지 물결선을 그려내는 것 등에 대한 조리 있는 이론과 방법을 제대로 터득한 사람이 없었다. 그러므로 비록 중첩된 산봉우리라 하더라도 오직 수묵으로써 한결같이 마구 칠하여 그려낼 뿐, 그 향배(向背)나 원근(遠近), 고저(高低)와 천심(淺深), 토석(土石)과 이험(夷險)의 형세를 따지는 일은 다시 없었다. 물을 그려냄에 있어서도 졸졸 흐르는 물, 넘실대며 콸콸 흐르는 물 할 것 없이 모두 두 자루의 붓을 잡고 먹줄이 교차하는 듯한 형태로 그려내니 어찌 다시 산수가 있을 수 있겠는가?

내가 일찍이 이와 같이 논하였더니 원백 정선도 옳다고 하였다. 원백 정선은 일찍이 백악산(白岳山) 밑에서 살았는데 마음만 내키면 곧 산을 마주하여 그리곤 하였다. 이리하여 준법을 다루고 먹을 운용함에 있어 스스로 마음에 깨닫는 바가 있게 되었다. 그는 이윽고 집을 나서 내외 금강산을 들락거렸으며 또 영남의 뛰어난 형세들을 다 파악하고자 하였다. 만일 그 노력의 지극함을 말한다면 이를 위해 그가 사용한 붓을 묻으면 거의 무덤을 이룰 정도였다고 해야 할 것이다. 이리하여 스스로 새로운 풍격을 창안하여 우리나라 화가들의 한결같이 마구 칠해 버리는 고루한 폐단을 깨끗이 씻어 버릴 수 있었던 것이다. 따라서 우리나라의 산수화는 원백 정선으로부터 비로소 새로이 열렸다고 할 수 있을 것이다.

그러나 내가 원백 정선이 그린 <금강제산첩(金剛諸山帖)>을 보니 모두 두 자루의 붓으로 뾰족하게 수직으로 쓸어내린 듯한 난시준(亂柴皴)을 이루고 있다. 이 두루마리 그림 또한 그러한데 영동과 영남에 있는 산의 형세가 짐짓 이와 같아서일까? 그렇지 않으면 원백 정선 자신이 붓과 벼루를 다루는 일에 피곤하여 일부러 쉽게 빨리 그렸기 때문일까? 아울러 또 구도의 배치에 있어서도 종종 너무 지나치다고 할 정도로 빽빽하게 화폭을 구학(丘壑)으로 가득 채우고 있어 한 조각 하늘조차 내비치지 않곤 하는데, 원백 정선의 그림은 그 마무리하는 방법에 아직 미진한 부분이 있는 듯하다. 그러나 원백 정선이 이 점을 어떻게 여길지는 모르겠다.[385]

---

385) 趙榮祏,『觀我齋稿』「丘壑帖跋」, "元伯此卷, 用墨無跡, 渲染有法, 深沉森蔚, 濃潤秀麗, 殆可入於南宮·華亭之藩籬. 本朝三百年, 盖未見有如此者也. 竊謂我東之畵山水者, 於輪廓位置十六皴之法, 萬流曲折, 一絲不亂之說, 未有能知之者. 故雖層峰疊嶂, 惟以水墨一例塗抹, 不復辨其向背·遠近·高下·淺深, 土石·夷險之勢. 畵水, 無論潺湲與洶湧, 並執兩筆, 作繩交形, 豈復有山水哉? 余嘗論之如此, 而元伯亦以爲是也. 元伯嘗家居白岳山下, 意至輒對山而寫, 掠皴行墨, 有自窩於心者. 旣而出入金剛內外山, 又遍嶺南, 上游諸勝, 盡得其流峙之勢, 而若其功力之至, 則亦幾乎埋筆成塚矣. 於是能自創新格, 洗濯我東人, 一例塗抹之陋, 我東山水之畵, 盖自元伯, 始開闢矣. 然余

이처럼 겸재는 산수를 유람하여 그 대상에 즉면(卽面)하여 그리곤 하였다. 이리하여 준법(皴法)386)을 다루고 먹을 운용함에 있어 스스로 마음에 깨달은 바가 있게 되었는데, 이는 그의 산수화가 전대의 화본의 아류에서 벗어나 자신만의 회화세계를 이룩할 수 있었던 커다란 힘이었다.

여기서는 정선의 진경산수화가 이 시기의 문인들이 산수자연을 느끼고 이해한 방식을 새롭게 심미적으로 회화한 결과라는 점을 중시하고자 한다. 우선 이 시기 문인들이 전대와 마찬가지로 명산대천을 유람하는 일이 대단히 빈번했는데, 이러한 기행이 산수화에 어떤 심미적 영향을 주었는가를 살펴보도록 하겠다. 이들에게 산수 유람은 "지혜로운 사람은 물을 좋아하고, 어진 사람은 산을 좋아한다(知者樂水, 仁者樂山)."라는 명제처럼 산수를 관조하고 수양하는 과정이며 실천이다. 그런데 당시 극성했던 금강산 유람에서 알 수 있듯이 산수 유람은 구복신앙의 차원에서 이루어지고, 점점 세속화되는 상업도시로부터 벗어나서 사람들이 알지 못하는 곳을 유람함으로써 정신의 해방과 만족을 추구하는 경향에서 나타나기도 하였다. 특히 후자의 경우는 주로 문인층이기 때문에 그들이 산수에 대해 새롭게 체득하고 정립한 미의식을 산수시·산수화·유기 등으로 남기고 있어 주목할 만하다.387)

見元伯所爲「金剛諸山帖」, 皆以兩筆, 竪尖掃去, 作亂柴皴. 是卷亦然, 豈嶺東·嶺南山形故同歟? 抑元伯倦於筆硯, 而故爲是便捷耶? 且其鋪置, 往往太皆密塞滿幅, 丘壑無一豪天色, 元伯之畵, 於落筆手段, 似猶所未盡者, 未知元伯以爲如何."

386) 준법(皴法): 중국의 회화 기법으로 산이나 바위의 주름을 그려 입체감과 질감을 표현하는 방법이다. 진한 시대의 산악문(山岳文)을 구성하는 평행 고선으로부터 비롯하여, 성당 무렵 흥기한 산수화의 자연주의적 경향에 의해 다양화되었다. 오대·북송 무렵에는 남북 각지에서 나타난 산수화가들이 실제 경치에 입각하여 그림을 제작하면서 자연주의 경향이 촉진되었다.

이같이 기행은 유람하는 당사자에게 '유(遊)'라는 인간의 정신적 해방을 가져다준다는 점이다. 대부분의 문인들은 산수를 관조하면서 수양의 바탕으로 삼는 일에 별반 거부감이 없었고, 실제로 산수를 유람하는 일도 즐겨 하였다. 그런데 이 시기의 문인 중에는 주체의식의 각성과 개성의 발현으로 자신이 즉면하고 있는 공간에 대해 더욱 많은 관심을 기울이고 있었다. 그래서 자신들이 실제로 산수를 답사하여 체험하고 정리하는 일에 몰두하는 경향을 띠게 되었다. 이런 산수 유람이 체계화되고 실증화될 때는 사실에 근거한 지도 제작으로 연결되고, 유람에서 체득한 자유로운 정신의 해방감은 이른바 '진시(眞詩)'나 '진경산수화(眞景山水畵)'로 표출되었다.

이런 산수에 대한 유람은 사천(槎川) 이병연(李秉淵)의 시와 겸재(謙齋) 정선(鄭敾)의 그림에 많은 영향을 주었던 것으로 보인다. 이 점은 자신도 산수와 서화의 벽이 있었던 관아재가 삼척으로 외직을 나아가는 사천에게 준「송삼척부사이병연서(送三陟府使李秉淵序)」에 나타나고 있다.

　　무릇 시와 그림은 비록 그 고질 됨이 가도(賈島)의 퇴고(推敲)와 왕애(王厓)의 복벽(複壁)과 같다 하더라도 그 해가 그 몸에 미치고 말지만, 산수의 유람은 몸을 해치고 다른 사람에게도 해가 미치는 것이 이와 같습니다. 그러나 유자들은 오직 시와 그림은 간혹 이를 공박하는 사람이 많으나 산을 유람하는 일은 그 폐단을 걱정하여 이를 경계하는 사람들이 있음을 아직 보지 못한 것은 무엇 때문입니까? 제가 산수의 유람을 좋아하였으나 어느 날 이것을 비난하는 사람이 있더라도 곧 유자의 뜻을 드러내 밝혀 스스로 해명할 수 없음을 항상 걱정하였습니다.
　　우리 마을 사천 노인께서는 시로써 세상에 이름을 올리고 산수와 더불

---

387) 최근 심경호는 『한시기행』(이가서, 2006)과 『산문기행』(이가서, 2007)에서 조선시대 기행의 묘미를 보여주고 있다.

어 극진히 하는 것이 고질과 벽이 된 지 오래되었습니다. 이제 삼척부사로 나아가게 되었는데, 이곳은 바다와 산의 뛰어남이 우리나라에 으뜸입니다. 노인께서는 아직 도착하지 않아서 정원백[정선]에게 청하여 미리 <대관령도(大關嶺圖)>를 그리게 하고 이를 벽 위에 걸어두고는 수레에서 내리는 날을 기다려 죽서(竹西)와 능파(凌波) 사이에서 질탕하게 읊조리고 푸른 바다를 굽어보고 봉호에서 쉴 것을 크게 바라고 있습니다. 장차 떠나려 함에 저에게 신어(贐語)를 구하니, 드디어 그 일찍이 아직 마음에서 깨닫지 못하였던 바를 써서 묻습니다. 다행히 노인에게 그 설을 설명하여 제가 구실을 삼을 수 있게 해 준다면 곧 저도 마땅히 영동으로 한 번 행차하여 더불어 바다에 뜬 배와 풀을 밟은 자리에 두루 돌아다닐 수 있기를 구하겠습니다.388)

　실제로 이 시기의 산수에 대한 유람은 대단했던 것으로 보인다.389) 이 때문에 발생하는 폐단도 적지 않았는데, 일반 사들은 관부에 찾아가서 구차하게 구걸하여 경치 좋은 곳을 유람할 때 드는 비용을 마련하고, 관직에 있는 사람들은 직무를 망각한 채 승려나 백성들을 동원하여 세월 가는 줄 모르고 산수 유람을 즐겼다.390) 그중에서도 금강산 유람은 대표적인 경우이다.391) 그러므로 관아재는

388) 趙榮祏, 『觀我齋稿』, 「送三陟府使李秉淵序」, "夫詩與畵, 雖痼癖如賈島之推敲, 王厓之複壁, 其害及於其身而止已. 山水之遊, 害于身, 而及於人者如此, 而儒者獨詩與畵, 或多攻之, 而遊山一事, 未見有慮後斃理戒之者, 何哉? 不佞好遊山水, 而恒恐一朝有人, 以是難之, 則顧無以發明, 儒者之意, 而以自解也. 吾里槎川翁, 以詩鳴於世, 而盡與山水, 痼癖久矣. 今出宰三陟府, 海山之勝, 甲於我東, 翁未至, 而請鄭元伯, 先作「大關嶺圖」, 揭之壁上, 且待下車之日, 大欲跌宕吟哦, 於竹西・凌波之間, 俯滄溟, 而憩蓬壺矣. 將行, 責余以贐語, 遂書其所嘗未喻于心者, 因以質焉. 幸翁之解其說, 而使不佞得有, 藉口, 則不佞亦當求一麾, 於嶺東, 得與周旋於泛海之舟藉草之席矣."

389) 蔡濟恭, 『樊巖集』, 「題鄭滄海瀾所持畵帖」, "鄭滄海, 不羈人也. 棄妻子, 好遊名山大川, 窮北漠以臨白頭澤, 凌大瀛以登漢拏頂, 天下萬物, 顧無以易其樂也."

390) 趙榮祏, 『觀我齋稿』, 「送三陟府使李秉淵序」 "竊究向子平・謝玄暉淸虛之徒, 自以托跡淵邃, 寄心曠朗者, 爲之濫觴, 盖上古聖人未嘗爲也. 而宋之儒賢, 不以爲非, 如濂溪・晦菴・南軒, 亦皆喜遊佳山水, 自是以至我東諸賢, 遂以山水爲一大高致也. 然賢者之看山也, 脩然沖詣, 其心目之間, 墨悟冥契者, 固有異乎人之看也, 而末流漸大, 庸俗效顰, 及其斃也. 士則以謁官府, 求丐苟且, 以資濟勝之具, 爲官者荒廢職事, 貽怨僧民甚之, 輕擲性命, 度越險危抛棄, 時月往而忘返, 筋力疲勞, 僕隷愁苦, 而皆莫之恤, 且山水之鄕, 雖雄府饒邑, 士大夫公言求之, 無所嫌焉, 尚何仁智之可論也?"

자신이 산수의 벽이 있음에도 불구하고 산수 유람의 폐단을 걱정하여, 시와 그림을 좋아하는 폐단은 자신의 몸에 미치고 말지만 산수의 유람은 자신의 몸도 해치고 다른 사람에게도 해를 미치기 때문에 삼가는 것이 마땅하다고 생각하고 있었다.

그런데 관아재는 사대부의 산수 유람을 경계하는 공박에도 스스로 해명할 수 있는 길이 사천의 시와 겸재의 그림이라는 깨달음을 말한다. 다행히 사천이 겸재의 그림에 걸맞은 시를 짓게 된다면 이를 구실로 자신도 영동으로 한 번 행차하여 그들과 더불어 산수를 두루 유람할 수 있다는 것이다. 표암은 산수를 가장 잘 표현하는 예술이 그림이라고 하였다. 산을 유람하는 사람은 대부분 詩를 지어 여행일기처럼 한다. 그런데 그것들은 '만이천 봉'이니 '옥 같은 비단 병풍'이니 하는 상투적인 시구이므로 그대로 읽어 주기가 어렵다. 그렇다면 기행문은 어떤가. 이들도 지나치게 과장해서 긴 문장을 만들고 그에 대한 전설, 속담 같은 것이 중첩하여 표현해서 사람으로 하여금 싫증이 나게 한다. 다만 그림만이 후일의 와

---

391) 석북(石北) 신광수(申光洙)가 병이 걸려 연객(烟客) 허필(許佖)의 금강산 유람을 따라갈 수 없게 되자 옛날 중범씨 댁에서 금강산을 그린 그림을 보았던 일을 회고하고 나서 이런 명산에 살고 싶다고 하였다.

故人曾作金剛客	당신이 전에 금강산을 보고 왔으니
慣識金剛眞面目	금강산을 샅샅이 잘 알 것이다.
伊昔南山仲範宅	옛날 중범 씨 댁에서
見畵金剛滿素壁	흰 벽 가득히 금강산이 그려져 있는 것을 보았지
我今年紀近五十	내 나이 지금 오십이 가까운데도
不見金剛頭雪白	금강산을 보지 못하고 머리만 하얗게 세었구나
(中略)	
從君著處無不可	그대 그리는 것마다 좋지 않은 것이 없으니
生乎山中如見我	산중에 살면서 나를 진짜로 본 듯이 그려다오
人生早晩謝拘攣	인생 조만간에 시끄러운 것은 다 떨쳐 버리고
願與名山豫作緣	이런 명산과 미리 인연을 맺는 것이 소원이라네

유(臥遊)로 삼을 수 있을 뿐이다.[392]

이처럼 문인들은 산수 유람을 통해 자신들이 체득한 산수미를 표현하고자 하였다. 왜냐하면 인간 존재는 산수자연에 비해 유한하고 제한적인 성격을 지닌 존재이다. 인간은 결핍·불안·고통의 상태에 놓이게 되면 항상 모순 속에 빠지게 되는데, 예술은 이러한 압박과 위기로부터 인간의 생명력을 회복시켜 줄 뿐 아니라 주체적 자유의 갈망을 표출해 준다. 장자는 이런 인간의 정신적 해방의 추구를 '유'로써 상징화하고 '소요유(逍遙遊)'라고도 하였다.[393] 결국 문인들의 산수 유람은 단순히 좋은 경치를 만나 심신의 근심과 걱정을 풀기 위한 것이 아니라 인간 주체의 각성과 일정한 관계가 있다는 점이다. 결국 '유'라는 정신적 해방은 당대의 모방과 답습의 문예를 철저하게 배격하는 원동력을 이루었던 것이다.[394]

담헌 이하곤은 정선의 그림을 보고 "김창흡이 근래에 '시 잘 짓는 사람들은 대개 예전에 제일 잘했던 사람들보다도 훨씬 뛰어나다.'고 하는데 나는 화가도 그렇다고 생각한다."라고 하였다. 이처럼 담헌이 김창흡의 시와 정선의 그림을 함께 묶어 평가하는 일을 자세히 살펴보면 겸재의 진경산수화를 이해할 수 있는 계기가 발견된다. 또한 정선의 그림은 사천의 산수시와도 자주 비교되기도

---

392) 표암은 이런 구복적이고 세속적인 금강산 유람을 혐오하여 의식적으로 회피하다가 76세에 처음으로 금강산을 유람하게 된다. 姜世晃, 『豹菴遺稿』 「遊金剛山記」, "遊山, 是人間第一雅事. (中略) 余謂遊山者, 輒有詩, 或一峯·一壑·一寺·一菴, 拈以爲題, 各有一篇, 有若行程日錄. 萬二千峰·玉雪錦障之句, 萬口雷同, 不堪寓目. 試讀此等詩, 其能使未見此山者, 如身在此山中乎? 若論髣髴形容, 其惟遊記最勝. 然或者鋪張太過, 積成卷軸, 俚談俗說, 層見疊出, 尤令人厭看. 只有繪畫一事, 差可形容萬一, 爲後日臥遊, 而自有此山, 未有畫成者也."

393) 徐復觀, 『中國藝術精神』, 권덕주 역, 동문선, 1990.

394) 유(遊)는 필연적으로 사회의 속박을 벗어나고 도피하려는 소극적 방법이 될 수도 있다. 이런 소극적인 면은 독선으로 흐르기 쉽고 세상일에 등한시하게 만들 수도 있다.

한다. 김창협은 정선의 그림과 이병연의 시에 나타난 산수관이 천기와 관련됨을 논하고 있다.

> 시가의 묘는 산수의 묘와 상통한다. 대개 청형준무(淸逈峻茂)하고 기려유장(奇麗幽壯)하여 그 모습이 변화가 많고 그 경계가 다하기 어려워서 바라보면 정신이 솟구치고 다가가면 마음이 녹아드는 것, 이것이 산수의 빼어남이며 시도 마찬가지로 두 가지가 서로 만나면 정기가 모이고 경취(景趣)가 펼쳐진다. (중략) 세상에 시를 짓는 자들이 바야흐로 비근한 것을 즐겨 익히고 비루하고 진부한 것을 답습하여 깊은 생각을 내고 독창적인 말을 펼치지 못하였다. 그것은 천기를 움직인 것이 얕고 흥상(興象)이 멀지 못하고 사물을 명명한 것이 조잡하여 모사가 진실하지 못하였으니 이것으로써 산수에 가니 어찌 펼침이 있겠는가.[395]

이 글은 시가와 산수를 하나로 묶어 설명하면서 예술의 감동은 자연 그 자체보다 더욱 감동을 줄 수 있다고 한다. 산수의 묘미란 눈으로 보고 몸으로 다가갈 수 있어야 감각적 감동을 일으키므로 실제의 산수가 필요하고 더 나아가 절경을 자랑하는 명경(名景)이어야 한다. 그러나 김창협이 대부분의 금강산시는 승경을 닮게 읊어 내지 못한 '묘사부진(描寫不眞)'의 측면을 비판하면서 그 이유가 천기와 흥상의 부족이라 하였다. 따라서 금강산의 감흥을 표현하는 일은 실제 대상인 금강산을 세밀하게 그리는 것이 아니라 금강산이란 대상에 대해 깊은 생각과 독창성을 지적하는 것이다.

특히 김창흡과 이병연의 시나 정선의 그림이 실경의 산수가 헛된 경물 – 허경(虛景)을 일으켰다는 지적은 다시 새겨 둘 만한 일이다. 이 점을 염두에 두고 졸수재(拙修齋) 조성기(趙聖期)는 김창흡의 시가 성리학적인 도를 담아내지 못하는 헛된 경물과 일상의 일들

---

395) 金昌協, 『農巖集』「俞命岳李夢相二生東遊詩序」.

인 '허경한사(虛景閒事)'를 읊조린다고 비난하였다. 천기의 발로는 흥취라는 감동과 함께할 때 활발해지고 흥을 부치는 매개물로서 실경산수가 채택되지만, 실제 표현하는 것은 실경의 핍진함이 아니라 흥감을 통한 천기다.

그런데 정선의 진경산수화는 "조선 중기를 지나오며 토착화된 조선성리학과 소중화사상에서 한 걸음 나아간 조선중화주의라는 사상의 소산이다."라는 주장이 있다.[396] 반대로 '중국·일본과 함께한 회화현상으로 국제적 문화양상'임을 강조하는 경우도 있어 그 실체가 명확하지 않다고 한다.[397] 이는 정선이 이룩한 회화적 업적을 어떻게 받아들여야 하는가라는 후대 평가자의 세계관과 일정한 관계에 놓여 있다고 하겠다. 특히 진경산수화는 정선에 의해 주도되었고 그 이후의 여러 화가들에게 계승되어 새로운 실경 표현의 성향이 지속되었기 때문에 그 명확한 실체를 밝혀야 18세기 이후의 회화의 흐름이 더욱 분명해질 것이다.

앞에서 표암(豹菴) 강세황(姜世晃)이 진경(眞境)이라 용어를 사용하면서 새로운 성격을 부여했다고 언급하였다. 일찍이 강세황은 이익의 청으로 <무이구곡도(武夷九曲圖)>와 <도산도(陶山圖)>를 그

---

396) 崔完秀, 「謙齋眞景山水畫考」, 『澗松文華』 21·29·35·45·50, 한국민족미술연구소, 1981·85·88·93·95. 최완수는 겸재의 진경산수화가 조선중화주의와 조선성리학의 발현이며 국토애에 기반한 자주적 조선고유문화의 창달이라 하였다. 이런 주장은 서화연구뿐 아니라 문학·사학 연구에도 영향을 끼쳤다. 특히 일부의 사학연구는 최완수의 조선중화주의의 문화·사상을 수용하면서 고립주의라는 병폐 때문에 북학파에 의해 극복된다는 점까지 거론하고 있다. 鄭玉子, 『조선후기 역사의 이해』, 일지사, 1993. 유봉학, 『燕巖一派 北學思想 研究』, 일지사, 1995.

397) 홍선표, 「진경산수, 조선중화사상의 소산인가?」, 『가나아트』 38, 1994. 한정희, 「조선후기 회화에 미친 중국의 영향」, 『미술사학연구』 206호, 1995. 변영섭, 「진경산수화의 대가 정선」, 『미술사논단』 5호, 1997. 고연희, 「김창흡·이병연의 산수시와 정선의 산수화 비교 고찰」, 『한국한문학연구』 20, 1997.

린 적이 있었다. 그는 진경(眞境)을 닮게 그릴 수 있는가라는 문제를 고민하다가 자신이 소장해 온 옛 본을 보고 그리고 나서 「도산도발」에 다음과 같이 썼다.

그림은 산수보다 더 어려운 것이 없다. 그것은 크기 때문이다. 또 진경을 그리는 것보다 더 어려운 것은 없다. 그것은 닮게 그리기가 어렵기 때문이다. 또 우리나라의 진경을 그리는 것보다 어려운 것은 없다. 그것은 실제와 다른 것을 숨기기 어렵기 때문이다. 또 가 보지 못한 지역을 그리는 것보다 어려운 것은 없다. 그것은 억지로 닮게 할 수 없기 때문이다.398)

여기서 강세황이 언급하고 있는 진경(眞境)은 실재하는 경치인 실경(實景)이다. 18세기 전반에 사용되었던 선경(仙境)이란 의미는 배제하고 실재로 즉면하는 경치로 진경을 말하고 있다. 그는 다른 글에서 진경(眞境) 대신에 진경(眞景)을 사용하였다. 결국 강세황에 있어서 진경은 화가가 실재하는 산수를 객관적으로 그린 모습이며, 이는 가능한 똑같이 그리는 사실적 그림을 중시하는 태도이다. 이러한 강세황의 태도는 이익의 형사관(形似觀)과 맥을 같이하는 것이다.

그래서 강세황은 금강산도를 보고 초상화를 그리는 것에 비유할 수 있었던 것이다. 다음은 김홍도와 김응환이 그린 금강산도를 보고 평한 글이다.

어떤 이는 "산천의 신이 있다면 반드시 그들이 세밀한 데까지 다 그려내어 거의 숨김없이 드러내는 것을 싫어할 것이다."라고 했으나 결코 그렇지 않다. 사람들이 자기의 얼굴을 그리려 할 때에는 훌륭한 화가를 예

398) 姜世晃, 「陶山圖跋」, "夫畵, 莫難於山水, 以其大也. 又莫難於寫眞境, 以其難似也. 又莫難於寫我國之眞境, 以其難掩其失眞也. 又難於目所未見之境, 以其不可臆度而取似也."

를 갖추어 초빙하여 만일 그가 모사를 잘하여 머리털 하나라도 닮지 않
은 것이 없을 때 비로소 만족하고 즐거워할 것이다. 나는 여기에서 산천
의 신이 있다면 반드시 그들의 모습대로 그려낸 것을 싫어하지 않고 오
히려 닮게 그렸다는 것에 대해 즐거워하리라고 생각한다.[399]

이처럼 강세황은 산수를 그릴 때 객관적인 묘사의 중요성을 적
극적으로 주장하였다. 이는 산수를 그리거나 글을 묘사할 때 사진
적 정확성을 요구했던 담헌의 주장과, 이익이 "정신이 형체 안에
있으니, 형체가 같지 않으면 어떻게 정신을 전할 수 있겠는가?"라
는 형사관과 같은 태도이다.

2) 풍속화론

풍속화는 인간의 생활상을 직접 대상으로 삼은 그림으로 진경산
수화와 함께 조선 후기 회화의 가장 뛰어난 성과이다. 이와 같은
평가는 풍속화가 당대의 의관풍물과 생활풍습을 구체적으로 담고
있어, 이 시기의 실제 생활을 알 수 있게 해 준다는 측면 이외에
회화사에서 민족적 주체의식과 사실적인 회화정신을 분명히 보여
주고 있기 때문이다.[400] 그런데 사대부들은 이러한 '민(民)'의 생산

---

399) 姜世晃, 『豹菴遺稿』「送金察訪弘道金察訪應煥序」, "或者謂'山川有靈, 必嫌其摸寫
之曲盡搜剔, 殆無隱遁.' 此有大不然者." 凡人之欲傳神寫照者, 禮邀良工, 若能極其
傳摹, 無一髮不似, 則方得快意喜樂. 吾於是獨以爲 "山川之靈, 必不嫌其摸寫之曲盡,
而樂其傳神之酷肖也."

400) 조선 후기 풍속화가 등장한 원인에 대한 견해는 다음과 같다. 첫째, 실학사상의 발달과 서
민의식의 성장이다(이동주). 둘째, 18세기 진경산수화의 대두를 가져왔던 노론계 조선중화
사상과 문화자존의식의 한 구현이다(최완수). 셋째, 기존의 계회도나 아집도(雅集圖)·빈
풍도(豳風圖)·무일도(無逸圖)·경직도(耕織圖)와 그에 담긴 무일정신(無逸精神)과 관련
있다(홍선표). 넷째, 청나라 초병정(焦秉貞)의 『패문재경직도(佩文齋耕織圖)』에서 영향을

활동과 생활의 일상사를 그린 풍속화를 '속화(俗畵)'라고 지칭하였
다. 단적인 예는 강세황·이규상(李奎象)·서유구(徐有榘) 등이 김
홍도의 풍속화를 속화(俗畵)·속화체(俗畵體)·이속도(里俗圖)라고
한 언급에서도 확인된다.[401]

  17세기 말부터 18세기 전반까지 '속화'를 선창한 사람들은 공재
윤두서와 관아재 조영석이었다. 이들은 그 이전 중국풍에 지배되던
관념적 인물화에서 벗어나 우리의 의관을 갖춘 주변 인물들의 모
습을 사생을 기초하여 사실적으로 묘사하고 있다. 이들의 풍속화는
초창기다운 투박한 맛을 드러내고 있지만 18세기 후반 풍속화의
주체적 자각의식과 사실주의 정신을 보여준다는 점에서 그 의의가
크다. 이처럼 주변인물의 생산활동을 대담하게 회화적 대상으로 삼
는 일은 개명한 지식인의 적극적인 애민의식과 일정한 연관이 있다.

  이들의 풍속화는 시대의 변화에 앞장선 지식인의 모습을 보여주
는 일이지만 사대부문인으로서의 한계도 여전히 가지고 있다. 특히
공재의 속화는 아직 화본풍을 탈피하지 못해 관아재보다는 핍진함
이 덜하였다고 한다. 두 사람이 그린 <돌 깨는 석공>에 대한 석농
김광국의 평이 있어 확인이 된다.

    받았다(정병모).

401) 이태호는 풍속화의 시대적 배경과 미술사적 의미를 다음과 같이 언급하였다. 첫째, 시대적
    증거로서 조선시대의 사회상을 읽게 해 주는 기록이다. 둘째, 근대적 내지 근대 사회를 지
    향하려는 인간주의를 뚜렷이 보여준다. 셋째, 민중의 삶을 비롯한 인간의 일상을 탁월한
    예술성으로 구현해 내었다. 때문에 풍속화는 개성적이면서도 누구에게나 친근하고 편안함
    을 주는 사실주의적 회화의 장점을 충분히 살려 내었다.
    이태호, 「조선 후기 풍속화의 발생과 문인화가의 속화」, 『조선후기 회화의 사실정신』, 학
    고재, 1996.
    이태호, 『풍속화』 1·2, 대원사, 1996.

오른쪽의 석공이 돌 깨는 모습을 그린 그림은 바로 공재 윤두서의 솜씨로, 세속의 모습을 담았기에 '속화'라 불린다. 그런데 사실 묘사의 형사를 터득함에서는 관아재 조영석에게 한 수 사양해야 할 것이다.[402]

지금까지 공재의 풍속화로 전해지는 작품은 <돌 깨는 석공>, <목기 깎기>, <나물 캐는 두 여인>이다. 이들 작품은 중국 화보의 방작에 가깝다고 평가되고 있어, 공재의 풍속화는 조선풍과 예술성을 충분히 갖추지는 못하였다.

관아재는 인물과 속화에 전문적인 실력을 갖춘 선비화가로, 윤두서의 그림에 남아 있는 화본풍을 탈피하여 새로운 풍속화의 세계를 개척한다. 그는 선비화가로서 전문적인 실력을 갖추어 시정의 일상을 꼭 닮게 그리면서도 신운(神韻)을 잃지 않았다고 한다. 관아재는 세속에 초연했지만 그 그림 속에는 온갖 일상의 핍진함이 배어 나왔음을 알 수 있다. 이덕무는 『청장관저서(靑莊館全書)·이목구심서(耳目口心書)』에서 관아재의 풍속화를 연객(烟客) 허필(許佖)이 상말로 평한 일화를 전해 준다.

어떤 사람이 관아재 조영석이 그린 동국 풍속도를 수집해 그대로 그린 것이 70여 첩이나 되었는데 연객 허필이 상말로 평하였다. 세 여자가 재봉하는 그림에 쓴 것은,

一女剪刀　　한 계집은 가위질하고
一女貼囊　　한 계집은 주머니 접고
一女縫裳　　한 계집은 치마 깁는데
三女爲姦　　세 계집이 간(姦)이 되어
可反沙碟　　접시를 뒤엎을 만하다[403]

402) 이태호, 「조선 후기 풍속화의 발생과 문인화가의 속화」, 『조선후기 회화의 사실정신』, 학고재, 1996에서 재인용.

이처럼 관아재의 속화가 사대부 세계에게 인정받게 되었다는 사실은 그의 전문적인 그림 솜씨뿐만 아니라 사대부들의 속화에 대한 이해가 있었음을 의미한다. 이는 유득공(柳得恭)이 통속(通俗)의 힘을 강조하는 발언에서 여실히 드러나고 있다.

> 문인재사로서 통속을 모르면 훌륭한 재주라고 할 수 없다. 이 두어 사람은 그 묘함을 곡진하게 했는데, 만약 상것들의 통속이라고 물리친다면 인정이 아니다. 청나라 선비 장조(張潮)가, "문사는 능히 통속 글을 해도 속인은 능히 문사의 글을 못 하고 또 통속 글에 능하지 못하다."라고 했으니, 참으로 지자(知者)의 말이었다.

공재와 관아재가 확립한 풍속화는 18세기 후반에는 화원화가나 여항화가들로 계승되면서 그 영역을 확고하게 구축할 수 있었다.[404] 김홍도·김득신·신윤복(申潤福) 등에 이르러서는 풍속화는 민의 생산활동뿐만이 아니라 각계각층의 생활상을 구석구석 묘사하는 지경에까지 이르렀다.[405] 이는 당시 경제적 발전을 토대로 태평성대를 구가하던 서울의 도시문화가 반영되고, 사대부화가의 풍속화와 달리 내용과 화풍에서 새로운 변화를 드러낸 것이다.

이 시기의 풍속화가 보여준 놀라운 변화는 소재의 확대와 인간

---

403) 李德懋, 『靑莊館全書』 耳目口心書.

404) 이처럼 사대부 사회에서 '속화'가 확대 발전될 수 있었던 배경은 다음과 같다. 첫째, 18세기 풍속화의 회화성은 당대 화단에 축적된 사실주의의 역량 때문이다. 둘째, 풍속화는 당대에 제기된 문예계의 자주적 인식과 함께하고 있다. 셋째, 조선 후기의 경제력의 성장에 따라 기존의 신분 질서가 동요하는 가운데 이루어진 서민 문화와 민중 의식이 성장은 풍속화의 발전을 촉진시킨 밑거름이라 할 수 있다. 이태호, 「조선 후기 풍속화의 발생과 문인화가의 속화」, 『조선후기 회화의 사실정신』, 학고재, 1996.

405) 신윤복(申潤福): 1758~?. 본관은 고령, 자는 입보(笠父), 호는 혜원(蕙園)이다. 화원인 신한평(申漢枰)의 아들이다. 자신도 화원으로 첨사를 지냈다. 전신·풍속에 뛰어나 정세한 필치에 진채(眞彩)를 사용하여 인물의 정태를 핍진하게 묘사하였다. 춘의풍속도(春意風俗圖)에 독보적인 경지를 이룬 대가이다.

의 정을 긍정하고 있다는 점이다. 우선 소재의 무한한 확대 가능
성이다. 즉 사농공상의 모든 계층이 살아가는 일상생활이 생생하게
나타나고 있다. 예를 들면 다음과 같다. 유자의 공부하는 모습·시
원(試院) 풍경·연회(宴會)·주유(舟遊)·논 갈기·새참·게를 파는
아낙네들·장에 가는 사람들·활쏘기·점보기·투전·희장(戱場)·
주막·술 취한 사람·기방·밀애·걸인 등등이다. 이처럼 전대의
사대부화가들이 그렸던 풍속화에는 아취 있는 생활모습이나 서민
의 건실한 생업에 집중되어 있던 것에 반해, 시정의 모든 인간사
가 선악의 구별 없이 적나라하게 등장하고 있다. 이러한 소재의
확대는 서민의 건강한 삶의 모습을 본격적으로 그리고 있으며, 동
시에 도시문화의 향락적 모습을 여과 없이 보여주는 것이다. 아울
러 이러한 소재의 확대와 맞물려 작가의 신분과 시각에도 새로운
변화가 일어났다.

 이 시기 풍속화를 대표하는 화가는 단원(檀園) 김홍도(金弘道)이
다. 그는 초상화나 동물화는 물론 각종의 기록화, 고사인물, 도석
화, 진경산수화에 이르기까지 다양한 장르를 학습하였던 화원 출신
의 화가로, 표암 강세황(1713~1791년)의 문하에서 화결과 그림을
배웠고, 그와 함께 20여 년 동안 화단 활동과 관료 생활을 하였다.
연천(淵泉, 홍석주)은 『단원유묵(檀園遺墨)』의 서문에서 이 점을 언
급하였다.

  내가 단원 선생을 안 것은 오래되었다. 그러나 그의 속화 그림을 잘
  알았을 뿐이다. 그가 죽은 뒤 <해산도(海山圖)>를 얻어 보고 비로소 그
  가 속화에만 머물지 않았음을 알았다. 지금 그의 서첩을 보고서 또 그의
  예술이 그림에만 머물지 않았음을 알게 되었다.406)

이처럼 김홍도가 풍속화 이외의 다른 회화의 장르에 통달하였다고 하더라도 그의 풍속화나 풍속화적 성격의 그림은 매우 많다. 첫째, 사회현실과 민중생활을 소묘한 본격적인 풍속화이다. 둘째, 그 영향으로 개인사나 궁중 관아 행사의 기록화에 풍속화적 요소가 가미된 경우이다. 셋째, 사경풍속·중국 고사도·도석인물·고전적 시의를 담은 산수인물도 등의 도상을 조선식으로 재해석하여 풍속화의 맛을 낸 경우이다.[407)

그런데 단원의 풍속화에서 주목되는 것은 첫째의 경우이다. 단원은 자신의 주변에서 진행되고 있는 실제 삶의 역동성을 화폭에 사실대로 담아내는 것이다. 때문에 부녀자들이나 아이들조차 그의 화권을 펼칠 때 턱이 빠지는 줄도 모르고 웃으며 그림과 자신이 일치됨을 알 수 있도록 하였다.[408)

실제 어떤 부분 때문에 풍속화가 보는 사람의 실감에 맞아떨어졌는가. 당시 인들이 풍속화를 보고 실재와 흡사하다고 느낀 것은 화가의 그림에서 순간성을 인식하였기 때문이다. <기와이기> 장면에 기와가 공중에 던져진 순간에 카메라로 순간을 포착하듯이 그려내고, 김득신의 <묘박계추(描搏鷄雛)>에서 고양이를 쫓는 남자가 마루에서 떨어지려는데 아내가 뛰어나와 붙잡는 장면의 순간을 세심하게 묘사하여 사실성을 극대화하였다.[409) 화원 화가들은

---

406) 金弘道, 「檀園遺墨」, 『단원 김홍도』, 이광호 역, 중앙일보사, 1985.

407) 이태호, 「조선 후기 풍속화의 유행과 퇴조」, 『조선후기 회화의 사실정신』, 학고재, 1996.

408) 徐有榘, 『林園經濟志』「怡雲志」, "金弘道畵閭巷俚俗之事. 凡市井狹斜, 逆旅行裝, 販薪賣瓜, 僧尼優婆, 擔簦行乞, 形形色色, 各盡其妙. 婦孺童孩一展卷, 無不解頤. 近古畵藝家, 所未有也."

409) 金芝英, 「18세기 畵員의 활동과 畵員畵의 변화」, 『韓國史論』 32, 서울대 국사학과, 1994.

전통적인 사대부 회화관에 의해 제약을 받았지만 사실적이면서 개성적으로 풍속화를 그려내어 일가를 형성하게 된다. 이들은 모사를 위주로 하는 그림을 그리고 정확하게 그리는 훈련을 통해 생생한 묘사에 뛰어났었다.

다음으로 인간의 정을 긍정하는 일이다. 앞의 언급처럼 풍속화가들이 새로운 소재를 담으려는 결과로, 여속(女俗)의 증가와 함께 서서히 등장하는 색태나 색정의 노골화이다. 공재나 관아재의 풍속화에 등장하는 여속은 일상적인 서민의 나물 캐고 바느질하고 절구질하는 따위의 생업의 모습일 뿐이다. 이런 모습에는 여속이 그리 중요하지 않다.

이제 김홍도와 신윤복의 풍속화에 보이는 여속은 그 양적인 증가뿐만 아니라 그 다루는 내용이 색태적인 정감까지 담겨져 있다는 점이다. 김홍도의 풍속화에는 평범한 생활을 영위하는 가운데 자연스럽게 어울리는 남녀의 장면이 설정되어 있고, 여인에게 접근하는 사내의 모습도 대개 부채로 얼굴을 가리는 등의 조심스러운 기색이 없지 않다. 이와 달리 후배 신윤복(申潤福)의 풍속화에는 여인들이 훨씬 노골적으로 속살을 드러내고 있을 뿐만 아니라 남녀의 포옹과 그 이상의 애정사를 표현하고 있다. 후대로 갈수록 그의 풍속화는 춘화적인 성격을 띤 그림으로 표출되기도 하였다.

이는 이 시기의 금욕주의적 세계관이 이완되면서 나타나는 생활감각과 정서의 변화를 반영한 것이다. 조선시대의 성리학은 인간의 감정이나 욕구를 불순시하고 엄격한 수양을 통한 감정의 억제를 강조하였고, 그 결과 남녀의 유별을 강륜(綱倫)의 하나로까지 강조하였다. 그러나 사회경제적 변화와 함께 나타난 성리학적 제 요소의 이완으로 인간의 정을 긍정하고 생명 있는 욕구체로서의 인간 주체를 긍정하는 경향이 사회 전반에 확산되었다. 따라서 이 시기의 풍속화에 나타난 색태는 바로 이 같은 사회적 경향의 회화적 반영이라 할 수 있다.

3) 문인화론

문인화는 시각적인 회화에서 관념적인 회화를 추구했던, 단지 사물의 외양에 집착하지 않고 사물의 본질에 접근하려고 사의(寫意) 중시(重視) - 형사억제(形似抑制)의 경향을 지닌 회화를 지칭한다.[410] 이처럼 회화에서 시각을 부정하고 관념을 중시하는 일은 문학적 상상력과 철학적 바탕이 없는 시각성만으로 회화의 지평을 확장하기 어렵기 때문이다. 사람의 시각은 외부의 자극에 민감하여 사물에 내재하는 생명력이나 진실과 같은 요소에 소홀할 수 있다. 따라서 시각의 사실성으로 그 사물의 미를 판단하는 것은 한계가 있다. 결국 표현된 미를 신뢰할 수 있는 일은 그 미를 표현한 작가의 관념이나 정신에 있다고 해도 과언이 아니다.[411]

그러므로 회화[문예]에서 '전신(傳神)'의 개념이 중시될 수밖에 없다.[412] 이는 대상의 본질을 더욱 잘 표현할 수 있는 방향을 모색하는 데에 기인한 것이다. 문인들이 회화를 감상하는 방법으로 전

---

410) 문인화(文人畵)에 대해서는 앞의 주 335)를 참조할 것.
411) 중국 문인화에 대해서는 최근에 번역된 수잔 부시, 『중국의 문인화』, 김기주 옮김, 학연문화사, 2008이 참조가 된다.
412) 전신(傳神)에 대해서는 앞의 주 154)를 참조할 것.

신을 자주 거론하였다. 특히 문인화를 비평하는 이론으로 전신의 개념은 유용하다.

담헌 이하곤에 있어 전신은 시를 설명하고 이론화하는 과정에서 드러났다. 천하의 좋은 시란 성조의 고하, 자구의 공졸함을 막론하고 경물을 묘사한 것이 핍진하고 감정을 표현한 것이 진실해야 한다고 하였다. 이백·두보 이후로 백거이·소식·육유 등의 시는 경물을 핍진하게 묘사하고 감정을 진실하게 말해서 읽는 사람들이 그 땅을 몸소 밟고 있는 듯하고 면전에서 그 말을 듣는 것 같다는 것이다.

이처럼 시는 객관 사물의 진실과 자연형태를 정확하게 묘사·표현함으로써 심미감을 고양시킬 수 있다. 그는 시에 있어서 정확한 묘사는 화공이 초상화를 한 터럭이라도 흡사하게 그리는 것과 같아야 한다고 하였다. 그런데 담헌의 '사진적 정확성'은 생활현실의 진실을 반영하려는 것이지만, 그것이 단순히 생활현실의 현상에 구애되는 문제점이 없지 않다.

성호(星湖, 이익)는 후세의 화가나 시인들이 동파(東坡, 소식)의 전신론을 묵수하여 그림을 대강 그리고 시를 있는 그대로 읊지 않는 세태를 비판하면서 객관 사물의 진실과 자연형태를 표현할 것을 말하였다. 그래서 "정신이 나타나 있지만 모양이 닮지 않는 것보다 차라리 닮은 것이 더 나으며, 광채는 있지만 눈앞의 경물이 아닌 다른 것이 되는 것보다 차라리 눈앞의 경물을 표현하는 것이 낫다."라고 한다. 이는 형(形)이 진실하지 않으면 신(神)이 완전하지 못하며, 이런 예술작품은 심미역량이 없다는 입장이다.

그런데 연암은 그림이나 시가 현실생활이나 자연형태를 가능한 그대로 묘사한다고 전신이 이루어지는 것은 아니라고 주장하였다. 신과 객관 사물이 화해 통일되고 충분히 표현될 때 최고의 심미감을 불러일으킬 수 있다. 그러므로 핍진한 형사에 치중하다보면 창조된 신과 형상은 어떤 심미감도 산생하지 못한다. 예를 들어 매화를 언급할 때 매화의 향기·색깔·모양·맛을 보여주고 그것도 부족하여 그대로 베끼려고 함으로써 실제 꽃 같지만 꽃이 아니게 된다. 화가에 의해 창조된 꽃은 대상을 투과하여 정신이나 본질을 보여주지 못한다. 그렇다면 화가가 창조한 형상과 정신의 만남은 어떤 모습인가. 이미 이 시기의 문인들이 열람하고 학습하고 있던 『개자원화전(芥子園畵傳)』의 대 그림을 설명한 글이 있어 도움이 된다.[413)

　　운림(雲林, 예찬)이 돌·나무뿌리에 으레 유황(幽篁)과 유조(柔篠)를 그려 석양이 완만하게 띳집 화박 사이에 어릴 적에 바로 우수수 소리가 나니, 바라보면 유인의 자취가 됨을 알 수 있다. 이는 바람이 훑고 달빛이 쓸려 청일(淸逸)의 아치가 필요한 것이지 크게 섞여 청기를 가로막는 것은 아니다.[414)

　　예찬(倪瓚, 1301～1374)의 대 그림은 석양의 놀이 지려는 즈음에 띳집 주위에 자란 대가 우수수 소리를 낼 때의 그윽한 정취를 보여주고 있다. 우수수 소리는 내는 대는 실제 현실의 대가 아닌

---

413) 개자원화전(芥子園畵傳): 청초 왕개(王槪)·왕시(王蓍)·왕얼(王臬) 3형제가 편찬한 종합 화보로 개자원화보(芥子園畵譜)라고도 한다. '개자원'은 남경에 있던 이어(李漁)의 별장 이름을 딴 것이다. 원래는 3집으로 구성되었으나 후에 4집이 나오면서 전 4집으로 간행되었는데 역대 중국의 화보 중에서 가장 체계적이고 모든 분야를 망라한 화보로 평가받았다. 조선시대 18세기 이후 문인화 보급에도 큰 역할을 하였다.

414) 「畵小竹法」, 『芥子園畵譜全集』(文化圖書公司, 民國79), "雲林於石根樹底, 輒作幽篁柔篠, 夕陽晼晩於茅屋花箔間, 直籔籔有聲. 望而知爲幽人行徑. 要具梳風掃月, 淸逸之致, 不可龐雜阻塞淸氣."

화가의 흉유성죽(胸有成竹)이라 할 수 있다. 그리고 화가가 흉유성죽(胸有成竹)을 미루어 나가면 흉무성죽(胸無成竹)이 된다. 이는 그림의 경지란 작가의 의도에 있는 것이 아니라 화가가 객관 사물에 부딪혀 일어나는 영묘한 감수성을 보여줄 때 조화를 이룰 수 있음을 말하는 것이다.[415] 그림뿐 아니라 시의 경우도 마찬가지이다. 다음은 동계 조구명이 화가가 객관 사물에 부딪힐 때 일어나는 조화에 대해 언급한 글이다.

> 그림은 대상과 닮는 것이 지극한 것이니, 지금의 화가들이 배포(排布, 배치)를 중시하는 것은 그르다. 하늘 아래 산이 되고 물이 되고 초목이 되는 데에 어찌 일찍이 배포에 뜻을 두었겠는가? 그러므로 배포가 더욱 공교할수록 닮지 않게 된다. 무릇 지극한 그림은 붓 가는 대로 그려서 혹 산이 되고 물이 되고 초목이 된 것이다. 그래서 산의 고저와 물의 활협(闊狹)과 초목의 위치가 대개 나의 사사로운 지식을 용납하지 않을 것이고, 오직 자연스럽게 된 뒤에 비로소 조화를 얻었다고 말할 수 있다.[416]

여기서 그림이 대상과 닮아야 한다는 것은 조화를 염두에 둔 말이다. 화가의 의도가 배제된 자연스런 조화의 대상이다. 그러므로 하늘 아래 산이 되고 물이 되고 초목이 되는 것은 화가의 의도로 되는 것이 아니다. 화가의 흉중에 산의 고저와 물의 활협과 초목의 위치가 없다면 화가의 사사로운 의도가 사라지고 오직 자연스런 조화를 얻는다. 이로 말미암아 상리(常理)·시정화의(詩情畵意)·

---

415) 趙龜命, 『東谿集』「又題絹本小像」, "顧虎頭曰, '傳神寫形, 都在阿睹中.' 秦生作余小像, 而不能似. 生曰, '子精神獨在目光, 目猶日月也. 繪日月者, 不能繪其光, 此所以不似.' 秦豈不得虎頭之法耶? 秦以此名, 曾寫龍顏, 卽泥龜賤品. 不足顧而然耶?"

416) 趙龜命, 『東谿集』「題畵扇」甲午, "畵以肖物爲至, 今之畵家重排布, 非也. 天之爲山·爲水·爲草木, 何嘗有意排布哉? 故排布愈巧, 而愈不肖. 夫至畵者, 信筆而寫之, 或爲山或爲水或爲草木, 而山之高低·水之闊狹·草木之位置, 皆不容吾之私智, 而唯神之行, 然後始可語奪造化爾."

흉유성죽(胸有成竹)이 없이도 그림이 저절로 이루어진다. 정섭(鄭燮)
이 말한 흉무성죽(胸無成竹)으로 나아가게 된다.

　　문여가(文與可, 문동)가 대를 그리매 흉중에 대가 있었고 정판교(鄭板
橋, 정섭)가 대를 그리매 흉중에 대가 없었다. 그래서 대의 농(濃)·담
(淡)·소(疎)·밀(密), 단(短)·장(長)·비(肥)·수(瘦) 등은 손이 가는 대로
나아가도 절로 이루어지니, 그 神理가 모두 갖추어졌다. 보잘것없는 이
후학이 어찌 망령되이 전현(前賢)에 견주겠는가. 그러나 흉중에 죽이 있
든 없든 그 귀함은 단지 하나의 도리일 뿐이다.[417]

　　내 집은 띳집 두 칸으로 남향에는 대를 심었다. 여름날 새 대는 자라
서 녹음을 사람에게 이루어 주니, 그 가운데 작은 의자 하나를 두면 매우
시원한 곳이 된다. 가을 겨울 즈음에 병풍처럼 두른 대를 가져다 양 끝을
다듬어 잘 구부려지는 것으로 격자창을 만들고 고른 것에 얇고 흰 종이
를 풀질해 부친다.
　　바람이 온순하고 날이 따스하면 겨울 파리가 창문지에 부딪치며 웅웅
소고 소리를 낸다. 이에 한 조각의 죽영(竹影)이 어른거리는 것이니 어찌
천연의 그림이 아니겠는가? 무릇 내가 대를 그리매 사숙한 바는 없고 종이
창 흰 벽에 어른거리는 일광(日光)과 월영(月影)에서 얻은 것이 많다.[418]

　　다음은 작품과 감상자와의 관계에서 발생하는 정경교융의 문제
이다. 신광수(申光洙)가 유덕장(柳德章)의 대 그림 병풍에 쓴 시에
잘 드러나고 있다.

　　當世蒼蒼岾雲竹　　당세의 푸르고 푸른 수운의 대는

---

417) 鄭燮, 「題畵」, 『鄭板橋集』(宏業書局, 1987), "文與可畵竹, 胸有成竹, 鄭板橋畵竹,
　　胸無成竹. 濃·淡·疎·密, 短·長·肥·瘦, 隨手寫去, 自爾成局, 其神理具足也.
　　藐玆後學, 何敢妄擬前賢. 然有成竹無成竹, 其實只是一個道理."
418) "余家有茅屋二間, 南面種竹. 夏日新篁初放, 綠陰照人, 置一小榻其中, 甚凉適也. 秋
　　冬之際, 取圍屛骨子, 斷去兩頭, 橫安以爲窓櫺, 用勻薄潔白之紙糊之. 風和日暖, 凍
　　蠅觸窓紙上, 蓼蓼作小鼓聲. 於時一片竹影零亂, 豈非天然圖畵乎! 凡吾畵竹, 無所師
　　承, 多得於紙窓粉壁日光月影中耳."

塵埃掃出勢崢嶸	티끌을 깨끗이 쓸어 버려 형세가 높고 높구나
滿堂不盡瀟湘色	마루에 가득한 소상강 빛 끝이 없어
五月如聞風雪聲	오월에 눈바람 소리가 들리는 것만 같구나
少阮江山衝雨送	少阮의 강산 빗속에 당신을 보내고 나니
故人滄海待秋生	당신은 창해에서 가을 되기를 기다리고 있겠지
無勞長報平安使	항상 평안하다는 안부 전해 올 필요 없어
病裏相看日日淸	병든 속이라도 날마다 이 맑은 대만 보면 되겠지[419]

　　푸르고 푸른 대는 쭉쭉 뻗어 세속의 땅을 벗어난 모습이기에 형세가 더욱 높다. 높고 높은 형세는 마루 가득 서늘한 소상강의 바람을 실어다 놓아 오월에도 눈바람 소리를 알게 해 준다. 문득 빗속에 떠나던 당신이 생각나고 다시 만날 가을이 기다려진다. 우리 사이에 서로의 안부는 필요가 없다. 이 맑은 대만 보고 있다면 절로 믿음이 지속됨을 알 수 있기에 그렇다. 따라서 「제수운화죽장(題峀雲畵竹障)」에는 그림을 통해 석북과 수운이 득의융환(得意融幻)하고 있다.[420] 석북(石北)은 수운의 대 그림을 즉면하고 느끼고 이해하여 융회하는 데서 흥취와 미적 해방감을 느꼈던 것이다. 이 대 그림은 석북에게 일상의 구체적 사물로, 수운에 의해 창조된 대로 석북이란 감상가를 만나 새로운 대 그림이 재창조되었다. 그가 느낀 미적인 감흥과 성취는 시에 절로 드러나 있다. 대 그림은 수운과 석북과의 득의융환(得意融幻)되는 접점이다. 이 접점에서 정경교융을 이룬 석북은 자신의 흥취를 만끽하고 미적 해방감을 노래한다고 할 수 있다.

---

419) 『崇文聯芳集・石北集』「題峀雲畵竹障」.
420) 이용휴는 유덕장(柳德章)의 묵죽장(墨竹障)이 종종 득의융환(得意融幻)하여 천경(天境)을 얻었다고 한다. 李用休, 『惠寰雜著』「題峀雲墨竹障」, "石陽公子畵竹, 豪拔森長以勢勝, 峀雲翁畵竹, 淸潤散曠以韻勝, 而其往往得意融幻, 則俱造天境. 譬之猶商彝・周敦, 雖代有近來, 而爲天下至寶一也."

다음은 진명(震溟) 권헌(權攇)의 「묵매기(墨梅記)」이다. 그는 그림이란 그리고자 하는 사물의 본질적인 대상을 그려야만 의미와 가치를 지닌다고 역설하였다. 회화가 추구해야 하는 것은 사물의 겉모습만 그럴듯하게 묘사하는 형사(形似)가 아니라 인격이 표출될 수 있는 사물의 본질적 특성인 신사(神似)라는 입장이다.

매화 또한 초목의 종류이나 가장 그려내기 어렵다. 대개 그 가지와 줄기가 굴곡되어 용과 뱀이 뒤엉킨 모습처럼 된 것은 매화의 참모습이 아니다. 풍기는 분위기가 왕성하고 향기롭게 흘러넘침이 마치 달빛이 밝게 비치고 눈발이 흩날리는 것 같음을 헤아려 깨닫고 마음으로 터득하는 것이 매화의 참모습이므로 가지나 잎의 처리는 논할 게 못 된다.

옛날 내 친구 이자야(李子野)가 등불 아래 벽에 나아가 매화 그림을 그린 적이 있는데, 그 형상이 부은 듯 부풀어 오르고 울퉁불퉁한 모습이어서 매화인 줄 알지 못하겠더니, 풍기는 분위기만은 제법 옮겨 내었으므로 매화가 범상치 않은 화훼임을 알았다. 내가 손뼉을 치면서 껄껄 웃자 자야가 달가워하지 않으며 말하기를, "이것이 소동파가 등불을 마주하고 사람의 그림자를 그린 것보다 낫지 아니한가? 내가 아무런 생각 없이 펼쳐내어 자연스런 분위기가 그대로 드러나 있다."라고 하였다. 나는 말하기를, "그런가? 나는 그림 그릴 줄 모르니 매화의 운치를 어찌 알겠는가? 운치도 알지 못하거늘 매화의 본성을 어찌 알겠는가?"라고 하였다.

본질적인 특성은 매화에 있는 것이지만 운치를 느끼는 것은 나에게 달려 있는 것이다. 단순히 대상물로서 대상을 바라본다면, 매화와 나는 아닌 게 아니라 서로 다르다. 그러나 상리(常理)로서 대상을 바라본다면 나와 매화는 같지 않은 것도 아니다. 나는 그것을 이해할 줄만 알았지 그 분위기를 파악하지 못했던 것이다. 그러나 내가 온통 티끌과 먼지로 뒤덮인 세사에서 그 마음속은 더럽혀지지 않도록 한다면, 상쾌한 정신과 빼어난 맑음으로 충만한 매화에서 나의 운치를 북돋을 수 있을 것이다. 그리고 그 운치를 이미 터득했다면 그것은 본질적 이해[神解]에 도달했다고 할 수 있다. 본질적 이해에 도달한 자는 매화에 대해서 붓을 잡는 일을 기다리지 아니하고도 바로 해낼 수 있는 것이거늘, 하물며 가지와 잎을 따지겠는가? 결국은 이것을 그림에서 추구해야 하는 것이다.[421]

---

421) 權攇, 『震溟集』 「墨梅記」, "梅亦草木之類, 而最爲難畫. 盖其枝幹屈曲, 以至於龍蛇

여기서 진명이 거론하는 묵매(墨梅)는 고결한 정신의 형상을 표현하는 문인화의 대표 장르이다. 이처럼 그가 매화의 객관 대상에 담겨 있는 정신을 그리고자 하였던 정신의 바탕은 무엇인가. 그것은 이리관물(以理觀物)의 정신이다. 이 정신은 궁극적으로 주관적 정취와 객관적 신묘가 둘이 아니라 하나로 융합되고 통일되는 미적 경지를 창출할 수 있는 힘이다. 권헌의 「묵매기」는 단순한 인상비평이 아닌 문학적 상상력과 철학적 바탕이 깔린 화론이다. 이처럼 형사억제를 주장하는 했던 진명은 「전신론(傳神論)」에서 이 점을 더욱 부각시키고 있다.

내 생긴 모습을 돌아보면 매우 특색 있다고 할 수 있는데, 다른 사람들은 나를 기이하다 하지 않았고, 나도 역시 자신을 기이하다고 여기지 않았다. 오직 이인상만이 유독 특색 있는 내 모습에 감탄하며 반드시 초상화로 그려내어 남에게 보여주기를 바랐으나 나는 끝내 허락하지 않았다. 그것은 나는 본디 나이니, 뭇사람의 안목으로써 나를 보는 것도 아니고, 내 입장에서 나를 볼 뿐이므로 어찌 전신할 필요가 있겠는가? 이목구비는 남과 다를 까닭이 없는 것이며 오직 그 정신만이 은밀하게 감추어져 있을 뿐인데, 이것을 그림 그리는 자가 형용해 낼 수 있겠는가? 그렇다면 어찌 다른 점이 드러날 수 있겠는가? 무릇 전신은 거울에 비친 꽃이나 물에 비친 달과 같은 것으로, 의경으로는 얻을 수 있으나 색상(色相)으로는 구할 수 없는 것이다. 사람을 볼 때 반드시 눈언저리의 형상 밖에서 무언가를 얻어내야 하는 것이라면, 하나의 터럭 하나의 머리카락으로 어찌 나의 일생을 뚜렷하게 드러낼 수 있겠는가? 오직 음양에 구애되지 않고 천지 밖으로 초연할 수 있어야만 나를 제대로 전신해 낼 수

錯落者, 非梅之至也. 風神盎鬱, 如月皎雪灑, 可以意會, 而心得者, 梅之至, 而枝葉不論也. 昔吾友李子野, 燈下, 就壁模梅影, 其狀擁腫嶇奇, 不知爲梅, 而風神可推移, 知非凡奇也. 予附掌而笑, 子野不悅曰, '是不愈東坡之對燈寫影乎?' 吾以無意發之, 天趣自在也. 余曰, '然. 余不能畵, 安知梅之趣乎? 趣猶不知, 而安知梅之神乎?' 神在於梅者, 而趣在我者也. '以物觀物', 梅與我, 未嘗不殊也. '以理觀物', 我與梅, 未始不同也. 我獨知其解, 而不得其趣者也. 然吾於世, 一塵之累, 不使汚其胸, 則其於梅, 神爽秀澈, 足以助吾趣, 其於趣, 旣得則謂之'神解', 神解者之於梅, 不待握筆而後能, 況其枝葉乎? 遂以是求之於畵."

있을 것이다.[422]

　여기서 진명은 자신의 초상화를 그리려고 노력했던 이인상에게 자신의 내면적 모습을 담을 수 없다는 이유로 완곡하게 거절한다. 그 거절의 논리는 진명의 전신관이다. 그는 자신의 모습[형사]을 그리지 못하더라도 기운(氣韻)만은 빼앗길 수 없다고 하면서 초상은 그 대상의 의경까지 그릴 수 있을 때 그 존재가치가 있다고 하였다. 이와 같은 태도는 진명이 고개지가 주장하는 전신사조(傳神寫照)의 미학을 따르고 있음을 말한다. 다음은 진명의 「화상설(畵像說)」이다.

　　진무기(陳無已)는 말하기를 "육일화상(六一畵像, 구양수의 초상) 가운데 가본(家本)은 형사에 뛰어나나 미산본(眉山本)은 기운이 형사보다 뛰어나다."라고 하였다. 형사만 이루어지고 기운이 제대로 갖추어지지 못한 것은 바로 그림이 전신을 해내지 못한 것이라고 할 수 있다. 전신의 오묘함은 그 형상을 얻어냄이 어려운 것이 아니라 그 신운을 그려내는 것이 더욱 어렵다. 이목구비는 사람들이 본디부터 모두 지니고 있는 것이다. 구레나룻과 머리카락, 눈썹과 눈언저리, 모두 서로 비슷하지 않은 것이 없다. 오직 그가 부여받은 천성만 신묘하고 빼어난 기운이라 할 수 있는데, 말하고 웃는 등의 행동거지나, 뛰어나고 빼어남, 호쾌하고 상쾌함은 반드시 신묘하고 빼어난 기운에서 나오지 않는 것과 다르다고 할 수밖에 없다. 그런데 초상화를 그리는 사람은 그 방법을 제대로 알지 못하고, 터럭이나 머리카락을 그리거나 눈썹이나 눈을 형상화하여 대략 그 형사를 얻으면, 스스로 그 사람을 다 그려냈다 여기니, 어찌 다시 그 신을 전할 수 있겠는가? 고개지는 "전신사조(傳神寫照)의 성패는 바로 눈동자에 달려 있기 때문에 눈동자를 찍지 않았다."라고 하였는데, 이것은 형상화하

422) 權攇, 『震溟集』「傳神論」, "顧余貌甚迂拙, 人固不余奇, 而余亦不自奇也. 惟李元靈獨賞其殊偉, 必欲傳神以示人, 而余乃不肯. 彼不以衆目觀我, 而我'以我觀我', 我固我也. 耳目口鼻, 無以異人, 而惟其情神隱約自在此, 又非丹靑者所可形容, 則豈復見有異乎? 凡傳神如'鏡花水月', 可以意得, 而不可以色相求也. 觀人, 必得於眉睫之外, 則一毛一髮, 豈足以了吾之一生也? 惟其不拘牝牡, 而超然於玄黃之外, 庶可以得吾也."

기 어려운 묘처는 오로지 정신에 달려 있다는 의미다.[423)]

이 「화상설」에는 진명의 전신관이 정확하게 제시되어 있다. 그는 그림의 전신이란 형사에 있는 것이 아니라 그 기운을 제대로 표현한 것이다. 따라서 전신의 오묘함은 신운을 담아내는 데 있다. 이런 진명의 전신관은 이어지는 글에 자세히 피력되었다.

이인상은 문장과 전서, 예서에 뛰어났으면서도 고개지나 육탐미 같은 그림 그리는 재주도 겸비하고 있었다. 일찍이 사람들에 의해 기가 꺾이고 치욕을 당하고서는, 마침내 붓을 꺾어 다시는 그림을 그리지 않았다. 틈날 때 내게 들렀다가 간혹 흥취가 일어나면 붓을 놀리기도 했지만 다른 사람이 알지 못하게 하였다. 술이 거나한 후에는 매양 눈을 동그랗게 뜨고 나를 뚫어지게 바라보다가 갑작스럽게 껄껄 웃으며 말하기를 "내가 사람을 만나본 적이 많지만, 자네와 같은 모습은 가장 얻기가 어렵다. 뺨 위에 수염 몇 가닥을 더 그려 넣는 방법을 취하지 않는다면 제아무리 고개지라 하더라도 자네를 그려내지 못할 것이다."라면서, 계속 전신하기를 청한 것이 여러 번이었다. 그런데도 나는 짐짓 이를 허락하지 않았다. 나의 생긴 모습을 살펴보면 괴이하고 독특하여 처음 볼 적에는 웃지 않는 이가 없으나, 오래되고 익숙해지면 모두 경외해 마지않는다. 그러나 용렬한 사람이나 천박한 무리들의 경우는 업신여기거나 또는 피하여 움츠리지 않는 이가 없다. 이것은 나의 좁은 얼굴과 누런 얼굴빛, 찌푸린 이마, 짧은 눈썹이 남보다 유독 특이한 점이 없는데도, 하나의 머리카락, 하나의 터럭에서 남들이 두려워할 만한 기운이 풍겨 나오기 때문이며, 유독 다른 점은 눈이라 할 수 있는데, 비록 병이 있다 하더라도 신기(神氣)가 넘쳐나고 정신이 함축되어 있는 곳이어서, 남과 다른 점이 있다 할 것이다. (중략)
이인상은 비록 전신에 뛰어나지만 간혹 그 온전함을 얻지 못할 경우에

423) 權攇,『震溟集』「畵像說」,"陳無已曰, '六一畵像, 家本形似, 而眉山本韻勝形.' 形而不韻, 乃所謂'畵非傳神'也. 傳神之妙, 非得其形像之爲難, 而狀其神韻之爲尤難也. 耳目口鼻, 人固所同有也. 鬢髮眉睫, 擧無不相似者也, 惟其賦與之天, 必謂'神秀之氣', 而言笑運爲超逸豪爽, 必不出於神秀之氣者, 各有不同耳. 彼傳神者, 不知其術, 或模其毛髮, 或形其眉目, 略得其形似, 自以爲盡其人, 豈復傳其神乎? 顧愷之云, "傳神寫照', 初在阿睹中, 不點睛難形之妙.' 專在於神精也."

는 그 形似만을 얻고 풍격을 잃고 마니, 어찌 나의 자연스러운 천품을 그려낼 수 있겠는가? 가령 이인상으로 하여금 득의하여 그려내게 한다 하더라도, 앞의 논지를 따른다면 터럭과 머리카락, 눈썹과 눈초리가 그 형사만을 얻을 수 있을 따름이며, 뒤의 논지를 따른다면 신기(神氣)로부터 풍겨 나오는 기운과 풍격은 결국 모사해 낼 수 없을 것이다. 나의 형사만으로 남에게 전해지기를 청한다면 내가 남에게 괴이하게 여김 받는 것이 오늘의 괴이한 모습의 나로부터 말미암는 것이니, 어찌 고금의 괴이한 사람이 될 수 있겠는가? 신체가 은밀하게 감추어져 있는 부분의 경우는 아마 그림으로 그려낼 수 있는 바가 아니라고 할 것이다. (중략)

　　그대가 나를 그려내고자 한다면 그대의 시 또한 반드시 그럴듯하게 읊조릴 수 있어야 한다. 이와 같이 하지 않고 그림으로 그려내는 데만 구구하게 얽매인다면, 어찌 제대로 전할 수 있겠는가? 또한 형상해 내기 어려운 것이 있을 것이니, 그대는 그만두는 것이 좋을 것이다.[424]

　　여기서 능호관(凌壺觀)은 진명(震溟)의 초상화를 그리려고 여러 차례 노력을 하지만, 항상 진명은 자신의 내면적 모습을 담을 수 없을 것을 이유로 거절하고 있다. 그러면서 대상의 외면만을 모사하는 형사를 넘어서서 대상의 본질을 담아내는 전신의 미학을 설파하고 있다. 때문에 그는 화사(畵師)로서 고양이[猫兒]라고 불리는 자[卞相璧]가 자신의 초상화를 그리고자 청을 하였을 때 단호하게 거절하면서, "겉모습은 본뜰 수 있으나 제대로 전해 낼 수 없는 것은 빼어난 기운이다. 또한 화사는 이인상이 지닌 전신(傳神)에

424) 權攇, 『震溟集』「畵像說」, "李君元靈能文辭篆隷, 而兼有顧·陸之技. 嘗被人摧辱, 遂折筆不復爲間就, 余或乘興弄筆, 而亦不使人知也. 每酒後, 瞠目熟視, 余間忽大笑曰, '吾見人多矣, 子之貌最難得. 非頰上加毛, 顧不可寫子矣.' 仍請傳神者多矣, 而余顧不肯矣. 顧余形貌怪拙, 始見無不笑, 久而皆敬畏之至於庸夫賤徒, 無不輕易, 而或且避縮焉. 是吾狹面黃色蹙額短眉, 固無自異於人, 而一髮一毛, 不啻竦凜, 自異者, 眼雖有疾, 而神溢精蘊, 亦且有異於人者. (中略) 元靈雖善傳神, 而或不得其全, 則是得其形似, 而遺其風格, 烏可以盡吾之天乎? 今使元靈得意而爲之, 由前之論, 則毛髮眉睫也. 得其形似而已, 由後之論, 則神氣韻格, 有不得摸寫也. 請吾之形似, 而傳於人, 則吾之見怪於人者, 不獨今也. 後之怪我者, 由今之怪我, 奚可爲古今之怪人乎? 至於神彩隱約, 恐非丹靑之所可狀也. (中略) 子欲寫我, 則子之詩, 亦必有諷詠者. 不此之爲, 而區區於丹靑, 則奚特不能傳之? 又必有難形者, 子其休矣."

대한 지식수준을 갖고 있는가? 어떻게 눈썹이나 머리카락을 벗어난 경지의 나를 논할 수 있는가?[425]"라고 하였다. 진명은 남의 초상화를 그릴 때는 형사가 불가능하다면 그 기운을 보존해야 하고, 사람의 외모를 닮게 하면서 그 정신까지 얻어야 한다고 역설하였다. 그러므로 그는 「화상설(畵像說)」에서도 반복적으로 초상화는 그 자신이 담고 있는 개성, 또는 고도의 정신적 특성을 어떻게 표현할 수 있는가를 거론하였던 것이다. 하지만 진명은 이처럼 전신과 형사의 상관성, 신운 등의 일반적인 명제들을 언급하면서 당시 화단에 새로 등장한 문인화풍을 중시하여 언급하거나 또한 그 이론적 토대를 검토한 것으로는 보이지 않는다. 진명은 문인화로 나아가는 단초를 연 것으로 보인다.

한편 관아재 조영석은 문인화론에 대해 몇 가지 주목할 만한 견해를 남겼다. 그는 사혁(謝赫)의 육법론(六法論), 장회관(張懷瓘)의 삼품론(三品論)과 유도순(劉道醇)의 육요육장론(六要六長論), 육기(陸機)와 장언원(張彦遠)의 화론을 비교 검토하였다. 여러 가지 산수와 수목에 관한 준법, 형호(荊浩)의 산수부(山水賦)를 열거하고 또한 문인화풍과 장인화풍을 구분하면서 동기창(董其昌)의 남북종론(南北宗論)을 언급하였다.[426] 하지만 관아재는 이런 화론을 회화 내적

---

425) 權攇, 『震溟集』「傳神論」, "形貌可狀, 不可傳者秀氣. 師亦有元靈之知乎? 何以論予於眉髮之外也?"

426) 남북분종론(南北分宗論)을 말한다. 남북분종론은 이른바 산수화를 중심으로 남북이종(南北二宗)을 제창한 것으로 유명하며, 후대에 큰 영향을 미쳤다. 그러나 이 학설을 주창한 사람이 동기창(董其昌)인지 막시룡(莫是龍, 1537~1587)인지 여부와 그 이론의 타당성 여부에 대해 다양한 논의가 이루어지고 있다. 현재로서는 이 이론을 동기창으로 보는 설이 유력시되고 있다. 역대의 산수화가를 계통화하는 설은 동기창 이전에도 있었는데, 왕세정(王世貞, 1526~1611)은 시대와 화법을 관련지어 산수화의 전개를 파악하여 말하였다. 여기에서 비로소 선(禪)의 남북이종에 비유하여 화가가 분류되었던 것이다. 동기창이 선에 심취했던 것은 주지의 사실로, 그의 선에 대한 조예가 이러한 통찰을 낳았다고 한다.

창작 원리로 주목하기보다는 회화가 명교(明敎)를 밝히는 사회적 기능으로 주목하였다. 다시 말해 회화란 본래 전대의 사라진 유물·사적·제도 등을 통해 인물의 현우(賢愚)와 국가의 치란(治亂)을 전하여 역사 서술을 돕고, 국방에 필요한 지도나 의학 관계 도상 등을 치민(治民)에 필요한 유용한 기술이라고 여겼다. 이런 유용성이 바로 회화가 진실해지고 육경(六經)과 같은 중요성을 가지는 것으로 잡기가 되지 않은 자격조건이라 하였다. 관아재는 회화를 명교(明敎)와 감계(鑑戒)라는 목표에 두고 있는 유가적 회화관을 가지고 있었다.

이 시기에 대표적으로 남종문인화를 지향한 인물은 표암 강세황이라 할 수 있다. 표암은 평소에 회화에 관한 언급에서 왕유·거연·미불·황공망·예찬·동기창 등 남종문인화가의 계보에 속한 화가들을 연관하였다. 심주(沈周)의 그림이 시속을 벗어난 경지를 이루었다는 점에서 왕유를 계승했다고 언급하고 묵법의 예로 거연과 미불의 작품을 언급하고 있다.

더욱 중요한 사실은 표암이 동기창의 남종문인화론의 몇몇 주요 명제들을 말하고 있다는 점이다. 첫째, 표암은 근본적으로 송대 이래 동기창까지 지속된 문인화론의 전제, 즉 작가의 학문 축적과 인격 도야의 중요성을 의식하였다. 둘째, 대상에 대한 직접 경험,

---

그러나 형호·관동·곽충서를 남종에, 조간을 북종에 놓은 것은 타당성 여부 등 실제 회화사 전개에 비추어 보면 내용에는 문제가 많다고 한다. 동기창은 문인의 그림에 대해서도 계통을 세우고 있는데, 그것은 남종화의 계통과 거의 변화가 없다. 따라서 동기창에게 문인화와 남종화는 동의어로 취급되었다고 해도 좋다. 명 중기 이후 문인화가가 전문적인 직업화가를 압도하며 화단을 독점했던 당시의 상황에서, 이러한 견해는 문인화가가 직업화가의 화풍을 깎아내리고 자신의 화풍을 숭상하여 높이려는 의식에서 나왔던 것으로 볼 수 있다. 동기창, 『화안(화안)』, 변영섭 외 역, 시공사, 2003.

고화 학습과 학습의 축적이라는 동기창의 남종문인화 창작론 공식을 분명하게 자각하고 있었다.[427]

그런데 표암이 이처럼 남종문인화를 중시하면서도 여전히 회화에서 형사도 중시하는 점이 동기창과 다른 점이므로 소홀히 볼 수 있는 문제가 아니다. 사실 표암은 김홍도의 그림을 형사의 관점에서 설명하고 있다. 김홍도는 표암이 전신에 뛰어난 화가로 평가받은 사람이다. 표암이 말한 전신이란 화면상의 형상과 본래의 대상과의 닮음을 반드시 수반한다. 김홍도가 얻은 깨달음은 형태를 생략하거나 닮음을 무시하고도 얻을 수 있는 것이 아니다.

표암이 말하는 회화의 참이란 감각으로 파악한, 화면 밖에 존재하는 대상의 형태 여부에 근거하여 판단한다. 대상에 대한 직접적인 감각경험과 이를 바탕으로 한 형사가 갖추어질 때만 전신사조가 가능하며, 화보 학습과 같이 감각 경험을 떠나면 전신이란 불가능하다고 한다.

이처럼 표암이 형사를 중시하는 것과 마찬가지로 서화용필동론(書畵用筆同論)에 대한 분명한 이해가 부족하다. 동기창의 화론은 형사의 문제를 뒤로한 채 서화용필동론을 전신의 주된 방법으로 주장한다는 점이다. 이 외에 표암은 남종화론에 대한 정밀한 이해가 부족하고 당시 청의 회화의 업적을 수용하려는 적극적인 의지도 보이지 않았다. 표암은 직업화가의 영역을 벗어난 또 다른 전문적인 세계로서의 문인화 세계를 설정하지 않았다.

표암 이후 남공철은 수많은 고동서화를 수집하는 등 청의 서화 문물을 적극적으로 수용하고 있어 주목을 요한다. 그의 『서화발미

---

427) 정혜린, 『추사 김정희의 예술론』, 신구문화사, 2008.

(書畵跋尾)』에는 상당히 광범위한 중국 서화 자료를 다루고 있다. 주로 『패문재서화보(佩文齋書畵譜)』에 실린 중국 역대 화론서들을 언급하고 있고, 그가 감상한 그림은 특히 동기창이 남종문인화가로 언급한 동원·소식·예찬·조맹부·전선·심주·문징명·당인, 그리고 화원으로 언급한 조대년·유송년·마원·오위 등이 있다. 다만 그는 이들 화가를 문인화가와 직업화가로 구분하는 뚜렷한 의식이 없었던 것으로 보인다. 동기창의 남종문인화론을 크게 신뢰하고 있지 않아 그의 문인화론에 대해 별반 언급한 것이 없었다. 이는 그가 수준 높은 감상자와 수장가의 역할에 만족할 뿐 더 이상의 회화에 대한 이해나 체계화를 염두에 두고 있지 않았음을 말한다.

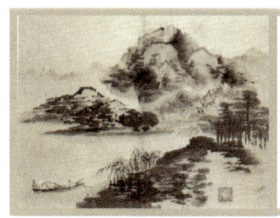

VI. 18세기 시서화론의 미학적 성격

　동아시아의 문학과 예술에서 시서화 일치는 가장 핵심적이고 또한 주류를 이룬 문예적[예술적] 경향이라 할 수 있다. 이 세 분야는 상호간의 제약과 보충, 그리고 영향의 관계에 있다.[428] 그런데 이제까지 문학과 예술의 상호 의존성과 관련성에 관한 연구는 뚜렷한 성과가 없었다. 그 원인은 방법론의 정립이 이루어지지 않았고, 이 분야에 대한 연구자의 관심에도 불구하고 분과학문에 안주하여 통합적인 안목을 확보하지 못한 데 있다. 그런 가운데 최근에 신진연구자들이 자신의 전문 분야에 집착하지 않고 통합적인 연구방법을 모색 실천하고 있어 그 귀추가 주목된다.[429]

　앞에서도 언급했듯이 17세기 후반부터 시작되는 문학과 예술의 변화는 아무리 강조하더라도 부족한 듯하다. 이는 변화가 특정 분야가 아닌 전 분야에 걸쳐 나타나고 있다는 것이다. 그 원인에 대

---

428) 중국의 경우는 악 → 시 → 문 → 서 → 화의 순서로 배열할 수 있다. 즉 이것은 후자에 대한 영향이 흡수나 참고하는 것보다 크다는 것이다. 이것으로부터 시문・서예・회화・미학에 대한 영향과 흡수를 볼 때 전자에 대해 심미원칙, 예술정신과 미학 범주 등의 방면에 영향을 주었으며, 후자에 대해 형식미의 규율, 예술 표현의 기교 등의 방면에 영향을 주었다.

429) 최근 미술사학연구회는 공통주제 ut picture poesis — 시와 회화의 관련 양상을 심도 있게 다루었다. 이 결과는 『미술사학보』 12집, 1999와 『미술사학보』 13집, 2000에 실려 있다.

한 연구가 충분한 것은 아니지만, 대개 당시의 상업이 전대보다 비약적으로 번성하고 도시의 발달과 소비문화와 관련이 있다고 할 수 있다. 이러한 사회적 변화와 경향이 반영되는 문학과 예술의 영역은 당연히 여러 방향으로 분기되고 굴절되어 복잡한 관계를 형성하고 있다. 우선 철학과 사상 분야에서 성리학에 대해 회의하고 반발하면서 새로운 사상에 대한 모색이 이루어진다. 바로 인간의 감성적인 부분에 대한 긍정과 강조이다. 둘째, 철학과 사상에서 상대적으로 자유로운 문인들이 세계와 존재를 새롭게 인식하여, 각기 시문이나 서화 영역에서 자아, 개성을 주요한 특징으로 하는 문학과 예술이론을 주장한다. 문인들은 일정 부분에 있어 개성·자아·본능에 대한 긍정이라는 역할을 수행하였다. 셋째, 더 나아가 일군의 문인들은 문학과 예술에 대한 형식과 기교를 주체적으로 확립한다. 이것은 근대를 향한 일종의 표현이고 문예에 대한 중시와 긍정이다. 예컨대 예(藝)나 문(文)은 단지 재도(載道)일 뿐만 아니라 그것들 스스로 독립적인 자신의 기교와 법칙을 가지고 있음을 의미한다.

이 시기의 문학과 예술이 독자적인 모습과 가치를 지닐 수 있었던 것은 인간 개체에 대한 긍정에서 비롯한다. 인간의 개성은 주체의식의 각성과 밀접한 관련을 가진다. 주체의식의 각성은 개인의 정감(情感)과 심령(心靈)을 전통사회의 규범적 질서에서 해방시켜 자유롭게 심성을 표출할 수 있도록 만든다. 개개인이 스스로 자유롭게 심성을 표출할 수 있다면 자신의 마음속에 있는 진정(眞情)과 흥취(興趣)는 새로운 미의식을 자극하여 심미창조를 가능케 할 것이다. 그러나 이 새로운 미의식은 일정한 한계를 노정하고 있음도 사실이다. 왜냐하면 이지(李贄, 1527~1602)의 「동심설(童心說)」처럼 표면적으로 외물에 의한 속박과 간섭에 얽매임이 없이 인간의 내면에서 저절로 우러나오는 순수하고 진실한 사상·감정의 표현만을 강조하지도 않고, 더 나아가 인간의 자연적이고 생리적이며 또한 심리적인 요구와 욕망을 자연 그대로 표현할 것과 인간들이면 누구나 지니고 있는 본래의 순진한 개성을 표현할 것을 주장하자는 입장까지는 나아가지 않았기 때문이다.

1. 18세기 시서화론의 가치개념

18세기 시서화론의 가치개념을 고(古)에서 금(今), 아(雅)에서 속(俗), 법(法)에서 아(我)라는 변화과정을 중심으로 살펴보려 한다. 이는 이 시기의 시와 서화에 나타난 문예적 자각의식을 염두에 둔 구도이다. 실제로 이러한 대립축은 조선시대 시 이론과 서화 이론으로 정립된 것이 아니지만 새로운 미적 규범을 추구하려는 일부의 문인들의 주장에서 간취되는 시대정신과 방향으로 설명할 수 있다.

고(古)에서 금(今)으로의 변화과정은 당시 기존 규범의 절대적인 위치를 차지하고 있는 숭고(崇古)·상고(尙古)·의고(擬古)·복고주의(復古主義)에 대한 반발에서 시작한다고 할 수 있다. '금'의 문제는 이런 '고'에 대한 반발이며 극복의 의지표명이다. 문무자(文無子) 이옥(李鈺)은 고문을 쓸 줄 모른다는 비난을 받아 왔는데 그자신이 이를 긍정하면서 거짓으로 고문을 배우는 것보다 지금의 것을 배우는 것이 낫다고 주장하였다.

이옥이 고금의 문제에서 '금(今)'의 가치를 강조하는 것처럼 이덕무는 아속(雅俗)의 문제에서 '속(俗)'을 강조하고 있다는 점이 주목된다. 그는 일상의 시정세태라고 무시한다면 그 속에 있는 지극히 가늘고 미세한 것이지만 오묘하고 조화로운 것을 발견할 수 없게 된다는 것이다. 이처럼 그가 시정세태에 관심을 가진다는 것은 인간의 다양한 욕구와 욕망을 긍정하는 것이라 할 수 있다. 그가 '속'을 주장하는 것은 종래 전아한 품격이 요구하는 제약에서 벗어나 시정공간의 일상적 삶까지 확대하기 위한 것이다. 이런 점에서 풍속화는 일상을 살아가는 다수의 인간적 삶과 현실세태를 담고 있는데, 이는 '민(民)'의 삶을 객관적 대상으로 바라보게 되고 더 나은 인간의 삶을 추구하는 노력인 것이다.

법(法)에서 아(我)의 변화과정은 고(古)에서 금(今), 아(雅)에서 속(俗)이라는 변화과정과 밀접한 관련이 있다. 이는 전대 문예의 규범을 맹목적으로 따르는 창작태도에 대한 반발이다. 결국 아(我)를 추구한다는 것은 창작 주체의 자연스럽고 진실한 감정과 욕구를 중시하는 경향을 의미한다.[430] 결국 자유창작과 전통규범의 대립은

---

430) 창작 주체가 '나[我]'를 추구하고 확립하려는 진실한 감정과 욕구는 김홍도의 〈마상청앵(馬上聽鶯)〉이나 신윤복의 〈미인도(美人圖)〉 등의 그림에 적실하게 드러난다. 〈마상청앵〉은 녹음방초가 무성하고 천자만홍의 백화가 만발하는 늦봄 어느 화창한 날, 젊은 선비가 춘정(春情)을 이기지 못해 문득 말에 올라 봄을 찾아 나섰다가 길가 버드나무 위에 앉은 꾀꼬리 한 쌍이 화답하며 노니는 것에 넋을 놓고 바라보는 장면을 그린 그림이다. 고송유수관(古松流水觀) 이인문(李寅文, 1745~1824)은 이런 봄 냄새 물씬 풍기는 그림에 제화시(題畵詩)로 춘정에 공감하였다. "어여쁜 사람 꽃 밑에서 천 가지 소리로 생황을 부는 듯하고, 시인의 술동이 앞에 감귤 한 쌍이 놓인 듯하다네. 어지럽게 금북은 버드나무 언덕을 누비며, 아지랑이 비 섞어 봄 강을 짜내려고 하네(佳人花底簧千古, 韻士樽前柑一雙. 歷亂金梭楊柳崖, 惹烟和雨織春江)." 〈미인도(美人圖)〉는 어리고 앳된 둥근 얼굴에 열망을 담은 물 오는 앵두 같은 붉은 입술로 할 말이 있는 듯하며 맑고 그윽한 눈빛으로 그리움 가득 담은 여인을 그린 그림이다. 그녀는 풍류세계에 몸담고 있는 기생이었을 것이다.

창작자의 재정(才情)과 일체의 외부적 문예규범과의 대립으로 귀결된다.

1) 古에서 今으로

창작 주체의 심미창조는 기존 규범과 다른 질서를 추구하는 과정에서 나온다고 할 수 있다. 그 대표적인 관심의 표출이 고(古)에 대해 금(今)을, 아(雅)에 대해 속(俗)을 추구하는 경향이다.

우선 고(古)에서 금(今)으로의 변화다. 금(今)에 대한 관심은 당시 기존 규범의 절대적인 위치를 차지하고 있는 숭고·상고주의가 변화하는 현실을 제대로 설명할 수 없다는 자각에서 일어난 반발이다. 당시까지 많은 사람들이 묵수하는 숭고·상고주의는 공자의 대표적인 언명인 "옛사람의 학술을 이어받아 새롭게 만들려고 하지 않으며, 믿고 따라서 옛사람의 자취를 좋아한다[述而不作, 信而好古]."를 일반적이고 보편적인 규범으로 삼아 묵수하는 것을 말한다. 이는 옛사람이 이미 이룬 것을, 문예창작에 임한 문인들이 지고무상(至高無上)하고 완전무결(完全無缺)한 전형으로 삼아야 하며, 이 옛사람의 규범을 잃는다면 문(文)이라 할 수 없다는 입장이다.

본래 이러한 숭고·상고주의는 옛사람의 정신을 강조하여 가볍고 천한 요즘 사람의 정신을 비판하고 시정하고자 했던 노력의 일환이었으나, 후대로 갈수록 옛사람의 정신보다는 형식에 치중하는

이런 그림에 신윤복은 스스로 제화시를 남겼다. "화가의 가슴속에 만 가지 봄기운 일어나니, 붓끝은 만물의 전신을 그려내리라(盤 磚胸中萬花春, 筆端能與物傳神)."

결과를 낳았다. 예컨대 명대의 전·후칠자(前後七子)처럼 "문장을 지을 때에는 선진(先秦)과 양한(兩漢) 때의 문풍을 본받고, 시를 지을 때에는 성당의 시풍을 스승으로 삼으라[文必秦漢, 詩必盛唐]."는 주장을 묵수하여 시문의 창조력을 억압하는 경우가 발생하게 되었다.431) 이러한 의고주의는 지나치게 숭고라는 대전제에 집착하여 발생한 문학사조로 오히려 문학의 생명을 부정하고 말살하는 작용을 하였다. 이에 대한 반발로 일부의 문인들은 문학의 발전과 변화를 적극적으로 주장하면서 시세의 필연성을 강조하게 된다.

　이런 변화의 움직임은 박제가가 「시학론(詩學論)」에서 청대 시의 존재를 인정하고 그것을 배워야 한다는 주장에서도 드러난다. 그는 시의 모본으로 당시(唐詩)나 두시(杜詩)만을 본받아야 한다는 당시 사람들의 시관에 반대하면서 송·원·명·청의 시를 두루 섭렵해야 좋은 시를 쓸 수 있다고 하였다. 이런 주장은 당시만을 시의 표준으로 삼고 그 후대의 시를 인정하지 않으려는 일반적인 관념에 대해 송·원·명·청의 시를 배워야 상등(上等, 최고)이 된다는 역설을 말하는 것으로, 아마도 이것은 그가 청대·당대의 시를 옹호하려는 의도에서 진술한 것으로 보인다.

　　우리나라의 시에 송·원·명·청의 체를 배운 것이 상등이 되고, 당체(唐體)를 배운 것이 그 다음, 두보 시를 배운 것이 최하가 된다. 소위

---

431) 앞에서 언급한 것처럼, 명대 홍치 연간에 나타난 이몽양·왕정상 등의 전칠자와 가정 연간에 나타난 왕세정 등의 후칠자는 한문(漢文)과 당시(唐詩)를 숭상하여 정통문학을 다시 부흥시켰다. 그러나 그들은 이 시기에 발생한 희곡·소설 등 속문학의 영향을 많이 받았다. 그래서 그들의 시론과 곡론(曲論) 중에는 정을 중시하는 이론이 많이 담겨 있다. 이런 '유정'이론은 후대의 탕현조·공안파·이지의 유정이론을 선도했다고 볼 수 있다. 그러므로 기존의 연구가 전·후칠자의 문예이론을 복고주의적 측면에서만 고찰함으로써 간단하게 부정하는 경우가 많은데, 이는 앞으로 재고해야 할 부분이다.

배운 시가 높을수록 그 재주가 더욱 낮은 것은 왜 그런가? 두보를 배운 이는 두보뿐인 줄만 알고 다른 시는 보지도 않고 먼저 업신여기는 까닭에 시 짓는 기술이 졸렬하다. 당체를 배운 폐단은 같으나 조금 나은 것은 두보 외에 왕발(王勃) · 맹호연(孟浩然) · 위응물(韋應物) · 유종원(柳宗元) 등 수십 명의 이름을 마음속에 간직한 까닭으로 나오려고 하지 않았으나 저절로 낮게 된 것이다. 송 · 금 · 원 · 명의 체를 배운 이로 말할 것 같으면 그 식견이 또 이보다 더 진보하였다. 하물며 많은 서적을 널리 보기를 다하여 성정의 진수를 드러낸 것이랴. 이로 보면 문장의 도는 마음과 지혜를 열고, 耳目을 넓히는 데에 있는 것이지 배우고자 한 시대에 달린 것이 아니다.[432]

이와 같은 박제가의 시관은 우리가 처한 시대적 요청 – 시세의 필연성을 암시하는 것이기도 하다. 이 시세의 필연성은 고와 금의 시세가 다름을 주장하는 연암 박지원의 글에서도 확인할 수 있다. 연암은 다음의 글에서 장사하는 일을 거론하면서 고금의 시세가 다름을 역설한다.

그대가 사준(士俊)에게 백금을 주어 장사밑천을 삼게 했는데, 어찌 그렇게 적게 주었습니까? 장차 사준이 빈손으로 돌아옴을 보더라도 그때 그대는 탓하지 마십시오. 저도 말하지 않을 테니……

대저 한 집안의 재산을 다스리는 일과 천하의 정치하는 일이 무어 다르겠습니까? 탕(湯)은 70리이고 문왕(文王)은 100리였지만 나라를 일으켰습니다. 맹자가 그것으로 구실을 삼아 걸핏하면 은 · 주를 인용하여 당시 군주에게 유세하였습니다. 등나라에 이르러 "임금을 만나 도를 실행할 만하다."고 하였습니다. 등문공이 천하의 어진 임금인데 등의 군주가 되었고, 허행(許行)과 진상(陳常)은 당시 호걸인데 그 나라 백성이 되었습니다. 그런데도 맹자가 등을 버림은 어찜입니까? 세(勢)가 어쩔 수 없기 때

<hr/>

432) 朴齊家, 『北學議』. "吾邦之詩, 學宋 · 元 · 明 · 淸者爲上, 學唐者次之, 學杜者最下. 所謂學彌高, 其才彌下者何也? 學杜者知有杜而已, 其他則不觀而先侮之, 故術益拙也. 學唐之弊同然, 而小勝者, 以其杜之外猶有王 · 孟 · 韋 · 柳數十家之姓字, 存乎胸中, 故不期勝而自勝也. 若夫學宋 · 金 · 元 · 明者, 其識又進乎此矣, 又況博極群書, 發之以性情之眞者哉! 由是觀之, 文章之道, 在於開其心智, 廣其耳目, 不繫於所學之時代也."

문입니다.

제(齊)와 위(魏)나라의 임금이 불초한데도 맹자가 오히려 돌아보고 주저하면서 차마 떠나지 못함은 어쩜입니까? 제는 토지가 넓고 백성이 많으며, 병갑(兵甲)이 날카롭고 재정이 두터우니, 그 세를 이용한다면 공을 이루기 쉽습니다. 그러므로 맹자의 말에 "제나라에서 임금 노릇 하기는 손을 뒤집는 것과 같다." 하고, 등나라에 이르러 "긴 것을 잘라 짧은 것을 기우면 장차 오십 리는 되니 큰 나라의 모범이 될 만하다."라고 하였습니다. 도가 제(齊)에서 더 높아지고 등(藤)에서 떨어진 것이 아니라 시세(時勢)가 굽고 펴지는 것은 대소의 세가 다르기 때문입니다. 등의 땅은 은·주보다 더 작지 않지만 말과 실제가 서로 어긋남은 고금의 세가 다르기 때문입니다.[433]

이처럼 당시의 문인들이 고금의 시세가 다르다는 점을 인식하고 이를 주장하자 문예에서 숭고나 의고에 대해 회의하고 '금'에 대한 탐구가 진지하게 요청되었던 것이다. 비록 농암 김창협은 '금'에 대한 진지한 사색으로 이어지지는 않았지만[434] 시에 있어 당인(唐人)은 당인이고 금인(今人)은 금인이란 진술을 하고 있다. "시는 참으로 당시를 배워야 하지만 또한 반드시 당시와 같아질 필요는 없다. 당시는 성정의 흥기에 주안점을 두고 고실(故實)·의론(議論)을

---

433) 朴趾源,『燕巖集』「尺牘·與中·二」. "足下予士俊百金而爲販, 何其少予也? 將見士俊空手而歸, 其時足下勿咎, 僕不言也. 夫能治一家之産者, 與爲政於天下, 何異哉? 湯之地方七十里, 文王百里興. 孟子以爲口實, 動引殷周以說時君. 至於滕, '可謂得君而道可行矣' 文公天下之賢君也, 而作之主, 許行·陳常當時之豪傑也, 而爲之民. 猶去之者, 何? 勢不可也. 齊魏之君, 至不肖, 猶眷顧徊徨, 不忍去者, 何也? 以其土地之廣也, 人民之衆也, 兵甲之利也, 貨賂則易爲功爾. 故其言曰, '以齊王猶反手也.' 於藤則曰, '截長補短, 將五十里, 可以爲大國師'. 道非加尊於齊, 而有貶於藤也. 時有屈伸者, 大小之勢異也. 滕之地, 非加小於殷周之國也. 言實相戾者, 古今之時異也."

434) 이 시기의 '금(今)'에 대한 탐구는 농암을 필두로 하여 낙론계 문인들에서는 보이지 않는다. 일견 기이해 보이는 현상이지만 그들의 사상적 기반을 검토한다면 이해될 수가 있다. 이들 낙론계 문인들은 정암 나흠순의 사상을 수용할 때, 주로 주자학적인 경향을 받아들이지만 양명학적인 경향은 애써 외면하거나 부정하였다. 따라서 우리가 이 시기의 문예사에서 농암을 비롯한 낙론계 문인들의 보수적이며 몰개성적인 측면을 무시하고 문면에 드러난 발언만으로 이해하려는 방식은 한계가 있다. 이런 연구태도는 필자도 자유롭지 못하다.

일삼지 않으니 이것이 당시의 본받을 만한 점이다. 그러나 당인은 당인이고 금인은 금인일 뿐이다. 천백 년간 떨어져 있는데 당인의 성음(聲音)이나 기조(氣調)와 하나도 다름이 없고자 바란다면 이는 사리상 있을 수 없는 일이다. 억지로 비슷해지려고 한다면 목우(木偶)나 조상(彫象)이 사람형상을 함에 불과할 뿐이다. 그 형상은 비록 엄연히 있지만 하늘로부터 부여받은 것은 본래 어디에도 없으니 귀히 여길 바가 아니다.[435]"

이와 달리 문무자(文無子) 이옥(李鈺)은 의도적으로 고문을 피하면서 금문을 즐겨하면서 그 필요성을 밝히기도 하였다. 그래서 당대 사람들은 문무자가 고문을 쓸 줄 모른다는 비난을 하였는데, 그 자신은 이를 긍정하면서 거짓으로 고문을 배우는 것보다 지금의 것을 배우는 것이 낫다고 역설하였다. 이에 대해 담정(藫庭) 김려(金鑢)는 확신에 찬 목소리로 그의 금문(今文)을 옹호하면서 저들이 묵수하는 고문과 자신의 글을 쓰는 이옥의 금문 중에서 어느 것이 진(眞)이고 가(假)인지 묻고 싶다고 하였다.

　　　세상에서 '이기상(李其相, 이옥)은 고문을 쓸 줄 모른다.'고 한다. 기상도 스스로 그렇게 말한다. 그런데 기상의 뜻은 고문을 배우고서 거짓스럽게 짓는 것은 차라리 지금의 것을 배워서 오히려 쓸모가 있는 것만 같지 못하다고 여겼다. 이식자(耳食者)들은 그 말을 따라서 화답하며 기상은 고문을 못 쓴다고 생각하였다. 아! 기상이 저술한 것이 내 상자 속에 많이 남아 있어서 지금 『문무자문초(文無子文鈔)』한 권을 베껴서 세상 사람들에게 보여 세상에 고문을 잘 짓는 자들에게 묻고자 하니, 이로 비교한다면 누가 진(眞)이고 가(假)인가? 또한 나는 『남정십편(南征十篇)』에

---

435) 『農巖集』「雜識」, "詩固學唐, 亦不必似唐. 唐人之詩, 主於性情興寄, 而不事故實・議論, 此其可法也. 然唐人自唐人, 今人自今人, 相去千載之間, 而欲其聲音氣調, 無一不同, 此理勢之所必無也. 强而欲似之, 則亦木偶泥塑之象人也. 其形雖嚴然, 其天者固不在也, 又何足貴哉!"

대해 더욱 몇 번이나 탄복하였다. 아! 이는 알아주는 자와 더불어 말할 따름이지 알지 못하는 자와는 말할 수 없는 것이다.436)

결국 이옥이 금(今)에 가치를 두는 것은 자신만의 개성을 발현하고 새로운 심미창조를 이루려면 기존 규범을 그대로 묵수하는 태도는 거짓일 수밖에 없다는 태도에 기인한다. 거짓이 아닌 진실한 문장의 심미는 자신의 진정과 흥취에 달려 있는 것이다. 그러므로 이를 성취하기 위한 길은 자연히 기존의 미적 규범이나 질서와는 다르게 된다. 그가 주장하는 '오시오문(吾詩吾文)'은 단순히 고문을 묵수하는 경우에는 불가능한 깨달음이다.437)

2) 雅에서 俗으로

'아(雅)'와 '속(俗)'의 문제를 거론하기 전에 미리 밝혀야 할 부분은 18세기 이후의 예술론의 발전과정에 있어서 '속(俗)'이나 '금(今)'을 의식적으로 개념화하여 표방한 경우는 드물다는 점이다. 그래서 속(俗)이나 금(今)은 자신의 시나 시론을 강조하기 위해 상대의 논리와의 구별 속에서 거론될 뿐이다. 더욱이 그들의 논의는 속(俗)이

---

436) 金鑢, 『藫庭遺稿』「題文無子文鈔卷後」, "世言'李其相不能古文', 此其相自道也. 其相之意, 以爲學古而僞者, 不若學乎今之猶可爲有用也. 耳食者從而和之, 以爲其相不能古文, 哀哉! 其相所著述多在余篋. 今以文無子之文鈔一糾善寫, 以示世人, 要以問世之自以爲善古文者, 較此孰眞孰假? 且余於『南征』十篇, 尤有所三復而感歎者. 嗚呼! 此可與知者道, 不可與不知者言也."

437) 金鑢, 『藫庭遺稿』「題墨吐香草本卷後」, "余與絧綿子李君其相, 爲同硏友, 其相爲人, 耿介而多氣義, 有古節俠風. 其文纖細而情思泉湧, 其詩輕淸而格調峭刻, 其相之言曰, '吾今世人也. 吾自爲吾詩吾文, 何關乎先秦兩漢, 何繫乎魏晉三唐?' 其相尤工于塡詞. 余不以爲奇也. 其相嘗騎牛, 訪余于廬陵, 袖出一書, 題曰『墨吐香』. 自言其用心之苦. 余置之篋中, 今其相歿已五年. 偶閱篋得之, 悲其平生勤功之意, 玆膡寫爲一糾云."

품격의 차원이 아닌, 아(雅)라는 규범이 제약하고 있던 소재·내용에서 탈피하여 대다수 사람들의 삶과 시정세태를 반영하고자 하는 노력의 산물이다.

이 시기의 아(雅)는 고(古)를 함의하고 있고, 금(今)은 속(俗)을 포괄하고 있지만, 때로는 금(今) 그 자체가 속(俗)을 지칭하기도 한다. 이 아와 속의 대립은 고(古)와 금(今)의 문제 중에서 하나의 중요한 내용이고 특수한 의미를 가지고 있다. 앞에서 언급한 고와 금을 살펴보면 자연적으로 아와 속의 문제를 담고 있음을 알게 된다.

따라서 고전규범을 반대하고 자유창조적인 정신을 중시하는 문인들은 고(古)로써 금(今)을 규율하고 아(雅)로써 속(俗)을 비속하게 여기는 것을 반대하였다. 종종 문인들은 시 창작에 있어 속(俗)을 정면으로 다루고 있다. 예를 들면 유득공(柳得恭)과 이안중(李安中)은 고전규범을 준수하는 사람들이 기피하는 여성의 세계에 상당한 관심을 표명하기도 하였다.

「西京雜絶十五首」 12首
淺粉輕朱約略粧　　엷은 분 연한 연지 대강 단장하고
羞然只着舊藍裳　　말쑥이 묵은 남색 치마만 걸쳐 입었네
營中府裏無呼喚　　감영과 관아 안에 부르는 소리도 없이
細馬捎捎去上堂　　작은 말로 가볍게 당상으로 올라가네[438]

「月廬均面」
隔窓蕉影漾紅日　　창가의 붉은 해에 파초 그림자 넘실댈 때
侍婢催進蘭湯滑　　侍婢에게 화장수 가져오라 재촉하여
紅粉一點霞紋散　　붉은 연지 한 점 찍으니 노을처럼 퍼져 나가
鏡中忽驚團團月　　거울 속에 달덩이 같은 내 모습에 놀라네

---

438) 柳得恭, 『冷齋集』 「西京雜絶十五首」 12首.

手澁或恐紅未染	손 거칠어 분 안 받을까 걱정되어
更將指磨秋波斂	다시 한 번 손에 찍고 추파를 지어 보네
粧成掩鏡爲君舞	화장하고 거울 치워 그대 위해 춤을 추니
可憐一朵芙蓉艷	나는 아름다운 한 떨기 연꽃[439]

　전자는 유득공이 풍속적인 관심에서 여성을 등장시킨 경우의 시
이다. 후자는 이안중이 여성의 화장하는 모습을 직접적으로 다루고
있다. 그는 화장대 앞에 앉아 얼굴에 분이 골고루 퍼지지 않을까
근심하는 여성의 심리를 예리하게 포착하여 묘사하고 있다. 이는
이안중의 시가 소외된 여성의 생활이나 심리까지 담아내고 있음을
극명하게 보여주는 것이다. 이처럼 이안중이 다루고 있는 인간의
정감은 이옥(李鈺)의 시론에서 매우 중시되고 있음을 알 수 있다.
그는 남녀의 정이나 시정세태에서 인간의 진실한 정이 표현될 수
있다고 하였다. 그의 주장은 다음과 같다.[440]

　　대저 천지만물에 대한 관찰은 사람을 관찰하는 것보다 더 큰 것이 없
고, 사람에 대한 관찰은 정(情)을 살펴보는 것보다 더 묘한 것이 없고 정
에 대한 관찰은 남녀의 정을 살펴보는 것보다 더 진실한 것이 없다. 이
세상이 있으매 이 몸이 있고 이 일이 있으매 이 일이 있고, 이 일이 있으
매 곧 이 정이 있다. 그러므로 이것을 관찰하여 그 마음의 사정(邪正)을
알 수 있고, 그 사람의 현부(賢否)를 알 수 있고, 그 일의 득실을 알 수
있고, 그 풍속의 사검(奢儉)을 알 수 있고, 그 땅의 후박(厚薄)을 알 수
있고, 그 집안의 흥쇠(興衰)를 알 수 있고, 그 나라의 치란(治亂)을 알 수
있고, 그 세상의 오륭(汚隆)을 알 수 있다.
　　대개 사람의 정이란 혹 기뻐할 것이 아닌데도 거짓으로 기뻐하기도 하

---

439) 李安中, 『玄同詩藁』 上 「月廠均面」.

440) 실제로 연구자에 따라 문무자(文無子) 이옥(李鈺)의 『예림잡패(藝林雜佩)』 '삼난(三難)'
　　은 그 지어진 시기가 18세기 후반이거나 19세기 초반으로 추정하고 있다. 여기서 본고는
　　이옥의 문예경향이 전반적으로 18세기에 견인되어 있음을 염두에 두고 이를 강조하는 것
　　이다.

며, 혹 성낼 것이 아닌데도 거짓으로 성내기도 하며, 혹 슬퍼할 것이 아
닌데도 거짓으로 슬퍼하기도 하며, 또 즐겁지도 사랑하지도 미워하지도
않고 하고자 하는 것도 아니면서 혹 거짓으로 즐거워하고 슬퍼하고 미워하
기도 하고자 하는 것도 있다. 어느 것이 진실이고 어느 것이 거짓인지 모
두 그 정의 진실함을 살펴볼 수가 없다. 그런데 유독 남녀의 정에 있어서만
은 곧 인생의 본연적인 일이고, 또한 천도(天道)의 자연적인 이치이다.441)

　이옥은 그동안 금기시되어 온 남녀의 정에서 진실한 모습을 찾
아 과감하게 주장하였다. 이런 입장은 김홍도나 신윤복의 풍속화에
도 나타나고 있다. 이들의 풍속도는 색태적(色態的)인 정감까지 담
고 있다. 심지어 신윤복(申潤福)의 경우는 여인들이 훨씬 노골적으
로 속살을 드러내고 있을 뿐만 아니라 남녀의 포옹과 그 이상의
애정사를 표현하고 있다는 점이다. 이는 이 시기의 시나 화화에서
아(雅)가 더 이상 절대적인 규범과 가치를 독점할 수 없음을 의미
한다. 그래서 그는 자신의 주변에 존재하는 서민들의 삶과 시정의
세태에서 아름다움을 발견하기도 하고, 더 나아가 중국과 다른 조
선을 개별체로 고려한다.

　　어떤 이가 물었다. "그대의 『이언(俚諺)』은 무엇하려고 지었는가? 그
　대는 어째서 국풍(國風)이나 악부(樂府) 또는 사곡(詞曲)으로 짓지 아니하
　고 하필 이 이언을 지었는가?" 내가 대답하였다. "이것은 내가 하는 것이
　아니라, 주재자(主宰者)가 있어 시킨 것이다. 내가 어찌 국풍·악부·사

---

441) 李鈺, 『藝林雜佩』「二難」, "天地萬物之觀, 莫大乎觀於人, 人之觀, 莫妙乎情, 情之
　　觀, 莫眞乎觀於男女之情. 有是耳, 有是身, 有是事, 有是事, 便有是情. 故觀乎此, 而
　　其心之邪正可知, 人之賢否可知, 其事之得失可知, 其俗之奢儉可知, 其土之厚薄可知,
　　其家之興衰可知, 其國之治亂可知, 其世之汚隆可知矣. 盖人之於情也, 或非所喜而假
　　喜焉, 或非所怒而假怒焉, 或非所哀而假哀焉, 非樂非哀非惡非欲, 而或有假而樂而哀
　　而惡而欲焉, 誰眞誰假, 皆不得有, 以觀乎其情之眞, 而獨於男女之也, 則卽人生固然
　　之事, 亦天道·自然之理也." 이옥, 『역주 이옥전집』, 실시학사 고전문학연구회 역, 소
　　명, 2001.

곡을 하고 나의 이언을 하지 않는단 말인가? 국풍이 국풍이 되고, 악부가 악부가 되며, 사곡이 국풍이나 악부가 되지 않고 사곡이 되는 것을 살펴보면 내가 이언을 하게 됨을 또한 알 수 있을 것이다." 그가 다시 물었다. "그렇다면 저 국풍·악부·사곡과 그대의 이언이라고 하는 것은 모두 짓는 자가 지은 것이 아니란 말인가?" 내가 말했다. "짓는 자가 어찌 감히 짓겠는가? 짓는 자로 하여금 짓게 하는 자가 짓는 것이 되기 때문이다. 이를 짓게 하는 자가 누구인가? 천지만물이 바로 그것이다."[442]

대체로 논하여 보건대 만물이란 만 가지 물건이니 진실로 하나로 할 수 없거니와, 하나의 하늘이라 해도 하루도 서로 같은 하늘이 없고, 하나의 땅이라 해도 한 곳도 서로 같은 땅이 없다. 마치 천만 사람이 각자 천만 가지의 성명을 가졌고, 삼백 일에는 또한 스스로 삼백 가지의 하는 일이 있음과 같다. 오직 그와 같을 뿐이다.

그러므로 역대로 하·은·주·한·진·송·제·양·진·수·당·송·원들이 한 시대도 다른 한 시대와 같지 않아 각각 한 시대의 시가 있었고, 열국으로 주(周)·소(召)·패(邶)·용(鄘)·위(衛)·정(鄭)·제(齊)·위(魏)·당(唐)·진(秦)·진(陳)들이 한 나라도 다른 한 나라와 같지 않아서 각각 한 나라의 시가 있었다. 삼십 년이 지나면 세대가 변하고 백 리면 가면 풍속이 같지 않다. 어찌하여 대청(大淸) 건륭연간(乾隆年間)에 태어나 조선 땅 한양성에서 살면서 이에 감히 짧은 목을 길게 빼고 가는 눈을 억지로 크게 뜨고서 망령되이 국풍·악부·사곡을 짓는 것을 말하고자 하는가?[443]

---

442) 李鈺,『俚諺』「一難」, "或問曰, 子之『俚諺』, 何爲而作也? 子何不爲國風·爲樂府·爲詞曲, 而必爲是『俚諺』也歟? 余對曰, 是非我也. 有主而使之者, 吾安得爲國風·樂府·詞曲, 而不爲我『俚諺』也哉? 觀乎國風之爲國風, 樂府之爲樂府, 詞曲之不爲國風樂府而爲詞曲也, 則我之爲『俚諺』也, 亦可知矣. 曰, 然則彼國風與樂府與詞曲與子之所爲『俚諺』者, 皆非作之者之所作歟? 曰, 作之者安敢作之? 所以爲作之者之所作者作之矣, 是誰也? 天地萬物, 是已也." 이옥,『역주 이옥전집』, 실시학사 고전문학연구회 역, 소명, 2001.

443) 李鈺,『藝林雜佩』「一難」, "盖嘗論之, 萬物者萬物也, 固不可以一之, 而一天之天, 亦無一日相圓之天焉, 一地之地, 亦無一處相似之地焉, 如千萬人, 各自有千萬件姓名, 三百日, 另自有三百條事爲, 惟是如是也. 故歷代而夏·殷·周也, 漢也·晋也·宋也·齊也·梁也·陳也·隋也·唐也·宋也·元也. 一代不如一代, 各自有一代之詩焉. 列國而周·召也, 邶·鄘·衛·鄭也, 齊也·魏也·唐也·秦也·陳也, 一國不如一國, 另自有一國之詩焉. 三十年而世變矣, 百里而風不同矣, 奈之何生於大淸乾隆之年, 居於朝鮮漢陽之城, 而乃敢伸長短頸, 瞋大細目, 妄欲談國風·樂府·詞曲之作者乎?" 이옥,『역주 이옥전집』, 실시학사 고전문학연구회 역, 소명, 2001.

이옥은 비록 한시의 형태를 파괴하지는 못했지만 민요 취향적 한시들을 이언이라 명명하고, 중국의 국풍·악부·사곡과 대립적인 위치에 두고 그것을 사용하였다. 그가 이언을 사용한 이유는 서민들의 생활 속에서 발견하는 소박한 감정을 시화하기 위한 시도로 보인다. 여기서는 그가 이처럼 특수하게 사용하는 이언은 규범으로의 아(雅)보다는 새로운 미의 추구인 속(俗)과의 일정한 연관에 놓여 있다는 점이 중요하다. 더욱이 그가 속(俗)에 대한 개별적 의미를 추구해 나간 결과는 당연하게도 조선과 조선시의 개체적 의미를 찾아내는 과정이다.

한편, 이덕무(李德懋)는 '속(俗)'의 가치를 잘 알고 있는 문인이라 할 수 있다. 그는 일상의 시정세태라고 무시한다면 그 속에 있는 지극히 가늘고 미세한 것이지만 오묘하고 조화로운 것을 발견할 수 없게 된다고 한다. 이렇게 그가 시정세태에 관심을 가진다는 것은 인간의 다양한 욕구와 욕망을 긍정하는 것이라 할 수 있다.

> 어린아이가 울고 웃는 것이나 시장에서 사람들이 물건을 사고파는 것 또한 보고 느낄 수 있으며, 사나운 개가 서로 싸우는 것이나 교활한 고양이가 재롱을 떠는 것을 가만히 관찰하면 지극한 이치가 그 속에 있다. 봄 누에가 뽕잎을 갉아 먹는 것이나 가을 나비가 꿀을 채집하는 것에는 하늘의 조화가 그 속에 움직이고 있다. 많은 개미들이 진을 치고 행진할 때 깃대와 북을 빌리지 않아도 절제가 잡혀 균형을 이루며 수많은 벌집은 기둥과 들보가 없는데도 칸 사이의 규격이 저절로 고르게 되어 있다. 이것들은 모두 지극히 가늘고 미세한 것이지만 거기에는 지극히 오묘하고 조화로운 것이 있다.444)

---

444) 李德懋, 『靑莊館全書』「耳目口心書」, "嬰兒之啼笑, 市人之買賣, 亦足以觀感. 驕犬之相鬭, 點猫之自弄, 靜觀則至理存焉. 春蠶之齕葉, 秋蝶之探花, 天機流動. 萬蟻之陳, 不籍旗鼓, 而節制自整, 千蜂之房, 不憑棟梁, 而間架自均. 斯皆至細·至微者, 而各有至妙·至化之無邊焉."

일반적으로 이덕무가 언급한 시정세태는 전통적 문예에서 관심을 갖는 범위는 아니다. 더욱이 '아'를 대표하는 전통문예나 '속'을 대표하는 시정문예는 역사상 매우 현격한 문예세계와 심미세계를 보여 왔기 때문에 함께 거론하는 경우도 매우 드물다. 그런데 이 시기의 개성적인 문인들이 시정세태를 바탕으로 하는 문예를 주장하거나 실천한 것은 아니었지만 그들이 주창한 문예의 발전은 시정세태와 합치되는 면이 있다는 점에서 보다 의미가 있다고 하겠다. 연암(燕巖, 박지원)·청천(靑泉, 신유한)이 언급하는 시정세태도 그러한 경우이다.

> 『시경』 삼백 편은 당시의 여항에 떠돌아다니던 풍요(風謠)에 불과한 것으로, 즐겁고 괴롭거나 희로애락이 생길 때마다 이러한 소리가 없을 수 없으니 저 철벌레나 철새가 스스로 울고 읊조리는 것과 같다. 그 풍요를 모아 글자와 글귀를 맞추어서 학교에 벌여 놓고 악기에 맞춘 것이 소위 열국의 풍요로서, 시라는 이름도 여기에서 생겼다.[445)

> 드물게 보는 것이로구나! 드물게 보는 것이야! 그대가 옛 곡조를 짓는 데 하나도 「요가(鐃歌)」·「비무(鼙舞)」·「자야(子夜)」·「오서(烏棲)」 등의 표제를 따라 쓰지 않았구나. 자네가 읊은 바, 산과 시내, 도시와 시골, 백성과 물산, 그리고 풍속은 진나라 서울과 한나라 궁전, 연·조의 미인, 초·월의 이름난 물품이 아니고, 오직 석진(析津) 들판의 황량한 흙바람, 동쪽 나라의 와자지껄한 상말, 벌레와 새의 기록, 여항의 남녀를 망라하여 시작품을 모아 놓았으니 이는 단군 기자 이래로 혼돈(混沌)에 구멍을 뚫은 독창적 수단이었다. 그 소리와 가락에 나아가 보면, 오랑캐의 것으로써 중화의 것을 바꾸어 놓았다. 악부는 한위(漢魏)의 것과 비교해 보면 열에 두셋 정도가 부합하고, 진송 이하의 것과 비교하면 열에 일곱, 여덟 정도가 부합된다.[446)

---

445) 朴趾源, 『熱河日記』 「銅蘭涉筆」, "余大言曰, 詩三百不過當時閭巷間風謠, 歡愉疾痛喜怒哀樂之際, 不得不有此聲, 如候蟲時鳥之自鳴自吟. 觀風者採其謠, 而字而句, 而列之學校, 被之管絃, 是所謂列國之風而詩之名所由立也."

이처럼 이들이 형식화된 규범과 가치에 구속받지 않고 사물의 고유한 질서와 미적 가치를 존중하려는 태도는 개인의 자유와 욕구를 적극적으로 옹호하기 위한 것이다. 더 나아가 사대부층의 전아한 생활과 정서에서 벗어나 시정 공간의 통속적이고 비속한 문화에도 고유한 가치가 있음을 말하는 것이다.

3) 法에서 我로

새로운 심미창조는 기존 규범과의 대립과 갈등, 그리고 상호 포섭의 관계에서 태동하였다. 예컨대 앞에서 언급한 고에서 금, 아에서 속으로의 변화과정이 그것이다. 결국 이러한 기존 규범과 새로운 규범의 대립구도는 창작 주체의 개성창조와 전통적인 규범과의 대립과 갈등으로 귀결된다고 할 수 있다. 달리 말해 고에서 금으로, 아에서 속으로, 법(法)에서 아(我)로의 변화과정은 전통문예 규범의 속박으로부터 문예창작의 자유를 획득하게 하였다.

그리고 문예창작은 창작 주체의 심령창조로 귀결되고, 창작자유와 전통규범의 대립은 창작 주체의 재정(才情)과 문예규범과의 대립으로 귀결된다고 하겠다. 실제로 법(法)에서 아(我)로의 변화과정은 고(古)에서 금(今)으로, 아(雅)에서 속(俗)으로의 문제보다 여러 측면에서 주목을 끌었던 관계이며 다양한 함의를 띠고 있다. 특히 아의 중시는 개성적인 시, 독자적인 서체와 화풍의 출현을 가능하게 하였다.

---

446) 申維翰, 『靑泉集』「杜機詩選序」.

17세기 후반부터 일군의 문인들은 시문에서 전통규범[擬古主義]에 부합하여 모의·답습하는 행위를 비판하고 자신의 소리를 요구하였다. 원교는 이러한 상황을 비판하면서 자득(自得)[447]을 통한 자성일가(自成一家)를 주창하였다.[448]

> 문장의 성함은 육경만 한 것이 없으니, 모두 옛사람이 몸소 행하고 마음으로 터득하여 말로 표현한 것이다. 공교로우려는 뜻이 없건만 저절로 극히 정치하며 꾸미려 애쓰지도 않건만 절로 아름답고 수놓은 듯 빛나니, 대개 바탕이 이룩된 뒤에 그린 것이기 때문이다. 자득을 통했지 외물에 의뢰하지 않았던 것이다. 그러므로 육경은 한결같은 의리요, 일언반구의 서로 속임이 없었는데, 그 이후 선진 서한시대에는 순수와 잡박(雜駁)의 차이는 있을지라도 저마다 자성일가(自成一家)하여 서로 따르면서 주워 모으지는 않았던 것이다.
>
> 그런데 이제 창명(滄溟, 李攀龍) 봉주(鳳洲, 王世貞)의 글을 보면, 과연 글자 하나 말 한 마디라도 제 속에서 우러나온 것이 있으며, 훔쳐 오지 않는 게 있는가? 옛사람이 이미 말한 것은 벌써 쓸데없는 것들이다. 말이 기이하고 고우면 고울수록 더욱 냄새나고 썩은 것이다.[449]

---

447) 자득(自得): 모든 형식의 예술은 독창성을 중시한다. 시도 예외일 수는 없다. 자득은 바로 고대 시론가들이 시가 창작에 있어서의 독창성의 중요함에 대해 개괄해 낸 이론이다. 자득이란 시인이 자신의 폐부로부터 흘러나오는 진실한 감정과 회포를 다른 사람을 흉내 내지 않고 독창적으로 써내는 것을 가리킨다. 자득의 시를 이루려면 우선 시인은 진실해야 한다. 다음으로 시인은 독창성을 지녀야 한다. 시에서 자득은 두 가지 측면에서 중요시된다. 첫째, 시의 사상 내용 방면이다. 시에는 시인 자신이 있어야 하는데, 이는 시의 입의(立意)가 독창성이 풍부해야 함을 말한다. 둘째, 시의 예술적 형식 방면이다. 시는 언어예술이므로 예술 형식의 자득은 언어에서 표현되어야 하는데, 곧 조어(造語)에서 독창성이 풍부해야 한다는 말이다. 또한 자득은 실천을 전제로 하는 개념이다. 평소에 어떤 시인이 독창성을 주장했지만 실제 창작 과정에서는 모방과 수식이 번다하고 독창성이 드문 경우를 시사(詩史)에서는 종종 볼 수가 있음이 그런 경우일 것이다.

448) 자성일가(自成一家): 학문이나 예술에서 독자적인 세계를 이룩한 것을 가리키는 문구이다. 동기창이 즐겨 사용한 말이다. 『구당서(舊唐書)』 「유공권전(柳公權傳)」에 "유공권은 처음에 왕희지의 글씨를 배우고 근대의 여러 서법을 두루 섭렵하여, 필체의 기세가 힘차고 아름다우며 자성일가하였다."라고 하였다.

449) 李匡師, 『斗南集』 「讀滄溟鳳洲文」, "文章之盛, 莫盛於六經, 皆古人所以躬行心得, 而發以爲言者. 無意於工, 而自極精緻, 不用心於藻華, 而自然絢繢燁如, 盖質先於藝, 而繪後於素也. 由其自得, 而不籍於外, 故六經皆一義, 無一言一句之相蒙, 降而爲先秦西漢, 則有醇厖雅駁之殊者, 要其自成一家, 不相沿掇則一也. 今觀滄溟鳳洲文, 果

선진・양한의 창작자들은 몸소 행하고 마음으로 터득한 것을 말로 표현했기 때문에 평가를 받을 수 있었던 것이다. 그들은 외물에 얽매이지 않고 자득을 통해 자성일가를 이루었다. 그런데 창명 봉주의 문장은 모두 옛사람의 글을 표절한 것에 지나지 않는다.

원교는 시에서도 자득을 강조하였다. 자득은 시인이 자신의 폐부로부터 흘러나오는 진실한 감정과 회포를 다른 사람을 흉내 내지 않고 독창적으로 써내는 것을 말한다. "시는 기발(機發)을 자득함이 귀한 것이다. 고인의 문구를 따 모아 시 짓는 일이 중당 이전에는 없었는데 만당인들이 종종 시작하였고 송대에 이르러서는 매우 심해졌다.[450]" 이처럼 창작 주체가 모든 진부한 규범과 누습을 씻어 버리고 전인의 면모를 일신(一新)한다는 것은 개성적인 자신을 성취한다는 말도 된다. 때문에 이덕무는 자신이 두보(杜甫)도 이백(李白)도 아님을 깨닫게 되고 나의 시는 내 얼굴이라고 말한다.

各夢無干共一床　　제각기 다른 꿈을 꾸면서 한 평상에 자도 괜찮지
人非甫白代非唐　　우리는 두보 이백도 아니고, 이 시대는 당도 아니네
吾詩自信如吾面　　나의 시는 내 얼굴과 똑같다고 굳게 믿나니
依樣衣冠笑郭郎　　남의 의관이나 그대로 입는 곽랑을 비웃네[451]

그런데 개성은 진(眞)・신(新)과 상관관계가 있다. 이른바 마음으로부터 흘러나온다[從胸臆流出]는 것과 본색은 홀로 이룬다[本色獨造]는 것은 진(眞)의 의미를 함유한다. 이는 온갖 사물의 가치[眞]

有一字一辭之出於己, 而不偸竊者乎? 古人已道者, 便芻狗筌蹄也, 語愈奇愈麗, 而愈臭腐矣."
450) 李匡師, 『斗南集』「蘇齋東溟詩說」, "詩貴自得機發, 湊引古人文句成者, 中唐以上無之, 晚唐人往往始之, 至宋甚多."
451) 李德懋, 『청장관전서・청비록』「論詩絶句」.

는 스스로에 내재되어 있는 개성이다. 따라서 사람의 얼굴로 예를 든다면, 이 세상에는 내 얼굴과 닮은 얼굴이 있을 수가 없고, 더군다나 고인의 얼굴은 말할 필요가 없다. 혜환이 장와(壯窩) 이성중(李聖中)의 시에서 발견하는 것도 하늘 아래 하나뿐인 장와의 진(眞)이다.

 지금 이 원고를 보건대 대개 스스로 노력하고[자운(自運)] 스스로를 귀하게 생각[자귀(自貴)]하는 자로서 옛날의 대가에 모의하거나 빌붙지 않고, 참다운 소리[진성(眞聲)]와 참다운 색[진색(眞色)]과 참다운 맛[진미(眞味)]을 가지고 있었으니 비유하자면 마치 좋은 차에는 용뇌나 사향을 넣지 않더라도 절로 참다운 향[진향(眞香)]이 나는 것과 같은 것이었다.452)

혜환은 고금 대가를 모의 답습하지 않는 장와의 시에 성(聲)·색(色)·미(味)·향(香)의 진(眞)이 있음을 말하고 있다. 개성을 최고로 발휘한 장와의 시는 독창의 경지를 개척한 것이다. 이처럼 시는 자신만의 새로운 추구가 필요하다. "앞 성인이 가던 길을 따라가지 않겠다."는 이언진(李彦瑱)도 전인(前人)을 답습하지 않고 자신의 시를 개척하였다.453)

---

452) 李用休, 『惠寰雜著』 卷9 「壯窩集序」, "將序人詩文, 而先問其官位世閥, 華顯則奉兩漢三唐以獻之, 否則等之于蟬鳴虫吟, 此近世集序之絶少佳者也. 余則異於是, 只就其作, 而定評如鎖院考試, 雖或眼力有所未及, 而無先在方寸中, 以眩我之鑑者. 今閱此稿, 蓋欲自運·自貴者. 不摸疑依附于古昔大家, 而有眞聲·眞色·眞味, 譬如好茶不雜龍麝, 自有眞香也. 噫! 造物之處此人, 蓋費心思矣. 十上春官, 而不第, 一登天陛, 而蒙褒. 班中無坐, 而據詞壇一席, 命中無祿, 而享林泉淸福, 其得失輕重, 當有辨之者矣. 第其爲人, 孤來獨往, 不求知於世. 故世亦不能盡知其所有. 他時, 若有性氣同者, 與遇於紙上, 相感相引, 起靈絲而合神契, 則其秘奧必露矣."

453) 金鑢, 『松穆館集』 「松穆館集跋」, "詩文之不蹈襲前人, 而尊出於己者."

詩不套畫不格	시는 남의 투 따르지 않고 그림도 격식 따지지 않네
麟窠臼脫蹊徑	남이 판 구멍 뒤 엎고 남이 간 오솔길 벗어났 다네
不行前聖行處	앞 성인이 가던 길을 따라가지 않고
方做後來眞聖	바야흐로 뒤에 올 진짜 성현되려네454)

이언진은 시·화에서 천고를 통해 홀로 독립하여 어떤 체나 어떤 사람도 따르지 않는다. 진정한 예술가는 습속을 반대하여 자신의 지극한 정으로 남을 감동시킨다. 글씨의 경우도 마찬가지이다. 자신의 흉억(胸臆)에서 나온 글씨만이 천진(天眞)을 드러낼 수 있다.

백하(白下, 尹淳)의 서첩을 열람하면 직방(織坊)에 들어간 것 같아서 비단이 색색마다 신교(新巧)함을 보게 된다. 우리나라 명필은 마땅히 세 사람을 들 수 있으니, 안평대군은 精神이 뛰어나고 석봉은 기력이 웅혼(雄渾)하고 백하는 법과 변태로써 필적한다. (중략) 매양 중국의 글씨는 가늘면서 길고 오른쪽이 귀하여 배가가 한 법인데, 윤순의 글씨는 짧으면서 활달하고 왼쪽이 넘침이 있으니, 이것이 그 합당하지 않은 점이다. 중국 사람의 선적(善蹟)은 짜임새가 긴밀하고 필세가 활발하여 마치 연기가 올라가고 구름이 끌리는 것 같은데, 백하의 글씨는 비록 좋으나 함께 열람하면 오히려 세속에 떨어진 것 같으니, 이는 마땅히 풍기(風氣, 환경)의 한계이다.455)

여기서 동계는 글씨와 인간과의 관계를 함께 거론하고 있다. 이는 심획론(心劃論)인데, 글씨를 논할 적에 사람을 근본으로 하고

454) 李彦瑱,『松穆館集』「衕衚居室」54.
455) 趙龜命,『東谿集』「題白下書帖」六則, "覽白下帖, 如入織坊, 閱文錦色色新巧. 我朝名筆, 當推三大家, 安平精神超詣, 石峰氣力雄渾, 白下故當以法與變態敵爾. 詩有把翠·蘇齋·三淵, 文有簡易·谿谷·農巖, 三藝俱成鼎足, 殆亦有符於東方木三數歟. 白下深於法矣, 而專取裁於宋明, 彼文欲漢, 而詩欲唐者, 多見其不自量也. 每見華人筆, 纖長而右實, 百家一律, 尹筆短闊而左嬴, 此其不合處爾. 華人善蹟結搆緊, 而筆勢便活, 如煙霏雲曳, 白下書雖佳, 竝覽之, 猶似隔塵, 當是風氣之限耳."

스스로 자신의 흥억에서 나올 것을 요구하기 때문에 '천진(天眞)'의 문제가 제기된 것이다. 천진이 함의하는 바는 순수하게 자연에 맡겨 어떠한 규칙이나 제약에서 벗어나며 억지로 조작하는 서풍(書風)을 반대하고, 글씨를 쓸 때에 신운천연(神韻天然)의 미를 구현하는 것이다.

이 시기에 고에서 금, 아에서 속, 법에서 아로의 변화과정을 주목하는 일은 사회규범과 인간 주체의 문제를 전진적으로 파악하기 위한 시도이다. 미의 생명은 그 규범 안에 있지 않다. 미의 생명은 규범이 필요하지만, 미의 생명은 규범에 있는 것이 아니고 생명에 관련되는 것이다. 또한 그것은 창작자의 개성이 만들어 가는 것이다. 그러므로 진정한 예술가는 다른 사람이 구축한 독특한 창조성을 초월한 사람을 말한다.

2. 18세기 시서화론의 미학적 성격

18세기의 시서화론에 나타난 중요한 특징은 심미를 추구하는 마음의 해방과 함께 심미를 창조하는 방법의 해방이라 할 수 있다. 일반적으로 심미창조는 반드시 일정한 규범이 필요한데, 그렇지 못하다면 기존의 심미적 성과로부터 전혀 도움을 받을 수 없어 미를 창조할 수 없다고 생각한다. 바로 규구(規矩)가 없다면 방원(方圓)을 만들 수 없는 경우와 같다. 그런데 이런 견해는 미처 고려되지 못한 일이 있다. 규구라는 것은 방원 가운데서 추출해 낸 일반법

칙일 뿐이다. 근본적으로 규구가 없다면 방원을 만들 수 없는 것이 아니라 방원이 없다면 규구를 만들어 낼 수 없는 것이다. 심미창조는 인간 주체의 필요에 의해 발전한 것이고 인간 주체의 심미적 필요에 의해 발전한 것이다. 기존의 모든 미적 규범은 인간 주체의 심미적 필요에 의해 그 발전을 지속할 수 있었다.

그러므로 일정한 시간이 흐르면 기존의 미적 규범을 비판되고 극복되어 진정한 심미창조가 달성되어야 한다. 이때 규구가 없다면 방원을 만들 수 없는 것이 아니라 규구가 있더라도 방원을 만들어 낼 수 없는 경우가 있기 때문에 이 규구를 부정하고 새로운 방원을 만드는 일이 요구되었다. 이런 의미에서 18세기는 새로운 심미창조가 필요했던 시기였다.

이 시기의 시서화는 상이한 예술장르임에도 불구하고 서로 보완해 주고 소통되어 공유되는 측면이 더욱 확장되어 갔다. 이는 문인들의 심미관이 시서화 일치라는 대전제를 지향하고 있기 때문이다. 그런데 동양의 예술론은 기본적으로 지배계층의 역사적 위치와 역할에 따라 상이한 이론적 형태로 표출된 것이라 할 수 있다. 이러한 점을 염두에 두고 18세기의 시서화론을 살펴보면 서로 이질적인 요소와 함께 동질적인 요소를 발견할 수 있고, 또한 각각의 이론들은 더 세부적인 분화와 충돌을 거쳐 높은 예술성을 성취하고 있다. 모든 사물이 질적 변화를 이루기 위해서는 기존의 체계에 대한 근본적인 재편이 필수적이다. 실제로 18세기 시서화론은 개별 영역에서는 소통이나 절충보다는 선명한 대립과 긴장을 노정하는 경우도 있고, 혹은 세부적인 부분에 있어 대상에 대한 동일한 인식에도 불구하고 분열되어 소진하는 경우도 있지만, 기존의 문예규범을 극복하고 새로운 심미를 창출하였다.

이 같은 새로운 심미창조는 이 시기 문인들의 생활방식 및 문예 취향과 일정한 관련성을 보이고 있다. 서울에 여러 대에 걸쳐 세거하였던 문인들은 정치·경제·문화 등이 집중된 도시의 활기와 세련성을 누릴 수 있었다. 정치권력에 참여했거나 소외되었거나 이들은 생산활동과 유리된 채 도시의 소비적 생활과 문화를 탐닉하면서 문예적 취향 - 특히 고동서화의 유한적 취미를 이루었고, 이런 문인들의 문예취향은 당대의 문학과 예술, 사상사의 발전에 영향을 끼쳤다.

18세기의 선진적 문인들은 전대의 온유돈후(溫柔敦厚)의 미를 반대하고 작가의 자아와 개성을 강조하는 기궤첨신(奇詭尖新)의 미를 추구하는 경향이 우세하였고, 우리 주변의 사물을 있는 그대로 묘사해야 한다는 문예적 자각의식이 높았다. 시와 시론에서 고인을 모방하고 그 격조를 묵수하는 모의주의에 반대하는 개성주의적 시와 시론이 주목을 끌었고, 서와 서론에서 왕희지의 법첩에 대한 자각적이고 주체적인 학습을 통해 이룩한 옥동(玉洞)과 원교(員嶠)의 동국진체가 일세를 풍미하였다. 화와 화론에는 실재하는 산수와 일상생활을 화폭에 담았던 진경산수화·풍속화와 한 번의 붓질로 그림을 완성시켜야 했기 때문에 작가의 내적 수양과 관조를 중시하는 문인화의 화풍이 대세를 이루었다.

이러한 시서화의 저변에 흐르는 힘은 인간 주체의 자각이다. 그런데 인간 주체를 표현할 수 있는 축은 '진'과 '신(新, 俗)'이라고 할 수 있다. 이를 추구했던 문인들은 개성을 가치로 여기고, 개성을 미로 여겼다. 인간 주체의 각성 속에는 진과 신[俗]이 내재되어 있으며, 이론과 정감이 혼융되어 있다고 하겠다. 창작 주체가 진을 추구한다는 것은 자신의 폐부로부터 흘러나오는 진실한 감정과 회포를 다른 사람을 따라 흉내 내지 않고 독자적으로 써 내려가는 자득(自得)의 실현이다.

시론에서 자득은 모든 사물에 내재하는 가치를 부여하는 것으로, 나와 남을 구별하여 독창적인 것을 요구하는 경향을 말한다. 이언진은 「동호거실(衕衚居室)」에서 시와 그림에서 남을 따르지 않고 앞 성인이 가던 길을 따라가지 않겠다고 하였다. "시는 남을 따르지 않고 그림도 격식 따지지 않네, 남이 판 구멍 뒤엎고 남이 간 오솔길 벗어났다네. 앞 성인이 가던 길을 따라가지 않고, 바야흐로 뒤에 올 진짜 성인되려네(詩不套畵不格, 飜窠白脫蹊徑. 不行前聖行處, 方做後來眞聖)." 더 나아가 이언진은 나와 남의 구별뿐만 아니라 고와 금, 중국과 우리의 구별을 주장할 수 있었다. "음식은 하룻밤만 지나도 상하고, 옷은 일 년 지나면 헌옷이 되네. 문인들은 구기가 진부하니, 한·당풍의 글들이 어찌 썩지 않으랴(食經夜便嫌敗, 衣經歲便嫌古. 文士家爛口氣, 漢唐來那不腐)."

시에서 진·신[俗]이나 금을 중시하는 태도는 전대의 어떤 체재나 품격을 모의하고 답습하는 일에 대한 반발이며 그 대안의 제시이다. 성령론이나 신운론의 성과를 수용한 개성주의적 시론은 이 점을 확연하게 보여주고 있다.

김창협(金昌協)은 참된 문장을 얻으려면 이몽양·이반룡처럼 고문을 무조건적으로 모의하는 태도에서는 불가능하다고 피력하였다. 시에서 진을 언급하는 것은 모의주의적 경향에 대한 비판이며 자유창조 정신의 긍정이라 할 수 있다. 이 개성을 바탕으로 하는 자유창조 정신은 시인에게 자신을 주체적으로 반성하게도 하며, 또는 진부하고 케케묵은 옛것을 새로운 것으로 바꾸게 하는 원동력이 되었다. 바로 고에서 금으로의 전환이다.

이 같은 진(眞)·신(新, 俗)·금(今)의 강조는 작가의 주체의식을 강화시켜 중국보다는 조선을 우선하는 결과를 산생하였다. 이덕무는 "나의 시는 내 얼굴과 같다고 믿나니, 남의 의관을 그대로 입는 곽랑을 비웃네."라는 인식의 전환을 이루고 있다. 또한 '두보 이백'이나 '당'이 아닌 시대에 살고 있는 조선 사람임을 자각한다. 이러한 이덕무의 태도가 문장의 진기(眞機)로 발현된다고 연암은 정확하게 지적하였다. 이는 자기 나라의 언어로 시를 지으면 참으로 사람의 귀를 움직이고 마음을 감동시킨다고 하였다. 그 이유는 다른 데 있는 것이 아니라 참과 거짓이 다르기 때문이다.[456] 결국 작가가 모든 사물에 내재하는 가치를 긍정한다면 자신이 즉면한 시대와 환경을 모범으로 삼아 문예를 새롭게 정립할 수밖에 없다. 그러므로 시의 금(今)·신(新)·진(眞)은 더욱 의미가 있는 것이다.

회화에 있어 진과 신[俗]의 추구는 산수화와 풍속화로 구현되었다. 이 시기에 문예가 추구하는 가장 이상적인 경지를 표현할 때 진문장(眞文章)·진시(眞詩)·진문(眞文)·진화(眞畫)·진취(眞趣)·진기(眞機) 등을 사용하고, 즉면하고 있는 현실과 관련하여 있는 그대로의 모습과 상황을 의미하는 참된 상태는 진경(眞境)·진화(眞畫)·진심(眞心)·진의(眞意)·진면목(眞面目) 등으로 표현하고 있다.[457] 이익(李瀷)은 이전 시기까지 선경(仙境)의 뜻으로 사용되던

---

456) 金春澤, 『北軒集』, "其以本國言語爲之者, 不論其自合於本國樂律與否, 就其辭意或多悠揚·婉切, 眞可以動人聽·感人心者. 不惟勝於效古之歌詞, 其視詩文諸作, 又不啻過之. 無他, 眞與假之分也."

진경(眞境)에 실재하는 경물이란 새로운 의미를 부여하였고, 강세황(姜世晃)은 진경(眞境)을 실재하는 경치라는 의미로 산수화를 설명하였다. 그러므로 회화에서 진(眞)은 이상적인 경지와 함께 즉면하는 사물의 참된 상태를 말한다. 이와 달리 회화에서 신[俗]은 작가가 주관적인 작의(作意)를 배제하고 즉면하는 사물의 상태를 그려낸 것이다. 따라서 풍속화에는 일상생활뿐만 아니라 도시의 활기와 세태가 그려지고, 인간의 감정과 욕구가 과감하게 투영될 수 있었던 것이다.

그런데 이 시기는 진경산수화와 풍속화에서 진(眞)·속(新, 俗) 등의 미감이 추구되는 한편, 현실보다는 관념을 중시하는 문인화의 화풍이 지속되어 기존의 미적 규범이 묵수되고 있는 것처럼 보인다. 이는 문인화의 외견상의 화풍일 뿐이다. 실제로 당대의 문인화는 중국의 화풍에서 벗어나 '우리화'를 이루고 있는데, 그 기본적인 지향은 창작 주체에 대한 확고한 자신감과 독창적인 세계를 바탕으로 한 신(新)이나 금(今)의 미감이다.

이런 미감은 거의 관련성이 없어 보이는 서론에도 그대로 적용된다. 옥동(玉洞)은 서법의 정도(正道)는 형(形)을 본뜨는 것이 아니라 신(神)을 표현하는 데 있다고 하였다. 이 점이 문인화론에서 용필(用筆)보다 입의(立意)를 중시하는 태도와 일맥상통하지만, 서법이 마음에서 비롯한다는 태도 때문에 옥동의 서법은 중국의 서법과 다른 우리라는 개성을 이룰 수가 있었다. 이 같은 옥동의 서법은 조카인 혜환(惠寰)의 「남돈암임회소자서첩발(南遯菴臨懷素自敍帖跋)」에 잘 피력되고 있다.[458]

---

457) 朴銀順, 『金剛山圖 研究』, 일지사, 1997.

혜환은 좋은 글씨를 쓰려면 작가의 정신[神]을 담아내는 것이 중요하다고 하였다. 하나의 글씨에서 진의(眞意)가 나타나지 않는다면 임모(臨摹)·독첩(讀帖)·독서(讀書)에 잘못이 있다. 결국 글씨는 작가의 뜻 ― 정신이 중요하다. 이는 서법의 정도가 형(形)을 본뜨는 것이 아니라 신(神)을 표현함을 의미한다. 서법에서 작가의 뜻 ― 정신을 중시하는 경향은 이미 남제시대의 왕승건(王僧虔, 426~485)이 잘 언급하고 있다. "서예의 요체는 첫째 신채(神彩), 둘째 형질(形質)이다. 이들 둘을 겸비하는 자라야 비로소 고인을 계승할 수 있다. 이로써 말하면 어떻게 쉽고 많게 신채를 갖출 수 있겠는가? 마음은 결코 붓을 의식하지 말아야 한다. 손도 붓을 의식하지 말아야 한다. 마음과 손이 모두 정감을 떨쳐 버리고, 글씨와 붓이 서로를 잊도록 해야 할 것이다. 그래서 신채만의 추구로 얻어지는 것은 아니지만 형질을 함께 고려하면 확연하게 드러난다고 말하는 것이다.459)" 결국 옥동이나 혜환은 서예의 높은 경지가 정신과 풍채이고, 다음은 형태와 조형이라는 입장이다.

그런데 서법의 정도가 정신[神]에 있다는 것은 무엇을 말하는가? 이는 혜환이 문학과 서화에서 중시하는 개성[독창성]에 연결되는

---

458) 李用休, 『惠寰雜著』, 「南遯菴臨懷素自敍帖跋」. "此帖, 非徒觀者不以爲臨, 雖起素師示之, 必自疑其當時乘醉又寫一本也. 楷之有草書, 猶禪之有散聖, 而素之於旭, 亦猶善財五十三參之德雲比丘也. 懷素之自敍, 卽古人自寫其眞之意. 遯菴之以懷素體 書懷素敍者, 亦古人敍人文集, 仍用其人文法者, 奇哉! 人但見素草之狂怪怒張, 而不知敍未有徒增愧畏之謙辭, 所謂巧藏於朴, 動出於靜者, 是已. 昔有問老子註, 誰爲最? 答者曰, 有老子方許註老子. 余以爲有遯菴翁方許評遯菴書. 語曰, 行雲無定局. 草書無定體, 然夏雲與夏雲同, 冬雲與冬雲同, 漢草與漢草同, 晉草與晉草同. 此則無局無體之中, 有局有體也. 今遯翁之同素師者, 積習之久, 靈通悟生, 黙生寂來, 妙契玄符也. 桃花栢樹之神解, 非守株索劒者所能與也."

459) 王僧虔, 「筆意贊」. "書之妙道, 神彩爲上, 質形次之, 兼之者方可紹於古人. 以斯言之, 豈易多得? 必使心忘於筆, 手忘於書, 心手達情, 書不相忘, 是謂求之不得, 考之卽彰."

것이다. 한 서가가 자신만의 서체 - 개성적인 서체를 표현하기 위해서는 마음·붓·손·글씨가 분리되지 않고 다 함께 하나로 합일되어 표현되는 속에서만이 가능하다는 것이다. 따라서 그는 개성적인 서체를 요구한다.

> 어떤 손님이 나에게 보여주었으니 이른바 '시체첩(時體帖)'이란 것이다. 비록 어떤 사람의 글씨인지는 알 수 없으나 그 꾸민 것이 교묘한 변화가 있어 가지각색이다. 등심(劉鄩)의 용병(用兵)은 한 발자국과 한 계책이 어려웠던 것과 같았다. 그러나 옛사람의 적(趯)·탁(啄)·견(牽)·방(放)이란 모두 붕괴되고 탕진하여 여지가 없게 될 것이다. 아! 누가 이것을 만들어 후세 사람들을 잘못된 길로 나아가게 하는가? 이에 느낀 것을 쓴다.[460]

> 첩이 모두 수십 장인데, 기이한 변화가 여러 가지로 표출되어 한 점의 속된 기운도 없다. 그리고 쓰여 있는 시와 문이 다 함께 자기 작품인데, 또한 굳세고 씩씩하여 매우 좋으니, 이른바 "숲을 뒤적이면 난초와 지초 아닌 것이 없다."는 것이니 어찌나 이 노인은 예술에 뛰어남이 이와 같은고?[461]

결국 혜환은 '시체첩'이 그 꾸밈이 교묘하고 가지각색이라도 좋은 글씨가 아니라는 입장이다. 이는 혜환이 개성적인 글씨는 사실상 서가의 천부적인 자질과 풍신골기(風神骨氣)가 있어야 한다는 언급에서 더욱 드러난다. 장동해(張東海)의 글씨는 기이한 변화가 여러 가지로 표출되었지만, 한 점의 속된 기운도 없기 때문에 숲속의 난초나 지초와 같다는 것이다. 장회관(張懷瓘)이 말한 풍신(風

---

460) 李用休, 『惠寰雜著』 落卷, 「時體帖跋」. "客有示余, 所謂時體帖者. 雖未知爲某人之筆, 而其塗飾巧變, 千態百狀, 如劉鄩用兵, 一步一計亦難矣. 然古人趯啄牽放之法, 則壞蕩無餘. 嗚呼! 孰創此以誤後生也? 感而書之."

461) 李用休, 『惠寰雜著』 落卷, 「張東海書帖跋」. "帖凡數十紙, 奇變百出, 無一點塵俗氣. 而所寫詩若文, 俱自作也. 亦遒健可喜, 所謂披其叢薄, 無非蘭芝者, 何此老之長於藝若是?"

神)은 서가의 깊은 내적 정서와 사상에서 발현되는 풍모와 운치이며, 골기는 서예를 지탱해 주는 생기와 힘을 말한다.

원교의 서법은 출발점이 왕희지의 법첩에 있다. 당연히 왕희지의 법첩에 대한 임모는 획에 대한 철저한 학습이며 신(神)보다는 형(形)에 그 중심이 있다. 원교는 그의 스승인 윤순의 심획론과 반대의 길을 주장하였다. 바로 법첩(法帖)의 임모를 통한 법획(法劃)이었다. 원교의 서법은 형을 중시한 법획으로 즉면하는 대상을 관념화하지 않고 현실화하고 있다.

이처럼 18세기 시서화는 그 미감에서 일치나 동질성을 갖고 상호 발전과 분화를 겪어 왔다. 대다수의 문인들은 시서화 일치의 흐름 속에서 자신들의 문예를 계발시켰던 것이 현실이었다. 그런데 이러한 현실에도 불구하고 후대에는 시서화 일치나 동질성을 소홀히 하여 양식 있는 문인들의 우려를 자아냈다. 후대 문예가인 신위(申緯, 1769~1847)의 다음과 같은 우려는 18세기 문인들이 추구한 시서화의 지향점을 새삼 확인해 주는 일이다.

> 문장과 그림은 그 기본이 두 가지가 아닌데 우리나라의 그림 공부는 다만 그림에서만 이것을 찾고 있다. 그러므로 그림과 거리가 날로 멀어져 가고 있다. 또한 사대부들은 시서화의 정신이 같은 계통인 것을 모르고 그림에 대한 것은 화원에게 맡기고 그것을 얘기하기조차 부끄럽게 여긴다. 여기서 문자가 거칠어지는 이유를 알 수 있다.

이를 다시 강조하면, 고(古)에서 금(今)으로의 변화과정은 당시 기존 규범의 절대적인 위치를 차지하고 있는 숭고·상고주의에 대한 반발이다. 금(今)의 제기는 고(古)에 대한 반발이며 이를 극복하려는 의지의 표명이다. 아(雅)에서 속(俗)으로의 변화는 일상의 시정세태를 긍정하는 일이다. 이처럼 어떤 사람이 시정세태에 관심을 가진다는 것은 인간의 다양한 욕구와 욕망을 이해하는 태도이다. 법(法)에서 아(我)의 변화과정은 고(古)에서 금(今), 아(雅)에서 속(俗)이라는 변화과정에서 전대 문예의 규범을 맹목적으로 따르는 창작 태도에 대한 반발이며 직접적인 발현이다. 결국 아(我)를 추구한다는 것은 인간 주체에 대한 자각이며, 인간의 진실한 감정과 욕구를 중시하는 경향을 의미하는 것이다.

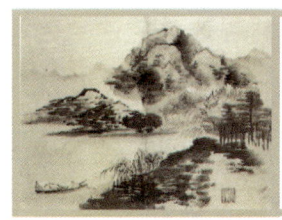

Ⅶ. 결론

이제까지 18세기 시론·서론·화론에 나타난 새로운 변화와 그 미학적 의미를 살펴보았다. 이를 세분하여 정리하면 다음과 같다. 문화는 인간과 객관적 조건의 상호 관계의 총체적 표현방식이다. 이때 특정시기에 형성된 문화의 정체성을 이해하기 위해 이에 참여하였던 주체들의 문학과 예술에 관한 견해와 논리를 선택하여 그 정합성을 찾고자 하였다.

따라서 우선 18세기 도시발달의 양상이 어떠했으며 이에 수반되는 당대인들의 현실에 대한 대응태도에는 어떤 변화를 가져왔는가를 주목하였다. 이 시기의 변화의 출발점은 전대와 비교할 수 없을 만큼의 경제력 향상이라는 점은 재론의 여지가 없다. 경제력의 성장은 일정 집단이나 개인에게 부(富)를 바탕으로 하는 유한층을 형성하였는데, 이 유한층이 문학과 예술에 직간접적으로 기여하는 역할은 실로 적지 않았다. 특히 이들은 명·청 문예의 간단없는 도입과 정착에 많은 후원자 역할을 하였다.

이처럼 18세기의 현실적 조건이 변화하자 우선적으로 학자·문인과 예술인의 세계관이 커다란 변동을 초래하였다. 예민한 감각을 소유한 선진적 문인들은 명·청 문예의 성과를 바탕으로 하면서도 각고의 노력으로 기존의 관념적이고 규격화된 문화를 탈피할 수 있는 힘을 소유할 수 있게 되었다. 특히 모든 정치, 경제, 문화의 중심지인 서울에 거주하는 문인들은 대단히 정력적으로 명·청의 학술과 문물을 수용하여 인간자아의 실현을 위해 노력하였으며, 이 시기 자신의 처지를 자각하면서 새로운 돌파구를 모색하고 있던 여항문인은 문학과 예술의 성취를 위해 이런 흐름에 참여하고자 하였다.

시단의 경우에는 전대의 황량하고 적막해 보이는 분위기를 일신하고 새로운 방향으로 나간 개인이나 집단의 성과를 중심으로 선별하여 다루었다. 우선 김창협·김창흡 등이 주도한 문예적 그룹인 백악시단(白岳詩壇)의 시와 '진시운동(眞詩運動)'을 살피고, 이용휴(李用休)와 여항 제자들의 시를, 18세기 후반의 시인집단으로 후기사가(後期四家) - 이덕무(李德懋)·유득공(柳得恭)·박제가(朴齊家)·이서구(李書九)의 시를 살펴보았다. 시론은 시가 창작에서 모의와 격조를 대변하는 격조론의 실상과 한계를 언급하고, 이에 대한 대안으로 제시된 개성주의적 시론인 성령론과 신운론의 차이점을 개진하였다.

서단의 경우에는 전대의 조맹부체나 안진경체를 배격하고 왕희지체로 매진했던 서가들의 업적을 중심으로 거론하였다. 이는 18세기 서단이 임란 이후의 쇠퇴한 서법을 일신(一新)하고 여러 독창적인 서가의 활약으로 놀랄 만한 수준의 서체를 확립하였기 때문이다. 이른바 동국진체(東國眞體)라 불리는 이서(李漵)의 옥동체(玉洞體)나 이광사(李匡師)의 원교체(員嶠體)뿐만 아니라 윤순(尹淳)의 시체(時體), 김상숙(金相肅)의 직하체(稷下體), 이인상(李麟祥)의 원령체(元靈體) 등이 세상을 풍미하였던 것이다.

또한 자신의 서체로는 알려지지 않았지만 명인(名人)의 서체에 방불하였던 서가들도 있는데, 서얼 출신의 이태(李泰)는 과장에서 사람들이 한체(韓體)를 원하면 한체로 쓰고 시체(時體)를 원하면 시체로 써 주었다고 한다.

서론은 옥동과 원교의 『필결(筆訣)』을 분석하여 동국진체의 이론 체계를 자세하게 밝혔다. 최초로 동국진체를 선도한 옥동은 음양의 원리로부터 서법의 원리를 정립하였다. 서법의 정도(正道)는 형(形)을 본뜨는 것이 아니라 신(神)을 표현하는 데 있다고 하였다. 이는 문인화론에서 용필(用筆)보다 입의(立意)를 중시하는 태도와 통하는 것이다. 후대의 추사(秋史)로부터 조선시대의 글씨를 망쳐 놓은 장본인으로 지적된 원교는 당대의 서법을 혁신하기 위해 부단히 노력하여 동국진체의 이론적 기틀을 확립하였다. 그의 서법은 스승인 백하(白下)의 심획(心劃)보다는 법첩(法帖)의 임모(臨摹)를 강조하는 법획(法劃)을 주로 하였다.

화단의 경우에는 다양한 장르의 회화를 구사한 만큼이나 화려하였는데, 그중에서도 진경산수화와 풍속화를 중심으로 언급하였다. 이 시기 화단의 특징은 사대부화가들이 회화의 전문성을 획득했다는 사실과 더불어 화원 출신의 화가들이 직업화가라는 자부심을 가지고 회화의 창작에 매진하였다는 점이다.

화론은 중국 화보와 회화 이론과 일정한 공통성을 유지하면서 우리의 회화의 질을 고양시키는 방향으로 나아갔다. 특히 조선풍과 개성적 독창성을 확립한 진경산수화와 풍속화에 대한 회화 이론을 해명하고, 두 이론의 근저를 이루는 문인화론을 설명하였다. 전자는 회화에서 작가의 개성을 바탕으로 진(眞)과 신(新, 俗)의 문제를 추구한 것으로, 실재 대상과 일상생활이란 현실에 대한 인식이 우세한 경향을 보이고 있다. 후자인 문인화는 현실에 대한 인식보다 관념적 우위를 추구한 화풍(畵風)이다. 이는 한 번의 붓질로 그림을 완성시켜야 하는 문인화에 있어 작가의 내적 수양과 관조를 중시한 결과였다.

이상의 시서화론에 대한 검토를 종합하여 고(古)에서 금(今), 아(雅)에서 속(俗), 법(法)에서 아(我)라는 미학적 변화과정을 살펴보았다. 이는 이 시기의 문학과 예술에 나타난 문예적 자각의식을 염두에 둔 시도이다. 실제로 이러한 대립축은 조선시대 문예이론으로 정립된 것이 아니지만 새로운 미적 규범을 추구하려는 일부의 문인들의 주장에서 간취되는 시대정신과 방향으로 설명할 수 있다.

이를 살펴보면 다음과 같다. 고(古)에서 금(今)으로의 변화과정은 숭고·상고주의에 대한 반발이고, 아(雅)에서 속(俗)으로의 변화는 일상의 시정세태를 긍정하는 일이다. 따라서 법(法)에서 아(我)의 변화과정은 고(古)에서 금(今), 아(雅)에서 속(俗)이라는 변화과정에서 전대 문예의 규범을 맹목적으로 따르는 창작태도에 대한 반발이며 직접적인 발현이다.

본고는 논의 범위를 18세기로 한정하였기 때문에 조선시대 시서화론의 전반적인 맥락 속에서 살피는 작업을 하지 못하였다. 앞으로 19세기 시서화론의 상호 연관과 대비를 통하여 이 시기에 이룩된 성과를 바르게 점검할 수 있을 것이며, 차후에 각 시기의 차별적 성격뿐만 아니라 조선 후기의 시서화론의 총체적인 성격도 규명할 수 있을 것으로 기대한다.

참고문헌

1. 자료

1) 개인 문집 및 저서

姜世晃, 『豹菴遺稿』, 韓國精神文化研究院, 1979.

權攄, 『震溟集』, 韓國漢文學會, 1994.

南公轍, 『金陵集』, 국학자료원, 1990.

睦萬重, 『餘窩集』, 규장각 소장본.

朴齊家, 『楚亭全書』, 栖碧外史海外蒐佚本, 아세아문화사, 1992.

朴趾源, 『燕巖集』, 경인문화사, 1978.

徐有榘, 『林園經濟志』, 보경문화사, 1983.

成大中, 『靑城集』, 여강출판사, 1985.

『崇文聯芳集』, 아세아문화사, 1985.

尹斗緖, 『恭齋遺稿』, 개인 소장본.

李匡師, 『員嶠集選』, 규장각 소장본.

李奎象, 「幷世才彦錄」, 『韓山世稿』.

李肯翊, 『燃藜室記述』, 경문사, 1976.

李家煥, 『錦帶集』, 규장각 소장본.

吳世昌, 『槿域書畵徵』, 啓明俱樂部, 1928.

李用休, 『惠寰雜著』, 개인 소장본.

李漵, 『弘道先生遺稿』, 개인 소장본.

李瀷, 『星湖全書』, 여강출판사, 1987.

李夏坤, 『頭陀草』, 여강출판사, 1992.

『異鄕見聞錄・壺山外記』, 아세아문화사, 1974.

任相元・任天常, 『郊居瑣編』, 종로도서관 소장본.

趙龜命, 『東溪集』, 규장각 소장본.

趙榮祏, 『觀我齋稿』, 韓國精神文化研究院, 1984.

蔡濟恭, 『樊巖集』, 성균관대도서관 소장본.

洪翰周, 『智水拈筆』, 栖碧外史海外蒐佚本, 아세아문화사, 1984.

2) 역서

『國譯 성호사설』, 민족문화추진회.

『國譯 新增東國輿地勝覽』, 민족문화추진회, 1989.

『國譯 英祖實錄』, 민족문화추진회.

『國譯 완당전집』, 민족문화추진회.

곽약허, 『도화견문지』, 박은화 옮김, 시공사, 2005.

金萬重, 『西浦漫筆』, 洪寅杓 역주, 일지사, 1987.

동기창, 『화안』, 변영섭 외 역, 시공사, 2003.

『서예비평』, 김남형 역주, 한국서예협회, 2002.

유재건, 『이향견문록』, 실시학사고전문학연구회 역, 민음사, 1997.

이규상, 『18세기 조선인물지 - 幷世才彦錄』, 민족문학사연구소한문분과
        옮김, 창작과비평사, 1887.

이옥, 『역주 이옥전집』, 실시학사고전문학연구회 역, 소명, 2001.

李翼成 편역, 실학사상독본, 한길사, 1992.

林熒澤 편역, 『李朝時代 敍事詩』, 창작과비평사, 1992.

장언원, 『역대명화기』, 조송식 옮김, 시공사, 2008.

3) 기타서

『澗松文華』 21 - 50호, 한국민족미술연구소.

『강화학파의 문학과 사상』 1 - 3(정양완, 심경호), 한국정신문화연구원,
        1993 · 95.

『芥子園畵譜全集』, 文化圖書公司.

『古今名人畵譜』, 中華書店, 1984.

국립중앙도서관 편, 『단원 김홍도』, 1992.

『唐詩畫譜』, 廣文書局, 1971.

『美術史論壇』 1–5호, 한국미술연구소.

『美術史學』 3–7호, 美術史學研究會, 學研文化社.

『미술사연구』 5호, 미술사연구회, 1991.

삼성문화재단 외 편, 『단원 김홍도 – 탄신 250주년 기념 특별전』, 1995.

『서울학연구』 1–7호, 서울시립대 서울학연구소.

『十竹齋書畫譜』, 中華書店, 1982.

『淵鑑類函』, 以會文化社.

『英祖實錄』, 국사편찬위원회, 1968.

『員嶠 李匡師展』, 예술의전당, 1994.

임종욱 엮음, 『동양문학비평용어사전』, 범우사, 1997.

『正祖實錄』, 국사편찬위원회, 1968.

趙英山, 『書法新義』, 대만상무인서관.

祝敏申 편저, 『大學書法』, 丹青圖書, 1987.

『漢京識略』, 서울특별시사편찬위원회, 1956.

『韓國古典批評資料集』, 계명문화사, 1988.

2. 국내 논저

1) 저서

金均泰, 『李鈺의 文學理論과 作品世界의 研究』, 創學社, 1991.

金明昊, 『熱河日記研究』, 창작과비평사, 1990.

金文植, 『朝鮮後期經學思想研究』, 一潮閣, 1996.

金炳宗, 『中國繪畫研究』, 서울대출판부, 1997.

金泳, 『朝鮮後期 漢文學의 社會的 意味』, 집문당, 1993.

근대사연구회 편, 『韓國 中世社會 解體期의 諸問題』, 한울, 1987.

금지아, 『신운의 전통과 변용』, 태학사, 2008.

閔丙秀, 『韓國漢文學槪論』, 태학사, 1996.

閔丙秀, 『韓國漢詩史』, 태학사, 1996.

민족문학사연구소 엮음, 『민족문학사강좌』 上, 창작과비평사, 1995.

朴銀順, 『金剛山圖 연구』, 일지사, 1997.

邊英燮, 『豹菴姜世晃研究』, 일지사, 1988.

宋載邵 외, 『李朝 後期 漢文學의 再照明』, 창작과비평사, 1983.

安大會, 『朝鮮後期詩話史研究』, 국학자료원, 1995.

안병국 편저, 『唐詩槪論』, 청년사, 1996.

유봉학, 『燕巖一派 北學思想 研究』, 一志社, 1995.

윤용이·유홍준·이태호, 『한국미술사의 새로운 지평을 찾아서』, 학고
재, 1997.

尹喜淳, 『朝鮮美術史研究』(1946, 서울신문사), 동문선, 1994.

李東洲, 『우리나라의 옛그림』, 博英社, 1975.

李東洲, 『우리 옛그림의 아름다움』, 시공사, 1996.

이병한 편저, 『중국 고전 시학의 이해』, 문학과지성사, 1992.

李佑成, 『韓國의 歷史像』, 창작과비평사, 1982.

李佑成, 『韓國中世社會研究』, 일조각, 1991.

李佑成, 『實是學舍散藁』, 창작과비평사, 1995.

李佑成, 『韓國古典의 發見』, 한길사, 1995.

李岩, 『朝鮮文學思想史研究』, 국학자료원, 1994.

이태호, 『조선후기 회화의 사실정신』, 학고재, 1996.

이태호, 『풍속화』 하나·둘, 대원사, 1995·96.

林熒澤, 『韓國文學史의 視角』, 창작과비평사, 1984.

林熒澤·崔元植 편, 『轉換期의 동아시아 문학』, 창작과비평사, 1985.

鄭珉, 『朝鮮後期 古文論 研究』, 아세아문화사, 1989.

鄭良婉 외, 『朝鮮後期漢文學作家論』, 집문당, 1994.

鄭玉子, 『朝鮮後期 文學思想史』, 서울대출판부, 1992.

鄭玉子, 『朝鮮後期文化運動史』, 일조각, 1988.

鄭玉子, 『朝鮮後期知性史』, 일지사, 1991.

정혜린, 『추사 김정희의 예술론』, 신구문화사, 2008.

趙東一, 『韓國文學通史』, 지식산업사, 1991.

조민환, 『중국철학과 예술정신』, 예문서원, 1997.

趙潤濟, 『國文學史』, 동국문화사, 1948.

조용진, 『동양화 읽는 법』, 집문당, 1989.

조용진, 『우리 몸과 미술문화』, 미술교육사, 1989.

조용진, 『채색화기법』, 미진사, 1992.

조용진, 『서양화 읽는 법』, 사계절, 1997.

中國文學理論研究會 편, 『中國詩와 詩論』, 현암사, 1993.

車柱環, 『中國詩論』, 서울대출판부, 1989.

崔相哲 외 편, 『東洋 都市史 속의 서울』, 서울시정개발연구원, 1994.

崔珍源, 『中國 古典詩歌의 形象性』, 성대 대동문화연구원, 1988.

崔昌祚, 『韓國의 風水思想』, 민음사, 1984.

한국사상사연구회 편저, 『조선 유학의 학파들』, 예문서원, 1996.

韓㳓劤, 『星湖李瀷研究』, 서울대출판부, 1992.

한국미술사학회 편, 『문화사와 미술사』, 일지사, 1996.

韓正熙, 『중국화 감상법』, 대원사, 1994.

韓正熙, 『옛 그림 감상법』, 대원사, 1997.

洪起文, 『洪起文 朝鮮文化論選集』, 김영복·정해렴 엮음, 현대실학사, 1997.

洪寅杓, 『洪萬宗詩論研究』, 서울대출판부, 1986.

2) 논문

姜寬植, 「觀我齋 趙榮祏 畵學考」 上·下, 『美術資料』44·45, 1989·90.

강명관, 「朝鮮後期 閭巷文學 研究」, 성균관대 박사논문, 1991.

강명관, 「18, 19세기 경아전과 예술활동의 양상」, 『민족사의 전개와 그 문화』, 창작과비평사, 1990.

강명관, 「朝鮮後期 京華世族과 古董書畵 趣味」, 『韓國의 經學과 漢文學』, 태학사, 1996.

姜玟求, 「東谿 趙龜命의 文學論과 散文世界」, 성균관대 석사논문, 1990.

高東煥, 「18·19세기 서울 京江地域의 상업발달」, 서울대 박사논문, 1993.

고연희, 「17c말 18c초 白岳詞壇의 明淸文學 受容樣相」, 『동방학』 1집,

1996.

고연희, 「安徽派의 黃山圖 硏究」, 홍익대 석사논문, 1996.

고연희, 「17c말 18c초 白岳詞壇의 明淸代 繪畵 및 畵論의 受容樣相」, 『동방학』 3집, 1997.

金起弘, 「玄齋 沈師正의 南宗畵風」, 『澗松文華』 25호, 1983.

金起弘, 「18세기 朝鮮 文人畵의 新傾向」, 『간송문화』 42호, 1992.

金時鄴, 「허생전에 나타난 18세기 서울의 형상」, 『문학 작품에 나타난 서울의 형상』, 한샘출판사, 1994.

金兀朝, 「薑山 李書九의 生涯와 文學」, 성균관대 박사논문, 1991.

金芝英, 「18세기 畵員의 활동과 畵員畵의 변화」, 『韓國史論』 32, 서울대 국사학과, 1994.

金進暎, 「王士禎詩論硏究」, 서울대 박사논문, 1993.

金喆凡, 「19세기 古文家의 文學論에 관한 硏究」, 성균관대 박사논문, 1992.

金血祚, 「燕巖朴趾源의 思惟樣式과 散文硏究」, 성균관대 박사논문, 1992.

金惠經, 「李贄 硏究 試論」, 『중국어문학지』 1집, 1994.

김혜숙, 「김정희의 시론연구」, 『울산어문논집』 5집, 1989.

김혜숙, 「추사와 자하의 문학적 교유와 그 영향」, 『대동문화연구』 26집, 1991.

문덕희, 「南公轍의 書畵觀」, 『동방학』 1집, 1996.

박병천, 「추사의 원교서론비평에 대한 분석적 고찰」, 『서예관논문집』 1집, 1991.

朴銀順, 「恭齋 尹斗緖의 繪畵: 尙古와 革新」, 『海南尹氏家傳古畵帖』, 1995.

朴晙遠, 「潭庭叢書硏究」, 성균관대 박사논문, 1994.

朴熙秉, 「조선후기 예술가의 문학적 초상－藝人傳의 연구」, 『대동문화연구』 24집, 1990.

방현아, 「강이천과 한경사」, 『민족문학사연구』 5호, 민족문학사연구소, 1994.

申翼澈, 「柳夢寅의 文學觀과 詩文의 表現手法의 特徵」, 성균관대 박

사논문, 1994.

楊普景, 「서울의 공간확대와 시민의 삶」, 서울학연구 1, 1994.

俞弘濬, 「이인상 회화의 형성과 변천」, 『고고미술』 161, 1984.

俞弘濬, 「조선후기 문인들의 서화비평방식에 대한 고찰」, 『19세기 문 인들의 서화』, 1988. 열화당.

俞弘濬, 「남태응 청죽화사의 해제 및 번역」, 『조선후기 그림과 글씨』, 1992, 학고재.

俞弘濬, 「단원 김홍도」, 『역사비평』 22, 1993.

俞弘濬, 「이규상 일몽고의 화론사적 의의」, 『미술사학』 5집, 1993.

吳柱錫, 「畵仙 金弘道, 그 人間과 藝術」, 『단원 김홍도·誕辰 250周 年記念 特別展 論考集』, 삼성문화재단, 1995.

尹在敏, 「朝鮮後期 中人層 漢文學의 硏究」, 고대 박사논문, 1990.

李基勉, 「袁宏道性靈說硏究」, 고려대 박사논문, 1992.

李相周, 「澹軒 李夏坤 文學의 硏究」, 성균관대 박사논문, 1994.

李相海, 「中國 山水畵와 風水地理와의 상관관계에 관한 一考察」, 『대 동문화연구』 22집, 1988.

李仙玉, 「澹軒 李夏坤의 繪畵觀」, 서울대 석사논문, 1986.

李秀美, 「趙熙龍 繪畵의 硏究」, 서울대 석사논문, 1990.

이암, 「연암 박지원의 畵論과 문학진실관」, 『민족문학사연구』 7호, 민 족문학사연구소, 1995.

李完雨, 「원교 이광사의 서론」, 『간송문화』 38, 1990.

李完雨, 「원교 이광사의 서예」, 정신문화연구원 석사논문, 1991.

李完雨, 「원교의 생애와 예술」, 『원교 이광사전』, 예술의전당, 1994.

任侑炅, 「18세기 위항시집에 나타난 中人層의 文學世界」, 『태동고전 연구』 창간호, 1984.

이종호, 「18세기초 사대부층의 새로운 문예의식」, 『민족사의 전개와 그 문화』, 창작과비평사, 1990.

전수연, 「張之琬의 性靈論과 詩世界」, 『동양고전연구』 3집, 1994.

鄭雨峰, 「19세기 詩論 硏究」, 고려대 박사논문, 1992.

鄭垣杓, 「紫霞 申緯의 漢詩硏究」, 서울대 박사논문, 1987.

鄭後洙, 「김정희가 본 제주도의 修學분위기」, 『동양고전연구』 4집, 1995.

趙麒永, 「자하 신위의 碧蘆舫藏本 唐詩畵意에 대하여」, 『동양고전연
　　　구』 6집, 1996.
曺松植, 「張彦遠 繪畵論의 구조적 분석 – 歷代名畵記를 통해서」, 『태
　　　동고전연구』 5집, 1989.
陳在敎, 「洪良浩 詩文學에 있어서 民族情緒의 受容과 形象化」, 성균
　　　관대 박사논문, 1991.
崔博光, 「조선통신사와 일본문학」, 『대동문화연구』 22집, 1988.
崔博光, 「李德懋의 中國體驗과 學問觀」, 『대동문화연구』 27집, 1992.
崔博光, 「韓・日間 繪畵의 交流에 대하여」, 『대동문화연구』 29집, 1994.
彭鐵浩, 「文心雕龍硏究」, 서울대 박사논문, 1991.
韓相權, 「朝鮮後期 社會問題와 訴冤制度의 發達」, 서울대 박사논문,
　　　1993.
韓永愚, 「조선후기 中人에 대하여」, 『한국학보』 45집, 1986, 일지사.
韓正熙, 「文人畵의 개념과 韓國의 文人畵」, 『美術史論壇』 4호, 1996.
洪善杓, 「조선후기의 회화관」, 『山水畵・下 – 한국의 미・12』, 중앙일
　　　보사, 1982.
洪善杓, 「崔北의 生涯와 意識世界」, 『미술사연구』 5호, 1991.
洪善杓, 「朝鮮後期의 繪畵 愛好風潮와 鑑評活動」, 『美術史論壇』 5
　　　호, 1997.

3. 국외 논저

郭紹虞 주편, 『中國歷代文論選』, 상해 고적출판사, 1980.
葛路, 『中國繪畵理論史』, 姜寬植 역, 미진사, 1989.
葛祖光, 『道敎와 中國文化』, 沈揆昊 역, 동문선, 1987.
郭魯鳳 選譯, 『中國書藝論文選』, 동문선, 1996.
譚旦冏, 『中國藝術史』 繪畵篇, 金基珠 역, 열화당, 1985.
『明代文論選』, 人民文學出版社, 1993.
童慶炳, 『中國古代心理詩學與美學』, 중화서국, 1992.
杜書瀛, 『文藝美學原理』, 社會科學文獻出版社, 1992.

兪崑 편저, 『中國畫論類編』, 華正書局, 1984.

王國維, 『人間詞話』, 中華書局香港分局, 1961.

王國維, 『人間詞話新注』, 滕咸惠校注, 齊魯書社, 1986.

王伯敏, 『동양화구도론』, 姜寬植 역, 미진사, 1991.

王運生, 『論詩藝』, 雲南人民出版社. 1993.

廖名春·康學偉·梁韋弦, 『주역철학사』, 심경호 옮김, 예문서원, 1994.

袁宏道, 『遠宏道集箋校』, 상해 고적출판사, 1981.

『袁中郎隨筆』, 作家出版社, 1995.

袁枚, 『遠枚全集』, 江蘇古籍出版社, 1993.

遠行霈, 『中國詩歌藝術研究』, 北京大學出版社, 1987.

『中國詩歌藝術研究』, 李鍾虎 외 역, 아세아문화사, 1990.

李漁, 『閑情偶寄』, 作家出版社, 1995.

李贄, 『焚書』, 河洛圖書出版社, 1974.

周積寅, 『中國畫論輯要』, 江蘇美術出版社, 1985.

朱則杰, 『淸詩史』, 江蘇古籍出版社, 1992.

『中國大百科全書』 문학편, 중국대백과전서출판사, 1986.

陳方旣·雷志雄, 『書法美學思想史』, 河南美術出版社, 1994.

陳植鍔, 『詩歌意象論』, 中國社會科學出版社, 1990.

肖馳, 『中國詩歌美學』, 北京大學出版社, 1987.

韓林德, 『石濤與畫語錄研究』, 江蘇美術出版社, 1985.

자료번역

여기에서 제시하는 『동계집(東谿集)』과 『두타초(頭陀草)』 자료번역은 한서대 동양고전연구소 조남권 선생님을 모시고 강독하면서 얻어진 결과물이다.

* 『동계집(東谿集)』

「이제군서소장이징화지장자이축찬(李弟君叙所藏李澄畵鷙障子二軸贊)」

무어 새매가 좋아서 짐승을 채가는 모습을 그리며, 무어 기러기가 미워서 채이는 모습을 그리는가? 기러기는 소식을 알리는 새이니, 사람이 근본적으로 미워하지 않고, 새매는 사나운 새이니, 사람이 근본적으로 좋아하지 않는다. 그런데 그리는 것이 기러기가 새매를 잡는 것을 그리지 않고 항상 새매가 기러기를 잡는 것을 그리니, 어쩌면 형세가 그렇게 아니할 수가 없어서인가! 정평(正平, 예형)이 조조에게 해를 입고 숙야(叔夜, 혜강)는 종회(鍾會)에게 참소를 당하니 하늘도 화사와 같다.

波濤萬里,　　　파도는 만 리요,

極月煙靄.	보이는 끝까지 안개와 아지랑이네.
何不釋此,	어찌 여기[462]를 버리고서,
江海自在?	너는 강해에서 자유자재로 살지 않는가?

蘇子記畫竹,	동파는 화죽(畫竹)의 기(記)에,
胸中有成竹,	흉중에 성죽(成竹)이 있어야 한다고 했네.
云何有成竹?	무엇을 성죽이라 했는가?
透得竹理極.	대의 이치를 잘 아는 것이라네.
若不透理極,	만약에 이치를 잘 알지 못한다면,
便可有成竹?	곧 성죽이 있겠는가?
世之看竹者,	이 세상에서 대를 보는 자는,
人人胸有竹.	사람마다 가슴에 대가 있어야 하리.
人人可與可,	사람마다 문동(文同)이 될 수 있다면,
豈復有工拙?	어찌 다시 잘잘못이 있을 수 있는가?
凡畫皆如此,	모든 그림이 이와 같아,
不唯竹之説.	오직 대에 관한 말이 아니네.
何以知其故?	어떻게 그 까닭을 알 수 있는가?
如彼工畫人.	저들은 그림을 공부한 사람이네.
畫鳶透鳶理,	솔개를 그리려면 솔개의 이치를 알아야 하고,
畫魚參魚禪.	물고기를 그리려면 어선(魚禪)[463]에 참여해야 하네.
是故方畫鳶,	이런 까닭에 이제 솔개를 그리려면,
自心卽爲鳶.	자신의 마음이 곧 솔개가 되어야 하네.

---

462) 즉 기러기가 새매에게 잡히고 선인이 악인에게 핍박받는 곳을 말함.

463) 어선(魚禪): 물고기가 잘 적에 모여서 가만히 있는 모습이 참선하는 것처럼 보인다.

聳身直其翅,　　몸을 솟구쳐 곧게 그 날개를 펴서,

飛而戾于天.　　날아서 하늘에 이르네.

翅如是而飛,　　날개를 이와 같이 해서 날고,

飛如是而便.　　나를 때는 이와 같이 해야 편하네.

啄如是而飽,　　쪼는 것은 이와 같이 해야 배부르고,

搏如是而全.　　날개 짓은 이와 같이 해야 완전하네.

如鳶具自相,　　솔개가 자신의 모습을 갖추는 것같이 하고,

如鳶用自身,　　솔개가 자신의 몸을 쓰는 것같이 한다면,

東西投所向,　　동서로 향해 가는 곳에,

無不得鳶眞,　　솔개의 진(眞)을 얻지 못할 것이 없네.

逮當畵魚時,　　물고기를 그릴 때에 있어서도,

亦復如是然.　　또한 다시 이와 같이 하여야 하네.

則身搖其鬣,　　몸을 기울일 때는 그 지느러미를 흔들어서,

游而潛于淵.　　헤엄을 쳐서 못물 속에 잠기네.

鬣如是而游,　　지느러미를 이와 같이 해서 헤엄치고,

游如是而安.　　헤엄은 이와 같이 해야 편안하네.

沫如是而呴,　　거품은 이와 같이 하여 뿜고,

呷如是而吞.　　마시는 것은 이와 같이 하여 삼키네.

如魚具自相,　　물고기와 같이 자신의 모습 갖추고,

如魚用自身,　　물고기와 같이 자신의 몸을 쓴다면,

東西投所向,　　동서로 향해 가는 곳에,

亦無非魚眞.　　또한 물고기의 진을 얻지 못할 것이 없네.

如是乃至它,　　이와 같이 해서 이에 다른 것에 이르면,

龍蛇虎豹神.　　용 뱀 범 표범을 그려서 묘하게 되네.

鸞鶴鷗鷺閑,　　난 학 갈매기 해오라기를 그려도 한가로움이요,

牛馬犬羊馴.　　소 말 개 양을 그려도 순치가 되네.

幽之則爲神,　　저 세상으로는 귀신이고,

明之則爲人.　　이 세상으로는 사람이네.

繁華若城市,　　번화하기는 도시와 같고,

流峙若山川.　　흐르는 것과 솟는 것은 산천이네.

所見無不透,　　보는 것이 투명하지 못한 것이 없고,

所透無不臻.　　투명한 것은 이르지 않은 것이 없네.

所臻無不畵,　　이르는 바 그리지 못할 것이 없고,

所畵無不工.　　그리는 바 잘 그려지지 않는 것이 없네.

伸紙又拈彩,　　종이를 펴 놓고 또 물감을 가지고,

振筆乃見成.　　붓을 대면 곧 이루어지네.

手與心相應,　　손도 마음도 서로 응하고,

法與理俱融.　　화법과 이치도 모두 융화되네.

無事於安排,　　안배를 일삼지 않고,

無事於經營.　　경영을 일삼지 않지만,

如雲蒸霧布,　　구름이 피어오르고 안개가 펼쳐져 있는 것 같아,

莫能以言形.　　말로써 형용할 수 없으리.

觀者見其然,　　보는 바가 그런 것을 보고,

便謂學所能.　　곧 배워서 능한 것이라고 하네.

若是學所能,　　만약에 배워서 능하게 되면,

只可得其形.　　다만 그 형상[形似]만을 얻을 뿐이네.

焉能於形外,　　어찌 형상의 밖에,

傳神而寫生?　　전신(傳神)하여 사생할 수 있겠는가?

縱復能寫生,	비록 다시 사생에 능할지라도,
可一不可二.	가능한 것은 하나이고 불가능한 것은 둘이네.
況可風雨驟,	하물며 비바람을 모을 수가 있어,
筆下生萬類!	붓 끝에 만물이 살아남에랴!
種種隨所變,	여러 가지로 그 변화를 따르되,
一毫無錯僞.	털 하나라도 어긋남이 없다네.
吾觀李虛舟,	내가 본 이허주(李虛舟, 이징)의 그림에는,
墨畵逐兔鷲.	토끼를 쫓는 새매를 먹으로 그렸네.
聞作此畵時,	듣건대 이 그림을 그릴 적에,
興發急索紙.	흥이 발해서 급히 종이를 찾았다고 한다네.
主人無它本,	주인이 다른 종이가 없어서,
不泡紙以授.	불포지(不泡紙)로 주었네.
頃刻揮灑盡,	삽시간에 붓을 다 휘둘러서,
圓就二障子.	완전하게 가리개 둘을 이루었네.
一是攫鴈鷲,	하나는 기러기를 잡는 새매이고,
一卽逐兔鷲.	하나는 토끼를 쫓는 새매이네.
逐兔鷲如生,	토끼를 쫓는 새매는 살아 있는 것 같고,
見逐兔眞似.	쫓기는 토끼는 진짜[似眞]와 같네.
松樹裂石奮,	소나무 갈라지고 돌은 구르며,
陰森助其氣.	음산하게 그 기를 돕네.
金瓜抱柯穿,	발톱은 나뭇가지를 꽉 움켜쥐고,
怒目探腦視.	노한 눈으로 머리를 꺄우뚱거리며 노려보네.
殺氣弩箭激,	살기가 발사한 화살과 같아서,
下射入九地.	아래로 내려 쏘면 깊숙한 땅까지 들어가네.

兎盤旋不出,	토끼는 어정거리며 나오지 아니하나,
天羅地網裏.	하늘 그물 땅 그물 안이라네.
摩挲毛髮竪,	만지자 모발이 쭈삣하게 솟아서,
忽若非幻界.	홀연히 환계(幻界)가 아님을 아네.
惟其透理極,	오직 그 이치를 잘 아니,
胸中有成物.	흉중에 성물(成物)이 있게 된 것이네.
所以造次間,	그러므로 다급한 순간에도,
眞兎起鶻落.	참토끼는 일어나고 골새는 떨어지네.
咄彼俗師輩,	아 저 속된 화사들은,
不曉透理法.	이치를 투시하는 법을 알지 못하네.
不知理旣透,	알지 못하지만 이치를 투명하게 알면,
不煩丹靑習.	번거롭지 않게 해도 단청을 잘 익히게 되네.
山眞築其址,	산이 참된 것은 그 터를 쌓아 올린 것이고,
樹眞累其葉.	나무가 참된 것은 그 잎을 쌓은 것이라네.
飛者計羽生,	나는 새는 깃이 난 것을 생각하고,
走者數毛出.	달리는 짐승은 털이 난 것을 알아야 하네.
所以蘇子云,	그러므로 동파가 말한 것이나,
畵竹豈有竹?	화죽에 어찌 대가 있겠는가?
余唯不知畵,	나는 그림을 알지 못하지만,
理則知貫一.	이치는 일관되는 것임을 아네.
余兄時晦氏,	나의 형 시회씨는,
勸余學琴曲.	나에게 금곡(琴曲)을 배우기를 권하네.
余謂時晦言,	나는 시회에게 말하기를,
子能琴理察!	당신은 거문고의 이치를 살펴야 한다네.

不然昧此理,	그렇지 아니하고 이 이치에 어두우면,
徒能橫三尺.	한갓 세 척의 거문고를 비껴 놓고 있을 뿐이네.
雖終日洋洋,	비록 종일 양양하게 들리나,
與瞽師無別.	눈먼 악사와 다른 것이 없으리.
是故不屑學,	그러므로 배우기를 탐탁하게 여기지 않으니,
此意誠濩落.	이 뜻은 진실로 호락(濩落)⁴⁶⁴한 것이라네.
然惟不學止,	그런데 배우지 않으면,
瞽師反不及.	도리어 눈먼 악사에도 미치지 못할 것이라네.
應須透理得,	응당 모름지기 이치를 잘 알아서,
胸內成琴蓄.	흉중에 금축(琴蓄)을 이루어야 하네.
然後信手彈,	그런 뒤에 손 가는 대로 탄다면,
和氣贊化育.	화기가 화육을 도울 것이라네.
一畵看萬物,	그림 하나로 만물을 보고,
一琴等百術.	거문고 하나로 온갖 방술이 같게 되리.
堯舜及丘軻,	요순 및 공자 맹자요,
卽夔曠顧陸.	곧 기 사광 고개지 육탐미이리라.
紛紛借傭學,	부지런히 빌려서 배우니,
俗畵瞽師列.	속화는 눈먼 악사가 나열한 것이네.
顧君揭是畵,	원컨대 그대는 이 그림을 걸어두고,
千遍誦是說!	여러 번 이 말을 외워라!
不作眞幻辨,	진과 환을 구분하지 말고,
不作物我別.	물과 아를 구별하지 않는다면,
卽幻便卽眞,	환(幻)이 곧 진(眞)이고,

---

464) 호락(濩落): 비어 있는 모양.

卽我便卽物. 　아(我)가 곧 물(物)이라네.

可以見大意, 　여기에서 큰 뜻을 볼 수 있고,

可以入聖域. 　성역에 들어갈 수 있을 것이라네.

李弟君叙所藏李澄畵鷺障子二軸贊

何悅乎鷺, 而描爲攫物狀, 何惡乎鴈, 而描爲見攫狀? 鴈信禽也, 人固
不惡, 鷺悍禽也, 人固不悅. 然而畵之者, 不以鴈攫鷺. 而常以鷺攫鴈, 豈
勢之不可以已耶? 正平遇害于操, 叔夜見讒于會, 天亦一畵史矣.

波濤萬里, 極月煙靄, 何不釋此, 江海自在? 波濤萬里, 極月煙靄. 何
不釋此, 江海自在? 蘇子記畵竹, 胸中有成竹, 云何有成竹? 透得竹理極.
若不透理極, 便可有成竹? 世之看竹者, 人人胸有竹. 人人可與可, 豈復
有工拙? 凡畵皆如此, 不唯竹之說. 何以知其故? 如彼工畵人. 畵鳶透鳶
理, 畵魚參魚禪. 是故方畵鳶, 自心卽爲鳶. 聳身直其翅, 飛而戾于天. 翅
如是而飛, 飛如是而便. 啄如是而飽, 搏如是而全. 如鳶具自相, 如鳶用
自身, 東西投所向, 無不得鳶眞, 逮當畵魚時, 亦復如是然. 則身搖其鬐,
游而潛于淵. 鬐如是而游, 游如是而安. 沫如是而响, 呷如是而吞. 如魚
具自相, 如魚用自身, 東西投所向, 亦無非魚眞. 如是乃至它, 龍蛇虎豹
神. 鷺鶴鷗鷺閑, 牛馬犬羊馴. 幽之則爲神, 明之則爲人. 繁華若城市, 流
峙若山川. 所見無不透, 所透無不臻. 所臻無不畵, 所畵無不工. 伸紙又
拈彩, 振筆乃見成. 手與心相應, 法與理俱融. 無事於安排, 無事於經營.
如雲蒸霧布, 莫能以言形. 觀者見其然, 便謂學所能. 若是學所能, 只可
得其形. 焉能於形外, 傳神而寫生? 縱復能寫生, 可一不可二. 況可風雨
驟, 筆下生萬類? 種種隨所變, 一毫無錯僞? 吾觀李虛舟, 墨畵逐兔鷺.
聞作此畵時, 興發急索紙. 主人無它本, 不泡紙以授. 頃刻揮灑盡, 圓就

二障子. 一是攫鴈鵞, 一卽逐兎鷙. 逐兎鷙如生, 見逐兎眞似. 松樹裂石
奮, 陰森助其氣. 金瓜抱柯穿, 怒目探腦視. 殺氣弩箭격, 下射入九地. 兎
盤旋不出, 天羅地網裏. 摩挲毛髮竪, 忽若非幻界. 惟其透理極, 胸中有
成物. 所以造次間, 眞兎起鶻落. 咄彼俗師輩, 不曉透理法. 不知理旣透,
不煩丹靑習. 山眞築其址, 樹眞累其葉. 飛者計羽生, 走者數毛出. 所以
蘇子云, 畵竹豈有竹? 余唯不知畵, 理則知貫一. 余兄時晦氏, 勸余學琴
曲. 余謂時晦言, 子能琴理察! 不然昧此理, 徒能橫三尺. 雖終日洋洋, 與
瞽師無別. 是故不屑學, 此意誠濩落. 然惟不學止, 瞽師反不及. 應須透
理得, 胸內成琴蓄. 然後信手彈, 和氣贊化育. 一畵看萬物, 一琴等百術.
堯舜及丘軻, 卽夔曠顧陸. 紛紛借備學, 俗畵瞽師列. 顧君揭是畵, 千遍
誦是說! 不作眞幻辨, 不作物我別. 卽幻便卽眞, 卽我便卽物. 可以見大
意, 可以入聖域.

「제화선(題畵扇)」 갑오(甲午)[465]

그림은 대상과 닮는 것을 지극한 것으로 여긴다. 지금의 화가들
이 배포(排布)를 중시하는 것은 잘못이다. 하늘이 산을 만들고 물
을 만들고 초목을 만들 적에 어찌 일찍이 배포에 의식을 했겠는
가? 그러므로 배포가 더욱 공교할수록 닮지 못한다. 무릇 지극한
그림은 붓 가는 대로 그려서 혹 산이 되고 물이 되고 초목이 된
것이다. 그래서 산의 고저(高底)와 물의 활협(闊狹)과 초목의 위치
(位置)가 대개 나의 사사로운 생각을 용인되지 않고, 오직 자연스
럽게 된 뒤에 비로소 하늘의 조화를 얻었다고 말할 수 있다. 우연
히 부채 그림을 보고서 이 글을 썼으니, 그때는 갑오년(1714) 2월

---

465) 갑오(甲午): 1714년(숙종 40).

이었다.

"거문고는 타지 않는 것을 묘하게 여기고 바둑은 두지 않는 것을 높게 여긴다."고 하였다. 내가 이 말을 매우 좋아하여 말한다. 거문고는 타지 않는 것을 묘하게 여기는 것은 타지 않을 적에는 어떻게 그것이 사광(師曠, 악사)만 못한 줄을 알겠는가마는 타게 되면 반드시 그만 못하고, 바둑은 두지 않는 것을 높게 여기는 것은 두지 않을 적에는 어떻게 적신(積薪, 기사)만 못한 줄을 알겠는 가마는 두게 되면 반드시 그만 못하고, 화살 쏘는 것은 쏘지 않는 것을 현명하게 여기는 것은 쏘지 않을 적에는 어떻게 그것이 양유기(養由基, 궁사)만 못한 줄을 알겠는가마는 쏘게 되면 반드시 그만 못하고, 그림은 그리지 않는 것을 잘 그리는 것으로 여기는 것은 그리지 않을 적에는 어떻게 그것이 오도자(吳道子)만 못한 줄을 알겠는가마는 그리게 되면 반드시 그만 못하고, 글씨는 쓰지 않는 것을 공교롭게 여기는 것은 쓰지 않을 적에는 어떻게 그것이 종요와 왕희지만 못한 줄을 알겠는가마는 쓰게 되면 반드시 그만 못하고, 문장은 짓지 않는 것을 능한 것으로 여기는 것은 짓지 않을 적에는 어떻게 그것이 장자와 사마천만 못할 줄을 알겠는가마는 짓게 되면 반드시 그만 못한다. 그런데 오직 학문만은 그렇지 않다. 공자만 못하다는 이유로써 먼저 스스로 학문을 폐지해서는 안 된다. 이날에 또 쓴다.

題畵扇 甲午
畵以肖物爲至, 今之畵家重排布, 非也. 天之爲山·爲水·爲草木, 何嘗有意排布哉? 故排布愈巧, 而愈不肖. 夫至畫者, 信筆而寫之, 或爲山或爲水或爲草木, 而山之高低·水之闊狹·草木之位置, 皆不容吾之私智, 而唯神之行, 然後始可語奪造化爾. 偶見扇畫, 題. 時甲午仲春.

"琴以不鼓爲妙, 碁以不着爲高." 余甚喜此語, 以爲琴以不鼓爲妙, 不鼓也, 焉知其不如師曠, 而鼓之, 未必然也, 碁以不着爲高, 不着也, 焉知其不如積薪, 而着之, 未必然也, 射以不射爲賢, 不射也, 焉知其不如養由基, 而射之, 未必然也, 畫以不畫爲工, 不畫也, 焉知其不如吳道子, 而畫之, 未必然也, 書以不寫爲巧, 不寫也, 焉知其不如鍾王, 而寫之, 未必然也, 文以不作爲能, 不作也, 焉知其不如莊馬, 而作之, 未必然也, 唯學不然, 不可以不如孔子, 而先自廢之. 是日又題.

「제화선(題畵扇)」우명(遇命)을 위해 지은 것이다.

너는 이 그림이 손으로써 한 것인지 마음으로써 한 것인지 아는가? 만약 마음으로써 그린다면 나는 그림을 볼 적에 짙은 것은 가까운 형세이고 묽은 것은 먼 형세이며 점을 찍은 것은 나무이고 문댄 것은 산이니 내 마음이 훤하게 아는 것이 이와 같다. 그림을 그리려고 할 때에 이르러 손이 상응하지 못하면 곧 이는 그리는 것이 마음에 있는 것이 아니라 손에 있는 것이며, 만약 다시 손이 사역을 당하면 저 화사가 옷을 풀어 헤치고 다리를 쭉 뻗고 앉아서 그릴 적에 눈으로는 나는 기러기를 헤아리고 귀로는 울리는 북소리에 절도를 맞춰서 잡되게 그 마음을 쓸 것이다. 그러면 손으로써 잎 하나 꽃 하나를 그릴지라도 오히려 이룰 수가 없거늘, 더군다나 다시 인물과 산수의 배치는 곧 그리는 것이 손에 있지 않고 마음에 있는 것이다. 마땅히 이 그림은 마음만도 아니고 손만도 아니며 마음이고 손이어야 하니, 마음이 시키고 손이 행하여 살아 있는 그림을 생기게 하는 것이다. 마음만 있고 손이 없으면 사람으로서 벙어리이고, 손만 있고 마음이 없으면 성성이도 말하는 것이다. 성성이는 동물에서 벗어날 수가 없고, 벙어리 또한 사람은 아니다. 이를 찬(贊)하여 말한다.

以畵觀畵畵而已,　그림으로 그림을 보면 그림일 뿐이고,

以理觀畵理一般.　이치로 그림을 보면 이치와 일반이다.

心精手熟難闕一,　심정(心精) 수숙(手熟)을 하나 없애기가 어려우니,

觀者應作如是觀.　관자(觀者)는 마땅히 이와 같이 보아야 할 것이다.

題畵扇

爾知是畵以手·以心, 若以心畵, 我觀畵時, 濃者近勢, 淡者遠勢, 點之爲樹, 抹之爲山, 我心了然, 而知如此, 逮將下筆, 手不相應, 則是畵者不在於心, 而在於手, 若復手爲使, 彼畵師當槃礴時, 目數飛鴻, 耳節鳴鼓, 雜用其心. 而以手畵一葉二花, 猶不可成, 況復人物山水排置, 則是畵者不在於手, 而在於心. 當知是畵非心·非手, 卽心卽手, 心使手行, 和合生畵. 有心無手, 人而瘖啞, 有手無心, 猩猩而語, 猩不離獸, 啞亦非人. 贊曰, 以畵觀畵畵而已, 以理觀畵理一般. 心精手熟難闕一, 觀者應作如是觀.

以畵觀畵畵而已, 以理觀畵理一般. 心精手熟難闕一, 觀者應作如是觀.

「우제견본소상(又題絹本小像)」

고개지[顧虎頭]가 "전신사형(傳神寫形)이 모두 눈동자에 있다."라고 하였다. 진생[진재혜]이 나의 소상(小像)을 그렸는데 닮지 않았

다. 그가 "당신의 정신은 눈빛에만 있는데 눈은 일월(日月)이다. 일월을 그리는 자가 그 빛을 그릴 수 없으니, 이것이 닮을 수 없는 까닭이다."라고 하였다. 진생은 어쩌면 호두의 법을 얻지 못했는가? 진생이 이것[肖像]으로 이름이 나서 일찍이 용안(龍顔)을 그렸다. 나는 진흙 속의 거북으로 천품이니, 돌아볼 것이 없어서인가?

又題絹本小像

顧虎頭曰, "傳神寫形, 都在阿睹中." 秦生作余小像, 而不能似. 生曰, "子精神獨在目光, 目猶日月也. 繪日月者, 不能繪其光, 此所以不似." 秦豈不得虎頭之法耶? 秦以此名, 曾寫龍顔, 卽泥龜賤品. 不足顧而然耶?

「제보정재첩(題寶鼎齋帖)」 기해(己亥)466)

근래 중국의 문장은 천마의 설법 같고 우리나라의 문장은 속승이 계율을 지키는 것 같다. 각각 장단점이 있어 대체로 그다지 서로 떨어지지 않으나, 글씨에 있어서는 차안과 피안의 간격이 있다. 이는 우리 글씨는 마치 소가 진흙탕을 위를 가는데 들러붙어 막힌 것 같지만, 저들은 마치 새가 공중에 떠서 자유롭게 비상하는 것 같다.

題寶鼎齋帖 己亥

近來中州之文, 如天魔說法, 我東之文, 如俗僧守律, 各有短長, 大抵不甚相絶, 而至於筆, 則殆世出世之間爾, 此如牛行泥上, 到底黏滯, 彼乃鳥投空中, 回翔自由.

---

466) 기해(己亥): 1719년(숙종 45).

「제이안산병연소장화첩(題李安山秉淵所藏畵帖)」 계묘(癸卯)[467]

그림을 수장하는 것은 완상을 기약하려는 것일 뿐인데, 완상하여 마음에 흡족하게 여기는 것은 소유자인 주인과 와서 감상하는 객이나 마찬가지다. 그러나 처음부터 모우고 거두는 어려움이 없어 끝내 잃어버릴 걱정이 없으니 주인의 노고는 손님의 편안함만 못하다. 그러므로 일찍이 나는 생각하였다. 그림을 그리는 사람은 수장하는 사람을 위해서 일을 하고 수장하는 사람은 감상하는 사람을 위해 아껴둔다. 나는 완상하는 사람이다. 여름날 시원한 마루에 앉아 그림을 펴 보다가 마침내 저녁이 되면 천하에서 편안한 것이 과연 이보다 나은 것은 없을 것이다. 내가 이 말을 처음에는 감히 발설하지 못한 것은 사람마다 나와 같이 되려고 하여 내가 스스로 감상할 수 없을까 했는데 지금에 이르러서는 감상했기 때문에 이에 쓴다.

題李安山秉淵所藏畵帖 癸卯

蓄畵者, 期於翫賞而已. 翫賞而愜心, 主與客一也. 而始無裒聚之艱, 而終無散失之憂, 則主之勞又不如客之逸也. 故嘗以爲畵之者, 爲蓄之者役, 蓄之者, 爲賞之者惜. 余賞之者也, 暑日凉軒, 披覽竟夕, 天下之逸, 果無過乎? 余此言初不敢泄, 爲人人欲爲余, 而余無自以賞也, 今旣飽賞之矣, 乃書.

「제화첩(題畵帖)」 육칙(六則)

진짜 산수는 그림 같기를 구하고 산수화는 진짜 산수 같기를 구

하니, 진짜 같다고 하는 것은 자연스러운 것을 귀하게 여김이요, 그림 같다고 하는 것은 기교를 높게 여기는 것이다. 이는 곧 천지자연은 사람에게는 진실로 법이 되지만, 사람의 기교는 역시 천연적인 것보다는 나음이 있어서인가?

매양 산마을의 유승처(幽勝處)를 지날 적에 말을 멈추고 머뭇거리면서 그곳 사람이 그림 속 사람 같다고 부러워하지만, 그들에게 나아가서 물어보면 스스로 즐겁다고 하는 이는 없을 것이다. 그렇다면 그림 속의 사람을 일으켜서 그 즐거움을 물으면, 또한 반드시 내가 저 사람이 즐거워하는 것을 아는 것 같지는 못할 것이다.

고관대작 집의 벽에 산마을이나 들 전장에서 숨어 살고 나무하는 모습을 많이 그려 둔다. 대체로 그런 것들은 눈으로 보면 즐거우나 실제 살아보면 시름겨우니 어찌 미혹이 아닌가? 자못 천지의 크게 소박한 공을 알지 못하는 것이다. 천지조화는 큰 화사이다. 꽃과 잎은 색채로 그리고 서리와 눈은 수묵으로 그리니 고금의 세계는 다만 한 폭의 살아 있는 그림 가리개일 뿐이다. 사람으로 하여금 큰 안목이 있어 곁에서 완상한다면 고거사마(高車駟馬)와 단사수공(短簑瘦笻) 그림에 그 고하를 품평함이 마땅히 어디에 있겠는가?

내 일생은 험난했으나 다만 산수에 연분이 있었다. 두류산에 오르고 가야산을 감상하며 삼동(三洞)을 찾고 사군(四郡)을 유람하는 것을 다 함께 기약하지 않았어도 하게 되었다. 이 가을에 화양동에 들어가려고 했다가 실현하지 못했는데 하늘이 이에 이 그림으로서 선물을 주니 그 8폭의 환경계(幻境界)를 와유(臥遊)하는 것이 반드시 한 구역의 진경계(眞境界)보다는 못하지 않을 것이다. 만약에 "어찌 다소를 논하는가?"라고 묻는다면 마땅히 "어찌 진환(眞幻)을 분변하는가?"라고 대답하겠다.

어떻게 하는 것이 그림을 배우는 법인가? 눈 속의 파초를 그리는 것이다. 어떻게 하는 것이 그림을 수장하는 법인가? 연기와 구름 속에 온갖 새가 모여 있는 것이다. 어떻게 하는 것이 그림을 보는 법인가? 포정(庖丁)과 윤편(輪扁)이 자득하는 법이다. 어떻게 하는 것이 그림이 세상 같겠는가? 벽룡(壁龍)과 귤학(橘鶴)이다. 어떻게 하는 것이 세상이 그림 같겠는가? 달팽이 뿔 위의 촉씨와 만씨의 다툼이다.468) 어떻게 하는 것이 그림과 세상이 모두 환(幻)인가? 능연각의 공신과 영주의 학사이다. 어떻게 하는 것이 세상과 그림이 모두 진인가? 한유의 화기(畵記)와 소식의 화찬(畵贊)이다.

요와 순 시대는 봄 경치이다. 백성이 화락하고 이때는 화목하니 중화(重華)라는 호칭이 꼭 맞는다. 삼대는 여름 경치이다. 예악(禮樂)과 의물(儀物)이 크게 갖추어져 있다. 진·한·당·송은 가을 경치이다. 숙살(肅殺)을 베푸는 것이니 그 백제(白帝)와 금도(金刀)에 조짐이 나타난 것일 것이다. 원 이후의 세상은 겨울 경치이다. 북방 기운이 타서 머리를 깎은 것은 지는 잎을 형상하고 검은 옷을 입은 것은 물빛에 반응한 것이다. 대저 천지의 운행은 바야흐로 장차 반박(槃礴)하게 운영하고 있으니 제2의 봄 경치를 내가 눈을 씻고 기다리겠다.

題畵帖 六則

責眞山水以似畵, 責畵山水以似眞, 似眞貴自然, 似畵尙奇巧, 是則天

---

468) 장자(莊子)의 고사.

之自然, 固爲法於人, 而人之奇巧, 亦有勝於天耶! 每過山村幽勝處, 駐驂踟躕, 羨其人如畫中人, 及就而叩之, 未嘗自以爲樂, 然則起畫中人, 而問其樂, 亦未必如吾之知彼之樂也. 公侯家墻壁, 多挂山村野莊隱淪漁樵圖. 夫以眼觀之則樂, 以身處之則愁, 豈非惑耶? 殊不知天地大素功也. 造化大畫史也. 華葉以丹靑之, 霜雪以手墨之, 古今世界, 秖是一幅活畫障子耳. 使有大眼孔, 從旁賞甂, 則高車駟馬, 短簑瘦笻, 其品第高下, 當何在也? 平生嶔崎, 獨於山水有分. 陟頭流, 賞伽倻, 尋三洞, 遊四郡, 俱不自期而獲. 今秋欲入華陽洞未果, 而天迺以此卷餉, 其臥游八幅幻境界, 未必讓一區眞境界也. 如有曰, "奚論多少?" 則當對曰, "奚辨眞幻?" 如何是學畫法? 曰雪中芭蕉. 如何是蓄畫法? 曰煙雲百鳥. 如何是觀畫法? 曰庖丁輪扁. 如何是畫如世? 曰壁龍橘鶴. 如何是世如畫? 曰蝸角觸蠻. 如何是畫與世俱幻? 曰煙閣功臣, 瀛洲學士. 如何是世與畫俱眞? 曰昌黎之記, 眉山之贊. 唐虞春景也, 民熙熙, 時雍矣, 重華之號符焉. 三代夏景也, 禮樂儀物大備矣. 秦漢唐宋秋景也, 肅殺肆焉, 其兆於白帝金刀乎? 胡元以後天下冬景也, 朔氣乘之薙髮, 象葉落, 緇衣應水色, 夫天地之運貞而元化工, 方將槃礴贏營, 第二疊春景, 余試拭目以竢之.

「제당화첩(題唐畫帖)」 십칙(十則)

이번 북경 사행길에 그림을 구매한 것이 가장 많으나 대부분 가짜이므로 말할 것이 못 된다. 그런데 이 화첩(畫帖)은 비록 극품은 아니고 어떤 사람의 작품인지 모르지만 도리어 붓을 놀림이 살아 있고 의격(意格)이 소연(蕭然)하여 단연코 흉내 내어 남을 속인 것은 아닌 것이 기뻤다. 산은 반드시 여산(廬山)이 아닐지라도 경지가 적당하면 아름답고 그림은 반드시 고개지나 육탐미가 아닐지라도 의회(意會)가 묘하니, 마땅히 더운 날에 들춰 보면 영수가의 선비가 나무 그늘에 쉰 것보다는 시원할 것이기에 애오라지 다시 한 폭마다 평한다.

숲 속의 생활이 고요하고 하나의 다리에 사람이 통과하고 있는데, 우뚝하게 이웃한 것이 도관(道觀)이 아니면 절이니, 저들이 오히려 현현(玄玄)한 진결(眞訣)과 적적(寂寂)한 선(禪)에서 얻음이 있어서인가?

수레에서 춤추는 것을 그리면 추하고 산에서 나무하는 것을 그리면 아름다우니 이는 조화옹이 세속 사람들을 불러 깨우는 기미인가?

이 화폭은 위치가 정치하고 필의가 공교롭고 독실하여 이 첩의 으뜸이 될 것이다. 안목을 갖춘 자는 마땅히 분변해야 할 것이다.

이것은 임모(臨摹)한 것으로 의심되나 세밀히 살피면 그렇지 않다. 얕은 물가와 성긴 숲이 풍치가 소삽(蕭颯)하거늘 맑게 만들기를 담월(淡月)로 하니 더욱이 더운 날 펼쳐 놓고 감상하기에 알맞다.

행하여 물이 끝진 데에 이르고, 앉아서 구름이 일어나는 것을 볼 때였다. 이것을 그린 것이 기품(奇品)에 속하는 것 같으나 필세가 능히 조화롭지 못한 것이 유감이다.

일찍이 단양을 갔다가 수레가 차산(此山)을 들렀을 적에 아침 안개가 골짝에 가득하고 나무 사이의 정자가 공중에 떠 있어서 아주 그림 속의 경치와 같았는데, 펼쳐 보면 다시 여행 준비를 하는 것 같다.

고목과 총죽(叢竹)에 밝은 달빛이 비치고 두 사람이 그 사이에 배회하니 동파옹이 밤에 장회민(張懷民)을 방문한 일과 흡사하다.

굽은 냇물이 돌아 있고 깊은 산모퉁이가 가리어져 있으니 세상에 드문 것은 어쩌면 이런 경치일 것인가? '다만 촌사람과 들 늙은이에게 줄 뿐이다.'

"오월 강물이 깊으니 초각이 춥더라[五月江深草閣寒].469)"고 하였는데, 요즘 매우 더울 적에 이 구절을 읊으면 또한 정신이 상쾌해진다. 더군다나 이 그림이 수정궁임에랴! 냉계(冷啓, 냉겸)를 빌어다 화결(畵訣)에 넣고 싶다.

첩 가운데 가장 붓을 분방하게 놀려 습의(濕意)가 있는데, 다만 앞산의 모습이 속될 뿐이다.

題唐畵帖 十則

今番燕行, 購畵最盛, 大抵多贗本, 無足稱也. 此帖雖非極品, 且未知何人所作, 而猶喜其弄毫便活, 意格蕭然, 斷非摸擬欺人者耳. 山不必匡廬, 而境適則佳, 畵不必顧陸, 而意會則妙, 當暑披覽, 賢於穎士木陰, 聊復逐幅評之. 林居闃然, 一橋通人, 巋而隣者, 非道觀則佛宇, 彼尙有得於玄玄之訣, 寂寂之禪耶? 舞於車者, 摸之則醜, 樵於山者, 畵之則佳, 此造化所以喚醒塵俗之機歟? 此幅位置整緻, 筆意工篤, 可爲一帖之冠, 具眼者當卜之. 此有臨摹之疑, 而細看不然, 淺渚疎林, 風致蕭颯, 澄之以淡月, 尤宜暑日披翫. 行到水窮處, 坐看雲起時. 寫之似屬奇品, 而筆勢恨不能融化耳. 曾尋丹丘, 過鴐次山也, 曉霧漫峽, 樹梢空浮, 大似幅中景, 披覽如復理屐也. 古木叢竹, 以承明月, 二子徘徊于其間, 髣髴坡翁尋張懷民夜. 縈之以曲谿, 蔽之以深嶂, 世間所少, 豈此等景也? '但餉村氓野老專'耳. '五月江深草閣寒', 比暑甚時, 詠此句亦覺爽神, 況玆水品

---

469) 엄무(嚴武)의 시에 "百年地闢柴門迥, 五月江深草閣寒."이 있다.

宮耶? 願從冷啓敬借入畫訣也. 帖中最放筆淋漓有濕意, 但前山面目俗爾.

「제종씨가장유교경첩(題從氏家藏遺教經帖)」 5칙(五則) 경술(庚戌)470)

우리나라의 서법은 대략 크게 세 번 변하였다. 국초에는 촉체(蜀體, 松雪體)를, 선조·인조 이후에는 한체(韓體, 石峯體)를 배웠다. 근래에는 진체(晋體, 王羲之體)를 배우고 있어 짜임새와 법도가 점점 나아지나 골기(骨氣)는 모자라게 되었다. 요즘 쓰는 진체는 결국 글자의 형태가 변해서 얼른 보면 중국 글씨와 아주 닮지 않다고 할 사람이 없지만 그 실제 모습은 눈썹과 머리털만 흉내 낸 것이다. 매양 신라 고려 때의 글씨를 열람하매 운필과 결구가 정상(精爽)하고 굳세고 긴밀하여 자못 풍기가 해외와 막혀 있다는 것을 알지 못하게 된 뒤에 말세에 전대 시대를 경박하게 비난하는 것이 모두가 망견임을 알겠다. 치도(治道)와 문체(文體)의 변화가 어찌 이것과 다르겠는가?

일찍이 박사안(朴士安, 박태유)의 묘지(墓誌)에 실려 있는 글을 보니, 사안이 노공(魯公, 顔眞卿)의 필법을 본받음에 당시 글씨 배우는 이들이 많이 그것을 사모하여 본받아서 북경 책방의 노공첩(魯公帖)이 그 때문에 값이 올랐다 한다. 그러나 반드시 윤순(尹淳)이 일세를 몰아쳐 변화시킬 만큼은 하지 못하였을 것이다. 왕희지 서첩의 「황정경(黃庭經)」·「유교경(遺教經)」·「조아비(曹娥碑)」·「삼장성교서(三藏聖教序)」를 거의 집집마다 수장하고 있으니, 북경 책방에서 여러 법첩의 값이 얼마나 치솟았을지 알지 못하겠다.

---

470) 경술(庚戌): 1730년(영조 6).

「유교경」은 수준이 낮아 볼만한 것이 없다. 그런데 우군의 글씨라고 해서 사람의 이목을 가리는 것이 이와 같다. 후세에 비갈(碑碣)을 쓸 때에 좋은 글씨로 구하는 것이 또한 적지는 않겠다.

우리 집안에 조맹부가 제지(題識)한 난정서가 있는데, 그 생동감이 마치 귀신과 같다. 이것을 열람한 뒤에 왕희지가 각성 후에 다시 쓴 글씨가 같지 못한 것이 영웅이 사람을 속인 말이 아니고, 다른 전각본은 단연코 성안의 우유맛을 잃은 것이다.[471]

중국 사람이 서화를 평한 것이 식견이 있어 종종 이치에 맞았는데, 다만 석봉의 글씨를 서호(徐浩)에게 붙인 목마른 준마라는 말로 평가한 것은 자못 석연치 않다.

題從氏家藏遺敎經帖 五則 庚戌

我朝書法, 大約三變, 國初學蜀, 宣仁以後學韓, 近來學晋, 規矱漸勝, 而骨氣耗矣. 今之晋體, 究極變態, 驟見之, 未有不以爲逼肖中華, 而其實摸擬眉髮. 每覽羅麗間書, 運筆結搆, 精爽遒緊, 殆不知風氣之隔於海外, 然後覺末世沾沾訾前者, 類皆妄見耳. 治道文體之變, 何以異此? 嘗見朴士安誌, 載士安筆法魯公, 當時學書者, 多慕效之, 燕肆魯公帖, 爲之價貴. 然未必如今之尹尙書之驅變一世也. 黃庭・遺敎・曹娥・三藏, 殆家藏之, 未知燕肆諸帖之價, 翔聳如何爾. 遺敎經膚淺無足觀. 而因右軍書, 塗人耳目如此, 後世碑碣之求佳筆, 亦不可少也. 余家有松雪題識本蘭亭, 變動猶鬼神, 覽此然後, 知右軍醒後更書不如者, 爲非英雄欺人語, 而他傳刻本之斷失城內乳味也. 中州人評書畫, 有隻眼, 種種當理,

---

471) 열반경(涅槃經)의 고사. 우유가 성 밖에서 성안으로 들어오는 과정에서 중간상인이 물을 타서 우유 맛이 떨어짐을 말한다.

獨於石峰, 移屬徐浩渴驥之評者, 殆不可曉.

「제십이형적명소장해악도병(題十二兄迪命所藏海嶽圖屛)」

단발령망금강(斷髮嶺望金剛)

아난(阿難)이 여래(如來) 하나의 몸뚱이가 유리처럼 환하게 비치는 것을 보고도 오히려 목마르듯 우러러서 머리를 깎았다 하는데, 하물며 이 담무갈(曇無竭) 만이천(萬二千)의 무리[472]가 일시에 백은(白銀) 천 길의 몸을 한꺼번에 솟구침을 갑자기 보게 됨에서랴!

阿難見如來一身, 暎徹如琉璃, 猶然渴仰剃落, 況驀見此曇無竭, 萬二千衆, 一時齊涌白銀千尺體乎!

장안사(長安寺)

매양 금강산은 입이 없어 속인들이 찾아오는 것을 큰 소리로 꾸짖어 되돌려 보낼 수 없음을 한하였는데, 지난번 무지개다리의 무너짐은 어쩌면 산신령이 그것을 벌한 것일 것이다. '네가 내 문지기이거늘 어찌해서 오는 사람을 단속하지 않느냐'고 말한 것과 같다.

每恨金剛無口, 不能喝廻俗駕, 向者虹橋之圮, 抑出靈之所以罰之也. 若曰, "爾爲我閽, 胡不誰何之乎?"

만폭동(萬瀑洞)

만 다발 옥을 깎아 봉우리를 만들고, 천 섬 진주를 부숴 폭포수를 만들었으니, 이는 조물주가 그 무진장함을 스스로 드러낸 것이다.

---

472) 담무갈(曇無竭) 만이천(萬二千)의 무리: 금강산 만이천봉을 말함.

削萬束玉以爲峰, 碎千斛珠以爲瀑, 是造物者, 自暴其無盡藏也.

내산총도(內山摠圖)

초나라 남쪽은 사람이 적고 돌이 많은 것은 천지가 정령(精靈)을 기를 적에 돌과 사람이 항상 그 분수(分數) 다툰다고 하는데, 나는 이만 이천 금강산 봉우리를 몽둥이로 부숴, 널리 만 이천 금강인(金剛人)을 얻어내고 싶다.

楚之南, 少人而多石, 天地毓靈, 石與人, 恒爭其分數, 吾欲槌碎此萬二千金剛峰, 博取萬二千金剛漢矣.

해산정(海山亭)

바라다보니 앞에 있는 것은 나지막한 바다요, 홀연히 뒤에 있는 것은 머리 깎은 산이다. 세속적인 관청 업무로 이 사이에 살고자 하는 것은, 나는 고성군수가 그런 사람이라고 여긴다. 모름지기 이조(二祖, 慧可)가 담벼락을 대하고 있던 마음을 갖추어야 할 것이다.

瞻在前者裹裳之海, 忽在後者斷髮之山. 而欲以朱墨俗務居是間, 吾謂 "爲高城守者." 須辦二祖墻壁心而可也.

불정대관폭(佛頂臺觀瀑)

이는 「석공기(石公記)」 속에 나오는 말일 뿐이다. 이른바 천둥이 소리 내고 바다가 서 있는 듯하여, 외롭게 만 길이나 뻗쳐 오르다 가 홀연히 옆으로 끌어서 동쪽으로 풀어 헤치고 서쪽으로 띤 것이 살갗을 얻고 뼈를 얻으며 정취를 얻게 되었으니,[473] 시험 삼아 폭

---

473) 이것은 불정대(佛頂臺)가 흙도 있고 돌도 있고 운치도 있다는 말이다.

포수에 물어본다.

此石公記中語耳. 所謂"雷奔海立, 孤攀萬仞, 忽焉橫曳, 東披西帶者, 爲得膚·得骨·得趣", 試問諸瀑.

백천교출산(百川橋出山)

바다에도 하나의 금강이 있고 그림에도 또 금강이 있으며, 그림 속 사람 가슴속에도 또 각각 하나의 금강이 있고, 그림을 보는 사람 백천만 인의 눈 속에도 하나하나마다 각각 하나의 금강이 있음을 알아야 하니, 이른바 겨자씨 속에도 수미산(須彌山)이 있고 터럭 끝에도 보찰(寶刹)이 있다는 것이 지나친 말은 아니로구나.

須知海上, 有一金剛, 畫中, 又有一金剛, 畫中人胸中, 又各有一金剛, 觀畫者, 百千萬人眼中, 一一各有一金剛, 所謂芥子須彌, 毛端寶刹, 非誑語也.

삼일포(三日浦)

뽕나무 아래에서 세 번을 자도 오히려 선문(禪門)의 경계함이 되는데, 더군다나 엷은 화장 짙은 화장을 한 아름다운 서호(西湖)에서 사흘 동안을 머물러 있음에랴! 사선(四仙)은 여기서 삼 년의 도심(道心)을 잃었도다.

桑下三宿, 猶爲禪門之戒, 況三日留連於淡粧濃抹, 比西子之湖耶? 四僊, 於是乎損三年道心矣.

「제정원백선화석종산(題鄭元伯扇畵石鍾山)」 유환문(柳煥文)을
위해 지은 것이다.

전·후적벽부는 신묘하나 그리게 되면 아주 빼어난 경치가 없어
서「석종기(石鍾記)」의 구절마다의 기경(奇境)만 못하다. 그런데 속
사(俗師)들이 취사(取捨)에 비루한 것뿐이다. 이 그림은 조금도 경
치에는 어울리지 않으나 다만 제목이 진부하지 않아 기쁘다. 내가
바라는 것은 원백[정선]이 쾌히「석종기」를 이백 번 읽은 뒤에 다
시 그렸으면 한다.

題鄭元伯扇畵石鍾山

赤壁二賦神矣, 而入畵苦無殊觀, 不如「石鍾記」之句句奇境. 顧俗師陋
於取舍耳. 此筆稍不稱境, 特命題不腐可喜. 余欲元伯快讀記文二百遍,
然後更下筆也.

「제유여범가장윤효언선보첩(題柳汝範家藏尹孝彦扇譜帖)」 갑인
(甲寅)474)

우리나라의 문예가 비록 성대하여 해외보다 강하다고 하더라도
중국에 나가면 조객(趙客)의 가짜 대모잠 꼴이 된다. 문장은 농암
(農巖, 김창협) 형제, 서화는 공재(恭齋, 윤두서)로부터 비로소 정밀
과 오묘함을 탐구하여 바른길로 나아갔으니, 그런 뒤에야 빈빈하게
그 바탕에 문채가 있어서 중국 사람과 더불어 선후를 가릴 수 있
다. 그런데 저들 이식자(耳食者)475)들이 으레 고금이 서로 미칠 수

---

474) 갑인(甲寅): 1734년(영조 10).
475) 이식자(耳食者): 귀로 먹는 사람. 즉 남의 말을 비판 없이 따르는 사람을 말함.

가 없다고 하는 것을 무어 말할 것이 있는가? 공재가 담탕(澹蕩)하게 재주가 많고 또 죽오 유공과 담헌 이하곤(李夏坤)으로 감상하는 친구였다. 순식간에 붓을 휘둘러 품평하고 화찬하면 완연히 진송(晋宋) 간에 있었던 일과 같으니, 이 첩은 다만 그 한 솥에 있는 고기 한 점이니, 후인이 이것을 열람하면 또한 그 세대를 위로 올라가 논한 것이 있다고 한다.

갑인 늦은 봄 소망(14일)에 연륜재(蓮輪齋)에서 쓴다.

題柳汝範家藏尹孝彦扇譜帖 甲寅

我國文藝雖盛, 崛强海外可耳. 進之中州, 則趙客之玭簪也. 文章自金農巖兄弟, 書畫自尹孝彦, 始探精奧而趨雅道, 然後彬彬, 質有其文, 可與中州人, 揖讓先後矣, 彼以耳食者, 輒言, "古今不相及, 何足道哉?" 孝彦澹蕩多藝, 又得竹塢柳公, 澹軒李子, 爲鑑賞友. 造次揮灑, 爲之品題評贊, 宛然晋宋間事, 此帖特其全鼎之一臠. 而後人之人覽之, 亦足以尙論其世云. 甲寅暮春小望, 書于蓮輪齋中.

한 폭. 나는 도룡(屠龍)의 기술을 배운 사람이다.[476] 조오도(釣鰲圖)를 보면 흔연해지는 것은 검은 구름 성난 돌이 모두 임나라 공자의 기를 띠고 있기 때문이다.

第一幅, 余學屠龍者也. 觀釣鰲圖, 而欣然陰雲怒石, 皆帶任公子氣.

두 폭. 세상에서 '윤두서가 산수화에 단점이 있다'고 이르나 예컨대 이 폭은 진실로 하사(何思)를 포괄하고 서위(徐渭)를 품은 것

---

476) 도룡수(屠龍手). 용을 잡을 수 있는 솜씨. 현실에서 쓸모없는 재주를 말한다.

과 같다.

第二幅, 世謂'孝彦短於山水', 如此幅固苞何孕徐矣.

세 폭. 이것은 진계유(陳繼維)가 종이 위에 한 공언(空言)이다[서화로 연희하는 미가서화선(米家書畵船)이다].

第三幅, 此眉道人紙上空言而[書畵宴嬉之舫].

네 폭. 붓으로 이런 담탕(澹蕩)한 경치를 그리는 것은 반드시 흉중에 이런 담탕한 풍치를 가지고 있기 때문이다.

第四幅, 筆下寫此澹蕩景色者, 必其胸中, 有此澹蕩風致.

다섯 폭. 버들 그늘과 대 난간 앞에 흐르는 물이 있으니 비록 거문고를 가지고 있지 않더라도 내가 진실로 그림 속의 사람이 거문고를 치려는 것을 알겠다.

第五幅, 柳陰竹欄, 流水在前, 雖不携琴, 余固知畵中人之欲琴矣.

여섯 폭. 문장과 서화는 격식을 지키지 않기가 최고로 어려우니 윤두서만은 격식을 벗어났다.

第六幅, 文章書畵, 不套爲最難, 孝彦惟不套耳.

일곱 폭. 백씨가 일찍이 영모도(翎毛圖)를 얻어 조부에게 초요일지(鷦鷯一枝) 네 글자를 써 주기를 청하였는데, 조부가 잠자코 있다가 별도로

芙蓉院落溶溶月,　　　연꽃 핀 정원에 용용한 달빛이요
柳絮池臺淡淡風.　　　버들개지 나는 지대에 담담한 바람이 불더라

고 쓰고 이것을 화공에게 그리게 하였다.

　第七幅, 伯氏嘗得翎毛圖, 請祖考題鶺鴒一枝四字, 祖考嘿然別書"芙
蓉院落溶溶月, 柳絮池臺淡淡風." 使工畵之. 芙蓉院落溶溶月, 柳絮池臺
淡淡風.

　여덟 폭. 세 마리 말이 날듯 우뚝 선 것이 진실로 모두 천리마
의 기세가 있고, 말을 탄 사람이 채찍을 들고 굴레를 당기는 것이
또 가볍게 활동하려는 것 같다.

　第八幅, 三馬騰踔, 固皆有千里之勢, 騎馬者擧鞭挈䪅, 又勃勃欲活矣.

　아홉 폭. 세상이 더럽고 혼탁한데 어찌 번거롭게 금은으로 장식
하려고 하는가? 어떤 이가 금은은 더럽고 혼탁한 것이 된다고 말
하니 도리어 그에게 더럽고 혼탁한 본색을 돌려주는 것이다(이금
(泥金)과 이은(泥銀)으로 그린 그림이다).

　第九幅, 世界垢濁, 何煩金銀粧就, 或曰, "金銀所以爲垢濁也. 還他垢
濁本色."(以泥金泥銀畵.)

　열 폭. 경치가 좋은 지역에 살면서 즐기는 자는 마음으로 즐기
는 것이다. 다만 내 마음을 이 그림 속의 사람으로 들어간다면 곧
이는 내가 사는 곳이고 나의 즐거움이다.

　第十幅, 居勝區而樂之者, 以心樂之耳. 但以吾心, 納此畵中人身中,

便是吾居吾樂也.

열한 폭. 사담(沙潭)이 있고 나월(蘿月)이 있는 길과 비슷하니 이
것을 대하고 있으면 점차 담헌(澹軒, 이하곤)의 풍류를 생각하게
된다.

第十一幅, 髣髴沙潭蘿月逕, 對之, 轉憶澹軒風流也.

열두 폭. 성총(性聰)이란 사람이 중의 행실은 없으나 중의 모습
은 있다. 윤두서가 매양 늙은 중의 모습을 그릴 적에 문득 불러다
그리니 이 또한 약간 더하고 빼는 정도이다.

第十二幅, 有性聰者, 無梵行而有梵相, 孝彦每畵老釋, 輒召而寫之,
此亦略加增減也.

열세 폭. 담채가 더욱 소소(疎疎)하니 당나라[중국]의 그림에 핍
진하다.

第十三幅, 淡彩尤疎疎逼唐.

열네 폭. 임포(林逋)의 매화(梅花)와 학(鶴)은 염정적이다. 그러므
로 매화 대신에 대로 하는 것만 못하다.

第十四幅, 林逋梅鶴有嬚意. 故不如代梅以竹耳.

열다섯 폭. 이 폭은 조금 속되니 영웅이 사람을 업신여긴 것이다.

第十五幅, 此幅稍俗, 是英雄欺人.

열여섯 폭. 배를 정박하고 버들 바람을 쐬니 이미 스스로 맑은 풍치이고, 머리 들어 하늘가를 바라보니 먼 산이 더욱 유연하다.

第十六幅, 泊船灑柳風, 已有淸致, 矯首望天際, 遠山尤悠然.

열일곱 폭. 달 아래 거문고를 베고 자니 거문고를 타는 것보다 운치가 있다.

第第十七幅, 月下枕琴, 韻於彈琴. 十八幅, 寫俗題而無俗筆, 此化腐爲神爾.

열여덟 폭. 속된 그림[풍속화]을 그렸는데 속된 필치가 없으니 이것은 썩은 것을 변화시켜 신묘한 것으로 만드는 것이다.

第十八九幅, 寫俗題而無俗筆, 此化腐爲神爾.

열아홉 폭. 뗏목을 만들어서 바다를 탈 수 있거늘 위험하다고 하여 손으로 밀친다면 우활한 짓이다.

第十九幅, 槎而可乘於海, 而以爲危, 而手托之則迂矣.

스무 폭. 이 또한 바라볼 적에 윤두서의 필치임을 알겠다.

第二十幅, 此亦望之, 知爲孝彦筆也.

스물한 폭. 붓질마다 변화가 일어나니 정선도 미치지 못할 듯하다.

第二十一幅, 筆筆變化, 元伯恐亦不及.

스물두 폭. 앞산은 바로 정선의 솜씨이다. 지난번에 정선이 부채에 그린 석종산을 보니 전적으로 배를 맨 석법을 사용한 것이다.

第二十二幅, 前山固元伯爾. 向見元伯扇畵石鍾山, 又全用此泊船石法.

스물세 폭. 이 소품은 방필이다. 연담(蓮潭)과 창곡(蒼谷)에 견주면 아속(雅俗)이 스스로 같지 않다.

第二十三幅, 此小品放筆耳. 視蓮潭·蒼谷, 雅俗自不同.

스물네 폭. 미불(米芾)을 모방했으니 바로 미불이다.

第二十四幅, 倣海嶽, 卽海嶽.

스물다섯 폭. 아마 이것은 득의필이 아닐 것이니 그래서 낙관을 찍지 않았다.

第二十五幅, 疑此非得意筆, 不着圖章.

스물여섯 폭. 만약 지둔으로 이 말을 보게 한다면 미원장이 돌어른에게 절한 것처럼 그릴 것이다.

第二十六幅, 若使支公見此馬, 當作元章石丈拜矣.

스물일곱 폭. 내 집에 공재의 굴레 벗은 말 그림[脫羈馬圖] 한 폭이 있다. 마부가 여물통을 들고 말을 부르며, 말은 황급히 먹으려고 나아가고 있으니 신준(神駿)함이 생동감이 있다.

第二十七幅, 余家有恭齋脫羈馬一幅, 圉人抱粥桶誘焉, 馬踖踖以喙就之, 神駿如生.

「제황고산묵적(題黃孤山墨蹟)」

고인의 글씨를 배우려면 그 용필법(用筆法)에 응신묵회(凝神默會)해야만 하니, 용필법이 일치되면 온갖 생각이 깨달아져서 여기에서 곧 환골탈태(換骨奪胎)할 수 있으니 임첩(臨帖)을 바랄 것이 없다. 송설[조맹부]이 "용필은 천고에 바뀔 수 없다."고 이른 것은 바로 반쯤은 게송이다. 비속의 장미화를 대하면서 조재오(趙載五)가 수장한 고산(孤山, 황기로)의 묵적을 펼쳐 보다가 제한다.

題黃孤山墨蹟

欲學古人書, 但凝神默會其用筆法, 用筆之法, 一致而百慮悟, 於此便可奪胎換骨, 不須臨帖也. 松雪謂'用筆千古不易', 乃半偈語爾. 雨中對薔薇花, 展載五所藏孤山墨蹟, 題.

「제화(題畫)」

사람들이 그림 속의 물이 흐르지 않고 바람이 불지 않으며 나뭇잎이 마르지 않는 것을 유감으로 여긴다. 나는 그림을 위해 변론하고자 한다. 물이 있되 흐르지 않게 하고 바람이 있되 불지 않게 하고 잎이 있되 마르지 않게 하는 일, 이는 조화옹도 할 수 없는 일이지만 그림만은 가능하다. 그림 속의 피리 부는 사람이 날마다 피리를 불어도 잘잘못이 없으니, 이것은 또 소문씨(昭文氏)가 미치지 못하는 점이다.

題畫

人恨畫之水不流, 風不吹, 木葉不凋. 吾爲畫訟, 有能有水而使之不流,

有風而使之不吹, 有葉而使之不凋乎, 此造化之所不能, 而畵能之. 笛人
日日弄笛, 而無成虧, 此又昭文氏之所不及也.

「제정원백절강관조도(題鄭元伯浙江觀潮圖)」

천하의 이치가 있지 않은 적이 없다. 그래서 무릇 음양에서 기
를 받은 것은 모두 감응하는 묘함이 있게 된다. 세상에 전류(錢鏐)
가 화살로 조수(潮水)를 쏘았던 일은 알지만 노양공(魯陽公)이 창으
로 해를 돌린 것과 진시황 때에 채찍으로 돌을 몰아간 일은 믿지
않는다. 이것은 아마 우양(牛羊)과 같은 지나친 편견이다. 절강(浙
江)의 성난 파도를 진시황이 두려워서 피했거늘, 전류가 바로 화살
로 조수를 쏘아서 후퇴시켰으니 아마도 조수의 신도 늙고 피곤했
던 것이리라.

천지간의 일을 한 번에 아울러 설명하기는 어려운 것이 있다.
오자서(伍子胥)의 신이 파도로 변한 일과 전류가 화살로 조수를 쏜
일이 바로 이것이다. 이른바 분리시켜 놓으면 둘 다 아름다운 일
이 되고 합쳐 놓으면 둘 다 손상을 받게 된다.

매승(枚乘)이 지은 관도(觀濤)의 칠발(七發)[477]이 초태자(楚太子)의
병을 낫게 하지 못하니 이 그림 한 폭은 내가 우울증에 걸려 잠깐
펼쳐 보면 병을 낫게 하는 것만 못하다. 이른바 "흰 물결이 분벽
(紛壁)을 쳐서 남은 더위를 싹 씻어버리는 일"과 이와 어떠할지 모
르겠다.

---

477) 관도(觀濤)의 칠발(七發): 일곱 가지의 일을 말해 초태자를 일으켜서 일을 하게 한 것이다.

題鄭元伯浙江觀潮圖

天下之理, 無所不有, 而凡受氣於陰陽者, 皆當有感應之妙. 世知錢鏐之射潮, 而不信魯戈之揮日, 秦鞭之驅石, 此殆牛羊隅見也. 浙江怒濤, 秦皇帝之所畏而避, 而鏐也乃能射退之, 想潮神亦老懦爾. 天地間事, 有不宜一時竝說者. 胥神化濤, 錢王射潮, 是也. 所謂離之則雙美, 合之則兩傷. 枚乘觀濤之發, 不能已楚太子之病, 不如此畵一幅, 使余幽憂之疾, 乍展而已霍然. 未知所謂白波吹紛壁, 一洗殘署者, 與此何如耳.

「제화(題畵)」 육칙(六則)

첫째: 옛 돌과 긴 대를 상대하면 말을 잊는 것이 충분한데, 여기에서 글 짓는 일은 또한 헛된 것이 아니겠는가? 어떤 사람은 "그렇게 한다면 도연명과 백낙천이 설 자리가 어디겠는가?"라고 한다.

古石修竹相對, 妄言足矣, 於是而爲文墨役, 不亦勞乎? 或曰, "如此則置陶令白傅於何地?"

둘째: 구부려 그윽한 샘물의 소리를 듣고 우러러 맑은 달을 보며, 거문고를 옆에 끼고 술병을 베개 하고 잔다. 이 늙은이는 청복(淸福)만을 오로지 하고 후일의 계책은 생각지 않는다.

俯聽幽泉, 仰見明月, 挾鳴琴而枕酒壺, 是翁太專淸福, 不爲後計矣.

셋째: 눈이 폭포수를 보면 손은 거문고를 잃고, 손이 거문고를 얻으면 눈은 폭포수를 잃는다. 그러므로 거문고를 안고 눈을 부릅뜨고 있으니 그는 거문고와 폭포가 둘이 아니고 손과 눈이 하나라는 것을 알지 못하는 것이다.

目俯聽幽泉, 仰見明月, 挾鳴琴而枕酒壺, 是翁太專淸福, 不爲後計矣. 得乎瀑, 則手失乎琴, 手得乎琴, 則目失乎瀑. 所以抱琴而瞠然, 彼殊不知琴瀑非二, 手目是一.

넷째: 시내 소리를 들으며 발걸음을 옮기고 버들 바람이 사람을 훈훈하게 한다. 지팡이를 다리 위에서 멈추고 돌아보며 거문고를 든 종에게 말하니 여기에 한 곡조 타려고 하는 것과 같다.

溪聲送步, 柳風薰人. 駐筇橋上, 顧語琴僕, 似欲於此, 一撫之.

다섯째: 삿갓과 도롱이로 비를 대비할 수 있고 광주리 속의 고기로 저녁 밥상에 제공할 수 있는데, 어째서 만강(滿江)의 풍광을 버리고 피곤한 모습으로 돌아가는가?

笠蓑足以備雨, 筐中魚足以供夕炊, 何抛此滿江風景, 而芒芒歸也?

여섯째: 빈 강 맑은 밤에 배에 기대 비파를 타니 잠룡은 나의 곡조에 맞추고 명월은 나의 노래를 감상한다. 알고 보면 화공이 이것을 그릴 적에 열 손가락이 모두 춤추었을 것이다.

空江淸夜, 倚船而彈琵琶, 潛龍爲我度曲, 明月爲我賞音. 知畵工作此, 十指皆舞矣.

「제백하서첩(題白下書帖)」 육칙(六則)

첫째: 백하첩을 열람하면 직방(織坊)에 들어간 것 같아서 비단이 색색마다 신기함을 보게 된다.

覽白下帖, 如入織坊, 閱文錦色色新巧.

둘째: 우리나라 명필은 마땅히 세 사람을 들 수 있으니, 안평대군은 정신이 뛰어나고 석봉은 기력이 웅혼하고 백하는 법과 변태(變態)로 필적한다.

我朝名筆, 當推三大家, 安平精神超詣, 石峰氣力雄渾, 白下故當以法與變態敵爾.

셋째: 시에는 읍취헌과 소재와 삼연이 있고, 문에는 간이와 계곡과 농암이 있어 삼예(三藝)가 모두 정족이 되니 거의 동방의 목삼수에 부록됨이 있다.

詩有挹翠‧蘇齋‧三淵, 文有簡易‧谿谷‧農巖, 三藝俱成鼎足, 殆亦有符於東方木三數歟.

넷째: 백하는 법에 깊었으나 오로지 송명에서 취재하였다. 그 문은 한나라를, 시는 당나라를 본받고자 하였으니, 다만 그 스스로 헤아리지 못함을 보게 된다.

白下深於法矣, 而專取裁於宋明, 彼文欲漢, 而詩欲唐者, 多見其不自量也.

다섯째: 매양 중국의 글씨는 섬세하면서 길고 우측이 충실하여 백가가 하나 같은데 윤순의 글씨는 짧으면서 활달하고 왼쪽이 파리하다. 이는 그 마땅함을 얻지 못한 것이다.

每見華人筆, 纖長而右實, 百家一律, 尹筆短闊而左贏, 此其不合處爾.

여섯째: 중국 사람의 선적(善蹟)은 짜임새가 긴밀하고 필세가 활

발하여 마치 연기가 올라가고 구름이 끌리는 것 같거늘 백하의 글
씨는 비록 좋으나 함께 열람하면 오히려 세속에 떨어진 것과 같으
니 이는 풍토[환경]의 한계일 것이다.

華人善蹟結搆緊, 而筆勢便活, 如煙霏雲曳, 白下書雖佳, 竝覽之, 猶
似隔塵, 當是風氣之限耳.

「습필진도서(習筆陣圖帖序)」계사(癸巳)[478]

글씨는 문장과 다르다. 문장은 도를 전하기 때문에 부득이해서
공들여야 하니 공들이지 않으면 전할 수가 없게 된다. 글씨는 졸
(拙)하다는 것으로 문자를 전하는 데 해가 된다고 할 수 없으니,
글씨는 공들이는 것을 일삼아서는 안 된다. 그러나 사람은 벽(癖)
이 없을 수가 없고, 벽은 크고 작은 것이 없어서 글씨에 대한 벽
은 공들이고자 하는 것이 이상하지 않다. 내가 글씨에 능하지 않
으나 다만 글씨에서 얻은 것이 있다.

옛날 장전(張顚)은 춤을 보고 글씨가 더욱 진전되었고 원장(元章)
은 꿈에 지렁이의 꿈틀거림을 보고나서 신해(神解)를 얻었다. 그러
므로 천지만물이 모두 나의 서법(書法)이 됨을 알겠다. 저들은 한
갓 고첩(古帖)만을 임서해서 아침에 베끼고 저녁에 모사하는 것은
비루한 일이다. 그러나 사광과 주(?)의 총명으로도 규구(規矩)를 벗
어나고 음률을 버린다면 그 그릇과 음악을 이룰 수 없다. 고첩이
란 것은 또한 글씨의 규구와 음률일 것이다. 아! 이것은 홀로 글씨
에 대한 설명이다. 천하의 일이 공교함에 지극하기를 구하는 것이
모두 이것으로 따라야 할 것이다.

---

478) 계사(癸巳): 1713년(숙종 39).

계사년 12월에 건천병부(乾川病夫)는 쓴다.

習筆陣圖帖序 癸巳

筆異乎文, 文以傳道也. 故不得已而工, 爲不工則不傳. 筆以傳文, 不
以筆之拙, 而害文之傳, 則筆無事乎工矣. 然人不能無癖, 癖無大小, 若
癖于筆者, 無異乎欲其工. 余不能書, 而獨嘗得書之意. 昔張顚, 目渾脫
舞而筆益進, 元章, 夢蚓蚓而得神解. 故知天地萬物, 皆吾之書法也, 彼
徒臨古帖, 朝謄而暮模者, 陋哉! 然曠朱之聰明, 而離規矩, 舍音律, 不成
其爲器若樂焉, 則古帖者, 亦書之規矩音律也夫! 嗚呼! 此獨筆之說哉?
天下之事, 求至於工者, 俱可以是而率之. 歲癸巳季冬, 乾川病夫, 書.

「수유헌시화첩서(茱萸軒詩畵帖序)」윤용을 위해 짓는 것이다.

일찍이 이재대(李載大)를 대하여 우리나라의 관호(官號)가 중국
제도를 따르지 않는 것을 논하였는데, 재대(載大)가 말하였다. "우
리나라가 일마다 모의를 많이 하니 가소로우나 홀로 이것만은 스
스로 문호를 세워서 의기가 강하다." 이재대의 이 견해는 짐짓 나
름대로 호방한 것이다. 그런데 그 서화(書畵)와 문사(文辭)를 몹시
좋아하여 무릇 품평(品評)을 하면 반드시 중국에서 취해 오니 어찌
재예(才藝)의 공은 본래 두 가지 이치가 없고, 중국은 문명의 지역
으로 표준이 있는 곳이라 스스로 여겨서인가?

근세의 문사(文辭)와 서법(書法)은 곧 중국의 정수를 얻었다고 스
스로 명명(命名)하는 자를 자세히 조사하고 세밀히 살펴봄에 모두
왕경(王景)이 납향제사에 회음(會飮)하는 것과 유사할 따름이고 그
림의 경우는 몇몇 작가의 그 득의처를 거의 분별할 수도 없으니

군열(君悅)의 첩(帖)이 그것이다. 어찌 그 사이에 오히려 난이(難易)의 분별이 있겠는가? 내가 그림에 대해서 안목이 미치지 못하니 소략하게 믿지 못해서 그러한가?

시필(試筆)의 그 아래에 첨부한 것도 시원하여 우리나라의 고착되고 막히는 누추함이 적고 책의 장정이나 규모가 오히려 중국풍으로 새기고 그렸으니 모두 군열이 한 것이다.

다만 생각건대 사람이 이런 재주는 마치 비취새가 깃을 지닌 것과 같아 세상에서는 보배로 여기는 바이다. 지금 이에 자작(自作)·자장(自藏)·자완(自翫)할 따름이라면 물에 임하여 그림자를 사랑하다가 도리어 현혹되는 것에 거의 가깝지 않겠는가? 그런 까닭에 나 같은 호사가(好事家)에게 주어 문방(文房)의 청아한 구경거리를 공유하게 하는 것이 낫다고 생각하는데, 군열은 수긍하는가?

茱萸軒詩畫帖序

嘗對李載大, 論我國官號之不遵華制, 載大曰, "我國事多摸擬, 可笑, 獨此自立門戶, 爲强意爾." 載大此見故自豪. 顧其酷嗜書畫文辭, 凡有評品, 必取裁於華, 豈以才藝之工, 本無二致, 而中國文明之區, 自爲準的之所在歟? 近世文辭書法, 卽自命得華髓者, 精覈細勘, 類皆王景與蠟歆耳, 若夫畫則數三作家, 其得意處, 殆不可辨, 如君悅此帖, 是已. 豈其間, 猶有難易之分邪? 抑余於畫, 眼目有未到, 揚推有未允而然邪? 試筆之附其下者, 亦瀟灑, 少東人黏滯之陋, 粧績模式, 尤刻畵唐製, 皆君悅爲也. 但念人之有是藝也, 猶翠之有羽, 所以爲寶於世. 而今酒自作·自藏·自翫而已, 則不幾於臨水愛影, 而反致眩歟? 故以爲不如畀之好事, 如乾川子者, 以公文房淸玩, 君悅其肯之否乎?

「관월첩서(貫月帖序)」 경자(庚子)[479]

우리나라가 소중화(小中華)를 일컬은 지 오래다. 그런데 사람들이 우리가 중화와 같은 유(類)인 줄은 알지만 그 같은 유(類) 가운데에 또 서로 다른 유(類)가 있음을 알지 못한다. 대저 단군의 강림은 섭제(攝提)가 처음 일어난 것과 같으니, 여기에 군신 상하의 관계가 시작된 것이다. 그리고 중국을 살펴보건대 바로 요·순임금의 매우 융성한 때이고, 한나라 때에는 천하가 날로 꾸미는 일로 나가 드디어 중세와 말세의 문호를 열되, 박혁거세와 주몽은 그때 막 상고(上古)의 기화(氣化)를 벗어나지 못하였다. 이는 대개 산천에 국한된 것과 습속에 치우친 것으로 스스로 개(開)·색(塞)·선(先)·후(後)가 다를 수 없는 것이 아니다. 비유컨대 향촌의 어린 아이가 먹을 것을 구하려고 응석부리는 나이에 서울의 자제는 이미 결혼하여 자식을 키워 엄연히 장자의 모습이 있는 것과 같다.

지금 학사와 대부들은 입만 열면, 우리나라는 사회의 수준이 매우 경박하고 인심이 극히 소삽하여 만회할 만한 힘이 없다고 말한다. 그러나 그 실상은 생각건대 마치 지금의 중국이 몰락하여 오랑캐가 되고 도깨비로 변화하는 데에 이르지 않아, 중국으로 하여금 변화하여 도에 이르게 한다면 제나라와 노나라가 난이(難易)할 뿐 아니다. 일찍 성한 것은 먼저 쇠하고 늦게 핀 것은 뒤에 시드는 것은 진실로 물(物)의 이치다.

대개 선배가 이르기를 "우리나라의 규모는 한결같이 조나라와 송나라를 닮았다."라고 한다. 곧 법제의 관후함과 의물의 빈욱(彬縟)이 상고에 모방하고 따른 이유는 스스로 말할 필요가 없으나

---

479) 경자(庚子): 1720년(숙종 46).

후세에 나온 이학(理學)이 걸핏하면 정자와 주자의 법을 받고, 계승한 선비가 으레 구양수와 소식의 발자취에 귀결되어 곧 수백 년 후에 거듭 조나라와 송나라일 뿐이다. 그런데 홀로 괴이한 것은 서화(書畵) 두 분야는 송나라보다 더 성대하거늘, 이에 지금의 우리는 적료함을 벗어나지 못하고 있다. 그 속에 경박하게 스스로 기뻐하는 것이 글씨는 겨우 조두와 경상이고, 그림은 바로 스스로 제(帝)로 여기고 저들에게 우뚝할 뿐이다.

요즘에 배우는 자가 조금 높이 보고 넓게 활보할 줄 알아 왕희지와 왕헌지가 글씨의 개조(開祖)임을 알고 당나라를 배우지 않으니 그림 또한 교훈될 수 없다. 한두 선각자가 창도하면 후생이 휩쓸리듯 믿고 따라서 거의 집마다 벼루를 대하고 사람마다 붓을 잡아야 하니 그런 뒤에 이른바 송나라와 같다는 것이 비로소 갖추어져서 유감이 없을 것이다. 대저 화사의 전신(傳神)이란 한 터럭이 닮지 않는 것이 그 사람이 되는 데에 해롭지 않거늘 서화가 송나라에 있어서 바로 '그 뺨 위에 세 터럭'이니 어찌 특별히 한 터럭 뿐이겠는가? 지금 이후에 과연 그 사람이라 이를 수가 있겠다!

나의 형인 양일공(養一公)이 경서와 사서를 읽는 여가에 청상(淸賞)에 관심을 두어 근세의 이름난 그림을 모아 5권으로 만들고 글씨에 능한 사람으로 고시어(古詩語)를 쓰게 하여 화경(畵境)에 합치되는 것을 유(類)로 첨부하고 또 각각 연차로 차례를 삼았다. 상하 백수십 년 사이에 무릇 글씨로 날린 몇 사람과 그림으로 날린 몇 사람을 모았다. 아! 성대하도다! 서화는 본래 자질구레한 일이니 기술할 것이 없는 일인데 홀로 일대의 재예(才藝)를 모아서 후세에 열람하는 사람으로 하여금 소기(小技)의 모음이 이와 같은 데에 이른 것을 알게 하니 당시의 문물의 성함이 어떻겠는가? 그리고 그 이른바 송나라와 같다는 것도 여기에 이르러 비로소 갖추어진 것이다.

우리나라의 성쇠진퇴(盛衰進退)의 동기가 스스로 중국과 서로 다르고, 그 이유는 다스리는 것이 비교하기에도 오히려 쉬운 것이니 그 관계됨이 생각건대 중요하지 않는 것인가? 또 생각건대 옛날에 글씨를 모으는 자가 반드시 그림을 모으지 않고 그림을 모으는 자가 반드시 글씨를 모으지 않으며 또 이 둘을 모으는 것이 반드시 유(類)로써 함께 첨부하지도 않으며 함께 첨부한 것이 또 반드시 당대의 명망 있는 선비를 망라하여 진실로 그 차례로 한 연차를 이 첩처럼 하지도 않을 것이다. 또한 용의(用意)가 정하고 창법이 긴밀하여 서화가가 일에 거의 할 수가 있다고 할 만하다.

貫月帖序 庚子

我東之稱小中華, 舊矣, 人徒知其與中華相類也, 而不知其相類之中, 又有不相類者存. 夫檀君之降, 有若攝提之初起, 於是乎始君臣上下矣. 而顧瞻神州, 乃勛華極隆之會, 漢世天下日就於雕琢, 遂開叔季門戶, 而赫居·朱蒙, 方且未脫乎上古之氣化. 此盖山川之所局, 風氣之所褊, 自不能無開塞先後之異, 譬如鄉村丱童, 索飯嬌癡之歲, 京華子弟已有嫁娶産育, 儼然長者步趣者也. 今學士大夫開口, 說我國世道極澆漓, 人心極蕭颯, 不可容挽回之力, 而其實顧不至如今日中華之淪爲夷狄, 化爲鬼魅, 而其使之變而至道也, 不啻齊魯之難易矣, 早盛者先衰, 晚榮者後悴, 固物之理也. 盖先輩謂本朝規模一似趙宋, 卽法制之寬厚, 儀物之彬縟, 上之所以倣效者, 自不必言, 而輩出之理學, 動稟洛閩之成法, 踵接之文士,

輒歸歐蘇之遺軌, 便是數百年後, 再世趙宋耳. 獨怪夫書畫兩藝, 莫盛於
汴都, 而乃本朝不勝寂寥. 就其中沾沾自喜者, 書厪俎豆庚桑, 畫乃自帝
尉佗矣. 比來學者稍能高視闊步, 知二王爲書之祖, 而不學唐, 則畫亦不
足以爲訓也. 一二先覺倡之, 後生靡然信從, 殆將家臨池而人舐筆, 然後
向所謂同於宋者, 始備無憾. 夫畫師之傳神也, 一毛髮不似, 不害爲非其
人, 書畫之於宋, 正其頰上三毛, 豈特一毛髮而已? 今而後, 果可謂其人
也矣! 余兄養一公書史之暇, 游心淸賞, 集近世名畫五卷, 取能書者所書
古詩語, 合於畫境者以類附之, 而又各以年次爲弟. 上下百數十年之間,
凡得書幾人, 畫幾人, 嗚呼盛矣! 書畫本細事, 不足述, 而是帖也, 獨能微
一代之才藝, 使後之覽之者, 知小技之衆至於如此, 則當時文物之盛爲如
何, 而其所謂同於宋者, 至是而始備. 則本朝盛衰進退之幾, 自與中國相
別, 而所以治之者, 較猶易矣, 其爲關係顧不重歟? 且念古之集書者, 未
必集畫, 集畫者未必集畫, 卽兩集之也, 而未必以類同附, 同附之也, 而
又未必網羅時之名勝, 盡弟其年次, 如此帖之爲也, 亦可謂用意之精, 創
法之密, 而書畫家能事幾乎畢矣.

** 『두타초(頭陀草)』

허주 이징의 도원도 뒤에 쓴다[題李虛舟澄桃源圖後]. 갑신(甲申)[480]
허주(虛舟) 이징(李澄)이 그린 도원도(桃源圖) 족자는 아우 재창
(載昌)이 소장한 것이다. 무너진 절벽 성난 폭포가 협곡에 들어가
서 본 것과 너무 닮았다. 숲은 아득하고 어두우며 연기구름은 가

---

480) 갑신(甲申): 1704년(숙종 30).

득하여 절대 연묵기(鉛墨氣)가 없으며 늙은 솔 서너 개가 길이 한 촌 남짓하되, 수발(鬚髮)이 다 갖추어지고, 비안(鼻眼)이 움직일 듯하다. 이것은 허주의 매우 득의한 작품이다.

題李虛舟澄桃源圖後 甲申

李虛舟澄所作桃源圖障子, 舍季載昌所藏也. 崩崖怒瀑, 甚似入峽時所見. 林木杳冥, 烟雲淋漓, 絶無鉛墨氣, 老翁三四輩, 長皆寸許, 鬚髮備具, 鼻眼欲動, 此虛舟極得意筆也.

이덕익의 산수첩 뒤에 쓴다[題李德益山水帖後].

내가 이덕익(李德益)의 그림을 매우 많이 보았는데, 즐겨 안개 남기가 어려 숲의 나무들이 농담된 상태로 그렸지만, 필법이 창초(蒼峭)하여 전혀 속기의 태가 없다. 이 화첩은 또 일종의 담한풍치(澹閒風致)가 있다. 이는 득의의 필치이니 더욱 기쁘다. 그림을 오랫동안 공주촌가(公州村家)에 보관했더니 이사해(李士晦) 군이 그것이 부서진 벽 티끌 사이에 묻혀 있는 것을 알고 털어내서 다른 그림으로 바꿔 손수 표구한 것이 이와 같다. 매양 깨끗한 창 따스한 날에 향을 피우고 안석을 설치하고 꺼내서 완상하였다.

아! 사물의 드러남과 가려짐이 진실로 때가 있어 공졸미악(工拙美惡)에는 관련이 없다. 그렇다면 이른바 화가 삼매자가 세상에 항상 있는 것도 아니고, 안목을 지닌 감상자는 더욱 쉽게 만나는 것도 아니다. 덕익(德益)은 인조 때의 사람이니, 김명국(金鳴國)과 더불어 이름을 나란히 했다고 한다.

題李德益山水帖後

余觀李德益畫甚多，喜作烟嵐晻映，林樹濃淡狀，筆法蒼峭，絶無邪감
之態. 此帖又有一種澹閒風致. 是得意筆，尤可喜也. 畫舊藏公州村家，李
君士晦見其埋沒於壞壁塵土間，拂拭嗟惋，以他畫易取，手自裝繕如此. 每
晴窓暖日，焚香設几，出而賞玩. 噫! 物之顯晦，固自有時，而不係乎工拙
美惡，然則，所謂得畫家三昧者，世不常有，而具眼鑑賞者，尤未易得也.
德益長陵時人，與金鳴國齊名云.

비해당의 진적에 대한 발문[匪懈堂眞蹟跋]

비해당(匪懈堂, 안평대군)의 글씨는 마땅히 나라 제일이다. 신기
(新奇)는 점획의 이전에 있고, 법도는 지름길의 밖에 갖추어졌다.
맑고 편의하며 유려하여 필묵이 날며 춤추니, 황하수 세 곳의 준
소년이 비단 바지 날랜 말로 의기를 날리는 것과 같고, 은거지 노
학구의 시금털털한 것이 전혀 없으니, 이것이 기쁜 것이다. 청안(淸
安, 청주) 한필상((韓必相) 군이 집에 네 장을 소장하였다. 당인절구
(唐人絶句)를 썼는데 필법이 더욱 수미(秀媚)하여 아낄 만하다.

내가 변량(卞良)의 호랑이 그림으로 두 장을 바꿔, 매일 손을 씻
고 향을 피우며 꺼내 완상하니 바로 궁핍한 아이가 해외이보(海外
異寶)를 얻은 것과 같은 따위다. 자손에게 물려주며 부탁하기를 천
금이라도 남에게 주지 말라고 하니, 또한 우군(右軍, 왕희지)이 석
실에 감춘 뜻일 것이다. 운정(雲亭)이 후일에 만 장의 무지갯빛이
있어 바로 규성(奎星)과 벽성(壁星) 사이를 침범할까 걱정이다.

임호(臨湖) 홍공(洪公)은 서화를 잘 감별하였다. 후일에 이 종이
를 보고, "비해당의 글씨가 아니고, 송이암(宋頤庵, 송인)의 필적과

같으니 최고의 득의의 것이다."라고 하였다. 내가 홍공의 말을 한
군(韓君)에게 말하였다. 한군이 말하기를, "집에 수장한 이 글씨는
이미 칠세(七世)나 되었다. 그 선조부터 비해당(匪懈堂)의 글씨라고
서로 전해 온다. 본래 여덟 장인데 그 네 장은 권귀가 가져갔다.
그중의 하나의 밑에 매죽헌서(梅竹軒書) 네 글자가 있는데, 이로 보
건대 그것이 비해당의 글씨인 것이 의심되지 않는다 한다. 짐짓
아울러 기록하여 박아군자를 기다린다."

匪懈堂眞蹟跋

匪懈堂書, 當爲國朝第一, 寓新奇於點畫之先, 具法度於蹊逕之外. 淸
便流麗, 筆墨飛舞, 如三河俊少年, 錦袴駿馬, 意氣翩翩, 絶無兎園老學
究酸腐酸, 此可喜也. 淸安韓君必相家藏四紙, 書唐人絶句, 筆法尤秀媚
可愛. 余以卞良畵虎易取二紙, 每日盥手焚香, 出而玩之, 正與窮兒獲海
外異寶相類. 欲遺囑子孫千金勿與他人, 亦右軍藏之石室之意也. 雲亭異
日, 恐有萬丈虹光, 直燭奎壁間也. 臨湖洪公善鑑別書畵. 後見此紙曰,
非匪懈堂書, 似是宋頤庵筆, 最其得意者也. 余以洪公言問諸韓君, 韓君
曰, 家藏此紙已七世矣, 自其先相傳爲匪懈堂書. 而本八紙, 其四紙爲貴
家所取去, 其中一紙下有梅竹軒書四字, 以此觀之, 其爲匪懈堂書無疑云,
姑并記之, 以俟博雅君子耳.

**이일원이 소장한 원백 정선의 망천저도 뒤에 쓴다[題李一源所
藏鄭敾元伯輞川渚圖後].**

이 화권은 원백(元伯, 정선)의 최고로 득의필이니 크게 형산(衡山,
문징명)・화정(華亭, 동기창)의 뜻이 있다. 이를 해악제도(海岳諸圖)

에 비교하면 더욱 수려하고 전아한 것임을 알겠다.

요즘의 시화(詩畵)는 과연 삼연(三淵, 김창흡)과 정보(正甫, 신정하)가 말한 것과 같다. 선배보다 나은 곳이 있다. 다만 꾸밈이 너무 심해 오히려 선배의 진박기(眞樸氣)가 부족하니 이 뜻을 정보와 원백은 알지 않으면 안 된다.

정보의 발문 중에 일원이 그림을 모른다고 하니 이 화권을 소유하는 데에 합당하지 않다는 한 마디의 말은 지극히 묘하다. 나와 정보도 알고 있는데, 바로 어진 자는 부유하지 않다는 따위를 알지 못한다. 일원이 이것을 본다면 더욱 놀랄 것이다. 을미(乙未)[481] 5월 우중에 담헌은 원지당(遠志堂)에서 쓴다.

일원(一源, 이병연)이 화강(花江, 금화)을 맡았을 때에 두 가지의 좋은 인연이 있었다 한다. 금강산의 면목을 본 것이 하나이고, 정군의 이 화첩을 얻은 것이 둘이다. 일원이 관리가 되어 일마다 속되지 않음이 이와 같다.

김삼연(金三淵, 김창흡)이 "요즘 시에 공교한 사람이 많으니 지난날 한 시대의 선배보다 훨씬 났다."라고 하였는데, 내가 "화가도 또한 그렇다. 정군의 이 화첩은 어찌 나옹(懶翁, 이정)·허주(虛舟, 이징)무리들이 꿈엔들 보겠는가."라고 하였다.

내가 어려서부터 그림을 좋아하는 병통이 있어 다른 집안의 소장한 것을 반드시 스스로 얻은 뒤에 그쳤다. 근래는 자못 그러지 않았는데, 생각으로는 좋아하는 버릇이 이미 식어들었다고 생각했었다. 그런데 지금 이 화첩을 보자 매우 남에게 그것을 바라게 하니, 비로소 전번에 말한 그렇지 않았다는 것은 바로 세상에서 좋

---

481) 을미(乙未): 1715년(숙종 41).

은 그림이 없었기 때문이고, 나의 병통이 줄어들었다는 것이 아님을 알겠다.

내가 이 화첩을 보니 그 용필이 매우 속되지 않으니 드디어 보장(寶藏)이 될 만하다. 일원이 그림을 모른다는 것으로 이 화첩을 소유한 것이 합당하지 않지만 특별히 그 시의 묘함으로 이 그림에 짝할 수가 있겠다.

나는 정보와 원백이 진실로 꾸밈의 병이 있다고 이르지는 않았다. 근일의 습속이 대체로 이와 같으니 두 사람이 여기에서 더욱 착안했으면 한다.

내 집의 완위각(宛委閣)에는 단지 수십 정(幀)의 그림이 있고, 근일의 여러 작품들은 절대로 없는데, 내가 그림을 보관한 것이 많지 않고, 또한 그림을 얻는 데에 결백하다는 것을 알 수가 있겠다. 정보는 지금 나를 많으면서도 더욱 탐한다고 놀리고, 또 일원은 느슨함을 아껴 온전히 어부지리의 공을 얻고자 하는 것을 바란다. 그러나 일원이 삼척동자가 아니니 어찌 그 운무 중에 떨어질 수가 있는가? 정보는 오랜 병이 과연 발동된 듯하다. 한 번 웃는다. 재대(載大)가 또 쓴다.

재대가 이른바 선배들은 진박기(眞樸氣)가 부족하다는 것은 진실로 옳다. 이것은 다만 꾸밈의 실수는 아니다. 바로 그 안목이 매우 정밀하고 격조가 매우 갖추어져서 오히려 진기에 누가 된 것이다. 내가 재대에게 어진 자는 부유하지 않다고 한 말로 모르는 사이에 배를 움켜쥐고 웃는다. 내가 서화에 진실로 가난하고 검소한 자이지만 재대가 수장한 것들은 어떻게 풍부하지 않다고 하겠는가?

그가 상산(常山, 진천)으로 돌아갈 적에 소나 말에 실은 서화(書

畵)가 꼬리를 서로 이어 길에 끊이지 않았다. 도둑들이 보화라고 생각하고 그것을 빼앗으려 해서 밤마다 잠도 못 자고 지킬 정도였다. 집 사람들이 불평하기를, "이는 어떤 물건이란 말인가? 아무 이로움도 없으면서 우리들을 이렇게 두렵게 만드는가."라고 하면서 불 속에 던져 태우고자 하였으니, 재대가 억지를 써서 겨우 말릴 수가 있었다.

이 일이 서울에 소문으로 크게 났을 정도인데, 지금 이 화권에 대해 틈을 엿보아 가지려고 하니, 이는 진실로 풍부하면서도 더욱 탐하는 것이다. 스스로 말한 바와는 다른 유이다. 일원이 다른 날에 이 화권을 아낀다면 진실로 마땅히 줄 것이나 나같이 가난하고 검소한 자는 가볍게 재대가 그렇게 풍부할 수 있도록 허락할 수만은 없다. 이렇게 해야만이 어진 사람의 일 처리이다. 일원은 어떻게 생각하는지 모르겠다. 정보는 또 쓴다.

題李一源所藏鄭敾元伯輞川渚圖後

此卷是元伯極得意筆, 大有衡山·華亭意思. 比海岳諸圖, 更覺秀雅. 近日詩畵, 果如三淵·正甫所云, 有㮣似前輩處. 但彫鏤太甚, 反乏前輩眞樸氣味, 此意正甫·元伯不可不知也. 正甫跋中, 一源不知畵, 不合有此卷, 一語極妙. 吾與正甫能知, 而不知有正類仁者不富也. 一源見此, 想更絶倒. 乙未仲夏雨中, 澹軒書于遠志堂.

一源之宰花江, 有兩箇好因緣, 見金剛面目一也, 得鄭君此帖二也. 一源之爲吏而能事之不俗, 如此. 金三淵謂"近日工詩者多遠, 過曩時一番前輩." 余謂"繪素家亦然. 若鄭君此帖, 豈懶翁·虛舟輩所夢見耶?" 余自幼病於嗜畵, 人家所藏, 必自蓄之後已. 近頗不然, 意謂嗜好已退, 今見是帖, 甚使人欲之, 始知前所謂不然者, 乃以世無佳畫, 非余病之癡也. 余觀此帖, 其用筆極不俗, 遂當爲寶藏. 以一源之不知畫不合有此帖, 特以其詩之妙, 堪配此畫耳.

余非謂正甫・元伯眞有雕鏤之病. 近日習氣大抵如此, 欲兩君於此尤着眼也. 余家宛委閣, 只有數十幀古縑, 如近日諸人筆絶無存者, 可知余蓄畫無多, 且廉於取畫也. 正甫今以富而益貪啁我, 又冀一源愛弛, 欲全收魚人之功, 一源非三尺童子, 焉能墮其雲霧中? 正甫則宿恙果發矣. 一笑. 載大又書.

載大所謂乏前輩眞樸氣者固善矣. 此非直雕鏤之失也. 正以其眼太精格太備, 反累眞氣耳. 余於載大仁者不富之語, 不覺捧腹. 余於書畫, 固貧儉者, 如載大所藏거, 何嘗不富哉! 當其撤還常山也, 牛馬之輩載書畫者, 尾相續, 不絶於路, 盜以爲貨也, 而欲取之, 至相守, 連夜不得寐, 家人輩恚罵曰, "此何物? 無益而怖我如此", 欲投之爨火, 載大苦爭僅得免. 此事盛爲洛下所傳, 而今於斯卷闃然有欲得之意, 此眞富而益貧者. 不類於所自道矣. 一源它日, 於此卷愛裏, 固宜施與, 如我貧儉者, 不當輕許載大以繼其富. 如此方是仁者事, 未知一源以爲如何? 正甫又書.

일원이 소장한 해악전신첩에 쓴다[題一源所藏海岳傳神帖].

<금성피금정(金城披襟亭)>

풍악이 삽사(馺娑)와 건장(建章) 등 여러 대궁(大宮)이라면, 피금정을 보니 곧 그 금마(金馬)나 공거(公車)일 뿐이다. 원백(元伯, 정선)이 최초에 손을 댄 것은 마땅히 그 뜻이 여기에 있으리라.

楓岳如馺娑・建章諸大宮觀, 披襟卽其金馬・公車爾. 元伯最初下手, 宜其在是矣.

<통구모우(通溝暮雨)>

가랑비 허공에 뿌옇고 작은 배 강을 비껴가니, 비록 풍악을 방문하는 행색이 아니더라도 이 또한 그림이다. 전해에 창도역(昌道驛)을 지나갔는데, 경치가 매우 서로 비슷하나 다만 일원(一源, 이병연)의 시와 원백의 그림이 결핍되어 이를 기록한다.

烟雨空濛, 葉舟橫江, 雖非訪岳行色, 此亦堪畵. 前年過昌道驛, 景色極相彷彿, 但乏一源之詩元伯之畵以識之也.

<단발령(斷髮領)>

人言墨喜領,	사람들이 말하기를 묵희령에는
了了見楓岳.	또렷하게 풍악이 보인다고 하네
楓岳非楓岳,	풍악이 풍악이 아니고
領是山面目.	재가 산의 면목이네
何必入山中,	어찌 반드시 산에 들어가서
然後乃快意.	그런 뒤에야 곧 상쾌해지는가
我初聞此言,	나도 처음에 이 말 들을 적에는
此言頗有理.	이 말 자못 이치가 있다고 여겼네
譬如飮水者,	비유컨대 물 마시는 사람이
滿腹便卽心.	배를 채우면 바로 마음 편해짐이네
游山見眞面,	산을 유람하여 진면목을 보게 되면
此外復安希.	이 밖에 다시 안락을 바라리오
子猷眞吾師,	자유[王子猷]는 진짜 나의 스승이니
興盡當返歸.	흥이 다하면 도로 돌아올 뿐
及我登玆領,	내가 이 재를 올라와서는

眼如合琉璃.	눈이 유리에 합하는 것 같네
四顧了無見,	사방 둘러보아도 완전히 볼 것이 없으니
焉卞山容姿.	어찌 산의 용모와 자태를 구별하리오
得非言者妄,	말하는 자 망령이 든 것인가
令我怳驚疑.	나로 하여금 황연히 놀라 의심스럽네

이는 나의 묵희령(墨喜領) 시다. 지난날 만약 늙은 나에게 이 화권 중의 묘사한 것을 보게 했다면 이 반백쯤 희고 반쯤 검은 사람의 수천백 개의 머리털뿌리가 모두 뽑혀 버렸을 것이다. 한 번 웃는다.

此余墨喜領詩也. 向使老子得快覩此卷中所描, 此半白半黑數千百箇髮根, 恐芟淨都盡. 一笑.

<장안사(長安寺)>

산영루(山映樓) 앞에 다만 이삼봉(二三峯)이 있어, 높게 빼어나 사랑스러우니 이 화폭은 조금 모아 쌓아 놓은 것 같다. 어찌 원백이 흥이 났을 때 팔 가는 대로 휘둘러서 다만 그 의취를 구하고 그 형사를 구하지 않는 것이 아니겠는가! 이는 곧 화가가 말을 살펴보는 것과 같다. 검고 누른 것이나 암수를 가려야 하나, 이를 생략한들 무엇이 해로우랴?

山映樓前, 只有二三峰巉秀可愛. 此幅微似攢疊, 豈元伯興到時, 信手揮洒, 只求其趣, 不求其形似歟! 此乃畵家相馬法, 驪黃牝牡, 略之何害?

<정양사(正陽寺)>

산하대지는 본래 하나의 공계(空界)다. 원백의 이 작품은 이숭(李
嵩)의 독루도(髑髏圖)와 같아, 깊이 본래의 면목을 깨닫게 한다. 혹
은 그 면목을 상대하는 것이 싫어서 만이천봉을 그리지 않았지만
미친 사람 앞에는 꿈을 설명하기는 어렵다.

山河大地, 本一空界耳. 元伯此筆, 如李嵩髑髏圖, 深悟本來面目. 或
嫌其當面不着萬二千峰, 癡人前說夢難矣.

<만폭동(萬瀑洞)>

벽하담(碧霞潭)의 맑고 장엄함과 비로봉(毘鑪峰)의 높고 수려함은
필력으로 다투고자 하니, 원백은 진실로 평범하지 않다. 운림(雲林,
예찬)과 석전(石田, 심주) 무리들로 이것을 그리게 하면 따로 일종
의 담일한 풍치를 갖출 것이고, 이렇게 너무 빽빽하고 꽉 막힌 데
에는 이르지 않을 것이다.

霞潭之淸壯, 鑪峰之峭秀, 乃欲以筆力爭雄, 元伯固不凡, 使雲林·石
田輩作此, 另具一種澹逸風致, 不至此太密塞也.

<내산총도(內山摠圖)>

내가 평소에 정선과 더불어 한 번도 사귀지 않았는데, 이번에
이 화권으로 인하여 단지 그 화법만 얻은 것이 아니라 더불어 그
사람됨을 알았다. 사경설색(寫景設色)의 교묘함이 진실로 기뻐할 만
하고, 그 살활(殺活)을 조종한 것은 정말로 스스로 미치기 어려운
것이었다. 정양사(正陽寺) 앞에 만약 만이천봉을 배치했더라면 한
폭의 분경도(盆景圖)에 불과했을 것이다. 연운(烟雲)으로 가린 모습

을 그려서 도리어 공계(空界)의 진면목을 자리잡게 했으니 특히 이 대목에서 포치를 어떻게 할까 몹시 고심하였으며, 무한한 옥부용(玉芙蓉)을 환상적으로 나타내어 그 굳세고 빼어난 필법을 다 드러내었다. 이것은 바로 정선이 조종살활처(操縱殺活處)로 아는 이만이 이를 알 것이다.

내가 임문중(任文仲, 임규)의 홍금보장(紅錦步障)의 말을 가장 사랑한다. 다만 이런 광경이 적으니 원백은 다시 나를 위해 붓을 댈 수가 있겠는가!

余平生與元伯不交一面, 今因此卷, 不獨得其畫法, 兼得其爲人. 寫景設色之工固可喜, 其操縱殺活, 正自難及. 正陽前若排却萬二千峰, 不過爲一幅益景圖. 故作烟雲晻藹狀, 還它空界本面目. 特於此段, 匠心布置, 幻出無限玉芙蓉, 以逞其雄秀之筆, 此正元伯操縱殺活處, 唯知者知之也. 余最愛任文仲紅錦步障語. 但少此光景, 元伯能更爲我下筆否!

<불정대(佛頂臺)>

내가 불정대(佛頂臺)에 올라가서 시를 지어, "다만 측면으로 서쪽 폭포를 보니, 여기 모여 있는 것 모름지기 은선대(隱仙臺)에 양보해야 하네."라고 하였다. 은선대의 장점은 바로 정면에서 폭포를 보는 것이니 불정대(佛頂臺)는 진실로 은선대에 한 수 양보해야 한다. 다만 산록(山麓) 하나가 대(臺)의 형태를 이루지 못하고 또한 측면이 위태로워 사람으로 하여금 불정대를 즐기지 못하게 한다. 그렇지 않다면 기암이 우뚝 서서 대를 이루고 독목교(獨木橋)가 매우 운치가 있으니 이것은 은선대가 다시 한 수를 지는 것이다. 완벽한 묘함으로 물(物)과 함께하지 못하는 것이 원래 조화옹의 희극

처이다. 어찌하겠는가?

余登佛頂臺, 有詩曰, 只將側面看西瀑, 此着應須讓隱仙, 隱仙長處正在正面看瀑, 佛頂固讓一籌隱仙. 只一山麓, 不成臺形, 且危側不使人樂佛頂, 不然, 奇岩轟立作臺, 獨木橋極有韻致, 且則隱仙更輸一着也. 不以全巧與物, 自是化翁戲劇處, 奈何?

<출산도(出山圖)>

위의 백운(白雲) 봉우리와 산등성과 외구룡(外九龍)의 폭포는 온 산의 얼굴일 뿐만 아니라 원래 천하의 괴위(瑰瑋)하고 특별한 볼거리가다. 원백의 좋은 솜씨를 만나지 않았더라면 심한 결함처를 드러냈을 것이다. 혹시 호사가가 원백을 납치하여 다시 동쪽으로 와서 그린다면 이런 때와 종이라도 다비(茶毘)에 방해되지는 않을 것이다.

上白雲之峰巒, 外九龍之瀑布, 非特眉宇一山而已. 自是天下瑰瑋絶特之觀也, 不得元伯好手貌出, 極缺陷事耳. 倘有好事者, 拉元伯再東寫得, 此時若此紙不妨茶毘.

<해산정(海山亭)>

해산정(海山亭)은 기묘하게 바다를 보는 데에 있고 대호정(帶湖亭)은 기묘하게 산을 바라보는 데에 있다. 해산정은 넓고 커서 기상이 낮고 대호는 수려하여 풍신이 낮다. 대략 두 정자를 비교하면 우열이 쉽지 않으니 세상에서 바다와 산에 폭주하는 일이 많은데도 대호정은 찾아와 보는 자가 적다. 아! 이름난 지역과 빼어난 땅도 또한 행·불행이 있는 것인가? 원백의 필의에는 약간 억양(抑揚)이 드러나니 또한 이름 때문에 눌려 넘어진 것이다.

海山妙在觀海, 帶湖妙在望岳. 海山闊大, 以氣象勝, 帶湖秀麗, 以風神勝,
大較二亭, 未易軒輊也, 世多輻湊海山, 而帶湖則冷眼看過. 噫! 名區勝地,
亦有幸不幸歟? 元伯筆意, 微見抑揚, 恐亦爲名壓到也.

<삼일호(三日湖)>

삼일호(三日湖)는 마치 절색미인과 같아, 의태가 여러 가지로 모
두 충족되나, 흠이 되는 것은 흰 모래의 띠가 또한 태진(太眞, 양
귀비)의 약한 피부와 같다. 만약 향산(香山, 백거이)과 설당(雪堂,
소동파) 무리들을 얻어 누대(樓臺)의 화목장점(花木粧點)을 서자호
(西子湖)와 같이 하면 또한 부족한 곳을 보충할 수가 있겠다.

三日湖如絶色美人, 意態種種具足, 所欠者白沙一帶, 亦太眞微肌處.
若得香山·雪堂輩以樓臺花木粧點如西子湖, 亦足補缺也.

<문암관일출(門巖觀日出)> 문암(門巖)은 삼일호(三日湖)의 동쪽에 있다[門巖在三日湖東].

이십 년 전에 열산(烈山, 간성군 경계지역)을 지나는 길에 일출
(日出)을 보게 되었다. 바다가 갑자기 붉은 비단의 세계를 만들더
니, 하나의 화산[태양]이 그 가운데에서 용출하니 진실로 천하의
기이한 장면이었다. 문암에서 본 것이 이와 더불어 어떠할지는 모
르겠다. 가을 맑은 날씨에 비로봉의 꼭대기에 올라 바라보면 더욱
상쾌할 것이리라!

二十年前烈山途中觀日出, 大海忽作紅錦世界, 一座火山湧出其中, 眞
天下奇觀. 未知門巖所見, 與此何如? 秋晴後登毘盧頂觀之, 想更快也.

<옹천(甕遷)>

옹천(甕遷)은 그려도 좋고 그리지 않아도 좋다. 다만 그 구름에 감싸인 바위 벼랑길이 하늘로 치솟고 은빛 파도는 퍼졌다 말려드니, 문득 비로소 양공(良公)의 고심이 바로 안목 속에 있다는 것을 깨닫겠다.

甕遷, 畵亦可不畵亦可. 第其縈雲石棧, 拍天銀濤, 開卷便是, 始覺良工苦心, 正在阿睹中也.

<통천문암(通川門巖)>

문암(門岩)이 산(內山)에 있더라도 진실로 기물(奇物)인데, 갑자기 바닷가의 평평한 모래에서 만나니 더욱 기이하다. 내 시에 "총석(叢石)에 이르지 않음에 과연 무엇을 하겠는가, 문암도 나의 눈을 크게 하리라."라고 하였다. 내가 이런 장(丈)을 기다리면 또한 초라하지 않으리라.

門岩在內山, 固爲奇物, 忽於海濱平沙中得之尤奇. 吾詩曰, 叢石未到果何似? 門岩亦足豁吾眸. 吾之待此丈, 亦自不薄也.

<총석(叢石)>

내가 총석을 유람하던 날에 파도 바람이 크게 일어 배를 그 아래에 대기 어려웠다. 우러러 기위(奇偉)한 형세를 보니 매우 유감이었다. 그러나 언덕 한 곳은 끝내 총석의 단점이 되니 어찌 거령(巨靈, 물의 신)이 바다에 던져 둔 것이 칠성암(七星石)과 같겠는가?

余游叢石日, 風濤大作, 不能泊舟其下. 仰視奇偉之勢, 極可恨. 然傳岸一着, 終爲叢石短處, 安得巨靈神擲置海中, 如七星石耶?

<시중호(侍中湖)> 시중호의 게는 우리나라 제일이다. 주인 조의중(趙毅仲)은 시와 소리에 능하다[侍中湖蟹, 爲東國第一. 主人卽趙毅仲, 有能詩聲].

산수를 보는 것은 미인을 보는 것과 같다. 본 것이 비록 많더라도 혹 이름을 듣고는 그 면모(面貌)를 보지 못하면 부드러운 창자가 이끌려 가듯 바로 다시 여기에 마음 두게 되는데 이것이 실로 인정이니 우습도다. 지난해에 내가 동쪽으로 유람할 적에 비로봉(毘盧峰)을 오르고 용연(龍淵)을 찾으며 배로 삼일호(三日湖)를 돌고 피금정(披襟亭)과 총석정(叢石亭)을 찾으니 천하의 장관이라 할 수 있다. 그러나 돌아와서 연연해하는 것은 단지 시중호(侍中湖) 한 곳이다. 늙은 내가 여기에 있어서 또한 정치(情癡)를 면하지 못하니 진실로 한 번 껄껄 웃는다. 또 큰 가재를 쪼개서 술안주로 삼고 주인마저 시를 좋아한다면 상쾌한 일인데 한 번에 모두 잃게 되니 이 또한 한스러울 뿐이다.

觀山水如觀美人, 所閱雖多, 而或聞名未覿其面, 則柔腸所率, 正復在是, 此實人情可笑處. 去歲余東游, 上毘盧探龍淵, 鱶舟三日之湖, 披襟·叢石之亭, 可謂極天下壯觀也, 歸後戀戀, 只是侍中湖一曲. 老子於此, 亦不免情癡, 眞堪一噱, 且斫巨螯佐酒, 聆主人公好詩, 是快活事, 一倂失之, 此亦可恨耳.

<용항사龍貢寺> 통천(通川)에 있다[在通川].

내가 일찍이 마힐(摩詰, 왕유)이 지은 "어디 있는지 모르는 향적사(香積寺)를 찾아, 구름긴 길 몇 리를 들어가니, 고목이 우거져 사람이 다니지 않았는데, 깊은 산 어디선가 종소리가 들려오네."라는

시구를 좋아하였다. 원백(元伯, 정선)의 이 화폭은 완연히 이 시로구나. 예부터 시에 공교한 자가 그림을 잘 그리는 사람이 많았다. 대개 시의(詩意)와 화의(畵意)는 상통하는 것이라서 품격이 자연 맑고 높으니 생각건대 원백이 또한 시에도 공교한 자일 것이다.

余嘗愛摩詰不知香積寺, 數里入雲峰. 古木無人逕, 深山何處鍾? 元伯此幅, 宛然此詩也. 自古工詩者多善畵, 盖詩情與畵意相通, 品格自然淸高. 意者元伯亦工於詩者耶?

<화적연(禾績淵)> 철원에 있다[在鐵原].

무릇 그림은 전신(傳神)이 어렵고, 능히 칠팔 할만 형사를 얻어도 이것 역시 고수라 할 수 있다. 원백(元伯)의 해악제도(海岳諸圖)에서 그 묘한 곳은 거의 전신에 가깝고, 그 평범한 것이라도 또한 모두 그 형사(形似)를 얻었다. 내가 본 것이 이미 이와 같으니, 보지 못한 것일지라도, 스스로 미루어 생각할 만하다. 다른 날 이 그림을 끼고 동쪽으로 가면, 거의 화적연에 생소한 사람은 면하게 되리라.

凡畵傳神則難, 能得七八分形似, 斯亦高手也. 元伯海岳諸圖, 其妙處幾乎傳神, 其平處又皆得其形似. 吾所見者已如是, 則所未見者自可反隅. 他日挾此卷以東, 庶免禾淵生客也.

<삼부연(三釜淵)> 철원에 있다[在鐵原].

삼부연은 기이하기가 심한데, 일원(一源)의 이 시는 삼부연보다 더욱 기이하다. 시에 이르기를, "윗가마 가운데 떨어지니, 파도는 아랫가마에 걸린다. 올려다보면 전체 한 가지 절벽일 뿐, 누구라

세 못이 뚫렸다 하랴! 태초에 용이 움켰던가, 천년을 물이 뚫었네. 조화를 물을 길 없어, 지팡이 의지하고 망연히 홀로 서 있네."라고 하였다. 반복해 읊어 보니 절벽이 하늘에 걸리고 폭포 뿜어내는 모습이 싸늘하게 눈에 들어와 문득 그림이 한낱 군더더기가 됨을 깨달았다.

三釜淵奇甚, 一源此詩更奇於三釜淵矣. 詩曰, "上釜落中釜, 波濤下釜縣. 仰看全一壁, 誰得竅三淵? 太始思龍攫, 千年驗溜穿. 無由問造化, 倚杖獨茫然." 反復諷詠則絶壁天懸, 飛流噴薄之狀, 凜然在目, 便覺丹青絹素, 又一贅疣也.

<입산도(入山圖)> 화권 끝에 쓴다[寫於卷末].

흰 구름 붉은 숲으로 가을빛이 바야흐로 아름다운데, 진실로 말을 타고 산에 들어가는 것은 좋은 일이다. 더군다나 채복(彩服)과 남취(嵐翠)로 서로 비추고,[482] 훈(塤)과 지(箎)로 함께 샘물 소리 번갈아 울림에랴![483] 일원 이번 행차가 어찌 양주학(楊州鶴)보다 덜하겠는가?

白雲紅樹, 秋色方佳, 正好騎驢入山, 而況彩服與嵐翠交映, 塤箎共泉聲迭鳴! 一源此行, 何減楊州鶴耶?

<근민당(近民堂)> 금화에 있다[在金化].

내가 근민당(近民堂)에서 하룻밤을 잘 적에 맑은 못 오랜 버들이 매우 그윽한 운치가 있었는데, 여러 날 동안 오래 머물지 못하는

---

482) 노래자의 고사로, 부자간이 함께 가는 것을 말함.
483) 시경의 고사로, 형제간이 함께 가는 것을 말함.

것이 한스럽다. 일원이 어떤 복력(福力)으로 육 년의 머묾을 누릴 수 있었는지 모르겠다. 못의 오권석(五拳石)을 전부 방망이로 부숴 원백의 붓 끝을 더럽히지 않는 것이 좋겠다.

余一宿近民堂, 淸池古柳, 極有幽致, 恨不得數日留連. 未知一源以何福力, 能享得六載間臥耶? 池中五拳石一切椎碎, 毋汗元伯筆端, 可可.

<백전(栢田)> 금화에 있다. 순찰 홍명구가 전사한 곳이다[在金化. 是洪巡察命耈, 戰死處].

백전이 한낱 거친 언덕에 불과하다는 것, 과연 의중(毅仲, 조유수)의 말과 같다. 옛날에 용문생(龍門生)이 기록하기를, 문은 한 늙은이가 싸안아 막고 있을 뿐이라 하였는데, 돌아보건대 이 만 그루 잣나무숲 푸름 속에, 아직도 충혼의백이 있어, 떠돌며 떠나지 않는 듯하니, 그렇다면 그릴 수 있겠는가 없겠는가?

栢田不過一頑阜, 果如毅仲語也. 昔龍門生記魏東門爲一老抱關而已. 顧此萬柏森翠中, 尙有忠魂毅魄倘佯不去, 則其可畵耶? 不畵耶?

이일원(李一源, 이병연)이 금화를 다스릴 때에 원백 정선을 데리고 동쪽으로 유람하여 바다나 산의 기이한 곳을 만나면 문득 붓을 들어 모사하여 모두 이십여 폭을 얻었다. 김자익(金子益) 어른과 군수 조의중(趙毅仲)을 부르자 조각마다 발문을 짓고 또 나로 하여금 이어 쓰도록 하니 사양도 못 하여 드디어 글로 이 여백을 채운다. 재대는 쓴다.

모름지기 흉중에 하나의 여벌 금강산이 있어서 이빨과 허파까지 모두 구름과 산기운, 나무, 돌이 된 뒤에라야 바야흐로 금강산을 잘 보았다고 말할 수 있다. 그렇다면 이런 그림과 글은 아울러 사족에 속하는 것이다. 일원이 사람들이 좋게 보도록 만든다면 이 화권과 나에게 기대하여야 한다. 한 번 웃는다. 담헌거사는 또 희롱조로 쓴다.

李一源宰金化時, 挾鄭敾元伯東游, 過海山奇處, 輒拈筆模寫, 凡得三十餘幅. 旣要金丈子益趙使君毅仲逐段作跋語, 又俾余武着, 不獲辭, 遂書此塞白. 載大書.

胸中須有一副金剛山, 槎牙肺腑者, 俱爲雲嵐木石, 然後方可謂善觀金剛山矣. 然則此等繪素文字, 幷屬蛇足. 一源欲作善觀人, 須以此卷與我. 一笑. 澹軒居士又戲題.

원백 정선의 화권에 쓴다[題鄭元伯敾畵卷].

내가 와병으로 장동(墻東)의 우사에 있을 적에 원백(元伯, 정선)이 방문하여 함께 자게 되었다. 밤중에 비바람이 처연하고 우렛소리가 은은(隱隱)하니, 드디어 불을 밝히고 일어나 앉아 서로 대하고 크게 숨을 내쉬었다. 원백이 붓을 들고 비바람이 왈칵 모여드는 상태를 그리고 또 묘옥(茆屋)을 만 봉우리 가운데에 두니 솔문대 울타리가 경치가 그윽하고 아득하였다. 그 뜻은 아마 한 구역의 복된 땅을 얻어 나와 함께 그림 속의 사람처럼 은거하고자 한 것이다. 단지 어느 때에 이런 하나의 인연을 이룰지는 모르겠다. 때는 기해년(1719) 10월 8일이다.

원백의 이 화권은 비록 망필(忙筆)이 많지만, 이를 살펴보니 표정과 자태가 여러 가지로 모두 충족되어 한 터럭의 차질이 없으니,

원백을 미치지 못하는 것이 바로 여기에 있는 것이다.

우리나라의 그림은 그 병통이 대개 두 가지이니, 비루함과 천박
함이다. 원백이 곧잘 농묵(濃墨)으로 중첩된 채 꿰어 찬 봉우리와
긴 숲 고목을 그리니 서로 가리고 비춰서 그 사이 자연 심원해진
다. 원백의 생각이 비록 우리나라 사람의 병을 바로잡고자 하지만
이는 바로 원백이 화가의 삼매처를 얻어서이다.

내가 일찍이 농으로 원백을 이르기를, "자네의 그림은 근원이
대치노선(大癡老仙, 황공망)의 부춘산도(富春春山圖)에서 나왔다."라
고 하였다. 원백도 한 번 웃으며 수긍하였다. 금산병부(金山病夫)는
등잔 아래에서 또 쓴다.

題鄭元伯歇畵卷

余病臥墻東之寓舍, 元伯見過同宿, 夜中風雨凄然, 雷聲隱隱, 遂明燈
起坐, 相對太息. 元伯拈筆作風雨驟至之狀, 又置茆屋於萬峰中, 松屛竹
籬景致幽絶. 其意盖欲得一區福地, 與余偕隱, 如畵中人. 但未知何時能
了此一段因緣也? 時己亥十月八日也. 元伯此卷, 雖多忙筆, 然諦觀之,
法度意態, 種種具足, 無一毫蹉跌處, 元伯難及處正在此. 東人之畵, 其
病大抵有二, 陋也淺也. 元伯好以濃墨作重嶺攢峰, 長林古木, 互相掩映,
氣象自然深遠. 元伯之意, 雖欲矯東人之病, 此正元伯得畵家三昧處也.
余嘗戲謂元伯曰, 君之畵, 源多出於大癡老仙富春山圖. 元伯亦一笑首
肯. 金山病夫, 燈下又題.

이왕(二王)의 첩에 쓴다[書二王帖].

내가 비록 글씨를 잘 쓰지 못하지만 옛사람의 명적(名蹟)을 즐겨

모았다. 처음에 이 첩(帖)을 최진하(崔鎭夏)에게 얻어 해서(海西)를 갈 때에 임만업(林萬業)에게 개장(改裝)하도록 하여 두 책으로 만들었다. 그중에 자경(子敬, 왕헌지)의 십삼항낙신부(十三行洛神賦)와 아군첩(鵝群帖)이 최고로 기일(奇逸)하고 신수(神秀)하였다. 오해창(吳海昌)이 그것을 보고 또한 지극히 좋은 것이라 하여, 어느덧 완위각(宛委閣) 묵각(墨刻) 중의 상품이 되었다.

지난 가을 이를 지니고 서울에 이르니 아이들이 임사(臨寫)하다가 드디어 그 하나를 잃게 되니 자경의 여러 첩이었다. 사람들이 한탄함이 달이 넘도록 그치지 않으나 최고의 보배는 두 번 얻기가 어렵다. 당나라 무황(武黃, 태종)이 처음 이부인을 상처하자 그 정회가 과연 어떠했는지 모르겠다. 드디어 여기에 써서 나의 감회를 기록하고, 또한 잘못 간수하는 사람에게 경계를 삼노라. 소금산초(小金山樵)는 면교(麵橋)의 우사(寓舍)에서 쓴다.

書二王帖

余雖不工書, 而喜蓄古人名蹟. 初得此帖於崔鎭夏往海西時, 令林萬業改裝爲二冊, 其中子敬十三行洛神賦・鵝群帖, 最奇逸神秀. 吳海昌見之, 亦以爲至佳, 居然爲宛委閣墨刻之上乘矣. 前秋携至京中, 兒輩臨寫, 遂亡其一, 則子敬諸帖也. 令人惋惜, 彌月不已, 絶寶難再得. 未知武皇初喪李夫人, 其情懷果何如耳? 遂書此以識余感, 且以爲謾藏者之戒. 小金山樵, 書于麵橋之寓舍.

최익한이 소장한 윤효언의 화첩 뒤에 쓴다[題崔翊漢所藏尹孝彦畵帖後].

최탁지 군은 윤효언(尹孝彦, 윤두서)의 임안(任安)이다. 효언이 죽은 뒤에 막연히 향할 곳을 몰라 문을 닫고 나가지 않았다. 때때로 더러 나를 방문하니 아마도 내가 효언을 깊이 알기 때문일 것이다. 하루는 소매에서 화첩 하나를 꺼내 보이니 바로 효언의 그림이다. 내가 전후로 효언의 그림을 본 것이 많지만 이것이 제일이 될 것이다. 탁지가 손수 깁고 수선하기를 이와 같이 하니 여기에서 또한 두 사람이 서로를 허여한 독실함을 볼 수 있고 판향(瓣香)이 남풍(南豊)을 위함이 그 또한 마땅하다.

그러나 지금 이른바 사대부로 손을 잡고 어깨를 사귀며 삶과 죽음을 의탁하는 사람이 진실로 적지 않을 것이다. 하루아침에 이해가 자기에게 절박해지면 문득 반목하고 서로 헐뜯어 그 처음을 보존하는 자가 아마도 열에 한둘이 없을 것이다. 이것이 파옹(坡翁, 소식)이 혜근(惠勤)을 깊게 탄식한 이유다. 지금 탁지는 효언의 죽음 이후로 더욱 애달파하니, 그 뜻이 어찌 혜근에게 부끄럽겠는가? 내가 여기에 거듭 그를 위해 탄식하는 것이다.

題崔翊漢所藏尹孝彦畵帖後

崔君擢之, 尹孝彦之任安也. 孝彦死後, 漠然無所向, 杜門不出. 時時或過余, 蓋以余知孝彦深也. 一日袖一帖來示, 卽孝彦畵也. 余前後見孝彦畵甚多, 此當爲第一. 擢之手自粧繕又如此, 於此亦可見兩人相與之篤, 瓣香之爲南豊, 其亦宜矣. 雖然, 今之所謂士大夫者, 握手交臂, 托以死生者, 固不少矣. 一朝利害有切於已者, 便已反目相罵, 能保其初者, 盖

十無一二, 此坡翁所以深歎於惠勤也. 今濯之尤惓惓于孝彥之死後, 其義
亦何愧於勤乎? 余於是重爲之歎焉.

윤효언이 스스로 그린 작은 초상화의 찬[尹孝彥自寫小眞贊]

육척도 되지 못하는 몸으로 사해를 뛰어넘는 뜻을 지녔다. 긴
수염 날리며 얼굴은 살지고 붉으니 바라보는 자가 그가 우인(羽人)
이나 검사(劍士)가 아닌가 하였다. 그러나 그의 순순하고 퇴양하는
풍모는 아마도 독행하는 군자에 부끄러움이 없을 것이다. 내가 일
찍이 평하기를, 풍류는 고옥산과 같고 절예는 조승지의 유이다. 만
약 그 사람을 먼 후일에 알고자 하는 사람은 반드시 초상화에서
구할 것이 없다.

尹孝彥自寫小眞贊

以不滿六尺之身, 有超越四海之志. 飄長髥而顏如渥丹, 望之者疑其爲
羽人·劍士, 而其恂恂退讓之風, 蓋亦無愧乎篤行之君子. 余嘗評之曰,
風流似顧玉山, 絶藝類趙承旨, 苟欲識其人於千載之下者, 又不必求諸粉
墨之肖似.

윤효언의 말 그림에 쓴다[書尹孝彥畵馬].

효언(孝彥, 윤두서)의 그림은 더욱 말을 그리는 데에 묘해서 그
득의처는 조문민(趙文敏, 조맹부) 부자보다 덜하지 않다. 이 그림은
내가 최탁지 군에게서 얻었는데, 여러 가지 의태가 그 묘함을 다
하여 거의 한간(韓幹)의 방에 들 정도이다. 옛날에 수상좌(秀上座)
가 이백시(李伯時, 이공린)를 희롱하며, "마땅히 마취(馬趣)에 떨어

졌다."라고 하였다. 나는 효언도 그렇다고 하겠다. 아! 이미 죽어서 그를 상대하여 이런 웃음거리를 말할 수 없음이 한스럽다. 임인(壬寅)[484] 중추에 담헌거사는 백록(白麓)의 우사(寓舍)에서 쓴다.

書尹孝彦畵馬

孝彦之畵, 尤妙於寫馬, 其得意處, 不減趙文敏父子. 而此紙余得自崔君濯之, 種種意態, 曲盡其妙, 幾乎入韓幹之室矣. 昔秀上座戱李伯時曰, 當墮馬趣, 余謂孝彦亦然. 嗚呼! 九原已矣, 恨不能相對說此一軒渠也. 壬寅仲秋, 澹軒居士, 題于白麓之寓舍.

김광수 군이 소장한 정원백의 망천도에 쓴다[題金君光遂所藏鄭元伯輞川圖].

원백(元伯, 정선)은 『망천도(輞川圖)』가 둘이 있는데 하나는 일원(一源, 이병연)을 위해서 그렸고 하나는 김광수(金光遂) 군을 위해서 그렸다. 모두 득의필은 아니니 일원 소장은 크게 정세(精細)함을 잃었고, 이것은 또한 크게 난숙(爛熟)함을 잃었다. 그러나 곽희(郭熙)나 이성(李成)의 남긴 뜻을 밟아 따르지 않고, 오로지 왕마힐(王摩詰, 왕유)의 시어를 취하여 자기 가슴속에서 이룬 법으로 소경(小景)을 그려내니 임리(淋漓)하여 매양 한 번씩 화권을 펼칠 때마다 마을가의 살구꽃과 한산(寒山)의 먼 불빛이 사람으로 하여금 황홀하게 하여 문득 몸을 의호(欹湖)와 남타(南垞) 사이에 두게 하는 듯하다.

나는 일찍이 왕마힐의 "남계(藍溪)의 흰 돌 드러나니 옥산(玉山)

484) 임인(壬寅): 1722년(경종 2).

에 붉은 잎 드물고, 산길에 비 없건만 하늘 푸른빛 사람 옷 적신다.”는 한 절구를 매우 사랑했었는데 동파옹(東坡翁, 소식)도 또한 이르기를 “마힐의 시를 음미하면 시 속에 그림이 있고, 마힐의 그림을 보면 그림 속에 시가 있다.”라고 하였으니 대개 이를 일컬음이다. 이제 이 화권 중에 홀로 이 일단 광경이 적은데 무슨 까닭인가? 노부가 다른 날 또한 원백에게 『망천도』 그려 주기를 요구한다면 아마 이 뜻으로써 일필(一筆)을 보태어 그려 달라 할 것이니 더욱 아름답지 않겠는가?

題金君光遂所藏鄭元伯輞川圖

元伯有『輞川圖』二, 一爲一源作, 一爲金君光遂作, 俱非得意筆. 而一源所藏, 失之太精細, 此又失之太爛熟. 然不蹈襲郭李餘意, 專取摩詰詩語, 以自家胸中成法, 寫作小景, 布置設色, 筆意淋漓, 每一展卷, 村邊杏花, 寒山遠火. 令人恍然便若置身於欹湖·南坨之間也. 余嘗愛摩詰“藍溪白石出, 玉山紅葉稀. 山路元無雨, 空翠濕人衣.”一絶. 坡翁亦曰, “味摩詰之詩, 詩中有畵, 觀摩詰之畵, 畵中有詩.” 蓋謂此也. 余卷中獨少此一段光景, 抑何也? 老夫他日亦要元伯輞川圖, 倘以此意補作一筆, 尤豈不佳耶?

나종면 ────────────────────────────

▌약 력

　성균관대 국문학과 석사, 박사
　성균관대 BK21 박사후 연구원
　서울대 규장각한국학연구원 책임연구원

▌주요논문 및 저서

　역서로『근역서화징』(공역),『조희룡전집』(공역)
　논문으로「옛사람의 명산 유람」,「치거재초고 연구」
　외 다수

18/세/기
조선시대의
예술론

초판인쇄 | 2009년 6월 10일
초판발행 | 2009년 6월 10일

지은이 | 나종면
펴낸이 | 채종준
펴낸곳 | 한국학술정보㈜
주　소 | 경기도 파주시 교하읍 문발리 파주출판문화정보산업단지 513-5
전　화 | 031) 908-3181(대표)
팩　스 | 031) 908-3189
홈페이지 | http://www.kstudy.com
E-mail | 출판사업부　publish@kstudy.com

등　록 | 제일산-115호(2000. 6. 19)
가　격 | 33,000원

ISBN　978-89-268-0043-0 93810 (Paper Book)
　　　　978-89-268-0044-7 98810 (e-Book)